en direct

DU MÊME AUTEUR
AUX MÊMES ÉDITIONS

Collection Présence du Futur
Les Années fléaux
Deus Ex
Le Printemps russe (2 vol.)

Collection Présence du Fantastique
Vamps

norman spinrad

en direct

roman

traduit de l'américain

par Bernard Sigaud

Denoël

Collection PRÉSENCES
sous la direction de Jacques Chambon

Titre original :
PICTURES AT ELEVEN
(Bantam Books, New York)
ISBN : 0-553-57265-2

9, rue du Cherche-Midi, 75006 Paris
ISBN 2.207.24469.5
B 24469.5

À Angela et Karlheinz Steinmüller
Wir haben Kamaraden...

PREMIER JOUR

16 h 45

La climatisation de la Blazer encapsulait Toby Inman, l'abritant des 35 degrés de la température extérieure et du *smog* saturé de cette journée de juin, mais elle ne pouvait en rien le blinder contre l'ennui agressif distillé par une circulation qui avançait par à-coups. Aussi, tout en se traînant sur Sunset en direction de la station, Toby se surprit-il une fois de plus, comme des millions d'autres Angelenos, à regretter sincèrement de ne pas pouvoir aller au boulot en métro.

Même si son emploi du temps le faisait circuler à contresens du flux sortant et, théoriquement, en dehors des heures de pointe, même si sa navette journalière entre Van Nuys et East Hollywood n'était qu'un saut de puce selon les normes de Los Angeles, il lui fallait *malgré tout,* quels que soient les trésors d'ingéniosité qu'il déployait dans le choix de ses itinéraires, une demi-heure minimum pour se rendre à son travail dans l'embouteillage qui paralysait L.A. de façon plus ou moins permanente.

Fruit d'une campagne menée par une coalition de rêveurs écolos, de parlementaires démagos et de requins de l'immobilier, ce métro horriblement coûteux pour les contribuables comportait une ligne qui, en principe, l'aurait propulsé en moitié moins de temps et sans tous ces tracas de la Vallée à Hollywood.

En principe.

En pratique, il aurait été obligé de prendre sa voiture pour gagner la station de métro la plus proche – ou de s'y faire conduire par Claire ; ensuite, une fois arrivé à l'autre bout, il lui aurait fallu soit marcher vingt minutes, soit prendre un bus englué dans la circulation de Hollywood.

Un jour, peut-être, tout se passerait selon ses rêves. La ville se redéploierait comme par magie autour d'une série de méga-centres commerciaux à grande hauteur agglutinés autour de stations de métro isolées dans la nature, les automobiles deviendraient superflues, le *smog* se dissiperait, la sécheresse prendrait fin, les coyotes battraient en retraite dans les collines et la vallée de San Fernando deviendrait un verdoyant paradis planté d'orangers.

Sûrement. Et moi je serai présentateur vedette du J.T. national de 20 heures, ou *numero uno* à CNN, Claire sera dans le coup elle aussi, les gosses seront premiers partout et Jésus-Christ-Sauveur Soi-même sera maire de la ville.

Toby entra dans le parking de KLAX, contourna l'immeuble pour arriver devant l'entrée du personnel et gara la Blazer pile contre le butoir en béton où son nom était peint au pochoir en lettres blanches à demi effacées.

La première fois qu'il était arrivé là, trois ans plus tôt, il s'y était cru, pas vrai ? Le pauvre petit gars avait réalisé son rêve.

T'as dit pauvre ? Hé, fils, faut quand même pas pousser !

En réalité, Toby avait grandi dans la banlieue d'Atlanta au milieu d'une relative aisance bourgeoise et avait financé ses études à l'université d'État de Louisiane avec une maigre bourse partielle, un généreux prêt parental et rien de pire que les petits boulots habituels chez les étudiants. Avec ses cheveux blonds et son allure BCBG, son onctueux accent américain moyen relevé d'une infime brise du Sud, ce beau gosse avait enchaîné les étapes de sa carrière comme autant de succès de disco : animateur à la radio du campus puis, frais émoulu de l'université, animateur de radio FM à Athens, présentateur des infos sur une radio FM, sur une radio AM, ensuite journaliste dans une station de télé UHF dans un bled paumé, puis sur WBLAR à Columbus et enfin responsable du J.T. du soir sur WBLAR – le tout sans qu'on puisse dire qu'il s'était beaucoup foulé.

Certes, Columbus, Georgie, n'avait rien de l'Eldorado et Toby s'était effectivement cru à Plouc-City quand il était venu prendre son premier emploi à la télé VHF. Il était tout aussi vrai que les autochtones avaient une dent contre les snobinards descendus d'Atlanta.

Mais il était vrai aussi que même un humble reporter au bas du totémique tableau de service de WBLAR devenait instantanément célèbre dans une localité de la taille de Columbus, et qu'un étalon talentueux comme Toby avait pu s'octroyer de très riches heures avec la gent féminine avant de se laisser capturer par Claire Bayley, ex-miss Campus et vedette incontestée des soirées dansantes de la ville.

À ce moment-là, Toby assurait déjà les infos du matin. Peu après la naissance d'Ellis, il avait été promu aux reportages de 18 et de 23 heures, et Billy n'avait que deux ans lorsque le vieil Horace Stone avait pris sa retraite et que Toby était devenu présentateur du J.T. du soir.

Columbus n'était peut-être pas tout à fait Atlanta, mais c'était une petite ville plutôt sympa, surtout lorsque vous étiez le Chantecler de la basse-cour médiatique locale et que votre épouse était une grande dame dans ce qui passait pour la haute société du cru. Toby n'avait évidemment pas l'intention de s'éterniser dans un trou comme Columbus, mais la vie était belle, il était jeune et sa carrière avançait plus ou moins comme sur des rails. Un ou deux ans de plus à Columbus, et il serait récupéré par une station affiliée aux grands réseaux qui lui ouvrirait le marché national, il commencerait à gravir les échelons en passant par des villes comme Birmingham, la Nouvelle-Orléans, peut-être même Atlanta, et finalement, qui sait, il se pourrait que CNN ait besoin d'un petit gars comme lui pour assurer une tranche d'infos nationale, et alors...

Non, Toby n'était pas exactement le dernier des bouseux lorsqu'il avait reçu le coup de téléphone en or massif d'Eddie Franker. C'était déjà une authentique célébrité, un jeune homme qui montait lentement mais sûrement, un gros poisson dans cette petite mare aux infos. Ça commençait à faire longtemps qu'il s'attendait plus ou moins à changer de crémerie et prendre des galons...

Et pourtant, il n'aurait jamais pensé qu'il irait si loin et si vite.

Responsable du J.T. du soir dans une petite ville du Sud, il était bombardé responsable du J.T. du soir à *Los Angeles* du jour au lendemain ! Avec 25 % d'augmentation ! Plein feux sur sa pomme aux heures de grande écoute à *Hollywood* ! Encore un an ou deux, et il aurait sûrement un poste important dans les grands réseaux !

Si ce n'était pas tout à fait un rêve de pauvre mec qui se réalisait là, ça comblait à coup sûr tous les fantasmes de promotion d'un présentateur de J.T. coincé dans la cambrousse – enfin, ça en avait tout l'air à l'époque.

À l'époque...

À l'époque, Claire avait été à 100 % pour ; même les gamins avaient mordu à fond dans le fantasme. Disneyland ! Les stars ! Roger Rabbit ! Les Dodgers !

Franker leur avait payé à tous le vol Atlanta-L.A. en classe affaires, les avait logés en appartement dans une résidence-hôtel, leur avait trouvé une maison avec trois chambres en location dans la partie nord de Van Nuys et, en fait, la décision la plus importante qu'ils aient eu à prendre avait concerné les voitures.

Là-bas, à Columbus, ils avaient un minibus Dodge de quatre ans comme véhicule familial principal et un cabriolet Pontiac Firebird blanc de trois ans pour débarquer partout en Prince et/ou Princesse de la ville. De toute évidence, ça ne serait pas de mise à Hollywood – nom sous lequel toute la famille n'arrêtait pas de penser à Los Angeles – sans compter qu'ils auraient du mal à ramener les deux véhicules de Georgie en Californie par leurs propres moyens.

Ils engagèrent donc une nounou pour les gamins, rentrèrent en avion, fourguèrent le Dodge pour une misère, réglèrent leurs affaires à Columbus et ramenèrent la Firebird à L.A. en sept jours de route romantiques qui améliorèrent leur vie amoureuse mais n'arrangèrent pas la transmission ni le pont arrière.

La plus grande partie de la prime de déménagement passa dans la remise en état de la Firebird et l'achat de la Blazer. Ils avaient pas mal discuté de cet investissement tout au long du voyage : Claire fantasmait sur de monstrueuses Mercedes, Toby rêvait de Porsche et de Ferrari mais, dans le monde réel, ils avaient besoin d'une quatre places costaude avec du coffre en pagaille, et de toute façon, ces délires teutons et italos étaient hors de leur portée ; avec deux gamins en bas âge, il faudrait faire une croix sur les sièges velours, et par ailleurs Toby n'était pas certain qu'il soit politiquement correct d'acheter une caisse étrangère.

C'est ainsi qu'ils finirent par se décider pour cette 4 x 4 Chevrolet Blazer, cédant aux attraits de la peinture bleu roi pour faire chanter les chromes, plus toutes les options possibles, de la climatisation aux vitres teintées, en passant par le lecteur de CD, le téléphone, la sellerie cuir, les filets décoratifs personnalisés, les antibrouillard, les longue portée et les jantes larges en magnésium.

Ce n'était peut-être pas une Porsche ni une Ferrari, mais la première fois que Toby avait rentré cette charrette de rêve dans le parking de KLAX et l'avait garée sur la place réservée à son nom avec l'inscription toute fraîche et luisante, ç'avait été la version hollywoodienne parfaite du rêve hollywoodien enfin réalisé.

Toby soupira, éteignit le moteur, empocha les clefs, se prépara au choc, ouvrit la portière, abandonnant la climatisation protectrice pour entrer dans l'atmosphère crue de la planète Los Angeles.

En bon fils du Sud, Toby avait l'habitude des latitudes torrides, et de fait, degré pour degré, la chaleur de L.A., avec sa sécheresse désertique, aurait été beaucoup plus supportable que la même température en Georgie – sans parler du sauna estival de la Nouvelle-Orléans – s'il n'y avait pas eu le *smog*.

Ce qui revenait à dire que ce serait sympa d'habiter à Tchernobyl si seulement il n'y avait pas la radioactivité. Les vieux Angelenos prétendaient que le *smog* était bien pire dans les années 60 avant que diverses lois antipollution aient assaini les gaz d'échappement, mais Toby trouvait ça difficile à imaginer.

On pouvait *voir* cette saloperie de près. L'air avait comme un bizarre éclat gris terne et tout ce qui était dedans prenait des couleurs délavées façon moniteur de contrôle au gain insuffisant. Si Toby ne pouvait pas vraiment en capter le goût, il le sentit lui dessécher les yeux et lui passer le gosier au papier de verre au cours des quelques pas qui séparaient sa voiture climatisée de l'intérieur climatisé de la station.

Et encore, ce n'était que Hollywood. On pouvait prendre Mulholland Drive, la route panoramique au sommet des collines de Santa Monica et plonger son regard vers le nord dans la Vallée ou, au sud, vers Torrance et Long Beach où le paysage urbain disparaissait sous une couche de saleté visiblement *brune*. Par une journée vraiment pourrie, il y avait sur certains tronçons d'autoroute des zones d'où émanait une écœurante lueur *verte*.

Et on n'était qu'en juin. D'après les vieux de la vieille, c'est-à-dire quiconque était à L.A. depuis plus de dix ans, on n'était même pas censé être dans la saison du *smog* mais dans ce qui était jadis la fin de la prétendue saison des pluies.

Le jeudi d'avant, Heather Blake avait consacré un de ses mini-documentaires au *smog* et à la disparition des périodes pluvieuses en Californie du Sud. À en croire l'universitaire de service, tout le bienfait des lois sur la qualité de l'air dans les deux ou trois dernières décennies avait été anéanti par l'augmentation des populations humaine et automobile, avec de plus en plus de voitures sur la voie publique qui passaient de plus en plus de temps à polluer, moteur au ralenti dans la circulation bloquée, plus le réchauffement dû à l'effet de serre et l'appauvrissement de la couche d'ozone, sans compter une histoire de chute de neige dans les sierras et...

Toby haussa les épaules. Le résultat, c'était que l'interminable sécheresse promettait de durer, que les coyotes étaient de plus en plus poussés à bout et que le *smog* régnait de la sorte neuf ou dix mois par an depuis que Toby avait débarqué ici.

Comme tout le reste du mythe hollywoodien, même le légendaire climat sud-californien se vaporisait au ras du bitume pour se fondre dans la réalité crasseuse de Los Angeles.

L'immeuble de KLAX y compris. Quelle déception la première fois qu'il l'avait vu ! Toby s'était imaginé une miroitante tour de verre noir enchâssée dans une vaste *plaza* toute blanche bordée de palmiers. Ce fut seulement lorsqu'il passa en voiture près d'Universal City un jour plus tard et vit la Black Tower qu'il comprit que son idée d'une grande station de télévision sur Sunset Boulevard venait d'une image télévisuelle du siège de ces fameux studios de cinéma.

Certes, KLAX était situé sur Sunset Boulevard à Hollywood, mais à *East Hollywood*, où le prix du terrain était un peu plus abordable, où les palmiers étaient délavés et moribonds et où on avait comme voisins d'obscurs concessionnaires d'automobiles asiatiques, des supermarchés à soldes permanents, des cinémas pornos et des pizzerias thaïlandaises.

L'immeuble lui-même était plus vieux et certainement plus minable que celui de WBLAR à Columbus : cinq étages plaqués de stuc rose sale occupant environ un quart de bloc.

À côté, une haute structure tubulaire brandissait l'emblème de la station dans une étreinte branlante et se faisait passer pour un pylône émetteur – encore un exemple minable de frime hollywoodienne. En réalité, on n'émettait rien du tout à partir de cette poche du plat pays. Les paraboles installées sur le toit reliaient la station aux transpondeurs du réseau StarNet et une antenne à micro-ondes au sommet de la fausse tour émettrice envoyait le signal local vers le complexe de rediffusion situé sur les hauteurs de la ville auquel avaient recours la plupart des stations indépendantes.

Sans perdre de temps, Toby contourna le bâtiment pour y accéder par l'entrée principale en façade. L'immeuble n'avait rien d'impressionnant mais, réflexion faite, à Los Angeles, une station de télévision locale indépendante n'avait pas besoin de plus de surface au sol qu'une installation du même genre à Trouduc-Baisemont, Mississippi.

Son moral remonta dès qu'il eut franchi le seuil. L'ennui

que Claire noyait de plus en plus dans l'alcool, les problèmes scolaires des gamins, leur isolement par manque d'amis, l'obligation de les amener en voiture partout – l'obligation tout court de prendre la voiture pour aller où que ce soit ! –, les embouteillages sans fin, la chaleur aveuglante, le *smog* étouffant et ces putains de coyotes, tout ça, c'était *Los Angeles*, c'était *dehors*.

Une fois à l'intérieur de la Station, peu importait que ce soit WBLAR à Columbus ou KLAX à Los Angeles.

Un environnement climatisé, hermétique, sans fenêtres sauf pour les bureaux. Frais. Sans un courant d'air. Un taux d'humidité optimal. Un petit hall d'entrée ouvert au public, que seul l'escalier de secours extérieur reliait au reste de l'édifice. Dans une cabine vitrée, une réceptionniste contrôlait l'accès du personnel. Un vigile à l'air las lui tenait compagnie en lisant une BD cochonne.

Columbus ou L.A., ça ne changeait pas vraiment. Le petit personnel avait un autre accent. Les graffiti des toilettes étaient quelque peu différents. C'était les mêmes panneaux d'information en liège. Le même café insipide.

« Bonjour, monsieur Inman.

– Bonjour, Dawnie. »

D'une réceptionniste à l'autre, c'était le même genre de formule, le même genre de créature pour appuyer sur le bouton qui libérait la porte, avec probablement dans la tête le même genre de fantasmes si on était le présentateur vedette, bien que Toby ne l'ait pas encore vérifié et ne le fasse sans doute jamais.

Là-bas, à Columbus, sa qualité de star des infos, marié ou non, lui aurait permis de s'envoyer plus ou moins tout ce qu'il voulait. Mais peut-être parce qu'il n'avait qu'à se baisser, qu'il était le phénix des hôtes de ce bayou et déjà marié à la plus belle fille du bled, il était resté ignominieusement et sereinement fidèle.

À L.A., en revanche, où il y avait des centaines de

visages masculins plus reconnaissables que le sien et des légions d'aspirants acteurs plus canons que lui, où Claire régressait pour devenir une ménagère qui s'emmerdait dans la Vallée sous la pression d'un anonymat auquel elle n'était pas habituée et de l'incontournable flopée de prétendues starlettes au moins aussi jolies qu'elle, où le capital de célébrité de Toby se limitait à la possibilité d'entrer dans un bar pour être finalement plus ou moins reconnu comme un visage anonyme du petit écran par un de ses semblables... bon, il ne dédaignerait plus indéfiniment une petite escapade dans un motel voisin après les quelques verres de rigueur.

Mais tandis qu'une tranche de cul sans complications une fois de temps en temps pour garder Popaul en forme ne serait peut-être que légèrement dégueulasse, baiser les collègues de la station était, ici pas moins qu'à Columbus et en faisant abstraction de tous préjugés moraux, une connerie de première grandeur de la part d'un présentateur.

Neuf fois sur dix, elles se montaient la tête en fantasmant sur la possibilité d'une *liaison* quelconque, et dès qu'elles avaient pigé que tout ce qui vous intéressait *vous* c'était une escapade occasionnelle ou un coup sans lendemain, elles avaient tendance à être rancunières, perdaient toute discrétion, et même si tout n'était pas rose chez lui, Toby Inman ne voulait à aucun prix de pareilles intrigues de lycée sur son lieu de travail.

Toby s'arrêta pour pisser dans les toilettes hommes du premier étage puis se dirigea vers la salle verte pour se faire maquiller.

KLAX, comme toutes les autres stations indépendantes noyées dans le paysage audiovisuel d'alors, était une entreprise à petit budget qui tentait de survivre sur une minuscule part de marché. La plupart du temps, la station passait des rediffusions poussiéreuses que les réseaux fourguaient aux indépendants par lots entiers en programmation simultanée, des feuilletons qui remontaient à *L'Île fantastique* ou *La Petite Maison dans la prairie*, sans oublier l'inusable *Star Trek : la Gérontogénération*, des westerns et films d'horreur antédiluviens, des sitcoms à leur troisième tour de piste, de vieux dessins animés, du catch en différé et des trucs encore moins chers, encore plus nuls quand on pouvait en avoir.

Ce qui voulait dire, primo, que les seules émissions produites par la station étaient une émission culinaire, quelques talk-shows, un documentaire de temps à autre et des infos en direct à 7 heures, midi, 18 heures et 23 heures. Secundo, qu'il n'y avait que deux studios de direct, tous les deux au premier étage, l'un aménagé en permanence pour les infos, et l'autre pour tout le reste, avec la salle de régie entre les deux et, de l'autre côté du couloir, la salle verte qui leur était commune, utilisée en l'état.

Il était exact qu'un petit malin avait fait peindre les murs en vert acide et guilleret bien avant que Toby ne débarque à KLAX, même si des années de nicotine et de vapeurs grasses de hamburgers leur avaient déjà fait prendre la nuance administrative plus foncée qui sévissait habituellement dans les bureaux. Le plafond était en panneaux d'agglo d'un blanc grisâtre, la moquette du brun poussiéreux de rigueur et le mobilier se réduisait à la collection habituelle d'antiques sofas et fauteuils dépareillés autour de vieilles tables de motel dont le placage s'écaillait sur la tranche.

L'habituel frigo cliquetant officiait à côté de l'habituelle table rachitique portant la machine à café et le distributeur d'eau chaude. Un moniteur de retour antenne flanqué de haut-parleurs était accroché très haut sur le mur en face de la porte ; le volume sonore était contrôlé par un potentiomètre monté sur le mur à hauteur d'épaule. Un quelconque western préhistorique était en cours de diffusion et le son, comme d'habitude, était coupé.

À KLAX cependant, la salle verte, tout exiguë qu'elle était, était accaparée par un vieux bureau chargé d'un fouillis de fards et de poudres, avec deux chaises face à un miroir, car la gestion à la Picsou n'avait pas prévu de studio de maquillage séparé. Melanie James, qui faisait apparemment partie du personnel depuis des siècles, se dédoublait plutôt deux fois qu'une, assurant les fonctions de réceptionniste supplémentaire, gestionnaire de la vidéothèque, comptable et maquilleuse. Elle était en train d'appliquer les dernières touches au visage de Heather Blake, la fille météo du soir, embellissement que Toby trouvait totalement superflu.

Si quelqu'un était capable de persuader Toby de renoncer à sa sage résolution de mettre sa queue en veilleuse sur son lieu de travail, c'était bien Heather, et il en était de même pour tous les autres mâles aux pulsions orientées dans la direction requise.

Même pour les blasés d'Hollywood, Heather Blake était une fantastique tranche de cul en puissance. Profilée comme une Cadillac Fleetwood 1958, avec de longs cheveux blonds comme les blés et un teint peau de pêche apparemment 100 % naturels, des yeux bleu porcelaine, un jeu de hanches ravageur et un rayonnant sourire juvénile qui pouvait faire fondre le verre, Heather était parfaite dans son rôle de blonde explosive du Middlewest.

Mais elle était aussi la fille météo la plus impitoyablement professionnelle du métier. À coup sûr la fille météo la plus *sérieuse* que Toby ait jamais rencontrée. Elle *comprenait* les scripts qu'elle lisait. Elle les écrivait elle-même. Elle avait étudié la météorologie, la climatologie. Toby l'avait vue interpréter des données brutes de l'image satellitaire sur le moniteur de transfert. Elle avait persuadé Franker (même ce vieux schnock ne pouvait ignorer Heather) de lui laisser faire un « mini-docu » de temps en temps.

« Salut, Heather.

– Salut, Toby. »

Heather était intelligente, sympa, rapide, professionnelle, serviable, distante sans être un iceberg – et c'était vraiment à peu près tout ce que Toby savait sur elle après avoir bossé un an et demi en sa compagnie. Il avait parfois l'impression que « Heather Blake, météorologiste de charme de KLAX » était un rôle joué par quelqu'un d'autre.

En ce moment même, elle essayait de lire un script ou un bulletin météo quelconque tandis que Melanie lui mettait une dernière touche de poudre sur le front. Bouleversant d'intensité ! Cruellement aguichant et pourtant obscurément intimidant et déconcertant – et Toby avait l'impression que tel était l'effet recherché.

Lorsque Melanie eut fini de le maquiller, il était déjà 17 h 36, l'heure pour Toby d'aller sur le plateau et de se préparer pour les infos de 18 heures.

C'était un plateau d'actualités télévisées au rabais, plutôt anonyme, avec pas grand-chose – rien du tout, à vrai dire – en fait de fioritures qui puisse le distinguer des quelque cinq cents ou mille autres plateaux d'actualités dispersés d'un bout à l'autre du pays, de Los Angeles à New York, d'Eureka, Californie, à Bridgeport, Connecticut.

Le présentateur était assis au centre d'un grand bureau en arc de cercle – ou plutôt d'un pseudo-bureau en agglo imitation noyer rehaussé de garnitures noires – avec, au-dessus de lui, l'emblème de la station pour les plans généraux en début et fin d'émission. La fille météo était assise à sa gauche, le commentateur sportif à sa droite. L'arrière-plan était « bleu incruste », toutes les images de fond étant mixées en régie.

La régie elle-même était à double face, avec une vitre

qui donnait sur le studio B et une sur celui des infos, et une seule console de mixage prévue pour un seul réalisateur. Les micros étaient fixes, dissimulés derrière le carénage du bureau. Il n'y avait que deux caméras, toujours par mesure d'économie ; après tout, comme Franker l'avait fait remarquer au grand déplaisir des réalisateurs, une seule caméra pouvait être en direct à un moment donné, et n'importe quel lampiste tant soit peu compétent devrait pouvoir anticiper son prochain plan avec un dispositif aussi simple que ça.

Au moins les trois acteurs principaux n'étaient-ils pas obligés de se partager le même téléprompteur : chez KLAX, on n'était pas radin à ce point. Ils avaient chacun le leur – de vieux modèles transparents montés sur socle plutôt que le dernier cri à projection holographique, certes – mais au moins pas ces moniteurs primitifs intégrés au bureau qui empêchaient de maintenir le contact oculaire avec la caméra.

Il y avait une sortie papier du script sur le bureau devant le siège de Toby. Pour le réalisateur, ce n'était qu'un accessoire destiné à donner l'impression à quiconque croyait encore aux contes de fées que Toby était un journaliste consciencieux qui l'avait rédigé lui-même. Mais Inman s'en servait pour de bon.

Toby avait vu des présentateurs se pointer sur le plateau trois minutes avant de passer à l'antenne et, sans se démonter, lire le texte directement sur le prompteur, mais il était convaincu qu'il fallait déjà avoir pris connaissance de l'intégralité du script.

Tout pouvait arriver. Pas question de se coincer la glotte sur les syllabes inattendues de quelque expression en langue étrangère. Pas question de ficher par terre une phrase, voire un paragraphe, parce qu'on ne savait pas ce qu'on allait dire avant de l'avoir lu. Si on prenait le temps de lire le script jusqu'au bout avant de passer à l'antenne, on pouvait réfléchir à ces problèmes, on pouvait même méditer le contenu de ce qu'on allait lire en direct, se former une opinion sur le sujet, faire passer un peu de sincérité émotionnelle, établir un rapport avec le public.

KLAX était peut-être une station indépendante qui luttait pour survivre avec un taux d'écoute atroce, mais on était à Los Angeles, après tout, et on ne savait pas qui regardait ces infos. En plus, Toby n'était pas la vedette vieillissante en fin de carrière qui se contentait de faire semblant : de disc-jockey de radio FM à Athens, Georgie, il était devenu présentateur du J.T. du soir sur une chaîne indépendante dans un paysage médiatique majeur en moins de dix ans. Ce ne serait pas là l'apogée ni le terminus de sa carrière.

Il était encore jeune, télégénique, il n'avait pas baissé les bras ; il était encore en pleine ascension et croyait au professionnalisme.

18 h 13

Carl Mendoza jeta un coup d'œil au moniteur de contrôle du studio et nota sans la moindre surprise que les autres remettaient ça. Encore ces six coyotes efflanqués et décharnés montrant les crocs à la caméra pour défendre leur benne à ordures devant le supermarché – la séquence d'archives qu'ils ressortaient tout le temps pour illustrer l'attaque de coyotes du jour.

« ... et à Silverlake, la petite Elvira Garcia, 5 ans, aurait pu être gravement blessée si sa mère n'était pas intervenue à temps. Mais Wanda, sa chienne yorkshire-terrier, a été emportée et apparemment dévorée par une nouvelle meute de coyotes en maraude, bien que ses restes n'aient pas été retrouvés. Les détails avec Terry Gill qui suit l'affaire pour KLAX sur les lieux de l'agression... »

On embraye sur l'interview enregistrée par Gill. La maman est une femme forte, la cinquantaine, qui agrippe encore un genre de fusil d'assaut du dernier chic tout en posant sans grâce pour la caméra devant une immense villa à flanc de colline dangereusement entourée de chaparral sec comme de l'amadou.

« ... quand j'ai entendu crier et aboyer, j'ai compris tout de suite ce qui se passait parce qu'on avait déjà eu pas mal de problèmes dans le coin, alors je me suis jetée sur mon flingue, seulement, le temps que je sorte, ils étaient déjà au milieu de la pente avec cette pauvre Wanda. J'ai tiré deux ou trois balles, mais je sais pas si j'ai touché quelque chose... »

Carl zappa mentalement pour neutraliser l'interview et le baratin subséquent d'Inman – arrestation du tueur en série, prise de drogue record à Venice, 55 % de oui au référendum Seawater d'après le dernier sondage Instapoll, un faux Elvis Presley aurait vu un OVNI survoler Griffith Park, la suite en images aux infos de 23 heures – comme il le faisait d'ordinaire à ce stade de l'émission, deux minutes avant son propre créneau, et s'entraîna à prononcer sans faute le nom du petit nouveau.

Nguyen Zyzmanski... Caramba ! Quel nom à coucher dehors ! Un sans-faute signé par un Polak bridé de derrière les Rocheuses, et pas moyen de prononcer ça, incroyable, non ? Et Carl avait comme l'impression qu'il vaudrait mieux qu'il apprenne, parce que le môme allongeait des tirs à la Lynn Ryan, avec un amorti du bout des phalanges digne des grands clubs, le tout avec deux sorties seulement pour se faire inscrire sur le livre des records.

Pourquoi la star des actualités sportives du jour n'aurait-elle pas un nom américain sympa facile à prononcer comme, par exemple, *Carl Mendoza ?*

Tu délires, *cholo* ! N'oublie jamais que tout ça, c'est aussi mort que ton bras.

Carl n'avait jamais réussi d'amorti, mais quand il avait dix-huit ans, juste après le lycée, son jet avait été chronométré à 147 km/h lors de cette fameuse première saison dans la California League – un vrai tir de sauvage. Or il passait en moyenne 9,8 balles par partie, apprenait le lancer fourché avec l'espoir d'entrer directement dans l'une des trois grandes fédérations lorsqu'il avait été appelé sous les drapeaux.

Les Viets avaient mis fin à tout ça, même s'il n'avait pas abandonné son rêve et avait ensuite traîné trois ans d'une équipe de seconde division à l'autre sans réussir à faire descendre sa moyenne en dessous de 4. À l'époque, ça n'avait pas eu l'air d'être une si méchante blessure, juste assez de mitraille dans le bras droit pour lui payer un billet de retour dans le monde civilisé.

Juste assez pour enlever tout le punch de son lancer, lui infliger une douleur au bras après deux ou trois tours de terrain et le faire souffrir au point de l'empêcher de tirer en courbe. S'il avait été, disons, un vigoureux défenseur de première base, il aurait encore pu s'en tirer, au moins comme batteur désigné dans l'American League. Mais comme lanceur... terminé, mec.

Il n'avait pas été facile de s'y résoudre. Mais au moins, il n'avait pas fini comme ces anciens combattants du Viêtnam aigris, ces ratés professionnels qu'on voyait encore planqués en lisière de la ville, ces épaves gonflées d'orgueil qui mettaient toutes les emmerdes de leur vie de minable sur le compte de la guerre. Pas du tout le genre de Carl. En bon lanceur, il avait appris à jouer un tour à la fois, un manqué à la fois, un jet à la fois – te laisse pas avoir par les batteurs, reste dans le présent.

Même chez les Viets.

Le voilà donc, balle en main, les défenseurs campés sur

leurs bases, et la crème des batteurs qui rapplique. Montre-leur ce que tu sais faire, môme.

Et il le leur montra.

Il rejoignit les Patrouilles de reconnaissance en infiltration profonde. Pourquoi ? Pour le machisme délirant de toute l'opération ? Pour voir s'il serait à la hauteur ? À dix-neuf ans, c'était un joueur de base-ball frustré avec la cervelle dans les *cojones*, alors *quien sabe*...

Il découvrit qu'il aimait ça – des missions tordues en arrière des lignes ennemies, du boulot de renseignement sous un uniforme de bidasse. Il aimait le côté compétition de la chose ; c'était un peu du base-ball avec des M-16 et des grenades à la place de la balle et de la batte pour un fulgurant espoir de deuxième division temporairement sur la touche. On pouvait même monter au sommet de la profession si on chahutait les statistiques. Et, en fait, il y avait un dénicheur de talents de la CIA, un certain Coleman, qui s'intéressait à lui pendant la mission lorsque les Viets l'avaient plombé.

À l'hôpital, Coleman lui avait même proposé de faire un bout d'essai dans la maison, mais Carl rêvait toujours de triompher du mauvais sort et d'entrer dans une grande équipe. Après s'être fait rayer du tableau de service de sa dernière équipe de seconde division, il avait glandé d'un petit boulot à l'autre, se consolant avec l'alcool et la dope jusqu'à ce qu'il ait suffisamment de culot pour contacter Coleman et demander d'être pris à l'essai, avec toujours autant de conscience politique qu'un ver de terre.

Ils lui firent subir l'équivalent CIA de l'entraînement de pré-saison, lui remirent son espagnol à niveau puis l'expédièrent au Guatemala – dans la jungle, quoi ! – au sein de quelque équipe censée avoir pour mission d'apprendre aux autochtones les tactiques antiguérilla.

L'opération se révéla n'être qu'une couverture pour la partie principale d'une combine de livraison d'armes en échange de coca montée avec des colonels plutôt louches qui commençaient tout juste à inventer Manuel Noriega en attendant pire, initiation désagréablement rapide aux arcanes du cynisme de l'Agence – pas vraiment le genre d'ambiance qui pouvait inciter un ex-sportif sorti du *barrio* à applaudir l'équipe dans laquelle il était venu jouer. Son manager ne fut pas davantage enchanté de son attitude lorsqu'il choisit de la laisser apparaître, et l'équipe le laissa aimablement s'inscrire sur la liste des départs en retraite volontaire avant d'être obligée de se débarrasser de lui.

Et ce fut une nouvelle série de galères en spirale descendante : des boulots en usine, un mariage raté qui dura six mois, un emploi merdique de vigile dans une banque, puis dans une radio FM de Bakersfield où un de ses ex-managers de deuxième division lisait les scores et grâce à qui il entra dans le métier des ondes à Lompoc. Et le voilà finalement revenu à L.A. pour faire le sport sur KLAX. Ce n'était certes pas la première division, mais il était assez bien payé et pouvait entrer partout gratuitement en prime.

Il n'aurait pas pu trouver mieux : il avait plus de quarante ans et – regardons les choses en face – il était probablement ce qu'il aurait été, ou peu s'en fallait, après une carrière au sommet : un ancien champion qui donne les résultats de base-ball sur une station de télé locale et s'escrime à trouver un moyen de prononcer le nom du dernier phénomène tout en pissant silencieusement des larmes sur sa splendeur passée.

Nou-yenn, Ziz-man-ski.

Reste dans le présent.

« Et maintenant, le sport sur KLAX avec le seul, l'unique... *Carl Mendoza* ! »

18 h 20

« ... à Wall Street, la Bourse de New York était en recul de 14 points, le volume modéré. Sur les marchés extérieurs, on note... »

En attendant de passer à l'antenne, Heather Blake parcourut une fois de plus la sortie papier du script, pas du tout contente des coupures pratiquées par le producteur, et pas très contente d'Eddie Franker non plus.

De la part de Quinlan, ce n'était pas une surprise. Heather n'était pour lui qu'une petite poule prétentieuse qui lui avait fait comprendre qu'elle ne se laisserait jamais sauter par lui. « Sois belle et contente-toi de lire la météo, vu ? » lui rappelait-il de temps à autre.

Sans Eddie, elle n'aurait jamais pu caser le moindre de ses mini-docus dans l'émission. Le directeur de la station était assez vieux pour être son père, son grand-père si ça se trouvait, et il était assez mûr et assez durablement marié pour accepter ses idées. Vu qu'il s'intéressait à elle d'un point de vue strictement paternel, Eddie pouvait la juger de façon assez objective pour la prendre au sérieux, la traiter sur un pied d'égalité et forcer des producteurs récalcitrants à « faire plaisir » à sa fille météo favorite en lui accordant une fois de temps en temps 120 secondes d'autre chose que la simple lecture des bulletins.

Mais cette fois-ci il avait refusé de la défendre devant Quinlan.

« Désolé, Heather, mais pas ce genre de truc.

– Mais *pourquoi*, Eddie ? C'est un bon sujet.

– Ça accroche pas mal, mais c'est une prise de position politique, et ça, ça dépasse les bornes.

– Je ne fais que rendre compte des découvertes de scientifiques dignes de confiance.

– Ce qu'ils pensent *eux* d'un problème politique qui n'a rien à voir avec la météo...

– Allons, Eddie, à t'entendre, on dirait que la manière dont nous luttons contre la sécheresse n'a rien à voir avec la météo. »

Eddie soupira. « C'est de la dure réalité de la vie que je te parle, petite. Comme n'importe quel tas de crétins ayant des masses de capital bloqué sur des kilomètres carrés de désert, nos estimables propriétaires sont de farouches partisans du référendum Seawater. Il ne reste plus que deux jours à courir, c'est un peu trop près pour eux, et jusqu'ici j'ai réussi à conserver un ton neutre à notre traitement des faits. Mais si je te laisse, toi ou quelqu'un d'autre, faire un truc aussi manifestement orienté pour démolir la Proposition 17, et qu'il se trouve qu'elle soit repoussée, que nous y soyons ou non pour quelque chose, ils auront ma peau. Désolé, Heather, c'est ça l'information à l'ère du show-business. »

Bon. Au moins, Eddie avait été franc. Au moins, il l'avait traitée en adulte intelligente et non comme une touffe de cheveux blonds avec une grosse paire de nichons.

Bien sûr, si on voulait être honnête, ressembler à la Reine des Rêves Moites de tout adolescent avait des avantages comme des inconvénients. Heather n'était pas née comme ça, pas plus qu'elle n'était née « Heather Blake », mais lorsque ce genre de détails s'était mis à avoir de l'importance, disons aux alentours de la deuxième année de collège, sa redoutable architecture mammaire avait déjà commencé à se développer et sa beauté à façonner sa destinée.

Heather était en réalité née à Cedar Rapids, Iowa, sous le nom peu aguichant de Hester Gluck, source de moult embarras jusqu'à ce que la montée de la sève adolescente réduise pour toujours au silence les gloussements moqueurs des mâles immatures. Bien avant le lycée, les mêmes garçons qui l'avaient encore récemment tourmentée avec leurs blagues de basse-cour bavaient devant elle en fantasmant sur son avenir de vedette de l'écran.

Juvénile mascotte en jupette de l'équipe du lycée, Hester avait profité de sa suprême désirabilité pour s'assurer l'entrée gratuite à quatre ou cinq films par semaine sans être forcée d'en accepter les inconvénients.

Car Hester Gluck était bien autre chose que la ravissante idiote dont elle avait l'air. Même avec tout le temps qu'elle passait au cinéma, c'était une excellente élève, et s'il était exact qu'elle nourrissait des rêves hollywoodiens, ce n'était pas pour être une star de l'écran, mais pour *faire* des films.

Elle lisait religieusement toutes les revues professionnelles de cinéma. Avec ses économies, elle acheta dans un magasin d'occasions une vieille Bolex 16 mm pour tourner des courts métrages qu'elle présenta dans tous les obscurs festivals qu'elle put trouver, accumulant les trophées sans valeur, les certificats de complaisance et les références. Sa Terre promise n'était pas le sofa des producteurs de Hollywood mais l'école de cinéma de l'UCLA.

Or, lorsqu'elle y entra, elle découvrit que son physique empêchait la plupart des aspirants auteurs de la prendre tout à fait au sérieux en tant que consœur, alors même qu'ils faisaient d'elle l'idole des foules en tant qu'actrice dans leurs devoirs filmiques trimestriels.

Il était à peine surprenant qu'elle ait eu du mal à entrer par la petite porte des studios comme assistante, voire scripte, après avoir obtenu son diplôme, mais elle ne pouvait vraiment pas en rendre responsable le chauvinisme macho ou son physique puisque la plupart de ses condisciples étaient dans la même galère – au chômage. Et ce fut comme une douce ironie du sort lorsque l'étalage de ses charmes dans tous ces pensums d'étudiants renvoyés d'une salle obscure à l'autre lui valut finalement un coup de téléphone de la part d'un agent. Faute de toute autre proposition d'emploi rémunéré lui promettant d'accéder au Métier à quelque niveau que ce soit, elle se laissa recruter comme actrice et se retrouva bientôt en train de jouer les utilités dans des pubs et des feuilletons à l'eau de rose, rebaptisée Heather Blake pour la circonstance.

Se trouvant, au moins provisoirement, coincée du mauvais côté de la caméra, Heather décida qu'elle ferait mieux de prendre la comédie au sérieux, mais à ses yeux ça ne signifiait pas traîner dans les endroits en vue et baiser avec des gens intéressants, ça signifiait prendre au sérieux le *métier* de comédienne et jouer de son ramage et de son plumage pour se faire admettre aux ateliers de l'Actor's Studio.

Et là, elle aurait pu s'acoquiner avec des réalisateurs et producteurs branchés en quête d'une petite image intello, mais Nancy Clarke la prit sous son aile. Nancy accusait une cinquantaine imprécise. Elle avait fait ce qu'elle appelait une « carrière à demi couronnée d'insuccès » en jouant les ingénues et les ravissantes idiotes au cinéma et à la télévision, puis, lorsqu'elle avait dégringolé dans les troisièmes rôles, genre vendeuse ou copine de maman, elle était sortie du tunnel en enchaînant, sans quitter Hollywood, sur une carrière bien plus aboutie de metteur en scène de théâtre.

Tu as l'instinct, c'est déjà ça, lui dit Nancy. Apprends le métier. Deviens une vraie comédienne. Arrête de jouer des trucs nuls sinon tu deviendras une vieille starlette de série B dont personne ne voudra pour autre chose. Commence à tourner dans les petits théâtres, fais-toi une réputation sur place, et tôt ou tard, tu commenceras à avoir des rôles de cinéma valables. Travaille avec d'authentiques metteurs en scène, pas des frimeurs. Fais ça pendant cinq ans, dix ans, peut-être, et c'est alors seulement que tu auras l'expérience et les relations nécessaires pour passer en douceur à la réalisation.

Heather trouvait raisonnable cette stratégie de carrière à long terme : elle était assez jeune et avait déjà assez d'expérience pour savoir qu'il lui faudrait être patiente, et ça flattait son désir de préserver une certaine dignité intellectuelle.

Mais bien sûr, elle aurait tout aussi bien pu déclamer de l'étrusque lorsqu'elle essaya d'expliquer la situation en ces termes à son agent, et après qu'elle eut pour la troisième fois décliné une journée de travail parfaitement normale dans un sitcom respectable parce qu'elle trouvait le rôle de mauvais goût, il la laissa tomber.

Son propriétaire ne montra pas plus de compassion lorsqu'elle eut ensuite du mal à payer son loyer. Aussi, lorsqu'un ami d'un ami d'un ami de Nancy lui décrocha une audition pour le poste de fille météo sur KLAX, Heather fut partante.

Elle étudia les filles météo qui décoraient déjà les stations locales, créa un personnage fondé sur les attentes du public définies par ses recherches, répéta un peu sous la direction de Nancy et, endossant son personnage de potiche avec plus d'aisance que ses concurrentes n'en étaient capables, elle décrocha le rôle.

Au début, elle n'y voyait rien de plus que l'emploi à temps partiel idéal pour une actrice. Sûrement mieux que serveuse. Trois à quatre heures de présence à la station lui rapportaient plus qu'assez pour couvrir ses dépenses mensuelles, lui laissant tout loisir de continuer à prendre des cours d'art dramatique et de se présenter à des auditions lorsque le rôle ou la pièce en valaient la peine.

Et si jouer la sirène sexy des anticyclones n'était peut-être pas exactement du Tchekhov, ça avait quand même plus de dignité que lever la jambe pour des collants ou figurer les victimes hurlantes dans les films d'horreur.

À vingt-cinq ans seulement, ainsi que Nancy ne cessait de le lui rappeler, elle exposait son visage à un vaste public nocturne sans s'abaisser à faire saliver les masses.

Toutefois, Heather étant Heather, elle ne put s'empêcher de prendre au sérieux son travail de potiche météo, peut-être plus que ne l'avait jamais fait aucune de ses consœurs. Elle lut des manuels de météorologie. Elle apprit toute seule l'interprétation des cartes météo transmises par satellite. Elle se documenta sur la climatologie et la géologie. Elle développa le concept du mini-documentaire météo de 120 secondes et le fit accepter par Eddie Franker.

Peut-être n'était-ce qu'un boulot à mi-temps pour payer le loyer, un genre de figuration pour garder la forme physiquement et moralement, un détour de plus dans sa carrière. Mais si on devait jouer un rôle, on le jouait de l'intérieur, on essayait de devenir le personnage, et s'il fallait jouer Heather Blake, la fille météo de KLAX, alors on s'y appliquait de son mieux, on essayait d'en faire la meilleure des filles météo qui ait jamais pointé sa baguette sur un front froid...

Évidemment, le problème inhérent à la méthode Stanislavski était qu'on avait tendance à être submergé par le personnage, à perdre toute distance ou démarcation affective. Dans le cas des sitcoms ou des feuilletons télévisuels, on risquait de mettre sérieusement en danger sa santé mentale, raison de plus pour une actrice sérieuse d'éviter ce genre de travail. Dans les circonstances présentes, cela signifiait que Heather ne pouvait pas tout à fait s'empêcher d'en avoir ras le bol – primo, de Quinlan qui avait supprimé son mini-documentaire sur la stupidité qu'il y avait à construire une série de réacteurs nucléaires le long des côtes près d'une zone de subduction ; secundo, de ce cher vieil Eddie Franker qui l'avait laissée tomber ;

tertio, de la cupidité irresponsable des trouducs sans nom qui possédaient la station.

Voilà dans quel état d'esprit devait se trouver une fille météo qui prenait son boulot à cœur, pas vrai ?

« Et maintenant... la météo d'aujourd'hui et de demain avec... *Heather Blake* ! »

La caméra numéro deux entra en action, le témoin rouge s'alluma, Heather décocha à Toby Inman un éblouissant sourire pur celluloïd, puis le braqua sur le public invisible massé derrière l'objectif.

« Bonsoir, Los Angeles, pépia-t-elle d'une voix guillerette. Eh bien, malheureusement, le temps qu'il fera demain ne sera pas tellement différent de celui d'aujourd'hui dans notre Californie du Sud tout soleil, tout smog, mais vous le saviez déjà, hein, petits malins... »

18 h 25

« ... a estimé qu'il faudrait au moins encore deux heures pour maîtriser totalement l'incendie, alors que les sauveteurs continuaient à fouiller les décombres au péril de leur vie à la recherche d'éventuels rescapés... »

De son bureau d'angle au cinquième, Eddie Franker, le directeur de KLAX, dominait d'un côté le fronton du cinéma Sexray sur le trottoir opposé de Sunset, et de l'autre, le parking de la station. Mais Eddie, comme d'habitude, avait un œil sur le moniteur de retour antenne à l'autre bout de la pièce, un œil sur les derniers taux d'écoute affichés sur l'écran principal de son terminal, et les deux yeux sur la fenêtre particulière qui affichait le solde StarNet actuel. Et si deux et deux faisaient quatre, il portait des lunettes depuis trente ans, non ? Alors, quoi de neuf ?

Eddie alluma sa douzième cigarette de la journée, se

jura comme il le faisait depuis vingt-cinq ans qu'il allait sérieusement essayer d'arrêter ce week-end, et but une autre gorgée de sa cinquième tasse de café tiède.

À l'antenne, en voix off, Toby Inman commentait pour KLAX un reportage StarNet : un accident d'avion plutôt atroce à Des Moines, Iowa. Les chiffres, eux, disaient comme d'habitude que KLAX était bonne dernière pour le taux d'écoute des chaînes hertziennes et même derrière la moitié des chaînes câblées qui enfonçaient les indépendantes. L'affichage du solde StarNet indiquait que KLAX achetait deux fois plus de programmation au réseau qu'elle n'arrivait à lui en vendre.

Alors, quoi de neuf ?

Eddie savait bien que c'était uniquement une nostalgie obsessionnelle qui lui faisait suivre les relevés StarNet avec tant de passion. Réflexion faite, vu que tout le poste Informations – salaires, frais de production, achats StarNet, ventes StarNet, revenus publicitaires – ne représentait pas plus de 25 % de la capacité d'autofinancement, la part du lion étant assurée par les 75 % du reste de la programmation, le sujet n'aurait dû accaparer que 25 % de l'attention du directeur de la station.

Mais Eddie Franker avait commencé sa carrière à New York comme reporter dans la presse écrite, puis, après s'être fait la main dans la mise en forme et la révision des articles, était monté jusqu'à la rédaction en chef ; il était ensuite devenu producteur des informations dans une station radio, puis dans une station de télévision, avait été directeur de station dans des filiales des grands réseaux à Dayton, Boulder et Denver, pour finir dans ce stupide boulot sans avenir à L.A., où les hivers avaient au moins l'avantage d'être plus tendres pour ses vieux os endoloris et l'arthrite d'Ellie qu'au Colorado.

Ce qui voulait dire que, directeur de station ou pas, Eddie était encore un vieux journaleux au fond du cœur, et qu'après tout le service des infos était la seule partie de ce travail qui ne soit pas essentiellement assurée en pilotage automatique.

L'ubiquité de l'accès au câble dans le paysage médiatique de Los Angeles et la prolifération des chaînes correspondantes signifiait que des stations locales indépendantes comme KLAX n'avaient plus tellement de raisons d'exister. Dans n'importe quelle tranche horaire donnée, les abonnés pouvaient regarder des films sur un minimum de cinq canaux et les Dodgers, les Lakers, les Kings, les Rams, les Raiders et même une équipe comme les Clippers étaient monopolisés à perpète par la concurrence sous des contrats d'exclusivité.

La station appartenait à un nébuleux holding appelé Sierra Communications Inc., dont les principaux actionnaires identifiables étaient un important concessionnaire Toyota d'Orange County, un promoteur immobilier de la Vallée, un acteur en retraite et un gros producteur de laitue qui régnait sur la vallée de San Joaquin. Eddie avait l'impression qu'ils laissaient la station poursuivre ses activités dans le cadre d'une fraude fiscale quelconque dont il ne tenait pas à connaître les détails. Il n'en restait pas moins qu'elle slalomait en permanence autour du gouffre de la faillite totale en maintenant les dépenses au minimum.

À part quelques jeux débiles dont les lots étaient fournis, pub oblige, par des commerçants de la région, et des talk-shows anémiques aux taux d'écoute ultra-confidentiels, les informations représentaient à peu près toute la programmation originale de KLAX, le reste du temps d'antenne étant rempli par ce qu'Eddie trouvait de moins cher en fait de films de série B moisis et de vieux feuilletons rachetés à la douzaine.

Ce qui voulait dire que son travail consistait essentiellement à acheter toutes les merdes qu'il pouvait s'offrir avec son budget de misère et à vendre de l'espace publicitaire à des prix plancher normalisés sans avoir l'espoir de faire quoi que ce soit pour améliorer des taux d'écoute minables ni de véritable incitation à le faire.

Son bébé, KLAX *Action News*, comme on disait pour rigoler, était un service réduit à sa plus simple expression. Inman, Mendoza et Heather Blake faisaient le J.T. deux fois, à 18 heures et 23 heures, Kelvin, Wu et Masterson assuraient le journal du matin et Franker disposait d'un budget pour quatre reporters de terrain à temps partiel – des emplois de débutants à rotation immédiate.

Un hélico de reportage comme en avaient les filiales des réseaux et les indépendants les plus argentés ? Merde, il lui avait fallu des mois de sang, de sueur et de larmes pour obliger ces radins à lui laisser acheter un deuxième car de direct, et encore l'avaient-ils forcé à en prendre un d'occase !

Rien d'étonnant, donc, si les transactions StarNet occupaient une bien plus grande part de l'attention d'Eddie Franker que ne le méritait leur impact sur le bilan financier de la station. StarNet, au moins, était un jeu qui pouvait réveiller le fantôme de sa vieille passion journalistique.

StarNet, à sa manière, avait été un coup de génie médiatique aussi éclatant que le *Cable News Network* de Ted Turner : le grand espoir des services d'informations indépendants dans leur bataille incertaine pour conserver leurs parts de marché contre les réseaux et CNN elle-même.

Robby Hildebrandt avait démarré StarNet après la fermeture de son agence, qui fournissait sur abonnement des articles aux journaux. Il avait foncé sans pratiquement aucun capital, vendant des actions ici et là, collectant des fonds auprès d'éventuels abonnés, et ce qu'il avait accompli était, avec le recul, l'évidence même : il avait adapté le vieux concept de l'agence de presse à l'ère du satellite et des faisceaux hertziens bon marché.

StarNet se réduisait plus ou moins à un petit immeuble à Tarrytown, New York, avec quelques bureaux, un ordinateur central de routage et de facturation, quelques paraboles sur le toit et des transpondeurs satellitaires en location.

Le service StarNet ne créait rien. Il récupérait des reportages émanant d'un réseau d'indépendants comme KLAX via leur liaison satellite montante et les revendait via la liaison descendante au même réseau de stations abonnées. StarNet achetait aux stations ce qu'elles lui communiquaient en fonction d'une formule basée sur la durée de la séquence multipliée par le nombre total de téléspectateurs potentiels et revendait le reportage aux stations à l'autre bout selon la même formule plus 30 % de bénéfice.

Ce qui signifiait des bénéfices automatiques pour StarNet et la possibilité pour toute station indépendante abonnée au réseau de créer l'illusion d'une couverture en direct d'événements survenant d'un bout à l'autre des USA via un matériau relayé par StarNet à partir d'autres émetteurs locaux et commenté en voix off par le présentateur attitré de la station.

Ce qui signifiait également que pour rentrer tout juste dans ses frais une station comme KLAX devait vendre à StarNet 30 % d'infos de plus qu'elle ne lui en achetait, ce qui n'était jamais arrivé depuis cinq ans qu'Eddie Franker était aux commandes.

Mais l'espoir ne meurt jamais. Ou du moins était-ce l'illusion qui empêchait Eddie de succomber à l'ennui. Vu la manière dont était calculée la rémunération, un fait divers local porteur d'une valeur marchande suffisante pour attaquer le marché national et, de préférence, susceptible de rester un certain temps à la une pouvait en quelques jours rapporter plus d'argent à KLAX qu'il n'en fallait pour faire tourner pendant six mois l'intégralité du service Informations. Et même si Eddie restait suprêmement indifférent à l'enrichissement de Sierra Communications Inc., le fantasme primordial du Grand Scoop National pourrait continuer à faire battre son vieux cœur de reporter endurci tant qu'il lui resterait un souffle de vie.

Un séisme de force 12 précipite Los Angeles dans le Pacifique ! Les extraterrestres posent leur soucoupe sur la pelouse du Rose Bowl ! Evasion massive de fauves au zoo de Griffith Park ! Les studios Universal frappés par une météorite ! Godzilla ravage le centre-ville de Burbank ! En direct sur KLAX, Hollywood ! La suite en images aux infos de 23 heures !

« ... pendant ce temps, à Northridge, au Salon du cercle félin de Californie du Sud, plusieurs milliers de fanatiques de ce qu'on appelle le Style se retrouvaient sous un cha... piteau d'un tout autre genre. Reportage d'Ellie Christian en exclusivité pour KLAX... »

« Qu'est-ce que... »

Personne n'avait frappé. La porte s'ouvrit soudain à la volée en claquant contre le mur et Gus Jason, chef de la sécurité pour l'équipe du soir, entra d'un pas mal assuré, suivi d'un grand blond sanglé dans un blouson des Dodgers bizarrement boursouflé qui le poussait sans ménagement en lui collant dans les reins le canon d'un pistolet-mitrailleur.

« Les mains sur la tête, s'il vous plaît, et on causera plus tard ! Qu'est-ce que vous attendez ? »

La voix était celle d'une Noire en treillis et gilet pare-balles qui se précipita dans la pièce derrière le grand blond, atteignit le bureau d'Eddie en quatre longues enjambées et lui braqua une arme automatique sous le nez.

Deux autres hommes armés entrèrent sur ses talons,

claquèrent la porte et se plantèrent devant, barrant le passage.

Crash, blam, pow, bang, boum ! comme dans une putain de BD !

Eddie n'eut même pas le temps de sentir le choc, encore moins de réagir.

Une seconde plus tard, toutefois, lorsqu'il accusa le coup, un réflexe animal explosif et tachycardique le fit bondir sur ses pieds avant même qu'il se rende compte de ce qu'il faisait.

« Évitez-vous une embolie, monsieur Franker. Calmez-vous. Vous voulez sûrement pas faire un geste stupide. »

La tension artérielle d'Eddie redescendit d'un poil au-dessous de la zone rouge.

« Respirez profondément, regardez autour de vous, mettez-vous dans l'ambiance. »

Eddie obtempéra.

À trente centimètres environ du bout de son nez et pointé exactement dessus, il voyait le canon court d'un pistolet-mitrailleur plutôt carré – un Uzi, il en était pratiquement sûr.

Eddie continuait à avoir du mal à comprendre que c'était un truc qui lui arrivait à lui et non une scène qu'il avait vue mille fois sur le petit écran.

La gosse qui faisait la conversation n'avait pas plus de vingt-trois ans. Une main sur le canon de l'arme qu'elle portait en bandoulière comme un sac à main Gucci, elle arborait pour l'occasion un genre de gilet de sauvetage passé sur une combinaison militaire que l'on aurait cru coupés aux mesures de son corps athlétique dans quelque boutique de Rodeo Drive.

Coiffure afro méticuleusement taillée – à moins que ça ne s'appelle autrement aujourd'hui ; Eddie se remémora vaguement le temps où on parlait d'une « coupe nature » mais il avait des doutes sur l'authenticité de celle-ci. Nez pointu éthiopien, pommettes anguleuses, narines évasées, peau café au lait, grands yeux bruns.

Elle était belle. Merde, elle était bandante.

Le sourire secret derrière son masque menaçant laissait entendre qu'elle n'était pas mécontente de le savoir.

Cela ne fit pas grand-chose pour ramener Eddie à la réalité, mais ça lui remonta sûrement le moral.

Gus Jason, lui, avait l'air en piteux état. Son visage empâté était couleur de cendre, son teint bilieux, comme s'il allait vomir. Le type blond le poussa du canon de son arme ; il fit quelques pas chancelants en direction d'Eddie puis s'arrêta sans trop savoir quoi faire au centre de la pièce tandis que l'autre venait se placer à côté de la fille à la mitraillette.

Il se pouvait qu'il ait eu jadis les ondulantes boucles blondes d'un fanatique du surf mais elles commençaient maintenant à se clairsemer, lui donnant un front plus grand, plus intellectuel ; Eddie ne se rappelait que trop bien les signes annonciateurs de la calvitie. Dans les quarante ans, l'homme avait des traits durs et anguleux qui, pour une raison ou une autre, ne cadraient pas avec ses yeux bleus couleur du Pacifique, des yeux qui lui donnaient l'air d'un surfeur vieillissant devenu braqueur malgré lui.

Mais ce n'était apparemment qu'une illusion d'optique. Ces yeux disaient qu'ils avaient vu du pays. Ils avaient quelque chose de trop intelligent. On n'y lisait rien de louche. Et ce blouson à l'emblème des Dodgers était outrageusement décalé.

Deux, euh... punks étaient postés devant la porte, leurs Uzi pointés plus ou moins dans sa direction.

Pantalons en cuir troués à des endroits inattendus, T-shirts arborant quelque bizarre symbole inconnu peint en rouge, oreilles percées de multiples anneaux, vestes en cuir noir hérissées de fermetures Éclair et d'appendices chromés : pas de doute, c'en était.

Ils avaient tous les deux l'air d'avoir entre vingt-cinq et trente ans. L'un était grand et mince, avec un teint blafard et terreux et une maigre iroquoise brun sombre, plutôt anodine, qui partageait en deux son crâne rasé. L'autre, plus petit, plus musclé, au teint rougeaud et bovin, avait de très mauvaises dents mais une coiffure punk bien plus impressionnante, une crête formée de touffes rouges laquées ou gominées – allez savoir ! – pour se dresser comme autant de piquants acérés.

« O.K. ? dit la fille. Vous avez pigé ? Nous sommes les Brigades vertes et nous avons pris le contrôle de votre station au nom des peuples de la Terre. Nous servons la bonne cause. Il n'arrivera rien de fâcheux à personne tant que vous garderez ça à l'esprit et agirez en conséquence. Dans le cas contraire, nous pourrions devenir méchants. »

Elle ouvrit son gilet pour révéler des plaques de quelque substance cousues à même la doublure et un genre de petite console *ad hoc* munie d'un interrupteur à lames dont elle chatouilla d'un doigt le basculeur.

« Ce truc est du plastic, dit-elle. Nous en avons chacun un ou deux kilos sur nous, et quand on tripote ce mignon bouton, ça fait boum ! »

Le type blond s'extirpa de son blouson des Dodgers, le rejeta d'un revers de la main comme Superman dans la scène de la cabine téléphonique pour révéler un gilet explosif du même type. Les punks montrèrent pareillement les charges dissimulées sous leurs vestes.

« On a aussi planqué des gros paquets de cette mélasse en des endroits stratégiques un peu partout dans cet immeuble, assez pour nous faire sauter, et vous avec et toute votre station de merde si nous y sommes forcés. Horst et moi-même disposons d'interrupteurs spéciaux qui déclenchent des détonateurs radiocommandés. Alors, nous rendez pas paranos, vu ?

– J'ai compris, marmonna Eddie. Est-ce que je peux baisser les mains maintenant, s'il vous plaît ? Je ne suis qu'un vieux débris inoffensif et mes bras commencent à se fatiguer. »

La fille se tourna vers l'homme, Horst, qui approuva de la tête. « Les mains à plat sur le bureau, dit-elle, et pas de gestes brusques. »

Eddie baissa les bras. « Merci, dit-il prudemment. Ça vous embête si je demande à entendre la version des faits de Gus ? Bon, avouez quand même que tout ça est un peu dur à avaler quand c'est vous qui le dites, alors... »

Horst hocha à nouveau la tête, se retourna, fit signe à Gus d'avancer en relevant le canon de son arme et parla pour la première fois. « Veuillez confirmer la vérité de ce que Kelly vient de dire. » Pour une raison ou une autre, sa syntaxe était trop correcte et sa prononciation trop parfaite pour qu'il puisse être originaire de quelque pays anglophone que ce soit. Il parlait distinctement, d'une voix bien modulée. Il donnait presque l'impression d'un professeur qui relançait un élève.

Gus Jason ne sembla pas s'en apercevoir. « Ouais, c'est bien vrai, j'en ai peur, m'sieur Franker », dit-il de la voix de chien battu du vieux flic dont l'orgueil professionnel venait d'être sévèrement rabaissé. « Mes gars ont été aussi cons que des manches à balai et les autres aussi malins que des singes. Un genre de livreur de pizza se pointe à l'entrée principale, comme quoi c'est pour les cameramen ou un truc dans ce genre. Le carton est trop gros pour passer entre les barreaux, alors George sort pour le prendre, le mec sort un pistolet du carton, le lui met sous le nez, le désarme, entre à l'intérieur, neutralise la centrale d'alarme, et en voilà quatre autres qui rappliquent par la grande porte, bloquent l'entrée principale et me sautent dessus quand je sors des chiottes... »

Gus poussa un soupir. « Merde ! Qu'est-ce que je pouvais faire à ce stade, hein, m'sieur Franker ? Y en a un qui me tient, les trois autres tombent sur Johnny par l'intérieur du bâtiment, faut dire qu'y s'y attendait pas tellement, hein, et ils se font ouvrir l'accès fournisseurs, une camionnette s'amène, y en a encore d'autres qui entrent et, d'après ce que dit Johnny, ils commencent à décharger toute cette saloperie...

– Quel genre de saloperie, Gus ? Des explosifs ? »

Gus haussa les épaules. « Y z'ont pas dit quoi. Écoutez, m'sieur Franker, je suis désolé, j'ai rien pu faire... écoutez, j'espère que vous allez pas... je veux dire que ce boulot...

– Plus tard, Gus... si du moins nous sommes encore là pour en discuter.

– Pas la peine d'insister lourdement, monsieur Franker, dit la fille, Kelly. Nous servons la bonne cause. Je vous l'ai déjà dit, non ? On veut faire de mal à personne. Et pour le prouver, nous nous sommes nous-mêmes pris en otage.

– Nous avons recours à ces mesures extrêmes uniquement parce que l'action directe reste la seule solution possible, dit Horst d'une voix étrangement sérieuse. Nous espérons qu'une fois que vous aurez compris vous allez coopérer de votre propre initiative.

– Et mes hommes... ? demanda Gus.

– On ne leur a pas fait de mal. Nous ne sommes pas un groupe pacifiste au sens où vous l'entendriez, mais nous ne chérissons pas la violence quand elle est inutile. Notre but n'est pas de prendre la vie mais de la préserver. De sauver la biosphère même de la planète de la stupidité de notre propre espèce.

– C'est tout ? grogna Eddie. Vous pourriez peut-être viser un peu plus haut, non ? »

Horst se permit un mince sourire, simple reconnaissance du sarcasme dénuée de toute trace d'humour. Charmant.

« Oui, bien sûr, notre objectif stratégique semble utopique, mais nous ne sommes ni des fanatiques absolutistes ni des théoriciens flous ; on a déjà eu assez des uns et des autres, ne croyez-vous pas ? L'objectif tactique de cette action est limité, bien défini et réalisable.

– Hein ?

– Ce que Horst essaie de vous dire, c'est qu'on a pas l'intention d'occuper cette station plus longtemps qu'il le faudra pour atteindre un objectif limité, dit Kelly. Nous allons mettre en échec la Proposition 17.

– Et démontrer la puissance de l'action directe !

– Dans une cause que peut acclamer debout quiconque tète pas les nénés du complexe agro-industriel ! »

Eddie sentit l'aura d'une possible migraine lui taquiner la matière grise. Sans demander la permission, sans vraiment réfléchir à ce qu'il était en train de faire, il laissa ses mains se dandiner sur le bureau jusqu'à son paquet de cigarettes et en sortir une.

Certes, il se pouvait que tout individu doté du cerveau ou de la sensibilité morale d'une limace de jardin – à supposer qu'il ne soit pas concerné par l'effet qu'aurait la fin de la sécheresse sur la valeur de ses propriétés foncières en plein désert – perçoive obscurément ce que la construction d'une série d'usines de dessalement en bordure des côtes dans une zone de tremblements de terre avait de risqué.

Mais comme Eddie l'avait tout récemment expliqué à Heather Blake, les propriétaires de KLAX avaient investi *mucho dinero* dans le genre de terrains désertiques dont le projet Seawater était censé augmenter la valeur.

Qui sait si ces radins n'avaient pas jeté quelques maigres dollars dans la balance pour le faire adopter ? Sûr qu'il y avait là matière à déduction fiscale. Sierra Communications Inc. était à fond pour le référendum Seawater.

En fait, non seulement les proprios avaient explicitement informé Eddie que son boulot serait en péril si la station oubliait de censurer tout ce qui ne soutenait pas mordicus le sacro-saint intérêt économique qu'ils avaient personnellement dans l'adoption de la Proposition 17, mais ils avaient exercé des pressions considérables pour orienter la couverture des événements et influencer les électeurs.

Si ces mômes étaient les bons, alors ses patrons devaient sûrement porter les chapeaux noirs des méchants.

Ces terroristes (même s'ils affectaient de refuser cette appellation) le savaient-ils ? Était-ce pour cela qu'ils avaient pris KLAX comme cible ?

Eddie alluma sa cigarette et aspira la fumée à pleins poumons, imprudence qui, vu les circonstances, semblait moins téméraire que d'habitude.

L'ours est-il catholique ? Un pape chie-t-il dans les bois ?

18 h 47

À l'écran :

Plan en buste de Toby Inman : costume fauve, chemise jaune pâle, cravate vert forêt, yeux d'un bleu innocent qui fixent la caméra.

« ... a rejeté les accusations de son mari et déclaré que sa relation avec le chanteur de country and western Bobby Joe Martin était strictement professionnelle... »

Plan moyen tremblé d'une ex-starlette âgée, momie septuagénaire habillée pour la tournée des grands-ducs qui se colle de tout son long contre un cow-boy chevelu de vingt-cinq ans à veste de strass tandis qu'ils traversent tant bien que mal un écran de paparazzi pour monter dans une limousine.

Toby Inman, off : « ... lorsque des reporters ont rattrapé le couple à Las Vegas... »

La starlette décatie : « J'ai plus de talent dans ma bouche et mon larynx que Dirk n'en a montré en trente ans de films débiles... »

Retour sur Toby Inman, étouffant visiblement son rire mais concluant cette séquence en bon professionnel à la seconde près.

« Bobby Joe et moi avons l'intention de faire un disque ensemble, a-t-elle précisé lorsque... »

Inman s'arrête brusquement au milieu de sa phrase, fixe d'un air ahuri quelque chose d'invisible à gauche de l'image, s'apprête à se lever d'un bond.

« C'est quoi ce bordel... ? »

Panoramique saccadé vers la droite, où une jeune Noire en tenue camouflée se tient derrière Heather Blake, la journaliste météo de KLAX, agitant un pistolet-mitrailleur et criant quelque chose que le micro de Heather ne capte pas. Elle pointe le canon de l'arme vers le haut puis vers la gauche ; Heather se lève, l'air plutôt secouée, et, vacillant sur ses jambes, sort du champ par la gauche.

La Noire s'assoit sur le fauteuil de la fille météo, braquant l'arme vers la droite tandis que la caméra effectue un travelling avant pour resserrer le champ sur un plan duo de Toby Inman et elle. L'arme est braquée droit sur la tête d'Inman, le canon à quinze centimètres de son crâne. Il a l'air d'être sur le point de faire sous lui jusqu'au moment où il se rend compte qu'il est dans le champ. Alors son regard devient vitreux, ses lèvres se serrent et se raidissent et il fixe la caméra comme un présentateur de J.T. statufié en figure de cire.

« Vous aussi, dit la Noire en jetant un coup d'œil vers

la gauche. Sortez du studio, sinon je lui fais sauter la cervelle. »

Enchaînement sec un rien bâclé sur l'image prise par une autre caméra en train de reculer pour donner un plan général incongru de tout le plateau, révélant un peu du dispositif d'éclairage au plafond, l'autre caméra, Toby Inman, la Noire, le commentateur sportif Carl Mendoza, debout, les poings serrés, l'air plutôt menaçant.

« Pour l'amour du ciel, fais pas l'idiot, Carl ! » crie Inman.

La scène s'immobilise une seconde, puis Mendoza se remet en mouvement, pivote et sort du champ par la gauche...

Nouvel enchaînement sec et chahuté sur un plan duo mal cadré, légèrement décentré d'Inman et de la terroriste.

« Mettez vos mains sur le bureau, bien à plat, les bras tendus et les bougez plus », dit-elle. Gauchement, Inman s'exécute.

Elle pose le coude gauche et la main droite sur le dessus du bureau, cale son pistolet-mitrailleur en travers de sa poitrine, crosse et détente dans la main droite, canon niché au creux du coude gauche, confortablement braqué sur Toby Inman au cas où la situation se prolongerait.

Elle regarde au-dessus de la caméra et légèrement à droite. « Mettez-moi en gros plan », dit-elle, apparemment à l'attention du réalisateur. Une seconde se passe. Rien.

« Obéissez-lui ! » gémit Inman.

La caméra se rapproche et vient la cadrer plein champ, plein centre. Elle fixe l'objectif et sourit.

C'est un sourire dur, mais il a aussi quelque chose d'attirant. Les grands yeux bruns limpides de la fille vous pénètrent, rayonnants de courage et de sincérité. Elle a des lèvres charnues, des narines spectaculairement évasées, des pommettes hautes et un nez presque aquilin. Pas de rouge à lèvres ni de maquillage, ce serait inutile. Elle est dure, sérieuse mais très jolie, très jeune, tout à fait féminine. S'il existe un potentiel de star à l'état brut, défini par un rapport instinctif avec la caméra, ne cherchez plus, elle a ça.

« Amis Terriens, bonsoir ! Je suis Kelly Jordan, ministre de l'Information des Brigades vertes. Restez à l'écoute sur cette antenne et je vais vous expliquer ce qui vient de se passer et les raisons de cette action. »

Elle parle d'une voix suave et articule bien, avec un accent américain classique teinté d'on ne sait quoi d'impalpable ; le débit est un peu sautillant mais, vu les circonstances, l'effet global est bizarrement professionnel.

« Mais d'abord, il va falloir attendre quelques secondes, le temps que notre équipe technique nous bascule en direct sur le satellite StarNet qui redistribuera ce reportage à ses abonnés. Alors veuillez patienter avec nous, chers téléspectateurs, tandis que nous vérifions la liaison montante... »

Elle fixe la caméra pendant de longues secondes de silence, à moins qu'elle ne cherche à apercevoir quelque chose derrière l'objectif. Elle plisse les yeux, bat des cils et finalement hoche la tête.

« Bon, dit-elle. Pour ceux d'entre vous qui n'habitent pas Los Angeles et viennent tout juste de prendre ce reportage en marche, je suis Kelly Jordan et KLAX-TV vient d'être libéré par les Brigades vertes au nom des peuples de la Terre. Nous ne voulons faire de mal à personne. Nous sommes de nobles guerriers de Gaïa qui ne songeraient jamais à faire de mal ne serait-ce qu'à la plus infime parcelle de la biosphère, et à plus forte raison aux mammifères hautement évolués localisés dans cet immeuble. Nous voulons simplement vous parler. Nous voulons simplement que vous entendiez ce que nous avons à dire. C'est ça, l'Amérique. C'est ça, la démocratie ! Il paraît que c'est comme ça que nous sommes devenus une grande nation. »

Sa voix dérape dans une légère parodie du volubile animateur de la tranche horaire précédente, son visage perd toute sa douceur et la voilà soudain tout à fait crédible et inquiétante.

« Bien entendu, si certains trouducs antidémocratiques de ce pays essaient de nous empêcher de parler, nous sommes prêts à leur faire leur fête », poursuit-elle, ouvrant brusquement son gilet pour révéler les objets plats et oblongs cousus dans la doublure, la petite console métallique avec son interrupteur à lames.

« Il y a là environ deux kilos d'un plastic très spécial fabriqué en Slovaquie : c'est suffisant pour faire sauter tout ce studio et tous les gens qui sont dedans. Nous portons tous des gilets de ce genre, et nous avons planqué environ une tonne de ce machin dans tout l'immeuble, alors vous pouvez imaginer le *Big Bang* que ça fera si tout ça saute en même temps. »

Zoom d'une seconde sur la main qui esquisse une pichenette en direction de la commande du détonateur puis retour en zoom arrière au gros plan sur Kelly Jordan.

« Ce qui arrivera si je bascule ce petit interrupteur. Ce que je ferai si le premier Rambo venu essaie d'entrer de force ou si on empêche cette station d'émettre. KLAX-TV appartient aux peuples de la Terre pour toute la durée de l'opération et les Brigades vertes défendront sa liberté d'expression jusqu'à la mort s'il le faut – la nôtre, celle de nos otages et de quiconque s'approcherait trop près de cet immeuble sans raison valable. »

Kelly Jordan sourit, hausse les épaules, amorce un clin d'œil pour retrouver un ton plus badin – et ça marche presque. Elle va réinventer MTV. *Presque.*

« Voilà donc ce qui vient de se passer. Nous avons commencé la Révolution verte, camarades, nous risquons notre vie pour être sûrs de pouvoir continuer à respirer, nous sommes passés à l'action directe pour sauver la Terre. »

Elle reluque la caméra d'un air enjôleur. « C'est vrai, nous sommes des extrémistes. Nous sommes des terroristes. Nous ne sommes pas meilleurs que la Mafia ou l'IRA. Nous sommes des méchants et des méchantes. Nous sommes des individus désespérés. Nous devrions être plus raisonnables. »

Elle hausse les épaules, fronce les sourcils, prend un air féroce. « Voilà ce que nous sommes. Et vous êtes comme nous. Nous sommes raisonnables, et vous auriez intérêt à nous imiter, voilà ! »

Elle s'arrête, se détend un peu, devient la jolie voisine écolo pétante de sève.

« Mais vous êtes raisonnables, pas vrai ? Finies les projections et les hypothèses : nous sommes en train de tuer cette planète pour de bon. Nous avons des trous d'ozone permanents au-dessus des pôles qui bouffent l'atmosphère en descendant vers nous comme des aspirateurs en folie. Nous avons des calottes glaciaires qui commencent à fondre, des îles qui s'enfoncent et pour ainsi dire plus de coraux vivants. Le plancton se raréfie dans les océans, les poissons disparaissent, et c'était quand la dernière fois qu'on a eu de la neige à Noël ? »

Méprisante, elle toise la caméra, puis hoche la tête.

« Ouais, ouais, tout ça, on le sait, on l'a vu à la télé, persifle-t-elle. Dans cent ou deux cents ans, la Terre sera inhabitable. Mais qu'est-ce qu'on peut faire ? Et tout le monde s'en fout. De toute façon, on sera déjà tous morts. »

Une grimace, un méchant petit sourire.

« Bien sûr, dans notre Californie ensoleillée où il ne pleut jamais, ça commence à sentir le roussi, pas vrai ? On risque sa vie à se faire bronzer, on va vers la pénurie d'eau intégrale, on a beau faire, le *smog* ne cesse d'empirer, il y a des feux de broussailles pendant presque toute l'année et des meutes de coyotes affamés descendent des collines pour attaquer nos toutous et nos enfants... »

Elle assure. Elle maintient le contact oculaire. Le débit est un peu mécanique, comme si elle avait tout appris par cœur et le lisait dans sa tête sur son téléprompteur personnel, mais l'énergie est là. À mesure qu'elle entasse les sarcasmes, elle prend assez de présence pour la conserver.

« Et qu'est-ce que vous faites ? Vous envoyez un chèque à Greenpeace ou aux Amis de la Terre. Vous vous passez de l'huile solaire sur tout le corps et tenez des meetings de protestation. Vous vous torchez avec du papier recyclé qui gratte le cul et vous vous prenez pour des héros. Mais, la plupart du temps, vous ouvrez un pack de bières, vous vous écroulez devant le poste et vous oubliez tout. »

Elle se penche en arrière, s'apprête à lever les mains et se rappelle qu'elle tient l'Uzi avec – maladresse qui l'arrête dans sa foulée, lui casse son rythme.

« Vous... nous... tout le monde sait ce qu'il nous reste à faire. Nous débarrasser de nos voitures qui bouffent de l'essence. Arrêter de brûler les combustibles fossiles, point final. Arrêter de détruire les forêts pluviales pour y faire pousser de quoi engraisser la viande à hamburger. Fermer nos centrales nucléaires plutôt qu'attendre le prochain Tchernobyl. Priorité à la survie de la planète. »

L'énumération est un peu mécanique, mais c'est peut-être voulu.

« Bla-bla-bla, etc. Change de chaîne, darling. »

Kelly Jordan pianote sur une télécommande fantôme, un manche de guitare invisible.

« Oui mais, un jour où l'autre, vous ne pourrez plus zapper à volonté. Nous aurons tué cette planète, elle sera aussi morte que la face cachée de la Lune ou le verso de Vénus. Oh, certes, nous laisserons un souvenir charmant à nos arrière-petits-enfants... au cas fort improbable où nous en aurions. »

Elle sourit. Reprend son air juvénile. « Alors nous sommes tous des désespérés, n'est-ce pas ? Nous savons tous ce qu'il nous reste à faire, et vite, sinon la planète est foutue. Mais personne n'a l'air de savoir, même vaguement, comment y arriver. »

Elle relève légèrement le pistolet-mitrailleur, geste limité, certes, mais qui ne passe pas inaperçu : elle *brandit* l'arme à présent, et sa voix se durcit.

« Bon, les Brigades vertes ne savent peut-être pas comment gagner la Révolution verte, mais nous savons au moins comment la faire démarrer et quand – c'est-à-dire maintenant. Plus de pétitions, plus de meetings, plus de conneries. Pour sauver la planète, il faut passer à l'action directe. Une démonstration inspirée est nécessaire pour prouver que c'est possible, et nous allons la fournir en direct aux infos du soir sur KLAX-TV ! »

Elle fixe résolument la caméra pendant une interminable seconde.

Puis une autre... une autre... et encore une autre qui s'additionnent en une éternité de temps mort, un blanc de presque une minute tandis que Kelly Jordan regarde la caméra sans mot dire, résolument, héroïquement, gauchement, confusément, jette des coups d'œil à gauche, puis à droite, encore à gauche...

« Euh... bon... ça y est..., dit-elle enfin dans le micro de direct.

– Qu'est-ce qu'on est censés faire maintenant ? » demande une voix faiblarde hors champ.

Kelly Jordan hausse les épaules, regarde autour d'elle, comme désorientée. Encore un blanc d'une vingtaine de secondes.

Panoramique brutal vers la droite, dans le prolongement du canon du pistolet-mitrailleur, qui révèle Toby Inman en plan moyen, agitant la main droite comme pour diriger une marche arrière : il fait signe au cadreur de serrer sur lui.

Inman retrouve son aplomb professionnel, fixe la caméra d'un air farouche et envoie la conclusion.

« Des éco-terroristes s'emparent de KLAX et nous retiennent en otage. La suite en direct aux infos de 23 heures ! »

Toby Inman en homme-tronc muet reste à l'écran plusieurs embarrassantes secondes.

KLAX en lettres bleues étoilées, les quatre notes de l'indicatif, une voix masculine triomphale : « KLAX-TV, Los Angeles ! »

Vue aérienne panoramique d'une superbe plage des mers du Sud illuminée par un saisissant lever de soleil sur l'océan d'où jaillit, aux accents d'une fanfare reggae, un paquet de céréales gros comme une maison décoré d'une reproduction en couleurs primaires du même paysage.

La voix de basse chantante d'un Jamaïcain : « Déjeuner de soleil ! Déjeuner de musique ! Réveillez-vous... avec Caribbea ! Caribbea, c'est six céréales complètes, de la noix de coco grillée, des raisins secs, des noisettes, des mangues, des fruits de la passion et un baiser sucré au rhum des îles pour les petits câlins du matin ! Caribbea, le petit déjeuner des bons moments sur un rythme reggae ! »

19 h 25

Sûr que la situation était inquiétante, mais Carl Mendoza avait connu des dangers plus physiquement présents au Guatemala ou chez les Viets et il se sentait jusque-là rassuré par le professionnalisme de l'opération.

Du rapide, du sans bavure, sans violences ni excès de

langage inutiles. Foutrement mieux que de se faire capturer par une bande de machos braillards qui roulaient des mécaniques, des amateurs avec des piments rouges dans le trou du cul !

Ne trouvant rien à faire à part rester assis dans cette cafétéria bondée et friser la parano en se demandant comment les choses allaient tourner, Carl avait tué le temps en essayant de recenser les effectifs, réels ou supposés.

Combien y avait-il de membres des Brigades vertes sur les lieux ? Autant qu'il ait pu s'en rendre compte jusqu'ici, ils étaient moins de vingt, une douzaine, peut-être.

Jusqu'ici, donc, il avait vu la Noire qui avait fait l'émission, l'Arabe et le type à l'air japonais qui avaient obligé Heather et lui-même à monter sous la menace de leurs Uzi jusqu'à la cafétéria du troisième étage et en gardaient à présent l'unique issue. La plus grande partie du personnel y avait déjà été parquée, y compris les vigiles, qui prétendaient n'avoir pas vu plus de quatre terroristes mais étaient encore trop sous le choc pour être sûrs que ces deux-là avaient fait partie du quatuor.

L'émission terminée, Inman avait été poussé sans ménagement dans la cafétéria par une espèce d'Indien, lequel était parti ensuite avec une fille de type anglo chercher le personnel de la régie et les cadreurs. Ce qui faisait cinq terroristes. Quinlan disait qu'ils avaient installé un type à eux dans la régie. Six, donc. Tout le personnel de KLAX présent dans l'immeuble se trouvait désormais ici, sauf Eddie Franker. Donc, à moins qu'ils l'aient buté, ce qui était invraisemblable, ça voulait dire sept terroristes, bien qu'une des femmes ou l'*Indio* puissent se dédoubler. Il fallait contrôler l'accès à l'immeuble en deux points, l'entrée principale et le quai de chargement. Neuf, donc.

Ouais, on pouvait faire le coup avec un effectif réduit à neuf ou dix, voire à un minimum absolu de sept si nécessaire. En dessous, on ne pouvait à la fois surveiller les otages et contrôler les accès de l'immeuble. Si on dépassait la douzaine, ça risquait d'entraîner des problèmes de discipline et de commandement... En revanche, pas question de tenir en respect un si grand nombre d'otages pendant très longtemps avec une force aussi réduite...

« Qu'est-ce qu'ils vont faire de nous, d'après toi, Carl ? » chuchota Inman dans une pose de conspirateur.

Ce cinéma n'était pas tellement justifié. La prétendue cafétéria de la station consistait en neuf tables, un distributeur de café et de thé, un distributeur de boissons non alcoolisées, un distributeur de repas préemballés, un distributeur d'eau glacée et une machine qui dispensait des sandwiches largement périmés. Ce local sans la moindre fenêtre était plus une station-service bouffe qu'un lieu consacré à la restauration, et, avec plus de trois douzaines de personnes entassées actuellement dedans, le niveau sonore était tel qu'on pouvait hurler sans se faire comprendre à deux tables de distance.

D'ailleurs, il n'y avait que deux gardiens. Ils ne quittaient pas la porte et semblaient être indifférents à tout ce que les gens faisaient du moment qu'ils n'essayaient pas de s'échapper. On avait le droit de circuler, d'aller se chercher à boire et à manger aux distributeurs alignés contre le mur du fond, face aux toilettes, d'aller aux chiottes, justement, qui n'avaient pas d'autres issues, de se planter devant le moniteur de retour antenne fixé au mur au-dessus des portes marquées « Dames » et « Messieurs » et de regarder, debout, une énième rediffusion des *Simpson*.

Cool. Professionnel. Pas d'effort superflu.

Carl haussa les épaules. « Ça dépend de ce qu'ils cherchent, dit-il d'une voix normale. Ça dépend s'ils *savent* ce qu'ils cherchent...

– S'ils *savent* ce qu'ils cherchent ? » souffla Heather comme au théâtre, aussi inutilement qu'Inman.

Ces trois vedettes du petit écran qui avaient beau se connaître sans se fréquenter une fois sorties du studio s'étaient néanmoins retrouvées assises à la même table devant les distributeurs de bouffe et de boissons, enfermées dans la bulle invisible qui les isolait habituellement du petit personnel.

Pas le genre de compagnons que Carl aurait choisis pour une promenade dans la jungle. Il n'avait aucune idée de ce que ferait Inman s'il devait y avoir confrontation physique. Ce qu'il avait vu jusque-là était ambigu : Inman avait flippé un brin, s'était calmé, puis avait eu le sang-froid de terminer l'émission. Heather ? Euh... bon, Heather Blake était une tranche de cul de première classe qui dégageait des vibrations indiquant une fin de non-recevoir, et c'était à peu près tout ce qu'il savait d'elle.

Mais Carl était pratiquement sûr qu'il allait les avoir sur le dos. Leur trio était certifié viande premier choix par le ministère de l'Agriculture quand on en viendrait à tailler dans les otages. Les terroristes, quelles que soient leurs intentions – à supposer qu'ils en aient – les traiteraient vraisemblablement comme une entité indissociable.

« Sauver la Terre ? Faire démarrer la Révolution verte ? dit Carl de sa voix traînante. Un tas de vagues exigences non négociables impossibles à satisfaire ? J'espère bien qu'ils ont trouvé mieux que ça comme porte de sortie, sinon on est dans la merde pour un bout de temps. »

Brillant, y a pas à dire, Mendoza, songea-t-il une seconde après, lorsque Heather Blake en resta bouche bée et qu'Inman loucha vers lui comme un receveur aux abois débordé sur ses arrières qui sent le jeu lui échapper.

« Qu'est-ce que tu veux dire par là, Carl ? demanda Inman, oubliant de chuchoter cette fois-ci.

– Rien...

– Allez ! »

Carl soupira. « Des fois, des mecs comme ça veulent seulement passer à la télé pour faire une déclaration, c'est tout, et ces Brigades vertes ont déjà eu leur temps d'antenne, alors le problème c'est...

– C'est quoi ? » dit Heather.

Carl haussa les épaules. « C'est qu'ils savent pas quoi faire après, ils y ont pas encore réfléchi...

– Ils n'ont rien prévu pour conclure, dit Heather. Comme l'autre, Kelly Machinchose, qui est restée le bec dans l'eau quand elle a eu terminé son speech... »

Carl la regarda attentivement, dans un brusque sursaut de respect inattendu. « Ouais, dit-il, ils s'amènent, ils ont ce qu'ils cherchaient, ils veulent sortir sans bavure mais ils savent pas comment...

– Et c'est à ce moment-là que ça commence à être coton pour les otages », enchaîna Inman.

Carl lui jeta un regard exaspéré, mais Heather, centre de son attention, ne flippa ni ne grimaça ; elle se contenta de secouer sa jolie petite tête blonde.

« Vous vous trompez tous les deux, dit-elle carrément. Ces types suivent un scénario qu'ils ont écrit jusqu'au bout ; ils connaissent la suite de l'histoire et ce qu'on a vu n'était que la bande-annonce. Je le sais. Je le sens. Pas vous ? »

Carl la considéra avec une certaine stupéfaction. Et se surprit à réfléchir à ce qu'elle venait de dire. Ça cadrait avec ce qu'il avait vu jusque-là. Pas de panique. Pas d'émotion. Pas de discussion dans les rangs. Pas de mouvements inutiles. Tout se déroule conformément au plan. Mais lequel ?

Il lui sourit, un rien plus optimiste quant à la situation et quelque peu rassuré sur l'état d'esprit d'au moins une des personnes qui étaient dans cette galère avec lui. Heather, semblait-il, ne se réduisait pas à la belle blonde qui n'a rien dans le crâne.

19 h 46

Eddie Franker s'arrêta près de son bureau pour allumer une autre Winston et boire une gorgée de café définitivement périmé, puis se remit à tourner en rond, décrivant de petits cercles obsessionnels en souhaitant que sa migraine s'en aille, que le téléphone cesse de sonner, que ces cinglés le laissent au moins commencer à y répondre.

Par la fenêtre qui donnait sur Sunset, il pouvait constater que les flics avaient barricadé le boulevard sur deux blocs de chaque côté de la station : de quoi garantir un beau merdier pour la circulation en fin d'heure de pointe et un état d'âme exquis chez les légendaires gardiens de l'ordre de L.A.

Par la fenêtre qui donnait sur le parking, il voyait le LAPD se préparer à l'action d'une manière qui n'était pas faite pour le rassurer. Il y avait à peu près une douzaine de voitures de patrouille, un car des brigades anti-émeutes, une équipe de tireurs d'élite du SWAT – le groupe d'intervention tactique –, un bélier et ce qui ressemblait à un des nouveaux tanks robots miniatures. Des douzaines de flics armés de fusils à pompe et d'armes automatiques attendaient, debout ; ils avaient déjà l'air de s'ennuyer et ne tenaient pas en place. La climatisation étant en marche et les fenêtres hermétiquement fermées, Eddie ne pouvait entendre les rotors des hélicoptères de la police au-dessus de l'immeuble, mais vu la prédilection des petits gars du *Los Angeles Police Department* à refaire le Viêt-nam avec leurs joujoux, leur présence ne faisait aucun doute.

Assis sur des chaises pliantes devant son bureau, leurs Uzi bien calés au creux du bras, Kelly Jordan et Horst

Machinchose jetaient des coups d'œil à leur montre toutes les cinq minutes pour on ne savait quelle raison tout en faisant mine d'ignorer la sonnerie incessante des téléphones. Les deux punks étaient partis, chargés de missions auxquelles Eddie ne s'attarda pas à réfléchir.

Ses deux vis-à-vis étaient manifestement trop jeunes pour avoir vu avec une conscience d'adultes le reportage en direct de l'affrontement entre la police et la SLA, mais ce n'était pas le cas d'Eddie. Les terroristes armés jusqu'aux dents de la *Symbionese Liberation Army* – les gens qui avaient kidnappé Patty Hearst – avaient été acculés par la police dans une villa de Los Angeles. Le LAPD avait profité de la fusillade subséquente pour déployer aux heures de grande écoute une puissance de feu à faire crever d'envie le generalissimo centraméricain moyen. Lorsque la poussière et la fumée du napalm s'étaient dissipées, tout ce qui restait de l'édifice et de ce qui se trouvait à l'intérieur se réduisait à peu près à cela : de la fumée, de la poussière, et des décombres encore chauds.

Nul ne pouvait accuser les braves du LAPD d'être un tas de chochottes libérales. Le premier qui essaierait se ferait pulvériser. Avec un minimum de provocation – disons un regard de travers ou un mot peu aimable – ils étaient tout à fait capables de faire pareil avec KLAX. Ou plutôt, comme on disait au temps du Viêt-nam, il leur serait relativement facile de se persuader qu'il fallait détruire la station afin de la sauver.

« Écoutez, faut au moins que vous commenciez à *causer* avec les flics, implora Eddie. Voyez vous-mêmes ce qui se passe en bas. Les indigènes s'impatientent.

– Non, dit Horst en consultant de nouveau sa montre. Nous allons attendre un peu plus longtemps, et ensuite vous nous mettrez en relation avec les responsables de StarNet.

– *StarNet ?* Pour quoi faire ?

– Pour mettre au point la couverture de l'événement exceptionnel qui se produira à 23 heures, dit Horst.

– Et qui sera... ? » demanda nerveusement Eddie en tirant sur sa cigarette.

Horst lui adressa un sourire déplaisant. « Très exceptionnel, en effet. »

Tout à coup, Eddie sentit la nausée lui chahuter les tripes : si ces toqués faisaient la nique au LAPD, c'est qu'ils avaient des raisons précises pour ça. Peut-être qu'ils avaient *vraiment* l'intention de faire quelque déclaration insensée et de s'envoyer en l'air et en direct dans une fulgurante débauche d'artillerie et d'explosions.

Ce serait certainement assez facile à combiner. Une rafale d'armes automatiques par la fenêtre en direction des chemises bleues, et tout le foutu bastringue sauterait. Et même si ce n'était pas ce que les terroristes voulaient, rien ne garantissait – pour employer un euphémisme – que le LAPD ne soit pas ravi de crever l'écran sans y être expressément invité.

« Écoutez, on va *quand même* être obligés de causer aux flics pour se faire libérer une ligne téléphonique vers l'extérieur, alors...

– Négocier avec la police ne présente pour nous aucun intérêt.

– Nom de Dieu ! Regardez donc par la fenêtre avant de dire ça ! gémit Eddie. Les mecs du SWAT, les brigades anti-émeutes, des robots mobiles blindés et tout le toutim ! C'est le LAPD qui est en bas, et ces types sont pas réputés pour la douceur de leur tempérament. Vous croyez qu'ils vont rester sans bouger trois heures d'affilée en attendant que vous décrochiez enfin le téléphone ? En ce moment même, ces mecs sont en train de tirer des plans pour prendre l'immeuble d'assaut... »

Horst ne bougea pas. Mais Kelly Jordan s'approcha de

la fenêtre et jeta un coup d'œil plongeant sur ce qui était en train de se mettre en place sur le parking.

« Nous ne sommes pas des plaisantins, dit Horst. Nous parlons sérieusement. Au premier signe d'un assaut, nous ferons sauter l'immeuble. Nous avons déjà été très clairs sur ce point. »

Eddie leva les bras. « Écoutez, laissez-moi vous expliquer ça d'une manière que vous allez peut-être comprendre. Les flics, quand ils sont en présence d'une prise d'otages, veulent faire parler les terroristes, établir une relation, faire en sorte qu'ils restent calmes et fassent pas de conneries, d'accord ?

– Vous êtes en train d'insinuer que nous...

– Merde ! Je suis en train de dire que vous auriez vachement intérêt à considérer le LAPD comme une organisation terroriste parce que, dans une situation pareille, c'est exactement ce qu'ils sont. Vous nous tenez, ils vous tiennent, et ces mecs ont la détente facile, encore plus que vous ! Vous pouvez pas continuer à les narguer comme ça. Faut leur parler, les impliquer dans des négociations à propos de tout et de n'importe quoi, mais surtout les empêcher de s'énerver, ou d'être trop frustrés, leur passer leurs petits caprices... »

Kelly Jordan s'éloigna de la fenêtre, l'air quelque peu ébranlée. « Peut-être qu'il a raison, Horst. On est à Los Angeles, et le LAPD a la réputation de descendre les gens qui se garent en double file. Avec toute cette viande hargneuse en bas, on peut pas s'attendre à une conduite rationnelle. On ferait mieux d'essayer de leur parler, sinon, ils seraient foutus de se mettre à tirer sans sommation...

– Il s'agit d'une *force de police professionnelle*, n'est-ce pas ? »

Kelly Jordan haussa les épaules. « Faudrait que tu aies vécu ici pour le croire. Fais-moi confiance, ça vaut mieux... Il faut les avoir au baratin.

– Ce n'est pas ce que prévoyait le plan.

– Et c'était prévu que ces flics prennent la station d'assaut avant qu'on puisse reparler en direct ? »

Leurs regards s'affrontèrent une seconde. Quelque chose passa entre eux. Eddie retenait son souffle.

« Très bien, lâcha enfin Horst. Monsieur Franker, vous répondrez au téléphone. C'est vous qui parlerez. Avec l'appareil à écoute amplifiée, pour que nous puissions tout entendre. Et vous ne parlerez qu'avec la police. »

Eddie acquiesça. Sa console téléphonique disposait de cinq lignes entrantes, toutes commutables sur le combiné mains libres avec haut-parleur et micro incorporés, et tous les voyants clignotaient. Il s'assit derrière le bureau et commença à pianoter sur les touches de prise de ligne.

Sur la une, Burton Fay, président et porte-parole de Sierra Communications Ltd. Eddie raccrocha avec un certain plaisir pervers.

Sur la deux, Fred McGuire, responsable du compte KLAX chez StarNet. « Eddie ? C'est super, est-ce que tu peux...

– Je peux rien dire maintenant, Fred, mais je te rappellerai », bredouilla Eddie lorsque Horst lui intima de couper en agitant le canon de son arme.

Sur la trois, la police.

« Bonjour, monsieur, dit une voix de basse lisse et tranquille. Ici le capitaine Enrico Calderon de la Cellule de négociation de la Police urbaine de Los Angeles. Puis-je demander à qui j'ai l'honneur de parler ?

– Eddie Franker, directeur de la station.

– Pouvez-vous m'informer librement de la situation à l'intérieur ? » Le type avait une voix quasi hypnotique. Eddie regarda Horst, qui hocha la tête.

« Personne n'a été maltraité. L'immeuble est totalement contrôlé par le commando des Brigades vertes.

– Puis-je m'entretenir avec leur porte-parole ? »

Eddie regarda Horst dans les yeux. L'autre secoua la tête. Non.

« Je crains que non.

– Peuvent-ils m'entendre ? »

Horst fit un signe d'assentiment.

« Oui.

– J'aimerais leur faire savoir que je ne suis pas foncièrement opposé à leur position écologique, bien qu'évidemment ni moi ni mes supérieurs ne puissions approuver les méthodes employées », dit Calderon.

Bon Dieu, il assure, ce mec, songea Eddie. Si on s'en sort, peut-être que je devrais essayer de lui proposer un contrat d'animateur.

« J'aimerais aussi souligner qu'ils ont déjà pu s'exprimer et ce, sans faire de mal à personne, et que par conséquent, d'un point de vue humanitaire d'abord, dans un souci de ne pas ternir leur image auprès du public ensuite, et enfin en fonction du degré de clémence ou de dureté dont peut faire preuve le système judiciaire, l'issue logique qui serait pour eux la meilleure serait de libérer les otages maintenant et de se rendre. »

Pas la moindre lueur d'intérêt chez Horst ni chez Kelly Jordan.

« Je serais on ne peut plus d'accord avec vous, capitaine Calderon, lui confirma Eddie du fond du cœur. Mais ils ne marcheront pas.

– Cette possibilité a été envisagée. Aussi ai-je été autorisé à négocier une stabilisation de la situation.

– Est-ce que ça veut dire que vous pouvez promettre qu'aucune tentative ne sera faite pour prendre l'immeuble d'assaut tant que les otages ne seront pas maltraités ? demanda Eddie, optimiste.

– Je crains qu'il ne soit contraire à la politique de mon administration de donner pareilles assurances. Toutefois, je suis autorisé à déclarer que, si nous venions à avoir la conviction que les otages sont maltraités ou que leur vie est menacée, nous serions forcés de prendre les mesures qui s'imposent. »

Simplement génial ! Eddie regarda Horst, puis Kelly Jordan. Il haussa les épaules, l'air de dire : « Je vous avais prévenus. » Aucune réaction.

« C'est pas vraiment rassurant, dit Eddie. Ça rend ces gens comme qui dirait nerveux. » Une pause. « Pouvez-vous au moins confirmer que vous n'êtes pas, de votre côté, en train de mijoter un genre de provocation... comme essayer de débarquer un commando SWAT sur le toit... ou de balancer des lacrymos par les fenêtres ?

– Je puis vous assurer qu'aucune action préventive de ce genre n'est envisagée », dit Calderon. Une seconde de silence. « Tant qu'il n'y aura pas de nouvelles tentatives pour diffuser des manifestes terroristes, évidemment. Il est contraire à notre politique de tolérer ce genre de chose. »

Oh merde !

Un relais à micro-ondes transmettait le signal émis sur place par KLAX à une tour de rediffusion en usage partagé située sur les collines et il serait assez facile de couper les émissions de la station à ce niveau, l'empêchant ainsi de couvrir Los Angeles. Et une simple injonction de la FCC – la Commission fédérale des communications – suffirait à dissuader StarNet de redistribuer tout programme émis par les terroristes en direction de son satellite.

À moins, bien sûr, que StarNet soit puissamment encouragé à passer outre, quitte à régler les problèmes légaux plus tard... Le spectre d'une idée commença à chatouiller le cerveau en ébullition d'Eddie...

« Je vais parler avec cette personne à présent », dit Horst. Et, quoique assez près du téléphone pour que sa voix soit captée par le micro auxiliaire, il s'empara du combiné.

« Ici Horst Klingerman, président des Brigades vertes, cria-t-il d'une voix irritée. C'est nous qui commandons ici ! Si vous interférez de quelque manière que ce soit avec nos émissions, nous détruirons cet immeuble et tous ses occupants ! Nous le volatiliserons ! Voilà notre politique ! »

Klingerman délirait, mais son expression était calme et sereine.

Il est en train de faire un numéro de malade mental ! songea Eddie. Et c'est convaincant. Pas très intelligent, quand même.

« Pour l'amour du ciel, calmez-vous un peu ! lâcha Eddie en enfonçant la touche de mise en attente. Vous pouvez pas parler comme ça au LAPD ! Vous feriez mieux de me laisser faire ! »

Horst Klingerman fit pivoter brusquement son Uzi pour le braquer droit sur la pomme d'Adam du directeur. « N'oubliez pas qui est l'otage », dit-il.

Eddie leva les mains. « Je fais rien de plus que proposer volontairement mes services à notre cause commune.

– Notre cause commune ?

– Sauver notre peau à tous, tout faire pour empêcher de se faire bousiller, c'est ça, notre cause. » Eddie détourna l'attention de Klingerman en allumant rituellement une cigarette, vieux truc qui n'avait aucun rapport avec le tabagisme.

« En plus, je suis journaliste, cette histoire est un scoop de première classe, et puis, merde, KLAX est *ma* station, alors pourquoi je voudrais que ces salauds nous empêchent d'émettre ? »

Sans se dessaisir de son arme, Horst Klingerman la posa sur le bureau et regarda Eddie bien en face. « Veuillez poursuivre, dit-il poliment.

– Écoutez, ils peuvent nous couper l'accès à l'antenne de rediffusion quand ils veulent, mais on a une parabole sur le toit qui nous donne un faisceau direct sur le satellite de StarNet. Même s'ils nous coupent le courant, on a notre propre générateur de secours, alors...

– Nous savons tout cela, coupa Klingerman. Nous en avons tenu compte. Warren est déjà aux commandes de ce système. Nous l'utiliserons pour relayer en direct notre émission de 23 heures sur toutes les grandes stations de télévision américaines.

– *Quoi ?*

– C'est le moment de causer un peu affaires avec ces balourds de StarNet, dit Kelly Jordan après avoir consulté sa montre. C'est le moment de se débarrasser de ce mec, Horst. »

Horst reprit son arme et la pointa vers la console téléphonique. « Vous allez à présent déconnecter ce brave capitaine et nous mettre en rapport avec votre contact chez StarNet, dit-il d'une voix unie.

– Je peux pas...

– Faites-le, un point c'est tout ! » le coupa Klingerman d'un ton beaucoup plus dur.

Tremblant un peu, sentant la tête lui tourner, Eddie déconnecta Calderon, retrouva un numéro en mémoire et appela Fred McGuire chez StarNet. Mais au lieu de lui passer McGuire, le standard le mit directement en communication avec Arlene Berkowski, vice-présidente du marketing, personnage qui n'avait encore jamais daigné parler à des individus comme Eddie Franker.

« C'était super, Eddie, si je peux vous appeler Eddie... hein ? amorça-t-elle. Pouvez-vous me dire ce qu'ils ont l'intention de faire à 23 heures ? Je veux dire qu'il nous reste encore deux heures pour faire monter les enchères et...

– C'est Kelly Jordan qui vous parle et je peux vous promettre que vous ne serez pas déçue...

– Kelly ? Dites, faut que je vous remercie de nous

accorder cette petite pause pour nous permettre de basculer votre émission sur nos abonnés, et puis la deuxième intro, c'était vraiment gentil de votre part. Je veux que vous sachiez qu'à StarNet nous apprécions ce genre de courtoisie professionnelle même de la part de terroristes, euh... je veux dire...

– Nous sommes heureux de l'entendre, dit Horst. Car vous allez maintenant nous rendre la politesse.

– Je vais faire *quoi* ? Vous êtes qui, nom de Dieu ? De quoi vous parlez ?

– Je suis Horst Klingerman, président des Brigades vertes, miss Berkowski, et...

– *Madame* Berkowski, si vous n'y voyez pas d'inconvénient...

–... vous allez vous servir de votre satellite pour distribuer notre émission de 23 heures aux grands réseaux, à CNN...

– Arrêtez vos conneries ! piaula Arlene Berkowski. *Nous servir de notre propre satellite pour balancer à nos concurrents notre exclusivité sur un sujet pareil ?* Vous êtes cinglé ou quoi ? »

Puis, changeant de registre : « Franker... ? Eddie... ? Vous êtes encore là ? Ce n'est qu'une plaisanterie idiote, hein ? »

Bien qu'ayant l'esprit entièrement vide, Eddie s'apprêta à répondre, mais Horst le fit taire d'un geste de la main en le foudroyant du regard.

« Vous en êtes techniquement capables, dit-il. N'essayez pas de le nier.

– Je suis aussi techniquement capable de me faire griller la cervelle dans un four à micro-ondes, répliqua Berkowski, mais ça ne veut pas dire que je vais être assez suicidaire pour le faire.

– Allumez votre téléviseur, Arlene, dit Kelly Jordan, les yeux rivés à sa montre tandis qu'elle traversait la pièce pour allumer celui du bureau directorial. Vous avez un téléviseur, non ?

– Je ne vois pas ce que...

– Rien qu'une petite démonstration de nos capacités techniques, dit Kelly d'une voix suave. Calez-le sur n'importe quelle station qui diffuse les actualités StarNet... »

Elle retourna près du bureau d'Eddie, ramassa sa télécommande, commença à faire le tour des canaux puis s'arrêta quand elle eut KLAX, qui diffusait apparemment le reportage StarNet du moment, une histoire de prolifération d'algues à New York dans le bassin de Long Island.

« Nous contrôlons la stabilité horizontale, nous contrôlons la stabilité verticale, gloussa-t-elle. Comme dans *Au-delà du réel*. Cinq... quatre... trois... deux... un...

– Merde, c'est quoi ce truc ? » grogna Eddie.

Le reportage sur les algues fut brutalement interrompu : une foule de danseurs en saris multicolores criaillaient ce qui semblait être de l'hindi désynchronisé... gros plan sur un quidam au visage de pierre, enveloppé d'un burnous, qui jacassait en arabe... puis un bulletin météo, sans doute chinois...

« Qu'est-ce que c'est que cette merde ? hurla la voix de Berkowski dans le haut-parleur du téléphone.

– Et maintenant, chers téléspectateurs, dit Kelly Jordan, nous vous redonnons le contrôle de votre récepteur. Mais ça pourrait n'être que temporaire.

–... ont interdit l'accès de cette zone aux plaisanciers et aux pêcheurs... »

Une seconde plus tard, le programme normal StarNet retrouvait l'antenne pour conclure le sujet sur les algues. Eddie avait compris. Pas la peine d'être un Einstein des télécoms.

La parabole sur le toit était orientable. Le dénommé Warren pouvait très facilement caler un faisceau descendant sur tout un choix de satellites chinois, indiens, arabes, etc., télécharger l'émission puis la basculer via le faisceau ascendant sur le transpondeur StarNet.

Arlene Berkowski l'avait compris elle aussi.

« Joli travail, dit-elle. Je suis forcée d'admettre qu'écraser notre propre faisceau descendant avec vos pirateries à la con est plutôt génial. Et il se peut que nos gars mettent un jour ou deux pour trouver le moyen de vous empêcher de passer, mais si vous croyez que...

– Si vous ne vous exécutez pas, dit Horst, vous serez de votre propre aveu incapables de diffuser autre chose que des programmes choisis par nous pendant au moins plusieurs heures.

– Sans parler de ce charmant canal porno italien que Warren vient de dénicher, ajouta Kelly.

– Écoutez, les enfants, dit Arlene Berkowski, d'une voix où la lassitude des choses de ce monde le disputait à la patience, je crois que je devrais vous faire les sommations d'usage, mais votre dernière prestation a fait remonter le taux d'écoute et nous aimerions *beaucoup* diffuser le reportage de ce que vous allez faire à 23 heures – en exclusivité dans les conditions habituelles. Je vais donc mettre cette pathétique tentative de chantage sur le compte de la naïveté et vous affranchir gentiment : si vous ne jouez pas le jeu avec nous, votre truc de 23 heures sera un non-événement.

– *Non-événement ?* dit Horst.

– Il ne sera pas diffusé.

– Vous ne pouvez pas nous empêcher de l'envoyer sur votre satellite, ainsi que nous venons de le démontrer, dit Horst. Et notre expert technique est certain de pouvoir le basculer ensuite sur CNN et les grands réseaux avec vos transpondeurs.

– Peut-être que oui, peut-être que non, dit allégrement Berkowski. Mais ça n'a pas d'importance. Ni les réseaux ni CNN ne le diffuseront, parce qu'ils savent très bien que nous les traînerons en justice par la peau du cul s'ils le font. Exigeant jusqu'au dernier sou d'espace publicitaire qu'ils auront vendu deux heures avant et deux heures après, plus des dommages-intérêts monstrueux. Et la FCC elle aussi sera de notre côté au prétoire, vous pouvez compter là-dessus.

– Vous oubliez que nous avons les moyens de détruire cette station si vous n'accédez pas à notre demande, répliqua Horst.

– Et vous, vous oubliez que personne ne verra votre émission si vous persistez à nous bousculer, lâcha Berkowski, hargneuse. Sans parler du fait que notre petit problème de piratage temporaire sera résolu, pas vrai ? »

Eddie, qui écoutait ces inepties avec une appréhension grandissante, découvrit qu'elle s'était changée en une certaine exaspération, pas une exaspération courageuse, peut-être, mais ces amateurs essayaient d'avoir une pro au baratin en mettant *sa vie à lui* en danger, et ça, c'était plus qu'il n'en pouvait encaisser en fermant sa gueule.

« Écoutez, Arlene, patientez une minute, s'il vous plaît, lança-t-il en enfonçant la touche attente. Il faut que nous discutions un peu de notre côté. »

Horst braqua rageusement son Uzi sur la poitrine d'Eddie, les traits plus déformés par la surprise que par la colère. En apparence, du moins.

« Allez-y, descendez-moi tout de suite, lui dit Franker. Vous pouvez aussi me laisser parler environ une minute et peut-être que nous réussirons tous à être encore en vie demain. »

Horst n'abaissa pas son arme, mais sa surprise indignée se changea en une expression à la limite de l'amusement.

« Alors ? dit-il très calmement.

– Alors, à vous amuser à qui pissera le plus loin, vous vous êtes laissé entraîner dans un jeu où vous n'avez pratiquement rien à gagner, l'informa Eddie. Il y a des stations indépendantes abonnées à StarNet sur pratiquement tous les marchés audiovisuels du pays. Oubliez cette connerie d'essayer de les forcer à distribuer ce sujet à la concurrence. Laissez-les avoir l'exclusivité.

– Pourquoi ? demanda Horst d'une voix unie.

– Pourquoi ? Parce que Berkowski ne bluffe pas. Même si vous réussissez à conserver le contrôle de leur satellite assez longtemps pour basculer votre émission sur les grands réseaux et CNN, elle ne sera de toute façon relayée que par les seuls abonnés de StarNet puisque StarNet aura toutes les raisons économiques du monde d'attaquer en justice tout concurrent qui la diffuserait. »

Bien sûr, il y a *une autre* raison, s'avisa Eddie, mais elle n'aurait pas de poids pour ces gens-là. Peut-être était-ce de la folie que de se soucier de l'équilibre financier de la station dans les circonstances présentes, mais c'était là le scoop de sa carrière et *faire cadeau d'une pareille exclusivité* allait à l'encontre de ses convictions de vieux journaleux.

« Écoutez, dit-il, laissez-moi négocier avec elle. Je vais la calmer. Je vais vous arranger une diffusion sur tous les marchés américains. Mais ouvrez un peu les yeux, parce qu'à vous entendre vous seriez prêts à nous faire tous tuer uniquement parce que vous ne voulez pas que les réseaux ni CNN perdent des parts de marchés.

– Vous avez peut-être raison... articula lentement Horst.

– En plus, personne à l'est des Rocheuses sera encore debout pour voir le direct ! lui décocha Eddie. Si vous voulez une couverture plus étendue, je peux peut-être vous l'obtenir en enregistrant l'émission, et puis zut, laissez-moi tenter le coup, et si ce que j'aurai négocié ne vous plaît pas vous pourrez toujours nous faire sauter plus tard, d'accord ? »

Sur quoi Horst sourit pour de bon, haussa les épaules et indiqua le téléphone du canon de son Uzi.

« Arlene... ?

– C'est vous, Franker ? grommela Berkowski. J'ai pas tellement l'habitude qu'on me fasse poireauter au téléphone.

– Ben oui, c'est moi, Arlene. Excusez-moi pour le retard, mais j'ai eu le temps de les baratiner un peu et je reviens avec quelque chose qui va vous faire vraiment plaisir.

– Vraiment ? fit Berkowski, sceptique.

– Les Brigades vertes sont finalement d'accord pour donner l'exclusivité à StarNet...

– *C'est vrai ?*

– ... en échange de certains aménagements.

– Par exemple ?

– Écoutez, vous savez comme moi que la tranche 23 heures-minuit est plutôt morte en dehors de la côte ouest...

– À qui le dites-vous !

– Mais ça m'a donné une idée, et j'ai réussi à convaincre les autres. Vous conservez votre exclusivité sur le direct mais vous l'abandonnez sur la diffusion en différé.

– Oooh ! ronronna doucement Arlene Berkowski. Continue, Eddie, tu m'intéresses...

– Demain, ça va être à la une dans tout le pays et c'est nous qui détiendrons les seuls enregistrements légalement exploitables. Les abonnés StarNet ont l'exclusivité du direct sur leurs marchés respectifs, après quoi vous ne violez aucun accord en cédant des droits non exclusifs des passages en différé sur le marché extérieur. KLAX récupère 75 % des bénefs, et vous 25 %. Qu'est-ce que vous en dites, Arlene ?

– Je dis 75 pour nous et 25 pour vous.

– Allons, Arlene, c'est nous qui risquons d'y laisser notre peau : 65-35.

– Il pourrait y avoir des tas de problèmes légaux avec tout ça, Eddie. Nous les prendrons en bloc à notre charge. 65-35, à notre avantage.

– On coupe la poire en deux.

– 60-40.

– Marché conclu. Ravi de vous avoir parlé, Arlene.

– Rondement mené, dit Kelly Jordan d'un ton approbateur lorsque Eddie eut raccroché.

– Ça vous va, Horst ? demanda Eddie en fixant Klingerman. C'est un arrangement qui vous laisse encore, euh... le goût de vivre ?

– Sauf pour un dernier détail, dit Klingerman. Quoi qu'il arrive, l'événement doit *absolument* être diffusé en direct à Los Angeles. Si la police venait à couper le réémetteur de KLAX, StarNet devrait basculer le reportage sur une autre station locale.

– Quoi ? hurla Eddie. Vendre *notre* reportage de *notre putain d'enlèvement* à la putain de concurrence *sur notre propre terrain* ! »

Kelly Jordan éclata de rire. « Vous pétez pas un vaisseau, m'sieur Franker. Ça arrivera pas. C'est juste une petite police d'assurance. À mon tour maintenant. C'est l'heure d'avoir un petit tête-à-tête avec la flicaille du Parker Center. »

Merde alors ! Qui avait entubé qui ? Eddie lui tendit le combiné et fit le numéro de Calderon avec la touche rappel.

Kelly Jordan s'assit sur le coin du bureau dans une pose de vamp que seul son auditoire réduit pouvait apprécier.

« Salut, capitaine Calderon, ici Kelly Jordan, ministre de l'Information des Brigades vertes. C'est bien vous ?

– Oui, madame.

– Eh bien, voilà, capitaine, nous avons réfléchi à vos sages paroles, et peut-être que vous avez raison. Nous sommes donc disposés à envisager une libération des otages en échange d'une toute petite concession de votre part. »

Elle fit un clin d'œil plutôt déconcertant à l'adresse d'Eddie.

« Voilà de très bonnes nouvelles, Ms. Jordan... à supposer que vos exigences soient raisonnables.

– Pas de problème, capitaine. Vous laissez KLAX diffuser l'émission et nous libérons les otages au début des infos de 23 heures, avant de diffuser quoi que ce soit. Est-ce assez raisonnable pour vous, capitaine Calderon ? »

Pourquoi diable souriait-elle comme le chat d'Alice au pays des Merveilles ?

« Absolument, madame. »

Pourquoi Klingerman hochait-il la tête d'un air satisfait ?

« Bien entendu, afin de nous assurer que vous tiendrez parole jusqu'au bout, nous garderons quatre otages un tout petit peu plus longtemps : l'équipe du J.T., Toby Inman, Heather Blake et Carl Mendoza, plus le directeur de la station, Edward Franker. »

Un ange passa. « Je vais être obligé de transmettre votre proposition à mes supérieurs », dit Calderon. Et il raccrocha.

Mais dans la tête d'Eddie, leur décision était prévisible : d'accord pour la libération de la plupart des otages contre l'engagement de s'abstenir de ce qu'ils auraient de toute façon eu peur de faire à ce stade.

Kelly Jordan raccrocha, se décolla du bureau et se rassit sur la chaise pliante à côté de Klingerman.

« Bien joué », commenta Eddie.

Ces gens étaient plus malins qu'ils n'en avaient eu l'air, et peut-être même plus rationnels. De quoi rassurer et inquiéter à la fois.

« Dès le départ, vous aviez envisagé de libérer tout le monde sauf nous quatre, hein ?

– Bien sûr, dit Klingerman. Pour un groupe aussi réduit que le nôtre, il est beaucoup plus facile de détenir quatre otages que plusieurs douzaines. Et leur valeur tactique est finalement la même.

– Ça vous embêterait de me dire ce qui va se passer après la libération des otages ? »

Klingerman regarda Jordan, qui secoua imperceptiblement la tête.

« Ça démolirait l'effet de surprise, pas vrai ? dit-elle d'une voix traînante.

– Je vais vous dire une chose, dit Klingerman, soudain plus véhément. Notre objectif tactique est de faire échec au référendum Seawater. Et nous y parviendrons avec un acte révolutionnaire unique. »

Ça ne disait rien qui vaille à Eddie, surtout avec l'air que l'autre avait pris pour le proclamer – et ça devait se voir.

« Vous inquiétez pas, m'sieur Franker, on peut vous promettre une chose, dit Kelly Jordan avec une bizarre détermination sardonique. Ça va être de la grande télévision. »

22 h 56

« Lisez le script et faites comme si c'était une émission ordinaire, et tout se passera bien, dit Kelly Jordan.

– Ouais, c'est ça, pas de problème, comme pour n'importe quelle autre émission », bredouilla nerveusement Toby Inman.

À sa droite, Carl Mendoza, à sa gauche, Heather Blake ; devant eux, le téléprompteur à hauteur des yeux, les deux caméras, la vitre de la régie à l'autre bout du studio, ainsi que les projecteurs et le moniteur de retour antenne qui passait la page publicitaire de la station – tout comme pour une émission ordinaire.

À quelques petits détails près...

Par exemple, les deux cadreurs habituels avaient été remplacés par deux individus, mitraillette en bandoulière – un genre d'Arabe et un méchant punk, blouson de cuir noir, tignasse à piquants rouges et fétiches chromés. Et deux autres terroristes armés avaient pris le contrôle de la régie. Eddie Franker était sur le plateau, assis sur une chaise pliante, hors champ, tandis que Jordan et Klingerman, postés juste derrière lui, couvraient les présentateurs avec leurs Uzi...

22 h 57

« Tu crois qu'on va s'en tirer, Toby ? » chuchota Heather Blake, le souffle court, jouant les ingénues apeurées à fond les manettes.

Toby Inman, verdâtre, était peut-être encore plus terrifié qu'Heather – mais elle, c'était de la frime, même si elle avait sûrement peur elle aussi.

Mais elle ne pouvait pas lui en vouloir : tout ce qu'elle et Carl avaient à faire était de rester assis comme des poupées de cire en dehors du champ des caméras, du moins pour l'instant, alors que Toby était véritablement dans le collimateur et devait lire le script des terroristes tout en gardant son calme professionnel.

D'après l'expérience d'Heather, confirmée par environ trois quarts de siècle de films ringards, la peur manifestée par une jeune et belle blonde était le meilleur antidote contre la terreur masculine, car elle réveillait l'instinct protecteur du mâle et excitait suffisamment le moi viril pour que le premier type venu, quel que soit son état d'esprit, essaie de faire semblant d'être un héros ou, à défaut, de se ressaisir.

Apparemment, ça marchait. Toby se força à sourire virilement, lui adressa un clin d'œil et trouva le cran de faire de l'esprit.

« Te fais pas de bile, Heather, dit-il. Il faut en prendre notre parti : au moins, le spectacle continue ! »

22 h 58

Lorsque Klingerman et Jordan s'étaient pointés à la cafétéria pour annoncer qu'ils allaient libérer la plupart des otages à 23 heures, ça avait eu l'air d'être une bonne nouvelle, mais Carl Mendoza y avait flairé quelque chose qui l'avait immédiatement inquiété, et l'annonce subséquente qu'ils allaient continuer de détenir Inman, Heather, Franker et lui-même n'avait guère contribué à modifier son état d'esprit.

À présent qu'il voyait ce qu'ils étaient vraisemblablement en train de préparer et comment ils s'y étaient pris, l'angoisse de Carl s'était accentuée et précisée.

Il était maintenant à peu près sûr, quelles que soient les intentions de ces gens-là, qu'ils étaient dans le pétrin pour un bon bout de temps. Ce commando semblait avoir été recruté non seulement pour s'emparer de la station mais pour la faire *fonctionner*.

Déjà les deux cadreurs. Et deux mecs dans la régie qui semblaient connaître leur affaire. Carl ne s'était jamais trop intéressé au côté technique de la chose mais il fréquentait KLAX depuis assez longtemps pour se rendre compte qu'on pouvait assurer les émissions avec pas plus de personnel que n'en utilisaient actuellement les Brigades vertes.

Pas simplement des gens armés, mais des gens tout à fait compétents sur le plan technique. Non seulement ils pouvaient occuper la station, mais aussi la faire tourner et assurer les émissions.

Dans quel but ?

Et combien de temps les autorités laisseraient-elles se poursuivre une situation pareille ?

23 h 00

À l'écran :

« Les infos de 23 heures sur KLAX... avec Toby Inman, Heather Blake et Carl Mendoza ! »

Toby Inman a l'air plutôt pâle et légèrement ébouriffé, mais à part ça c'est bien le présentateur vedette de KLAX dans le gros plan de rigueur pour l'intro.

« À la une du journal de ce soir, nous-mêmes, les... euh, la prise d'otages ici même à KLAX, où un... commando de militants écologiques appelés les Brigades vertes a pris le contrôle de la station... À la suite des... de négociations avec la Police urbaine de Los Angeles, les Brigades vertes ont accepté de libérer tout le personnel à l'exception d'Edward Franker, le directeur de la station, Heather Blake, qui présente la météo, Carl Mendoza, notre journaliste sportif et, euh, moi-même, en échange de l'assurance, donnée par le cabinet du maire et la police urbaine de Los Angeles, que cette émission pourra se poursuivre sans être interrompue... »

Plan quelque peu tremblé – caméra HF tenue à l'épaule – sur l'entrée principale de KLAX, légèrement en oblique : un par un, puis deux par deux et trois par trois, des gens commencent à émerger de l'immeuble. La caméra panoramique pour suivre ceux du premier groupe qui hésitent d'abord à descendre les quelques marches puis prennent de la vitesse, sans courir tout à fait, et traversent tous ensemble le parking pour rejoindre le cordon policier.

Toby Inman, off : « Euh, nous nous excusons par avance de la mauvaise qualité des images mais la... l'événement est couvert par l'opérateur des Brigades vertes avec leur propre matériel... »

D'autres otages émergent du bâtiment et traversent le parking pour rejoindre les policiers. Plan d'une seconde sur l'entrée déserte.

Un homme apparaît en haut de l'escalier. Il porte un jean délavé, des bottes sales et un volumineux gilet jaune qui ressemble vaguement à une brassière de sauvetage non gonflée sur une chemise écossaise rouge. La caméra amorce un zoom avant un peu saccadé pour le cadrer en buste.

L'homme a une sale gueule. Sa peau est jaune, presque verdâtre, tavelée de plaques rouges genre eczéma, tendue sur les os de la face. De vilaines touffes de cheveux gris subsistent par endroits sur son crâne pelé. Du fond de leurs orbites noircies, des yeux fiévreux lancent un regard mauvais à la caméra.

Une main, apparemment celle de l'opérateur, se détache du premier plan pour rectifier la position d'un micro-boutonnière accroché par une pince à son col de chemise, ou peut-être pour impressionner.

« Je m'appelle Anthony Ellingwood », dit l'homme quand la main s'est retirée. Sa voix est rauque, râpeuse, mais bouillonne d'une rage à peine contenue.

« J'étais technicien à la centrale nucléaire de dessalement installée au large de Long Beach... »

Toby Inman, off : « Monsieur Ellingwood ? Ici Toby Inman. Vous m'entendez... ? »

Ellingwood porte instinctivement une main au mini-écouteur niché dans son oreille droite, la laisse retomber et commence à tripoter nerveusement quelque chose sous son gilet.

« Ouais, j'vous entends... »

Toby Inman, off : « Pour l'information de ceux qui nous regardent en ce moment... il s'agit bien de l'usine pilote pour la démonstration du projet Seawater, n'est-ce pas ?

– Absolument. Elle démontre ce qui se passera si la catastrophe est finalement construite grandeur nature... »

Plan vis-à-vis plutôt bâclé, avec Ellingwood sur la moitié droite de l'écran et Toby Inman sur la moitié gauche. L'incrustation d'Ellingwood a des couleurs délavées comparées à celle de Toby Inman ; son image est légèrement instable, la ligne de démarcation est visiblement bleue et un peu ondulante.

Toby Inman lui-même ne fait pas une impression extraordinaire. Il regarde la caméra bien en face, mais son expression est figée, son regard fixe. Il est évident qu'il lit sur le téléprompteur un script qu'il n'a pas eu le temps de répéter.

« Euh... au fait, chers téléspectateurs, nous sommes en train de parler du problème sur lequel vous allez... devoir vous prononcer d'ici deux jours à l'occasion des primaires, la Proposition 17, l'investissement de fonds publics pour financer le projet Seawater, une série de huit réacteurs nucléaires installés au large des côtes sur des plates-formes montées sur avertisseurs, euh... *amortisseurs*, échelonnées sur près de 500 km entre Morro Bay et San Diego pour délasser... pardon, *dessaler* des quantités massives d'eau de mer afin de parer à la sécheresse qui...

– Ouais, c'est ça, la Proposition 17 ! feule Ellingwood, sarcastique. Le complexe agro-industrio-immobilier essaie de sauver son cul plaqué or parce qu'il y a plus de nappe phréatique à sucer dans cet État, alors, qu'est-ce qu'ils font, ces salauds ? Ils essaient d'entuber une fois de plus la même bande de ploucs à qui ils avaient déjà vendu leurs mirifiques arpents de désert ! »

Plein cadre sur Anthony Ellingwood, répugnante silhouette cadavérique animée par une fureur qui le fait vibrer, change ses yeux en lasers mortels.

« Donnez-nous 25 malheureux milliards de dollars prélevés sur le dos des contribuables, qu'ils disent, et nous sauverons la Californie de la sécheresse ! Donnez-nous l'argent, laissez-nous faire et nous vous reconstruirons le jardin d'Éden en plein Sahara ! »

Toby Inman, off : « Mais cette eau, nous en avons besoin...

– Si nous en avons besoin ? Bien sûr que si ! Nous avons besoin de cette eau parce que ce sont précisément les mêmes radins sans scrupules à cervelle de mouche qui prétendent maintenant mettre fin à la sécheresse en construisant au rabais des réacteurs à la mords-moi-le-noyau au large d'une côte à tremblements de terre après avoir créé cette sécheresse en persuadant 40 millions de couillons comme vous qu'on pourrait faire du Sahara une banlieue verte, transformer en oasis la vallée de San Joachin, et que tout le monde pourrait avoir sa piscine au fond du jardin ! »

Avec ses veines violacées qui palpitent sur son crâne pelé et verdâtre, la salive qui gicle de ses lèvres et ses yeux globuleux tapis dans leurs obscures cavernes, Anthony Ellingwood tient un peu du monstre de film d'horreur, mais son abandon explicite à une haine viscérale est beaucoup plus terrifiant.

Toby Inman, off : « Mais ces plates-formes seront montées sur amortisseurs, non ? Et les réacteurs seront à l'intérieur d'enceintes de confinement qui se détacheront et flotteront si les pieds de la plate-forme se rompent ou...

– Amortisseurs hydrauliques, tu parles ! Sécurité intégrée par enceintes flottantes auto-éjectables ! Arrêtez les conneries, nom de Dieu ! On est en *Californie*, au cas où vous l'auriez oublié : un gros caillou en train de se détacher du continent et déjà aussi fracturé qu'une boule de bowling que King Kong aurait travaillée au marteau de forgeron ! »

Retour à l'écran partagé tant bien que mal, avec Toby Inman, toujours à gauche, qui laisse trop voir qu'il fixe attentivement le texte en train de défiler sur le téléprompteur et non Ellingwood, dont le regard furieux semble traverser la ligne bleue ondulante qui le sépare de son interlocuteur.

« Mais Long Beach fonctionne depuis... un an sans problèmes, non ? Même après le tremblement de terre d'octobre dernier... euh, évalué à... euh... 4,2 sur l'échelle de Richter, et qui...

– Exact, dit Ellingwood, la secousse californienne classique, même pas assez forte pour empêcher une attaque de coyotes bien saignante de se faire la une aux infos de votre station merdique ! Mais même ça c'était trop pour ce tas de ferraille de merde ! Un des pieds a décroché, pas complètement, d'accord, mais ç'a été suffisant pour fissurer un peu cette connerie de blindage interne au rabais. Mais voilà, la capsule de confinement a tenu bon, et il n'y a eu qu'une victime dans le personnel... »

L'image de Toby Inman n'est toujours pas orientée comme il le faudrait, mais il y a désormais dans sa voix une nuance de surprise authentique, de l'émotion vraie – il n'est plus en train de bafouiller son script.

« On n'a signalé aucun mort, aucun blessé ! Même pas une fuite de radiations...

– Bien sûr que non, connard ! Qu'est-ce que tu crois qu'y vont faire, hein ? Avouer que cette structure à la con peut même pas encaisser une seule petite secousse ? Ça pourrait mettre la puce à l'oreille des électeurs ! Ça pourrait leur donner une petite idée de ce qui se passera quand il y aura *huit* de ces saloperies en fonctionnement qui n'attendent qu'une grosse secousse, une vraie, pour éclater comme autant de boîtes d'œufs radioactifs !

– Mais comment êtes-vous au courant de tout... »

Gros plan plein format sur Anthony Ellingwood. Il serre ses poings osseux de vieillard, son visage jaunâtre vire au rouge pâle.

« Parce que l'ouvrier qu'ils ont tué c'est moi ! aboie-t-il à la caméra d'une voix éraillée. C'est un mort qui vous parle ! »

Le voilà brusquement calmé, comme par magie. « Vous m'écoutez enfin ? » dit-il d'une voix glaciale. Il fixe la caméra en silence pendant une interminable seconde. « J'ai pas arrêté d'essayer de vous parler, bande d'idiots, dès que je me suis aperçu qu'on m'avait menti. »

Nouveau face-à-face électronique mais, cette fois, grâce à des corrections techniques au niveau de la régie ou par pur hasard, l'image de Toby Inman est nez à nez avec celle d'Ellingwood et l'illusion du contact oculaire est là.

« On vous a menti ?

– Vous inquiétez pas, Tony, m'ont dit les toubibs de la société, c'est juste une exposition bénigne, on devrait même pas vous donner ce congé maladie sympa à durée indéterminée avec salaire intégral plus trois mois de vacances à Maui, mais pensez un peu à tout ce que les cinglés antinucléaires seraient capables de concocter à partir de cet incident sans gravité. Vous savez comment ça se passe : ils pourraient nous donner en pâture aux coyotes de la presse ignorante et les faire gueuler assez fort pour étouffer le financement du projet et nous mettre tous au chômage.

– Vous ne vous êtes douté de rien lorsqu'on vous a placé en congé maladie ?

– Moi ! J'étais qu'un stupide technicien. Je voulais certainement pas dire quoi que ce soit à personne qui puisse aider ces barjots antinucléaires à me faire perdre mon boulot. Mais si mes patrons étaient assez paranos pour m'envoyer à Hawaï et me laisser ensuite me prélasser chez moi avec salaire intégral, primes comprises, parce qu'ils croyaient que je risquais de vendre la mèche, bon, qu'est-ce que vous auriez fait à ma place ?

– Certaines personnes pourraient considérer qu'on a acheté votre silence, monsieur Ellingwood, lui fait remarquer Toby Inman.

– Bien sûr que je me suis laissé acheter, avoue sans ambages Ellingwood. Et tant que j'ai trouvé ça bien, j'ai marché dans la combine. Pourquoi pas ? Ils me payaient pour faire ce que j'aurais fait de toute façon pour garder mon boulot. D'abord, ils m'ont dit que c'était pour que mon nom apparaisse pas dans cette histoire de tremblement de terre, ensuite que c'était pour me mettre à l'abri de ces cinglés d'écolos antinucléaires hostiles à la Proposition 17 jusqu'au lendemain du référendum.

– Et vous les avez crus ?

– Pourquoi pas ? C'était vrai. C'était bien pour ça qu'ils me payaient à rester planqué. Seulement, ils m'ont pas dit la vraie raison. »

Gros plan plein format sur Anthony Ellingwood, encore d'un calme surnaturel à la surface, mais visiblement tout proche du point d'ébullition à l'intérieur.

« Si je m'étais déglingué un peu plus lentement, si j'étais pas allé de mal en pis tandis que ces salauds continuaient de me dire que j'étais en pleine forme, si finalement j'étais pas allé voir des toubibs de l'extérieur, ils auraient pu continuer à me faire marcher jusqu'à la fin de la campagne électorale sans que personne se doute de rien. » Sa voix monte dans l'aigu, son débit s'accélère. « Ils croyaient qu'ils allaient s'en tirer comme ça, d'ailleurs. Personne va vous croire, qu'ils disaient. Il y aura pas une ligne dans la presse, pas un mot à la radio ou à la télé. Ils ont fait ce qu'il fallait pour. Les journaux voulaient pas en entendre parler. Les actualités télévisées, pareil. Votre station de merde, pareil. Ils disaient tous que leurs avocats les en avaient empêchés. Les militants du Comité antinucléaire m'ont cru, mais pas un de vous autres trouducs aurait voulu écouter des écolos délirants comme eux ! S'ils avaient pas eu des liens avec Kelly Jordan, si les Brigades vertes avaient pas été disposées à payer de leur personne... »

Ellingwood marque une pause. Silence gêné une seconde ou deux. Comme s'il attendait une réplique précise pour réagir, ce qui est peut-être le cas, d'ailleurs, car lorsque Inman la lui sert, il semble la lire directement sur son téléprompteur.

« Pourquoi, euh... devrions-nous vous croire, monsieur Ellingwood ? Nous n'avons que, euh... votre parole contre les responsables du Projet Seawater, les médias et la plupart des hommes politiques de cet Etat. Et n'avez-vous pas déjà avoué avoir... accepté des pots-de-vin... vous être laissé corrompre... ?

– Faut voir pour croire, alors regardez bien et dites-moi si je suis pas en train de pourrir sur pied comme un mort vivant. Pourquoi vous croyez qu'ils ont employé la manière forte pour m'empêcher de passer à la télé quand ça a commencé à se voir ? Pourquoi vous croyez que j'ai été finalement obligé de trouver des terroristes disposés à prendre cette station en otage rien que pour montrer ma tronche pourrie sur le petit écran ? »

La caméra recule pour le cadrer en pied tandis qu'il cabotine ignoblement dans une simulation effrénée de cadavre ambulant. « Voilà comment vous serez quand une de ces mignonnes saloperies aura sauté, bandes de couillons. Des questions ? »

Ellingwood commence à descendre lentement l'escalier et passe devant la caméra. « Quand ils essaieront de vous dire que j'ai pas reçu de dose fatale et que leur centrale est sûre à 100 %, demandez-leur un peu d'expliquer pourquoi j'ai fait ça ! » hurle-t-il en arrivant en bas des quelques marches.

Il se retourne et commence à s'éloigner de l'immeuble, à reculons. Il traverse le parking et la caméra le laisse prendre du champ jusqu'à devenir une tache floue, sans signification.

Il s'arrête.

Début de zoom sur Anthony Ellingwood qui se signe, regarde le ciel et glisse la main à l'intérieur de son volumineux gilet. Gros plan en couleurs délavées sur le visage d'Ellingwood à la focale maximum du zoom lorsqu'il recommence à parler.

« Ne laissez pas ces salauds faire à toute la Californie ce qu'ils m'ont fait à moi ! crie-t-il un peu à la cantonade, le poing levé. Dites non à leur saleté de référendum Seawater ! Votre salut est entre vos mains ! Voyez comment je vote contre la Proposition 17 et choisissez votre destin ! »

Zoom arrière pour cadrer Ellingwood en pied. Il inspire à fond, ferme les yeux et...

... une explosion de flammes rouge-orange remplit l'écran...

... dans un coup de tonnerre gigantesque qui...

... écrase le contrôle de gain du micro...

... et s'éteint dans une cascade d'échos...

... tandis que la caméra cadre la fumée huileuse qui se dissipe au-dessus de la tache noire où un homme se tenait une seconde auparavant.

DEUXIÈME JOUR

0 h 19

Tabagisme invétéré ou pas, mon cœur doit être en meilleure forme qu'on le dit, songea Eddie Franker sans reprendre son souffle lorsque Horst Klingerman le fit entrer dans son propre bureau sous la menace de son Uzi.

Le palpitant avait tenu le coup sans sauter une mesure lorsque son propriétaire avait assisté au fracassant suicide d'Anthony Ellingwood, avait été poussé *manu militari* dans la cafétéria avec Inman, Heather et Mendoza après le J.T. et y avait été maintenu dans l'ignorance de ce qui allait se passer ensuite. À vrai dire, il avait senti comme un déclic dans sa poitrine lorsque Klingerman s'était pointé et l'avait pratiquement jeté dans le couloir. Mais bon, qui n'aurait pas *au moins* une toute petite crise cardiaque en se voyant choisi parmi les autres otages par un terroriste armé qui ne donnait pas l'impression que les choses se passaient tout à fait comme prévu dans le meilleur des mondes des souris et des hommes ?

Les poumons d'Eddie, il fallait l'avouer, laissaient quand même un peu à désirer. Klingerman l'avait fait cavaler jusqu'au cinquième à une allure qui l'avait laissé tout pantelant. Eddie n'avait pas eu assez de souffle pour demander ce qui se passait tout en trottant assez vite pour empêcher le canon de l'arme de Klingerman de s'enfoncer entre ses reins. Ou peut-être ne voulait-il pas le savoir, tout simplement.

Par un effet pervers classique, la première chose qu'il fit dès que Horst eut claqué la porte derrière lui fut de se traîner jusqu'à son bureau, d'ouvrir le paquet et d'en allumer une avant même de s'effondrer sur son fauteuil.

Il rejeta la fumée, gémit, inhala encore, mais de l'air cette fois, et non de la nicotine. « Alors ? » dit-il d'une voix mourante.

Il venait de se rendre compte que Kelly Jordan était assise devant le bureau, le combiné à la main.

« C'est le capitaine Calderon, dit-elle. Il insiste pour parler à l'un des otages. Vu les circonstances, et compte tenu de ce que nous savons tous les deux du LAPD, monsieur Franker, j'ai convaincu Horst que nous ferions peut-être mieux de le ménager. »

Klingerman resta debout. « Parlez-lui, dit-il nerveusement tandis que Kelly reposait le combiné sur son support et basculait la communication sur le haut-parleur. Vous allez exprimer votre extrême désaccord avec sa position.

– Je vais quoi ? » grogna Eddie.

Kelly Jordan lui fit un grand sourire, pas vraiment rassurant. « Où est le problème ? ironisa-t-elle d'une voix traînante.

– Calderon, ici Eddie Franker.

– Vous allez bien, monsieur Franker ? dit Calderon en se forçant manifestement à adopter un ton neutre. Pouvez-vous me confirmer que personne n'a été blessé ?

– Ouais, jusqu'ici, on est tous plus ou moins intacts.

– Situation qui risque de ne pas se prolonger, capitaine Calderon, dit Klingerman, menaçant. Je vous avertis : votre position est totalement inacceptable pour les Brigades vertes.

– Merde, qu'est-ce qui se passe ? » se surprit à demander Eddie.

Long silence à l'autre bout du fil. Et lorsque Enrico Calderon reprit la parole, sa voix semblait avoir acquis une tonalité robotique plutôt déconcertante.

« J'ai reçu l'ordre d'informer vos ravisseurs qu'il a été décidé de mettre fin aux émissions de KLAX. »

Jolie formulation, songea Eddie, amer.

« Et j'ai rappelé à notre brave capitaine que Kelly et moi-même disposons chacun de la capacité de déclencher l'explosion simultanée des charges entreposées dans cet immeuble, dit Klingerman en se laissant choir dans un fauteuil en face du bureau, mais assez près du micro incorporé au téléphone. C'est ce que nous ferons dès que KLAX cessera d'émettre.

– Je suis conscient de la ligne d'action que vous avez exposée, et mes supérieurs aussi, dit Calderon d'une voix encore plus constipée. Et tandis que je trouve moi-même vos menaces raisonnablement crédibles... il y a aux échelons supérieurs de la hiérarchie des personnes qui ne...

– La démonstration de crédibilité d'Anthony Ellingwood ne leur a donc pas suffi ? dit Klingerman avec un genre de ronronnement sinistre en échangeant des clins d'œil et des hochements de tête avec Jordan. Exigent-ils des preuves supplémentaires ? Aimeraient-ils que nous abattions l'un des otages et jetions le cadavre du haut du toit ?

– Je vais vous dire une chose, capitaine, roucoula Kelly Jordan d'un ton enjôleur. On a tellement envie de leur faire plaisir qu'on leur laisse choisir la victime.

– Madame, je vous en prie...

– “ Pas de geste inconsidéré ”, c'est ça ? Alors vous non plus ! Ne faites pas monter les enchères, mon bon monsieur, ne nous obligez pas à vous dire quelque chose que vous n'aimeriez pas entendre.

– Dans les circonstances présentes, de nouvelles menaces iraient à l'encontre du but recherché, madame », dit Calderon, toujours aussi poli. Lorsqu'un des anges laids commençait à causer sur ce ton, c'était bien pire que le langage ordurier d'un flic rougeaud de New York aux yeux globuleux. Si la peur avait jusque-là empêché Eddie de mettre son grain de sel, il avait à présent trop peur pour s'en abstenir.

« Écoutez, Calderon, ces gens ne parlent pas pour ne rien dire. Alors ne faites rien pour les provoquer !

– Aucune menace de violence n'est actuellement émise par la Police urbaine de Los Angeles », modula Calderon sur un ton dont la musique démentait les paroles.

Implorant Klingerman du regard, Eddie fit mine de se trancher la gorge de l'index. Horst haussa les épaules, cligna les yeux puis acquiesça silencieusement.

« Écoutez, capitaine, nous rappellerons, articula Eddie d'une voix apaisante. Mais surtout, je vous en supplie, attendez que nous vous rappelions avant de prendre une décision que nous pourrions tous regretter, d'ac ? »

Et sans attendre une réponse qu'il ne voulait pas entendre, il raccrocha. « Je pourrais vous en dire autant si j'avais pas peur de me faire bousiller », dit-il à Klingerman avec un humour macabre qu'il espérait désarmant.

Klingerman le toisa avec froideur. « Pur stratagème rhétorique, dit-il allégrement. Je puis vous assurer que nous ne recourrons à une démonstration de force mortelle qu'en dernière ressource.

– Et nous sommes loin d'avoir épuisé toutes nos ressources, m'sieur Franker, enchaîna Kelly Jordan. Alors vous tracassez pas pour ça dans votre petite tête.

– Écoutez, je sais pas trop jusqu'où vous voulez aller exactement, et comme vous vous en rendez bien compte, je tiens pas à le savoir. Mais je sais de quoi les flics de cette ville sont capables, et je sais qu'on va tous l'apprendre si vous continuez à les menacer comme ça.

– Nous avons de bonnes raisons d'être d'un avis différent, dit Klingerman.

– Écoutez, ce que vous voulez faire pour l'heure, c'est continuer d'émettre, non ? Eh bien, c'est pareil pour moi. D'abord parce que c'est ma station, ensuite parce que je risque d'y laisser ma peau. »

Il loucha vers Klingerman et prit un air songeur. « Vous pourriez dire qu'il y a en ce moment convergence de nos intérêts de classe. N'est-ce pas ?

– Peut-être, si j'étais marxiste, dit Klingerman d'une voix égale, sans se compromettre davantage.

– Je suis peut-être pas marxiste, mais si vous me laissez cinq minutes, je vais vous démontrer que ce bon vieux capitalisme vorace peut nous faire obtenir ce que nous voulons vous et moi et se faire un gros bénef par-dessus le marché. » Eddie haussa les épaules. « Si ce que je fais vous plaît pas, vous pouvez mettre fin à la conversation quand vous le voulez, non ? »

Pour toute réponse, Klingerman haussa les épaules avec un petit sourire sans joie. Eddie appela StarNet sans plus attendre. Le standard lui passa Arlene Berkowski avant même qu'il ait fini de prononcer son nom de famille.

« Nom de Dieu, Eddie, c'était pas du...

– Je cause, t'écoutes, Arlene, cracha Eddie. Ils vont nous couper le réémetteur local et ils vont vous relancer pour le faisceau descendant...

– Y a déjà eu un coup de fil de la FCC...

– Et vous leur avez dit quoi ?

– J'ai fait dire que j'étais aux chiottes...

– Arlene, si vous voulez m'aider, faut continuer à les faire poireauter.

– Je peux pas, Eddie, j'ai pas autorité pour, adressez-vous directement au conseil d'administration si vous... »

Le cerveau d'Eddie avait passé la surmultipliée sans le prévenir. Il s'en remettait à la grâce de Dieu – et peut-être était-Il déjà dans le coup – mais il y avait dans tout ça comme une folle allégresse, une compression du temps, une poussée d'adrénaline... bon sang, ça faisait des lustres qu'il ne s'était pas senti aussi jeune.

« Dites, Arlene, c'est le milieu de la nuit chez vous, non ? Vous devez tous être morts de fatigue, alors pourquoi tous les gens plus ou moins investis de responsabilités n'iraient pas se coucher et dormir un peu ? » dit-il.

Une bonne seconde de silence.

« Maintenant que vous le dites, on est tous plutôt claqués, dit Berkowski d'une voix traînante inattendue. Bon, je suppose que la FCC n'a rien de tellement important à nous communiquer pour que ça ne puisse pas attendre jusqu'au matin... Ou même jusque après l'heure du déjeuner... Faut dormir pour être belle, eh oui, et j'ai fait des tas d'heures sup ce soir...

– C'est ça, Arlene, alors bonne nuit.

– Qu'est-ce que vous faites, au juste ? demanda Kelly Jordan quand il eut raccroché.

– Je mets toutes les chances de notre côté. Qui vivra verra, ma petite. Et vice versa, j'espère. »

Puis il rappela Calderon et injecta dans sa voix un maximum de soulagement, ce qui, dans la situation présente, n'était pas une mince prouesse.

« Écoutez, Calderon, j'ai négocié rondement, croyez-moi, et j'ai persuadé les autres de descendre d'un cran si vous faites pareil. Ils ne me tuent pas ni ne balancent mon cadavre à vos pieds pour prouver le sérieux de leurs intentions, et de votre côté, vous ne coupez pas nos émissions jusqu'à nouvel ordre.

– Je ne crois pas que j'aie autorité pour trancher, monsieur Franker, dit Calderon, hésitant.

– Alors parlez-en à quelqu'un de mieux placé que vous

avant de me faire descendre, aboya Eddie. Si ces guignols mettent leur plan à exécution, vous allez être le dindon de la farce. C'est ça que vous voulez ? Alors dites-leur que vous avez empêché un massacre d'otages grâce à vos fantastiques dons de négociateur, que la situation s'est par conséquent modifiée et que vous avez besoin d'instructions supplémentaires.

– Je suppose que ce serait... prudent, vu les circonstances, concéda Calderon. Mais je suis obligé de vous dire que ça ne fera probablement que retarder l'inévitable.

– Si vous n'êtes pas pressé, nous non plus », dit sèchement Eddie. Et il raccrocha.

0 h 39

« Qu'est-ce que vous croyez qu'ils sont en train de faire avec Eddie... euh, monsieur Franker ? dit Heather Blake *sotto voce*.

– Qui ? marmonna Toby Inman en jetant un regard oblique en direction de leurs gardiens postés à l'autre bout de la cafétéria. Ces mecs ou les bureaucrates de la FCC ?

– Très drôle, grommela Carl M1endoza en engloutissant une pleine poignée de Trail Mix – une de plus.

– C'est pas drôle, dit Toby. Vous savez combien de fois on a enfreint le Code des usages cette nuit ?

– Un mec se suicide à l'explosif en direct pendant que tu l'interviewes et t'as peur que ça viole l'amendement Carlin ? »

Exaspéré, Toby fronça les sourcils à l'adresse de Mendoza et roula les yeux vers le haut puis vers la gauche, essayant de lui dire : *Pas devant elle, trouduc*.

« En fait, dit Toby, Eddie ne risque sans doute rien... des mecs sur place, je veux dire. Klingerman et Jordan l'obligent probablement à téléphoner aux types de la FCC, aux flics, bref, à tout le monde, histoire de les dissuader de nous débrancher... »

Mendoza lui porta un toast avec un gobelet de Coca pris au distributeur automatique. « L'expression est bien choisie, Toby », dit-il.

Qu'est-ce qu'on fait pour tuer le temps lorsque la vedette de l'interview s'envoie en l'air à l'explosif et qu'il reste quarante minutes de direct à meubler ?

Le problème n'avait jamais été abordé dans aucun des cours de journalisme que Toby avait suivis à l'université d'État de Louisiane mais, dans le monde réel, les membres des Brigades vertes chargés de la régie avaient envoyé sur le prompteur les infos habituelles ventilées par StarNet et les agences de presse. Klingerman et Jordan avaient agité leurs pistolets-mitrailleurs pour l'encourager et lui signifier que si on était Toby Inman, on avait intérêt à respirer un bon coup, à devenir un zombie du micro et à lire le tout.

Les infos de 23 heures avaient donc continué comme s'il ne s'était passé rien de plus qu'un énième dérapage dans le bizarroïde tout au long des trois ou quatre siècles qu'il avait eu l'impression de traverser pour atteindre la pause publicitaire de clôture de 23 h 58.

Le seul moyen de tenir ces mortelles quarante minutes était de fixer l'œil de la caméra derrière l'écran transparent du prompteur, de se mettre en état d'hypnose et de *lire les informations* comme si plus rien n'existait hormis l'objectif, les mots qui défilaient et la bouche qui les prononçait.

Du moins est-ce ainsi que Toby s'en tira. Quand il eut terminé, quand il s'autorisa à sortir de sa coquille de présentateur, Jordan et Klingerman étaient partis, remplacés par la femme appelée Helga et l'homme appelé

Paulo qui obligèrent les trois otages à monter jusqu'à la cafétéria.

Au centre de la pièce, deux tables avaient été poussées vers les portes des toilettes pour accueillir des matelas pneumatiques déjà gonflés et alignés côte à côte sur le parquet sale ; il y en avait quatre, ce qui, réflexion faite, indiquait que Franker n'avait pas été traîné quelque part pour être abattu ou allez savoir quoi.

Sans cérémonie aucune, Helga et Paulo avaient jeté sur l'une des tables une pile de gobelets en plastique, un jerrycan d'eau et un gros sac en plastique plein de fruits secs et de noisettes, puis avaient pris position sur des chaises de part et d'autre de la porte, le tout sans communiquer autrement que par gestes et grognements.

« Vous croyez *vraiment* qu'il n'est rien arrivé à Eddie ? » demanda Heather. L'inquiétude que lui inspirait ce vieux débris paraissait sincère.

« Rien de plus qu'à nous, en tout cas, la rassura Toby. Tu vois, là, il y a un quatrième matelas préparé pour notre petit sommeil collectif, donc... »

Le visage d'Heather s'illumina un peu. Elle plongea une main dans le sachet en plastique, en retira une pleine poignée de Trail Mix, qu'elle n'avait jusqu'à présent goûté que du bout des lèvres, en pinça une bonne dose entre les doigts et commença à mastiquer avec appétit.

Toby lui-même se remit à manger en silence, pas tellement parce qu'il avait faim mais pour mettre un terme à la conversation.

En vérité, si Toby était pratiquement convaincu que les terroristes ne s'étaient pas débarrassés de Franker, il n'en était pas moins vrai que s'ils l'obligeaient à téléphoner pour empêcher la FCC, le LAPD et quiconque était à présent impliqué de couper l'antenne à KLAX, la place du directeur de la station n'aurait rien d'enviable.

Mendoza avait raison. « Nous débrancher » avait effectivement été une expression malheureuse.

Car elle lui avait remis en mémoire la scène finale d'un vieux film en noir et blanc qu'il avait vu une fois à la télé au cinéma de minuit.

Warren Beatty, dans le rôle d'un comique au bout du rouleau qui a de grosses emmerdes avec le milieu, se retrouve sur la scène d'une boîte de nuit déserte, prisonnier du projecteur. Il ne peut pas voir qui assiste à son spectacle, mais il sait que c'est le gangster qui veut lui faire la peau. Le film se termine, et il est là à raconter des blagues pour gagner du temps dans un silence de mort en sachant plus ou moins que la fin arrivera quand il sera à court d'inspiration ou quand le public invisible commencera à s'ennuyer.

Que les autres débranchent les feux de la rampe, et c'est *lui* qu'ils débranchent avec.

0 h 58

Eddie Franker avait l'impression de vivre un bizarre flash-back où il retrouvait le bon vieux temps, nonchalamment assis dans son fauteuil tournant, le téléphone à la main, comme un rédacteur en chef tannant le cuir à un politicien qui n'en peut mais pour la plus grande joie des autres journalistes présents.

« Un de ces types vient de se *suicider en direct*, connard ! hurla-t-il dans le combiné. Auriez-vous encore du mal à vous faire à l'idée que ces types plaisantent pas ? »

Certes, son public restreint actuel l'avait dans le collimateur au sens le plus littéral de l'expression, mais sur le plan pratique la situation avait évolué vers une confrontation presque similaire, prise d'otages ou pas.

« C'est là tout le problème, monsieur Franker, dit le

procureur général. Nous ne pouvons pas avoir... enfin... si les enfants voyaient ça... la FCC... Vous pouvez sûrement comprendre le bien-fondé de notre position, et...

– De *votre* position, Kwan ? Et ma position à moi, tête de nœud ? Je suis nez à nez avec deux canons de mitraillettes tenues par des gens qui en ont marre de vos conneries ! »

C'était exagérer quelque peu, puisque Horst et Kelly étaient assis devant son bureau, leurs Uzi sur les genoux et, loin d'en avoir marre, le regardaient faire son numéro avec une certaine admiration contenue pour ses vieux trucs de journaleux.

Eddie alla jusqu'à adresser une grimace à Kelly. Et pourquoi pas ? Comment ne pas prendre un certain plaisir à une situation qui, même si sa vie était en jeu, l'autorisait à traiter de connard et de tête de nœud le procureur général de l'État de Californie ?

Eddie n'avait pas été surpris lorsque c'était finalement un politicien et non Calderon qui avait rappelé, même s'il ne s'attendait pas tout à fait à parler à quelqu'un d'aussi haut placé dans la hiérarchie de l'État – encore que...

Il aurait peut-être choisi George Kwan lui aussi, car au royaume des politiciens Kwan était ce qui se faisait de mieux en matière de connard obtus. Les habituelles contributions financières des grands propriétaires de l'agrobusiness avaient financé l'inévitable tonitruante campagne électorale, après quoi, si l'on mettait à part les exécutions, les procès spectaculaires et tous les reportages promotionnels qu'il avait pu grappiller, Kwan, comme tous les procureurs généraux d'État sans ambition ni compétences crédibles pour postuler un poste plus élevé, s'était montré plutôt discret et avait sans doute même essayé une ou deux fois de faire son boulot.

Et étant donné qu'Eddie avait passé les cinq dernières minutes à traiter le ministre de la Justice californien d'abruti, de connard et de tête de nœud, le calme glacial de Kwan était impressionnant et indiquait peut-être, même s'il ne pouvait le dire ouvertement, qu'il n'était pas d'accord avec la ligne de conduite qu'il était en train d'exposer.

Eddie jeta un coup d'œil au moniteur de retour antenne. Le terroriste anonyme aux commandes à la régie meublait avec un vieux navet moisi de la vidéothèque intitulé *L'Invasion des lapins géants*.

Ce qui donna une idée à Eddie... les choses commençaient à s'arranger toutes seules...

« Dites, Kwan, si vous allumez votre télé, vous allez voir que KLAX ne diffuse actuellement qu'un film merdique de science-fiction, une histoire de lapins géants. D'une part, ça fait pas grand-chose pour élever le niveau culturel des masses, et d'autre part, le contenu politique n'est pas vraiment évident... »

Longue pause.

« Et alors ? risqua prudemment George Kwan.

– Je suis à vous dans une minute. » Et Franker le mit en attente.

« Écoutez, dit-il à Klingerman, je veux nous gagner un peu de temps en disant à ce type que s'ils ne coupent pas notre liaison avec le réémetteur local nous... vous ne diffuserez rien d'autre que des vieux films et des vieux feuilletons jusqu'au... jusqu'à.... » Eddie haussa les épaules. « Jusqu'où on verra bien...

– Jusqu'aux informations de 18 heures », dit Klingerman.

Les deux terroristes échangèrent un regard. Puis d'inquiétants sourires de chattemite. « De toute façon, nous n'avons rien de... *d'intéressant* au programme avant 18 heures, dit Kelly Jordan.

– Je crois que j'ai négocié quelque chose que nous pourrons tous accepter sans nous, euh, déshonorer, dit Franker au procureur général. Quelque chose qui va nous donner un peu de temps pour réfléchir. KLAX ne passe rien que des vieux navets et des rediffusions, et vous, vous ne coupez pas le réémetteur tant qu'on s'en tient à ça...

– Un instant, dit le procureur, mettant à son tour Eddie en attente.

– À présent, voudriez-vous nous expliquer ce que vous êtes en train de faire ? demanda Horst Klingerman avec une douceur quelque peu menaçante.

– Ouais, vu que les terroristes, c'est nous et vous l'otage, on aimerait vraiment être mis dans le coup, renchérit Kelly Jordan.

– Je m'arrange pour que KLAX continue d'émettre. Pour gagner du temps.

– On a pas investi cette station pour pouvoir diffuser des films d'horreur au kilomètre, dit Kelly. On reprend l'antenne nous-mêmes à 18 heures. Et ça, c'est pas négociable.

– *Au contraire* [1], ma petite, lui dit Franker, c'est exactement ce que je suis en train de négocier... »

L'instant de réflexion demandé par George Kwan s'était éternisé en de longues minutes de tension. « Ils... nous... enfin je peux donner mon accord, dit-il quand il reprit finalement la ligne. Mais... euh... il y a autre chose. Sur la base de certains indices... techniques, nous croyons savoir que KLAX dispose encore d'un faisceau hertzien ascendant couplé à un transpondeur satellitaire StarNet...

– Et alors ? dit Franker.

– Nous voulons qu'il soit désactivé. »

Eddie se surprit à faire non de la tête à l'adresse de Horst Klingerman qui lui adressait le même message à la même seconde.

« Pas question, dit-il au procureur général. C'est leur police d'assurance. Si vous débranchez le réémetteur local,

1. En français dans le texte. *(NdT)*

ils passent tout de suite au direct, le basculent sur StarNet par le faisceau ascendant et...

– Nous avons déjà une injonction de la FCC interdisant à StarNet de rediffuser à ses abonnés tout programme émis par KLAX.

– Alors pourquoi se préoccuper du faisceau ascendant ? »

Longue pause.

« Eh bien, pour une raison ou une autre, nous avons du mal à joindre par téléphone quelqu'un ayant autorité en la matière...

– *Vraiment... ?* ironisa Eddie. Ben oui, quoi, il est à peu près quatre heures du mat sur la côte est et tout ce beau monde est probablement rentré se coucher... Et je commence comme qui dirait à être à plat moi aussi. Alors pourquoi pas en rester là, essayer de dormir un peu nous aussi et reprendre cette conversation quand le jour se sera levé ? »

Il garda le combiné une seconde à hauteur du visage, regarda Horst et Kelly, sourit malicieusement et le laissa retomber sur son support.

1 h 17

Bercée comme par un mantra par les ronflements de Toby Inman et de Carl Mendoza, Heather Blake glissait dans un état crépusculaire à la limite du sommeil lorsqu'un bruit soudain la précipita dans un état de veille cafouilleux. L'espace d'un instant, reprenant conscience dans l'obscurité d'un lieu inconnu, elle ne put se rappeler où elle était ni ce qui...

Puis le brouillard se dissipa.

Elle était couchée tout habillée sur un matelas pneumatique posé à même le sol de la cafétéria de KLAX. Elle avait entendu la porte s'ouvrir et, dans l'embrasure éclairée par le couloir, elle voyait maintenant trois silhouettes, dont une lui était familière...

« Eddie ! Monsieur Franker ! Ça va ? »

Dans la pénombre, Eddie Franker se dirigea d'un pas mal assuré vers les matelas pneumatiques tandis que Toby et Carl s'arrachaient à leur sommeil.

« Oui, ça va, Heather », dit-il tout bas. Mais tout le monde était déjà réveillé. Eddie se laissa choir sur le matelas inoccupé à côté de celui de Heather. Carl et Toby, encore dans les vapes, se forcèrent à redresser le buste, et tous les quatre firent cercle sur le sol, la tête penchée en avant, comme des lycéennes qui restent à coucher chez une copine et profitent de l'obscurité pour échanger de croustillantes confidences.

« Alors ? » dit Carl.

Eddie se retourna vers la porte et, en suivant la direction de son regard, Heather constata que les gens qui avaient amené le directeur à la cafétéria étaient partis et que les factionnaires avaient repris leur position assise de part et d'autre de la porte fermée.

Ils observèrent leurs gardiens un long moment, sans rien dire, sans trop savoir quoi faire. Heather ne voyait pas très bien leurs visages, mais elle se rendit compte qu'ils regardaient à présent dans leur direction.

« Est-ce que ça vous gêne si nous parlons ? dit-elle finalement de sa plus belle voix de ravissante et innocente idiote.

– Faites ce que vous voulez du moment que vous n'essayez pas de partir, dit une voix de femme avec un léger accent allemand.

– Merci, dit Heather l'Évaporée.

– *Bitte sehr.* »

Eddie Franker lui adressa un regard étrange qu'elle ne put totalement déchiffrer dans la demi-obscurité. « Donc, nous sommes encore en vie, et nous émettons encore, dit-il. Au moment même où je vous parle, de féroces lapins mutants font des ravages sur KLAX.

– *Quoi ?*

– Je suis trop épuisé pour essayer de vous expliquer maintenant, mais j'ai trouvé une combine pour nous maintenir en vie et empêcher qu'on nous coupe l'antenne : on envoie des vieux films et des rediffusions jusqu'aux...

– Jusqu'à *quoi* ? dit Toby. Jusqu'à *quand* ? »

Eddie Franker soupira. « Jusqu'aux infos de 18 heures. Je crois. J'espère. » Il gémit, s'effondra sur son matelas et se tourna sur le côté. « Jusqu'au matin, en tout cas, marmonna-t-il. Assez longtemps pour permettre à un vieil homme comme moi de récupérer en dormant un peu.

– Qu'est-ce qui se passe à 18 heures ? demanda Toby

– Ce qui s'est toujours passé depuis...

– Vous voyez pas qu'il est épuisé ? siffla Heather. Laissez-le dormir ! Un peu de repos ne nous ferait pas de mal à nous non plus. »

Eddie ne répondit pas. Après quelques grognements inintelligibles, Carl et Toby se recouchèrent et s'endormirent, et Heather ne tarda pas à être soumise à une sérénade bizarrement rassurante de la part du trio de ronfleurs : la basse profonde de Carl Mendoza assurait le rythme, Toby Inman jouait les ténors intermittents et Eddie Franker, en contrepoint, sifflait par le nez comme une flûte.

Heather resta allongée dans le noir un long moment, fatiguée mais incapable, voire peu désireuse de s'endormir, regardant ses pensées et ses réactions flotter sur l'écran de son esprit comme autant de poissons exotiques.

Si j'ai peur ? Évidemment, tout le monde aurait peur à ma place. Si je suis excitée ? Oui, je crois bien. Est-ce que, d'une manière ou d'une autre, je *prends mon pied* avec tout ça ?

Cette dernière pensée était une créature bizarre que Heather s'attacha à observer avant de glisser pour de bon dans le sommeil.

« Voir le film, c'est aussi rentrer dans le film », avait dit un jour quelque théoricien du cinéma, formule dont le sens précis avait échappé à Heather la première fois qu'elle l'avait lue. Elle avait soupçonné que ça ne voulait pas dire grand-chose pour son auteur non plus.

Surtout pas le sens qu'elle lui donnait à présent.

Car tandis qu'elle gisait là dans l'obscurité, il lui semblait qu'il y avait au moins quatre Heather. Une première Heather dont la vie était réellement en danger dans le monde réel. Une autre Heather, parfaitement éveillée et consciente, qui voyait le tout comme un film. Une troisième Heather, Heather l'actrice qui jouait le rôle de Heather-la-fille-météo-nunuche-prise-en-otage.

Et puis il y avait une insaisissable quatrième Heather, qui dirigeait l'actrice ; elle veillait encore, à la limite du sommeil, pour visionner les rushes de la journée ; froide, détachée, ambitieuse, calculatrice et, d'une certaine manière, en ce moment précis, un peu trop inquiétante pour Heather elle-même.

« Rentrer dans le film... »

Heather sentait confusément qu'il y avait là-dedans comme une recette pour survivre, même si elle était encore trop assommée par la fatigue pour sonder cette impression.

14 h 35

Renversé dans son fauteuil pivotant, Eddie Franker tirait sur sa cigarette en attendant que le téléphone sonne. Horst, nerveux, faisait les cent pas, regardant de temps à autre par la fenêtre les policiers dans le parking et les barricades qui bloquaient Sunset. Tranquillement assise sur le sofa, les pieds sur la table, Kelly buvait un café.

« Qu'est-ce qu'ils attendent ? demanda Horst, irrité.

– Un gros paquet de fric doit changer de mains, et ça prend du temps, l'informa Eddie. Comme disaient certains de mes confrères dans les années soixante, le journalisme de terrain vous fait rencontrer des gens beaucoup plus imprévus que les politiciens. »

Quel reporter n'avait pas caressé le fantasme de se voir kidnappé en plein cœur d'une exclusivité comme celle-ci, des visions de prix Pulitzer lui dansant dans la tête ? Pourtant, même à ses tout débuts de chasseur de brèves aux dents longues, Eddie Franker ne s'était jamais imaginé dans des circonstances aussi inattendues que celles-ci.

Tout le monde pouvait probablement s'imaginer dans une prise d'otages – qui n'en avait pas déjà vu à la télé ? On avait la trouille, on reprenait courage, on se débrouillait, on se faisait tuer ou libérer, envoyez le générique et fondu enchaîné sur le quart d'heure de célébrité promis par Andy Warhol...

Mais aucun de ces scénarios de prises d'otages authentiques ou fictives n'avait préparé Eddie à ce qui se passait ici, au rôle qu'il était en train de jouer...

Moins de vingt-quatre heures après le début de cette situation, les deux mômes étaient déjà « Kelly » et « Horst » dans son esprit. Ils tenaient toujours leurs armes, mais ils avaient depuis longtemps cessé de les agiter sous son nez. Il avait pris les choses en main en tant que négociateur désigné, et ils l'avaient laissé faire. Il ne savait toujours pas ce qu'ils cherchaient vraiment mais il les aidait à y arriver, du moins dans la mesure où ça coïncidait avec ce qu'il cherchait lui, à savoir conserver l'antenne et maintenir en vie toutes les personnes concernées.

Ce n'était pas non plus le prétendu « syndrome de Stockholm ». Il n'avait pas commencé à s'identifier à ses ravisseurs ni développé une dépendance affective par rapport à eux !

Comment l'aurait-il pu ? Il ne savait presque rien d'eux.

Ils s'étaient emparés de la station. Ils faisaient partie d'un genre de groupuscule écologique. Ils étaient assez compétents et assez organisés pour faire tourner la station. Ils avaient été assez chanceux, ou assez intelligents, ou assez cruels – ou les trois à la fois – pour trouver quelqu'un disposé à se suicider à l'explosif en direct afin de prouver le bien-fondé de leur cause.

Mais c'était à peu près tout ce qu'Eddie savait des Brigades vertes. Et tout ce qu'il savait, ou presque, de Kelly Jordan et de Horst Klingerman était qu'elle semblait être américaine et lui européen, d'origine allemande, néerlandaise ou scandinave.

Néanmoins, il y avait bien eu entre eux et lui un genre d'évolution dont Eddie doutait fort qu'elle soit prévue dans les manuels et qui avait débouché sur une relation professionnelle et pragmatique entre l'otage et ses ravisseurs, fondée, cyniquement ou non, sur des intérêts communs...

Eddie avait dormi comme une souche jusqu'à environ 10 heures, s'était réveillé avec des courbatures à force d'avoir dormi comme un fichu boy-scout sur un matelas pneumatique posé à même le sol, avait pris un petit déjeuner à base de quelque saloperie New Age tirée d'un sac en plastique et de café minable dispensé par le distributeur, et s'était octroyé tout le temps qu'il estimait nécessaire pour remettre sa vieille carcasse en forme avant une dure journée.

Horst et Kelly ne s'étaient pas pointés pour le traîner jusqu'au téléphone de son bureau avant midi, ou presque. Et voilà qu'il était près de 15 heures, fin des pauses déjeuner les plus longues et les plus arrosées qui puissent se concevoir sur la côte est.

En Californie, toutefois, le LAPD, le procureur général, le gouverneur et toutes les autorités fédérales qui devaient à présent s'exprimer par leur intermédiaire étaient sur le pied de guerre depuis une éternité et le prenaient très mal.

Quelle que soit l'entité officielle qui lui taraudait à présent le crâne, George Kwan était encore de corvée au téléphone. « Où étiez-vous passé ? demanda-t-il. Ça fait des heures que nous essayons de vous joindre. Même chose chez StarNet : nous n'avons pas encore trouvé quelqu'un qui veuille bien prendre ses responsabilités...

– Je dormais, qu'est-ce que vous croyez ? Que j'étais pendu au plafond comme une chauve-souris ou un politicien ? » ronchonna Eddie, encouragé par le sourire de Kelly, visiblement amusée.

Longue pause à l'autre bout du fil.

« Vous ne jouez pas franc-jeu avec nous, hein ? dit le procureur général d'une voix plus froide. Vous leur avez dit de ne pas nous parler, n'est-ce pas ? »

Eddie le fit poireauter un bon coup.

« Monsieur Franker... ?

– Simple question d'intérêt, Kwan, lâcha-t-il enfin. Les gens de StarNet ne voient pas l'intérêt qu'ils auraient à vous parler parce qu'ils ne voient pas l'intérêt qu'ils auraient à entendre ce que vous allez leur dire, et moi, je ne vois pas l'intérêt que j'aurais à vous laisser couper les émissions et nous faire tous massacrer.

– La décision ne dépend pas de nous, Franker, dit sèchement Kwan.

– Vraiment ? Je vais vous dire quelque chose, Kwan : vous me laissez une demi-heure et je vous garantis qu'Arlene Berkowski ou quelqu'un d'encore plus près du sommet de StarNet prendra votre appel et qu'on verra bien alors qui a le pouvoir de décider quoi, d'accord ? »

Et il raccrocha sans attendre la réponse, appela StarNet et, bien entendu, tomba directement sur Berkowski.

« Avec eux, on peut pas faire de l'obstruction à perpète, Eddie. Ça sonne de tous les côtés.

– Qui ça, *eux*, Arlene ?

– La FCC, le FBI, le ministère de la Justice, ceux qui disent : " Moins vous en saurez, mieux ça vaudra pour vous. " Nos fax sont inondés d'injonctions et d'assignations, notre section juridique crache le feu par tous les trous, alors voilà : une fois qu'on se met à leur causer pour de bon, ils vont nous forcer à vous couper le faisceau ascendant et à vous décrocher de StarNet.

– Ils vont vraiment y arriver ?

– Bien sûr que oui !

– Mais ils peuvent pas, hein, Arlene ?

– Bien sûr que si ! Tout le gouvernement...

– Je veux dire *physiquement*, Arlene, pas légalement. KLAX dispose de son propre générateur et d'assez de carburant pour tenir quelques jours, donc, à moins de prendre la station d'assaut, ils ne peuvent pas couper le faisceau qui monte sur votre satellite. Et ils ne peuvent pas vous empêcher de basculer nos émissions sur vos abonnés à moins de bousiller le satellite au laser...

– Eddie ! C'est pas la guerre des Étoiles ! C'est des injonctions, des citations, des astreintes, des procès...

– Et le premier Amendement, Arlene ? En fin de compte, rien de tout ça n'a de fondement légalement défendable. Je le sais. Vous aussi et eux aussi.

– Oui, mais en attendant...

– En attendant, vous leur dites d'aller se faire voir. Parce qu'en dernière analyse ils ne disposent d'aucun moyen politiquement acceptable de vous empêcher de vous torcher le cul avec leur papier timbré. Qu'est-ce qu'ils peuvent faire ? Vous arrêter et bousiller votre satellite parce que vous avez exercé la liberté d'expression prévue par le premier Amendement ? Ils vous attaquent à coup d'assignations et de sommations, vous contre-attaquez à coup d'assignations, de suspensions, etc., et la Cour suprême sera obligée de trancher dans ce merdier d'ici environ cinq ans.

– Vous savez combien ça peut coûter en frais de justice ?

– Vous savez combien ça peut rapporter à StarNet de continuer la diffusion d'une exclusivité pareille ?

– La question a été débattue, dit Arlene Berkowski d'une tout autre voix. Sous certaines conditions, même ces frais de justice peuvent être absorbés. Il faudrait que nous ayons l'exclusivité...

– Vous l'avez déjà...

– Je veux dire une exclusivité *absolue*, Eddie. » Il sentait maintenant percer dans la voix d'Arlene une pointe d'enthousiasme, voire une certaine avidité, il pouvait presque l'entendre saliver. « Une exclusivité mondiale, totale. CNN et les réseaux n'auront même pas de bandes à passer en différé. La BBC, les Français, la ZDF et tous les autres nous achètent directement le reportage et payent StarNet s'ils veulent avoir la moindre image.

– Bon Dieu, Arlene, c'est vraiment dur-dur...

– L'enjeu est de taille, le risque aussi, et ça peut rapporter gros. Si ça continue assez longtemps, ça fera pour nous, en plus petit, ce que la guerre du Golfe a fait pour CNN. C'est peut-être pas aussi gros comme événement, mais le côté humain va donner des taux d'écoute encore plus élevés si nous sommes les seuls à pouvoir diffuser, même en différé, le reportage de ce qui se passe à l'intérieur. Et Hildebrandt n'a pas l'intention de faire la même erreur que Turner. C'est nous qui fournissons, alors nous contrôlons le reportage. Si le gouvernement essaie de nous mettre des bâtons dans les roues, on le couvre de merde.

– Et notre pourcentage ?

– La formule habituelle du temps d'antenne multiplié par le nombre de téléspectateurs, et sur les droits mondiaux aussi, assez pour faire de KLAX la station privée la plus riche de l'univers si ce truc dure une semaine...

– On dirait que c'est une proposition que je ne peux pas refuser...

– Marché conclu, alors, Eddie ?

– Marché conclu, Arlene.

– Encore une chose, Eddie. Euh, écoutez, pourriez vous, euh, expliquer ceci à vos... à vos ravisseurs ? Je veux dire, s'ils ont l'intention de faire quelque chose de vraiment spectaculaire, je veux dire, euh, comme le... la... le truc d'Ellingwood, bon, alors, euh... nous, on aimerait bien que ça se passe vers 20 heures chez vous pour que ça couvre la tranche de grande écoute nationale... »

Eddie en resta bouche bée. Après une conclusion pareille, qu'est-ce qu'on aurait pu ajouter ? Il raccrocha.

« Elle est sérieuse, cette bonne femme ? demanda Kelly. Si on balance un otage du haut du toit ou si on se fait tous sauter, on est censé faire en sorte que ça tombe dans la tranche de grande écoute ? »

Eddie haussa les épaules et lui jeta un regard sardonique. « Au moins, le spectacle continuera », dit-il. Kelly frétilla. Horst n'avait rien pigé.

Au lieu de quoi, il avait marmonné, debout devant le bureau d'Eddie, avec son Uzi en bandoulière, son gilet explosif et un air d'innocence scandalisée parfaitement réussi : « Le cynisme de l'Ouest ne cessera jamais de nous étonner.

– Traînez pas mes dernières paroles dans la boue, lui dit Franker. C'est la formule sacrée qui va nous permettre de conserver l'antenne. »

Du moins Eddie l'espérait-il.

Plus tard, quand il s'aperçut que deux bonnes heures s'étaient écoulées depuis qu'il avait parlé à George Kwan, il était moins sûr de lui. Kelly restait assise à siroter tranquillement son café mais les allées et venues de Horst commençaient à prendre une tournure...

Le téléphone sonna.

Eddie décrocha le combiné.

Horst freina pile.

Kelly posa son gobelet et se leva.

Eddie enfonça la touche écoute amplifiée.

« Kwan ? dit-il.

– Monsieur Franker, dit une voix monocorde, quelque peu pincée, qu'Eddie entendait pour la première fois. C'est Elton Carswell, directeur adjoint du Bureau fédéral d'investigation, qui vous parle. Cette affaire vient d'être placée sous notre juridiction, puisqu'elle implique des violations de la Loi fédérale.

– Vous avez parlé à StarNet ? À Arlene Berkowski ? Ou à Hildebrandt ?

– Pas directement. Mais j'ai été informé des diverses discussions qui se sont déroulées entre leurs avocats et le ministère de la Justice...

– Et dont le résultat...

– J'aimerais m'entretenir avec un représentant des Brigades vertes...

– Ici Horst Klingerman...

– Et Kelly Jordan, m'sieur l'Incorruptible.

– Je présume que vous ne tenez pas à discuter d'une libération de vos otages en échange d'une reddition non violente et d'un procès où vos droits seront respectés... ?

– Je présume que vous ne tenez pas à retirer vos forces en échange de l'assurance que nous n'allons pas jeter les otages du haut du toit ? rétorqua Kelly Jordan. Vous voulez discuter de quelque chose d'un peu plus en prise sur la réalité ?

– Nous sommes prêts à proposer une stabilisation temporaire de la situation », dit Carswell d'une voix pâteuse.

Eddie pouvait très bien s'imaginer la quantité de bile qu'il avait dû refouler. Les vapeurs d'acide gastrique étaient probablement en train de lui sortir par les oreilles.

« Si vous avez une proposition à faire de la part de votre gouvernement, nous sommes disposés à l'examiner pour le compte des Brigades vertes », dit Horst avec une fausse emphase diplomatique, légèrement sourcilleuse, qui ne semblait guère calculée pour faire redescendre la tension artérielle de Carswell.

Mais Elton Carswell était un pro. Pas de manifestation indécente d'humanité irritée de la part des valets en costard bleu du FBI ! Je lis mon texte, ma bonne dame, rien que le texte.

« Aucune tentative ne sera faite pour prendre la station par la force tant que les otages seront indemnes. La station KLAX sera autorisée à poursuivre ses émissions tant qu'il n'y aura pas de nouvelles violations du règlement de la FCC. Le ministère de la Justice annoncera que cet arrangement a été trouvé à la suite d'une négociation directe, et aucune affirmation tendant à prouver le contraire ne sera diffusée. »

Horst se tourna vers Eddie, perplexe. « Un instant, s'il vous plaît, le temps d'examiner votre proposition, dit-il avant d'enfoncer la touche attente. Ça veut dire quoi ? »

Eddie réfléchit. Il essaya d'imaginer les conversations entre Berkowski et Kwan, entre les avocats de StarNet et la FCC, entre la FCC et le ministère de la Justice, entre Washington et Sacramento et le LAPD à Parker Center...

Il grimaça un sourire. « C'est bien plus intéressant, de leur point de vue à eux, de s'attribuer un peu de mérite pour avoir réussi à négocier *quelque chose* que d'avouer que StarNet a dit au ministère de la Justice d'aller se faire voir et ne s'en porte pas plus mal.

– *Was ?* »

Eddie éclata de rire. « Ça veut dire qu'on les tient,

pardi ! Ça veut dire, les enfants, qu'on ne se trompe pas quand on fait confiance au premier principe de la bureaucratie.

– Qui est ? demanda Kelly.

– La simplicité même, dit Eddie en rigolant. Ton propre cul protégeras ! »

18 h 00

« Les infos de 18 heures sur KLAX, avec Toby Inman, Heather Blake et Carl Mendoza ! »

Enfin, pas tout à fait. Les terroristes aux manettes avaient fait démarrer l'indicatif habituel, et Toby avait la vedette, comme il se doit, mais cette folle simulation de normalité n'allait pas plus loin.

Carl et Heather, assis sur des chaises pliantes, avaient été relégués aux deux extrémités du bureau en arc de cercle pour laisser la place à Horst Klingerman et Kelly Jordan, assis de chaque côté de Toby. Nigel et Malcolm, les deux punks, s'occupaient des caméras. Eddie Franker était assis sur une chaise pliante, bien en dehors du champ, gardé par le terroriste à l'air vaguement japonais que les autres appelaient Hiroshi. Debout devant la porte du studio, Helga caressait son Uzi.

De quoi vous flanquer la trouille, assurément, mais du point de vue de Toby Inman, vissé sur sa chaise et fixant le témoin rouge sur la caméra numéro un, rien d'aussi affolant que ce qui défilait sur le téléprompteur.

À savoir : rien.

« Un script ? Vous voulez un script ? avait dit celui qu'ils appelaient Warren. Vous voulez dire que c'est pas vrai que des mecs comme vous improvisent à mesure ? »

Toby n'avait été guère surpris lorsque Helga et Paulo les avaient fait sortir tous les trois de la cafétéria pour les emmener dans la Salle verte, ni lorsque cet individu leur avait annoncé qu'ils seraient à l'antenne à 18 heures. Pourquoi garder les présentateurs en otages en laissant partir tout le monde sauf le directeur de la station si ce n'était pas pour les mettre à contribution ?

Il n'avait pas été surpris non plus lorsque Warren lui avait dit qu'il allait devoir interviewer Jordan et Klingerman à 18 heures pile pour ouvrir le journal. Mais lorsque Toby avait demandé à lire le script avant de passer à l'antenne, ce tordu lui avait décoché un regard ahuri et Toby n'avait pas réussi à savoir si le mec faisait dans l'imbécillité pure et simple ou dans l'humour pince-sans-rire.

Warren avait le teint jaunâtre, le visage plus ou moins boutonneux, comme un oiseau de nuit qui dort pendant le jour toutes fenêtres fermées ; la trentaine, une tignasse blonde en voie de disparition, des lunettes à monture métallique ; il lui manquait peut-être le protège-poche en plastique, mais sinon c'était le portrait-robot du fondu d'informatique. À condition, bien entendu, d'oublier le pistolet-mitrailleur en bandoulière.

« Je suis votre technicien en chef pour toute la durée de l'opération, les mecs, avait-il dit en guise de présentations. N'ayez pas peur, je peux assurer en multiplex la console, le faisceau hertzien, le mixage et siffler l'hymne sudiste sur tout une tapée de transpondeurs en me laissant encore dix mégas de libres. »

Et c'était précisément ce qu'il avait réussi à faire la veille, sans oublier de faire démarrer les pubs et les indicatifs par-dessus le marché, le tout avec un seul assistant à la régie. Donc ce mec était un génie de l'électronique. Mais sauf à faire semblant d'être un idiot intégral, il ne connaissait strictement rien au fonctionnement d'un service d'informations.

« On invente tout alors ? avait dit Toby. Les résultats

sportifs, les cours de la Bourse ? Les décisions de la Cour suprême et les histoires de cul de Hollywood ?

– Ah, vous voulez dire les trucs des agences de presse ? Hé, mec, pas de problème, on peut te pirater toutes les infos que tu veux directement au cul des satellites et te basculer ça sur ton prompteur : l'Associated Press, Reuters, Novosti si tu piges le russe, tout ce que tu voudras...

– Mais non. Je veux dire que si je suis censé faire une interview, j'ai besoin d'un conducteur qui défile sur le prompteur.

– Vous pouvez vraiment pas... bon, inventer ?

– Inventer *quoi* ? Je sais même pas ce qui se passe ? »

Warren avait haussé les épaules. « Hé, mec, je crois qu'on a oublié d'amener un *rédacteur*, tout simplement, avait-il lâché d'un ton sarcastique, alors tu vas être obligé de t'habituer à écrire tes textes tout seul. Tu les présentes, tu les laisses parler, et ça ira. Tu restes naturel. Tu sais faire ça, pas vrai ? Ou à tout le moins essayer ? »

Et ce connard de s'esclaffer sur sa plaisanterie débile.

Sur le coup, Toby n'avait pas trouvé ça amusant du tout et il y cherchait encore de l'humour tandis qu'il fixait la caméra de direct à travers l'écran de plastique vierge du prompteur en attendant un script qui, devait-il se rappeler, ne viendrait jamais.

« Euh... à la une des infos de ce soir, KLAX, je veux dire nous, la prise d'otages ici dans la station, et votre serviteur pour vous... hem... éclairer sur cette exclu... euh, cet événement en marche... »

18 h 01

À l'écran :

« ... est Kelly Jordan, qui est euh... comment ?

– Ministre de l'Information des Brigades vertes. »

Le visage tendu de Toby Inman est remplacé sans transition par celui d'une jolie Noire, assez jeune, qui lui souffle la réponse d'une voix ferme et distincte, souriant avec un plaisir diabolique.

Retour sur Inman en gros plan, qui regarde vers la droite. « Ministre de l'Information des Brigades vertes, répète-t-il, pivotant brusquement pour regarder la caméra dès qu'il se rend compte qu'il est à nouveau dans le champ. Et Horst, euh... Kingle...

– *Klingerman* », corrige une voix masculine, off, avec une certaine exaspération tandis que la caméra, au terme d'un panoramique saccadé vers la droite, cadre en gros plan un homme blond d'une quarantaine d'années aux yeux d'un bleu limpide et au front dégagé. « Horst Klingerman, président des Brigades vertes. »

Plan général plutôt inhabituel incluant Inman, Jordan et Klingerman. Kelly Jordan fixe la caméra bien en face. Horst Klingerman jette des coups d'œil nerveux de tous côtés. Toby Inman regarde dans le vide une seconde, comme s'il attendait un signal. Qui ne vient pas.

« Euh... pour ceux et celles d'entre vous qui n'étaient pas à l'écoute hier, la station KLAX a été occupée par des terroristes... euh, un commando de militants écologistes qui se font appeler les Brigades vertes, finit-il par articuler. De puissantes charges explosives sont... ont été disséminées dans la station et l'un des membres du commando s'est suicidé à l'explosif, et... et... »

Il hausse les épaules. Se tourne vers Klingerman, puis vers Jordan. « En tant que, euh, ministre de la... de l'Information des Brigades vertes, Ms. Jordan, vous pourriez peut-être nous dire de quoi... enfin, nous expliquer... »

Kelly Jordan, off : « De quoi il retourne ? »

Gros plan bien cadré de Kelly Jordan qui regarde la caméra d'un air sérieux comme si ce plan prévu depuis longtemps mais lancé en catastrophe avait été programmé pour enchaîner sur sa réponse plutôt que sur la question d'Inman.

« Avec plaisir, Toby. Autrement, pourquoi on serait tous ici, hein ? » Elle porte un Uzi en bandoulière et une tenue camouflée du dernier chic mais elle sourit comme une actrice sur le point de lancer une pub pour un détergent à vaisselle.

« Qui on est ? Les Brigades vertes sont un groupe d'action directe. Qu'est-ce qu'on fait ? On pratique l'action directe. Qu'est-ce qu'on veut ? Sauver la Terre ! De qui ? »

Elle s'arrête une seconde, penche la tête vers la caméra avec un sourire malicieux pour balancer un texte qui l'est beaucoup moins : « De vous, évidemment, bande de tarés ! »

Elle conserve le même séduisant sourire juvénile pour lancer sa tirade d'une voix amicale style pub télé.

« Qui d'autre est en train de tuer la biosphère ? Est-ce que les vaches ont vraiment créé l'effet de serre avec leurs pets ? Est-ce que les dauphins sont en train de raboter secrètement la couche d'ozone pour supprimer les monstres terrestres qui se servent de leurs océans comme cuvettes de w.-c. pour leurs déchets toxiques ? Est-ce que les forêts pluviales sont en train de se suicider pour se venger en nous privant de leur oxygène ? Ou alors, mes chers congénères, y aurait-il la moindre chance que la mort de la Terre résulte de nos propres conneries ? »

On prend ça en pleine poire, mais avec un je ne sais quoi de tendre qui vous désarme.

Toby Inman, off : « La mort de la Terre ? N'est-ce pas là une... euh, grossière exagération ? »

Kelly Jordan jette un coup d'œil dans sa direction mais le cadrage ne change pas, son expression non plus.

« Oh, que non, Toby ! dit-elle avec le même sérieux triomphant. Je n'exagère pas. Tout savant qui n'est pas à la solde de quelque entité qui le paie un max pour affirmer le contraire vous dira que la biosphère de cette planète est en train de mourir. La chaîne alimentaire marine crève à tous les niveaux entre le fond et la surface et la chaîne alimentaire terrestre a été bouffée jusqu'au trognon par le complexe agro-industriel, l'atmosphère est en passe de devenir un phénomène extraterrestre, les calottes polaires sont en train de fondre, les côtes sont inondées mais, bon, y a pas de quoi s'en faire, hein ? »

Gros plan flottant sur elle au cours du silence qui s'ensuit. Une seconde plus tard, plan sur Toby Inman, censé réagir, qui se prolonge encore un peu avant qu'il réussisse à dire quoi que ce soit.

Quand il y arrive, l'effet est plutôt faiblard après l'énergie délirante si bien contrôlée par Kelly Jordan. « C'est pas comme... euh, comme si les gens ne faisaient rien du tout contre. Je veux dire qu'il y a eu des progrès, que la conscience écologique n'a jamais été plus vivace...

–... Conscience mon cul, elle ne suce que si l'on s'insère ! »

Plan sur Kelly Jordan qui décoche sa réplique.

Elle ne fait pas que sourire à la caméra, elle rayonne, elle irradie, elle pétille de sarcasme pervers.

« On va pas emmerder les braves gens qui nous regardent avec des détails saignants. Tout ça, ils l'ont déjà vu et entendu un million de fois, et ils en sont tous saturés. Nous savons ce que nous avons fait, et comment nous l'avons fait, et nous savons que nous continuons à le faire. Et nous savons ce que nous devons faire si nous voulons que cette planète ait encore une biosphère au milieu du siècle prochain. »

Plan duo mal assuré sur Inman et Jordan : il la regarde, elle cabotine devant la caméra comme si elle était encore en gros plan.

« Nous le savons tellement bien que nous en sommes saturés. » Le ton sarcastique n'y est plus, on dirait qu'elle est sincère. « Arrêter de brûler des combustibles fossiles qui rejettent du gaz carbonique dans l'atmosphère. Arrêter de détruire les forêts qui fournissent l'oxygène que nous respirons. Fermer les centrales nucléaires. Interdire la production de tous les polluants atmosphériques. Abandonner la monoculture industrielle fondée sur l'usage massif des pesticides, manger des céréales et non du steak, sauver les baleines et les bébés phoques, bla-bla-bla...

– Mais, euh... si nous faisions tout ça, les gens mourraient de faim, seraient malheureux... n'est-ce pas ? »

Kelly Jordan adresse un doux sourire à la caméra et reprend sa voix de pub télé : « Mais bien sûr, Toby. La machine industrielle du premier monde finirait par se bloquer et tourner au ralenti, des dizaines de millions de gens perdraient leur emploi, les villes fondées sur l'automobile comme Los Angeles devraient probablement être abandonnées, des millions de gens mourraient de faim et les Américains seraient obligés de s'habituer à vivre comme les gens du Tiers Monde.

– Mais c'est affreux ! »

Le sourire de Kelly Jordan ne fléchit pas mais sa voix se durcit. « Pour qui ? Pour les 4 % de la population mondiale qui dévorent actuellement 25 % des ressources de la planète, ou pour les 96 % qui restent ? Il y a trop d'humains sur cette planète, Toby, tout simplement. Nous sommes trop nombreux à nous goinfrer d'énergie et de ressources naturelles sur ce riche hémisphère Nord. La biosphère de la Terre est peut-être capable d'assurer la subsistance de trois ou quatre milliards d'hommes vivant au niveau du Tiers Monde, ou d'un milliard vivant comme vivent aujourd'hui les Américains, les Européens et les Japonais, mais pas les deux en même temps.

– Vous... vous dites que vous voulez voir la population mondiale diminuer de moitié ? Et les Américains vivre comme des... comme des... euh... indigènes africains... ?

– T'as pigé, Toby. Parce que si ça se produit pas, toute la planète crève dans un siècle ou deux. Et vous trouverez pas de scientifique respectable pour vous dire le contraire.

– Mais... mais c'est à plusieurs dizaines d'années dans l'avenir, aucun de nous...

– Ne sera en vie ? C'est exact, Toby. Nous allons tous être obligés de faire de gros sacrifices, et nous ne serons plus là pour savoir si nous avons réussi. Si on ne s'y résout pas, on tue la planète. Si on ne prend pas des mesures radicales, c'est ce qui va se passer. C'est pas en fermant les yeux qu'on fera disparaître le problème.

– Oui, mais... mais... mais...

– *Mais... mais... mais... mais chi on fait rien*, dit Kelly Jordan dans une imitation passable de Porky Pig, *cha-cha-cha-cha-ch'ra fini, m'chieux-dames !*

– Mais alors, vous envisagez la... une... »

Plan moyen de Kelly Jordan qui darde soudain un regard dur sur la caméra. « Ré-vo-lu-tion, Toby. Une Révolution verte, l'originale, la vraie, pas la version Hollywood. Des sacrifices. De l'action directe. Des morts, peut-être. »

Elle ne sourit qu'avec la bouche et l'effet devient sinistre lorsqu'elle se déleste de son Uzi, le pose sur le bureau la crosse en bas – boum ! – et tient l'arme à la verticale.

« Vous avez peut-être pas remarqué, dit-elle, mais nous l'avons déjà commencée. »

Long, très long silence, tandis que la caméra s'approche pour un très gros plan de Kelly Jordan : rien que ses yeux, sa bouche et, entre les deux, une zone de peau brune et lisse qui luit sous les projecteurs.

« Nous sommes des *révolutionnaires*, déclare-t-elle d'une voix neutre. Nous sommes convaincus qu'une Révolution verte est le seul espoir qui reste à cette planète, et je vous parle d'une *action directe de masse* ; finis les discours creux et les manifs bidon. Nous sommes ici pour vous donner l'exemple, pour vous montrer que l'action directe est efficace, que vous pouvez *vraiment* faire quelque chose si vous comprenez à quel point la situation est désespérée et agissez en conséquence. Voilà pourquoi nous nous sommes emparés de cette station de télévision, voilà pourquoi nous nous en servons pour faire échec au référendum Seawater, sans nous soucier des conséquences pour nous-mêmes et nos otages... »

18 h 13

« ... Nous croyons qu'il n'y a rien de plus important que la vie et la mort de la planète, alors si c'est ça qui fait de nous des fanatiques, d'accord, nous sommes des fanatiques... »

Tandis que l'autre cinglée délirait, Carl Mendoza, assis tout au bout du bureau de pacotille qui meublait le plateau, sentit la sueur perler sur ses couilles, son estomac se creuser, son trou du cul se pincer et se rendit compte qu'il avait à présent peur pour de bon.

Révélation inattendue, peut-être, pour un type qui venait de passer toute une journée comme otage de terroristes armés.

Certes, c'était une situation dangereuse, mais qui faisait partie des cas de figure, comme au base-ball quand il faut jouer fin pour éviter de se faire piéger, ou au Viêt-nam, quand une patrouille avancée dans une zone tenue par l'ennemi était forcée de rester sans bouger dans l'herbe le cul sur une fourmilière tandis que défilait toute une division de rebelles. On remontait son froc, on gardait son calme, on surveillait sa concentration et on faisait de son mieux pour être à la hauteur. Un pro à l'attitude correcte pouvait tirer profit de cette *situation* dangereuse, refaire le plein d'énergie, aiguiser ses sens, être à fond dans l'instant présent.

« ... z'allez voter pour ou contre le référendum Seawater, un plan scandaleusement irresponsable concocté par le complexe agro-industriel pour piquer des milliards aux contribuables afin de construire une série de bombes nucléaires à retardement sur une ligne de failles... »

Mais avec des *individus* dangereux, c'était une autre paire de manches.

« ... supprimer le rationnement de l'eau pendant quelques années, peut-être, et vous recommencerez à arroser vos pelouses, à faire pousser vos pinèdes et vos roseraies... »

Des gens dangereux comme les Viets ou l'ARVN, ou certains de ces minables du Guatemala qui ne pensaient qu'à vous faire la peau, passe encore : ils n'étaient pas plus méchants qu'un lanceur crédité d'une moyenne de 0,35 qui attaque la partie avec trois balèzes en renfort.

« ... en sachant qu'avec le prochain tremblement de terre, ou celui d'après, quand vous serez morts si vous avez cette chance, le mardi suivant dans le cas contraire... »

Même les cinglés notoires, les mecs au regard envapé dont on devinait le crâne plein de verre brisé n'étaient pas aussi effrayants que ces gens-*là*.

« ... ou vous pouvez voter farouchement contre et vous engager dans la voie de la révolution pour la sauvegarde de la Terre... »

Des gens qui ne bavaient pas des insanités avant de trancher avec les dents le cou de poulets vivants. Des gens qui donnaient l'impression d'être calmes, logiques, sûrs d'eux. Des gens qui croyaient sincèrement au bien-fondé et à l'absolue nécessité de ce qu'ils faisaient. Des gens qui croyaient sincèrement que, dans leur cas, la fin justifiait les moyens, *tous* les moyens, et que si votre cul était en travers du chemin, il fallait que ça passe ou que ça casse.

Carl avait rencontré des gens comme ça au Viêt-nam. C'était le genre de bidasse à éviter, des types qu'on avait tendance à laisser partir devant au lieu de les accompagner au coude à coude dans la jungle. Le genre d'officiers et de sous-offs à conduire des patrouilles qui ne revenaient jamais. Ou qui expiraient sous des balles amies dans un geste précipité d'autodéfense.

On en trouvait chez les gens de toutes races, religions, croyances et, apparemment, de tout sexe : des maniaques logiques, raisonnables, idéalistes et dévoués, et, à en croire les messages qu'envoyaient à Carl Mendoza son estomac, ses couilles et son trou du cul, il n'y avait pas pire danger dans quelque jungle que ce soit.

18 h 20

À l'écran :

Kelly Jordan, en plan moyen, semble en route vers quelque apothéose. Avec sa peau luisante de sueur sous les projecteurs, son Uzi braqué vers le ciel, son treillis impeccable, son gilet bourré d'explosifs et ses traits fins de jeune fille, elle a l'air assez mal adaptée à son rôle, comme une adolescente ingénue qui jouerait une Che Guevara noire.

Ce qui ne l'empêche pas d'arriver au point culminant de sa rhétorique avec force et conviction.

« ... alors, avant d'appuyer sur le bouton de la machine à voter, n'oubliez pas qu'Anthony Ellingwood *s'est suicidé* pour mettre en échec cette stupide et malfaisante magouille ! Anthony Ellingwood a donné le peu de vie qui lui restait pour sauver la Terre ! Est-ce que vous pourriez voter pour la Proposition 17 mardi prochain et vous regarder dans la glace le lendemain en vous disant en votre âme et conscience que vous ne pouviez pas sacrifier votre piscine, votre jardin et peut-être un peu de votre richesse de merde pour que vos enfants ne finissent pas leur vie à Tchernobyl West ? »

La caméra reste sur elle pendant un long silence tandis qu'elle la fixe d'un air résolu. Une ange passe. Elle regarde vers la droite.

Gros plan un peu précipité sur Toby Inman. La caméra ne semble pas l'avoir pris en défaut et, en vrai pro qu'il est, il la regarde bien en face, même si ses yeux sont un peu vitreux.

« Bon, voilà qui est très intéressant, très convaincant, euh, Kelly, et je suis sûr que tous ceux et celles qui nous regardent en ce...

– Je veux dire quelque chose, Malcom, coupe une voix masculine hors champ, forte mais insuffisamment amplifiée. Alors cadre-moi... oui, comme ça. »

Panoramique tremblé vers la droite qui aboutit sur un gros plan de Horst Klingerman. Son expression a l'air figée après la prestation de Kelly Jordan, ses yeux sont à la fois fuyants et hypnotisés par l'objectif. Sa voix est un peu grêle et cassante, un rien forcée, comme pour compenser, rendant le rythme germanique plus perceptible.

« Mon anglais n'est peut-être pas très bon, je vous demande de m'excuser ; c'est pour cela que Kelly parle au nom des Brigades vertes. Mais... mais... je dois dire quelque chose maintenant. En tant qu'Allemand, oui, je crois pouvoir dire que nos deux pays ne sont pas vraiment dissemblables, mais qu'ils sont différents, c'est-à-dire, euh... »

Il a visiblement du mal à trouver les mots qu'il faut.

« Les nazis, oui, c'était des gens malfaisants, et il y en avait beaucoup, poursuit-il, mais ils n'auraient pas pu commettre les crimes atroces qu'ils ont commis si les gens de bonne volonté étaient passés à l'action directe. La Stasi aussi, le Parti, c'était un État policier, oui, mais lorsque nous avons montré notre courage à Leipzig sur l'Opernplatz, ils ont commencé à se liquéfier bien vite. Les salons où l'on cause doivent descendre dans la rue. Il y a des moments où même les pacifistes doivent se battre. Vous ne pouvez pas vous contenter de rester assis les doigts dans le cul à boire de la bière, tandis qu'on commet des atrocités en votre nom... Vous.... vous... »

Il semble se rendre compte qu'il a perdu le fil. Il regarde à droite, à gauche, sans rien pouvoir dire, empalé en gros plan pendant d'interminables secondes comme un hanneton sur une épingle.

18 h 22

De façon perverse, Toby se surprit à éprouver de la sympathie pour ce pauvre connard.

Prisonnier de terroristes armés et travaillant en improvisation totale, n'ayant pas la moindre idée de ce que ces gens allaient dire ou faire l'instant suivant, Toby avait certainement subi la plus rude épreuve de sa carrière à l'antenne.

Et voilà qu'ils étaient tous les trois coincés dans un blanc éternel sans avoir au prompteur le moindre script pour envoyer la conclusion. Jordan avait débité son speech et Klingerman avait avalé sa langue.

Y a plus que toi en course, Inman. Faut que t'assures toi-même. Tu fais une interview. Tu restes naturel. Ou du moins, tu *essayes*...

18 h 25

À l'écran :

Plan d'ensemble sur Inman, Jordan et Klingerman. On voit très bien Inman faire de grands gestes pour tenter de ramener le cadrage sur lui. Il y arrive, mais le gros plan final est brutal et saccadé.

« Voyons si nous pouvons simplifier tout ça pour les téléspectateurs, Horst », dit Inman de la voix qu'il prendrait pour cuisiner une célébrité du show-business, ce qui manque quand même un peu de pertinence. « Euh... vous dites donc que les Américains devraient, euh... ah oui ! passer à l'action pour sauver...

– Ce que les États-Unis font à la planète n'est pas tellement différent de ce que les nazis ont fait à l'Europe...

– Hé ! Hé ! Attendez...

– L'extinction forcée d'espèces entières, la destruction de l'atmosphère de la planète, c'est la vie sur Terre qu'on est peut-être en train d'envoyer aux fours cette fois-ci, dit Klingerman, échauffé, tandis que l'autre caméra amorce un gros plan sur lui. La mort de la Terre peut se mesurer au nombre de vos autoroutes et de vos restaurants à hamburgers. Si l'Amérique disparaissait comme par magie, le monde commencerait à guérir du jour au lendemain. »

Toby Inman, off : « Allez ! On supprime les MacDo et la Hollywood Freeway et on sauve le monde ?

– Pour ainsi dire, confirme Klingerman, songeur. Oui, ce serait bien.

– Ce n'était pas tout à fait ce que je... »

Pour une raison quelconque, la caméra ne quitte pas Klingerman pendant cet échange avec la voix off de Toby Inman, comme si le terroriste était un politicien et Inman un provocateur dans le public du studio. Mais Horst Klingerman se détourne de la caméra pour lui parler comme un professeur d'université qui répond à la question stupide d'un étudiant.

« Je ne dis pas que tous les Américains sont des nazis...

– Très aimable à vous...

– Tous les Allemands n'étaient pas des nazis non plus. Mais les nazis étaient bien des Allemands. Et les plus grands pillards de la planète sont des Américains. Et si nous ne prenons pas nos responsabilités devant les agissements des pires d'entre nous et n'avons pas le courage d'agir en conséquence, nous collaborons avec eux. »

Toby Inman, off : « Agir en conséquence ?

– D'abord, vous devez voter contre ce référendum Seawater pour toutes les bonnes raisons que Kelly vous a expliquées. »

Plan duo traditionnel, longtemps attendu, où les interlocuteurs se regardent.

« Mais voter contre le référendum Seawater n'est pas suffisant.

– Ah bon ?

– Non, il faut aller plus loin ! Il y a eu plus d'Allemands pour voter contre Hitler que l'inverse. Il y avait plus d'opposants au Parti que de sympathisants. Mais en face d'un plan d'une telle noirceur, un vote dans le bon sens ne dispense personne de la responsabilité morale de passer à l'action directe.

– L'action directe ? Vous parlez tout le temps d'action directe... »

Comme ni Klingerman ni Inman ne regardent la caméra, ce duo semble lui aussi interminable.

« Qu'est-ce que ça veut dire ? » Klingerman s'interrompt, regarde dans la direction de la caméra qui se rapproche avec une hâte quelque peu malséante pour le cadrer en gros plan.

« *Anthony Ellingwood* est passé à l'action directe. Nous ne sommes peut-être pas tous disposés à mourir pour fournir pareille inspiration. Mais c'est à partir de pareils exemples que nous pouvons prendre le courage de passer nous-mêmes à l'action directe ! Nous devons non seulement mettre en échec le référendum Seawater, nous devons commencer la Révolution verte pour sauver la planète ! »

Kelly Jordan, off : « Attends, Horst...

– Il faut engager plus que nos voix dans la bataille. Il ne faut pas se contenter de parler ! Il faut descendre dans la rue !

– Écoute, Horst, c'est pas ce qui était... »

Klingerman regarde Jordan et secoue la tête.

« Non, Kelly, laisse-moi finir ! Malcolm, la caméra sur moi, si te plaît ! »

Klingerman semble à présent très loin des amphithéâtres universitaires. Sa main se pose sur la bandoulière de son Uzi et, inconsciemment ou pas, descend jusqu'à la crosse.

« Il faut passer à l'action directe. Il faut vous répandre dans les rues et vous en rendre maîtres ! Faites un rempart de vos corps autour de cette station ! Il faut organiser le blocus du réacteur nucléaire de Long Beach qui a tué Anthony Ellingwood ! Il faut arrêter la centrale ! La prendre d'assaut s'il le faut ! Faites vous-mêmes la preuve du pouvoir de l'action directe ! Montrez à vos ennemis que vous n'avez pas peur et ils se volatiliseront !

– Mon Dieu...

– Ça s'est déjà produit, j'y étais ! La Stasi n'a pas pu nous arrêter ! Le gouvernement s'est effondré !

– Horst... »

Klingerman décroche son pistolet-mitrailleur et le tient d'une main braqué vers le plafond.

« Voilà le pouvoir de l'action directe. Voilà comment démarre une révolution réussie ! Lorsque les gens sortent pour de bon du cauchemar, rien ne peut les arrêter !

– Faites-le t...

– Arrêtez la...

– Coupez !

– Voilà pourquoi les Brigades vertes ont investi cette station...

– Coupez ! Coupez ! COUPEZ ! Envoyez la page de pub, bordel de merde, sinon on nous coupe l'antenne ! »

Le noir pendant une seconde.

« KLAX-TV, Los Angeles. »

Le logo de la station.

Plan moyen d'une grosse femme aux cheveux gris en tablier à carreaux et toque de cuisinier, qui fredonne gaiement en poussant une énorme aubergine dans la cuve d'un hachoir en plastique rouge dont elle tourne la manivelle. Il en ressort une avalanche de rondelles parfaites.

« Des rondelles d'aubergine ! jubile-t-elle en souriant à la caméra. Des rondelles de carotte ! Des rondelles de potiron ! Des rondelles d'artichaut ! Même des rondelles de piments si vous le désirez ! Pourquoi vous contenter de vieilles rondelles de pomme de terre quand vous pouvez transformer *n'importe quel* légume en belles rondelles toutes fraîches prêtes à blondir dans la poêle avec la moulinette à main de Mamie McChips ? »

18 h 31

On dirait un remake sinistre à la David Lynch d'un vieux film des Marx Brothers, ne put s'empêcher de penser Heather, assise à l'extrême gauche de la scène – effrayant et comique à la fois, en quelque sorte.

Eddie Franker n'avait cessé de cogner sur la vitre de la régie. Les terroristes aux manettes étaient encore en train d'essayer de lire sur ses lèvres. Hiroshi le couvrait, sans trop savoir quoi faire, attendant des ordres. Helga, postée à la porte, agita son arme comme si elle allait prendre les choses en main, mais personne ne regardait.

À l'extrême droite de la scène, Carl Mendoza serrait les poings comme s'il allait prendre des risques stupides. Le pauvre Toby se morfondait tel un saumon empalé entre Klingerman et Jordan.

Kelly Jordan levait les yeux au ciel et secouait la tête,

consternée par ce qu'elle entendait. Horst Klingerman délirait toujours.

« Voilà pourquoi nous passons à l'action directe ! Pour commencer la Révolution verte ! »

Le plus drôle était que quelqu'un à la régie avait *déjà* démarré l'interlude publicitaire : on voyait actuellement une réclame de pizza et pas du tout le numéro de Klingerman, comme tout le monde s'en serait rendu compte s'ils avaient jeté un coup d'œil au moniteur de retour antenne.

Les gags les plus courts sont toujours les meilleurs, et celui-ci, depuis longtemps ridicule, commençait à être dangereux.

« Monsieur Franker ! Ils passent les pages de pub ! » cria Heather, assez fort, mais sans y mettre de menace, de sa plus belle voix de ravissante idiote.

Et ça marcha.

Le volume sonore attira automatiquement l'attention de tous sur elle et l'action se figea une seconde.

« Vous voyez ? dit Heather d'un ton bon enfant en montrant le moniteur. Navrée de vous interrompre, mais ça n'a pas tellement d'importance, babilla-t-elle avec un sourire d'écervelée. Ils sont en train de passer les pages publicitaires, alors on peut tous souffler... »

Toby Inman leva les yeux au ciel. Carl adressa à Heather un regard respectueux. Eddie poussa un soupir de soulagement et s'avança d'un pas mal assuré vers le bureau.

Klingerman et Jordan échangeaient des regards assassins.

« T'as vraiment cartonné, Horst, dit Jordan. Je suis sûre qu'on a adoré ça dans les chaumières.

– L'effet désiré sera obtenu.

– *L'effet désiré*, merde alors ! On va se faire couper l'antenne, c'est ça que tu veux ? »

Eddie Franker était parvenu jusqu'au bureau. Il était

nez à nez avec un Horst Klingerman quelque peu abasourdi, debout, pistolet-mitrailleur à la main, tandis qu'Eddie lui faisait la morale comme un patron en colère.

« Vous êtes passé à *ça* de la catastrophe, vous le savez, au moins ? dit Franker en lui mettant le pouce et l'index sous le nez, écartés d'un centimètre. Dix secondes de plus et ils nous débranchaient !

– De... de quoi parlez-vous ? bredouilla Horst. Nous avons passé un accord avec les autorités !

– Que vous venez de violer ! Ou alors, vous croyiez peut-être que les directives de la FCC autorisaient l'incitation à la révolution violente ?

– C'est ça que j'essayais de te dire, Horst, dit Kelly Jordan. Tu peux pas agiter le drapeau rouge de l'anarchie au pays du courage et de la liberté ! Pas à la télé !

– Je ne préconisais pas l'emploi de la force pour tuer, dit Klingerman, hargneux, je préconisais l'action directe. »

Eddie Franker soupira et prit appui des deux mains sur le bureau. « Distinguo que les experts juridiques de Robby Hildebrandt pourront probablement utiliser pour empêcher la FCC de nous débrancher jusqu'à ce que la Cour suprême donne son avis, expliqua-t-il à Klingerman avec une certaine lassitude. Peut-être. Mais c'est pas le genre de subtilité qui risque de venir à l'esprit du LAPD ou du FBI quand ils entendent une espèce d'apache lancer des appels à l'émeute sur le petit écran !

– Je crois qu'il faudrait vous rappeler que vous n'êtes plus le maître ici, dit sèchement Klingerman en faisant reposer le canon de son pistolet-mitrailleur sur le ventre replet d'Eddie. Et peut-être que ce serait le moment d'informer les autorités de la vraie nature de la situation...

– Je crois pas qu'on devrait parler de *ça* devant les enfants, dit vivement Kelly.

– Écoutez, il nous reste à peu près vingt secondes pour décider de ce que nous allons passer ensuite, dit Franker d'une voix beaucoup plus faible, beaucoup plus âgée. L'interlude publicitaire va se terminer...

– Nous sommes ouverts à toutes propositions, dit Kelly d'un ton sardonique. N'est-ce pas, Horst ?

– Je... »

C'en était trop pour Heather. Elle se leva, agita frénétiquement les bras en direction de la régie, désigna du doigt sa personne, puis le téléprompteur.

« Qu'est-ce que tu fais, Heather, nom de Dieu ? » s'enquit Franker.

Elle sourit innocemment et adressa à tous et à toutes une moue de prima donna de la nunucherie.

« Mais la météo, voyons, monsieur Franker ! dit-elle. C'est mon heure. »

20 h 16

Après que cette brave Heather eut remis le J.T. sur les rails d'une délirante normalité en assurant la météo comme un vieux routier des ondes, les terroristes qui contrôlaient la régie avaient réussi à envoyer sur les prompteurs d'Inman et de Mendoza assez de dépêches d'agence pour meubler et Kelly en avait profité pour entraîner Horst vers un lieu non précisé.

Au terme de ces infernales soixante minutes, Helga et Hiroshi avaient poussé Eddie Franker et les stars de l'info dans la Salle verte, où ils étaient restés environ une heure sous le regard haineux de Helga, dont la présence armée étouffait toute velléité de conversation dans un espace aussi restreint.

Kelly et Horst étaient venus chercher Eddie à 20 h 05 et il était maintenant assis derrière son bureau, où trois témoins de ligne clignotaient déjà tandis que Klingerman et Jordan tournaient en rond, l'air plutôt inquiets, et qu'au moins deux des trois correspondants probables n'avaient vraisemblablement pas grand-chose à dire qui puisse réjouir Eddie.

« Vous avez des préférences, les enfants ? » demanda-t-il, le doigt suspendu au-dessus des boutons. Pas de réaction. Il appuya donc au hasard.

C'était Yancy Foster, son contact à Sierra Communications Incorporated.

« On ne peut pas dire que la situation nous enchante, Franker, laissa tomber Foster en guise de bonjour. Vous savez sacrément bien que SCI a tout intérêt, financièrement parlant, à ce que le référendum Seawater passe, alors vous pouvez imaginer la tête des mecs, là-haut, quand ils voient leur propre station de télé faire de la contre-propagande dans les mains de ces enculés d'écolos délirants !

– Bon Dieu, Foster, je suis *l'otage* des gens que vous venez de traiter d'enculés d'écolos délirants, et ils perdent pas un mot de ce que vous dites, gémit Eddie. Vous croyez que vous pourrez gardez ça à l'esprit ? »

Une seconde de silence. « Écoutez, Franker, je ne suis qu'un intermédiaire, vous le savez bien. Le sondage express que je vois en ce moment même sur CNN donne la Proposition 17 en baisse de 5,51 points depuis 18 h 30, et les mecs de la Direction...

– Tes sondages express, Foster, tu peux te les mettre où je pense ! »

Eddie Franker avait horreur des sondages express en toutes occasions, et encore plus dans les circonstances présentes. Du journalisme, ça ? Non, du vaudou ! L'idée d'ouvrir deux numéros gratuits pour un décompte très peu scientifique des oui et des non datait d'au moins une génération, mais personne ne l'avait prise au sérieux avant que les ordinateurs soient en mesure d'identifier les numéros appelants.

En interfaçant cette liste de noms et d'adresses de facturation avec des bases de données dont Eddie avait toujours trouvé la mise à disposition plutôt anticonstitutionnelle, le logiciel des sondages express était censé pouvoir reconstruire un modèle en temps réel de l'opinion publique avec une précision de deux chiffres après la virgule.

Si c'était pas du vaudou, c'était quoi, alors ? Pis encore, ça avait l'air de marcher.

Foutrement trop bien pour la santé de la classe politique, estimait Eddie. Que de prétendus dirigeants puissent savoir à deux décimales près ce que leur électorat pensait de leurs décisions potentielles avant même qu'ils puissent s'en rendre compte par eux-mêmes n'inclinait pas au courage politique.

« Quand les mecs, là-haut, comme tu dis, Foster, commenceront à pisser dans leur froc en pleurant sur leurs malheureux sondages, tu leur rappelleras le fric qu'on est en train de ramasser en fourguant tout ça à StarNet, tel est *mon* message. » Et Franker raccrocha.

Sur la deuxième ligne, Arlene Berkowski.

« C'est super, Eddie, le taux d'écoute national pour la première demi-heure a atteint un niveau sans précédent pour StarNet, même s'il a chuté après la page de pub, dit-elle. Mais personne à l'est du Nevada ne sera à l'écoute quand il sera 23 heures sur la côte ouest, à moins que...

– Écoutez, Arlene, je peux vraiment rien...

– Les réseaux et CNN commencent à se jeter sur ce truc comme des mouches à merde, Eddie, ils amènent des cars de reportage et des hélicos, ils ont des images de foule du côté du Parker Center, où il a l'air de se passer quelque chose, ils ont même filmé juste devant la station...

– Vous voulez quoi, alors ?

– Du direct au cœur de l'action, Eddie, des images prises à l'intérieur de la station, des spots de trente secondes toutes les demi-heures pour annoncer les infos de 23 heures, et quelque chose pour les remplir, parce que... hein, il faut faire repasser les terroristes à 23 heures, c'est la seule chose que les réseaux ne peuvent pas faire, la seule chose qui incitera les gens de la côte est à continuer de nous regarder après minuit... »

Sur la troisième ligne, Elton Carswell. Le FBI l'avait mauvaise.

« La prestation de M. Klingerman a violé nos accords avec les représentants des Brigades vertes. Peuvent-ils m'entendre ? »

Horst se dressa au-dessus du haut-parleur. Kelly s'assit devant le bureau. Horst acquiesça de la tête.

« Ils sont suspendus à vos lèvres, dit Franker d'une voix traînante.

– Nous ne pouvons tolérer l'incitation télévisée à l'émeute, monsieur Klingerman, dit Carswell.

– La démocratie américaine est-elle tombée si bas qu'une manifestation pacifique de ses citoyens contre la politique stupide et dangereuse de leurs dirigeants soit à présent considérée comme une émeute illégale contre le *statu quo*, monsieur Carswell ? ironisa Horst.

– Il ne m'intéresse pas d'en débattre avec vous, monsieur Klingerman, dit Carswell de sa voix constipée. Je suis ici pour vous informer que si vous tentez une autre provocation de ce genre, nous ferons usage de procédures chirurgicales à l'encontre de votre antenne relais à micro-ondes et de votre parabole. Suis-je assez clair ?

– Tout à fait clair, dit Horst. Maintenant à moi d'être clair, d'accord ? Si vous faites quoi que ce soit de ce genre, je déclencherai personnellement l'explosion des charges destinées à volatiliser cet immeuble.

– Il y a de fortes chances que vous bluffiez, Klingerman,

dit sèchement Carswell. Êtes-vous vraiment assez courageux pour passer à l'acte ? En certaines circonstances, nous serions bien volontiers disposés à parier que non.

– Vous mettez en doute notre sincérité ?

– Prenez-le comme vous voudrez.

– Je le prends comme de l'impolitesse, monsieur Carswell, dit Horst d'une voix soyeuse qui fit passer un frisson glacial dans les tripes d'Eddie. Vous devriez *vraiment* être plus poli avec nous, monsieur Carswell, sinon nous serions nous-mêmes forcés d'être un peu moins polis...

– Quoi ? »

Horst regarda Kelly. « Tu as encore des objections à ce stade, Kelly ? » demanda-t-il, énigmatique.

Kelly haussa les épaules. « Tu es l'homme, tu décides, dit-elle. Et je crois que l'heure est arrivée. »

Eddie leur jeta un regard inquiet. C'était comme si on avait baissé le thermostat de dix degrés. Quelque chose flottait dans l'air, prêt à se matérialiser.

« Ne nous forcez pas à provoquer une panique, monsieur Carswell, dit Horst. Nous estimons qu'à ce stade il ne serait pas avantageux de révéler à la population ce que vous nous forcez maintenant à vous révéler.

– De quoi s'agit-il, Klingerman ?

– De la nature des charges explosives avec lesquelles nous avons miné cet immeuble. Environ une tonne d'un plastic raffiné assaisonné d'un kilo de plutonium finement pulvérisé.

– Du... p-p-plutonium... ? bégaya Carswell. Vous voulez nous faire croire que vous avez une *bombe atomique* ? »

La gorge brusquement sèche, Eddie réfléchit. Était-ce possible ? L'effondrement de l'Union soviétique avait effectivement balancé une quantité inconnue de cette camelote sur le marché noir, des contrebandiers avaient été surpris à tenter de vendre à la sauvette de petites quantités d'uranium enrichi en Pologne et en Allemagne, trente mille têtes nucléaires étaient dans les petites mains fébriles d'une armée aux caisses vides dont les soldats étaient réputés boire à l'occasion le liquide de transmission de leurs tanks au milieu des combats...

« Mais non, monsieur Carswell, nous ne disposons pas d'un engin nucléaire explosif, dit Horst. Je ne voudrais pas insulter votre intelligence en vous laissant croire cela. Une masse critique était très au-dessus de nos moyens. Nous n'avons pu obtenir qu'un kilo de plutonium. Si vous nous forcez à faire exploser le plastic dans lequel il est incrusté, il n'y aura pas d'explosion nucléaire, mais seulement une grosse explosion chimique qui dispersera un nuage de plutonium finement pulvérisé sur toute la région. Ceux qui inhaleront une particule de plutonium ne mourront pas immédiatement. Beaucoup pourraient survivre des années.

– C'est... ridicule, bredouilla Carswell. Vous vous attendez vraiment à ce que nous croyions à une histoire pareille ? »

Eddie commença à suer. Il ne lui paraissait que trop vraisemblable qu'une organisation terroriste internationale puisse récupérer un petit kilo de plutonium, et l'incrédulité affectée de Carswell n'arrivait pas à le persuader que l'homme du FBI soit d'un autre avis.

« Au fait qu'un kilo de plutonium vaporisé puisse tuer plusieurs centaines de milliers de personnes ? dit Horst d'un ton pédant. Il y a suffisamment de références à sa toxicité cancérigène dans la littérature scientifique...

– Allons donc, Klingerman, même si vous possédez effectivement ce plutonium, vous voulez vraiment nous faire croire que vous aller vous tuer avec pour commettre un massacre à grande échelle ?

– La probabilité n'est pas grande, mais elle n'est pas nulle, n'est-ce pas, monsieur Carswell ? »

Long silence à l'autre bout de la ligne.

« Ce que Horst essaie de vous dire, m'sieur l'Incorruptible, intervint Kelly Jordan avec un sourire espiègle et désarmant, c'est que les chances ont beau être en votre faveur, toute la merde qui tombera du ciel si par hasard nous ne bluffons pas et que vous provoquiez pareille catastrophe constitue un trop gros risque à prendre rien que pour nous empêcher d'exercer notre liberté d'expression, pas vrai ? »

Nouveau silence.

« Peut-être que vous n'avez pas autorité pour prendre des décisions de cette gravité, monsieur Carswell ? suggéra Horst. Peut-être que vous allez être obligé d'en référer à vos supérieurs avant d'être autorisé à faire quelque chose d'aussi stupide ? »

Carswell ne répondait toujours pas.

Horst sourit. « Je m'en doutais. Nous pourrions bien sûr repasser à l'antenne sur-le-champ pour donner cette information avant que vous puissiez obtenir des autorités supérieures l'autorisation d'employer la force, oui... ?

– Écoutez, Klingerman...

– Ce qui sans aucun doute provoquerait exactement le genre de panique collective que vous cherchez à éviter que nous disions ou non la vérité...

– Pour l'amour du...

– Mais en fait, nous ne voulons pas être forcés d'en arriver là, m'sieur l'Incorruptible, enchaîna Kelly Jordan. Si vous êtes d'accord, ça pourra être notre petit secret, pour le moment, du moins. Vous vous engagez à ne pas saboter nos émissions, et nous nous engageons à ne pas faire flipper les autochtones. Alors, n'est-ce pas là une proposition que vous ne pouvez pas refuser ?

– Vous... vous ne rendrez pas cette menace publique ? dit Elton Carswell d'une voix hyper-contenue. Et nous sommes censés vous faire confiance ?

– Ma foi, m'sieur l'Incorruptible, va falloir qu'on se

fasse confiance *mutuellement*, pas vrai ? Appelez ça comme vous voudrez : un geste bilatéral pour améliorer le climat entre nous, ou la préservation d'intérêts communs. Vous ne voulez pas voir cinq millions d'Angelenos hystériques essayer de quitter la ville tous en même temps et nous ne voulons pas passer pour les méchants. Est-ce qu'on peut s'entendre là-dessus ?

– Tant que je ne reçois pas d'ordres contraires et que je vous en informe, vous pouvez avoir ma parole au moins là-dessus », marmonna Elton Carswell. Et le sous-directeur du FBI raccrocha.

« C'est vrai ce que vous dites ? demanda Eddie. Vous avez vraiment chargé vos bombes à la poussière de plutonium ? »

Horst donnait toujours l'impression d'être sérieux chaque fois qu'il disait quelque chose, et Kelly n'y arrivait jamais tout à fait. Avec eux, impossible de savoir où on en était. Qu'ils possèdent le plutonium, ça, c'était assez facile à croire, mais est-ce qu'ils iraient jusqu'à empoisonner toute une ville pour sauver la planète ? Ça ne tenait pas vraiment debout.

Et le projet Seawater, alors ?

Kelly Jordan s'esclaffa puis lui adressa un grand sourire. « Qu'est-ce que ça peut vous faire, monsieur Franker ? dit-elle en jouant avec la fermeture de son gilet. Si l'un de nous appuie sur le bouton rouge, vous serez aussi mort que nous, avec ou sans plutonium.

– Vous le feriez pour de bon ? demanda doucement Eddie.

– Nous sommes des gens sérieux », dit Horst.

Mais Eddie ne quittait pas Kelly Jordan des yeux. Elle le regarda à son tour. Elle ne souriait plus, et son dédain s'était momentanément évaporé. La vérité se lisait dans ses yeux, semblait-il.

« L'un de nous sait-il au juste ce que nous ferions dans

une situation pareille ? dit-elle. Nous disons que nous le savons, nous croyons le savoir, mais qui sait vraiment ce qui se passera au moment critique ?

– Ça fait peur... », murmura Eddie. Cet aveu, à cet instant précis, donnait à toute l'affaire un accent de vérité.

« Hé, monsieur Franker, nous sommes des terroristes, nous sommes *censés* faire peur, dit Kelly avec un sourire féroce. Assez peur pour que KLAX puisse continuer d'émettre...

– Vous croyez que nous avons réussi ? demanda Horst. Vous croyez que le FBI tiendra parole ? »

Eddie soupira, se renversa sur son siège, alluma une cigarette, leur sachant vaguement gré de pouvoir réintégrer un mode pragmatique, plus confortable.

« Ça dépend jusqu'où vous voulez pousser le bouchon, je suppose, dit-il.

– Et, à votre avis, jusqu'où peut-on aller trop loin ? »

Bonne question, songea Eddie, et mieux vaut ne pas attendre que la réponse vous tombe sur la gueule. Il tira pensivement sur sa cigarette, jeta un coup d'œil au moniteur de retour antenne sur le mur du fond, qui montrait un vieil épisode des *Simpson*, puis regarda sa montre.

« Écoutez, dit-il, on arrive au flash de 20 h 30. Alors pourquoi pas leur pincer un peu le derche pour voir comment ils vont couiner ? Et si ça se trouve, en tirer quelques petits avantages par-dessus le marché... »

Peut-être mettait-il aussi ses gardiens à l'épreuve, histoire de voir dans quelle mesure ils le laisseraient diriger le service des infos pour leur compte. Peut-être que, bizarrement, c'était lui-même qu'il mettait à l'épreuve. Jusqu'où irait-il pour conserver à la station l'exclusivité du récit de sa propre captivité ? Où était la frontière entre couvrir l'événement et créer l'événement ?

Surtout qu'en continuant de le créer il pourrait peut-être arriver à sauver sa peau...

20 h 30

À l'écran :

Plan général un peu tremblé pris d'une fenêtre, assez haut pour avoir une vue plongeante du barrage de police sur Sunset Boulevard, direction ouest. La chaussée est fermée par des chevaux de frise ; des équipes du SWAT, des voitures de patrouille, un mini-tank téléguidé et trois cars de police sont déployés entre les barricades et la station. De l'autre côté des barricades, un cordon de policiers contrôle la partie est de Sunset Boulevard, où les trottoirs, sur trois blocs à partir de Vine, sont à présent remplis d'une foule qui déborde sur les caniveaux et bloque la circulation. Pas de pancartes en vue : c'est apparemment une simple agglutination de badauds plus ou moins spontanée.

Toby Inman, off : « Des citoyens entament une veille devant l'immeuble de KLAX... Référendum Seawater : les sondages express ne peuvent se prononcer... la suite aux infos de 23 heures ! »

20 h 33

Kelly et Horst n'avaient pas refusé d'envoyer un de leurs opérateurs au dernier étage avec une caméra HF pour filmer en direct les barricades sur Sunset Boulevard histoire d'assurer la partie image de la bande-annonce au flash de 20 h 30, et le FBI n'avait pas encore pipé mot.

« Et si on montait la tension d'un cran ? suggéra Eddie. Qu'est-ce que vous en dites ?

– Vous pensiez à quoi ? » demanda Kelly.

Eddie réfléchit. Berkowski avait parlé d'un truc qui se passait au Parker Center. Mais quoi exactement ?

« Il me vient à l'esprit qu'on a encore deux cars de reportage qui se baladent dans les rues. Vous pourriez peut-être m'en laisser utiliser un ? »

Klingerman et Jordan se consultèrent du regard.

« Pour faire quoi ? demanda Horst.

– Pour secouer les barreaux de la cage un poil de plus et voir ce que ça donne... »

21 h 00

À l'écran :

Plan au téléobjectif légèrement en plongée sur une petite foule agglutinée derrière des chevaux de frise en face du Parker Center sous le regard de quatre policiers coiffés de casques à visière noire – l'angle restreint permet de remplir le champ avec deux douzaines de personnes. Quelques poings levés, quelques cris incohérents, et c'est tout pour l'action.

Toby Inman, off : « Des manifestants se rassemblent devant le commissariat central pour soutenir KLAX et protester contre le référendum Seawater... reportage complet aux infos de 23 heures ! »

21 h 04

Jusque-là, ça va, songea Eddie Franker. Plus ou moins.

Les Brigades vertes contrôlaient encore physiquement la station, mais Horst et Kelly, peut-être sans s'en rendre compte, l'avaient assez facilement laissé prendre le contrôle, étape par étape, du service des informations.

Ils s'étaient fait conduire jusqu'à la régie pour qu'il

puisse contacter par radio l'un des cars de reportage, et Vinh, malgré la circulation, avait réussi à ramener le véhicule au Parker Center à temps pour avoir des images en direct au flash de 21 heures.

Eddie aurait cru qu'avec ses connaissances techniques nulles et deux terroristes à la régie la retransmission et la diffusion des images filmées par le car de reportage aurait été la partie difficile de l'opération, mais il n'en fut rien.

Jaro, l'assistant de Warren, avait à peine ouvert la bouche, mais ses doigts avaient réalisé des prodiges sur la console de mixage, et Warren lui-même semblait connaître à fond le matériel d'émission et de retransmission. Lorsqu'Eddie leur avait expliqué ce qu'il voulait, ils s'était acquittés de la tâche sans trop de peine. En fait, on voyait déjà qu'ils étaient plus à l'aise dans les arcanes technologiques de KLAX que le directeur de la station lui-même.

Par radio, Eddie demanda à Vinh de filmer à partir du car de reportage, Vinh bascula les images sur la station via le relais satellite, Warren capta le signal, Jaro le mixa avec le commentaire en direct d'Inman, puis Warren envoya le tout simultanément au réémetteur local par relais à micro-ondes et sur le faisceau montant de StarNet via la parabole sur le toit.

Eddie n'était peut-être pas très calé en technique mais il avait fortement l'impression que tout cela faisait pas mal de trafic hertzien et que le FBI aurait pu intercepter les liaisons, ou les brouiller, ou tout bonnement couper la station de son car de reportage.

Mais il n'avait rien fait de tel. Jusque-là, les Feds tenaient parole. Ils laissaient le direct du Parker Center parvenir jusqu'à la station et repartir par la voie des ondes sans que Carswell ne proteste, même pour la forme.

Arlene Berkowski, en revanche, était en ligne dès 21 h 06 et râlait.

« Télé de *mierda* ! C'est vraiment nul ce qui passe...

– Vous vous attendiez à autre chose, Arlene ?

– ... mais ça me donne une idée. Vous contrôlez toujours le car de reportage devant le Parker Center ?

– Toujours, l'informa Eddie.

– Très bien. Alors, écoutez, on a des infos comme quoi il commence à se passer quelque chose à Long Beach, un genre de rassemblement près de la station de pompage de l'eau de mer...

– Qu'est-ce qui vous...

– Disons que... bon, nous avons par voie interne des rapports d'écoute sur certains canaux UHF de la concurrence... CNN a un car de reportage en route qui est parti de Westwood mais qui est bloqué dans les embouteillages. La filiale locale d'ABC voulait y envoyer son hélico, mais l'espace aérien vient d'être fermé. Les gens de chez nous qui connaissent L.A. me disent qu'en partant du centre-ville vous pouvez probablement y arriver les premiers avec votre car... »

Eddie éloigna le combiné de son oreille, jeta un coup d'œil circulaire dans la régie, qui commençait à devenir exiguë avec cinq personnes dedans.

« StarNet veut qu'on déplace le car de reportage, dit-il.

– Où ça ? demanda Horst.

– À Long Beach. Il semblerait que *l'action directe* que vous tentiez d'inciter commence à se manifester... »

Horst eut une ombre de sourire, puis prit un air pensif. « Vous croyez que les autres vont nous laisser diffuser ce genre d'information ? »

Eddie haussa les épaules. « Y a qu'un moyen de savoir, dit-il. On les bombarde de spots de trente secondes pour les infos de 23 heures et on voit ce qu'ils font.

– Allez-y », dit Horst.

Eddie acquiesça, prit le casque et ordonna à Warren

de le mettre en communication avec le car de reportage. C'est peut-être du délire, songea-t-il brusquement, mais à un moment donné je me suis mis à *savourer* la situation. Merde, j'ai jamais pris un tel pied dans ce boulot à la con !

21 h 30

À l'écran :

Plan général du parking de KLAX, pris d'une fenêtre à l'un des étages supérieurs de la station. Lent panoramique horizontal, puis vertical, qui révèle un impressionnant déploiement de personnel, de matériel et de munitions.

La périphérie du parking est entourée de cars de police sur les trois côtés rue ; deux cents policiers, au bas mot, casqués, armés de fusils et d'armes automatiques, ont pris position devant les cars et attendent qu'il se passe quelque chose. Plus près de l'immeuble, des équipes du SWAT en gilet pare-balles ont installé des postes de tir qui encerclent la station, protégés par des sacs de sable. Chaque position s'ordonne autour d'un homme qui semble disposer d'un genre de lance-missiles individuel. Entre les positions du Groupe d'intervention tactique et les forces conventionnelles du LAPD, deux tracteurs type Hummer dont la peinture kaki aux motifs camouflés verdâtres révèle l'inquiétante nature militaire. Sur la plate-forme des véhicules, des armes qui ressemblent à des lance-roquettes multitubes ou des mitrailleuses hypertrophiées, servies par des Gardes nationaux ou des soldats de l'Armée de terre et braquées droit sur la caméra.

Toby Inman, off : « Le maire et le gouverneur démentent les informations selon lesquelles il serait question de détruire la parabole de KLAX au lance-roquettes mais mettent en garde les Brigades vertes contre toute nouvelle provocation... Le point sur la situation dans une demi-heure en attentant le reportage complet aux infos de 23 heures ! »

22 h 00

À l'écran :

Plan pris au zoom à son plus fort grossissement de la centrale nucléaire de Long Beach. L'image chatoie, l'usine de dessalement, campée de l'autre côté de la baie, brille sous les feux de ses propres projecteurs : un volumineux dôme d'un blanc grisâtre serti dans un anneau de poutrelles au-dessus de la vaste cavité centrale de quelque chose qui aurait autrement toute l'apparence d'une plate-forme pétrolière.

Zoom arrière et changement d'angle pour cadrer une longue jetée métallique. Deux tuyaux de gros diamètre émergent de l'océan à l'autre bout de la jetée et la longent comme deux rails géants dirigés vers la caméra. La caméra prend du recul, révélant l'extrémité terrestre de la jetée : les tuyaux pénètrent dans une station de pompage complexe d'où ressortent d'autres tuyaux qui s'incurvent pour plonger dans le sol. Une haute clôture grillagée sépare la jetée du parking ; des barbelés la surmontent, qui pourraient très bien être électrifiés, et la porte pratiquée dans la clôture est au centre de l'image.

Devant la clôture, un cordon d'environ vingt-cinq policiers avec des casques anti-émeutes à visière-miroir. Environ la moitié portent des boucliers en plastique transparent et des matraques. Les autres sont armés de fusils à répétition.

La caméra prend encore du recul pour cadrer en plongée une foule d'environ deux cents personnes rassemblées dans un champ de l'autre côté de la route, en face du parking.

Certains portent des pancartes soigneusement typographiées encore que légèrement pâlies et manifestement recyclées : NON AU NUCLÉAIRE, COMITÉ CONTRE LA PROPOSITION 17, SIERRA CLUB : NON AU RÉFÉRENDUM SEAWATER, UNION DES SCIENTIFIQUES RESPONSABLES – des vétérans de la lutte écologique qui ont l'air d'avoir fait ça mille fois.

D'autres, parfois plus jeunes et plus débraillés, plutôt des Noirs et des Hispano-Américains, portent des draps de lit peints représentant des champignons atomiques, des immeubles qui explosent, Los Angeles transformé en désert. Certains de ces tableaux sont brillamment exécutés dans le style graffiti mural.

D'autres encore, apparemment plus prospères, plutôt blancs, asiatiques, plus BCBG, portent des banderoles improvisées imprimées sur de longues bandes de listing : SAUVONS KLAX, NON AUX VAMPIRES DE L'EAU, ANTHONY ELLINGWOOD EST MORT POUR VOS PÉCHÉS, VOTEZ NON AU CAUCHEMAR NUCLÉAIRE.

Toby Inman, off : « Des militants écologiques se rassemblent en masse aux abords de la centrale pilote du projet Seawater et menacent de marcher sur la station de pompage... la suite en images aux infos de 23 heures sur KLAX-TV, Los Angeles ! »

22 h 30

À l'écran :

La baie cadrée au téléobjectif, avec le dôme de la centrale de dessalement en arrière-plan. Mouvements désordonnés de la caméra qui tente en vain de suivre l'action.

Trois petites embarcations munies de moteurs auxiliaires, ou peut-être quatre – on ne distingue pas grand-chose dans les embruns et à cette distance – vont et viennent sous les projecteurs de deux grosses vedettes rapides de la police qui les forcent plus ou moins à se regrouper et à s'éloigner de la plate-forme du réacteur.

Toby Inman, off : « La brigade maritime repousse les tentatives des manifestants pour aborder la plate-forme du réacteur Seawater... »

Zoom arrière. La caméra cadre la jetée de service puis la clôture qui sépare la station de pompage du parking. C'est un mur compact de policiers qui défend maintenant la clôture : une rangée de boucliers et matraques appuyée par une rangée de fusils. La caméra prend encore du recul et révèle un troisième cordon, formé par les hommes des brigades d'intervention devant le parking en bordure de la route.

La foule a quelque peu grossi et s'est répandue sur la chaussée pour affronter la première ligne de policiers presque nez à nez.

« ... tandis que la manifestation devant la station de pompage prend de l'ampleur... Reportage en direct dans une demi-heure, avec commentaire des représentants des Brigades vertes, en exclusivité mondiale sur KLAX-TV, Los Angeles ! »

23 h 00

À l'écran :

« Les infos de 23 heures sur KLAX... avec Toby Inman, Heather Blake et Carl Mendoza ! »

Toby Inman, en gros plan, n'est plus très frais. Ses cheveux blonds sont impeccablement peignés mais il n'est pas rasé et son costume et sa chemise sont fripés comme s'il dormait avec depuis deux jours.

« Bonsoir, Los Angeles, nous revoilà à la une de l'actualité... la situation ici, à KLAX, vous la connaissez : le directeur de la station, Edward Franker, Heather Blake, notre vedette de la météo, le commentateur sportif Carl Mendoza et moi-même sommes retenus en otages depuis deux jours par les militants d'un groupe écologique qui se fait appeler les Brigades vertes... »

Reprise des séquences déjà enregistrées : plan général tremblé du dispositif policier sur Sunset Boulevard – les chevaux de frise, les hommes du SWAT, les voitures de patrouille du LAPD, le minitank téléguidé, les cars de police, la foule qui déborde des trottoirs.

Toby Inman, off : « Entre-temps, un mouvement spontané de... euh, des manifestants se sont rassemblés devant les locaux de KLAX pour, euh... manifester contre le projet Seawater et, euh, exprimer leur soutien à la, euh, modération dont les pouvoirs publics continuent de, euh, faire preuve... »

Reprise de la séquence filmée au Parker Center : l'entrée du commissariat central, les quelques douzaines de personnes cadrées serré pour donner l'illusion d'une foule.

Toby Inman, off : « ... tandis qu'une manifestation plus importante et plus organisée se déroulait devant le Parker Center. »

Retour sur Inman en gros plan.

« Mais la grande manifestation de la journée est celle qui... euh, se déroule actuellement à Long Beach près de la station de pompage et du dock de service destiné au réacteur pilote du projet Seawater. KLAX est sur les lieux avec son car de reportage et vous aurez des images en direct dans quelques instants. Mais d'abord, quelques mots avec les gens qui vont, euh, m'aider à, euh, commenter l'événement, précisément les gens qui ont... qui sont eux-mêmes à l'origine de cette action, la... le ministre de l'Information et le, euh... président des Brigades vertes, Kelly Jordan et Horst Klingerman ! »

Plan d'ensemble sur Toby Inman flanqué de Kelly Jordan et de Horst Klingerman. Le grand-angle mal maîtrisé révèle une partie du dispositif d'éclairage au-dessus du plateau.

« Eh bien, euh... avant de passer au direct, Kelly, faisons si vous le voulez bien le point sur la situation... »

23 h 04

Par pur réflexe, Toby Inman jeta un coup d'œil au téléprompteur, mais aucun script n'y défilait. Il était tout seul.

« ... le... les tout derniers sondages express dont nous ayons eu connaissance indiquent que le référendum Seawater sera vraisemblablement repoussé à une faible majorité, alors... »

Une atroce impulsion dirigea le regard de Tony vers le moniteur de retour antenne, où il se vit en train d'énoncer ces lignes lamentablement improvisées.

L'une des premières règles du direct était de ne *jamais* regarder le moniteur, consigne que Tony avait jusqu'à présent suivie mais dont il venait tout juste de comprendre la sagesse dès lors qu'en l'enfreignant il découvrait sur l'écran une caricature de lui-même, un homme-tronc décérébré qui le regardait droit dans les yeux.

« ... vous pourriez dire que votre, euh, action est... euh, semble vouée au succès... »

Toby coupa le contact oculaire avec son répugnant alter ego mais sans pouvoir échapper à l'inanité de son propre discours : délayage, remplissage, hésitations, bref tout le *non-professionnalisme* qu'il détectait dans sa propre voix privée de script.

« ... alors peut-être que votre... euh... que ce serait le

moment de parler des... des conséquences que... sur la situation ici, à KLAX-TV... ? »

C'est pas moi qui parle, c'est un trouduc en coma dépassé, songea Toby Inman bien malgré lui tandis que les mots dégoulinaient de sa bouche. *C'est pas juste !*

« Je ne vois pas très bien où vous voulez en venir, Toby.

– Bon, je veux dire... qu'est-ce qui nous arrivera quand les élections seront terminées ?

– Autrement dit, est-ce qu'on va vous tuer ou vous relâcher, c'est bien ça, non ? »

J'ai pas été préparé à ça !

Absolument ! Rien que d'y penser, il faillit craquer en direct.

T'as pas été préparé à ça, Inman. On t'a pas formé à interviewer sans le moindre script des gens qui te retiennent en otage. Par quelque mystérieuse négligence, on a oublié de mettre ça au programme de la licence de journaliste multimédia à l'université d'État de Louisiane !

« Bon... c'est que moi... j'ai des raisons personnelles de m'intéresser à la question et... euh... je suis sûr que... »

Allons, Inman, remonte ton froc ! Si tu dois crever, arrange-toi au moins pour en laisser la responsabilité aux autres, te suicide pas en direct !

« Ce qui vous arrivera à vous nous arrivera à nous aussi, ça, je peux vous le promettre, dit Horst Klingerman.

– Et ça veut dire quoi ? demanda Toby, surpris du ton agressif de sa propre voix.

– Nous ne voulons faire de mal à personne, dit Kelly Jordan en frôlant du bout des doigts le haut de son gilet explosif, mais nous voulons faire comprendre à tout le monde que nous sommes sincères. Alors si vous devez partir pour sauver cette planète, Toby, nous partons avec vous.

– Qui vous a donné le droit de jouer à Dieu le Père ?

dit sèchement Toby. Sauvez la planète ou nous nous faisons sauter ! D'accord, c'est peut être de la folie, mais c'est, moralement parlant, de l'ordre du sacrifice. Mais menacer de nous tuer *nous* pour sauver la Terre, c'est du chantage et rien de plus. Ce serait un crime, n'est-ce pas ? Qui vous en a donné le droit ? »

Ça alors ! Toby n'en revenait pas. Le propos était clair, les hésitations envolées. Comme s'il l'avait lu sur son téléprompteur intérieur.

« C'est une bonne question, Toby...

– Et qui mérite une bonne réponse, n'est-ce pas, *Kelly* ? M'exprimant en tant qu'une des personnes que vous retenez au point zéro...

– Hé ! On n'a rien contre vous personnellement...

– Ça fait plaisir à entendre...

– Une cause suffisamment élevée pour qu'on meure pour elle est suffisamment élevée pour qu'on tue pour elle », articula Horst Klingerman.

Le genre de phrase qui met un point final à la conversation.

« Co-co-comment ? dit Toby avec une lenteur exagérée après avoir laissé le silence s'étirer en un blanc spectaculaire.

– Une cause suffisamment élevée pour qu'on meure pour elle est suffisamment élevée pour qu'on tue pour elle, répéta Klingerman d'un ton étrangement neutre. Je vais vous expliquer.

– Vraiment ? »

Klingerman acquiesça. « Markowitz prétend qu'obtenir le Bien au moyen d'un suicide tactique calculé est l'acte révolutionnaire ultime, énonça-t-il comme quelque professeur donnant un cours magistral sur sa théorie favorite à l'université d'État de Louisiane. Mais on peut soutenir que *tuer* au nom de la même cause est un acte encore plus révolutionnaire. En nous détruisant au moment où nous faisons sauter cet immeuble, nous sacrifions notre vie, mais pas notre honneur. En vous tuant par la même occasion, nous prenons volontairement la responsabilité de commettre un acte indigne au service d'une cause supérieure.

– Euh, Horst...

– La fin justifie les moyens, c'est ça ? feula Toby en écrasant Kelly de la puissance de sa voix. Il faut détruire le village afin de le sauver. Tuer pour la paix. C'est ça ?

– Horst, peut-être que si tu me laissais...

– Certaines fins justifient certains moyens. Il est parfois nécessaire d'amputer la jambe qui pourrit pour sauver de la gangrène le corps tout entier. Tout acte est justifié lorsqu'il s'agit de sauver la biosphère elle-même d'une destruction sans cela certaine. Des fins ultimes justifient n'importe quels moyens. »

23 h 07

« Ce que Horst essaie de dire...

– Être disposé à mourir afin que d'autres puissent vivre, c'est l'éthique chrétienne, non ?

– Exactement ! Et la Bible dit aussi que c'est bien de *tuer* afin que d'autres puissent vivre ? Je devais pas écouter quand on en a parlé au catéchisme. »

La tribune tourne à la chienlit, bravo pour les images aux infos de 23 heures ! De quoi se faire péter un vaisseau, songea Eddie Franker.

Au lieu de quoi, il bondit sur ses pieds, colla son visage contre la vitre de la régie, agita les bras puis commença à se passer frénétiquement l'index sur la carotide. Coupez ! Coupez !

« Envoyez le reportage, merde ! » cracha Eddie par-dessus son épaule, comme si les terroristes armés qui étaient avec lui dans la régie étaient de parfaits imbéciles.

« Envoyer reportage... ? bredouilla lentement Jaro dans son anglais slavisant.

– Envoyez-le sur leur moniteur de retour, nom de Dieu !

– Mais eux pas commenter bande-image...

– Je le sais, bordel, mais je veux qu'ils...

– Mais je pas pouvoir...

– J'ai pigé, mec, tu veux un peu de cinoche pour que l'autre enflure s'éjecte de la séquence, c'est ça ? dit Warren.

– C'est ça. » Et Franker se tourna pour regarder le moniteur de retour antenne couplé à celui du studio, sur lequel Warren avait basculé les images en direct que la caméra du car de reportage envoyait de Long Beach.

Eddie fit de grands signes à l'adresse de Toby Inman, finit par attirer son attention et indiqua énergiquement du doigt le moniteur de contrôle du studio...

23 h 09

À l'écran :

Plan au téléobjectif au-dessus de la tête des manifestants entassés sur la route pour cadrer le triple cordon policier interposé entre la foule et la clôture qui entoure l'entrée de la jetée menant à la station de pompage.

Un cordon de policiers serrés épaule contre épaule, brandissant des matraques et protégés par des boucliers en plastique transparent se tient entre les manifestants et le côté du parking adjacent à la route. Un autre cordon pareillement équipé a été déployé contre la clôture. D'autres policiers, armés cette fois de fusils à répétition, sont dispersés en petits groupes tactiques dans le parking lui-même.

Le dôme de la centrale de dessalement de Long Beach

est vaguement visible à l'arrière-plan, et les projecteurs des vedettes de la police pourchassent de petites embarcations. La foule agite des banderoles, des pancartes, un poing se lève par-ci, par-là, des hourras jaillissent de temps en temps, sans doute en rapport avec la mini-bataille navale qui se déroule dans la baie.

La caméra panoramique lentement de droite à gauche, accélérant soudain pour éviter de garder dans le champ un car de reportage CNN qui émerge dans le coin inférieur gauche.

On n'entend que des bruits de foule, les moteurs des vedettes, bref, une pagaille sonore qui dure presque trente secondes, ensuite...

Toby Inman, off : « Bon, euh... je vois que nous avons le reportage en direct de la manifestation de Long Beach, alors je... je crois qu'il nous... que nous allons devoir poursuivre cette discussion philosophique plus tard, mais pour l'instant, nous pourrions peut-être... euh... avoir vos impressions sur la... »

Kelly Jordan, off : « Avec plaisir, Toby. Ce que nous voyons ici prouve que les Brigades vertes ont agi correctement. Tous ces braves gens ne seraient pas dans la rue en train de passer à l'action directe si nous n'avions pas libéré KLAX. Ils étaient peut-être de tout cœur avec nous depuis le début, mais il a fallu que nous prenions leur chère télé en otage pour les obliger à *agir.* »

Toby Inman, off : « Mais qu'est-ce qu'une manifestation comme celle-ci va pouvoir accomplir ? »

Son visage apparaît dans le coin supérieur gauche de l'écran – incrustation un peu tremblotante encadrée de franges bleues. Kelly Jordan apparaît dans une incrustation similaire en haut à droite tandis que le reste de l'écran est occupé par les images de la manif. La caméra panoramique au hasard mais essaie toujours de ne pas laisser les cars des autres stations – assez nombreux, semble-t-il – plus d'une seconde ou deux dans le champ.

« Mettre en échec le référendum Seawater.

– Vraiment ? Mais les gens que nous voyons là n'ont-ils pas déjà décidé de voter contre ?

– Certes. Mais maintenant ils manifestent leur puissance dans la rue.

– Il me semble que tout ce que vous avez fait n'a pas servi le but recherché.

– Allons, allons, Toby ! Vous voyez cette prodigieuse réaction de masse et vous dites qu'on déconne ? »

23 h 13

« Et les gens, répliqua Inman sans réfléchir, qui n'aiment pas plus que vous le référendum Seawater mais qui estiment que le terrorisme et la prise d'otages sont peut-être des crimes... et qui pensent que les gens qui sont d'un autre avis sont des gangsters et des voyous ? »

Que ce soit du courage, de la colère ou de l'inspiration, l'impulsion semblait émerger d'un lieu pour lui inconnu, un lieu qui n'existait que dans quelque fugitive réalité virtuelle de la télévision.

« Des gangsters, nous ? Des voyous ? Et la mafia de l'immobilier agro-industriel qui a asséché la Californie et nous a fourgué des kilomètres carrés de désert, c'est quoi alors ? Est-ce qu'occuper une station de télévision quelques jours pour faire passer le message à la population c'est pire qu'installer un tas de bombes à retardement sur une ligne de failles qui vont tôt ou tard transformer la Californie en un no man's land radioactif ? C'est qui, les " gens " dont vous parlez, Toby ?

– Des gens comme moi, Kelly. Des gens qui auraient

de toute façon voté contre la Proposition 17 mais qui, à cause de vous, commencent maintenant à avoir des doutes. »

Il était contre-indiqué de regarder le moniteur quand on faisait l'homme-tronc, mais quand votre tête parlante en interviewait une autre et que l'interview lui-même passait en incruste sur un reportage en direct, on était bien obligé de contrôler le mixage de temps en temps, tout bizarre que cela puisse vous paraître...

« Vous alliez voter contre le Projet Seawater, et maintenant vous allez peut-être changer d'avis ? Pourquoi ? »

Et c'était vraiment une impression bizarre, très bizarre.

« Parce que j'ai l'impression qu'on me pousse dans l'isoloir en me collant le canon d'un flingue contre la tempe.

– C'est vraiment puéril, Toby. Vous feriez sciemment ce qui est mal pour embêter papa et maman parce qu'ils vous dictent la conduite correcte ! »

Il était sur ce plateau en train de cuisiner Kelly Jordan, et là-bas, sur l'écran de contrôle, sa tête parlante prononçait les mots qu'il lui injectait en temps réel. L'espace d'un instant, dans une étrange inversion de perspective, les mots qui se formaient sur ses lèvres dans le studio parurent contrôlés par l'image sur l'écran.

C'était renversant. Il en était comme hypnotisé, avait du mal à s'arracher à ce spectacle, à ne pas se laisser aspirer pour passer sous le contrôle de son image.

Toby cilla, se força à trouver le contact oculaire avec la femme en chair et en os assise à côté de lui, à s'orienter via la chimie intercorporelle.

« C'est comme ça que votent les gens, Kelly, tous les sondages express sont là pour le prouver. Il faut qu'ils aient bonne conscience quand ils votent. Si vous les énervez, ils sont capables de voter contre la soupe populaire rien que pour se rebiffer. »

Kelly le regarda droit dans les yeux et se permit un

rire triomphant. « C'est sûr que ça me va pas de jouer le rôle du démon, Toby », dit-elle.

De la chimie ou un genre de circuit électronique ?

Toby se rendit soudain compte qu'il avait cherché l'affrontement, beaucoup plus qu'avec Klingerman, mais que, d'une manière ou d'une autre, la trame musicale de cette interview et le rythme de cet échange verbal avaient arrondi les angles.

« Croyez-moi, Kelly, j'aimerais mieux vous voir dans le rôle de l'ange, dit-il. Et je dois avouer – et je vais l'avouer en direct – que je ne voudrais pas qu'on aille voter *pour* la Proposition 17 par sympathie pour les otages. Que personne ne se trompe là-dessus.

– Peut-être que vous et moi disons la même chose, hein, Toby ?

– Comment ça, Kelly ? »

Rien de sexuel là-dedans. Ils n'étaient même pas obligés de se plaire. Ils n'étaient même pas obligés de travailler ensemble. Ils réussissaient mieux dans le duel que dans le duo.

La fille était parfaite, parfaite comme il ne pourrait jamais l'être. Les mots coulaient librement de sa bouche, sans hésitation, peut-être même sans réflexion. Pour elle, pas besoin de script. Elle s'en tirait toute seule. On n'avait qu'à lui donner le signal, et hop ! elle démarrait. Et elle savait aussi quand lui tendre la perche pour qu'il lui donne la réplique.

« Réveillez-vous, devenez adultes et servez-vous de votre matière grise lorsque vous voterez pour le changement. Il se peut même, qui sait, que ça vous plaise, alors ne nous écoutez pas, n'écoutez pas les autres, n'écoutez que votre conscience et faites ce qu'il faut. »

Et quand elle y arrivait, il pouvait lui aussi s'en tirer sans script.

23 h 15

Eddie Franker devait s'avouer impressionné.

Impressionné par la manière dont Warren et Jaro géraient cet écran partagé et encore plus impressionné par la manière dont Toby Inman se comportait à présent dans le feu de l'action. Il y avait entre Inman et Jordan comme une synergie qui tirait parti de leur affrontement même, qui faisait percer chez Inman un potentiel d'animateur de talk-show, l'image négative, pour ainsi dire, des vibrations entre Inman et Klingerman qui explosaient en élucubrations vénéneuses chaque fois que...

« Un appel pour toi, mec...

– Pas maintenant !

– Je peux te le passer sur le casque...

– Qui ?

– Un mec qui s'appelle Hildebrandt, il dit que c'est...

– *Robby Hildebrandt lui-même ?*

– Tu veux qu'on...

– Ouais, c'est ça, passe-le-moi !

– Franker ? dit une voix bien-d'cheux-nous, quelque peu chaloupée, dans l'oreille d'Eddie.

– Ouais. »

Eddie n'avait jamais rencontré le concepteur et créateur de StarNet, n'avait même jamais parlé à Hildebrandt au téléphone et ne le connaissait que de réputation. Pour lui, c'était un ancien rédacteur-réviseur de presse qui s'était propulsé en douceur jusqu'aux échelons directoriaux d'une agence distribuant des articles à la demande, puis avait créé StarNet avec un minimum de liquide et un maximum de baratin lorsque la société pour laquelle il travaillait s'était effondrée, le laissant le bec dans l'eau.

« Écoutez, Eddie... je peux vous appeler Eddie, d'accord ?

– Bien sûr, Robby...

– Bon, Eddie, on a un problème. Les images que vous nous envoyez en ce moment sont pas si mal que ça, voyez-vous, et ça marche bien sur la côte ouest, là où c'est d'une actualité brûlante et où y a encore des gens qui dorment pas, mais au niveau national, personne regarde, et nos enregistrements en différé vaudront pas un pet de lapin demain matin à moins que...

– À moins que quoi ?

– À moins que vous foutiez à la poubelle ce numéro de guignols pour nous balancer une exclusivité que toutes les autres télés déjà sur place pourront pas avoir...

– Par exemple ?

– Par exemple, vous pourriez peut-être vous arranger pour que les Brigades vertes parlent en direct aux manifestants...

– Quoi ! Mais on peut pas faire ça !

– Et pourquoi pas ? Vous avez un car de reportage là-bas, pas vrai, Eddie ? Y doit bien y avoir une sono ou un mégaphone dessus, hein ?

– Ben oui, je crois, seulement...

– Ben quoi, Eddie, ces types sont déjà devant vos micros en studio et vous avez une liaison VHF avec le car, non ? Alors...

– Mais...

– Alors c'est quoi, le problème, Eddie ? Z'avez qu'à dédoubler le signal, voyez ce que je veux dire ? Vous nous envoyez le son du studio via le faisceau ascendant et vous l'envoyez sur la sono du car de reportage via le faisceau descendant, et tout ce que la concurrence pourra récupérer en domaine public sera du son qualité mégaphone alors que nous, nous aurons la qualité studio.

– Vous croyez pas qu'on va peut-être un peu trop loin

dans la gestion de l'information en créant l'événement qu'on est censés couvrir, Robby ?

– Et qu'est-ce qu'y a de mal là-dedans, nom d'une pipe, Eddie ? gémit Hildebrandt avec ce qui semblait être une sincérité absolue. Z'êtes bien le gazier qui nous a persuadés qu'y avait gros à gagner dans cette opération, pas vrai ? Toutes ces entourloupes légales, ces astreintes, ces assignations, ça coûte bonbon et on couvre tout juste les frais sur ce coup-là. Quel mal y aurait-il à ce que deux vieux routiers de la presse comme vous et moi se mettent ensemble pour se gratter un petit bénef sympa ?

– D'accord, mais que faites-vous du FBI, de la FCC et... »

Le rire de gorge de Hildebrandt sonna un peu creux.

« Merde alors, Eddie, c'est vraiment touchant : vous êtes retenu en otage, on vous occupe votre station, etc., et vous vous faites du mouron pour savoir comment moi je vais m'occuper des autres emmerdeurs ? Vous cassez pas la tête, Eddie, balancez-moi des images de vos terroristes en train de faire un speech aux manifestants et faites-moi confiance, les autres fils de pute, je m'en charge. »

23 h 20

« Faire *quoi* ? dit Toby Inman.

– Cette idée géniale ne vient pas de moi, dit Franker, mais de Robby Hildebrandt.

– Qui est Robby Hildebrandt ? s'enquit innocemment Horst Klingerman.

– Le big boss de StarNet », l'informa Toby, tout aussi secoué par les ruptures de séquence que Klingerman ou Jordan.

D'abord Franker lui fait signe de couper, puis quelqu'un lui envoie la page de pub en plein milieu d'une phrase, ensuite Eddie se pointe sur le plateau pour dire à Heather d'enchaîner avec la météo et pour finir il nous fait tous sortir pour nous raconter ces conneries.

« Il veut vraiment que nous nous adressions aux manifestants ? dit Horst. Je ne comprends pas. Qu'est-ce qu'il veut que nous leur disions ? »

Franker leva les bras au ciel. « Vous comprenez pas ? Ça lui est égal.

– *Ça lui est égal ?*

– C'est ça vos quinze minutes de gloire, les enfants, dit Franker. Alors vous dites ce que vous voulez.

– *Ce que nous voulons*, vraiment tout ? » répéta Horst en faisant presque visiblement tourner les mots dans sa bouche, comme pour en savourer le contenu.

« Et il en fera un événement à impact national ? Et il fera aussi partir les gros méchants Incorruptibles ? dit Kelly en souriant comme une écolière exhibant son appareil dentaire. Ça alors, m'sieur Franker, c'est extra ! Pourquoi cet air parano ? Qu'est-ce que vous croyez qu'on va faire ?

– Je vous pose la question.

– ... et nous serons à nouveau en direct de la manifestation de Long Beach juste après *ça* ! » dit Heather.

Warren envoya une pub.

« Faudrait peut-être qu'on retourne au studio, hein, m'sieur Franker ? dit Kelly. Je crois qu'on va être obligés d'improviser à mesure, hein ? »

Oh merde !

Elle décocha à Toby une œillade peu rassurante. « C'est le retour à l'âge d'or de la télévision en direct, pas vrai, m'sieur Franker ? Du trapèze volant sans filet. »

23 h 25

À l'écran :

Plan général de la manifestation de Long Beach pris de derrière la foule. La caméra panoramique de gauche à droite et de droite à gauche, lentement ; pancartes et banderoles sont plus ou moins illisibles sous cet angle ; il est désormais impossible d'exclure entièrement du champ les cars de reportage des autres stations. Les visages des policiers sont indéchiffrables – mauvais signe ! – derrière leurs visières-miroirs et leurs boucliers en plexi ; dans le parking, un véhicule de la police est en train de mettre un canon à eau en position entre les deux cordons de forces de l'ordre.

La pagaille sonore habituelle pendant quelques secondes puis...

Toby Inman, off : « Bon, euh... nous sommes à nouveau en direct de la grande manifestation contre la Proposition 17 à Long Beach, et, euh... nous allons tenter quelque chose de vraiment différent... »

Gros plan en incruste de Toby Inman dans le coin supérieur gauche de l'écran, l'air très nerveux. Il remue les lèvres pour dire quelque chose mais...

Un atroce larsen à vous crever les tympans !

Et pas que dans le poste, apparemment, parce que les gens sur place dans la manif l'entendent aussi, tournent la tête en masse vers la caméra, à la fois dérangés et irrités, tandis que...

Le larsen s'atténue, on entend maintenant une version cohérente, mais avec pas mal de réverb, de la voix d'Inman.

« ... m'entendez ? Est-ce que vous m'entendez, Long Beach ? »

Des huées, des cris et hurlements divers, des poings levés indiquent que la foule capte à présent KLAX via les haut-parleurs aigrelets de la sono du car de reportage.

« C'est Toby Inman de KLAX qui vous parle en direct de notre studio en plein cœur d'Hollywood... »

La foule ne manifeste pas un enthousiasme délirant. À l'arrière-plan, les policiers tout à l'heure immobiles et impassibles tournent la tête pour échanger des regards visiblement consternés.

« ... où nous sommes depuis deux jours les otages des Brigades vertes, dont, euh... l'action... euh... semble avoir servi de... euh, détonateur à votre propre manifestation contre le référendum Seawater... »

Les huées et les cris commencent à baisser de volume, la foule se calme, elle attend quelque chose.

« ... et, euh... nous avons l'occasion de... enfin, nous sommes forcés... bref, ah ! la voici... qui s'adresse en direct à ceux qui manifestent contre le Projet Seawater, en exclu-si-vi-té sur KLAX-TV, Los Angeles, le ministre de l'Information des Brigades vertes... Kelly Jordan ! »

L'incruste du visage d'Inman dans le coin supérieur gauche est remplacée par un gros plan de Kelly Jordan.

« Salut tout le monde ! Oui, c'est Kelly Jordan qui vous parle, et je peux pas vous dire à quel point je suis émue de voir tous ces braves gens qui se sont déplacés en masse ce soir pour agir au nom des peuples de la Terre contre le référendum Seawater ! »

Elle sonne aussi creux et aussi grêle que Toby Inman tout à l'heure, comme si elle parlait tout au bout d'un long tunnel métallique, mais tandis que l'incruste de Kelly Jordan vient s'aligner au centre du tiers supérieur de l'écran dans un sillage de franges bleues, le signal sonore de la télé est plus ou moins corrigé si bien que ce qui passe par voie hertzienne est maintenant du son de qualité studio et non ce qu'entendent les manifestants.

« Donc, demain, le sort de la Proposition 17 va se décider comme prévu dans l'isoloir, mais rien qu'à voir tous ces gens de bonne volonté rassemblés ici ce soir, je dis que nous avons déjà remporté ensemble une grande victoire. Nous avons prouvé que l'action directe engendre l'action directe, nous vous avons aidés à vous prouver à vous-mêmes que vous n'êtes pas le troupeau de moutons abrutis que la mafia agro-industrielle croit que vous êtes ! Alors je vous demande d'acclamer massivement non pas ma personne, non pas les Brigades vertes, mais votre propre détermination ! Vous l'avez bien mérité ! »

Elle s'arrête et sourit, le temps de l'ovation.

23 h 31

C'était certainement le direct le plus étrange que Toby Inman ait jamais connu.

« ... rien ne va plus, faites vos jeux, braves gens, mais quelle que soit l'issue du référendum Seawater, la Révolution verte aura commencé ce soir... »

Il voyait tout ça sur le moniteur de retour. Kelly Jordan elle-même fixait l'écran au mépris de toutes les règles de la profession, regardant les mots émerger de la bouche de sa propre image au moment même où elle les prononçait sur le plateau tout en contrôlant en direct, seconde par seconde, les réactions du public de Long Beach.

« ... êtes-vous en train d'ouvrir un pack de bières et de vous vautrer sur le sofa comme la tribu de téléphages décérébrés promise par les bradeurs de feuilletons, les manipulateurs d'opinion et tous les cyniques des médias ? Non ! Vous êtes dans la rue et vous passez à l'action directe ! »

Toby entendit la foule réagir par des cris et des acclamations, la vit brandir pancartes et banderoles, vit sur l'écran le visage miniature sourire et s'arrêter pour apprécier la réaction de la foule, se tourna pour voir Kelly Jordan en chair et en os dupliquer ce sourire, hocher la tête d'un air satisfait, regarder son image hocher la tête...

« ... allez-vous les laisser transformer la Californie en un Tchernobyl américain ? Ou passer à l'action directe ? Et vous le faire payer de votre poche ? Ou passer à l'action directe ? Les laisser prendre cette planète pour leur cuvette de chiottes ? Ou passer à l'action directe ? Voulez-vous vous laisser asphyxier par le gaz carbonique ? Ou passer à l'action directe ? »

La voix de Kelly prit une cadence hypnotique ; son corps oscillait en mesure sur son siège, ses yeux étincelaient d'une énergie que son image sur l'écran semblait capter puis faire ricocher sur les manifestants dans une amplification rétroactive qui les faisait danser eux aussi sur le même rythme...

Toby n'aurait pas été humain s'il n'avait pas été jaloux, s'il n'avait pas ressenti le pouvoir envoûtant de cette incantation, s'il avait été insensible au désir d'y succomber lui-même...

Mais c'était aussi terrifiant.

Et si les gens de StarNet étaient passés au stade supérieur ? S'ils avaient installé à Long Beach un écran géant type concert de rock pour que les manifestants eux aussi puissent se voir en train de créer leur propre réalité télévisuelle ?

Par bonheur, pas même Robby Hildebrandt n'y avait songé, et d'ailleurs, en voyant Kelly Jordan absorber son image et vice versa, jamais Toby n'aurait eu l'idée de vanter l'impact commercial à grande échelle de pareille intoxication vidéo à qui aurait eu envie d'en tirer profit.

Affolant, non ?

Et lorsqu'il se risqua à regarder Horst Klingerman, ce qu'il vit était encore plus affolant.

Horst lui aussi était en transe devant le moniteur, le corps oscillant au rythme du baratin de Kelly et des ondulations synchrones de la foule sur l'écran, et Toby n'avait pas besoin d'une boule de cristal pour comprendre qu'il désirait lui aussi faire un tabac d'enfer au firmament étoilé de la vidéo.

23 h 36

À l'écran :

« ... regarder mourir ce qui reste de l'océan ? Ou passer à l'action directe ? Crever du cancer, la peau grillée par les UV ? Ou passer à l'action directe ? »

La foule jubile, agite pancartes et banderoles, les policiers alignés au fond de l'écran trépignent et, dans l'incruste centrée au tiers supérieur de l'image, Kelly Jordan sourit triomphalement.

« ... votre réponse, vous l'avez donnée ! Vous passez à l'action directe en ce moment même ! Demain, vous allez mettre en échec le référendum Seawater ! Vous en avez le pouvoir ! Vous avez mis en marche la *Révolution verte* ! »

Une ovation massive monte de la foule mais commence à retomber tandis que Kelly, muette, continue de fixer la caméra pendant plusieurs embarrassantes secondes. La moitié des manifestants regardent encore vers la caméra et le car de reportage de KLAX sans trop savoir pourquoi, comme s'ils attendaient en vain quelque signal, d'autres se retournent pour affronter à nouveau la police avec un regain manifeste de belligérance.

Puis Toby Inman remplace Kelly Jordan dans le gros plan incrusté en haut de l'écran. « Eh bien, nous venons d'ent...

– J'aimerais ajouter quelques mots à ce que Kelly vient de dire. »

C'est la voix off de Horst Klingerman, lointaine, à peine audible.

« Horst, je ne sais pas si nous avons le temps de...

– Je veux parler maintenant ! Nigel, la caméra sur moi ! »

Gros plan sans transition sur Klingerman, qui regarde vers la gauche. Il fait la grimace en voyant ce que lui renvoie le moniteur et fixe la caméra, l'air complètement paumé.

« Ça ne va pas, Warren, dit-il. Il faut que je les voie. »

Retour à l'écran partagé où l'incruste de Klingerman remplace celle d'Inman en haut et au centre.

On dirait que cet échange a été retransmis par la sono du car de reportage car de nombreux manifestants regardent vers la caméra d'un air plutôt perplexe.

« Est-ce que vous m'entendez, Long Beach... ? »

Un murmure confus de la foule lui indique que oui, mais Klingerman y perçoit une nuance sarcastique qui lui déplaît visiblement.

« Oui, je sais que je ne parle pas très bien votre langue et que Kelly a le verbe facile, dit-il d'un ton presque acerbe. Pendant longtemps, j'ai pratiqué l'art oratoire dans ma propre langue à un niveau tel qu'on m'a accusé d'avoir peur de passer à l'action directe. Alors je peux aussi parler au nom des militants des Brigades vertes qui sont issus de nombreux peuples à qui la langue anglaise est peu familière... »

C'est le bide complet et l'attention de la foule se retourne rapidement vers les forces de l'ordre...

« ... des peuples sans territoire, des peuples dont le pays a été violé et pillé pour créer vos tas d'ordures, des peuples qui ne sont pas si différents de vous que vous le pensez... »

Klingerman s'arrête, n'a aucune peine à constater qu'il se plante, semble chercher des mots qui ne viennent pas tandis que la foule commence à se liquéfier comme une amibe et à sortir du champ de la caméra...

23 h 38

Horst Klingerman se leva lentement, sans détacher ses yeux du moniteur de retour antenne, comme attiré à lui par quelque force magnétique – ce qui était pratiquement vrai, songea Toby.

Nigel élargit le champ pour cadrer l'ensemble du plateau. Toby vit l'image composite se modifier sur le moniteur. Horst aussi, qui se voyait à présent remplir toute la moitié gauche de l'écran, l'Uzi et le gilet explosif bien en vue, dominant la foule comme une affiche géante.

« ... capitalisme, socialisme, monétarisme, fascisme, c'est du pareil au même, et nous en sommes tous victimes, nous tous, tous les peuples de la Terre. La faune et la flore de la planète sont dévorées sans souci du lendemain pour engraisser quelques gros prédateurs au sommet de la chaîne alimentaire. »

Comme une star légendaire magnifiée sur l'écran dressé dans quelque stade.

Mais uniquement dans son esprit, songea Toby non sans quelque difficulté. C'était ce que *Horst* voyait. Pour la foule massée à Long Beach, il n'était qu'une voix de piètre qualité qui passait sur la sono d'un car de reportage.

« ... le baron, le roi, les actionnaires, le Parti, l'appellation n'a pas d'importance, ils sont restés les mêmes... »

Toby savait avec certitude qu'il allait y avoir du vilain sous peu.

Il voyait à gauche un Horst hypnotisé par son image sur le moniteur, le terroriste à l'affiche du film sur dix millions de téléviseurs, le Prince Vaillant électronique dominant la multitude, et sur la moitié droite, ladite multitude qui ne lui prêtait plus aucune attention.

L'intéressé n'avait pas l'air de s'en rendre compte.

À présent, la foule tournait en rond, plutôt apathique, mais aucun des manifestants ne regardait vers la caméra. Tous les yeux étaient naturellement braqués sur le dispositif policier, la plate-forme Seawater illuminée, les vedettes en action dans la baie.

La caméra fit un zoom avant par-dessus la foule pour cadrer la coupole de confinement du réacteur nucléaire luisant comme un joyau blanc mat sous les projecteurs, descendit le long des poutrelles et prit du champ dans un nuage d'embruns...

« ... les négriers qui vendaient des esclaves contre du sucre et du rhum, les bureaucrates du Parti avec leurs datchas et leurs réacteurs nucléaires délabrés, les usines qui transforment la forêt tropicale en allumettes et en hamburgers... »

... pour cadrer les rangs des forces de l'ordre, redoutable muraille de corps bardés de boucliers, hérissés de matraques, aux visages indéchiffrables sous le plexi des visières.

« ... et les nervis qu'ils payent avec votre argent pour se protéger de vous ! » s'écria Horst en désignant du doigt le moniteur.

Oh merde !

Les manifestants ne pouvaient évidemment pas voir de silhouette géante à l'index accusateur, mais ils entendaient le mégaphone monté sur le car de reportage, tout comme les policiers, dont les visages restaient indéchiffrables, mais dont le mécontentement était visible dans la crispation de leur langage corporel.

« Oui, c'est de *vous* que je parle, quel que soit le terme que vous employez actuellement pour vous désigner ! »

Les policiers du premier rang commencèrent à montrer

des signes d'impatience. Un ou deux levèrent leur matraque. La foule se tut en voyant les forces de l'ordre réagir à la voix de Klingerman.

Merde de merde !

Ils ne pouvaient pas le voir, mais ils pouvaient l'entendre. Et il avait réussi à capter leur attention. Toby se rendit compte qu'il semblait, somme toute, comprendre la situation. Horst sourit et hocha la tête, l'air pas si paumé que ça. Comme s'il avait tout prévu. Comme s'il savait exactement ce qu'il faisait.

23 h 39

À l'écran :

À gauche, Horst Klingerman, gigantesque, armé et dangereux, désigne d'un air méprisant le coin inférieur droit comme un procureur clouant le bec à toute une travée de prévenus.

« La Tchéka, la Gestapo, la Stasi, les *flics* [1], les PORCS ! »

Sur la moitié droite de l'écran, plan d'ensemble des manifestants qui commencent à pivoter comme un champ de tournesols vidéotropes en direction de la voix désincarnée qui sort du mégaphone.

« Attention ! Ils sont derrière vous ! dit Klingerman. Les voilà ! »

Comme un seul homme, ou presque, la foule réagit à l'avertissement craché par la sono, les têtes pivotent dans un mouvement réflexe pour affronter la police et hop ! c'est dans la poche, il tient l'auditoire sous le charme, les gens l'écoutent comme s'il était vraiment sur place, comme s'ils voyaient ce qu'il voit, un Horst Klingerman géant,

1. En français dans le texte. *(NdT)*

campé sur la moitié gauche de l'écran, qui menace un cordon de police lilliputien.

« Ils sont là où ils sont depuis toujours, entre les exploiteurs et leurs victimes, entre les prédateurs et leurs proies. »

Il a pareillement capté l'attention des forces de l'ordre, qui n'apprécient pas du tout.

« Sans les Vopos derrière lesquels ils s'abritent, les gens qui sont en train de détruire la planète sont condamnés à l'impuissance ! Lorsque la police refuse de tirer sur des citoyens sans armes, l'action directe est irrésistible ! Dans mon pays, une tyrannie brutale et efficace a été ainsi renversée ! »

Flics et foule se contemplent à présent à un mètre environ de distance, couloir créé entre eux par la portée potentielle des matraques et des boucliers.

« Si votre police veut bien s'écarter, vous allez pouvoir passer à l'action directe tout de suite ! Vous pouvez marcher en masse sur cette jetée et l'occuper comme nous avons occupé cette station de télévision ! Vous pouvez investir la station de pompage et tout arrêter ! »

La foule commence à essayer de déborder le cordon policier, les boucliers se dressent, les matraques se lèvent, menaçantes...

Sur la moitié droite de l'écran, zoom avant pour cadrer plus serré les rangs des policiers et ce qui est devenu une foule hargneuse qui se presse contre leurs boucliers transparents. À gauche, le gros plan de Horst Klingerman semble s'adresser directement aux forces de l'ordre.

« Vous n'allez sûrement pas tirer sur vos propres citoyens sans défense ! Écartez-vous et laissez passer le peuple ! »

Mouvements divers que la caméra ne peut saisir.

L'image de la foule se pressant contre les boucliers a été remplacée par une mêlée générale : les matraques s'abattent, les boucliers s'enfoncent dans les rangs des manifestants qui se retournent pour s'échapper mais sont pris dans la cohue, d'autres foncent en avant, le poing levé, tentent de repousser les flics à coups de pancartes. Cris, hurlements, craquement sec du bois contre le plexi, choc mat du plexi contre la chair.

23 h 45

Se tournant vers Horst, Toby Inman fit signe de couper en se passant un index sur la gorge tout en indiquant énergiquement sa propre bouche de l'autre.

Un coup d'œil au moniteur lui confirma qu'on avait compris le message. Klingerman avait été viré de l'antenne et, c'était à espérer, déconnecté du mégaphone ; le reportage en direct remplissait désormais tout l'écran. La caméra panoramiquait de droite à gauche et de gauche à droite, tentant sans grand succès, à grands coups de zoom avant et arrière, de capter de poignants moments de cohérence dans cette violence chaotique.

Horst fixait toujours le moniteur, mais avec une approbation retenue dans le regard et un mince sourire aux lèvres. Il se laissa retomber lentement sur son siège.

« Regardez ce que vous avez fait ! lui décocha Toby. Vous avez déclenché une émeute !

– Une émeute, dit Klingerman, c'est lorsque une foule furieuse agit sans discipline ni projet. Et non lorsque la police s'en prend sauvagement à des manifestants pacifiques.

– Cette sauvagerie, c'est vous qui l'avez incitée !

– J'ai suggéré une action directe disciplinée, dit Klingerman d'une voix désespérément raisonnable. Je croyais que ce pays était une démocratie. Je ne m'attendais guère à ce que votre police se comporte comme la Stasi ou la

Gestapo. Nous sommes en *Amérique*, n'est-ce pas, et non dans l'Allemagne du Troisième Reich ?

– Faut que vous pardonniez à Horst son innocence, m'sieurs-dames, dit Kelly Jordan, sarcastique. Il connaissait pas le LAPD ! »

23 h 47

À l'écran :

La caméra du car de reportage se démène dans tous les sens pour tenter de donner une idée de ce qui a dégénéré en une série d'affrontements et de matraquages isolés où des gens essaient de fuir tandis que d'autres essaient d'en venir aux mains avec la police...

Horst Klingerman, off, lugubre : « J'aurais peut-être dû savoir que la police recevrait l'ordre de créer une provocation. »

Toby Inman, off : « Une provocation ? »

Kelly Jordan, off : « Si c'est pas ça, c'est quoi alors ? La police a reçu l'ordre de déclencher une émeute pour discréditer les forces qui luttent contre la Proposition 17 ! »

L'image se stabilise. La caméra s'arrête sur un objet mobile flou qui se rapproche.

Horst Klingerman, off : « Mesure désespérée qu'on aurait prise uniquement pour éviter la défaite certaine du Projet Seawater. »

La caméra fait le point sur le canon à eau qui se rapproche d'elle en traversant le parking.

Toby Inman, off : « C'est la police qui aurait commencé ? J'ai rien...

Kelly Jordan, off : « Qui a commencé à matraquer les gens, oui, Toby. Vos mecs sur place ont tout vu, pas vrai ? C'était affreux ! Vous avez déjà oublié, ou quoi ? »

Toby Inman, off : « C'était un coup monté ? J'ai du mal à y croire... »

Le cordon policier s'ouvre en son milieu pour laisser passer la motopompe. La tourelle pivote lentement, la bouche du canon à eau se cale en position, les policiers reculent et...

Kelly Jordan, off : « C'est un canon à eau, y me semble, Toby. Vous pourriez peut-être expliquer à ceux qui nous écoutent pourquoi les flics l'ont amené s'ils n'avaient pas l'intention de s'en servir, hein ? »

... le canon à eau attaque la foule avec toute la pression d'une lance à incendie, déséquilibrant les manifestants, dont certains sont renversés. Panique et bousculade lorsque le jet balaie les premiers rangs en soulevant des gerbes d'eau pulvérisée, repoussant leur assaut par la seule force hydraulique tandis que les policiers progressent de part et d'autre de l'engin, protégés par leurs boucliers, matraques brandies sous une pluie de bouteilles, de canettes de bière et de débris variés qu'on leur lance de l'arrière...

Horst Klingerman, off : « Je suis vraiment navré, il semble que j'aie totalement sous-estimé la nature impitoyable du pouvoir politique et la brutalité de la police. »

Zoom arrière, puis plan général tremblé : la motopompe s'enfonce très lentement dans la foule qu'elle balaie d'un flot nourri, les policiers qui la flanquent, anonymes sous leurs visières, repoussent les manifestants avec leurs boucliers et les frappent de leurs matraques, puis la caméra effectue un authentique travelling arrière avec le car de reportage qui bat en retraite devant ce qui est maintenant une foule en déroute.

L'écran se partage verticalement. À droite, l'émeute, le canon à eau qui avance vers le car de KLAX, les matraquages, la confusion ; à gauche, un plan duo incongru de Toby Inman et Kelly Jordan, deux têtes parlantes qui commentent l'événement sur le plateau du J.T.

« C'est affreux, gémit Inman.

– Évidemment, Toby ! Et tout ça, c'est notre faute !

– Vous l'admettez ? »

Gros plan plein format de Kelly Jordan, jeune, intelligente et, d'une manière ou d'une autre, innocente malgré la tenue de combat et le pistolet mitrailleur, inclinant la tête vers la caméra comme un nouveau-né.

« Nous croyions que c'étaient nous les terroristes, dit-elle. Notre conception de l'action physique était de nous emparer pacifiquement d'une station de télévision sans faire de mal à personne. Nous avons fait de mal à personne, hein, Toby ? »

Gros plan plus serré pour montrer la réaction de Toby, l'air un peu lessivé, un peu surpris et plutôt paumé, ce qui ne peut qu'ajouter à l'impression de sincérité.

« Non, Kelly. Je dois avouer que non. »

Retour sur Kelly Jordan en très gros plan : rien que son visage lisse et luisant rayonnant d'idéalisme juvénile, sans la tenue de combat, tandis qu'elle envoie la conclusion qui s'impose.

« Réfléchissez à ce que vous venez de voir. Réfléchissez-y quand vous serez dans l'isoloir demain. Les gens qui vous ont donné Seveso, les accidents de Tchernobyl et Three Miles Island et le trou de l'ozone viennent de nous rappeler qui sont les *vrais* terroristes. »

Gros plan sur Toby Inman, quelque part dans l'espace intersidéral. Il cligne des yeux, sourit, se ressaisit.

« Eh bien, Kelly, conclut-il tout aussi impeccablement, nous verrons demain ce qu'en pensent les gens qui nous écoutent, n'est-ce pas ? Tous les résultats dans une soirée électorale pas comme les autres, en exclusivité sur cette antenne, KLAX-TV, Los Angeles ! »

TROISIÈME JOUR

11 h 10

« Bon Dieu ! maugréa Inman, je commence à en avoir marre de ce truc. Je crois que c'est à cause de ça que je suis constipé. » Et de picorer sans beaucoup d'entrain dans les petits tas de Trail Mix étalés devant lui sur la table.

Il ne restait plus de café dans le distributeur automatique. Franker était remonté dans son bureau, Heather était aux chiottes et Inman avait ce matin-là à peu près autant de charme que l'ex-épouse de Carl.

Celui-ci ouvrit le sac de Trail Mix, en retira une grosse poignée, mastiqua énergiquement et se passa la langue sur les lèvres comme s'il aimait ça.

« Comment tu fais ? » gémit Inman.

Carl partit d'un petit rire amer, histoire de l'asticoter. « Ben ouais, quand j'étais chez les Viets, y m'est arrivé de tenir des jours entiers rien qu'avec du thé à base d'herbes et des cafards frits, et c'était rien à côté des hamburgers que j'ai bouffés en Californie dans certains bleds de troisième division.

– S'il te plaît, Carl, fais-moi grâce de tes histoires de guerre ! »

Carl grogna. Comme si tu étais toi-même le portrait de la fée Aurore ! songea-t-il. C'est pas malin, Mendoza.

T'as vraiment rien de mieux à faire que d'énerver ce pauvre couillon ?

Deux jours au moins sans se raser ni prendre une douche et deux nuits à dormir tout habillé avaient mis à mal l'image lustrée du blond présentateur anglo, qui boucanait comme une patrouille au bout de six jours de jungle. N'empêche que Carl était forcé d'admettre que ce mec ne lui avait jamais fait meilleure impression.

C'était d'ailleurs la première fois qu'il trouvait quelque chose de bien à Inman.

Mendoza avait toujours considéré Inman comme un poids léger, rien de plus. Mais Toby lui avait montré quelque chose hier soir.

Un de ces moments, peut-être, où les *cojones* vous poussent dans le feu de l'action. Carl l'avait constaté assez souvent. Le petit morveux qui pissait dans son froc dans toutes les patrouilles réduit au silence la mitrailleuse qui vous avait tous cloués sur place. Un môme qui traîne une moyenne de 0,23 joue les utilités jusqu'au jour où il prend un coup sur la tête, se défonce au jeu, place sa balle trois coups sur quatre, fait des ravages sur tous les terrains et monte jusqu'en première division.

« Sérieusement, Carl, pendant encore combien de temps tu crois qu'on va être obligés de bouffer cette saloperie ? » dit Inman... non, *Toby*.

Carl indiqua du menton Paulo et Helga assis devant la porte, leur Uzi sur les genoux. « Peut-être qu'on pourrait leur demander de nous faire livrer une pizza, dit-il d'une voix traînante.

– Très drôle. Mais c'est pas ce que je...

– Je sais ce que tu veux dire. Mais aujourd'hui, c'est les élections. La Proposition 17 passe ou est repoussée. Les mecs des Brigades vertes ont ce qu'ils voulaient et n'ont plus de raison de pas nous laisser partir. Ou alors, ça leur suffit pas, et...

– Et... ? »

Carl fit la grimace, haussa les épaules. « Dans un cas comme dans l'autre, disons qu'on n'aura plus l'occasion d'avoir ça au petit déjeuner.

– Formidable, gémit Toby.

– Hé, Toby, réjouis-toi ! Les sondages express donnaient la Proposition 17 en perte de vitesse *avant* même les événements d'hier soir, et les braves gars du LAPD ont pas vraiment arrangé la situation... »

La porte des toilettes dames s'ouvrit, Heather émergea et traversa la cafétéria pour revenir à leur table.

« Vous parliez de quoi, les mecs ? » demanda-t-elle en s'asseyant.

Toby prit quelques noix et fruits secs du bout des doigts et les laissa retomber sur le tas. « De ce truc, mentit-il en toute sincérité. On se demandait combien de temps encore on pourrait continuer d'en bouffer... »

Carl se surprit à ébaucher une grimace et dut se reprendre. C'était *lui* le vieux sportif latino *mucho macho*, non ? Alors pourquoi l'attitude paternaliste d'Inman envers Miss Joli-Cul-Beaux-Nichons commençait-elle à le faire chier ?

Heather se fourra un peu de Trail Mix dans la bouche. « C'est pas vraiment ce que j'ai mangé de mieux dans le genre, dit-elle joyeusement. Il n'y manque que des noix de cajou, des pistaches, quelques dattes et quelques bananes sèches. Au marché, y a un endroit où on peut avoir ça avec des macadamias, des noisettes entières et des *framboises* sèches... »

Plissant les paupières, Carl la regarda.

Mais oui. C'est ça.

Heather accusa réception avec son sourire de ravissante poupée blonde.

Tu me la feras pas, *muchacha*.

Carl lui retourna son sourire bidon. Heather ne changea

pas d'expression, elle ne cilla même pas, mais en cet instant précis, quelque chose passa entre eux, comme une reconnaissance, quelque chose qui n'avait rien d'érotique, qui n'avait même rien de personnel, un message totalement asexué. Carl n'aurait su dire de quoi il s'agissait au juste.

Mais il savait que c'était bien réel.

13 h 13

Warren était posté près de la fenêtre qui donnait sur Sunset Boulevard, l'Uzi en bandoulière sur l'épaule droite. Jaro, son taciturne collaborateur à la régie, était assis devant le bureau d'Eddie Franker, l'Uzi sur les genoux, tentant sans grande conviction de jouer au petit soldat.

Eddie n'en avait cure. Le combiné coincé entre l'oreille et l'épaule, il entreprit d'allumer une nouvelle cigarette et tenta de convaincre Yancy Foster de faire son boulot.

« Allons, Foster, vous êtes censé être le top-niveau des ténors du barreau, alors vous pouvez peut-être...

– Même si j'étais Démosthène avec des vidéos porno de toute la Cour suprême en action, je ne pourrais rien faire, Franker. Pas après ce qui s'est passé hier soir. »

Eddie finit d'allumer sa cigarette, ramassa sa télécommande et se remit une fois de plus à zapper par pur réflexe pour voir ce que faisaient les stations concurrentes sur le câble. C'était inutile, évidemment. Il savait déjà la mauvaise nouvelle.

Toutes les stations de L.A. disposant d'un hélico ou d'un car de reportage avaient une caméra pointée sur l'immeuble, sur les manifestants qui l'entouraient, sur les forces déployées par la police.

Toutes les stations sauf KLAX.

Le FBI, le LAPD ou quelque autre autorité avaient

confisqué les deux cars de reportage de KLAX pour toute la durée des élections, et ni Sierra Communications, Inc., ni leur porte-parole Yancy Foster ne semblaient avoir la capacité ni l'envie de les récupérer.

Normalement, une élection primaire dans une année sans présidentielles n'aurait été en vedette que dans la seule Californie ; à la rigueur, elle aurait pu faire le quatrième ou le cinquième sujet sur les grands réseaux dans une journée creuse. Mais la prise d'otages, la couverture en direct de l'émeute avec les commentaires à chaud des terroristes qui, selon les autorités, en étaient les instigateurs, avaient propulsé KLAX à la une des J.T. nationaux.

Les stations locales utilisaient des plans des manifestants devant l'immeuble de KLAX pour introduire et clore les bulletins qui faisaient d'heure en heure le point sur les élections, CNN s'en servait pour ouvrir chaque cycle d'une demi-heure de ses *Gros titres* et les grands réseaux nationaux les avaient repris pour leurs infos du matin.

En zappant d'une chaîne à l'autre, Eddie pouvait tout voir. La police avait installé des barricades tout autour de la station afin que la foule ne puisse s'approcher à moins de deux blocs au cas où tout sauterait. La plupart des pancartes et des banderoles portaient les slogans écolos ou anti-Proposition 17 attendus, mais on voyait aussi quelques calicots avec la silhouette verte d'un bras brandissant bien haut une mitraillette ou manifestant d'une manière quelconque un soutien aux Brigades vertes. Il y avait aussi des slogans du genre TOUCHEZ PAS À KLAX, LIBÉREZ TOBY INMAN, NON À L'USAGE DE LA FORCE.

Ça vous réchauffe le cœur, songea amèrement Eddie, mais il y a de quoi devenir dingue.

Il était là, littéralement à l'épicentre du plus gros scoop de sa carrière, le *seul* scoop national de sa carrière, le genre de chance qu'on n'a qu'une fois dans sa vie, et tout ce qu'il avait pour couvrir l'événement, c'était un plateau plein de têtes parlantes et deux punks rosbifs qui filmaient de loin par la fenêtre avec des caméras HF.

« Ils sont en train de nous enfoncer complètement sur la couverture, Foster, gémit Eddie. Je veux dire, sans car de reportage, on va se retrouver en queue des sondages aux infos de 18 heures ! Vous pouvez pas obtenir une suspension, une injonction, un truc dans ce genre, non ?

– Nom de Dieu, mon pote, les terroristes se sont servis de votre putain de car vidéo pour déclencher une *émeute policière*, grâce à quoi vous avez maintenant des sondages express qui envoient la Proposition 17 à la poubelle de l'histoire, ce qui veut dire *mucho dinero* en moins dans la poche des mecs qui paient votre salaire et mes honoraires, et la situation les fait pas vraiment danser de joie...

– Dites à *ces mecs* qu'ils ne pourront jamais redresser leur bilan de merde sur cette opération si notre taux d'écoute ne...

– Et en plus c'est la journée des é-lec-tions, Franker, l'oubliez pas, alors merde, comment vous croyez que je vais trouver un juge aujourd'hui, et encore assez tordu pour voir les choses comme vous, même si j'étais payé pour le vouloir, ce qui est pas le cas, alors pas question.

– Allez vous faire foutre, Foster. » Et Franker raccrocha.

« Mauvaises nouvelles ? » s'enquit Warren. Contrairement à Horst et Kelly, il n'avait pas insisté pour qu'Eddie fasse passer toutes les conversations téléphoniques sur le combiné à écoute amplifiée.

« Ce trouduc est rarement autre chose qu'un trouduc, grogna Eddie. Il se fait passer pour un avocat, mais en réalité c'est rien d'autre qu'un garçon de courses surpayé pour les proprios de la...

– Sierra Communications Incorporated.

– Vous savez ça ? laissa échapper Eddie.

– Non, mec, on a simplement trouvé le nom de la

station dans l'annuaire. On sait foutre rien des gens qui la possèdent, ni du fric qu'ils ont investi dans la Proposition 17... »

Eddie examina l'individu qui semblait être le chef de tout ce qui lui restait en fait d'équipe technique.

Avec sa longue tignasse blonde, ses petites lunettes rondes, sa posture voûtée et son teint blafard, Warren semblait être un croisement entre le maniaque de l'informatique typique et le vieil hippie anachronique que sa jeunesse l'empêchait d'être vraiment. Si l'on oubliait, bien sûr, le gilet explosif et l'Uzi, qui avaient sur lui l'apparence incongrue d'accessoires de théâtre.

Le genre de technicien qui normalement fait son boulot et se fond dans le décor, si j'en crois mon expérience, songea Eddie. Qu'est-ce que je sais de ce type ? se demanda-t-il pour la première fois. Il sait faire tourner une régie pratiquement sans l'aide de personne. Il s'y connaît en liaisons satellite, garde son sang-froid en période de crise, sait obéir aux instructions, ne s'énerve pas, ne parle pas pour rien. Qu'est-ce qui manque ?

C'est un terroriste, pardi !

D'une manière ou d'une autre, ça ne collait pas. Erreur système, peut-être, comme Eddie s'imagina que Warren aurait pu le dire.

17 h 30

Bizarre, songea Heather Blake, bizarre à force de normalité.

En oubliant l'absence de Melanie, la maquilleuse, et la présence armée de Helga et de Paulo, on avait la curieuse impression d'une soirée comme les autres dans la minable petite salle verte de KLAX avant les infos de 18 heures.

Carl était avachi dans un fauteuil devant le moniteur

de retour antenne, le son coupé comme d'habitude, envapé par le fascinant dénouement d'un vieux film qui avait la particularité de mélanger des cow-boys et des dinosaures dans la même séquence. Toby scrutait une liasse de dépêches d'agence qu'il avait réussi à soutirer à Warren à la place du script habituel.

Heather elle-même lisait une sortie papier du bulletin météo de 18 heures en songeant à quel point une telle occupation était incongrue dans les circonstances présentes sans vraiment paraître bizarre pour autant, lorsque la porte de la salle verte s'ouvrit. Helga s'écarta et Kelly Jordan entra.

« Hé, vous autres ! claironna-t-elle, vous allez tous être heureux d'apprendre que les sondages en sortie des bureaux de vote confirment que c'est le flop intégral pour le référendum Seawater !

– Alors vous allez nous relâcher dès l'annonce officielle des résultats ? » demanda Toby, optimiste.

Kelly s'assit devant la table de maquillage, scruta le miroir, fit bouffer sa coiffure afro. « Après que nous aurons réglé quelques petits détails », marmonna-t-elle.

Carl réussit à s'arracher à son navet, ce qui ne lui demanda pas trop d'efforts. « Quelques petits détails ? demanda-t-il d'un ton soupçonneux.

– Ma foi, nous sommes bien obligés de conclure cette action sur un succès...

– *Conclure cette action ?* »

Helga, négligemment appuyée contre la porte comme un gardien de prison lassé de regarder les détenus tourner en rond dans le préau, parut retrouver soudain sa vigilance. Paulo, assis au fond de la pièce, le visage de pierre comme à l'ordinaire, se contenta de ciller mais le sixième sens d'Heather lui dit que son niveau d'attention venait de monter d'un cran.

« Négocier notre sortie d'ici, précisa Kelly.

– Vous pensez vraiment pouvoir négocier ça ? dit Carl d'un ton qui laissait entendre qu'il n'en croyait rien.

– Mais oui, nous avons tous les atouts en main, dit allégrement Kelly.

– C'est-à-dire nous ? demanda Toby.

– Et le plutonium.

– *Plutonium ?*

– Quel plutonium ?

– Le plutonium pulvérisé dans nos charges de plastic, dit Kelly avec un sérieux délirant. M. Franker vous a pas dit... »

Se détournant du miroir pour affronter ses trois prisonniers, elle comprit qu'il n'en avait rien fait.

« Nous avons dit au FBI que les charges sont truffées de poussière de plutonium, pas assez pour une explosion nucléaire, mais assez pour empoisonner une grande partie de L.A...

– C'est vrai ? lâcha Heather. Vous feriez vraiment un truc aussi ignoble ? »

Kelly Jordan lui sourit béatement. « Est-ce que je vous dirais que c'est faux si c'était vrai ? Est-ce que je vous dirais que c'est vrai si c'était faux ? Dans un cas comme dans l'autre, est-ce que vous me croiriez ?

– Vous croyez pouvoir faire avaler ces bobards aux types du FBI ? » dit Carl sans réfléchir. Il comprit tout de suite son erreur.

« J'ai dit que c'était des bobards ?

– Vous avez pas dit que c'en était pas. »

Ils commencèrent à se lancer des regards assassins. Heather s'en aperçut, Helga aussi, apparemment, car ses mains se crispèrent sur la crosse de son arme, réaction qui n'échappa pas à Kelly.

« Allons, allons ! dit-elle. Qu'est-ce qu'y vont faire ? Vous envoyer à la mort et risquer de contaminer toute une ville pour rien, ou limiter les risques et nous laisser partir ?

– Vous laisser partir, comme ça ? dit Carl, peu convaincu.

– Non... peut-être que... euh... on pourrait s'entendre pour qu'on parte d'ici tous ensemble ou un truc dans ce genre, et... ils laisseraient entendre qu'on s'est échappés, ou alors... »

La porte s'ouvrit et Horst Klingerman se dressa dans l'embrasure comme Boris Karloff dans le rôle du monstre de Frankenstein : gigantesque et menaçant, sans doute, mais aussi presque touchant dans sa maladresse, un monstre – si c'en était bien un – que Heather pouvait prendre en pitié.

Il ne regarda Helga qu'une demi-seconde mais celle-ci plissa les yeux comme en signe d'acquiescement. Il traversa la pièce, se laissa choir dans un fauteuil hyper-rembourré et parut consentir enfin à diriger son regard vers Kelly.

Qu'est-ce qui se passe au juste ? se demanda Heather.

« Tu leur as parlé, Kelly ? s'enquit Horst.

– De votre prétendu plutonium ? » aboya Carl.

Horst lui décocha un sourire ambigu. « Croyez-vous que ce soit si difficile que cela d'en acquérir un kilo ou deux ? Croyez-vous que les autorités de votre pays trouveront cela totalement dénué de crédibilité ? »

Carl le fusilla du regard.

« Vous feriez mieux d'espérer que non, dit Horst.

– Qui, moi ?

– Oh, oui, vous...

– Ce que Horst veut dire, c'est que...

– Je peux m'exprimer moi-même en la matière, Kelly, même si je ne suis pas aussi télégénique...

– Hé ! Horst, je suis désolée, je voulais seulement dire...

– Je sais ce que tu voulais dire, Kelly, alors maintenant laisse-moi finir, s'il te plaît », reprit Horst d'une voix égale. Mais c'était assez pour réduire Kelly à ce qu'elle était : une fille de vingt ans plus jeune que le chef apparent des Brigades vertes forcée de se plier à son autorité masculine.

« Notre vie à tous dépend dans une large mesure de la croyance des autorités en l'existence de ce plutonium, monsieur Mendoza, dit Horst. Ou, du moins, de l'incertitude qui subsiste quant à...

– ... parce que vous ne sortirez pas si nous ne sortons pas, dit Helga. Et s'ils tentent de prendre l'immeuble d'assaut, nous mourrons tous, c'est bien ça, Horst ?

– C'est exact, Helga. »

Celle-là, remarqua Heather, elle a le droit de lui couper la parole, muflerie masculine ou pas.

Kelly, en revanche, semblait porter sur Horst un regard soupçonneux. « Hé, attends, Horst, c'est pas ce que...

– *S'il te plaît*, Kelly, cracha-t-il, nous en parlerons entre nous plus tard, vu ? Ce que j'*essayais* de te demander avant toutes ces interruptions, dit-il sur un autre ton, hargneux et pédant, c'était si tu as dit à ces gens qu'ils vont devoir faire leur journal télévisé normal de 18 heures sans nous ?

– Notre J.T. *normal* ? demanda Toby.

– Exactement, dit Horst. Il semblerait que le référendum Seawater soit en passe d'être mis en échec. Toute nouvelle action de notre part à ce stade risquerait donc d'être antiproductive. N'est-ce pas, Kelly ?

– Si tu le dis, Horst... »

Qu'est-ce que ça veut dire, ce guignol ? se demanda Heather. Y aurait-il des *factions* au sein des Brigades vertes ?

Question stupide.

Impossible d'avoir dix personnes impliquées dans une entreprise commune sans que des factions se développent :

dans un cours de cinéma, la distribution d'un film ou une équipe de tournage.

Il en allait de même pour un groupuscule terroriste.

18 h 00

À l'écran :

« Le J.T. de 18 heures sur KLAX... avec Toby Inman, Heather Blake et Carl Mendoza ! »

Toby Inman dans le gros plan d'intro habituel, peut-être un peu de travers et un poil trop serré. Ses cheveux blonds sont bien peignés, mais sa chemise et sa veste sont chiffonnées et une barbe blonde de trois jours lui donne un air débraillé plutôt sexy.

« Bonsoir Los Angeles, bonsoir la Californie, et bonsoir à vous tous qui suivez le reportage exclusif de KLAX sur... euh, cette, euh... situation plutôt inhabituelle. À la une de l'actualité, le rejet qui semblerait acquis de la Proposition 17 figurant sur la liste des élections primaires de Californie, le référendum Seawater, donc, à l'origine du... de la prise d'otages ici même à KLAX... »

Il donne un instant l'impression de perdre le fil, s'arrête une demi-seconde, fixe résolument la caméra à travers le téléprompteur et se ressaisit.

« Deux heures environ avant la clôture, non seulement les sondages express mais aussi les sondages plus traditionnels pratiqués à la sortie des bureaux de vote indiquent tous une majorité de 57 % sur l'ensemble de l'État contre la Proposition 17, avec une incertitude de plus ou moins 2 %, et une majorité de presque 62 % en Californie du Sud a repoussé le projet consistant à pallier la sécheresse en édifiant une série de centrales nucléaires de dessalement en bordure des côtes... »

Plan d'ensemble un peu tremblé pris par une caméra HF

du haut d'une des fenêtres de la station : les manifestants sur Sunset Boulevard, derrière les barricades de la police, le visage légèrement tourné vers le haut, comme s'ils savaient qu'ils sont dans le champ. Zooms avant et arrière, mouvements saccadés de la caméra qui tente d'obtenir des gros plans des banderoles et des pancartes. Mais c'est quasi impossible sous cet angle et on n'aperçoit que des fragments illisibles.

Toby Inman, off : « Entre-temps, une foule nombreuse s'est rassemblée ici, devant les bureaux de KLAX, ou nous sommes toujours retenus en otages, même si, puisqu'il est pratiquement certain que la Proposition 17 a été repoussée, nous avons quelques raisons d'espérer que notre... euh, nos épreuves vont bientôt prendre fin... »

18 h 15

Si j'y réfléchissais, toute cette putain d'histoire serait totalement surréelle, songea paradoxalement Eddie Franker, se rendant aussitôt compte qu'il y avait réfléchi et qu'elle était comme de juste surréelle à mort.

Sur le moniteur de retour antenne, Mendoza ne se contentait pas d'égrener les scores mais commentait les images des meilleurs moments de jeu fournies en prime par le bureau des relations publiques de la première division. Dans le casque d'Eddie, Arlene Berkowski râlait devant les taux d'écoute minables. Sur le plateau, Ahmed et Helga officiaient aux caméras, tandis que Nigel et Malcolm se tenaient prêts à filmer du dernier étage au cas où. Kelly et Horst, assis derrière les caméras, l'Uzi en main, tournaient le dos à la vitre de la régie.

À l'intérieur de la régie elle-même, dans ce que les âmes naïves appelleraient peut-être le monde réel, Warren tentait d'obtenir de ses opérateurs suppléants qu'ils cadrent leurs images plus pro tandis que Jaro mixait les différés de base-ball avec le son du studio et le gros plan décentré de Carl.

« Un poil à gauche, Ahmed...

– Écoutez, Arlene, qu'est-ce que vous voulez que je fasse ? Que je suggère aux Brigades vertes d'inciter la fine fleur du LAPD à attaquer l'immeuble pour faire remonter encore de sept points notre taux d'écoute quand on sautera en l'air ?

– Ça servirait à rien, Eddie, sans un minimum d'images, et toutes les chaînes sont en train de couvrir l'événement, sauf vous...

– ... avec trois parcours sans marquer un seul point dans une neuvième reprise férocement disputée, deux allers, un tombé, une erreur de lancer, un service retenu, une passe et une balle sortie...

– ... ça va comme ça, mec, maintenant rapproche-toi un peu...

– Très drôle, Arlene. Peut-être que si Hildebrandt avait assez d'influence pour me remettre les cars de reportage en...

– Même Robby a ses limites. En plus, à quoi ça servirait ? Toutes les chaînes ont envoyé leurs équipes de reportage sur place, alors il nous faut encore une exclusivité...

– ... à Detroit, le volcanique Kazu Tomashi a signé sa dix-neuvième victoire avec un double et deux simples qui portent son record à 0,368 et le propulsent en haut du tableau de la première division...

– ... non, non, Ahmed, on veut pas voir ses amygdales !

– Quoi, par exemple ?

– Par exemple, la seule exclusivité qui vous reste, Eddie. »

La conscience fracturée et fragmentée d'Eddie retrouva d'un seul coup sa sélectivité. Les ordres de Warren et le baratin de Carl passèrent au second plan dans le fond sonore et il n'entendit plus que la voix d'Arlene au téléphone.

« Vous voulez que je refasse passer à l'antenne les terroristes eux-mêmes, c'est ça ?

– Vous avez autre chose, peut-être, pour faire mieux que CNN, les grands réseaux et, en l'occurrence, toutes les petites stations indépendantes merdiques de votre secteur, hein ? Dites à Inman de faire une interview. Mais pas avant... voyons... 18 h 40, le temps pour nous d'alerter nos abonnés et pour eux d'annoncer l'événement au flash de la demie.

– Mais, Arlene, Klingerman risque de faire encore flipper les flics, et cette fois-ci...

– Pas de problème, Eddie, on a pas vraiment besoin de lui. Faites l'interview avec Jordan. De toute façon, d'après nos sondages express, c'est *elle* que le public...

– Arlene ! Ces gens sont des *terroristes* ! Nous sommes leurs *otages* ! Klingerman est leur *chef* ! Je suis censé lui annoncer qu'il ne peut pas passer à l'antenne parce qu'il nous sabote le taux d'écoute ou quoi ?

– Vous voulez que ce soit moi qui le lui dise, Eddie ? J'ai les chiffres sous les yeux, et je pourrais expliquer l'écart en points entre son image et celle de...

– Arlene, nom de Dieu !

– Écoutez, je crois que je pourrais demander à *Hildebrandt lui-même* de lui mettre le marché en main, s'il faut absolument en passer par là.

– Je suis sûr que Klingerman sera enchanté.

– Vous croyez ? » dit Arlene Berkowski le plus sérieusement du monde.

Cette dernière pointe de cynisme innocent refragmenta la conscience de Franker dans la surréalité du monde réel où, sur fond de base-ball et à l'ombre des Uzi, s'agitaient terroristes aux manettes, flics paranos, gardes nationaux, agents du FBI et tout l'appareil sécuritaire entassé aux portes de la station.

« ... là, c'est bon, Ahmed, alors tu bouges plus et t'essaies pas d'en rajouter, d'ac ?

– ... dix points en cinq parcours et un sans-faute pour les Yankees, six points en trois parcours et une faute pour les Red Sox... »

Un monde où, d'autre part, les fils de pute qui possédaient la station lui en voulaient royalement et injustement d'avoir permis aux Brigades vertes de torpiller la Proposition 17, à croire qu'il aurait pu y faire quelque chose s'il l'avait voulu, et le foutraient sans doute à la porte quand tout serait fini s'il ne compensait pas suffisamment leurs pertes sèches en faisant grimper le taux d'écoute.

Un monde où la dernière chose qu'Eddie avait envie de faire, c'était arbitrer une conversation entre Robby Hildebrandt et Horst Klingerman dans laquelle le big boss de StarNet tenterait de convaincre le big boss des Brigades vertes de ne pas se montrer aux téléspectateurs en lui disant qu'avec sa gueule il se retrouvait au cul des sondages express.

Eddie soupira. « Pas la peine de déranger le grand homme pour si peu, dit-il. Je me charge de Klingerman, et je ferai ce que je pourrai. »

18 h 38

Comme disait l'immortel Yogi Berra, songea Toby Inman, *it's déjà vu all over again*.

Il était à nouveau sur le plateau, flanqué de Carl et d'Heather à leurs places habituelles, et attendait la fin des pages publicitaires.

Eddie – ou Warren, qu'importe ! – avait inséré une

série de pubs supplémentaires juste après l'intervention de Carl sans laisser Inman conclure, contrairement à l'usage, stratagème qui avait permis au directeur de la station de s'engouffrer dans le studio, en nage et à bout de souffle.

« Heather ! Tu passes directement après cette pub ! Tu t'arranges pour tenir trois minutes avec la météo, ensuite, tu annonces une autre page de pub, parce qu'on a besoin d'un peu de temps pour parler, tu piges ? Tu peux faire ça ? Ouais, sûrement. T'es un amour.

– D'ac, monsieur Franker », dit crânement Heather, avec un infime battement de ses jolies paupières.

Franker fit alors sortir Inman du plateau pour l'amener derrière les caméras, là où Horst et Kelly étaient assis sur des chaises pliantes, l'Uzi sur les genoux, et expliqua la situation.

Les taux d'écoute étaient en chute libre. StarNet voulait un entretien de vingt minutes avec Kelly Jordan pour 18 h 40.

« Bon Dieu, Eddie, je présente les infos, j'ai jamais animé de talk-show.

– Considère ça comme une promotion, Toby. StarNet matraque à mort pour ratisser un max d'audience, alors tu vas faire tes preuves à l'échelle nationale. Si t'es bon, tu seras peut-être le prochain... euh, Johnny Carson.

– Cela ne me plaît pas, dit Klingerman. Nous refaire passer à la télévision avant la fin des élections risque à coup sûr d'être antiproductif.

– Pas *vous*, seulement elle, l'informa Franker. Les sondages express indiquent que vous passez pour un flic méchant alors qu'elle a une image sympathique.

– *Was ?*

– Vous faites peur aux téléspectateurs, Horst. Vous les faites chier. Ils vous aiment pas. Mais *elle*, si. »

Horst Klingerman avait l'air si pathétique que Toby Inman eut vraiment pitié de ce pauvre connard. « Je ne suis pas un flic, pleurnicha-t-il – ou presque. Je désire seulement préserver la biosphère de cette planète pour les générations futures. Comment cela peut-il faire de moi un méchant ? Pourquoi cela me rendrait-il antipathique ?

– C'est pas que vous soyez un méchant, Horst, dit Franker d'un ton apaisant. C'est que vous passez pas bien à la télé, c'est tout. »

Les traits de Horst se durcirent. Ses mains caressèrent l'Uzi d'un geste sans équivoque. Franker ne bougea plus. Lentement, il se tourna vers Kelly Jordan comme pour solliciter son soutien. Mais Kelly refusa de le regarder. Au lieu de quoi, elle secoua la tête, regarda Horst, puis tendit la main pour toucher celle de son compagnon.

« Pas question, m'sieur Franker, dit-elle. Si c'est quelque truc minable pour nous diviser, laissez tomber. Si je passe à l'antenne, Horst aussi. On est une équipe. »

Contrarié, Franker s'agita sur son siège. « Alors peut-être qu'on ferait mieux de laisser tomber, soupira-t-il.

– Vous oubliez déjà, dit Klingerman. Vous oubliez que les décisions ne sont plus prises par vous. Et il y a de toute façon des choses qu'il va falloir bientôt dire à la population. Alors pourquoi ne pas faire plaisir à vos amis de StarNet et commencer maintenant, hein ? »

Sur quoi, la décision, ou ce qu'elle était devenue, avait été prise. Toby était repassé après la météo de Heather pour meubler les minutes restantes allouées par StarNet en lisant un pot-pourri de dépêches d'agence, et il était à présent sur la sellette, égrenant les dernières secondes qui le séparaient, à en croire Eddie Franker, de l'heure où il triompherait pour devenir le prochain Johnny Carson. Ou Phil Donahue, ou Ted Koppel.

Évidemment, ni Carson, ni Donahue, ni Koppel, ni aucune autre star au firmament du talk-show n'avaient jamais interviewé leurs propres ravisseurs en direct et sans répétition préalable.

Peut-être qu'Eddie Franker voyait plus juste qu'il ne le croyait lui-même. Peut-être que c'était le moment ou jamais de prendre un virage décisif dans sa carrière.

Après tout, des millions de téléspectateurs seraient devant leur poste d'un bout à l'autre du pays. Ils verraient bien si Toby Inman avait l'étoffe pour devenir plus qu'un présentateur, plus qu'une vedette du J.T. sur un grand réseau, voire plus, à certains égards, que Dan Rather, Ken Brokaw ou même le légendaire Walter Cronkite, et Toby lui-même pourrait instantanément tirer les conclusions.

S'il réussissait, rien ne pourrait plus l'arrêter.

S'il se plantait...

Hum, pensons à autre chose...

18 h 40

À l'écran :

Plan d'ensemble du plateau des infos. Toby Inman en vedette au centre, Horst Klingerman à sa droite, Kelly Jordan à sa gauche. Ils portent leurs Uzi en bandoulière et leurs gilets explosifs sont ouverts. Toby Inman regarde la caméra une seconde sans rien dire, comme s'il sollicitait quelque lointain souvenir et reprend visiblement son souffle avant de parler.

« Eh bien, chers téléspectateurs, il est à présent manifeste que le référendum Seawater va être mis en échec, et ce en grande partie grâce à l'action des Brigades vertes, et donc... euh, puisque... euh, nous les avons encore avec nous sur ce plateau, pour ainsi dire, essayons donc d'en savoir un peu plus sur les... la vraie personnalité des gens qui font... euh... qui sont à la une de l'actualité... »

Il se tourne pour faire face à Kelly Jordan. Enchaînement sec et maladroit sur un bizarre plan duo : Inman de profil avec Kelly Jordan de face mais derrière lui.

« Alors... euh... pourquoi ne pas commencer par vous, Kelly Jordan ? Notre public voudrait savoir qui vous êtes au juste. »

Kelly Jordan fait un grand sourire. « Allez-y ! dit-elle en amorçant un clin d'œil. Par quoi vous voulez qu'on commence ? »

Plan duo plus conventionnel : Inman et Kelly sont cadrés au centre de l'écran ; il la regarde, elle s'adresse à la caméra.

« Par exemple, euh... votre enfance, votre ville natale, vos parents, l'endroit où vous avez grandi... »

Jordan attend une seconde, sans cesser de regarder la caméra, le temps que celle-ci s'approche pour la cadrer en gros plan.

« Bon, je crois qu'on pourrait dire que ma ville natale était l'armée de l'air, Toby. Je suis née ici même à Los Angeles, mais j'en ai pas gardé trop de souvenirs, et des villes qui ont suivi non plus. Mon père faisait partie du personnel au sol, et on s'est baladés d'une base à l'autre. L'Alaska, la Californie, Okinawa, le Middlewest, partout, quoi, mais pour une gosse, c'était du pareil au même : la base, le quartier des sous-offs, le supermarché militaire, les autres enfants de militaires sans le temps de se faire de véritables amis... »

Nouveau plan duo qui la met en valeur.

« Voir du pays, voir le monde, tous ces voyages... vous ne trouviez pas ça excitant ? »

La caméra se rapproche pour remplir l'écran avec un gros plan de Kelly Jordan qui soupire tristement, les yeux dans le vague.

« Le monde ? dit-elle en haussant les épaules. Quand j'étais toute petite, je vivais dans un *Americaland*, un truc à la Disney. Mes parents voulaient que leur gosse reste *américaine*. Plus on est à l'étranger là où on habite, plus on est *obligé* d'être américain : les Scouts, *Sesame Street*,

Mickey Mouse et Roger Rabbit, les mêmes déodorants dans les mêmes allées des mêmes coopératives militaires d'une base à l'autre... plus américain que nature, aussi américain que l'armée de l'air et la tourte aux pommes, quoi ! »

Plan duo maladroit pris sous un autre angle, une demi-seconde après qu'Inman commence à parler.

« Mais, pour une jeune Noire... je veux dire, euh... n'y avait-il pas des... euh... »

Les narines de Kelly Jordan se dilatent, ses yeux se plissent, mais ça ne dure qu'une fraction de seconde. « Hé ! Mon grand-père tenait un magasin d'électroménager, mon père était sergent-chef, et tous les ghettos que j'ai vus quand j'étais gosse, c'était à la télé. L'armée de l'air... l'armée de l'air se décarcassait pour réduire le racisme au minimum, en plus le fait d'avoir un papa sergent-chef encourageait plutôt les autres mômes de militaires à rester polis avec moi... je savais même pas ce qu'était le monde réel quand j'étais gosse ! Pas avant l'Allemagne...

– L'Allemagne ?

– Mon père a été muté à Mannheim, en Allemagne, quand j'avais environ treize ans, et nous y avons passé cinq ans... c'est là que j'ai vraiment commencé à grandir, c'est là que j'ai finalement été en âge de sortir toute seule dans le monde extérieur à la base, que ça plaise ou non à l'armée de l'air, que ça plaise ou non à mes parents...

– C'est à ce moment-là que vous avez fait la connaissance de Horst Klingerman ? »

18 h 43

« Non, pas avant une ou deux autres incarnations », dit Kelly Jordan.

Le projet initial de Toby était d'avoir un premier tête-à-tête avec Kelly puis un deuxième avec Horst en essayant perfidement de limiter autant que faire se pouvait le temps de parole de Klingerman.

Était-ce parce que Horst donnait des signes d'impatience ? Parce que l'interview de Kelly tournait au monologue ? Toby ne savait pas exactement pourquoi, mais quelque sixième sens dont l'existence lui avait jusqu'ici échappé, une impression venue du fond des tripes et qui lui remontait à la gorge lui disait de tout laisser tomber, de faire de la réplique de Kelly une conclusion et de rendre le tout beaucoup plus interactif. N'était-ce pas ce qu'était censé faire un animateur de talk-show ?

« Bon, et si nous gardions la suite de votre histoire pour un peu plus tard, Kelly, le temps de mettre les téléspectateurs au courant de... euh, de les éclairer sur la personnalité de notre autre, euh... invité de ce soir, Horst Klingerman, dit Toby Inman en tournant son profil vers la caméra et son regard vers Klingerman. Qu'est-ce que vous en pensez, Horst ? Pourquoi ne pas nous parler un peu de vous-même ?

– De moi-même ? dit Horst, peu convaincu.

– Votre enfance, l'endroit où vous avez grandi...

– J'ai grandi à Leipzig. Mon enfance, c'était l'école et des activités organisées, de longues heures de dur travail, mais cela dit, c'était une vie plutôt ennuyeuse, et c'était en général comme ça pour tous les petits garçons de la DDR.

– La DDR ?

– *Deutsche Demokratische Republik.* La République démocratique allemande.

– Vous voulez dire la... euh, l'ancienne Allemagne de l'Est ? L'ancien... État policier communiste, si vous voulez bien me passer l'expression ? »

Horst scruta Toby comme un professeur toisant un

malheureux étudiant qui vient d'énoncer une grossière ineptie. « Où croyez-vous que se trouve Leipzig ? reprit-il sèchement. En Bavière ? Et pourquoi vous excusez-vous d'appeler un chat un chat ? C'était effectivement un État policier. La Stasi s'était infiltrée partout comme des asticots dans une charogne. »

Toby commença à transpirer sous les projos. Ça ne se passerait pas comme pour l'interview de Kelly. On risquait de décrocher dans les chaumières.

« Bon... hum... qu'est-ce que faisaient vos parents ?

– Mes parents étaient des prolétaires politiquement corrects. Ma mère travaillait dans une laverie industrielle et mon père dans une fabrique de saucisses.

– Une fabrique de saucisses... ? laissa échapper Toby en se mordant la lèvre pour s'empêcher d'exploser.

– C'est drôle en anglais ? grinça Klingerman. Croyez-moi, ce n'était pas une plaisanterie dans la DDR de l'époque ! Ce fut pour moi le premier échelon sur la voie de l'université Karl-Marx !

– *L'université Karl-Marx ?* » Cette fois-ci, un bref gloussement émergea sous le masque professionnel de Toby.

« Vous trouvez ça drôle aussi ? dit Klingerman, furieux. Vous êtes l'un de ces individus ignorants qui estiment qu'une licence d'histoire de l'université Karl-Marx n'est qu'un diplôme sans valeur ? Vous vous imaginez que vos propres équivalents occidentaux sont dénués de tout préjugé idéologique dans l'autre sens ? Chez nous, le niveau intellectuel était aussi élevé que dans la *Bundesrepublik*, c'est tout dire ! »

Merde, qu'est-ce que j'ai dit là ? se demanda Toby. Qu'importe. Il avait intérêt à corriger le tir, et en vitesse !

« Euh... loin de moi l'idée d'offenser votre *alma mater*, Horst, s'empressa d'ajouter Toby. Je suis sûr que c'était une université de tout premier...

– Nous étions à l'avant-garde de la Révolution ! Nous

l'avons commencée lorsque nous sommes descendus sur l'Opernplatz ! C'est nous qui avons pris tous les risques pour aboutir à la Réunification, pas les Wessis !

– Le... l'*Opernplatz* ? La réunification ? Les *Wessis* ? De quoi vous parlez ? »

Horst le regardait avec de grands yeux. « De quoi je parle ? De quoi croyez-vous que je parle ? »

Toby haussa les épaules, à court d'arguments. Il décocha son plus beau sourire de jeune premier et dit la vérité. « Franchement, Horst, j'en ai pas la moindre idée. »

18 h 44

À l'écran :

Gros plan sur Horst Klingerman, dont la colère fait place à un stupide embarras, bien que la lueur rémanente de quelque douleur brasille encore dans son regard.

« J'oublie qui je suis, dit-il. J'oublie que ces choses ne signifient rien ici. » Il réussit même à sourire un peu. « J'oublie que je ne suis pas dans un café sur la Oranienbergerstrasse ou en train de faire un cours magistral à mes étudiants de Leipzig. »

Plan sur Inman, une seconde trop tard, si bien que ses premiers mots passent en commentaire de l'image de Horst.

« Vous étiez professeur ? » demande-t-il.

Retour prématuré sur Klingerman en plein milieu du dernier mot, histoire de ne pas rater le début de sa réaction.

« J'étais *professeur d'histoire* à l'université Karl-Marx au moment de la Réunification ! » claironne-t-il. Puis, beaucoup plus doucement : « Enfin, assistant. Je n'avais pas terminé ma thèse lorsque le Mur est tombé, après quoi le monde universitaire de l'ancienne DDR a plus ou moins volé en éclats, et comme nombre de mes anciens compatriotes, j'ai innocemment supposé que la vie serait plus belle pour moi dans le pays des bananes et des Mercedes... »

Plan duo Inman-Klingerman.

« *Des bananes et des Mercedes ?* »

Ils donnent l'illusion d'un contact oculaire, mais guère plus.

« *Wessiland. Deutschemark, Deutschemark über alles...*

– Euh, en clair, s'il vous plaît, pour ceux qui nous regardent... »

Klingerman louche vers la caméra comme pour regarder les téléspectateurs au fond des yeux.

« La *Bundesrepublik.* L'ex-Allemagne de l'Ouest. J'ai quitté Leipzig pour Berlin. *Go West, young man, go West !* C'est une expression américaine, n'est-ce pas ?

– Ben, on est tous les deux à L.A., ici ! s'exclame allégrement Toby. Je suis de l'Est moi-même, du Sud-Est, en fait, un petit gars de Georgie, où nous avons eu notre propre Reconstruction, mais ça n'a pas encore marché pour tout le monde, alors je crois que je sais un peu ce que c'est de débarquer dans la grande ville quand on sort de sa cambrousse. »

Klingerman se retourne vers lui, brusquement saisi d'une respectueuse considération.

« Les gens croient qu'avec un accent comme le nôtre on doit être un peu arriérés, hein... dit Inman.

– Ils nous traitent comme des parents pauvres qui arrivent de leur campagne par le dernier train pour prendre part à leur festin...

– Ils trouvent que notre cuisine a un goût bizarre...

– Ils s'arrangent pour qu'il nous soit impossible d'obtenir un poste correspondant à notre qualification universitaire...

– Ah oui ? » dit Toby Inman. Et la subtile connivence qui avait commencé à se tisser entre eux s'évapore.

« Une licence d'histoire de l'université Karl-Marx, c'est une blague pour les Wessis ! dit sèchement Klingerman. Ils croient qu'un enseignement marxiste des sciences sociales cause une lésion cérébrale permanente ! Ils sont à fond pour le matérialisme, ils l'adorent, même, mais ils n'oseraient jamais permettre à leurs étudiants d'être contaminés par quiconque l'aborde dans une perspective dialectique.

– Vous voulez dire qu'ils vous on traité comme si vous étiez communiste ? Mais... mais vous étiez bien communiste, non ? Je veux dire... " université Karl-Marx ", ça...

– Il faut que j'entende tout ça ici aussi ! crie Klingerman. Je ne peux pas le croire !

– Je voulais simplement dire... »

Gros plan sur Klingerman, dont la peau claire rougit d'indignation.

« C'était une université dans un État marxiste, alors évidemment nous étions obligés d'enseigner l'histoire dans une perspective marxiste ! Et d'ailleurs qu'y a-t-il de si atroce là-dedans ? Est-ce vraiment pire que les excuses hypocrites invoquées en faveur de l'expansionnisme capitaliste qui passent pour de l'analyse historique à l'Ouest ? On dira ce qu'on voudra sur Marx le prophète ou l'utopiste, le matérialisme dialectique fournit au moins une analyse objective de la réalité politique et économique ! »

Retour brusqué sur Inman en gros plan, l'air totalement largué. « Vous étiez communiste, alors ? »

Plan duo Inman-Klingerman. Klingerman martèle le bureau du poing. « J'étais *marxiste*, oui, peut-être, on m'a appris à aborder les choses d'un certain point de vue, insiste-t-il, mais je n'ai *jamais* été membre du Parti ! Le Parti me faisait *horreur* ! J'étais là sur l'Opernplatz avec le peuple qui l'a renversé !

– Donc vous étiez en fait dans la... euh, la résistance ?

– Évidemment ! À cette époque, tout le pays faisait de la résistance ! Les Wessis ne sont pas entrés en force pour nous libérer, après tout ! Pendant presque un demi-siècle, ils n'ont rien fait ! Les gens de la DDR se sont libérés tout seuls par l'action directe ! Il y avait de quoi en être fier !

– Eh bien, euh... tout cela est très...

– Et pourtant ils nous ont traités en peuple conquis ! Comme ont été traités ici les gens de l'*ancienne Confédération*, et pis encore !

– Bon, euh... je crois que je peux comprendre ça, il me semble », dit Toby Inman tandis que la caméra se rapproche pour le cadrer en gros plan avec une hâte presque inconvenante. « Et je comprends à quel point il doit être... euh... douloureux pour vous d'évoquer ces souvenirs, Horst... »

Klingerman, off : « ... ils payaient aux Ossis les deux tiers du salaire normal, le saviez-vous ? Ils m'ont empêché de...

– ... alors pourquoi ne pas revenir à vous pendant quelques instants, Kelly ? Vous disiez que vous avez passé le plus clair de votre adolescence en Allemagne, mais vous n'avez jamais rencontré Horst pendant cette période ? »

Brusque gros plan sur Kelly Jordan qui observe d'un air plus que consterné l'échange entre Inman et Klingerman.

« Euh... ouais, c'est exact, euh... Toby », bredouille-t-elle distraitement.

Puis elle semble se rendre compte qu'elle est dans le champ, se ressaisit, regarde la caméra et s'adresse à elle comme une vraie pro, ou peu s'en faut.

« Ça ne s'est passé que des années plus tard, après mon exil, pour ainsi dire, quand je suis rentrée chez moi, aux États-Unis... »

18 h 47

« ... alors vous voyez, Toby, j'ai découvert le *monde réel* pour la première fois quand j'étais adolescente en Allemagne – en Europe, donc – et d'une certaine manière, la véritable Amérique que je n'avais jamais vue...

– Il faudrait peut-être que vous expliquiez ce dernier point pour nos téléspectateurs, Kelly », susurre Toby Inman avec un sourire velouté à l'adresse de la caméra, d'abord parce que c'était ce qu'il fallait faire pour détendre l'atmosphère, ensuite parce qu'il était sincèrement soulagé.

« Tout ce que savais des États-Unis, ou presque, avant d'être assez grande pour commencer à courir les rues avec la racaille européenne, c'était MTV, CNN, l'Amérique version Hollywood et la version militaire. À présent, j'ai au moins vu aussi la version BD, l'Amérique telle que les *Allemands*, telle que les *Européens* la voyaient... »

Quel plaisir de planer comme ça sur les ondes avec quelqu'un qui avait l'instinct, qui semblait connaître la musique, après être tombé dans le trou noir avec Horst !

« ... sex, drugs, rock'n'roll, le fascisme Disneyland, Elvis en soucoupe volante, les Hell's Angels sur leurs machines. Le jazz et les McDonald's. Des mendiants dans les rues et les troupes US dans le monde entier. Des émeutes raciales dans les villes et des missions humanitaires massives en Afrique. L'oncle Sam, suzerain militaire désargenté de la planète.

– Vous deviez être un peu paumée, non ? »

Kelly rit, d'un rire chaleureux d'adolescente.

« La moitié de mes copains avaient peur que je sorte un rasoir chaque fois qu'un skinhead me regardait de travers, et l'autre moitié était déçue quand je ne le faisais pas. En ce qui concerne les skins, j'étais peut-être une

Black, mais j'étais *américaine*, ce qui au moins me mettait au-dessus d'une Gitane ou d'une Turque. Ben oui, Toby, vous pourriez dire qu'on était un peu paumée quand on était noire et américaine dans cette bonne vieille *Deutschland* ! »

À l'aise, Blaise, aussi doux qu'un derrière duveteux de caneton, songea Toby. Elle assure. Elle, je pourrais l'interviewer jusqu'à perpète.

Mais il savait que ça ne pouvait durer éternellement, ni même jusqu'à 19 heures. En regardant vite fait par-dessus son épaule, il constata que Horst se tortillait sur son siège comme un gamin pris d'une envie de pisser, comme l'écrivain à qui on accorde à contrecœur les cinq dernières minutes d'un talk-show concluant une Nuit du base-ball pour promouvoir son livre et qui voit l'astrologue de service mordre sur son temps de parole.

18 h 49

À l'écran :

« ... ouais, la racaille écolo-européenne, comme disait mon père en parlant de la plupart de mes amis – quand il n'était pas plus grossier – *adorait* les Noirs américains. J'étais à peu près aussi politiquement correcte et culturellement chic qu'on pouvait l'être. J'étais la vedette, mes parents essayaient bien de me suivre à la trace, mais à dix-sept ans j'avais déjà voyagé partout toute seule, dans la bagnole des copains, en stop, avec ce bon vieux Trans-Europe Express... »

Plan duo sur Inman et Jordan qui se sourient tout en regardant la caméra. Gommez l'Uzi, recoloriez la tenue camouflée et vous auriez un plan standard du show-business.

« Et papa n'appréciait pas ?

– Si papa avait été blanc, il aurait viré au violet, dit Kelly Jordan avec un clin d'œil qui ramène sa réplique au niveau du feuilleton. Pour lui, ma bande, ce n'était qu'obsédés sexuels écolo-bolcheviques et pacifistes défoncés.

– Ce que mon papa à moi appelait " le parti des T-shirts psychédéliques, bougies parfumées et tutti quanti "... »

Kelly Jordan rit. « Ouais, et papa était persuadé que mes " activités ", comme il disait, avaient un " impact négatif " sur sa carrière militaire. Alors vous pouvez imaginer combien il a été heureux d'être muté aux USA en embarquant la famille avec lui, à la base aérienne de Vandenberg. Je me demande s'il a pas magouillé pour y arriver, même s'il a jamais voulu l'avouer...

– Et vous ?

– Vandenberg ? Pour moi, ça voulait dire passer mon bac à *Lompoc*.

– Donc à une bonne centaine de kilomètres au nord de L.A., c'est bien ça ?

– Et à une bonne soixantaine d'années-lumière de la civilisation pour quelqu'un qui avait bourlingué d'un bout à l'autre de l'Europe. Faut me comprendre, Toby : voilà que je me retrouvais dans un lycée de petite ville bourré de jeunes ploucs élevés à la bière, garçons et filles, avec autant de conscience politique que des goujons de ruisseau, et pour qui le summum du chic se résumait à se pinter, à aller à la plage et à baiser en espérant que leurs papas à la Base leur feraient la politesse d'une lancement de missile.

– Plutôt dur à encaisser après l'Europe, hein ?

– C'est moi qu'étais plutôt dure à encaisser, Toby, et j'ai tout fait pour. Vous comprenez, *je me faisais chier à mort*. Et je le leur ai bien fait comprendre ! Je suis allée jusqu'à L.A. chercher les groupuscules les plus extrémistes qui soient. Rien n'était assez dingue pour moi : ni le

Front de libération des animaux ni les clones speedés de Greenpeace, ni les gens de la MANC – la Coalition militante antinucléaire –, bref, tout ce qui pouvait faire enrager mon père. »

La caméra s'approche pour cadrer en gros plan Kelly Jordan qui secoue la tête avec un grand sourire.

« J'étais un monstre. C'était si facile. Par rapport à ce à quoi j'étais habituée, ces gens étaient purs, simples et innocents. Tout ce que j'avais à faire, c'était de leur raconter des histoires de guerre datant de mon séjour dans les milieux extrémistes européens et de baragouiner un peu d'allemand. Avec ça, j'avais même réussi à persuader la prétendue direction adulte de groupuscules comme la MANC que j'étais une terroriste en cavale crachant le napalm bardée de contacts béton avec la bande à Baader ! »

Gros plan sur Toby Inman, pris sous un autre angle.

« Et tout ça pour vous venger de votre père ? »

Gros plan sur Kelly Jordan. Elle hausse les épaules puis secoue la tête.

« Oh, ça s'arrêtait pas là. On savait tous qu'on entrait dans une phase terminale, que ce soit avec le trou de l'ozone, l'effet de serre, l'extinction des récifs coralliens ou le début de la sécheresse ici, en Californie... mais on savait pas plus analyser ce qui s'était passé ni ce qu'il fallait faire que Las Vegas attendant le Second Avènement d'Elvis. »

Son sourire est un peu méchant, mais c'est la méchanceté espiègle d'une enfant turbulente et heureuse de l'être.

« En plus, j'avais un plan. Je voulais être sûre que mon père ne soit que trop content de me renvoyer en Europe une fois que j'aurais eu mon bac et mes dix-huit ans. »

18 h 51

Klingerman se tortillait à s'en faire craquer les vertèbres, il restait environ dix minutes et Toby savait qu'il ne pourrait plus interdire Horst d'image. Kelly venait de lui offrir une réplique parfaite pour enchaîner, et peut-être qu'il pourrait s'en servir pour contrôler l'interview, rester au niveau copinage et badinage...

« Et c'est à ce moment-là que vous avez fait connaissance, c'est bien ça ? dit-il en se tournant vers Horst. Lorsque Kelly est revenue en Europe, hein ?

– Oui, c'est exact, mais...

– Et vous vous êtes rencontrés où ?

– À Berlin, au *Weimarer Republik*...

– La République de Weimar ? N'était-ce pas le gouvernement qui avait été renversé par Hitler ? »

Horst rit pour de bon. « En l'occurrence, il s'agissait d'un café en sous-sol dans une petite rue derrière la Oranienburgerstrasse dans ce qui était autrefois Berlin-Est, et le propriétaire avait cru faire de l'humour style Weimar en le baptisant ainsi. »

Abrège, abrège, se dit Tony. Pas de dialogue, plutôt une conversation à trois.

« Alors vous avez rencontré Horst dans un bar à Berlin ? dit-il en se retournant prestement vers Kelly. Qu'est-ce que vous faisiez là-bas ?

– Je cherchais des terroristes, dit gaiement Kelly. L'endroit avait la réputation...

– ... qui n'était pas entièrement injustifiée, dit Horst.

– ... d'être un genre de bureau de placement pour terroristes, et...

– Vous cherchiez à rejoindre un groupe terroriste ?

– Non, Toby. En fait, je cherchais à en engager un, ou à en monter un de toutes pièces. »

Côté contenu, ça prenait un tour bizarre, mais côté rythme, ça pouvait aller. Garde la cadence, Inman, et on va expédier ces dernières minutes sans bavure et en beauté...

18 h 52

À l'écran :

Plan d'ensemble sur le trio Kelly Jordan, Toby Inman et Horst Klingerman, pris avec un peu trop de recul : un projecteur au plafond du studio éblouit la caméra pendant une seconde, le temps qu'elle cadre plus serré. Contact oculaire facile entre Inman et Jordan ; Klingerman s'en tire moins bien, commence à avoir des fourmis dans les jambes.

« Engager un groupe terroriste ? dit Toby Inman. Pour quoi faire ? »

Kelly Jordan louche vers la caméra. « Pour faire exactement ce qu'on est en train de faire maintenant, Toby.

– Kelly...

– *Pour vous emparer de KLAX-TV ?*

– Pour qu'Anthony Ellingwood puisse se raconter à l'antenne et en direct...

– Kelly, je ne crois pas que...

– Vous aviez connu Ellingwood en Californie ?

– Non, Toby, mais lorsque Ellingwood s'est adressé aux gens de la MANC, ils sont venus me chercher. J'étais la seule vraie terroriste qu'ils connaissaient, hein, et quand ils m'ont raconté leur histoire et donné un budget, alors, bon, qu'est-ce que j'aurais dû faire ? Avouer que je leur avais raconté des bobards ? En plus...

– Ça suffit comme ça, Kelly ! aboie Klingerman.

– Hé, Horst, je voulais seulement...

– Ça suffit, Kelly, *vu* ? Tu te laisses emporter par ton baratin ! Tu n'es pas en train de passer des disques ! »

Toby Inman prend la balle au bond, adopte le ton coco-bisou-chéri.

« Vous avez été disc-jockey, Kelly ?

– Euh, pour ainsi dire, Toby. Des boîtes, un peu de radio, un peu de câble. Fallait bien que je fasse quelque chose, et une Noire américaine à la langue bien pendue qui se débrouillait en anglais et en allemand était un genre de...

– Cet entretien est devenu totalement frivole ! Nous n'avons pas investi cette station pour remplir les ondes de vains bavardages ! »

Plan rapide sur Toby Inman, l'air plutôt paumé. « Co-comment ? »

Gros plan sur Horst Klingerman qui fronce les sourcils. « Le niveau intellectuel de cette discussion me gêne. Pourquoi ne pas poser des questions sensées ? »

Plan duo sur Toby Inman et Horst Klingerman qui échangent des regards haineux, désapprobateurs chez Klingerman, indignés chez Inman.

« Vous croyez pouvoir faire mieux, peut-être !

– Si je dirigeais cet entretien, j'essaierais au moins de comprendre pourquoi je suis retenu prisonnier. »

La caméra se rapproche pour un gros plan sur Klingerman, qui la regarde et tente sans conviction de répondre à ce mouvement.

« Peut-être que les téléspectateurs trouveraient plus intéressant d'apprendre *pourquoi* un groupe international d'action directe s'est emparé d'une station de télévision californienne que d'assister à une interview superficielle avec moi et Kelly comme vedettes ? » Le ton est on ne peut plus sardonique.

Plan duo Klingerman-Inman pris sous un angle différent.

« Je croyais que l'idée originelle était de mettre en échec le référendum Seawater.

– Pourquoi prendrions-nous un maximum de risques pour un problème régional qui ne concerne que la Californie du Sud ?

– Au fait, qui pose les questions, ici ? » dit Toby Inman, agacé.

Horst Klingerman sourit. « Je suis en train d'essayer de vous mettre sur la voie, *Toby.* » Et d'en rajouter une couche dans le sarcasme.

Rien de sincère là-dedans, mais Inman réussit à lui sourire à son tour.

« Très bien, Horst. Qu'est-ce qu'un respectable groupe terroriste comme le vôtre peut bien avoir à faire dans un débat local comme celui-ci ? »

Klingerman se force à rire. « Mettre ce référendum en échec est une réussite concrète. Mais cette action a une signification beaucoup plus grande. C'est le début de la Révolution verte. Une révolution d'un genre nouveau fondée sur une tactique révolutionnaire d'un genre nouveau.

– Ce que vous n'arrêtez pas d'appeler " l'action directe ", n'est-ce pas ? Mais qu'est-ce qu'il y a de nouveau dans le fait de prendre des otages et de menacer de tout faire sauter ?

– Nous y sommes, Toby ! » Klingerman est sincèrement satisfait. « Voilà enfin une question intéressante. Vous me traitez de terroriste, mais je ne suis pas un terroriste.

– Et je présume que je ne suis pas votre otage non plus », lui retourne sèchement Inman.

Klingerman feint d'ignorer cette réplique et regarde la caméra bien en face. « Le terrorisme utilise la force physique dans le but de contraindre ses adversaires à agir à l'encontre de leurs propres intérêts de classe. L'action directe utilise la force physique pour donner aux gens l'idée de faire ce qu'ils trouvent juste. De passer eux-mêmes à l'action directe. Les communistes de l'Europe de l'Est utilisaient le *terrorisme* pour s'emparer du pouvoir et le conserver. Mais lorsque les gens ont commencé à passer à l'*action directe*, elle s'est propagée comme une tempête de feu et elle a balayé les gouvernants.

– Les méchants font du terrorisme, et les gentils font de l'action directe ? Alors comment se fait-il que vous nous reteniez prisonniers et menaciez de tout faire sauter ?

– L'action directe n'est pas le pacifisme, Toby. Il faut que vous soyez disposé à mettre votre vie en jeu. Et celle des autres.

– À tuer pour la paix, c'est ça ?

– S'il le faut. La biosphère de notre planète est moribonde. Des dizaines d'années durant, des gauchistes de salon et des écologistes animés des meilleures intentions ont fait des discours, des défilés, des manifestations et se sont présentés aux élections sans pouvoir arrêter ce génocide planétaire. Les militants des Brigades vertes sont prêts à tuer et à mourir s'il le faut pour un enjeu bien plus important que la paix sur Terre.

– Plus important que la paix ? Mince alors, qu'est-ce qu'il y a de plus important que la paix ? »

Kelly Jordan, off : « Hé, Toby, réveillez-vous ! Et la survie de la vie elle-même, hein ? Je veux dire que si nous... »

Klingerman se tourne brusquement vers elle pour lui signifier d'un regard noir qu'il n'apprécie pas cette interruption mais un changement de plan tardif et brutal montre alors Kelly en gros plan.

Horst Klingerman, off : « ... Kelly, s'il te plaît !

– ... transformons la Terre en un rocher sans vie comme nous sommes en train de le faire, le problème de la guerre ou de la paix ne sera plus tellement d'actualité ! »

Toby Inman, off, très fort : « Donc la préservation de

la vie sur la Terre est une fin qui justifie les moyens, c'est bien ce que vous voulez dire, Kelly ?

– Z'avez pigé. »

La caméra esquisse un mouvement tournant pendant une demi-seconde.

Toby Inman, off, toujours aussi fort : « N'empêche, Horst, que vous n'avez pas répondu à la question que vous vouliez que je pose ! Pourquoi le référendum Seawater, pourquoi la Californie ? Et d'abord pourquoi avoir choisi les États-Unis pour votre action directe ? »

La caméra se stabilise sur un plan frontal traditionnel des trois interlocuteurs, et quand elle y parvient, Toby Inman semble déjà avoir plus ou moins rétabli l'ordre et circonscrit la confrontation au format d'une tribune politique du dimanche matin.

« Parce que les États-Unis représentent à la fois le problème et sa solution, dit Klingerman. Le plus grand criminel biosphérique...

– Un instant, Horst, c'est pas juste ! dit Inman.

– ... et le suzerain militaire de cette planète.

– Le suzerain militaire de cette planète... ? » Toby Inman détache chaque mot tandis que la caméra tire parti de cette indication pour cadrer en gros plan Klingerman qui s'adresse à présent directement à elle.

« Aucune combinaison de nations ne peut se mesurer à vous. C'est entre vos mains que le destin a placé le pouvoir de vie ou de mort sur cette planète. Vous seuls avez le pouvoir de sauver la Terre. Et cela vous rend responsables de l'utilisation dudit pouvoir. Les États-Unis doivent agir directement et unilatéralement pour sauver la planète. »

Rien que Klingerman en gros plan, l'air mortellement sérieux, pendant une seconde, puis retour au plan frontal normal du trio lorsque Kelly Jordan et Toby Inman réagissent.

« Qu'est-ce que vous dites ? »

Jordan regarde Klingerman avec de grands yeux.

« Vous suggérez que les États-Unis fassent usage de *la force militaire* pour... » Inman n'arrive pas à trouver le concept adéquat. « ... pour... euh... pour faire *quoi* ?

– Pour faire ce qu'il faut faire, Toby, dit Klingerman avec le plus grand calme. Pour sauver la vie sur Terre. »

Inman se tourne vers Klingerman, puis vers Jordan, qui n'a cessé de surveiller Horst. Elle hausse les épaules. « Ne me regardez pas comme ça, Toby, dit-elle. C'est la première fois que j'entends ça moi aussi !

– Les Brigades vertes ont prouvé que nous sommes disposés à recourir unilatéralement à l'action directe pour faire ce que nous pouvons pour sauver la biosphère, dit Horst Klingerman tandis que la caméra se rapproche lentement de lui. En risquant notre propre vie et celle de nos otages, nous nous sommes emparés de cette station de télévision et nous en sommes servis pour vous persuader de faire ce qui est juste et de mettre en échec le référendum Seawater. Nous œuvrons pour le bien et sommes disposés à faire le mal nécessaire pour sauver la Terre. Voilà pourquoi on nous traite de terroristes. »

Il hausse les épaules. « Maintenant c'est à vous d'obliger votre gouvernement à faire le mal nécessaire pour sauver la vie sur Terre d'une extinction certaine. On vous traitera d'impérialistes, de fascistes, de militaristes – vous les citoyens d'un pays terroriste. »

La caméra commence à reculer lentement tandis que Horst Klingerman arrive à la conclusion de son petit discours.

« Il faut que vous le fassiez de toute façon. Il faut que ces insultes soient pour vous autant de marques d'honneur. Si la vie doit se maintenir sur Terre, il faut que vous deveniez vous aussi des militants des Brigades vertes. »

La caméra les cadre à présent tous les trois. Klingerman

la fixe avec le plus grand sérieux. Kelly Jordan le regarde, sidérée, avec l'admiration réservée aux héros.

« Ça alors, Horst, dit-elle doucement, ça dépasse largement ce qu'on s'était fixé comme objectif...

– Et il y a encore beaucoup de chemin à faire, Kelly, dit Klingerman. La Révolution verte vient tout juste de commencer. »

Toby Inman, qui se contentait d'écouter, aperçoit quelque chose hors du champ de l'image et fait un signe de tête affirmatif.

Gros plan sur Toby Inman qui esquisse un étrange sourire. « Bon, ce sera tout pour cette fois, mesdames, messieurs, conclut-il de sa voix la plus pro. Mais nous serons de retour à 23 heures avec les résultats définitifs des élections, sur ce même plateau, en direct sur KLAX-TV, Los Angeles ! »

21 h 15

Pas de champagne, pas de canapés caviar-œufs de lump, rien d'autre à boire que de l'eau et le peu de jus de fruits qui restait encore dans les distributeurs, rien à manger à part cet infâme Trail Mix, mais aux yeux de Heather Blake, la scène évoquait irrésistiblement un arrosage sur le plateau en fin de tournage combiné à la joyeuse pagaille en coulisses concluant la première d'une pièce.

À part Jaro, toujours à la régie en train de surveiller l'émission et le faisceau satellite, et Ahmed et Paulo apparemment de garde aux entrées de l'immeuble, la distribution et l'équipe de tournage étaient rassemblées au complet dans la cafétéria.

Eddie Franker avait branché sur le câble le grand moniteur fixé au mur au-dessus des portes des toilettes et, sans quitter sa chaise, zappait nerveusement d'une chaîne à l'autre pour voir les résultats des élections comme un producteur attendant les premiers comptes rendus. Debout derrière lui, Carl Mendoza regardait le poste par-dessus son épaule.

Warren et Hiroshi montaient la garde à la porte, assis sur des chaises pliantes, mais leurs mitraillettes reposaient sur leurs genoux, leur langage corporel indiquait la détente, et ils bullaient comme deux machinistes fatigués.

Nigel et Malcolm, les deux cadreurs punks, étaient assis loin du groupe à une table d'angle près du distributeur d'eau fraîche et bricolaient une de leurs caméras.

Toby et Kelly, assis l'un à côté de l'autre, se défoulaient en paroles pour reprendre contact avec la réalité après leur prestation sur les ondes, tels deux acteurs attendant l'arrivée des commentaires critiques.

Assis à la table la plus proche de la porte, Horst et Helga chuchotaient dans leur bulle de silence comme un scénariste nerveux et son agent machiavélique ; elle avalait une pilule – Maalox ou aspirine ? – puis en proposait une à son client.

Heather se surprit à considérer toute la scène de son œil de réalisatrice, comme elle le faisait souvent lors des réceptions après une émission de télé ou la première sortie d'un film de série B dans lesquels elle n'avait eu qu'un troisième rôle.

D'un certain côté, il y avait des ressemblances. Toby avait réussi à se mettre en vedette avec les terroristes tandis qu'elle et Carl n'avaient fait guère plus que de la figuration.

Tant que sa vie était en danger, Heather n'avait pas considéré la situation à travers le prisme du show-business, mais dès lors que la prise d'otages semblait s'acheminer vers un heureux dénouement, elle se sentait libre de regretter, non sans une certaine ironie, de ne pas avoir joué un rôle plus important.

Toby Inman ne l'avait jamais vraiment impressionnée : ce n'était qu'un présentateur de J.T. compétent, équivalent masculin de la ravissante idiote de la météo qu'elle jouait. Mais ce soir, sous la pression des événements, travaillant sans le moindre script, Toby s'était montré super-bon.

Pareille performance en audience nationale allait forcément attirer l'attention des grands producteurs, des hebdomadaires d'informations générales, des agents de première grandeur. Les offres d'emploi allaient pleuvoir sur lui, il allait s'offrir la tournée des talk-shows et, pourquoi pas, la couverture de *People*.

Je ne serais pas humaine si je n'étais pas jalouse. Je ne serais pas humaine si je ne me demandais pas si j'aurais pu faire tout aussi bien, voire mieux que lui si j'en avais eu l'occasion.

Mais je ne serais pas humaine si je n'admettais pas qu'il mérite tout ce qu'il va pouvoir en tirer. Et je serais vraiment infecte si je ne pouvais admettre que ce mec s'en est bien sorti, qu'il a bien gagné ses galons et...

« Hé, vous autres, le coq a chanté ! » leur cria Franker.

Et tous de s'immobiliser.

« CBS, CNN et ABC viennent de donner les résultats. Le référendum Seawater a perdu la partie, et de loin, avec 63 % de voix contre selon CBS, 62 % selon CNN et 65 % d'après ABC ! C'est fini ! »

Ce fut un moment étrange. Une ovation spontanée monta des terroristes comme des otages, suivie par une cascade d'applaudissements. Warren se leva, s'approcha d'Eddie et lui donna une franche poignée de main !

Heather était dans un état d'âme très particulier. Il était tout naturel de se sentir soulagée à présent que l'objectif des Brigades vertes venait d'être atteint et qu'une libération semblait imminente. Mais était-il aussi naturel de ressentir une insolite impression de manque impossible à définir, une soudaine perte d'énergie, un bizarre frisson de *tristesse*, totalement hors de propos, à la pensée que ces trois jours de terreur allaient finir par un heureux dénouement ?

Heather la comédienne tenta de rechercher les racines de cette émotion. N'était-ce qu'une déprime irrationnelle associée aux pulsions hormonales et aux niveaux d'énergie psychique plutôt qu'à la satisfaction ? Un peu comme la fameuse dépression post-coïtale freudienne qu'elle n'avait personnellement jamais éprouvée ?

Heather la réalisatrice frustrée scruta les visages, tentant de voir si quelqu'un dans l'assistance subissait aussi cette bizarre dépression douce-amère.

Eddie avait l'air fatigué et heureux, rien de plus. Le regard de Carl refusait de révéler quoi que ce soit. Toby et Kelly échangeaient de grands sourires comme une équipe de double mixte qui vient de remporter une partie de tennis longue et difficile. Warren et les cadreurs affichaient des sourires victorieux. Assis près de la porte, son arme sur les genoux, Hiroshi avait son visage de pierre habituel.

Horst et Helga lui adressèrent un regard énigmatique. Hiroshi acquiesça presque imperceptiblement. Helga sembla plisser les yeux. Horst prit la pilule qu'elle lui avait donnée, l'avala d'un trait, se pencha et lui murmura quelque chose à l'oreille.

Puis, comme s'il avait senti le regard d'Heather peser sur lui, il leva les yeux et les riva à ceux de la jeune femme.

Rien qu'un instant. Rien qu'une seconde ou deux.

Mais en cet instant, quelque chose passa entre eux.

Heather n'aurait su dire ce que c'était et doutait qu'il en soit autrement pour lui. Une reconnaissance mutuelle, peut-être, mais de quoi ?

Il ne pouvait lire les pensées d'Heather.

Elle ne pouvait lire les siennes.

Elle savait, obscurément, qu'il éprouvait la même chose qu'elle.

Et elle savait qu'il le savait lui aussi.

23 h 00

À l'écran :

« Les infos de 23 heures sur KLAX... avec Toby Inman, Heather Blake et Carl Mendoza ! »

Le plan habituel de Toby Inman en buste, veste et chemise chiffonnées, l'air fatigué, les cheveux en bataille, une barbe de trois jours... Mais son sourire rayonne d'énergie et les poils sur ses joues, loin de suggérer la négligence, conspirent avec ses mèches blondes qui accrochent la lumière à lui donner l'auréole triomphante de la star cathodique.

« Bonsoir, Los Angeles, dit-il de sa voix lisse de présentateur qui laisse toutefois filtrer un certain vertige. À la une de l'actualité de ce soir, les élections en Californie, et pour notre plus grand bien à KLAX, l'écrasante défaite de la Proposition 17, le référendum Seawater, qui proposait d'édifier une série de centrales nucléaires de dessalement tout au long des côtes californiennes. Alors que les résultats sont acquis dans 91 % des bureaux de vote, les électeurs californiens ont déjà dit non à 63 % contre 37 % des suffrages exprimés... »

La caméra s'approche pour cadrer encore plus serré sur le seul visage d'Inman : les plis de fatigue sont manifestes, la barbe est mise en valeur, l'émotion évidente, c'est plus un gros plan de cinéma qu'un cadrage type journal télévisé.

« Pour ceux d'entre vous qui ont suivi les étapes de la prise d'otages ici, à KLAX, inutile de rappeler ce que cela signifie pour Heather Blake, Carl Mendoza, le directeur de la station Edward Franker et moi-même, mesdames et messieurs ! Cela signifie que les militants des Brigades vertes ont atteint leur objectif, et que nous devrions donc être libérés dès qu'ils se seront mis d'accord avec les autorités sur les termes d'une reddition pacifique... »

Une pause. Soit l'émotion lui brise la voix, soit il joue très bien la comédie.

« Je... nous... mon cerveau me dit que le référendum Seawater a perdu la partie parce qu'il le méritait, mais... mais... mais tout de même, mon cœur me dit que, d'une manière très réelle, ma vie, la vie de toute notre équipe étaient dans les mains de ceux qui nous écoutaient, dans *vos* mains, et... et que vous ne nous avez pas laissés tomber, non... vous ne nous avez pas laissés tomber... Alors merci à toutes et à tous, de la part de nous tous ici... »

Il cligne des yeux, la caméra recule pour le cadrer normalement en buste, sa voix retrouve sa fluidité, redevient celle d'un pro du J.T., fermez la parenthèse.

« Et dans d'autres élections primaires régionales en Californie du Sud, et d'un bout à l'autre du *Golden State*... »

23 h 29

« ... et c'était tout pour le sport ce soir, alors je vous redonne la parole, Toby », dit Carl Mendoza. Et le témoin rouge de sa caméra s'éteignit.

« Merci, Carl, et nous nous retrouverons juste après la pause publicitaire pour un dernier entretien avec les dirigeants des Brigades vertes, Horst Klingerman et Kelly Jordan ! »

Ils envoyèrent les pages de pub, ce qui permit à Carl et à Heather de se lever pour quitter le plateau, laissant leurs places attitrées à Klingerman et Jordan.

Franker leur avait seriné que c'était là leur dernière

chance de jouer sur la situation pour soutirer ce qu'ils pouvaient à StarNet. Toby Inman n'avait été que trop heureux de se joindre à eux deux pour ce qui se présentait comme une dernière ligne droite sans problèmes. Jordan et Klingerman semblaient avoir attrapé le virus du show-business et Carl, se sentant en minorité et isolé faute de savoir ce qu'Heather pensait, avait gardé ses doutes pour lui.

« Le coq a chanté », avait dit Franker lorsque les réseaux avaient donné les résultats. La Proposition 17 avait été repoussée, et il ne restait plus qu'à négocier avec les autorités la libération des uns et la reddition des autres.

Le coq avait peut-être chanté, mais le reste de la basse-cour n'avait pipé mot. Pas d'appels du LAPD, du FBI ni des autres représentants de l'État. *Nada.*

Ce qui ne plaisait pas à Carl. Absence de nouvelles ne signifie pas toujours bonnes nouvelles. Il lui semblait que quelqu'un aurait dû depuis longtemps téléphoner à Franker ou à Klingerman pour négocier les détails de la libération et de la reddition.

Si c'était bien ce qu'on voulait en haut lieu.

Carl ne se prenait pas vraiment pour un spécialiste de la politique, mais inutile d'être le genre de mec qui lisait le reste du *Los Angeles Times* de la première à la dernière page avant de seulement jeter un coup d'œil sur les scores de base-ball pour savoir que ceux qui tiraient les ficelles devaient en avoir gros sur la patate.

Les militants des Brigades vertes avaient fait reculer le LAPD jusqu'à ce qu'il passe la main au FBI, ce qui signifiait du muscle à vif plein la rue et une atmosphère explosive au Parker Center. Ils avaient bloqué le FBI lui aussi, et l'onde de choc avait dû remonter la hiérarchie jusqu'à Washington.

Et les politiciens censés donner le signal... *caramba !* La Proposition 17, c'était leur bébé. Les nantis qui finançaient leurs campagnes électorales avaient balancé *mucho dinero* pour la faire adopter, et voilà que tout ça c'était pour des prunes grâce à une bande de cinglés brandissant leur Uzi et à leur station de télé captive.

Malgré toutes les tapes dans le dos et les poignées de main qu'on se distribuait à l'intérieur de la station, la vérité, du moins telle que Carl la voyait, était que les gens qui dirigeaient l'équipe en chemise bleue à l'extérieur n'étaient probablement pas d'humeur à accepter la défaite avec tout le fair-play attendu.

Horst Klingerman se glissa dans le siège de Carl, qui le frôla en sortant. Leurs regards se frôlèrent aussi, sans vraiment se rencontrer.

Carl espérait que Franker savait ce qu'il faisait. Il espérait que le J.T. de 18 heures n'avait pas été un coup de bol isolé et que Toby savait comment empêcher le dénommé Horst de refaire de la provoc.

Certains batteurs de choc dotés de plus de muscles que de matière grise trouvaient spirituel de vous le rappeler à tout bout de champ. Ce genre de trouducs se pointaient après un ou deux coups au but et se balançaient sur place après le premier lancer rien que pour faire la nique à un pauvre lanceur en train de rater sa journée.

Des *cabrones* comme ça avaient tendance à attirer un peu plus qu'une bourrade ou un croc-en-jambe de la part d'un lanceur humilié sur le chemin du vestiaire. D'un certain côté, ils cherchaient tout simplement à se faire étendre d'un bon coup sur l'occiput et à tomber par réflexe le nez dans la merde.

Carl avait l'impression atroce que ceux qui dirigeaient l'équipe en bleu massée dans la rue adoreraient trouver un bon prétexte pour ordonner un lancer meurtrier.

En vérité, Mendoza, tu le ferais bien, toi, si la partie se présentait comme ça, pas vrai ?

23 h 31

À l'écran :

Plan de référence sur Toby Inman flanqué de Kelly Jordan et de Horst Klingerman pendant une seconde, pas plus, avant que la caméra s'avance pour cadrer en buste le présentateur vedette de KLAX.

« Nous revoici à l'antenne pour la dernière fois, du moins nous l'espérons, avec Horst Klingerman et Kelly Jordan des Brigades vertes. Au fait, Kelly, en guise de conclusion, avez-vous des commentaires à livrer à nos téléspectateurs sur la défaite du référendum Seawater ? »

Gros plan sur Kelly Jordan. Elle a l'air heureuse, certes, mais quelque peu vidée d'énergie, privée de son assurance habituelle.

« Euh... oui, Toby, j'aimerais... euh, remercier toutes celles et tous ceux qui ont compris notre message et ont voté contre la Proposition 17. Mais, euh... j'aimerais aussi que vous gardiez tous à l'esprit que la mise en échec du référendum Seawater n'est que le commencement de la Révolution verte, la première victoire dans un long et difficile combat pour sauver la vie sur Terre... »

Elle semble être à court d'inspiration. Une embarrassante seconde de silence puis retour sur Toby Inman en gros plan.

« Mais vous seriez prête à dire que les militants des Brigades vertes ont réussi à atteindre l'objectif de cette... euh... mission ? »

Plan duo sur Toby Inman et Kelly Jordan, qui a l'air un peu perdue.

« Bon, évidemment, nous avons fait repousser la Proposition 17...

– Il n'y a donc plus de raison de continuer à tenir KLAX en otage, je suppose.

– Ma foi, je crois que non, je veux dire...

– Vous avez tout de même donné votre parole devant une audience télévisuelle nationale que vous nous relâcheriez si la Proposition 17 était repoussée.

– Ah bon ? Ouais... on a dû dire ça... »

Toby Inman est soudain inquiet. « Vous avez vraiment l'intention de tenir parole ? » demande-t-il.

Kelly Jordan jette un coup d'œil à quelque chose en dehors du champ, puis regarde à nouveau Inman.

« Oui, bien sûr, Toby, dès que nous pourrons... euh, négocier avec les autorités. »

Gros plan sur Toby Inman qui fixe la caméra et balance son intro avec une telle impatience qu'elle en devient gênante.

« Bon, vous avez entendu. En tant qu'otage, j'aimerais confirmer à la police et aux autorités qu'aucun d'entre nous n'a subi de violences et que nous avons tous été bien traités... »

Kelly Jordan, off : « Merci, Toby.

– Et qu'il n'y a pas eu non plus de dégâts matériels. Il n'y a donc aucune raison pour qu'on ne laisse pas ces gens se rendre pacifiquement une fois qu'ils nous auront relâchés. »

Horst Klingerman, off, très calme : « Puis-je dire quelque chose maintenant, Toby ?

– Bien sûr, Horst. »

Gros plan sur un Horst Klingerman tout à fait placide et raisonnable.

« Lorsque les Brigades vertes ont commencé cette action, nous savions que nous péririons tous si elle échouait et que nous irions tous en prison si elle réussissait... »

Toby Inman, off : « Mais il y aura un procès dans les formes, et...

– Qui ne pourra déboucher que sur notre inculpation pour enlèvement et, soyons-en sûrs, d'autres délits graves. »

Plan duo sur Horst Klingerman et Toby Inman, qui n'a pas du tout l'air d'apprécier ce qu'il entend.

« Quoi ? Qu'est-ce que vous dites ? »

Klingerman hausse les épaules. « Quand le vin est tiré, il faut le boire, comme dit le proverbe, oui ?

– Je ne vois pas...

– J'ai réfléchi. »

Toby Inman ne semble pas trouver cette révélation très rassurante. La caméra préfère cadrer Klingerman en gros plan plutôt que s'attarder sur un Toby Inman aux abois.

« Je crois que cette nuit restera dans l'histoire, dit Klingerman. Nous avons fait bien plus que mettre en échec le référendum Seawater. J'espère que nous avons incité le peuple américain à passer à l'action directe, à faire ce qu'il faut pour sauver notre planète et recouvrer l'honneur perdu de votre pays... »

Il élève peu à peu la voix, fixe la caméra et s'adresse directement aux téléspectateurs en enchaînant sur un discours en plus ou moins bonne et due forme.

« C'est l'action directe du peuple d'Allemagne de l'Est qui a abattu le Mur, et non Helmut Kohl et le Bundestag ! C'est l'action directe du peuple russe qui a empêché un coup d'État militaire, et non un homme gesticulant du haut d'un tank ! L'action directe, ça marche ! Les gens peuvent obliger même des gouvernements dictatoriaux à respecter leur volonté pourvu que leur engagement soit total et sincère ! »

Il sourit à la caméra, un sourire sarcastique un rien sinistre.

« C'est tellement plus facile dans un pays comme les États-Unis, oui ? Pas de Stasi, pas de tanks dans la rue, un pays où le complexe agro-industriel qui est en train de dévorer l'avenir de notre espèce vient de se faire battre à plate couture par le scrutin du peuple. C'est tellement plus facile et moins dangereux de passer à l'action directe à une échelle bien plus grande pour sauver la vie sur Terre quand on est américain ! Quelle honte si vous vous y refusiez ! Au moment même où...

– Je ne vois pas ce que tout ça vient faire dans la négociation d'un règlement pacifique de la présente prise d'otages ! » interrompt bruyamment Toby Inman.

Brusque retour au plan d'ensemble. Klingerman s'est presque levé. Inman semble plutôt écœuré par cette prétentieuse tentative d'obstruction. Kelly Jordan foudroie Horst d'un regard incrédule.

« Hé, Horst, dit-elle. Tu sais, je ne vois pas le rapport moi non plus.

– Je vais expliquer », dit Klingerman en se laissant aller contre le dossier de son fauteuil et en retrouvant le ton plus convivial du talk-show. « Comme nous le savons tous, Toby, la forêt pluviale amazonienne est la plus vaste de la Terre, et sa présence est essentielle pour le maintien d'une atmosphère respirable. Elle est actuellement détruite à une vitesse alarmante par le déboisement et, pis encore, par les incendies volontaires, et si elle venait à disparaître totalement, on s'accorde à penser que l'effet de serre actuel entrerait dans une phase critique et que la Terre finirait par ressembler à Vénus...

– Je ne vois pas ce...

– L'essentiel de cette forêt si vitale se trouve au Brésil. Des dizaines d'années durant, des gouvernements, des organisations internationales et des assemblées délibératives bien intentionnées ont essayé sans grand succès de convaincre le régime brésilien du moment de la protéger. Je suggère que l'heure n'est plus aux palabres. Je suggère que les États-Unis disent au gouvernement brésilien en des termes sans équivoque qu'il doit prendre des mesures énergiques pour mettre fin à toute exploitation de bois, tout élevage de bétail, toute agriculture en Amazonie, et se lancer dans un programme de reboisement massif, faute de quoi il devra affronter l'action directe.

– L'action directe ? La diplomatie de la canonnière ? L'intervention militaire ?

– Lorsque la vie sur Terre est en jeu, le peuple américain ne devrait pas hésiter à exiger que son gouvernement fasse usage de sa puissance militaire si nécessaire.

– Mon Dieu... marmonne Inman.

– Mais cela ne devrait pas être absolument nécessaire, poursuit Klingerman, désinvolte. Après tout, l'une des exportations les plus importantes du Brésil est le café, et les États-Unis en sont le plus gros consommateur. Alors, tout ce que les Américains doivent faire pour sauver la forêt pluviale amazonienne c'est de boycotter tous les cafés brésiliens, tous les mélanges qui contiennent des grains brésiliens, toutes les sociétés qui continuent de distribuer ces mélanges, tous les magasins qui continuent de les vendre, et ainsi de suite, jusqu'à ce que le gouvernement brésilien capitule. »

Gros plan de Toby Inman, grandement soulagé.

« Ben oui, Horst, je crois que je vois la logique de tout ça... » Il fronce les sourcils. « Mais je ne vois toujours pas le rapport avec la procédure pour mettre fin à cette prise... »

Kelly Jordan, off : « Moi non plus, Horst, où est-ce que tu...

– ... quand le vin est tiré...

– ... veux en venir...

– ... d'otages pacifiquement...

– ... il faut le boire... »

Enchaînement de plans désordonnés – gros plan sur Kelly Jordan, gros plan sur Horst Klingerman, plan duo Inman-Klingerman – tandis que la régie tente de suivre les répliques qui s'entrecoupent et finit par se décider pour un plan d'ensemble de tout le plateau montrant les trois interlocuteurs.

« C'est la logique de la situation, dit Horst. Lorsque nous nous rendrons aux autorités, nous serons tous arrêtés...

– Et qu'est-ce qu'on fait du plut... ? » Kelly Jordan se mord la langue et échange de rapides coups d'œil avec Klingerman.

« Bon, euh... oui, je crois bien, dit-elle.

– Alors pourquoi se presser ?

– Quoi ? »

Klingerman se détourne et fixe la caméra, anticipant ou demandant un gros plan sur lui seul qui se fait attendre. Il grimace sans mot dire pendant une seconde. Le cadrage large le montre en train d'agiter la main droite pour attirer l'objectif sur sa personne. La caméra finit par s'approcher pour un gros plan.

Klingerman regarde l'objectif et les téléspectateurs.

« C'est très simple, dit-il. Les Brigades vertes demandent au peuple américain de boycotter le café brésilien jusqu'à ce que le gouvernement brésilien satisfasse nos exigences concernant la préservation de la forêt pluviale amazonienne. Et nous allons démontrer notre engagement personnel par l'action directe. »

Il sourit tel le gros matou qui vient de manger le plus mignon des canaris.

« Nous ne sommes que dix et ce gouvernement est à la tête d'une nation de cent millions d'habitants. Mais il faudra qu'il se rende avant nous. »

QUATRIÈME JOUR

11 h 15

Heather buvait quelque minable jus d'orange pris au distributeur, Toby regardait fixement un *Kojak* antédiluvien sur le moniteur de retour antenne et Carl Mendoza mastiquait méthodiquement son Trail Mix sans se soucier du goût de l'ignoble mélange lorsque Eddie Franker retourna à la cafétéria après ce qui était devenu son contact téléphonique du matin avec le monde extérieur.

Le seul et unique contact que nous ayons avec le monde extérieur depuis trois jours, comprit soudain Carl Mendoza.

Carl avait plus ou moins viré au solitaire ces dernières années : pas tellement proche de sa famille, sans femme, sans gosses, sans vraiment de petite amie attitrée, sans vraiment de bons copains. S'il ne savait rien de la vie privée d'Heather Blake, il savait en revanche que Franker était marié et que Toby Inman, une femme et deux gosses, était le genre de mec à balader des photos de sa famille dans son portefeuille.

Et pourtant, ils avaient dormi tous les quatre par terre dans cette putain de cafétéria trois nuits de suite et personne n'avait parlé de sa famille. Franker s'était plaint du café pourri et du matelas pneumatique qui lui brisait sa vieille carcasse, Toby s'était plaint du Trail Mix qui le constipait, mais autant que Carl puisse s'en souvenir, personne ne s'était plaint de l'impossibilité absolue de communiquer avec ses proches restés à l'extérieur. Personne n'avait même fait allusion à sa femme ou à ses gosses.

Carl n'avait pas connu les joies de la famille, mais maintenant qu'il y pensait, cette omission lui semblait un peu contre nature.

La situation n'avait évidemment rien de naturel. Et Carl n'avait jamais rien éprouvé de comparable dans toute son expérience, même au Viêt-nam.

Sauf peut-être que ça ressemblait à une patrouille en infiltration profonde qui, après une connerie quelconque, avait payé cher sa présence dans la zone, ce qui avait transformé le retour en une séquence de brèves fusillades ponctuant de longues périodes de planque les nerfs à vif.

Accroupi dans les buissons, tentant de se persuader qu'on était invisible, on avait pas mal de temps pour réfléchir au monde. Mais on n'en faisait rien. Même lorsqu'il ne se passait rien, la réalité était si intense, plus intense à certains égards que s'il s'était vraiment passé quelque chose, que rien n'existait en dehors de la mission...

En traversant la salle pour gagner la table devant les distributeurs, devenue en quelque sorte la table réservée des prisonniers, Franker jeta par-dessus son épaule un coup d'œil à Ahmed et Hiroshi, dont c'était le tour de garde.

« Bon, il y a une bonne nouvelle et une mauvaise nouvelle, souffla-t-il comme au théâtre en s'asseyant. Qu'est-ce que vous voulez entendre d'abord ?

– La bonne nouvelle, dit Heather.

– La mauvaise », dit Toby.

Ils parlaient l'un comme l'autre d'une voix exagérément discrète, et Toby Inman se pencha en avant, les yeux fixés sur la table, la tête enfoncée dans les épaules comme s'il essayait d'empêcher les gardes de lire sur ses lèvres.

« Autant garder les emmerdes pour la fin, dit Carl, agacé de s'apercevoir qu'il avait lui aussi machinalement baissé le ton.

– Eh bien, la bonne nouvelle, c'est que Robby Hildebrandt lui-même a téléphoné pour me dire à quel point il était content du taux d'écoute qu'on a fait hier soir...

– Formidable, dit Carl d'un ton aigre.

– ... et Yancy Foster dit que si nous arrivons à continuer sur notre lancée ce sera peut-être suffisant pour empêcher les proprios de me virer quand toute cette histoire sera terminée...

– Ça nous réchauffe le cœur.

– ... et d'après Arlene Berkowski, trois grosses agences ont téléphoné à StarNet pour savoir si tu avais déjà quelqu'un pour gérer ta carrière, Toby.

– *Vraiment ?* » balbutia Inman, ému au point de retrouver illico sa puissance vocale normale, qui sonna comme un cri après toutes ces messes basses, suscitant chez Ahmed et Hiroshi une amorce de lever instinctif.

« Et la mauvaise nouvelle ? » demanda Carl.

Franker haussa les épaules. « Rien de vraiment inattendu. Il va sans dire qu'un tas de politiciens et de bailleurs de fonds sont en train de ronger leur frein.

– On râle parce qu'on a perdu, dit Toby Inman. C'est pas nouveau.

– Eh bien, on dirait que... l'affaire va être reprise en main en haut lieu...

– *En haut lieu ?*

– Au sommet, dit Franker.

– *En inglés, por favor*, dit Carl.

– Par la Maison-Blanche.

– *La Maison-Blanche ?*

– On dirait que les Brésiliens ont déjà déposé une

plainte en bonne et due forme. Apparemment, *leur* président a téléphoné pendant une heure à *notre* président pour dire en portugais des choses qu'on ne peut pas mettre dans les journaux, mais dont l'essentiel, traduit en anglais, est que si leurs ventes de café commencent à accuser une baisse significative, les formalités douanières pourraient devenir un processus interminable, fastidieux et très onéreux pour les produits américains exportés au Brésil...

– Merde alors, comment t'as fait pour savoir ça, Eddie ? demanda Toby.

– C'est Elton Carswell qui m'a affranchi juste avant de faire ses adieux. On dirait que la Maison-Blanche a dessaisi le FBI. Il ne s'est pas trop étendu là-dessus, mais on sentait bien qu'il était aussi furax que les gens de son espèce peuvent se permettre de l'être...

– Et ils ont refilé l'affaire à qui ? dit Carl.

– À eux-mêmes, dit Franker. D'après ce que Carswell a bien voulu me dire, un quelconque expert juridique de la Maison-Blanche a fait remarquer au Président, ou au ministre de la Justice, ou au secrétaire d'État – qu'importe – que ce boycottage du café brésilien constituait une violation de la loi Logan, une ingérence de particuliers dans la politique étrangère, surtout après que le président brésilien a présenté ça en termes d'ingérence dans les affaires intérieures d'une nation amie. Après quoi le département d'État et le ministère de la Justice se sont disputés comme des chiffonniers pour s'attribuer compétence en la matière, conflit désormais résolu : l'affaire a été mise directement sous la responsabilité du bureau exécutif du Président...

– C'est les services secrets, alors ? » demanda Toby.

Carl se surprit à lancer par-dessus son épaule des coups d'œil inquiets en direction d'Ahmed et d'Hiroshi. Ce qu'il entendait là ne lui plaisait pas. Pas du tout.

Eddie Franker secoua la tête. « Un genre d'enquêteur politique sorti des échelons intermédiaires du personnel de la Maison-Blanche, dit-il, un négociateur professionnel qu'ils ont mis dans l'avion pour diriger les opérations sur place, et qui doit atterrir à l'heure qu'il est. Un certain Coleman.

– *Co... Coleman ?* » bredouilla Carl.

C'était un patronyme anglo assez répandu et il y avait eu un tas de joueurs de base-ball du nom de Coleman, Jerry Coleman, Joe Coleman... Carl avait fait partie de la même équipe qu'un certain Bobby Coleman dans la California League. Rien qu'une coïncidence, donc...

« Ouais, Alex Coleman. »

Oh merde.

Rien qu'une coïncidence. Sûr.

Impossible qu'ils aient eu le temps de demander à toutes les banques de données de Washington de vérifier les noms de tous les gens impliqués dans cette situation. Carl ne se ferait pas repérer par les ordinateurs de la CIA pour avoir fait un bout d'essai dans la maison. Impossible qu'ils retrouvent le nom de quelqu'un encore employé par l'Agence et que Carl reconnaîtrait. La Maison-Blanche ne confierait pas la responsabilité de l'opération à la CIA sous prétexte que le FBI avait été mis sur la touche, que la Justice et les Affaires étrangères se disputaient le terrain, que le président du Brésil avait la chiasse et que des milliards de dollars étaient en jeu dans la balance du commerce extérieur.

Après tout, le règlement de la CIA lui *interdisait expressément* d'opérer sur le territoire des États-Unis.

Pas vrai ?

Et tout le monde savait que les bébés viennent au monde dans les choux.

Carl se rendit compte que Franker avait les yeux fixés

sur lui. Il avait dû regarder dans le vague un peu trop longtemps.

« Ce nom te dit quelque chose, Carl ? » demanda Eddie.

Je leur dis ou pas ?

Leur dire quoi ? Que la CIA a délégué Alex Coleman rien que pour me faire discrètement savoir qu'elle prenait la direction des opérations ?

Mais pourquoi au juste se donnerait-elle cette peine ?

La réponse qui s'imposait n'avait effectivement rien de rassurant.

Les mecs de la CIA avaient envoyé Alex Coleman pour jouer les entraîneurs planqués parce qu'ils savaient qu'ils avaient au cœur de l'action un petit jeune plein d'avenir qui saurait lire sur ses lèvres le message qu'ils ne pouvaient pas envoyer en clair.

À savoir qu'ils avaient pris les choses en main, qu'ils étaient probablement disposés en dernier recours à « mettre un terme à la situation en portant un préjudice extrême » à tous les individus concernés et que Carl avait intérêt à le comprendre et à agir en conséquence le moment venu.

Je le dis aux autres ou pas ? Est-ce qu'ils peuvent le garder pour eux ? Qu'est-ce qui se passe si Klingerman découvre à qui il a affaire en réalité ?

Questions stupides.

Carl haussa les épaules. « Des tas de *gringos* s'appellent comme ça, dit-il. Impossible que ce soit le même mec. Je crois me souvenir d'avoir joué dans la même équipe qu'un seconde base du nom d'Alex Coleman... dans le championnat d'hiver au Guatemala... »

Eh oui. Ça n'avait été qu'un bout d'essai. Mais Carl était resté assez longtemps dans cette équipe pour garder en mémoire un détail du règlement de la maison qui ne l'avait pas tellement impressionné à l'époque mais lui semblait à présent la quintessence de la sagesse.

Ne jamais mettre des informations dangereuses dans la tête d'amateurs qui n'ont aucune raison de les avoir.

12 h 15

Paulo n'avait cessé de braquer son Uzi sur le dos d'Eddie Franker lorsqu'il l'avait ramené à son bureau. Il le fit entrer, puis échangea avant de partir un genre de regard entendu avec Horst mais sembla éviter tout contact oculaire avec Kelly.

Horst lui-même paraissait plus distant qu'il l'avait été dans ce qu'Eddie se surprit à considérer comme le bon vieux temps, vingt-quatre heures plus tôt, lorsqu'ils avaient semblé agir tous les trois de concert pour atteindre des objectifs pragmatiques communs – jusqu'à ce qu'il y ait du tirage entre Horst et Kelly.

À l'intérieur de la station, l'ambiance commençait à être plus tendue, et pas seulement entre les prisonniers et leurs gardiens. Eddie sentait qu'il y avait des failles potentielles dans le front uni des Brigades vertes, failles selon lesquelles le groupe pouvait se fracturer sous la pression d'une situation bloquée dont on ne voyait pas la fin dans un proche avenir après ce que Horst avait fait la veille...

« C'est le nouveau négociateur nommé par Washington, dit Horst en basculant l'appel sur l'ampli. Il veut s'entretenir avec un représentant des otages pour prendre la mesure de la situation. » Il échangea un regard énigmatique avec Jordan. « Et nous avons... décidé qu'il ne serait pas antiproductif d'autoriser cette conversation. » La lèvre supérieure de Kelly se retroussa en un minuscule sourire méprisant.

« Je m'appelle Coleman, Alex Coleman, dit une voix douce, mielleuse, avec un vague accent du Sud. Vous pouvez tous m'appeler Alex si ça vous chante, pasque j'aimerais bien qu'on s'appelle par notre p'tit nom *tout de suite* [1]. Ça passe sur un téléphone amplifié ? Vous voulez bien tous dire qui vous êtes pour qu'je sache à qui j'cause ?

– Oui, le téléphone est amplifié, monsieur Coleman, dit prudemment Eddie Franker, pas encore disposé à appeler le quidam par son prénom. Je suis Edward Franker, le directeur de la station, et j'ai avec moi dans mon bureau...

– Horst Klingerman, président des Brigades vertes, coupa l'intéressé.

– Kelly Jordan, ministre de l'Information...

– Et moi, je suis un assistant spécialement délégué auprès du Président pour des problèmes de relations publiques exceptionnels, ce qui me semble être le cas, pas vrai ? »

Coleman produisit – il n'y avait pas de terme plus approprié – un chaleureux rire de gorge qui eut le don de faire grincer les dents de Franker. « Ça vous en bouche un coin, mais je suis rien qu'un des p'tits gars qu'ils envoient dans les situations épineuses pour voir si on peut arranger les choses sans que ça fasse des vagues dans la presse et que ça mette le gouvernement en difficulté avant les élections ; un médiateur professionnel, si vous voulez un titre doré sur tranche... »

Autrement dit, songea Eddie, un magouilleur diplômé d'État.

« L'image de marque de votre gouvernement ne nous préoccupe pas outre mesure, dit sèchement Horst.

– Sûr que non, Horst, et pourquoi, d'ailleurs ? dit Coleman, conciliant. Ça vous intéresse pas personnellement, hein ? Ce qui vous intéresse, c'est de sauver votre peau...

– Une seule chose nous intéresse véritablement : arrêter

1. « Toot sweet », en français phonétique dans le texte. *(NdT)*

la destruction de la forêt pluviale amazonienne ! aboya Horst.

– Eh bien, seriez-vous surpris d'apprendre que le Président lui-même est d'accord avec vous ?

– Il est vraiment d'accord ? » demanda Kelly.

Coleman se fendit à nouveau d'un rire jovial. « Bien sûr que oui ! Vous croyez vraiment qu'y a des gens à Washington pour dire partout quel fier service les Brésiliens sont en train de rendre à l'humanité en coupant et en brûlant tous ces arbres, en injectant tout ce gaz carbonique dans l'atmosphère, en faisant monter le niveau de la mer et en chahutant l'équilibre de l'oxygène pour que le Potomac puisse noyer le mémorial Lincoln et qu'on crève tous comme des poissons frits ? On est pas en train de se disputer sur l'orientation à prendre, Horst, on est pas d'accord sur la méthode, c'est tout...

– Alors pourquoi votre président n'ordonne-t-il pas aux Brésiliens d'arrêter sous la menace d'un blocus naval ?

– Reste sur terre, mec ! Il peut pas faire ça ! D'abord, y a ici des tas de jobs qui dépendent des exportations vers un grand pays comme le Brésil, et les Brésiliens menacent déjà de les étouffer. Ensuite, tous les pays du Tiers Monde se mettraient à gueuler contre l'impérialisme yankee et à nous interdire aussi leurs marchés, et les Européens, les Japs et tous les autres se lécheraient les babines et prendraient le train en marche. Dans une galère pareille, il pourrait même pas se faire réélire ramasseur de clébards dans un congrès d'Amis des chats !

– Alors de quoi parlons-nous, monsieur Coleman ? demanda Kelly.

– Comme j'vous ai dit, m'dame, je suis médiateur professionnel, et mon boulot consiste à négocier une solution pacifique à la présente situation de crise avec des échéances politiquement acceptables. Pour ce faire, il faut identifier des zones où les intérêts des parties coïncident ou du moins ne soient pas en conflit, donner satisfaction aux uns et aux autres et voir si on ne peut pas négocier un accord sur ces bases avant que mes patrons se lassent de mon baratin et remettent la situation aux mains des requins bleus.

– Ce qui veut dire ? s'enquit Horst.

– Ça veut dire qu'on commence par échanger unilatéralement des gestes tendant à installer un climat de confiance réciproque. On se prouve mutuellement qu'on a le cœur sur la main. Et c'est moi qui commence. Je vais vous donner quelque chose. Je vais vous demander quelque chose en échange, mais si je l'ai pas je vous dis en clair que vous aurez quand même ce que je vais vous donner. Qu'est-ce que vous pourriez avoir de mieux comme proposition, hein ? »

Si Eddie ne pouvait pas tout à fait trouver Alex Coleman sympathique, si l'individu lui semblait encore bien trop rusé pour mériter sa confiance, il était obligé d'admirer au moins sa technique.

« Je vous ai regardé à la télé, les mecs, et je vous demande pardon, mais vous commencez à craindre sérieusement au niveau du look. Je crois que vous pourriez tous profiter d'un petit stock de savon, de shampooing, de serviettes, d'un nécessaire de rasage, de dentifrice et de brosses à dents et, excusez-moi, d'un peu de déodorant, peut-être. Alors on va faire quelques colis de Noël avec tout ça, des flics sans armes vous les déposeront devant la porte et reprendront leur place derrière les barrières. Il vous restera plus qu'à prendre livraison.

– Comment saurons-nous qu'ils ne contiennent pas d'engins explosifs ? »

Cette fois-ci, le rire de Coleman sembla presque sincère. « Fiston, quand on décide de jouer le jeu comme ça, on a pas besoin de trousses de toilette piégées. On a assez d'artillerie lourde autour de cet immeuble pour transformer votre parking en Viêt-nam. »

Même Eddie ne put se retenir de rire.

« Et puis une fois que vous vous serez persuadés qu'on a pas mis du Semtex à la place de la mousse à raser, on aimerait que vous vous rinciez tous à nos frais. Pour le ravitaillement, on s'est arrangés avec des traiteurs du coin. Ça les gênerait pas de se gratter un peu de pub là-dessus, voyez ce que j'veux dire, mais c'est pas mes oignons. On a du poulet frit, des cheeseburgers, des pizzas, du Coca et du Pepsi, mais pas de bière ni de vin, désolé les mecs... »

Eddie était loin d'être un accro de la restauration rapide, mais après trois jours de régime noisettes-raisins secs, la seule pensée de planter ses canines dans un poulet napalmisé, un hambu pur graisse ou une pizza calcinée le fit saliver, et à bien les regarder, Kelly et Horst n'étaient pas davantage immunisés contre une attaque de Big Mac à ce stade.

« C'est peut-être trop vous demander, Alex, mais ça serait bien si nous pouvions avoir du vrai café, laissa échapper Eddie.

– Je crois que ça devrait pouvoir se faire, dit Coleman. Du certifié 100 % colombien, évidemment, ah ah ah !

– Tout ça c'est très, euh... *sympa* de votre part, euh... Alex, dit Kelly, méfiante. Mais c'est quoi, la contrepartie ?

– Rien du tout, ma choute, c'est mon geste humanitaire unilatéral. Bien sûr, un geste humanitaire unilatéral de votre part pourrait contribuer à faire avancer les choses dans une direction mutuellement bénéfique...

– Vous pensiez à quoi ? demanda Horst, toujours sur ses gardes.

– Bon, comme vous pouvez l'imaginer, dans une situation pareille, je suis soumis à certaines pressions. Oubliez ce que je vais vous dire, c'est strictement entre nous, mais là-bas à Washington les avis sont pas vraiment unanimes. J'espère que je vais pas vous choquer si je vous dis que le personnel de la Maison-Blanche a ses factions, comme toute bureaucratie qui se respecte, et que ça me facilite pas la tâche. Faut que je vous dise qu'y a ceux qui pensent que vous avez déjà fait tellement de ravages sans donner l'impression de vouloir vous arrêter que si j'arrive pas à vous faire sortir sans violence dans, disons, les 24 heures, y a plus qu'une chose à faire, vous prendre au mot et mettre fin à la situation d'une manière ou d'une autre.

– Nous ne bluffons pas. Si nous avons ne serait-ce que le pressentiment que vous allez prendre l'immeuble d'assaut, nous le volatilisons en compagnie d'un kilo de plutonium.

– Peut-être bien que oui, peut-être bien que non...

– Qu'est-ce que vous voulez dire par là ? » demanda sèchement Horst.

Bref silence à l'autre bout du fil.

« Bon, faut pas prendre ça trop à cœur, fils, mais il y a un certain manque d'unanimité sur ce sujet. La capacité qu'aurait un groupuscule comme le vôtre à se procurer une petite masse subcritique en vente libre n'est malheureusement que trop crédible, mais les gus qui calculent ce genre de choses – et croyez-moi, des comme ça on en a à revendre –, estiment qu'il y a moins d'une chance sur cinq que vous vous suicidiez pour de bon histoire de démontrer votre détermination...

– Vous mettez en doute notre sincérité ? » s'écria Horst. Eddie eut l'impression qu'il s'était vraiment senti insulté. Mais Kelly se permit un mince sourire pendant que Horst regardait ailleurs.

« Oh, que non ! C'est pas moi qui cause, mon pote, s'empressa d'ajouter Coleman. Je crois que vous êtes des idéalistes convaincus, sinon pourquoi vous seriez allés fourrer votre cul dans ce guêpier ? Mais, d'un autre côté, bon, je vois pas comment vous pouvez prendre ça pour une insulte. Moi, j'ai vraiment du mal à imaginer que des écolos aussi purs que vous puissent être disposés à injecter du plutonium dans l'atmosphère et à tuer tout un tas de gens rien que pour s'assurer une crédibilité *post mortem*. Je veux dire, même si vous arrivez à prouver que vous étiez purs et durs, deux cent mille cas de cancer vont pas précisément parler en votre faveur...

– Nous déclarerons nos intentions à l'avance, donnant ainsi à la population une chance de s'enfuir de la ville, dit Horst.

– Ouais, ajouta Kelly. Et si on le faisait maintenant ?

– Hé ! Vous voulez pas en arriver à une confrontation ! dit Coleman, alarmé. Vous voulez pas quand même pas jeter huit millions de citoyens affolés sur les autoroutes, embouteillées comme elles le sont déjà, hein ? Parce que là-bas ils ont un plan d'urgence qui exige une frappe balistique dès que vous faites mine de tenter le coup, et si L.A. est contaminé pour de bon, alors, bon, mon pote, c'est vous autres qui porterez le chapeau, parce que personne verra descendre le missile...

– Vous prendriez le risque de tuer tous ces gens ? Vous prendriez le risque de transformer L.A. en une ville fantôme radioactive ?

– Hé ! Maintenant c'est toi qui m'insultes, mon pote ! s'écria Coleman. Faut pas me prendre pour un de ces enfoirés à la détente facile ! Et comme j'ai dit, ces gus sont pas la seule faction en présence. Mais si vous me donniez un petit quelque chose que je pourrais montrer comme quoi vous êtes sur le chemin de la raison, ça m'aiderait sûrement à empêcher les molosses de sortir de leur niche.

– Quoi, par exemple ?

– Eh bien, vous avez ici quatre otages qu'ont des femmes et des gosses, des amis et des parents qui se rongent les sangs comme vous pouvez l'imaginer, alors ça serait pas chouette si vous les laissiez tous se parler au téléphone, hein ? Je veux dire, qu'est-ce que vous risquez ?

– Ça semble raisonna...

– Non ! dit Horst.

– Et pourquoi pas, fils, si je peux me permettre de poser la question ?

– Des messages pourraient être échangés et...

– Allons, Horst ! » dit Kelly.

Ils se fusillèrent du regard.

« Ce n'était pas dans le plan !

– *Exact*. Et ce boycottage du café, ça y était, peut-être ?

– Holà ! vous deux ! tonna la voix de Coleman dans le haut-parleur. J'ai vraiment aucune envie de déclencher une scène de ménage entre vous et de déstabiliser la situation... Vous savez quoi ? Vous allez tous faire un brin de toilette et manger sérieusement avant de décider quoi que ce soit. Moi je vous dis – et je vous parle maintenant en tant que médiateur professionnel et Monsieur Bons-Offices universel – que la moitié de tous les maux de ce pauvre monde se volatiliseraient comme la rosée au chant du coq si les gens voulaient bien ne plus essayer de discuter l'estomac vide. »

14 h 15

Le machin jaune qui avait fondu à la surface du cheeseburger était peut-être une plaque du fameux « fromage américain », lisse comme des selles de bébé et deux fois plus gluant, et mieux valait ne pas se poser de questions quant à l'origine de la viande cartilagineuse, mais Carl Mendoza était forcé d'admettre que même un Spécial à cinq dollars avec de la salade flétrie et un excès de ketchupmayonnaise tapait en plein dans le mille après trois jours de Trail Mix.

Nigel et Malcolm, à qui était échue la garde de l'entrée principale, étaient partis avec des cartons de poulet frit et des maxi-gobelets de Coca, mais tous les autres occupants de l'immeuble étaient ici, dans la cafétéria, en train d'engloutir goulûment hamburgers, poulets et tranches de pizza. Jaro lui-même avait laissé *Tom et Jerry, le Film* se débrouiller tout seul pour meubler le temps mort et s'était joint au pique-nique.

Car c'était plus ou moins ça. En ce moment, les factions n'opposaient pas otages et ravisseurs, mais les pizzas aux poulets et les poulets aux cheeseburgers. Kelly, Franker, Helga et Warren s'activaient à la table du poulet, Toby, Heather, Ahmed et Jaro tâtaient de la pizza dans toutes ses variétés (mais où étaient les anchois ?), ce qui laissait les cheeseburgers aux bons soins de Horst, Paulo, Hiroshi et de Carl lui-même, configuration instable sujette à l'évolution des factions.

Une fois que chacun avait procédé à tour de rôle à ses ablutions dans les toilettes, Horst avait laissé Paulo et Hiroshi récupérer les victuailles que Coleman avait fait déposer devant la porte. L'odeur de la première vraie nourriture après plus de trois jours de privation avait failli terrasser tout le monde.

Presque tout le monde.

Carl avait eu l'idée peu ragoûtante que toute cette bouffe était peut-être imbibée d'une substance incapacitante ou de quelque chose dans ce genre. Horst, évidemment, y avait songé lui aussi et la solution qu'il avait choisie n'avait pas été trop contraignante.

Les otages durent goûter tous les plats avant leurs gardiens, qui attendirent de constater l'absence d'effets néfastes avant de commencer eux-mêmes le festin.

Carl prit encore une bouchée de cheeseburger. Il était

forcé d'admettre qu'en ce moment il se sentait plutôt bien disposé envers l'Agence.

Les pizzas empoisonnées et les poulets à surprises n'étaient plus au menu de la CIA depuis l'époque légendaire où elle avait tenté d'éliminer Fidel Castro avec des cigares explosifs et des masques de plongée toxiques. D'après ce qu'Eddie Franker lui avait dit pendant qu'ils se rasaient, Coleman avait fait un numéro de charme gros comme une maison et essayait de convaincre les terroristes d'ouvrir les lignes téléphoniques des otages à leurs familles et amis.

Pour quoi faire ?

À en croire Franker, Horst et Kelly s'étaient disputés à ce sujet...

Une bien vilaine pensée vint à l'esprit de Carl. À savoir qu'Alex Coleman devait être ô combien mieux informé sur Kelly Jordan et Horst Klingerman que quiconque actuellement présent dans l'immeuble.

Ils étaient identifiés. Jordan était fille d'un gradé de l'armée de l'air. Récupérer son dossier scolaire et les résultats de ses tests de personnalité ne devait poser aucun problème. On avait dû interroger ses parents. Klingerman semblait avoir fréquenté les milieux terroristes. Il était peut-être fiché à Interpol. Les Renseignements allemands devaient détenir ses dossiers de demande de passeport, son dossier scolaire et universitaire et tout ce qu'on pouvait encore glaner dans les vieilles archives de la Stasi.

Quel que soit le prétexte donné par Coleman pour soutirer ces informations ici et là, il y aurait au siège de Langley de gros dossiers sur Jordan et Klingerman et tout un bataillon de psys et d'experts pour les interpréter. Si l'objectif était d'essayer de trouver la faille entre Kelly et Horst, Coleman avait à sa disposition leur mode d'emploi psychologique.

Et un autre au nom de Carl Mendoza.

16 h 14

« ... je te comprends pas, Horst, quel mal y peut y avoir...

– ... ils espèrent s'en sortir comme ça...

– ... deux ou trois appels téléphoniques merdiques...

– ... totalement naïf... »

Eddie Franker sirotait ce qui restait de café frais moulu tiédasse au fond du maxi-gobelet dont il feignait de scruter les profondeurs. Toby Inman feignait de se passionner pour la tranche de pizza qui reposait devant lui, sélectionnant des morceaux de poivron qu'il lançait un par un dans sa bouche. Heather Blake feignait une somnolente torpeur.

Tous tentaient bien sûr de saisir la substance de la conversation qui se déroulait autour de la table à l'autre bout de la pièce.

« ... peut-être qu'ils sont sincères...

– ... y a pas de mal à ça... »

Seul Carl Mendoza semblait manquer de patience ou ne pas avoir assez peur pour feindre l'indifférence. Il s'agitait nerveusement sur sa chaise, jetant toutes les trente secondes des coups d'œil explicites en direction des terroristes comme pour les mettre au défi de le remarquer, le visage tordu par la frustration de ne pouvoir surprendre leurs propos.

« ... en tant que Président, je...

– ... personnellement...

– ... dans la nourriture, pas vrai ? »

Après que les affamés étaient passé de la gloutonnerie au léchage de doigts et au nettoyage des os, Horst Klingerman avait ordonné aux otages de se rasseoir à leur table habituelle devant les distributeurs automatiques et avait rassemblé les militants des Brigades vertes autour d'une autre table devant les toilettes, à l'autre bout de la cafétéria, hors de portée des oreilles indiscrètes.

Il y avait à peu près une demi-heure qu'ils discutaient. Helga et Paulo tournaient le dos au groupe pour surveiller les otages, mais les autres – tous les terroristes présents dans l'immeuble sauf Nigel et Malcolm qui, apparemment, gardaient toujours les entrées – se faisaient face de part et d'autre de la table.

« ... nulle part !...

– ... c'est eux qui décident quand, pas nous !... »

Comme on pouvait s'y attendre, la parole était presque toujours monopolisée par Horst et Kelly. Un genre de discussion animée, voire une polémique, était en cours.

C'était du moins ce qu'Eddie croyait comprendre d'après le langage corporel, les intonations montantes et descendantes, les bribes de phrases qui surnageaient au hasard dans une mer agitée de murmures coléreux.

« ... faut leur répondre...

– ... du bluff...

– ... quelle raison au juste ?...

– Ça me met vraiment les nerfs en pelote, dit Carl Mendoza *sotto voce*.

– C'est ce que j'ai remarqué, confirma Eddie.

– Tu as eu ce... ce Coleman au téléphone, Franker. Qu'est-ce qu'il a dit exactement ? »

Eddie haussa les épaules. « Je te l'ai déjà dit, il essaie de les persuader de nous laisser téléphoner à nos proches...

– Qu'est-ce qui va pas, Carl ? » demanda Toby.

Mendoza ne lui prêta pas la moindre attention et fixa posément Eddie. « Allons, Franker, c'est vraiment tout ce qu'il a dit ?

– Non. Tout un baratin, comme quoi le Président soutient du fond du cœur la croisade pour sauver la forêt amazonienne, des histoires de factions dans le personnel de la Maison-Blanche...

– *Quoi ?*

– Le numéro habituel du flic sympa et du flic méchant, un peu comme s'il les suppliait de nous laisser téléphoner pour... comment déjà ?... " l'aider à empêcher les molosses de sortir de leur niche "...

– Réfléchis, Franker, réfléchis, essaie de te rappeler les détails. Qu'est-ce que ces... euh... molosses vont faire si les autres leur donnent pas un nonos à ronger comme Coleman leur demande ?

– Ça te gêne de me dire ce qu'il y a derrière tout ça ? demanda Eddie.

– Ouais, ça me gêne.

– Hé, Carl, qu'est-ce que...

– La ferme, Toby ! »

Il y avait dans le regard de Carl Mendoza une intensité qu'Eddie Franker n'avait encore jamais vue. Carl s'était toujours pointé à l'heure pour les infos sportives, ne posait jamais de problèmes, rentrait chez lui et ne se faisait jamais remarquer. Il venait brusquement de devenir une... une *présence* capable de faire taire le présentateur vedette d'un seul regard plombé.

« Fais-moi plaisir, Franker, dit-il.

– Je crois qu'il disait que les molosses, ou les requins bleus, peu importe, envisageaient de mettre les Brigades vertes au pied du mur...

– Merde », dit tout doucement Carl Mendoza.

Son attitude changea du tout au tout. La présence imposante avait disparu. Eddie avait l'impression que si Carl avait été un Anglo, son visage serait devenu blanc comme linge. Mendoza, loin de faire peur, semblait maintenant avoir peur lui aussi.

16 h 17

« ... parler d'*unilatéralisme*, Horst...

– ... une occasion en or...

– ... pas du tout pensé ! »

Carl resta assis un long moment à essayer d'imaginer ce qu'il pourrait bien faire. Toby le couvait d'un regard coléreux. Franker le fixait comme s'il était convaincu qu'il était cinglé. Il ne pouvait pas leur en vouloir. Seul le visage d'Heather affichait une neutralité attentiste, comme si elle pressentait obscurément une nouvelle révélation de sa part.

Je leur dis ou pas ? Est-ce que je peux compter sur eux pour garder le secret ?

Un vieux journaleux endurci comme Franker était certainement capable de fermer sa gueule. Heather, elle, lui donnait l'impression de contenir déjà toutes sortes de secrets. Trois jours plus tôt, il n'aurait même pas confié la clef des toilettes à Toby Inman, et sa vie encore moins, mais ce type avait montré un certain cran dans le feu de l'action, et maintenant...

Maintenant, Carl était forcé d'admettre qu'il n'avait plus le choix.

« Nous avons de graves ennuis, mes amis, dit-il tout bas.

– Dis-nous quelque chose qu'on sait pas déjà », ironisa Toby.

Carl le regarda dans les yeux. « C'est exactement ce que je vais faire. Mais faudrait vous arranger pour pas laisser voir de réactions aux autres là-bas. Pas un mot. Pas un clin d'œil de trop. On se calme. »

Toby Inman lui retourna un regard hostile.

Carl hésita, respira à fond. « Je connais ce Coleman. Il est de la Maison. C'est la CIA qui est chargée de l'affaire. »

Toby fit de grands yeux et tressaillit mais, tout à son honneur, resta muet.

« Mais ils n'ont pas le droit d'opérer sur le territoire national ! s'exclama Franker. C'est illégal...

– Alors je crois que Coleman sera obligé de s'en tenir à sa couverture officielle, pas vrai ?

– Comment tu sais ça, Carl ? demanda Heather.

– J'ai travaillé pour l'Agence pendant un petit moment après avoir compris que j'avais plus d'avenir comme lanceur et avant de me lancer dans le reportage sportif. C'est cet Alex Coleman qui m'a recruté.

– Et comme par hasard, c'est lui qu'ils ont choisi pour... », commença Franker. Puis l'ampoule s'alluma dans son crâne. « Oh.

– Oh, fit Carl en écho.

– Je pige pas, dit Toby.

– Je suis pas sûr de tout piger moi non plus. Une chose est sûre, c'est qu'ils ont choisi Coleman pour me signifier que la CIA vient de se voir confier la direction des opérations. Peut-être que cette histoire de téléphone, c'est en partie pour pouvoir me parler.

– Pourquoi ? dit Heather.

– Pour me signifier leurs regrets avant qu'ils démarrent le compte à rebours.

– *Quoi ?* »

Carl soupira. « Écoutez, pourquoi transformer tout ça en une opération secrète de la CIA si c'est pas parce qu'ils se préparent à employer la force ? L'Agence a probablement des dossiers gros comme ça sur Kelly et Horst. À mon avis, ils s'imaginent qu'on peut raisonnablement s'attendre à ce que Kelly ne fasse pas usage de son détonateur télécommandé. Alors si je peux me faire Horst au moment où ils débarquent...

– Mais il y a *huit autres terroristes* avec des armes et des gilets explosifs ! dit Toby. Ils peuvent pas s'attendre à... » Il s'arrêta net et resta un instant silencieux. « Merde, conclut-il.

– C'est ça. La variété noire et bien collante. On est dedans jusqu'au cou. De point de vue de ces types, nous sommes tous les quatre devenus des victimes acceptables. Raison de plus pour confier l'affaire aux mecs de l'Agence. Eux donnent les ordres, le LAPD se ramasse toute la pub négative s'il nous arrive quoi que ce soit et la Maison-Blanche envoie un démenti. La CIA, ça sert à ça !

– On peut vraiment rien faire ? » demanda Eddie.

Carl jeta un coup d'œil vers la table d'en face, où le ton avait l'air de monter.

« Tout ce qu'on peut espérer, c'est que ceux-là décident de nous laisser téléphoner comme Coleman le veut. Il était pas si mauvais bougre que ça, l'Agence a pas l'habitude de mentir si c'est pas nécessaire. Alors peut-être qu'il disait plus ou moins la vérité. Peut-être qu'il y a vraiment des factions là-bas, peut-être qu'y en a qu'une seule qui est prête à cogner, peut-être que Coleman peut vraiment les retenir si les Brigades font le petit geste qu'il demande... Sinon...

– Sinon ? »

Carl soupira, haussa les épaules. « Sinon, je crois que Coleman recevra l'ordre de donner l'assaut coûte que coûte, sans même m'informer du moment exact.

– Et dans ce cas, nous n'avons absolument aucune chance, n'est-ce pas ? dit Heather. Nous sommes sacrifiés. Nous sommes des cadavres en sursis. »

C'était dit si calmement, si prosaïquement, si... si professionnellement que Carl se retrouva en un éclair transporté au Viêt-nam, en train de débattre de ces funèbres probabilités avec un commandant de patrouille au fin fond de la jungle.

Mais c'était quand même une belle blonde qui essayait de se montrer courageuse et Carl avait encore assez de machisme pour le reconnaître avec un peu de morgue britannique, même s'il n'arrivait pas tout à fait à soutenir son regard lorsqu'elle balançait ce genre de propos.

« Bon, s'il y assez de confusion, si Horst hésite assez longtemps avant de mettre à feu les charges principales... peut-être que je peux m'approcher de lui... ça vaut le coup d'essayer, de toute façon... et si Kelly se dégonfle, si vous avez la chance de vous trouver là où il faut au bon moment, si...

– Tu ne crois pas un seul mot de ce que tu es en train de dire, pas vrai, Carl ? » articula Heather, glaciale.

Carl fit cette fois l'effort de la regarder dans les yeux et ce qu'il y décela n'était pas tant du courage qu'un réalisme calculateur en béton qu'il n'avait jamais revu depuis le Viêt-nam et ne s'attendait surtout pas à surprendre dans les yeux de quelque blonde princesse anglo-saxonne. En d'autres circonstances, il s'en serait fallu de peu pour qu'il tombe amoureux d'elle. Les circonstances présentes semblaient exiger qu'il ait la courtoisie de lui répondre d'égal à égal.

« Non, dit-il. L'action démarre, et on peut probablement tous faire notre testament. » Il haussa les épaules, sourit, pencha la tête pour la regarder. « Cela dit, tu as une meilleure idée ?

– Oui, dit Heather Blake. Je crois bien. »

16 h 21

« On va leur servir du bould'hum », dit Heather. Elle jeta un coup d'œil en direction des terroristes qui avaient toujours l'air de palabrer à n'en plus finir sans déboucher sur quoi que ce soit. « Je vous parie qu'ils vont mordre à l'hameçon, et je vous parie que l'ami Coleman va marcher lui aussi, parce qu'il va pour ainsi dire avoir ce qu'il cherche, s'il est vrai qu'il ne tient pas à recevoir l'ordre de tirer dans le tas.

– Merde, de quoi tu parles, Heather ? dit Toby, méprisant.

– D'un mélo. Bouleversant d'humanité. Notre famille et nos amis ont la possibilité de nous parler comme le veut la CIA, mais...

– Nom de Dieu ! Heather, pourquoi tu crois que les autres sont en train de discuter là-bas ?

– ... en direct ! »

Toby Inman la boucla.

Eddie Franker se pencha vers elle, souriant presque. « En direct ? énonça-t-il lentement.

– Absolument. Peut-être que nous pourrons convaincre Coleman de nous rendre nos cars de reportage, Eddie, pour avoir des images. Après le J.T., à l'heure de grande écoute. Les otages s'adressent à leurs proches, ça dure une heure ou deux et tout le pays regarde... »

Les dollars clignotèrent dans les yeux d'Eddie. « Robby Hildebrandt en mouillerait son jean...

– Ça serait bien, j'imagine, mais l'intérêt c'est qu'à ce moment-là, ça serait terriblement difficile pour les gens qui tirent les ficelles d'aller jusqu'au bout et de faire quoi que ce soit qui puisse mettre notre petite existence en danger. Je veux dire, quand nous aurons fait défiler les femmes, les gosses et les parents, tout ça pour fendre le cœur du téléspectateur... hé, au fait, j'ai une amie dans le métier qui pourrait leur apprendre à jouer la comédie, et puis, rien que pour garantir le résultat, on pourrait leur demander de se passer du jus d'oignon sous les yeux...

– Diabolique... chuchota Eddie.

– Bon, qu'est-ce que tu en penses, toi, Carl ? Est-ce que ça suffirait pour museler les bouledogues ?

– Les *molosses* ! rectifia Carl en se forçant à rire.

– Peu importe. Est-ce que ça ne serait pas terriblement

négatif pour leur image de marque s'ils se laissaient aller à appuyer sur la détente après que les gens des Brigades vertes se seraient montrés si *gentils* et *raisonnables* en nous laissant parler aux êtres chers qui pleurent sur notre sort ?

– Tu me décoiffes, Heather... », soupira Carl. Il fronça les sourcils, désigna du menton les terroristes à l'autre bout de la cafétéria. « Y a qu'un problème, comment on va s'arranger pour qu'ils marchent dans la combine ?

– Bon, c'est dans leur intérêt aussi, non ? Je veux dire, s'ils refusent, d'après ce que tu dis, la CIA va probablement...

– Bon Dieu, Heather, on peut pas leur dire que l'Agence est dans le coup ! dit Carl entre ses dents.

– On peut pas ? Et pourquoi ?

– Leur dire que la CIA est dans le coup ? Leur dire que nous le savons parce que dans le temps j'ai bossé pour l'Agence avec ce Coleman ?

– Non, évidemment, dit Heather. Mais... mais j'ai une idée. Laisse-moi faire, dit-elle en se relevant d'un bond.

– Heather...

– Hé ! dit-elle haut et clair à l'attention des terroristes. Je veux vous parler ! »

En réalité, elle n'avait pas la moindre idée de la manière dont elle allait procéder, mais au point où elle en était, impossible de faire marche arrière.

Les terroristes avaient interrompu leur discussion. Helga et Paulo s'étaient levés, pistolet-mitrailleur à demi braqué.

« Asseyez-vous ! » cria Horst.

Enlève 30 points à ton Q.I., dit Heather la réalisatrice à Heather l'actrice. Passe-toi la langue sur les lèvres, fais les reluire. Cambre-toi et fais saillir tes nichons. Roule des hanches et avance à petits pas, les chevilles bien souples. Comme un petit oiseau apeuré qui tente d'être courageux à rebours de son naturel.

« Si je ne m'assois pas et ne reste pas sage comme une

image, dit Heather d'une voix vaporeuse à la Marilyn Monroe, qu'est-ce que vous allez faire ? Prouver votre force en disant à vos amis de me descendre ? »

Lentement, les yeux rivés à ceux de Klingerman, elle commença à traverser la cafétéria, un petit pas après l'autre.

« Arrêtez ! »

Heather ouvrit les bras en un geste christique, sembla fermer les yeux comme pour ne pas voir arriver les balles tout en soulevant les paupières juste assez pour ne pas s'emmêler les pinceaux.

« Alors allez-y ! Et regardez ! C'est tout l'effet que ça me fait ! Je... je... j'ai pas peur de vous... »

Derrière ses paupières mi-closes, Heather voyait Helga et Paulo s'interroger du regard puis se tourner vers Horst. Aucun autre membre des Brigades ne s'était levé ni n'avait touché son arme. Horst lui-même se tournait vers Kelly d'un air perplexe, sans recevoir grand-chose en échange.

Heather respirait un peu plus facilement. Qui, après tout, allait mitrailler une petite blonde écervelée tremblante de peur mais sexy et courageuse, qui ne ferait pas de mal à une mouche, rien que pour avoir traversé une pièce afin de causer un peu ?

« Que... qu'est-ce que vous voulez ? » balbutia Horst. Et à ce moment précis, sans trop savoir encore ce qu'elle allait dire ou faire ensuite, Heather sut qu'elle l'avait dans la poche.

« Tout ce que je veux, c'est parler un peu avec vous, roucoula-t-elle tout en réduisant l'espace qui la séparait de ses interlocuteurs. Je veux dire, ça fait une éternité qu'on vous entend vous disputer et ça fait drôlement peur, vous savez...

– Ça n'a rien à voir avec vous ! » cracha Horst.

Heather l'actrice était presque arrivée à la table, donc quasiment au but, et l'autre avait lancé une bonne réplique d'intro. Vas-y, coco, envoie la dépression nerveuse, lui dit Heather la réalisatrice.

« *Rien à voir avec nous ?* hurla-t-elle avec force trémolos baveux, les yeux exorbités, secouant frénétiquement la tête et agitant les bras comme une pauvre impotente prise de folie. Vous nous gardez prisonniers pendant quatre jours dans un immeuble entouré par un million de flics fous furieux armés de mitrailleuses et vous arrêtez pas de nous menacer de nous faire sauter et maintenant vous vous disputez entre vous et peut-être que vous allez tous nous faire tuer et vous dites que *ça n'a rien à voir avec nous* !

– Calmez-vous !

– *Me calmer, moi ?* Ça fait quatre jours que je suis coincée dans cet immeuble avec un tas de sadiques et vous me dites de me *calmer* ? Je crève de peur, vous êtes pas assez humains pour comprendre ça ? J'en peux plus ! Je veux pas mourir ! Je veux pas mourir ! »

Criant et sanglotant, Heather avait déjà atteint la table. Elle bouscula Helga et Paulo, posa les mains à plat sur la table, se pencha dans l'espace vital de Horst Klingerman et lui hurla au visage avec force postillons : « Je ne veux pas mourir ! Ne me tuez pas, je vous en supplie ! »

Pas de quoi décrocher un Oscar, mais vu le public et les circonstances, elle avait assuré.

Consterné et atterré, Horst se penchait en arrière. Les traits plus ou moins figés, Jaro n'avait pas bougé, mais Warren avait commencé à se lever, l'air horrifié devant une explosion émotionnelle si inconvenante.

Kelly Jordan, dont le visage reflétait une sollicitude féminine, à moins que ce ne soit du dégoût devant la muflerie masculine de Horst, tendit doucement la main et la posa sur l'épaule de Heather.

« Mais non, ne craignez rien, personne ne va vous faire de mal... », dit-elle d'une voix apaisante.

Heather se figea une seconde au contact de la main

puis se laissa lentement calmer comme un cheval rétif. Elle reprit son souffle, se frotta les yeux et se laissa choir sur le siège le plus proche, comme frappée d'épuisement.

Tournant la tête, elle vit qu'Eddie, Toby et Carl avaient traversé la pièce et étaient immobilisés à un mètre ou deux derrière elle par Helga et Paulo qui se dressaient devant eux, mitraillette en travers de la poitrine.

« Je suis désolée, dit Heather d'une petite voix étouffée par la peur, mais c'est la tension. C'était tellement atroce, et puis maintenant... maintenant... » Elle laissa sa voix se briser, au seuil de la crise.

« *S'il vous plaît*, dit Horst, extrêmement gêné, en s'essuyant le visage du dos de la main. Plus d'hystérie, oui ?

– Je vais essayer... renifla Heather. Mais... nous n'avons pas pu faire autrement que vous entendre vous disputer, et nous avons peur qu'il s'agisse pour vous de décider comment nous... de décider si...

– Nous discutons de problèmes de stratégie qui ne vous regardent absolument pas.

– Allons, mec ! dit Warren, tu vois pas qu'elle est en train de flipper ?

– Et vous, vous êtes en train de décider s'il faut ou non nous tuer ! pleurnicha Heather.

– Mais non ! insista Kelly, nous sommes simplement en train de nous poser la question de savoir si nous devons ou non vous laisser recevoir des appels téléphoniques de gens de l'extérieur. »

Dans le mille !

« C'est bien ce qu'Eddie nous disait, énonça Heather d'une voix un peu plus calme, mais je n'arrivais pas à le croire...

– Vous allez nous laisser parler à nos familles oui ou non ? » cria Eddie par-dessus la tête de Helga et de Paulo.

Tous les brigadistes inclus dans le champ de vision de Heather échangèrent des regards silencieux.

« C'est l'objet de cette discussion, dit finalement Horst.

– Bon alors, écoutez... », commença Heather. Elle se reprit de justesse, jeta un coup d'œil par-dessus son épaule. « Est-ce que vous pourriez les laisser téléphoner pour qu'on puisse se parler pendant une minute ? »

Horst fronça les sourcils.

« Nom de Dieu ! Horst ! » explosa Kelly.

Horst haussa les épaules, soupira. « Très bien. Si vous avez quelque chose à dire, je suppose qu'il n'y aura pas de mal à ce que nous écoutions.

– Bon, dit Heather, vous êtes les terroristes, et nous sommes les otages, mais peut-être que nous avons des intérêts communs. Par exemple, aucun d'entre nous n'a vraiment envie de se faire tuer, pas vrai ?

– C'est sûr », dit Warren. Jaro acquiesça d'un signe de tête. Pas d'autres réactions.

« Donc l'immeuble est encerclé par la police, les militaires et je ne sais quoi encore, et ils ont des *mitrailleuses*, des *canons*, et tout le reste, et si quelqu'un *éternue* au mauvais moment, ils risquent de se mettre à tirer et ensuite vous commencez à tout faire sauter, et... et... »

Heather fit mine de lutter pour recouvrer son aplomb une seconde ou deux. « Désolée, dit-elle enfin d'une voix maîtrisée, mais tout cela est tellement angoissant. Et puis Eddie... M. Franker... semble penser que les autorités ne se préoccupent plus de nous sauver la vie, que... c'est plus important pour eux de mettre fin à la prise d'otages, et que StarNet ne veut plus... que... Bon, je ne suis pas sûre de bien saisir tout ça, alors peut-être que vous pourriez leur expliquer, monsieur Franker ? »

Helga et Paulo avaient laissé Eddie s'approcher de la table, assez pour que Heather puisse le solliciter d'un rapide coup de pied dans le tibia, même si elle se surprit à regretter de n'avoir pas répété cette scène au préalable.

Heureusement, Eddie accusa réception et improvisa comme un vieux briscard des infos.

« Pour tout vous dire, nos quinze minutes de célébrité promises par Andy Warhol sont écoulées, le scoop du siècle est terminé, et en ce qui concerne StarNet, la couverture nationale ne vaut peut-être que trois minutes d'images sur " la prise d'otages qui se poursuit à Los Angeles " après la deuxième page de pub, et peut-être encore moins sur les grands réseaux...

– Je ne vois pas en quoi cela peut nous concerner, dit Horst.

– Et s'il y avait vraiment des gens à Washington qui veulent " libérer la station au risque de la détruire " ? Nous n'avons plus de car de reportage. Dans quelques heures, les grands réseaux vont sortir les leurs, mais personne ne les laissera très longtemps sur les lieux s'ils n'ont plus d'images inédites à envoyer. Alors les autres attendent que les caméras repartent, ensuite ils entrent en scène, et du point de vue de la couverture télé nationale, c'est le flou complet. Ils peuvent prétendre que vous avez commencé à les canarder par les fenêtres. Ils peuvent prétendre qu'ils n'ont pas levé le petit doigt avant que vous commenciez à déclencher les explosions et qu'ils ont fait en vain une tentative désespérée pour sauver les otages...

– Nous ne sommes pas stupides, dit Horst. Nous y avons déjà songé. Mais je ne vois pas en quoi le fait de vous permettre de recevoir des appels les empêcherait d'aller jusqu'au bout.

– Et si on en faisait un mélo ? dit Heather.

– *Mélo ?* dit Kelly.

– Nous prenons les appels de nos amis et de notre famille, mais *en direct* à l'antenne, à une heure de *grande écoute*. Peut-être qu'on aura aussi des images, de quoi faire un grand spectacle télévisuel... envoyez les violons, sortez les mouchoirs...

– Je ne comprends pas », dit Horst.

Mais Kelly Jordan affichait un sourire entendu. « Moi si. Ça sera un grand événement médiatique, ça monopolisera l'attention des téléspectateurs d'un bout à...

– Tous nos parents et amis vont dire à tout le pays quels merveilleux individus nous sommes, fondre en larmes, sangloter, s'arracher les cheveux, etc.

– Et supplier les téléspectateurs de téléphoner à ce qui leur sert de représentant au Congrès pour exiger que les autorités négocient à tout prix une solution pacifique ! s'exclama Kelly Jordan.

– Brillante idée, murmura Heather, qui n'y avait pas pensé.

– Tu piges toujours pas, Horst ! gloussa Kelly. C'est un vrai téléthon ! Sauvez les baleines ! Sauvez les mignons bébés phoques ! Sauvez les otages de KLAX ! Ça sera la *catastrophe* pour leur image de marque s'ils donnent l'assaut après ça, comme si Bambi se faisait faucher par une rafale de mitraillette dans une fusillade entre flics et fourgueurs de drogue en direct à la télé nationale ! Ils oseraient pas ! On pourrait occuper la station et continuer d'émettre pendant des semaines, on pourrait *vraiment* tenir le coup jusqu'à ce que les Brésiliens capitulent.

– C'est vrai... », reconnut Horst, songeur.

Aïe ! songea Heather, je n'avais pas prévu ça non plus.

« Cool, dit Warren.

– Ouais, dit Jaro.

– Futé, dit Ahmed.

– Et ça règle du même coup notre conflit interne, Horst, dit Kelly. On donne à Coleman ses appels téléphoniques mais on s'en sert pour le coincer au niveau image de marque. »

Horst haussa les épaules. « Oui, je suis obligé d'admettre que c'est astucieux », concéda-t-il.

Lentement, il se tourna vers Heather, la fixa de son regard bleu polaire. « *Très* astucieux. » Il continua de fixer Heather, les traits durs, l'expression indéchiffrable. « Cette... ce numéro d'hystérique... ces larmes... tout cela, c'était pour pouvoir proposer ce stratagème... ? »

Heather lui opposa un regard tout aussi impénétrable et s'abstint de répondre.

« Vous auriez pu vous faire tuer... ou du moins vous avez dû avoir peur de vous faire tuer, oui ?

– Je pourrais me faire tuer quoi que je fasse, pas vrai ? » lui retourna froidement Heather.

Horst plissa les yeux. « Vous... jouiez la comédie...

– J'avais peur pour de vrai...

– Mais vous avez fait votre numéro quand même », marmonna Horst. Il fronça les sourcils. « Et j'ai mordu comme un poisson à l'hameçon ! » dit-il beaucoup plus sèchement.

Heather lui décocha la version la plus chaude et la plus sexy de son sourire de ravissante idiote, le ramena au niveau dessin animé en battant des cils en un ralenti langoureux et dit d'une voix blasée à la Marlene Dietrich : « Te vrappe pas, darlink, tu t'es vait avoir par une provezionnelle. »

Horst Klingerman haussa les sourcils une seconde et les fronça en une expression menaçante.

Puis il éclata d'un rire torrentiel.

19 h 05

À l'écran (partagé verticalement) :

Côté droit, Toby Inman, assis sur un canapé vert devant une table basse en érable, parle dans le combiné d'un téléphone. Derrière le canapé, Ahmed et Hiroshi, debout, au repos, les jambes écartées, l'Uzi en travers de la poitrine, canon relevé, regardent dans le vide, parfaits terroristes d'affiche en tenue kaki, avec ceinturon et gilet explosif.

Sur la moitié gauche, une femme brune est assise sur un sofa en cuir noir dans le salon d'une villa de banlieue dont le jardin brûlé par le soleil est vaguement visible par la fenêtre derrière elle. Les traits fins, très légèrement échevelée, elle porte une robe d'été bleue sans manches et n'est apparemment pas maquillée. Elle est à peine en dessous du niveau star – une belle rose américaine qui commence tout juste à se faner.

« Toby, dit-elle avec des trémolos dans la voix. Toby, tu m'entends ?

– Je t'entends, Claire. Et je te vois sur le moniteur. Tu vas bien ? Est-ce que... vous vous occupez bien les uns des autres, les enfants et toi ?

– On... on s'en tire du mieux qu'on peut sans toi, chéri. Et toi, ça va ?

– Autant qu'on puisse l'espérer... »

19 h 08

Les tortueuses inversions de la télévision et des réalités domestiques étaient affolantes et la distance entre Claire et Toby semblait énorme. Assis dans le studio B, le plateau polyvalent installé pour les talk-shows, il s'entretenait avec sa femme au téléphone tout en la voyant à la télé – sur le moniteur –, pour essayer de savoir ce qui se passait chez lui après quatre jours d'absence... et pas un mot de leur conversation n'échappait aux téléspectateurs d'un bout à l'autre du pays.

Les gamins te font chier ? T'as payé la facture VISA ? Tu assures, ou alors tu commences à dérailler ?

Ce n'était pas vraiment le genre de questions qu'il pouvait poser devant une audience nationale. Pas plus qu'il ne pouvait tendre la main pour toucher son épouse. Et si cette conversation ne sortait pas d'un script, Claire avait tout de même reçu les conseils de Heather au téléphone juste avant.

« Tu me manques beaucoup, Toby, je me sens tellement seule, le soir...

– Tu me manques toi aussi, Claire », répondit Toby en bon époux. D'un certain côté, c'était vrai, mais d'un autre côté, ce n'était pas exactement ça. Pour une raison ou une autre, Claire lui semblait manquer de réalité et il ne se sentait pas émotionnellement connecté.

Ce qui ne voulait pas dire que sa femme n'occupait pas ses pensées ni qu'il ne désirait pas sincèrement être assis près d'elle, chez eux, dans leur propre séjour, et encore moins qu'il ne se souciait pas de savoir comment elle se débrouillait avec les gosses et la bouteille en son absence.

« Tu dis à ces terroristes de bien traiter mon mari. D'accord ? » dit Claire avec un accent tremblotant du dernier chic. Elle renifla un peu, se tapota les joues avec un vrai mouchoir. C'était bien là sa manière de parler, le ton était sincère, elle aurait même pu pleurer, surtout si elle s'était envoyé un ou deux verres avant – mais Heather lui avait fait répéter cette réplique et lui avait dit de mettre du jus d'oignon dans le mouchoir.

« Ils ne vont pas me faire de mal, chérie, ils n'ont fait de mal à personne, ils ne veulent pas faire de mal à qui que ce soit et il n'arrivera rien à personne à moins que quelqu'un fasse une bêtise... », dit Toby plus ou moins comme il était censé le faire.

Mais c'était à croire qu'il était imbibé d'une espèce de vidéo-novocaïne. Depuis quatre jours, coincé entre le studio et la cafétéria, il était coupé du monde extérieur.

Il le voyait maintenant à la télévision. Sur l'écran partagé du moniteur, il se regardait en train de le regarder sous les regards de vingt ou trente millions de personnes.

Qui était-il ? L'image de lui-même sur le moniteur ? Le mari et père de famille ? Quelqu'un qui jouait son rôle ?

Ou quelqu'un d'autre ?

Une créature sortie du seul univers qu'il connaissait depuis quatre jours : hôte et otage d'un immeuble bourré de terroristes armés, Toby Inman, présentateur vedette de KLAX-TV, s'adresse à vous en direct du lieu de sa propre captivité.

Il était dans ce studio avec deux terroristes à mitraillette pour meubler le plateau et deux autres aux caméras, avec leurs Uzi et le reste – telle était la seule, l'unique réalité immédiate, la seule qui semblât normale au bout de quatre jours.

19 h 13

À l'écran :

Toby Inman occupe la partie droite, Claire Inman la partie gauche. Elle pleure, à présent, et s'essuie les yeux avec un mouchoir mais regarde crânement la caméra bien dans l'axe en courageuse épouse et mère de famille qui tente de refouler ses larmes.

« Ça va bien se passer, Toby, on est tous avec toi...

– Je le sais bien, chérie... essaie d'être courageuse... »

Longue seconde de silence commun.

Claire Inman louche vers quelque chose à droite du champ, hoche la tête imperceptiblement et regarde à nouveau la caméra.

« Euh... Ellis et Billy voudraient... te dire bonjour. »

Deux jeunes garçons entrent gauchement dans le champ par la droite.

L'aîné – dix ans environ – porte un T-shirt sale et un short de randonnée havane. Il a les cheveux blonds de son père, qui lui descendent jusqu'aux oreilles comme chez les adeptes du surf, une expression un rien morose et des joues à la limite du rebondi. Il se vautre sur le sofa à la gauche de sa mère, tressaille et fronce le nez lorsqu'elle lui passe un bras derrière les épaules dans un geste protecteur appuyé.

Le cadet, qui a peut-être huit ans, est brun comme sa mère. Il porte un mignon petit gilet bleu frappé de l'emblème des Dodgers et un jean coupé. Il est plus mince que son frère, plus cinétique. Il se contorsionne pour s'installer juste au bord de la banquette et reste là à vibrer.

« Dites bonjour à votre père. »

Les deux gamins ne savent pas où regarder.

Claire Inman montre la caméra. « Vous regardez là et vous parlez, c'est tout, siffle-t-elle.

– Salut, p'pa, dit le cadet d'une voix flûtée. Je suis à la télé maintenant ?

– *Billy !* gronde son grand frère en roulant les yeux.

– Oui, Billy, tu es à la télévision, dit Toby Inman, les lèvres plissées par un petit sourire.

– Bonjour, papa, dit l'aîné en prenant délibérément une voix grave pour souligner sa maturité. Ça va ? Tout est *cool*, là-bas ? Ils sont pas en train de te torturer, hein ?

– Non, Ellis, ils ne sont pas en train de me torturer, ils...

– Mais s'ils sont en train de te torturer, c'est justement ce qu'ils pourraient te faire dire. Alors comment on peut savoir...

– *Ellis !*

– Ils ne sont pas en train de me torturer, Ellis. Ils ne sont même pas aussi méchants que ça... »

Billy déplie sa main en un pistolet qu'il braque sur la caméra. « Les mitraillettes... brrrrrr ! grince-t-il.

– *Billy !* »

Sur le volet gauche de l'écran, la caméra s'empresse de se déplacer pour cadrer Claire Inman de plus près et éliminer les gamins du champ de l'image. Il se passe quelque chose qui a apparemment le don de l'irriter, mais elle a encore les yeux rougis et pleins de larmes lorsqu'elle arrive enfin à se concentrer sur la caméra.

« Ils sont trop jeunes pour pouvoir vraiment comprendre, Toby, dit-elle. Mais ils ont été... courageux.

– Et toi aussi, je le sais, chérie, dit tendrement Inman. Essaie de garder le moral. Moi je vais m'en tirer, et tout ça va bientôt se terminer... »

Les lèvres de Claire tremblent, elle essuie ses yeux larmoyants avec son mouchoir mais ça n'a pas l'air d'arranger les choses, au contraire. « Vraiment, Toby ? Tu en es bien sûr ?

– Absolument.

– J'ai vu toute cette police autour de la station, toute cette artillerie, et le bruit court... on dit que...

– Il n'est pas question qu'ils prennent l'immeuble d'assaut, Claire. Ils ont parlé avec les Brigades vertes, et tant que personne ne perd patience, il n'arrivera rien à personne.

– Reste patient, Toby. Tu m'entends ?

– Toi aussi, mon amour... Faut que j'y aille, les autres otages attendent de pouvoir parler à leur famille eux aussi.

– Je t'aime, Toby ! crie Claire Inman avant de se mettre à chialer.

– Je t'aime aussi ! » dit Inman, pas tout à fait aussi fort, l'air un peu déconcerté. Il hésite, puis envoie un baiser à sa femme par-dessus la verticale qui partage l'écran.

Elle regarde la caméra bien en face, les yeux ruisselants de larmes, les narines rougies, la lèvre supérieure luisante de mucus – image affreuse mais pathétique à vous fendre le cœur – et fronce les lèvres pour envoyer elle aussi un baiser d'adieu à son mari.

19 h 17

Eddie Franker n'aurait pas connu Ellie depuis trente et un ans, il aurait pu croire qu'elle avait un pied et demi dans la tombe. Elle était assise dans un fauteuil à bascule, un châle sur les genoux, ses cheveux gris ramassés en une perruque de fée Carabosse, le nez et les yeux rouges et suintants, toutes les rides de son visage non maquillé soulignées et recreusées façon grand Canyon par l'impitoyable dureté de l'éclairage frontal. Ses mains tremblotantes pétrissaient son mouchoir. Ses lèvres tressaillaient comme celles d'une vieille bonne femme.

« Edward Franker, combien de ces ignobles cigarettes as-tu déjà fumées aujourd'hui avec cette affreuse situation comme prétexte ? »

Mais Eddie Franker *connaissait* Ellie depuis trente et un ans. Elle avait peut-être des problèmes d'asthme, quelques varices ici et là, mais elle n'avait rien d'une mémé flageolante et elle ne porterait à aucun prix une coiffure pareille. De plus, elle avait pris l'habitude de se maquiller outrageusement ces dernières années, il n'y avait même pas de fauteuil à bascule chez eux, et si elle le sermonnait souvent sur son tabagisme, elle ne l'appelait *jamais* « Edward ».

Eddie sourit à l'apparition qui occupait la moitié gauche du moniteur de retour antenne et fit de son mieux pour empêcher sa propre image de se fissurer et de vendre la mèche sur la moitié droite. Eh oui, il connaissait Ellie depuis trente et un ans, assez bien pour savoir qu'en dépit de la situation, ou peut-être, par quelque étrange perversion, à cause d'elle, elle prenait un immense plaisir à cette mascarade.

« Tu seras heureuse d'apprendre que je suis descendu à trois paquets par jour, dit-il.

– Je ne trouve pas ça drôle, Eddie. Tu me fais bisquer pour me remonter le moral. »

Malgré les terroristes armés aux commandes des caméras, les terroristes derrière lui et l'absurdité de toute la situation, Eddie Franker sentit monter en lui une affectueuse chaleur qu'il ne se soucia pas de dissimuler à l'écran.

Cette réplique avait beau avoir été prononcée avec la même voix de grand-mère radotante, elle ne cadrait pas avec le personnage de handicapée sénile qu'elle avait décidé de jouer et lui rappelait tout à fait la véritable Ellie, petite rectification qu'elle avait glissée là rien que pour lui.

Ils se connaissaient depuis si longtemps qu'ils pouvaient communiquer ainsi, par télévision interposée, sous les yeux du monde entier, changer leur voix, jouer des rôles stupides en se tricotant point par point des attaques grincheuses, tels les vieux débris qu'ils n'étaient pas encore devenus, sans cesser pour autant de s'exhorter à tenir la route et à se dire je t'aime en code secret.

19 h 21

À l'écran :

Côté droit, Edward Franker, le cheveu rare, légèrement parcheminé, avec ses grandes oreilles, son gros nez et sa bouche cynique au coin de laquelle manque la cigarette, ressemble à quelque vieil homme d'affaires impitoyable, le genre d'individu qui a passé sa vie à vendre de véritables produits – prêt-à-porter, viande ou électroménager – plutôt qu'à brasser de la paperasse.

Sur la moitié gauche, Ellie Franker, petite vieille aux cheveux gris qui oscille spasmodiquement dans un fauteuil à bascule sur une véranda écrasée de soleil, encadrée de buissons roussis, et dont la balustrade en bois s'orne d'une rangée de pots de fleurs moribondes. Frêle et âgée, elle fait dix ans de plus que son époux.

« Et ton asthme ? s'informe-t-il.

– J'ai eu encore deux crises hier, gémit-elle d'une petite voix nasillarde. D'après le docteur, c'est dû au stress. »

L'inquiétude assombrit le visage d'Edward Franker.

« Et mon arthrite recommence à faire des siennes elle aussi, y paraît que c'est la pollution. Je parle pas des palpitations que j'ai chaque fois que j'ouvre le poste pour voir si tu es encore en vie, et bien sûr je peux pas continuer à manger des plateaux de surgelés tous les jours quand tu pourrais être là pour m'aider à concocter un vrai repas... Et ma sciatique revient elle aussi... »

Pour quelque bizarre raison, cette litanie d'infortunes médicales semble alléger l'inquiétude d'Edward Franker – du moins a-t-il l'air bizarrement soulagé lorsqu'il s'enquiert de l'existence d'autres symptômes.

« Ton mauvais genou t'a causé des problèmes ces derniers temps, Ellie ?

– J'ai pas assez bougé pour me rendre compte.

– Ton ulcère fait des écarts ?

– Y se conduit aussi bien que possible. »

Une lueur méchante passe fugitivement dans les yeux de Franker. « Tu as toujours cet affreux furoncle sur ton postérieur ?

– Eddie Franker ! » aboie-t-elle sur un tout autre ton.

Les traits de Franker se radoucissent. « C'était juste pour plaisanter un peu, Ellie... »

Ellie Franker tente de se redresser sur son fauteuil à

bascule. Elle hésite, tremble, frêle créature qui essaie de faire montre d'une juvénile vanité.

« Devant tout ce monde ? dit-elle en essuyant ses lèvres humides sur son mouchoir et en cueillant la goutte qui perle au bout de son nez. Peut-être que je me porte pas très bien, peut-être que je suis pas très en forme ces temps-ci, mais je veux pas que tout ces gens croient que j'ai vraiment un gros vilain furoncle au... sur mon... sur ce que tu penses ! Tu leur dis que c'est faux, Edward Franker, sinon je te promets, quand tu rentreras... quand tu rentreras... »

Elle fond en larmes, se frotte les yeux avec son mouchoir... se met à sangloter bien en face de la caméra.

« Je suis désolée, pleurniche-t-elle piteusement. Je sais que je devrais être plus courageuse, mais je suis à bout de forces, Edward, je suis pas bien portante, tu le sais, et sans toi pour t'occuper de moi... bon, des fois les voisins passent me donner un coup de main, mais... mais... »

Edward Franker regarde tendrement la caméra. « Moi aussi, je suis désolé, Ellie. Et je veux que tous les gens qui nous regardent sachent que mon épouse n'a pas de gros furoncle rouge sur son gentil popotin et n'en a jamais eu. Ça va, Ellie, c'est ça que **tu veux** ?

– Oh, Eddie, tout ce que je veux, c'est que tu reviennes sain et sauf ! Je me fiche de l'ozone, des Brésiliens et de toutes les histoires qu'y aurait derrière cette horrible situation ! Pourquoi les autorités laisseraient pas partir ces gens si de leur côté ils te libèrent ? Qu'est-ce que ça peut faire ? Ils ont fait de mal à personne, pas vrai ? Pas encore. »

L'espace d'un instant, l'intensité émotionnelle semble avoir ranimé Ellie, avoir fait jaillir des braises mourantes le fantôme d'une jeunesse plus vigoureuse.

« Pas encore... », reprend-elle, beaucoup plus doucement. Et le moment passe, sa vigueur s'éteint, elle tamponne ses yeux ruisselants à petits coups de mouchoir et se ratatine sous son châle, secouée d'une quinte de toux.

« Oh, Edward, Edward, gémit-elle. J'ai tellement peur. Si... s'il t'arrivait quelque chose, je tiendrais pas plus de six semaines, et tu le sais...

– Ne parle pas comme ça, Ellie. Avec ton asthme, ton ulcère, ton souffle au cœur et tout le reste, tu finiras par vivre dix ans de plus que moi. »

Les yeux d'Ellie Franker sont toujours embués de larmes, elle est retombée dans son fauteuil, à la limite de l'épuisement, mais un peu de la femme qu'elle a dû être jadis se ranime une fois de plus.

« Retire ce que tu viens de dire, Eddie Franker. Comment peux-tu parler ainsi dans les circonstances présentes ? s'écrie-t-elle avec une surprenante fermeté. Ce n'est pas ce que je veux, et tu le sais !

– Calme-toi, Ellie, tu sais que ce n'est pas bon pour ta tension. »

Il se regardent une seconde sans rien dire, séparés par la coupure verticale.

« Tu rentres à la maison, Edward, tu m'entends ? » dit-elle d'une voix plus vieille, plus frêle.

Elle amorce bravement un petit sourire. « Ça ne serait pas juste s'il t'arrivait quelque chose maintenant. Quel gaspillage ! Tu aurais empuanti la maison avec ces ignobles cigarettes pendant des années sans réussir à mourir dans vingt-cinq ans d'un cancer au poumon. »

19 h 21

Un entretien télévisé entre Carl Mendoza et Maria, son ex-femme, risquait d'être comme leur mariage : tordu, brutal, et de peu de durée. Actuellement, il n'avait pas de petite amie attitrée. Pas de bons copains. Quant à ses frères, ils ne méritaient même pas une ligne sur une carte postale.

C'était plutôt déprimant de l'admettre vis-à-vis de lui-même, sans parler de Heather, mais son meilleur atout pour faire pleurer dans les chaumières, au bout de quarante ans et plus sur la planète, restait Mama Mendoza.

Il n'était peut-être pas tout à fait un fils promotion Beverly Hills, ni même le seul soutien financier de *mamacita* depuis la mort de papa, mais il avait quand même empêché la banque de mettre le grappin sur la vieille maison de Silverlake, veillait à ce que la bonne dame ne manque de rien, venait manger ses petits plats deux ou trois soirs par mois, et puis ils s'entendaient bien, et puis, oh, c'était sa mère, non ? Et telle qu'il la connaissait, *mamacita*, elle rechargerait ses batteries en passant à la télé.

C'était donc à son tour d'être sur la sellette après l'étrange conversation de Franker avec sa tout aussi étrange épouse, et voilà Mama Mendoza sur la moitié gauche du moniteur, assise devant la table de séquoia huilé, son éternelle chope de café à la main, ses cheveux teints en noir brossés et luisants. Elle portait le corsage *campesino* blanc brodé que Carl lui avait acheté quelques Noëls auparavant.

« Hé, Carl, tu te portes pas si mal pour une salade de thon *terrorista*, *hijito...* »

Carl ne put s'empêcher de rire.

« T'as fière allure toi aussi, *mamacita.* »

Et pour une femme de son âge, c'était vrai. La peau était peut-être ridée, les joues peut-être rebondies, et les corsages ajustés qu'elle portait quand il était gosse n'étaient décidément plus de mise, mais la vieille dame avait toutes ses dents, son sourire et ses yeux bruns qui ne s'en laissaient pas compter.

« Y te nourrissent comme il faut, Carl ? Tu m'as l'air

un peu maigrichon, comme un de ces catholiques macrobiotiques qui font une croix sur la viande au moment du Carême et qui oublient d'arrêter quand c'est fini.

– Tu m'as toujours trouvé un peu maigrichon, *mamacita*. Mais c'est qu'ils m'ont donné à bouffer tout un tas de saloperies, dit-il avec un grand sourire. Je m'enverrais bien un grand bol de ton *menudo* tout de suite. » En fait, il en avait horreur.

Mamacita lui adressa un regard mauvais. Elle n'était pas dupe.

« Écoute-moi, *hijito*. Tu es le principal ticket de rationnement de ta pauvre vieille *mamacita*, alors tu ferais bien de prendre soin de toi... »

À sa grande surprise, cette conversation faisait chaud au cœur de Carl. Heather avait essayé d'apprendre à *mamacita* comment jouer la scène, mais la vieille dame n'avait rien voulu entendre et avait ses propres suggestions quant à ce que Heather pouvait faire de son mouchoir trempé dans le jus d'oignon.

« Lorsque j'aurai besoin de conseils pour savoir comment parler à mon fils quand il a le cul coincé dans un piège à ours, lui avait rétorqué *mamacita*, je regarderai dans mon horoscope, *muchacha*, et puis vous savez pas que le jus d'oignon ça fait couler le mascara ? Pour une fois dans ma vie que je passe à la télévision, vous voulez que j'aie l'air d'une *bruja* enrhumée ? »

C'était bien *mamacita*, grandeur nature et *mucho mas picante*. Plutôt l'original que la version Disney.

19 h 36

À l'écran :

Carl Mendoza sur la partie gauche, vieux sportif plutôt émacié, basané, le regard dur, une toute petite lueur qui clignote au fond des yeux, les coins de sa bouche sérieuse relevés tandis qu'il renvoie la balle à sa mère avec un touchant plaisir de gamin.

Sur la partie gauche, Mama Mendoza, avec son nez mince légèrement busqué, sa grande bouche aux lèvres charnues, ses yeux sombres enfoncés dans leurs orbites – Mendoza fils en version plus douce, plus vieille, plus féminine – boit son café à petites gorgées dans la tasse qu'elle tient de la main gauche et agite l'index droit devant la caméra à laquelle elle s'adresse directement.

« Ces flics là-bas dans la rue, ces *puberdas* déguisés en soldats, j'ai descendu le Sunset en bagnole pour me rendre compte par moi-même...

– Tu es allée jusqu'à la station en voiture ?

– Tu crois que je suis trop vieille pour me débrouiller avec une boîte manuelle à cinq vitesses ? Tu crois que les commissions grimpent la colline toutes seules ? Bien sûr qu'il fallait que j'y aille moi-même, *hijito*, tu es bien placé pour savoir qu'on peut pas se fier à ce qu'on voit à la télévision...

– Mais je passe en direct, *mama*, et...

– ... parce qu'on a pas les odeurs. Et j'aime pas l'odeur qu'ils dégagent, cette odeur de gomina et d'après-rasage bon marché, de flingues qui dégoulinent d'huile, de pétards qui ne demandent qu'à partir... *Caramba*, tu la connais, toi, Carl, l'odeur des mecs du LAPD, un tas de machos obèses serrés dans des frocs qui leur écrasent les *cojones*, et qui cuisent dans leur jus comme des *frijoles*, l'œil sur la pendule, attendant qu'il se passe quelque chose à moins que ce soit l'heure d'aller s'envoyer une bière... »

Carl Mendoza éclate.

« Hé là, c'est de la crème des braves de L.A. que tu es en train de parler, *mamacita* !

– Hé, *hijito*, si c'est ce qu'ils ont de mieux à L.A.,

rappelle-moi d'aller me planquer à Taxco quand ils sortiront l'équipe de deuxième division ! »

Et d'éclater de rire tous les deux. Mama Mendoza regarde vers la gauche, hors champ, fronce les sourcils, fait un signe de tête, marmonne quelque chose et regarde à nouveau la caméra.

« J'ai une surprise pour toi, Carl. Charlie Bird, ton vieil *amigo* du Viêt-nam, est là, il veut te dire bonjour, il s'est pointé chez moi juste après les gens de la télé... »

Sur la moitié gauche de l'écran, la caméra panoramique vers la droite par-dessus la table de cuisine alors qu'un Noir en complet de crépon bleu et blanc du dernier chic entre dans le champ, sourit à l'objectif et s'assoit. Sa coiffure est entre la brosse militaire et l'afro. Il arbore un grand sourire amical mais son regard prédateur a comme une étrange neutralité. Un mouchoir rouge dépasse de sa poche de poitrine. Pas de cravate. Pas de bijoux. Il pourrait avoir entre trente-huit et cinquante ans.

« Hé, Fireball, j'ai essayé de t'appeler au boulot, mais tout ce que j'ai eu c'est une mauvaise liaison avec le Hilton à Hanoi, lance-t-il d'une voix chaude et engageante. Alors je me suis fait la réflexion qu'il valait mieux que j'émette en clair. Fallait simplement que je te dise que je suis ici pour te remonter le moral, mon pote. Parker oublie pas ses vieux copains du Nam. »

Sur la moitié droite de l'écran, Carl Mendoza a l'air quelque peu gêné, comme s'il n'arrivait pas à reconnaître ce type mais ne pouvait pas vraiment l'avouer.

« Ça fait plaisir de te voir, Charley, dit-il. Mais comment t'as fait pour avoir l'adresse de ma mère ?

– T'as déjà oublié, Fireball ? Tu me l'as donnée la dernière fois qu'on s'est revus, à cette barbecue-party à Manhattan Beach. T'avais descendu pas mal de canettes, mon vieux, mais tu t'en souviens quand même, non ? Y avait Louie, Angel, le Monstre. Toute l'équipe de là-bas sauf Murph – tu sais bien, il était obligé d'aller à l'enterrement de sa grand-mère... »

Carl Mendoza donne l'impression de fouiller sa mémoire, finit par trouver la case-trésor et affiche un sourire.

« Ah oui, maintenant, je me souviens. Charley... Charley *Parker*, je crois bien que j'avais un peu trop bu... »

Charley Bird s'esclaffe. « Un peu, que tu dis ? Hé, on était tous plus bourrés que les tribunes du Rose Bowl le grand soir de la finale !

– Qu'est-ce qui me vaut l'honneur de ta visite, Parker ? »

Charley Bird secoue la tête, échange un regard avec quelqu'un hors champ, sans doute Mama Mendoza. « Vous l'entendez, ce mec ? s'exclame-t-il avec un grand sourire. Il me sauve la vie et il est surpris quand je me pointe pour lui dire que les mecs de sa compagnie sont tous derrière lui ! Un drôle de fiston que vous avez là, ma bonne dame ! »

La caméra recule pour cadrer en même temps Charley Bird et Mama Mendoza, surprise.

« *Carl vous a sauvé la vie ?* »

Charley Bird secoue la tête à nouveau, tristement. « Il ne vous en a jamais parlé ? » Il se tourne vers la caméra qui se rapproche pour le cadrer en gros plan. « Tu lui en as jamais parlé, c'est vrai, Fireball ? Quel mec ! Une prestation digne du *Livre des records*, et t'en parles même pas à ta propre mère ! »

Sur la partie droite de l'écran, Carl Mendoza hausse les épaules. « Tu sais ce que c'est, Parker... mieux que moi, sans doute... »

Charley Bird acquiesce et sourit mais il a le regard fixe, dur et froid, comme s'il évoluait quelque part dans sa mémoire, comme s'il revoyait la scène avec tout le recul analytique du survivant. On se demande bien à qui il s'adresse vraiment : à Carl, à Mama Mendoza, aux télé-spectateurs, au souvenir du jeune soldat qu'il a été ?

« C'était une patrouille en pénétration avancée, vraiment avancée – tu te rappelles ? – avec un parcours final via le Cambodge pour contourner la Zone démilitarisée par le nord. On a le temps de pénétrer très loin dans le pays avant de jouer de malchance, et là, on se fait même pas avoir par des réguliers de l'ARVN, mais par une bande de semi-pros en pyjamas noirs, et y peut pas y en avoir plus d'une douzaine, c'est gênant, pas vrai, Carl ? Y a une fusillade, et on se fait capturer, Carl et moi. Ils nous traînent dans une cabane dans quelque bled pourri et ils ont probablement demandé un interrogateur de l'ARVN, parce qu'ils savent qu'ils viennent de piéger un couple de héros des LURP... »

Il toise la caméra avec un regard qui porte à mille mètres. « Tu te rappelles, Carl ? Tu te rappelles ce petit salaud avec des grenades accrochées partout sur le bide ? Tu te rappelles la nana avec le M-16 ? Tu te rappelles les merdes de cochon dans cette cabane dégueulasse ? »

Carl Mendoza prend un air songeur, comme s'il était lui aussi ramené là-bas, chez les Viets, dans une autre captivité, dans le souvenir de la jungle.

« Je m'en souviens comme si c'était hier... Parker. Ou demain... oui...

– Je te reçois cinq sur cinq, mon vieux, cinq sur cinq », dit Charley Parker avec un mince sourire bizarrement dépourvu d'humour. Il s'accorde une demi-seconde de silence avant de replonger dans ses mémoires de guerre.

« Bon, les autres, ils sont dans la nature, pas vrai, Carl ? Ils sont quelque part dans la jungle, le soleil va se coucher, et quand la nuit tombe on entend des chants d'oiseaux qu'on entend jamais au Viêt-nam – des geais de garrigue qui criaillent, des pigeons de square qui roucoulent – et Louie qui fait *schmuck ! schmuck ! schmuck !*

– Toujours futé, ce Louie, dit Carl Mendoza.

– Pas vrai, hein ? Il en fait presque trop. Ou peut-être qu'il en fait vraiment trop, parce que nos gardiens commencent vraiment à s'agiter... Ils ont passé toute leur vie dans cette jungle, et ces oiseaux, là, ça cadre pas tellement... Et puis... et puis... Bon, alors, pas mal de temps après, vers dix heures du soir par cette nuit sans lune, dix heures pile, en fait, parce que les chants d'oiseaux, c'est pas pour énerver les indigènes, c'est les messages des joueurs qui sont restés sur la touche... »

Charley Bird s'interrompt. « Pourquoi tu racontes pas la suite, Carl ? T'es le héros de l'histoire...

– Je m'y risquerais pas, mon pote, je pourrais jamais le faire aussi bien que toi. Pourquoi tu dis pas à tout ce monde qui nous regarde comment ça se termine ?

– Bon, on sait pas exactement combien y en a dehors, mais d'une manière ou d'une autre nos petits gars sont en train de renverser discrètement le rapport des forces. Et les deux gardiens dans la cabane, le connard avec toutes ses grenades et la nana avec son M-16... »

Charley Bird sourit. « Allons, mon vieux, pourquoi pas le raconter toi-même ?

– Je crois que... je crois que je suis trop timide... tu vois ce que je veux dire... »

Charley Bird secoue la tête, incrédule. « Vous entendez ça ? T'es sûrement pas timide quand il faut passer à l'action, mon vieux ! Alors, ce qui se passe, c'est que quelqu'un déconne, bavure que personne s'empressera de revendiquer, et voilà ce cri étranglé qui monte de la jungle, vite étouffé, d'accord, mais c'est trop tard... Échange de coups de feu, nos types déboulent dans la cabane, Pyjama Noir sort une de ses grenades, la dégoupille, me pose cette saloperie sur le sommet du crâne, me balance dehors en gueulant quelque chose en niakoué, qui doit vouloir dire, vite traduit, si vous faites un pas de plus, votre pote et moi on se transforme en chair à saucisse... »

Sur la moitié droite de l'écran, Carl Mendoza transpire, les yeux baissés, la mâchoire tendue, comme s'il revivait toute la scène, comme si le récit de Charley Bird déclenchait un genre de flash-back.

« Bon, je vois rien arriver et quand tu me le raconteras plus tard, Carl, souviens-toi, j'y croirai à peine, mais je suis encore là, alors ça doit être vrai. Carl, donc, fonce vers la porte, repousse la nana d'un coup de pied au bas-ventre, et avant que le connard à la grenade puisse réagir, Carl le sonne d'un coup de poing sur le crâne, récupère la grenade au vol, pivote comme un deuxième base, balance le berlingot dans la jungle, se retourne, défonce la mâchoire de la nana juste au moment ou elle va redresser le M-16. La grenade part, nos types atteignent la cabane, et c'est fini... »

La caméra prend du champ pour cadrer aussi Mama Mendoza, qui ouvre de grands yeux, ébahie.

« Tu as fait tout ça, Carl ? Tu as joué à la main chaude avec une grenade ? Tu as donné un coup de pied dans le baba d'une jeune fille et tu lui as cassé les dents ? C'est pour ça que tu me l'as jamais raconté ? »

À droite, Carl Mendoza a encore l'air un peu secoué, pas tout à fait libéré du souvenir. « C'était chez les Viets, *mamacita*, y s'est passé des tas de choses tellement dingues que personne pourra jamais croire dans le monde normal...

– C'est pas la vérité ? dit Charley Bird tandis que la caméra revient sur lui.

– C'est pas... répète Carl Mendoza d'une voix plutôt bizarre.

– Bien sûr, c'était y a longtemps, pas vrai, Fireball ? Maintenant t'es journaliste sportif, t'approches de la cinquantaine, et l'ami Charley Bird, il est cadre, il a un emploi stable. Mais tu sais quoi, mon vieux pote ?

– Quoi donc, Parker ? »

Charley Bird sourit à Carl Mendoza et à la caméra, mais il y a dans ses yeux quelque chose d'aussi froid que de l'acier huilé en plein mois de janvier. « Je crois bien que si toute l'équipe se retrouvait encore avec 24 à la marque au moment de l'interception, ce vieux Fireball aurait encore l'énergie de relancer.

– Tu crois vraiment, Parker ?

– Je parie tout ce tu voudras, Fireball. Qu'est-ce que t'en penses ? C'est ça que je suis venu te dire, mon vieux ! Tiens bon, Carl. On est encore tous là pour t'encourager !

– Ça me... voilà qui me réchauffe le cœur, Parker, marmonne Carl Mendoza. Je... je sais vraiment pas quoi dire.

– Hé, mon vieux, t'es pas obligé de dire quoi que ce soit ! C'est dans ce genre de galère qu'on voit à quoi servent les amis ! »

19 h 51

« Au revoir, maman... au revoir, papa...

– Sois prudente... *Heather*...

– Nous prions pour toi, ma chérie... »

Jusque-là, ça se passait bien, mieux, à certains égards, que ce à quoi elle s'attendait mais, tout en disant au revoir à papa-maman, Heather Blake se demandait encore comment son sketch avec Nancy Clarke allait passer.

Les problèmes qu'elle avait envisagés ne s'étaient pas matérialisés. Tout avait marché : Alex Coleman avait accepté l'idée de l'émission, avait rendu les cars de reportage à KLAX-TV, StarNet avait réussi à en louer un troisième presque sur-le-champ et, avec des prodiges de la part de leurs chauffeurs, ces trois unités mobiles s'étaient révélées suffisantes pour couvrir quatre sites différents en une heure. Horst l'avait laissée se servir du téléphone pour apprendre leur rôle aux interlocuteurs.

Même ses parents n'avaient pas déconné.

StarNet avait installé un relais à partir du salon des Gluck via une station locale de Cedar Rapids et, sans trop se perdre dans les préalables, Heather avait pu se servir du fait indéniable que la vie de leur petite fille était en danger pour les persuader de bien vouloir se faire appeler « Blake » pour la durée de l'émission.

Ils avaient été plutôt nuls – elle s'y attendait –, mais au moins avaient-ils réussi à tenir jusqu'au bout sans le moindre lapsus, sans l'appeler « Hester » une seule fois.

Sauf que...

Heather avait tout combiné pour que la pièce de résistance se trouve à la fin de son entretien – le dernier de l'émission : une saynète jouée par deux actrices professionnelles qui couronnerait ces soixante minutes par un appel direct aux téléspectateurs de toute la nation censé leur faire inonder Washington de fax et de coups de téléphone pour exiger que la prise d'otages se termine sans violence.

Après avoir parlé à Claire Inman, Ellie Franker et Mama Mendoza, Heather avait établi l'ordre de passage des conversations, escomptant que la scène relativement comique de Carl avec sa douce cinglée de mère serait la meilleure introduction à son larmoyant duo final avec Nancy Clarke.

C'est alors que ce Charley Bird s'était pointé sans être annoncé et ce segment avait été le clou de l'émission. Un morceau fantastique de télévision ! Comment faire mieux ?

Eh bien, elle et Nancy allaient essayer, tout simplement.

Ressaisis-toi, Heather, sois pro ! se dit-elle lorsque le visage massivement maquillé de Nancy Clarke apparut sur le moniteur.

À bien y réfléchir, Nancy et toi allez probablement être

les seules à regretter que ce petit bout de mélo ne puisse plus avoir la vedette.

19 h 55

À l'écran :

Sur la moitié droite, Heather Blake : blonde, belle, un peu hagarde, un courageux petit sourire forcé plaqué sur le visage qui lui donne une touchante vulnérabilité lorsqu'elle parle dans le micro du combiné.

Sur la moitié gauche de l'écran, une sexagénaire artificiellement bien conservée : couches de poudre sur une peau tannée et ridée, yeux lourdement maquillés, vernis à lèvres blanc rosâtre, cheveux d'un auburn quelque peu criard rassemblés en un maigre chignon. Elle porte une combinaison sport vert acide aux manches bouffantes qui ne découvrent que les avant-bras. Elle est assise sur un canapé en simili havane dans un salon aux allures de parloir, avec des murs jaune pâle et une lithographie florale visible sur le mur derrière elle.

« Bonjour, Heather, chuchote-t-elle d'une voix rauque qui trahit une grande faiblesse. Tu te souviens de moi ? »

Heather Blake louche vers la caméra et fouille sa mémoire, apparemment gênée. « Madame Simpson ? » finit-elle par dire sans conviction.

Mme Simpson sourit. « Oui, c'est Arlene Simpson. Quand la télé a dit qu'ils allaient vous laisser recevoir des appels, j'ai tenté ma chance – il le fallait – et cette gentille petite Mlle Jordan a dit d'accord... pour une terroriste, elle n'a pas l'air si méchante que ça... »

Heather Blake a l'air de plus en plus gênée, s'agite sur son siège. « Elle... elle n'est pas... bredouille-t-elle distraitement. Mais... mais... » Elle rougit presque.

Les lèvres de Mme Simpson tremblent. Ses yeux sont

humides. Elle se tamponne le coin de l'œil gauche avec un mouchoir en dentelle. On dirait qu'elle refoule ses larmes.

« Je n'ai jamais pu vous comprendre, Heather, vous... vous m'avez donné ces cinq dernières années de ma vie...

– Madame Simpson, je vous en prie !

– ... et j'ai été opérée assez souvent pour savoir à quel point une extraction de moelle c'est douloureux, alors vous devriez être fière. Pourquoi avez-vous toujours été si *discrète* là-dessus, mon enfant ? »

Les yeux d'Heather Blake semblent avoir perdu leur capacité professionnelle à affronter l'œil de la caméra et elle regarde vers le bas, vers le haut, à gauche, à droite, partout sauf vers l'objectif. « Je regrette vraiment que vous ayez... », gémit-elle.

Les yeux de Mme Simpson s'emplissent de larmes. « En temps ordinaire, je ne le ferais pas, vous le savez, Heather. Je n'en ai jamais soufflé mot à la presse, pas même lorsque vous êtes devenue Mlle Météo sur KLAX, n'est-ce pas ?

– C'est vrai, avoue Heather Blake d'une toute petite voix.

– Mais là, c'est différent ! reprend Mme Simpson avec une petite touche d'hystérie dans la voix. Maintenant, c'est votre vie à vous qui est en danger, et je ne peux pas me contenter de rester sur ma chaise dans cet hôpital sans rien dire sous prétexte de respecter votre modestie, Heather Blake !

– Un *hôpital* ? » s'exclame Heather Blake avec un regard soudain inquiet.

Elles se regardent sans rien dire une seconde de part et d'autre de la verticale médiane.

« C'est revenu, dit doucement Mme Simpson.

– *Oh, non !* Écoutez, quand je sortirai d'ici, on pourra me...

– Pas question de vous demander de refaire tout ça.

– Vous ne seriez pas obligée de me le demander !

– Je ne vous laisserai pas faire, pas cette fois-ci. Les médecins ne croient pas que ça puisse marcher une seconde fois, même avec un type de tissu aussi compatible que le vôtre. Je ne veux pas vous obliger à subir tout ça une fois de plus pour rien.

– Ils pourraient essayer ! »

Les lèvres de Mme Simpson tremblent. « Je ne vous ai pas appelée pour parler de ma leucémie à moi, dit-elle avec un courage audible. J'ai appelé pour parler de *vous* à tous ces gens qui nous écoutent.

– Madame Simpson, je vous en prie, tout cela est extrêmement embarrassant, gémit Heather Blake avec un parfait accent de sincérité. Ce n'était pas grand-chose.

– *Pas grand-chose !* Sans votre moelle osseuse, je serais morte depuis cinq ans !

– Je veux dire que n'importe qui aurait pu le faire à ma place. Simplement, j'étais le seul sujet compatible qu'on ait pu trouver. »

De grosses larmes roulent sur les joues de Mme Simpson. « Vous le croyez vraiment, sincèrement, n'est-ce pas ?

– Bien sûr... je veux dire, quel genre de personne... »

Mme Simpson regarde directement la caméra, qui se rapproche pour la cadrer en gros plan tandis que son image vient occuper tout l'écran, effaçant celle d'Heather dans un effet de volet.

« Je vais vous dire quel genre de personne vous avez sous les yeux, déclare-t-elle à l'adresse des téléspectateurs. J'avais besoin d'une greffe de moelle osseuse à cause de ma leucémie. Le centre médical de l'UCLA a épluché les dossiers de tous les étudiants et n'a trouvé que trois spécimens de tissu suffisamment compatibles... »

Heather Blake, off : « Je croyais que j'étais la seule...

– Non, mon enfant, il y en avait deux autres. On leur a demandé à eux d'abord, et quand ils ont su de quoi il s'agissait, ils ont l'un et l'autre refusé de se prêter à l'opération qui devait sauver la vie d'une parfaite inconnue. »

Heather Blake, off : « C'est affreux !

– Rien qu'une étudiante, avec toute la vie devant elle. Elle comprenait les risques. Elle savait à quel point ce serait douloureux. Elle... elle a... »

Mme Simpson éclate en sanglots, éponge ses larmes. L'écran se coupe à nouveau en deux pour montrer Heather Blake à droite, apparemment au bord des larmes. Mme Simpson se ressaisit assez pour poursuivre, mais sans s'arrêter tout à fait de pleurer, et tandis qu'elle parle, la médiane l'efface lentement vers la gauche pour laisser un gros plan de Heather occuper tout l'écran. Les lèvres de la jeune femme tremblent, elle est incapable de regarder la caméra.

« Elle n'a pas voulu toucher un sou. Elle n'a rien dit à personne. Et maintenant que c'est une célébrité du petit écran, elle ne veut même pas s'en servir pour s'offrir un article dans *People*...

– Je vous ai laissé payer la note d'hôpital, madame Simpson, dit Heather Blake d'une voix minuscule. Et vous ne manquez jamais de m'envoyer ces merveilleux cakes aux fruits confits à Noël... »

L'écran se partage à nouveau, Heather Blake à droite, Mme Simpson à gauche.

« Après ça, je n'ai cessé de suivre la carrière de cette jeune fille. Je crois l'avoir regardée dans les moindres petits rôles qu'elle ait décrochés dans une émission de télé ou une pub. » Mme Simpson cligne des yeux pour refouler ses larmes. « Après tout, elle fait vraiment partie de moi. Et puis, je vais vous dire, cette fille va être une star, une vraie, à moins qu'elle... à moins que... »

Elle éclate à nouveau en sanglots, lutte pour se ressaisir, regarde la caméra bien en face, les joues ruisselantes de larmes. « Mais nous n'allons pas rester les bras croisés, hein ? dit-elle d'une voix chevrotante mais qui conserve encore une mystérieuse puissance. C'est à vous que je parle, vous qui me voyez sur vos téléviseurs, et c'est pour ça que j'ai appelé, en fait, pour m'adresser à vous. On ne devrait pas laisser mourir cette fille, c'est tout. Elle n'a pas voulu se laisser remercier publiquement de m'avoir sauvé la vie, et maintenant j'ai peur de l'avoir fâchée contre moi en venant à la télé révéler son secret. Bon, j'en suis sincèrement désolée. Mais c'est sa vie à elle qui est en danger à présent, et je ne pouvais pas rester assise dans cet hôpital à attendre la mort sans rien faire, hein ? Vous le feriez, vous ? »

Le gros plan de Mme Simpson occupe maintenant tout l'écran. « Bien sûr que non ! Je sais très bien qu'il y a des milliers et des milliers de gens de bonne volonté, tout comme Heather, qui m'écoutent en ce moment. Je ne demande à aucun d'entre vous d'endurer toutes les souffrances liées à un prélèvement de moelle osseuse pour sauver une vie. Tout ce que vous avez à faire, c'est d'utiliser votre téléphone ou votre télécopieur ou d'envoyer un télégramme si la Western Union fonctionne encore, pour faire savoir aux responsables qu'il est plus important de sauver la vie d'une brave jeune fille que de tuer ou de punir mille individus malfaisants, sans parler de quelques imbéciles mal inspirés qui veulent faire le bien à leur manière et n'ont en vérité fait de mal à personne. »

L'écran se divise à nouveau en deux. Les larmes ruissellent sur les joues de Heather, à droite, comme sur celles de Mme Simpson, à gauche.

« Et je vais vous dire une chose, Heather. C'est peut-être mal de faire ça, mais je vais conclure un marché avec le Bon Dieu lui-même, s'Il le veut bien... Mon Dieu, vous m'entendez ? Parce que je vais prier, et voici ma prière. Vous laissez cette jeune fille sortir de cet immeuble saine et sauve et je vous promets, quoi qu'il m'en coûte, de faire en sorte que ces gâteaux de Noël continuent de lui parvenir pendant encore cinq ans ! Laissez-la vivre, Seigneur. Vous m'entendez...

– Oh, madame Simpson ! »

Elles éclatent en sanglots, tendant vainement les mains l'une vers l'autre comme si elles pouvaient s'étreindre malgré la barrière qui divise verticalement l'écran.

Fondu au noir.

« KLAX-TV, Los Angeles ! »

20 h 45

« Eh bien... à la santé des deux vainqueurs de l'équipe du J.T. de KLAX-TV, dit Toby Inman en levant son gobelet de Pepsi au-dessus des restes de la pizza. À la santé des deux héros qui ont probablement sauvé notre peau. Vous mériteriez du champagne, mais il faudra se contenter de ça ! »

Coleman avait laissé les mêmes généreuses sociétés de restauration rapide fournir les mêmes pizzas, poulets et hamburgers que la veille. C'était mieux que le Trail Mix, mais Toby avait l'impression qu'au bout de quelques jours de ce régime il en aurait tout aussi marre.

L'ambiance de pique-nique de la veille ne s'était pas renouvelée ce soir. Nigel et Malcolm gardaient la porte. La plupart des cartons de poulet étaient restés par terre à leurs pieds, les autres ayant disparu avec tous les hamburgers et le reste des Brigades vertes, obligeant Toby, Heather, Carl et Eddie à manger de la pizza, qu'ils le veuillent ou non.

« Allons, Toby, dit Heather avec un petit sourire, tu sais aussi bien que moi que tout ça était de la frime.

– D'accord, mais de mon point de vue, ça mériterait un Emmy.

– Du très mauvais mélo ! gémit Heather.

– C'était peut-être pas du grand art, Heather, intervint Franker, mais je parierais qu'il n'y avait pas beaucoup de mouchoirs de secs dans les chaumières. Ni de jeans propres chez StarNet, laissez-moi vous dire !

– Ils ne peuvent plus tenter de prendre la station d'assaut après ce qui s'est passé ce soir, gloussa Toby. Je vois très bien ce flot de fax et de coups de téléphone qui se déverse sur Washington...

– Sauvez les baleines, sauvez la planète, sauvez les otages de KLAX-TV, continuez de nous envoyez des lettres et des cartes postales, messieurs-dames », marmonna Carl Mendoza d'un ton sarcastique.

C'était la première fois que Mendoza parlait depuis l'émission. Il était resté une demi-heure sans rien dire à contempler sa pizza d'un air morose et n'avait pas réussi à en manger plus d'une tranche.

La déprime de Carl avait d'abord semblé plutôt bizarre, mais si Toby n'avait jamais connu la guerre, il avait vu des tas d'émissions et de téléfilms sur des gens qui en étaient revenus. On devait être en présence de ce qu'on appelait un flash-back. Le fait de parler à Charley Bird après toutes ces années avait illico replongé ce pauvre Carl dans ces horribles instants au milieu de la jungle, et même si l'histoire s'était bien terminée, avec Carl comme héros, l'expérience elle-même avait sans doute été plutôt terrifiante à l'époque.

« Allons, Carl, sois pas triste, dit Toby comme pour le calmer.

– Pas triste..., répéta Carl d'une voix funèbre.

– Ben oui, Carl, dit Heather. C'est moi qui ai joué les faux héros modestes ; toi, tu en es un vrai.

– Un vrai ! ricana Carl.

– Qu'est ce que tu as, Carl ? demanda Toby. C'est cette histoire de jungle avec ton pote Charley Bird, ou quoi ?

– Mon *pote* Charley Bird...

– Mais qu'est-ce que t'as, merde ? s'emporta Toby. Tout a marché comme sur des roulettes ! Ton numéro a été super ! Alors pourquoi tu déprimes comme ça ?

– À cause du chant de l'oiseau.

– Du chant de l'oiseau ? dit Heather. Tu veux dire ton ami Charley ? Mais il n'a rien fait d'autre que te remercier de lui avoir sauvé la vie.

– Comme *ton amie* Mme Simpson, Heather ? »

Les paroles de Carl Mendoza flottèrent un long moment dans le silence, tandis que Heather changeait d'expression, qu'Eddie Franker restait bouche bée et que la terreur sourdait lentement dans les entrailles de Toby.

Carl jeta un coup d'œil en direction de Nigel et Malcolm, toujours occupés avec leur poulet frit, puis se pencha et dit, en baissant la voix : « Donne ton Emmy à Parker, si c'est bien comme ça qu'il s'appelle, dit-il. J'ai jamais connu d'Angel, de Monstre, de Murph ou de Louie quand j'étais chez les Viets. Et j'ai jamais été capturé. Et j'ai jamais vu de ma vie cet enfoiré de cette CIA de merde. »

CINQUIÈME JOUR

10 h 38

Les autres avaient traîné Franker dans son bureau pour qu'il filtre les appels téléphoniques et Heather était aux toilettes, aussi Carl Mendoza se trouvait-il pour l'instant seul en face de Toby Inman à la table de la cafétéria. Hiroshi et Ahmed gardaient la porte, bien trop loin pour les entendre.

Tout en mâchant lentement son Trail Mix matinal, il rumina une fois de plus le message émis par l'Agence.

... toute l'équipe... avec 24 à la marque...

C'était clair. Ici, « Parker » n'avait fait qu'indiquer la configuration du jeu et le score un jour avant que la balle soit interceptée...

Carl avait quand même demandé une confirmation. « Comme si c'était hier... *ou demain... oui...* »

Et il l'avait eue.

Cinq sur cinq, mon vieux, cinq sur cinq.

Et l'heure : *Pas mal de temps après... vers dix heures du soir par cette nuit sans lune, dix heures pile, en fait...*

Précision confirmée dans la même phrase : *Parce que les chants d'oiseaux... c'est les messages des joueurs qui sont restés sur la touche...*

Et puis les grandes lignes du scénario... l'homme à la

grenade, l'otage, la fille au fusil, l'attaque de la cabane, le geste qu'ils attendaient de lui...

Ce soir, à 22 h 00, ils allaient donner l'assaut à l'immeuble, et c'est à ce moment-là qu'ils attendaient de lui qu'il mette Klingerman hors de combat. Et s'il n'y arrivait pas... bon, Charley Bird n'avait pas demandé de confirmation. Les types de la CIA allaient tout simplement faire le nécessaire pour mettre fin à la situation, et il faudrait bien qu'elle finisse d'une manière ou d'une autre, que ce vieux « Fireball » tente ou non de jouer les Vengeurs Masqués.

Il aurait sûrement besoin d'un fidèle Tonto pour augmenter ses chances de succès...

Franker était un vieux dur à cuire, mais son âge le disqualifiait. Heather était jeune, avait l'air d'être en forme, et il ne faisait aucun doute qu'elle était courageuse, mais il restait à Carl suffisamment de machisme pour ne pas faire confiance dans une situation de combat à une femme qui n'avait jamais eu de sang sur les mains, à moins qu'elle n'ait un peu tâté des arts martiaux.

Ce qui ne lui laissait que Toby.

Carl observa le présentateur qui prélevait des morceaux d'abricots et de raisins secs dans son Trail Mix. Taille moyenne. Pas plus de cinq kilos au-dessus du poids idéal. Un peu mou, probablement. Mais leurs chances seraient pas mal améliorées si Toby avait les couilles pour...

« Tu t'es déjà bagarré dans ta vie, Toby ? risqua Carl. Pour de vrai, je veux dire...

– Hein ?

– Un truc où il y avait un risque certain de se faire sérieusement amocher ?

– Rien de pire que des échanges de coups de poings dans la cour de l'école quand j'étais gosse, dit Inman avec un regard bizarre. Où tu veux en venir, Carl ?

– Est-ce que je peux compter sur toi pour fermer ta

gueule si je te confie quelque chose de dangereux ? Tu pourrais garder le secret sans rien dire à Heather ni à Franker ? »

Le regard d'Inman se durcit. « Ça a un rapport avec ce coup de fil de la CIA hier soir, n'est-ce pas ? Tu nous as pas tout dit, hein ? Tout ce jargon sportif et ces souvenirs d'anciens combattants c'était un genre de code...

– Un peu, oui...

– Bon. Tu m'as déjà rendu parano, Carl, alors si tu veux que ça reste entre nous, t'as intérêt à cracher le morceau avant que Heather revienne des waters. »

Toby avait marqué un point. Il s'était vraiment décidé lorsqu'il avait ouvert la bouche. Carl devait sans cesse se rappeler que ce brave garçon était plus futé qu'il n'en avait l'air.

« Ils vont donner l'assaut à la station ce soir à 10 heures. Ils pensent que Kelly aura pas le cran de faire exploser les charges principales. Ils veulent que je neutralise Horst.

– Me-erde, lâcha Toby assez calmement. Mais... si tu rates ton coup ? Si t'es même pas dans la même pièce que lui quand ça commence ? Et si... si le... les... »

Carl sourit de toutes ses dents, plissa les lèvres et expira silencieusement. *Pfff.* « Oh », fit Toby.

Carl acquiesça. « On dirait que ceux qui commandent là-haut leur ont dit que mettre fin à la situation à l'heure fixée d'une manière ou d'une autre est la priorité numéro un. Nous sauver tous les quatre serait pas mal non plus, alors, puisque de toute façon nous sommes tous morts si Horst arrive à atteindre ses détonateurs, du point de vue de l'Agence, nous ferions mieux de jouer le tout pour le tout...

– *Nous* ?

– Peut-être que je serai très loin de Klingerman à 10 heures, peut-être que tu seras dans les parages... Si on y est tous les deux, on augmenterait nos chances en agissant ensemble... bon, ça me plaît pas de te le rappeler, mais ce mec trimballe un Uzi...

– Et si on est pas à côté de lui ni l'un ni l'autre ? »

Carl haussa les épaules.

« Et puis merde », dit Toby Inman. Une lueur de folie passa dans son regard. « Écoute, Carl, tout ça c'était avant le numéro de Heather après tout, et à l'heure qu'il est Washington doit déjà crouler sous des milliards de fax et de coups de fil. Je veux dire... peut-être qu'ils vont être forcés d'annuler l'opération, c'est pas exclu, non ?

– Peut-être. Peut-être que Horst va s'entraver dans ses lacets et faire une chute mortelle dans l'escalier. Peut-être qu'il va être frappé par la foudre. »

Heather émergea des toilettes et commença à traverser la pièce.

« Mais s'il se passe rien de tel avant 10 heures, Inman, dit-il entre ses dents, t'es disposé à tenter le coup ou à rester assis sur ton cul sans rien faire avec la certitude de partir en beauté dans le big bang final ? »

Toby Inman soutint le regard de Carl. Son expression sembla se raffermir. Il inclina la tête vers la gauche, haussa imperceptiblement les épaules.

« Bon, si c'est comme ça que tu vois les choses... »

Heather atteignit la table et s'assit.

Carl continua de fixer Toby.

Toby serra le poing droit, l'éleva à dix centimètres de la table, puis ouvrit la main.

11 h 02

À peine Eddie avait-il fini de parler avec Arlene Berkowski qu'il avait Alex Coleman au bout du fil.

Berkowski avait été la bonne nouvelle. Toutes proportions gardées.

L'émission de la veille avec les familles et les amis des otages avait fait des taux d'écoute très satisfaisants compte tenu du fait qu'elle était en concurrence avec une programmation à gros budget à l'heure d'écoute maximum dans tout le reste du pays. StarNet en voulait encore.

« Quoi par exemple ? avait demandé Eddie.

– La même chose, Eddie. Encore des tranches de vie en direct sur la prise d'otages de KLAX, tout ce qui pourra nous donner les mêmes taux d'écoute.

– C'est-à-dire ? »

Long silence à l'autre bout du fil.

« Je crois que c'est à vous de voir, je ne suis pas directeur des programmes, dit finalement Berkowski. Pour tout vous dire, sur le plan de l'information pure, ce truc n'est plus rentable vu toutes les emmerdes qu'on a avec...

– Quelles emmerdes ?

– Les types de Washington nous tarabustent. Ils veulent qu'on arrête de rediffuser vos émissions à nos abonnés. Notre position est que nous voulons bien vendre tous les reportages que les stations abonnées voudront bien acheter en tant qu'infos protégées par la liberté de la presse et *tutti quanti*, mais maintenant ça fait plus que trois minutes par soirée en moyenne. La compta nous dit que le seul moyen de ne pas boire le bouillon avec tous ces procès en perspective est de diffuser des émissions d'une heure qui récupèrent une part de marché significative sur le plan national. »

Horst et Kelly, comme d'habitude, écoutaient la conversation sur le minuscule haut-parleur du téléphone, elle assise devant le bureau d'Eddie tandis que Horst, nerveux, marchait de long en large.

En revanche, contrairement à son habitude, Horst s'arrêta, s'assit, contempla le téléphone comme si c'était l'interlocutrice elle-même et s'adressa directement à la responsable de StarNet.

« J'ai la solution. Nous nous adresserons directement à la population.

– *Nous* ? Qui parle ?

– Horst Klingerman. Nous répondrons aux appels téléphoniques en provenance de tout le pays. Nous laisserons le peuple américain s'entretenir directement avec les militants des Brigades vertes. »

Horst s'animait, comme amoureux de sa propre idée. À l'autre bout du fil, Arlene Berkowski observa une pause puis lâcha : « J'en sais rien... ce que vous dites, là, ça ressemble à de la *radio*... »

Horst fronça les sourcils, les lèvres pincées, et jeta un coup d'œil en direction de Kelly. Il avait l'air à la fois pathétiquement déçu et écœuré.

Kelly, elle, semblait séduite par l'idée de Horst, à moins qu'après tout le temps qu'elle avait passé à l'antenne depuis quatre jours elle ait attrapé le virus du show-business.

« Hé, dites donc, c'est exactement le format qui a fait de Larry King un ténor des ondes ! s'écria-t-elle.

– Vous n'êtes pas exactement Larry King, lui fit remarquer Berkowski. En plus, vous n'avez pas de vedettes à interviewer en direct.

– Hé ! Les vedettes, c'est nous ! Vous croyez vraiment pas qu'il y a des gens devant leur poste qui meurent d'envie de nous parler en direct à la télé nationale...

– Hum, ça me semble un peu mince pour une heure de grande écoute... »

Si ces mômes n'avaient pas eu de gilets explosifs ni de mitraillettes, Eddie aurait éclaté de rire en les voyant mimer inconsciemment les producteurs de navets essayant de vendre un format.

De fait, il s'en fallut de peu. Sous un certain angle pervers, les armes, les bombes et les tenues camouflées donnaient tout son sel à la plaisanterie. Variétés, informations, politique, survie planétaire : par les temps qui couraient, même des terroristes armés se voyaient forcés de se vendre aux dictateurs cathodiques.

Par les temps qui courent, tout se ramène au show-business, et nous sommes tous dedans !

Horst, cependant, voyait les choses d'un autre œil.

« Vous oubliez que c'est nous qui contrôlons cette station de télévision, dit-il. Nous ne dépendons pas de vous. Nous pouvons diffuser tout ce que nous voulons.

– Oui, mais à *Los Angeles*, dit Arlene Berkowski. N'oubliez pas que c'est nous qui contrôlons la rediffusion par satellite vers le reste du pays. Sans StarNet, votre part du marché national est égale à zéro.

– Les parts de marché ou la rentabilité ne nous intéressent pas, c'est la préservation de la vie sur Terre qui nous intéresse !

– C'est très louable. Mais si on sauve un arbre dans la forêt et qu'il n'y a que 2 % de l'audience pour le voir, est-ce que l'événement a vraiment lieu ?

– *Was ?*

– D'un autre côté, je dois admettre que personne n'a trouvé mieux... poursuivit prudemment Berkowski. Écoutez, je présente la chose aux responsables achats de nos abonnés, j'évalue la part de marché potentielle et je vous rappelle plus tard... »

Elle avait raccroché.

Le téléphone se remit illico à sonner et la mauvaise nouvelle, en la personne d'Alex Coleman, se déversa par le haut-parleur miniature.

« Je suis peut-être un arrangeur professionnel, les mecs, mais il faut que je vous dise que j'ai pas l'impression que ça s'arrange beaucoup à l'heure qu'il est, surtout avec tout le chagrin qui me tombe dessus pour m'être laissé embobiner dans votre gentille petite magouille !

– Magouille ?

– Les administratifs patentés aiment pas tellement se faire enterrer sous un tas de coups de fil et de fax qui vilipendent leurs patrons, et toute cette merde est retombée en direction de votre serviteur...

– Je ne vois pas de quoi vous parlez... Alex, dit hypocritement Franker.

– C'est pas aux vieux singes qu'on apprend à faire la grimace. C'est vraiment antiproductif d'essayer de me faire marcher, Eddie.

– Et bien sûr vous avez joué avec nous cartes sur table depuis le début ! » rétorqua Eddie, agacé par le ton du baratineur de la CIA. Et il faillit se mordre la langue.

Eddie savait que Coleman était de la CIA, il crevait d'envie de faire savoir à ce brave Alex qu'il voyait clair dans son jeu, mais ce serait décidément antiproductif, voire fatal pour Carl Mendoza, si Kelly et Horst venaient à s'en rendre compte.

La voix de Coleman ralentit, baissa d'une demi-octave, se fit plaintive, sincèrement blessée. « Vous insinuez que j'ai pas joué franc-jeu ? J'ai pas fait le nécessaire pour que vous puissiez tous faire un brin de toilette, hein ? Et c'est pas moi, peut-être, qui vous ai fait livrer des pizzas, des poulets et des cheeseburgers ?

– Et vous avez obtenu la contrepartie que vous demandiez, lui fit remarquer Horst au grand plaisir d'Eddie. Nous avons autorisé nos otages à s'entretenir au téléphone avec leurs parents et amis conformément à vos exigences.

– J'avais pas vraiment demandé toute cette exhibition de mouchoirs humides pour que les gens balancent des messages du genre “ Libérez la fée Clochette sinon c'est vingt points de moins dans les sondages ” par fax et téléphone en direction du 1600 Pennsylvania Avenue, Washington, DC.

– Mon Dieu, Coleman, vous vous attendiez à quoi ? s'énerva Franker. Que nos parents et amis exigent un bain de sang ? Vous avez eu ce que vous cherchiez, non ? Un truc pour empêcher les *bouledogues* – c'est ça ? – de sortir de leur niche ?

– Les *molosses*, rectifia Coleman. Et j'avais certainement pas prévu de les voir baver et grincer des dents si près de ma pomme ! Y se sont mis à hurler à la lune, à m'aboyer au cul quand je vous ai laissé faire cette interview bidon !

– Interview bidon ?

– On apprend aux parents à jouer la comédie, on met du jus d'oignon dans les mouchoirs, bon, passe encore. J'ai été trop souvent à l'autre bout de la ligne dans cette affaire pour qu'un peu de créativité dans votre gestion des événements me colle un rétrécissement du sphincter, Eddie, mais je suis d'accord avec les requins bleus pour dire qu'avoir le culot de monter une interview avec quelqu'un qui n'existe pas et de les entuber jusqu'à la gauche, ça, c'est vraiment un poil au-dessus des limites. »

Oh, merde, songea Eddie. « Je ne comprends pas de quoi vous parlez, bredouilla-t-il.

– Je parle de cette brave vieille Mme Simpson ! cracha Coleman avec un manque inhabituel de charme bien-d'cheux-nous. Elle existe pas. C'est une actrice du nom de Nancy Clarke qui a travaillé toute cette scène au préalable avec votre fille météo.

– Pour savoir tout ça vous avez dû mettre nos téléphones sur table d'écoute !

– Oh, très cher ami, loin de moi cette funeste pensée ! Après tout, qu'est-ce qu'on a en face de nous ? Des terroristes qui s'emparent d'une station de télévision, s'en servent pour fomenter une émeute qui tue dans l'œuf un projet de grands travaux impliquant des milliards de dollars et une foule de créations d'emplois, essaient de faire chanter le gouvernement des États-Unis pour qu'il déclenche une putain de guerre contre les Brésiliens rapport à leur foutue jungle à la con ! Évidemment, aucun de ces brillants canulars de collégien ne peut fournir un prétexte valable pour que le gouvernement des États-Unis s'abaisse à faire une chose aussi louche que d'écouter vos conversations téléphoniques ! Si vous croyez ça, Eddie, je parie que vous avez un jour acheté une Ford Edsel à Richard Milhous Nixon.

– Mais alors, pourquoi... »

Cette fois-ci, les dents d'Eddie retombèrent effectivement sur sa langue, même s'il réussit à ne pas la mordre.

Pourquoi vous nous avez laissés faire si vous saviez depuis le début ce qui allait se passer, Alex ?

Pas le genre de question à laquelle Coleman pourrait répondre devant Kelly et Horst. Parce que la réponse était évidente. Coleman avait laissé faire parce qu'il avait lui aussi utilisé l'émission pour y placer un comparse, le faux frère d'armes de Mendoza. Toutes ces protestations outragées étaient une façade, tout aussi réelle que le pote Charley Bird.

Mais *pourquoi* Charley Bird, au fait ?

Encore une question à laquelle il ne voulait pas que Coleman réponde devant les terroristes. L'air soupçonneux de Horst était déjà assez inquiétant.

« Donc vous êtes mécontents de nous et vous écoutez nos conversations téléphoniques, dit Horst. Ce ne sont pas vraiment des révélations. Alors quel est l'intérêt de cette conversation ?

– L'intérêt, c'est que, malgré mon accent de bouseux, il y a dans la belle campagne de Washington des péquenots encore plus lourds que moi qui rôtissent sous le soleil toxique de ces latitudes...

– *Was ?* Je ne saisis pas ces allusions.

– Ce que j'essaie de vous dire à ma manière pittoresque c'est que c'est moi qui suis entre vous autres et toute l'artillerie lourde que vous remarquerez peut-être si vous mettez le nez à la fenêtre...

– Au premier signe d'un...

– Ouais, ouais, je sais, vous allez faire sauter tout votre bordel et transformer Los Angeles en Tchernobyl West...

– Vous mettez en doute notre...

– Écoute, Horst, ce que j'essaie de t'enfoncer dans la caboche, c'est qu'y a du côté du Potomac tout un tas de formes de vie qui veulent pas croire que vous ayez du plutonium sous la main ou que vous soyez prêts à vous en servir si vous en avez pour de bon parce que – comment dire ? – *ils en ont vraiment rien à branler*. Dont le calcul reptilien est qu'il vaut mieux vous envoyer en l'air d'une manière ou d'une autre que laisser cette situation s'envenimer comme une pustule en attendant de voir quelle nouvelle vilenie vous allez encore nous concocter. Dont l'influence s'est plutôt accrue suite à la prestation de la fausse Mme Simpson. Qui chuchotent à l'oreille de qui veut bien les écouter et hurlent aux miennes de livrer la transcription des écoutes à la presse et de révéler toute l'affaire.

– Vous ne le ferez pas, monsieur Coleman, dit Horst avec une certitude étrangement atone.

– Ah bon ? Et pourrais-je savoir ce qui vous fait croire ça ?

– Parce que si vous le faites, c'est nous qui annoncerons à la presse que les explosifs dispersés dans cet immeuble contiennent du plutonium et que votre gouvernement le sait depuis le début.

– Combien de personnes vont croire à un truc pareil, à votre avis ? »

Horst Klingerman sourit. « Assez pour créer une vraie panique au niveau local, vous ne pensez pas ? En fait, monsieur Coleman, nous n'avons ni l'un ni l'autre été tout à fait sincères avec la population, n'est-ce pas ?

– Maintenant vous allez revenir là-dessus pour de bon, Klingerman...

– Vraiment ? Puis-je savoir pourquoi ?

– Parce que si je devais transmettre une menace aussi délirante à ces vieux lézards racornis, ils me donneraient l'ordre de vous désintégrer dans les 90 secondes pour vous empêcher de la mettre à exécution. » Et Coleman d'ajouter beaucoup plus doucement : « Heureusement pour vous et pour tous les gens concernés, je suis un de ces libéraux vaguement optimistes qui estiment qu'à l'heure actuelle les molosses n'ont besoin de rien savoir là-dessus. Vous voyez ce que je veux dire : peut-être que vous avez ce plutonium, ou peut-être que non ; peut-être que vous iriez jusqu'au bout, peut-être que non, etc. ; mais au contraire de certains individus dont je pourrais donner les noms, je ne maîtrise pas assez bien les mathématiques appliquées au poker pour risquer la vie de cent mille personnes même avec les chances de mon côté si je peux m'en tirer autrement...

– Une conspiration du silence, alors, monsieur Coleman... ? »

Eddie commençait à en avoir la migraine. La sueur lui perlait au cul. Quelque chose ne cadrait pas là-dedans. Il tira du paquet une de ses dernières cigarettes, l'alluma et tira une copieuse bouffée.

Alex Coleman était certes le menteur le plus accompli qu'il ait jamais connu, mais tout le génie de ses mensonges se mesurait par le degré de vérité qu'ils contenaient.

Il avait sans ambages avoué les écoutes téléphoniques. Sa version de la situation objective à Washington sonnait vrai. Peut-être qu'il essayait effectivement de tenir les molosses en respect.

« Silence, oui, mais jusqu'au stade où je deviens la voix de la raison qui s'époumone dans le désert, mon pote, dit Coleman. Il y a un point au-delà duquel même votre serviteur doit s'incliner devant la sacro-sainte première loi de la bureaucratie, laquelle est gravée dans la pierre aux portes de Washington, et dit : " Ton propre cul protégeras. " Me suis-je bien fait comprendre ? Vous pigez le message ? »

Même en connaissant toute l'ampleur de sa fourberie, Eddie ne put s'empêcher, à un niveau plus ou moins viscéral, d'*apprécier* Alex Coleman.

Ou alors signait-il là la plus subtile des magouilles ?

Horst gardait le silence. Mais les mots se formèrent tout seuls sur les lèvres d'Eddie, repris littéralement du chant de l'oiseau de malheur d'Alex Coleman, Charley Bird.

« Cinq sur cinq, mon vieux, dit-il, cinq sur cinq. »

12 h 41

Arlene Berkowski avait rappelé relativement vite, si l'on songeait qu'entre-temps elle et ses collaborateurs avaient dû contacter par téléphone une quarantaine, voire une cinquantaine d'acheteurs de programmes.

« Bon, je crois que nos acheteurs éventuels s'accordent pour dire qu'un talk-show téléphonique télévisé se planterait en beauté », dit-elle sans préambule.

Kelly fit la moue. Horst n'allait pas se satisfaire de cette réponse.

« Dans ce cas, il nous suffira de faire ça ici, au niveau local...

– ... *En revanche*, dans un créneau de deux heures l'après-midi, disons entre 14 et 16 heures chez vous, donc 17-19 heures sur la côte est, quand on n'aura pour toute concurrence que d'autres talk-shows, des feuilletons, des rediffusions, des vieux navets et des émissions pour les tout-petits, on aura quelque chose de viable. Nous sommes d'accord pour mettre à disposition un de nos numéros en libre appel afin de permettre une interaction au niveau national, quitte à augmenter le prix du temps d'antenne facturé aux stations abonnées pour compenser. »

Horst adressa à Eddie un regard perplexe. « C'est un bon arrangement ? » demanda-t-il.

Eddie haussa les épaules. « Moins de téléspectateurs sur Los Angeles, mais plus au niveau national. Le numéro gratuit est un gros avantage. Autrement, les gens de l'extérieur ne vont pas poireauter à leurs frais au bout du fil.

– Un dernier détail, dit Berkowski. Nous pouvons nous passer d'un direct décalé, mais nous sommes obligés d'avoir un meneur de jeu impartial pour faire le presse-bouton.

– *Presse-bouton ?* dit Horst.

– Ils veulent une tierce personne en direct pour arbitrer le débat et filtrer les appels entrants, l'informa Eddie. Histoire de conserver le rythme et de couper la communication quand ça devient obscène, diffamatoire ou barbant.

– Qui ? » demanda Kelly.

Il aurait fallu un animateur chevronné de talk-show téléphonique, mais on n'avait pas cette perle rare sur place. Carl n'avait jamais prouvé qu'il sache faire autre chose que le sport. Heather pourrait être à la hauteur, mais il lui manquerait le poids. Quant à Eddie, il n'était pas tellement un homme de direct...

« Il faut que ce soit Toby Inman, dit-il.

– C'est précisément à lui que nous pensions, dit Berkowski. Vous voyez quelqu'un d'autre sur ce plateau ? En plus, ce mec a cartonné dans les sondages personnalisés et des agents n'arrêtent pas de nous appeler pour le mettre sous contrat. S'il tire son épingle du jeu, vous n'aurez plus les moyens de le retenir, Eddie.

– J'en mourrai pas », répliqua Eddie, qui regretta aussitôt cette formule.

Car Eddie avait l'impression inquiétante qu'il n'y avait pas que les parts de marché à la clef dans la prestation de Toby Inman.

Ce n'étaient pas les présentateurs compétents qui manquaient, et il pourrait s'accommoder d'une prestation superlative de Toby qui propulserait sa vedette du J.T. vers des hauteurs plus lucratives.

Sûr qu'il n'en mourrait point.

Mais le corollaire n'avait rien de rassurant.

Les choses étant ce qu'elles étaient, Eddie Franker était beaucoup moins sûr de ne point mourir si Toby échouait.

13 h 59

Toby n'avait encore jamais eu le trac, et il doutait que ce soit cela, mais pour la première fois de sa vie, il connaissait – eh oui ! – la *peur*, assis devant la caméra, le regard bien dans l'axe, son sourire de bienvenue déjà plaqué sur sa belle gueule en attendant que le témoin rouge clignote.

D'un autre côté, songea-t-il, qui n'aurait pas peur ?

Après tout, il était sur le canapé du plateau B réservé aux talk-shows, douillettement flanqué de deux terroristes armés, et sa tâche serait d'arbitrer – drôle de terme ! – les échanges entre eux et tout ce qui viendrait du téléphone.

Pis encore, il avait devant lui une console à cinq boutons, et les témoins clignotaient déjà tous les cinq sous l'assaut des appels. Ce n'était pas là un instrument d'une haute technologie, mais il n'en était pas moins vrai que Toby n'avait encore jamais assuré de talk-show téléphonique et encore moins pris les appels à l'antenne et en temps réel.

Et ce n'était que le format physique. Derrière, il y avait la question de la nature des appels.

Eddie avait réussi à lui dire que la CIA avait les lignes téléphoniques de la station sur table d'écoute, ce qui n'était pas une horrible découverte quand on y réfléchissait dix secondes. Toby avait réfléchi bien plus longtemps que ça pour savoir s'il allait ou non révéler à Franker ce que Carl lui avait confié – à savoir que la CIA avait l'intention de remplacer les paroles par l'action si la situation ne se résolvait pas en sa faveur d'ici ce soir 22 heures – avant de se prononcer contre.

Eddie n'avait pas besoin de le savoir, comme l'aurait sans doute dit Mendoza.

Toby se surprit à n'appréhender que trop bien le concept. Car en additionnant un plus un il obtint des résultats dont il se serait bien passé.

Il était peut-être un naïf au pays de la technologie, et les appels entrants étaient censés s'entasser sur sa console dans leur ordre d'arrivée, mais il n'était pas technologiquement naïf au point de croire que l'Agence n'avait pas les moyens de reconfigurer les appels en attente à ses propres fins, quelles qu'elles soient, si elle le désirait.

Comment les légendaires animateurs de talk-shows s'en seraient-ils tirés dans les circonstances présentes ? Edward R. Murrow n'aurait-il pas fumé un paquet de cigarettes dans la dernière demi-heure ? Oprah Winfrey n'aurait-elle pas perdu cinq kilos d'eau superflue ? Les bretelles de Larry King auraient-elles craqué sous la tension ? Johnny Carson lui-même aurait-il pu garder son calme à ce point ?

Pis encore – ou mieux encore ? – un afflux *positif* d'adrénaline redoublait sa tension car, toutes terrifiantes qu'elles étaient, ces circonstances représentaient la chance de sa vie, l'occasion pour lui de rejoindre ces grands noms au sommet s'il pouvait démontrer au monde et à lui-même qu'il avait l'étoffe.

Et bien sûr, s'il pouvait survivre pour empocher les dividendes.

Le témoin rouge clignota.

Toby fixa virilement l'objectif.

« Bonjour l'Amérique, ici Toby Inman qui vous parle en direct des studios de KLAX-TV à Los Angeles, où les Brigades vertes nous retiennent en otages et font la loi depuis maintenant cinq jours. Mais pendant les deux heures qui vont suivre, c'est vous, chers téléspectateurs, qui aurez l'antenne, et donc l'occasion de parler personnellement et directement à... aux terroristes les plus célèbres des USA, Kelly Jordan et Horst Klingerman. Faites le 800-901-8989. Les téléphones sonnent déjà à tout rompre, je vais donc prendre le premier appel... »

Toby observa une pause théâtrale, inspira à fond en implorant les dieux de la chance, plaça son index au hasard à un centimètre du bouton numéro trois...

« ... *immédiatement* ! »

... et appuya.

14 h 08

Sur l'écran :

Plan moyen plein cadre : Toby Inman, assis sur un canapé vert avec Horst Klingerman à sa gauche et Kelly Jordan à sa droite. Derrière eux, un simple fond neutre dans les tons crème. Devant eux, une table basse en érable sur laquelle trône, en face de Toby, une console téléphonique brun foncé ; un combiné et cinq boutons – un par ligne – dont quatre sont en train de clignoter. Le cinquième brille d'un éclat blanc-jaune.

Une voix de femme, avec une légère perte de qualité

sonore : « ... je ne vois pas de quel droit un sale boche se permettrait de nous donner des leçons de politique intérieure ! »

Gros plan précipité sur Horst Klingerman tandis qu'Inman coupe la communication. Vu la provocation, son expression est d'une neutralité impressionnante.

Retour au plan à trois lorsque Inman appuie sur le bouton suivant. « Bonjour ! Vous êtes en direct ! »

Une voix d'homme, un peu éthérée, défoncée, peut-être : « Hé ! Je connais les vrais coupables derrière la détérioration de la couche d'ozone...

– Ouais, dit Kelly Jordan, c'est...

– Les Végans ! dit la voix.

– Les *quoi* ?

– Les Végans ! Ils font ça avec les gaz d'échappement de toutes leurs soucoupes volantes ! Ils le font exprès, voyez-vous, les rayons ultraviolets ils s'en foutent, et même *ils prennent leur pied avec*, ils sont en train de végaformer notre planète, et quand ils auront terminé... »

Inman, Klingerman et Jordan échangent des regards ahuris.

« L'appel suivant ! » dit Toby Inman.

Une voix de femme : « Salut, Horst, salut, Kelly, je voulais simplement que vous sachiez qu'il y a dans ce pays des gens qui apprécient vraiment ce que vous faites, et qu'on est nombreux à avoir cessé d'acheter du café brésilien !

– Eh bien, euh... merci à tous ! dit Kelly Jordan.

– Oui, mais, vous savez, c'est plutôt injuste. Je veux dire que... bon... c'est sûr qu'il faut empêcher les Brésiliens de détruire leurs forêts pluviales, et oui, d'accord, c'est nous qui avons le pouvoir de les y obliger mais, par exemple, nous autres Américains sommes les plus gros pollueurs du monde, alors de quel droit pourrions-nous dicter leur conduite à d'autres gens avant d'avoir fait le ménage chez nous sur le plan écologique ?

– Une bonne...

– Le fait est que...

– ... question...

– ... nous ne pouvons... »

Klingerman et Jordan parlent en même temps quelques secondes avant de se regarder, un peu gênés. Inman lève la main droite, sourit. « Kelly », dit-il, et la caméra s'avance pour cadrer Jordan en gros plan.

« Peut-être que nous avons pas le droit, dit-elle, mais la Terre mourra si *personne* se décide à botter quelques culs. Et seuls les USA ont le pouvoir de le faire. Qu'est-ce qui vous intéresse ? La pureté morale ou la survie planétaire ? »

Elle hausse les épaules, expédie un sourire plutôt engageant. « Moi, je choisirais la survie de la planète. Par tous les moyens nécessaires, dit-elle en riant. Alors vous pouvez me traiter de terroriste. C'est vraiment un sale boulot, mais il faut bien que quelqu'un le fasse... »

Elle regarde vers la droite, un peu consternée d'être interrompue par la voix de Horst : « ... et c'est le boulot que vous, les Américains, devez obliger votre gouvernement à faire... »

Passage rapide à un plan du trio Jordan-Inman-Klingerman. Kelly a maîtrisé son agacement ; elle écoute Horst, un mince sourire plaqué sur le visage, les yeux fixant sincèrement la caméra.

« ... non parce que vous êtes plus purs que quiconque, ni parce que vous êtes les pires pollueurs, mais parce que vous êtes les seuls à pouvoir le faire ! »

L'interlocutrice : « Mais le monde nous en voudrait à mort, on nous traiterait de hors-la-loi, de racistes, d'impérialistes, de fauteurs de guerre d'envergure internationale...

– C'est exact, dit Klingerman. Vous ne seriez pas près de gagner le premier prix de popularité mondiale.

– Autrement dit, il faudrait que nous devenions une nation de terroristes !

– Absolument exact.

– Mais... mais... »

Klingerman tire la courroie dans son dos et ramène son Uzi en avant tout en le gardant en bandoulière.

« N'oubliez pas, madame, dit-il d'une voix quelque peu sinistre, que nous ne sommes pas des personnalités abonnées aux talk-shows. Nous sommes des terroristes. »

Moment troublant qui se prolonge une, deux secondes, assez pour faire pâlir Toby Inman.

« Euh... mais, d'autre part, nous sommes quand même sur le plateau d'un talk-show, dit-il enfin. Alors, euh... nous devrions passer à l'interlocuteur suivant. » Et Toby d'appuyer sur un bouton au hasard.

« Bonjour, ici KLAX-TV, vous êtes en direct à l'antenne avec Kelly Jordan et Horst Klingerman ! »

Une voix d'homme : « C'est vrai... ? Bon, euh... salut, j'm'appelle Ron et, euh... bon, j'm'y connais pas trop en écologie, mais je travaille dans un *ranch*, avec du *bétail* et, bon, euh... ça va vous paraître un peu vulgaire, mais j'ai vu un truc à la télé, le mec disait que ces... euh... ces gaz à effet de serre, bon, ça viendrait pas tellement des bagnoles et de tout le reste mais, euh... et merde, j'le dis, des *pets des bestiaux...* »

14 h 43

Heather Blake bâilla. À côté d'elle, Carl Mendoza regardait d'un œil vitreux plus ou moins dans la direction du moniteur de retour antenne. Ahmed et Hiroshi eux non plus n'avaient pas l'air de suivre les événements de trop près, assis à la table de droite, pistolet mitrailleur sur les genoux, les yeux papillotants, échangeant de temps à autre quelques mots à voix basse.

Plus con que moi tu meurs !

Des écolos sincères, un dingue des OVNI, un illuminé de droite pour qui toute la crise de l'effet de serre était un complot communiste visant à couler l'économie américaine, un illuminé de gauche pour qui les membres des Brigades vertes étaient des agents de la CIA qui essayaient de donner au Pentagone un prétexte pour déclencher une guerre au Brésil afin de mettre le budget de la Défense à l'abri des prochaines réductions de crédits, un végétarien persuadé qu'on pouvait sauver la planète si seulement tout le monde voulait bien arrêter de manger de la viande, une bonne femme qui délirait sur les cancers cutanés, expressions de la colère divine fustigeant les pécheurs qui exhibaient leur nudité...

Horst et Kelly se servaient de chaque appel pour introduire le même répertoire limité de mini-discours recyclés. Boycottez le café brésilien. Passez à l'action directe. Obligez le gouvernement américain à mettre son poids dans la balance pour sauver la planète. Même s'il faut faire un peu de mal pour assurer un bien supérieur. La planète est en train de mourir. Les calottes polaires sont en train de fondre. Passez à l'action directe. Sauvez le plancton marin. Boycottez le café brésilien...

Toby Inman ne s'en tirait pas plus mal qu'un autre vu les circonstances. Il veillait à maintenir la cadence des appels tout en coupant sans attendre mais en souplesse les intervenants les plus barbants. Pourrait-elle faire mieux, vu le contenu et le format de l'émission ? Heather ne se faisait pas d'illusions là-dessus.

« Allons, Klingerman, avoue, ça te plaît, t'es là uniquement pour prendre ton pied, pas vrai ?

– Je ne vois pas...

– Tu dois avoir dans les trente-cinq berges, quarante, peut-être, c'est ça, Klingerman ? Où c'est qu't'étais pendant toutes ces années ?

– En Allemagne.

– J'veux dire, qu'est-ce que t'as fait, à quoi t'as passé ta vie ? T'as une famille ? T'as une carrière ? T'as un boulot ? T'as une vie, au fait ? »

L'attention d'Heather fut brusquement aspirée par ce qui se passait sur le moniteur. Une voix masculine, vicelarde, pleine de sous-entendus, essayait de provoquer Horst Klingerman et semblait arriver assez bien à ses fins rien qu'à voir le visage de Horst rougir et se boursoufler sous le choc.

« Je ne vois pas ce que ces...

– T'es pas un idéaliste, Klingerman, t'es un frimeur, qu'est-ce que tu fous quand t'es pas en train de kidnapper des gens ? Tu traînes dans les bars dans l'espoir de te faire payer un verre par d'autres ratés ou de draguer des groupies adolescentes comme miss Kelly ? Allez, avoue, Klingerman, tout ça c'est de la branlette pour requinquer ta malheureuse...

– Tu devrais parler pour dire quelque chose, mec, dit Toby en lui coupant la parole. L'appel suivant ! »

Une voix d'homme : « *Jawohl*, Herr Klingerman, che voudrais zavoir si votre père était dans la rézistanze ou alors...

– Suivant ! » hurla Toby en coupant la communication. Klingerman rougit de plus belle.

Heather jeta un coup d'œil vers Ahmed et Hiroshi. À présent, ils s'étaient redressés sur leurs chaises, le dos droit comme un I, la mâchoire crispée ; Ahmed caressait machinalement le canon de son pistolet mitrailleur.

« Ouais, j'aimerais savoir pourquoi c'est toujours un Blanc aux cheveux blonds qu'est dessus, et la Noire qui sert de... euh... *porte-lance*... »

Nom de Dieu !

Les yeux de Carl Mendoza se plissèrent une fraction de seconde quand il surprit Heather à regarder de son côté. Il grimaça, secoua la tête presque imperceptiblement.

L'attention de Heather fut à nouveau attirée par le moniteur avec un soudain regain d'intérêt. Ce n'était plus là le fade bavardage du talk-show. Quelque chose avait changé, mais pas vraiment dans le bon sens...

15 h 01

À l'écran :

Kelly Jordan, Toby Inman et Horst Klingerman plein cadre. Inman prend un appel. « Bonjour, vous êtes en direct à l'antenne ! »

Une voix de femme : « Oui, j'aimerais savoir si vous êtes amants, vous deux.

– *Quoi ?* » hurle Inman.

Klingerman et Jordan échangent des regards gênés.

« Ça ne vous regarde pas ! » crache Kelly Jordan.

La voix de femme, chargée d'insinuations : « Allons, allons, je suis sûre que nous aimerions tous savoir...

– Nous sommes censés débattre ici de problèmes sérieux, coupe Inman, et non satisfaire votre curiosité malsaine.

– Mais si, c'est sérieux, le grand Aryen blond et la Noire...

– T'es tordue, sœurette ! dit Inman en pressant ostensiblement le bouton. L'appel suivant ! Et, si possible, essayez d'élever le débat au-dessus de la ceinture et de rester dans le cadre du sujet. »

15 h 02

« Ici KLAX-TV, vous parlez aux Brigades vertes », annonça Eddie Franker, le casque sur les oreilles, en basculant un nouvel appel de la pile d'attente sur son casque.

« Bonjour, vous êtes Toby ? dit une voix d'homme. Hé ! Je me vois pas à la télé...

– Non, je ne suis pas Toby Inman, et vous n'êtes pas encore à l'antenne. Je suis le... euh... producteur et mon boulot est de me faire une idée de ce que vous avez l'intention de dire. Vous comprenez, on ne peut pas avoir de pervers en direct, ni des gens qui vont essayer de vendre une camelote quelconque...

– Ah, dit l'interlocuteur d'une voix quelque peu déçue et pas trop intelligente, je crois que je comprends ça... tout ce que je veux demander, c'est comment on reconnaît le café brésilien. D'accord, y a peut-être marqué “ Mélange colombien ” sur le paquet, mais... Écoutez, j'suis jamais passé à la télé, et j'aimerais tellement...

– D'accord, d'accord, ça ira, dit Franker. Restez en ligne et je vous mets en attente chez Toby. »

Encore un coup monté ? Fort probable. Mais, merde, qu'est-ce que je suis censé faire dans ce cas ?

C'était la première fois de sa vie qu'Eddie filtrait les appels pour une émission de ce genre, et il n'avait jamais eu l'intention de s'y coller pour celle-ci ! Pendant les quarante premières minutes, il s'était contenté (si c'était bien là le mot juste) de rester assis sur un tabouret dans la régie à regarder le déroulement des opérations.

C'est alors que les appels avaient commencé à être méchants. Non seulement méchants, mais délibérément orientés pour blesser : xénophobes, racistes, pleins de sous-entendus sexuels méprisants et dirigés contre Horst, comme si le *Zeitgeist* collectif des téléspectateurs tentait de pousser Klingerman à bout, à la manière dont d'autres hurluberlus prennent plaisir à secouer les barreaux de la cage des singes.

Eddie avait décidé qu'il fallait quelqu'un pour filtrer ce genre d'appels, et puisque Jaro n'était pas tellement doué pour la verbalisation et que Warren était trop occupé, il fallait que ce soit lui.

Eddie n'était pas expert en la matière et regrettait de ne pas avoir à la console un spécialiste du filtrage. C'était normal, toutes ces conneries ? Était-il habituel que les intervenants paraissent raisonnables à la personne qui prenait les appels pour se changer en monstres d'agressivité une fois à l'antenne ? Comment était-on censé réagir ?

Eddie pouvait comprendre que des gens fassent n'importe quoi pour entendre leur voix à la télévision, il pouvait *presque* croire que la majorité des interlocuteurs avaient envie de pousser Horst à bout pour le plaisir malsain de le faire flipper.

Mais qu'ils soient si nombreux à échapper à sa vigilance en jouant les Dr Jekyll abrutis pour se changer en Mr Hyde une fois qu'ils étaient en direct, voilà qui défiait les lois mathématiques des probabilités.

Et certains semblaient savoir un peu trop bien où appuyer pour toucher les points sensibles de Horst.

Peut-être que deux ou trois parmi eux étaient d'authentiques cinglés, mais les autres jouaient forcément la comédie. Toute cette connerie était calculée. Une fois qu'on l'avait admis, il n'était pas difficile de découvrir le but visé, à savoir inciter Klingerman à jouer les suppôts de Satan. Et il n'y avait qu'une seule... Agence dans le monde qui ait les ressources et les raisons de le faire.

Mais pourquoi Coleman voulait-il provoquer Klingerman en direct ?

À moins que... à moins que ses molosses tentent d'acculer leur proie...

Et merde, qu'est-ce que je peux y faire !

Eddie soupira, prit l'appel suivant. Rien de mieux que ce que je fais déjà. « Ici KLAX-TV, en direct avec les Brigades vertes... »

15 h 05

À l'écran :

Jordan, Inman et Klingerman, plein cadre. Ils transpirent tous les trois. Jordan a le regard un peu vitreux. Klingerman, sinistre, éreinté sur les bords, les yeux plissés, la mâchoire raidie, l'air d'un homme qui digère mal parce qu'il a ravalé une dose excessive de sa propre bile, se passe nerveusement une main sur la bouche.

Un Toby Inman survolté – adieu le Gentil Présentateur ! – prend l'appel suivant.

« KLAX-TV, vous êtes en direct à l'antenne avec Kelly Jordan et Horst Klingerman, et j'espère que vous pensez à quelque chose de plus important qu'entendre le son de votre propre voix à la télé.

– Bien sûr, Toby, dit une voix masculine. J'aimerais que Horst et Kelly vous regardent dans les yeux, qu'ils *nous* regardent dans les yeux et qu'ils nous disent s'ils pourraient vous tuer pour de bon. »

Toby Inman blêmit une fraction de seconde. Kelly Jordan se fige. L'expression de Horst Klingerman est indéchiffrable. Silence de mort. Et qui dure.

« En voilà une question ! finit par s'écrier Kelly Jordan. Je vois pas...

– C'est la *vraie* question, n'est-ce pas ? dit l'interlocuteur d'une voix onctueuse. Vous parlez tout le temps de faire sauter ceci ou cela et de tuer des gens, et vous avez l'air tout mignons avec vos gilets explosifs et vos mitraillettes. Mais pourriez-vous vraiment faire *ça* ? »

Gros plan sur Inman qui transpire toujours plus. Tourné vers la droite, il regarde Klingerman.

La voix : « Ou bien vous avez le cran de le faire, ou bien vous êtes un couple de grandes gueules sans couilles. Une image en dit autant qu'un millier de mots. Alors regardez Toby dans les yeux, regardez-nous dans les yeux, regardez-vous dans les yeux, si vous voyez ce que je veux dire, et dites si vous pourriez vraiment tuer...

– Qu'est-ce que t'attends pour aller reluquer les collisions en chaîne sur l'autoroute, hein, vampire ? » glapit Inman dont la main s'approche de la console...

Changement de plan heurté : Klingerman s'empare de la main d'Inman.

« Non ! dit-il. Je n'ai pas peur de répondre ! »

Nouveau recadrage maladroit : Kelly Jordan tend le bras en essayant de contourner Inman pour toucher Klingerman. En vain.

« Hé ! Du calme, Horst, cette ordure...

– Non, Kelly, notre crédibilité a été mise en doute, et nous devons répondre !

– C'est un piège, Horst, c'est un truc, on va pas... »

La voix : « Vous êtes des tueurs ou des menteurs ? »

15 h 07

Toby Inman commençait à oublier l'existence de la caméra. Il ne voyait plus la vitre de la régie, le plateau, le moniteur. Il avait totalement perdu cette impression depuis longtemps familière d'*être à la télévision*.

Il était assis sur un canapé à côté d'un homme armé d'un pistolet mitrailleur. Et qui venait d'avaler un genre de pilule, la main devant la bouche. Il sentait l'odeur de transpiration qui émanait de Horst, percevait sa chaleur corporelle. Horst le regardait dans les yeux, les pupilles dilatées, les iris bleu pâle. Mais ce regard ne semblait pas glacial, ni hostile – on lisait même comme de la douleur dans son tréfonds.

Et c'était ça qui le rendait si terrifiant. C'était ce qui lui conférait une redoutable sincérité.

Horst Klingerman le regarda au fond des yeux pour ce qu'une partie de Toby savait n'être que deux secondes mais qu'une autre partie de lui-même éprouva comme une éternité. Les doigts nerveux de Klingerman s'approchèrent des pans de son gilet explosif, se glissèrent à l'intérieur.

« Pourrais-je vous abattre de sang-froid ? dit-il. Très sincèrement, je n'en suis pas sûr. Mais je suis sûr que si c'était nécessaire pour sauver la vie sur Terre je pourrais certainement faire sauter cet immeuble et en tuer tous les occupants. »

Et Toby le crut.

15 h 08

À l'écran :

Passage rapide d'un gros plan de Toby Inman à un gros plan de Horst Klingerman qui se détourne pour fixer la caméra avec un calme et une lucidité redoutables.

« Ce serait un acte vil, dit-il. Ce serait un meurtre. Mais je pourrais le faire parce que je serais puni de pareils meurtres à l'instant même où je les commettrais. On est parfois obligé de faire le mal au nom d'un bien supérieur. Mais on doit reconnaître ce mal et se préparer à accepter la justice du châtiment. Et si on se l'inflige à soi-même au moment où l'acte vil est commis... »

Il s'interrompt une seconde. Ses yeux deviennent presque

rêveurs. Au lieu de regarder la caméra, il semble regarder à travers elle et scruter une vision en arrière-plan. Ses lèvres tremblent. Comme pour ébaucher un sourire.

« C'est alors que la conscience est lavée de toute souillure, poursuit-il, et que l'acte devient pur. »

À l'entendre, on dirait qu'il s'en réjouit.

15 h 09

« Et vous, Kelly, ronronna la voix au bout du fil, vous auriez le cran de faire ça ?

– Va te faire foutre, ordure ! dit Kelly Jordan. Essaie pas de jouer ton jeu de con avec moi ! »

Inman cilla, frissonna et se rendit compte qu'il regardait dans le vide depuis de longues secondes.

L'homme rit, d'un rire horrible de robot : « Bon, je crois que ça nous dit tout ce que nous voulons savoir, n'est-ce pas ? Vous n'avez même pas le courage de le regarder dans les yeux et de répondre à la question !

– Retourne te planquer sous ton caillou, insecte venimeux ! » rugit Toby en coupant la parole au malotru.

Mais comment pouvait-il s'empêcher d'interroger Kelly du regard pour lui poser la même question ? Comment pouvait-elle ne pas rencontrer ce regard ? Comment pouvait-elle lui faire face en cet instant sans lui révéler la réponse ?

15 h 10

À l'écran :

Plan duo cadré serré de Toby Inman et Kelly Jordan qui se regardent sans bouger, sans rien dire pendant de longues secondes.

Kelly bat des cils une fois, deux fois, trois fois, puis baisse les yeux tandis que Toby en profite pour souffler.

La caméra s'approche pour cadrer Kelly en gros plan. Les épaules rentrées, les yeux baissés, la lèvre inférieure tremblante démentent complètement l'Uzi et le gilet explosif.

Elle lève les yeux vers la caméra. Son visage est baigné de sueur. Son regard est furtif. En cet instant, elle donne l'impression d'être une simple jeune fille surprise à jouer les terroristes à la télévision.

Passage brutal à un plan moyen plein cadre du trio Jordan-Inman-Kligerman.

Inman, assis entre Jordan et Klingerman, semble s'enfoncer dans les coussins comme s'il tentait de disparaître de l'image. Jordan se penche pour regarder Klingerman.

Horst la fixe avec le mélange de colère et de regret sincères qu'éprouve le professeur forcé, au nom de l'équité, de donner la note éliminatoire à sa meilleure élève.

Elle penche la tête sur le côté, hausse les épaules, détourne les yeux – rien d'adulte dans tous ces gestes.

Un blanc qui n'en finit pas.

15 h 11

Toby Inman contempla les trois zombies sur le moniteur de retour antenne. Kelly semblait presque au bord des larmes. Horst semblait s'être retiré dans quelque lieu secret et fixait la caméra sans expression particulière. Sans tenter de se cacher cette fois-ci, il fouilla dans sa poche de chemise, en retira une nouvelle pilule blanche et l'avala. Toby regardait stupidement un Toby ahuri qui regardait Toby...

Nom de Dieu !

La caméra... les téléspectateurs...

Ça durait depuis combien de temps ?

Il n'en savait rien. Il ne se souvenait de rien.

Qu'est-ce qu'il était censé faire maintenant ?

Il regarda la console où tous les voyants clignotaient avec insistance.

Qu'est-ce qu'il pouvait faire d'autre ?

Il adressa un sourire niais à la caméra, exagérant son expression jusqu'à la caricature.

« Et maintenant, quelque chose de totalement différent, espérons-le, dit-il du ton le plus dédaigneux possible en appuyant sur un bouton au hasard.

– Ça alors, c'était comme qui dirait plutôt *dégueu*, dit une voix allègre de jeune Californienne branchée. Ça vous donne pas envie de *gerber* des tordus pareils ? »

Toby rit en reconnaissant l'accent de la Vallée, parce qu'il était tout simplement soulagé, et parce que, merde, il n'y avait rien d'autre à faire. « Ben oui, dit-il, c'est des gens comme ça qui rendent ce boulot dégoûtant ! »

15 h 30

« ... ne croyez-vous pas, Kelly, que cet auditeur a raison sur un point précis ? Autant que je sache, notre forêt pluviale du Nord-Ouest est effectivement en plus piteux état que l'Amazonie... »

Carl Mendoza se surprit à éteindre mentalement l'émission et eut l'impression qu'il n'était pas le seul. Les confrontations entre Klingerman et Inman, Inman et Jordan : voilà ce qui avait crevé l'écran, comme si on avait assisté à une série de neuf parcours sans le moindre point ou à la défaite du champion du monde de boxe poids lourds par K.-O. au dernier round.

Qu'est-ce qu'on pouvait faire après ça ?

Pas grand-chose de plus que ce qu'Inman et Jordan faisaient depuis une vingtaine de minutes : se renvoyer la balle à coup de fadaises écolos au-dessus d'une pelouse d'appels téléphoniques inoffensifs, comme deux journalistes sportifs qui meublent ce qui reste du temps alloué pour le championnat du monde de boxe après K.-O. du tenant du titre au quatrième round.

Hiroshi et Ahmed ne prêtaient pas plus attention que lui à l'émission et se chuchotaient des propos dont le texte lui échappait mais dont la musique lugubre n'était que trop évidente.

Alors même qu'ils ne savaient pas ce qui s'était passé en coulisse !

Contrairement à Carl qui, lui, était absolument certain de le savoir.

Les potes de Coleman avaient fait leur boulot, avaient poussé Klingerman à jouer les monstres à la télé, confirmé que Jordan n'aurait pas le cran de se servir de son détonateur télécommandé et avaient peut-être amorcé une faille entre eux.

Comme si Coleman lui envoyait une confirmation du genre « progression du scénario conforme au plan, Mendoza ». L'Agence avait dû cesser de manipuler les appels entrants, car à présent Inman et Jordan n'avaient rien de pire à affronter que l'échantillonnage aléatoire habituel des questions posées par des téléspectateurs normaux, tandis que Klingerman boudait et fulminait en silence à l'arrière-plan comme un premier lanceur éliminé du jeu par blessure au sixième parcours avec une avance confortable et qui, une fois sur la touche, voit une succession de remplaçants incompétents lui saboter sa prestation.

Et la pendule n'arrêtait pas d'égrener les secondes qui le séparaient de 22 heures avec, semblait-il, aucun espoir de prolongation pour cause d'arrêts de jeu...

15 h 47

À l'écran :

« ... vous êtes en direct à l'antenne ! »

Plan duo de Toby Inman et Kelly Jordan ; il prend l'appel suivant.

Au bout du fil, une voix masculine, flûtée, vaguement asthmatique, comme si l'interlocuteur tirait sur un joint. « Ouais, j'aimerais dire un mot à mon frère Horst... »

Inman et Jordan se regardent, les nerfs à vif, pendant une seconde. Plan moyen sur Klingerman, morose, paumé, complètement décalé.

La voix : « Hé, Horst, tu m'entends ? »

Un blanc d'une seconde.

Toby Inman, off : « Horst... ? »

Le regard de Klingerman semble retrouver peu à peu son acuité. « Oui, dit-il d'une voix atone, ses accus à plat, j'entends.

– On a des tas de choses en commun, toi et moi, Horst, t'es comme qui dirait un fils spirituel qui reprend le flambeau, tu vois c'que j'veux dire, *You don't need a Weatherman to know which way the wind blows*[1]... »

Pas de réaction.

« Mais où sont les neiges d'antan... ?

– Votre question, s'il vous plaît, monsieur ? dit Inman tandis que la régie le cadre en plan duo avec Klingerman.

– Ouais, bon, l'action directe, voilà la question, et c'est au programme depuis toujours, pas vrai, Horst ? Dans les années 60, y a eu un tas d'actions de masse dans la rue

1. « T'as pas besoin d'un Monsieur Météo pour savoir d'où souffle le vent » – Bob Dylan, « Subterranean Homesick Blues », 1965. *(NdT)*

contre la guerre, contre la société réactionnaire, contre la flicaille, etc., les gens étaient bien plus disposés à agir directement... j'veux dire qu'à cette époque les gens savaient très bien que les éco-criminels étaient en train de tuer la planète, y avait des marches sur Washington et des émeutes dans les rues... »

Une étincelle semble jaillir au fond des yeux de Klingerman.

« Le printemps de Prague... le mouvement pacifiste... les défilés pour les droits civiques dans le sud des USA... les événements de mai à Paris, énumère-t-il d'un ton un peu rêveur. Même dans la DDR nous étions au courant de ça... »

Horst fronce les sourcils. « Mais les tanks sont entrés dans Prague, Kennedy et Luther King ont été assassinés, l'action directe est morte, et...

– Parce que c'était une foutue croisade des Enfants, Horst : un tas d'enfants de bourgeois gâtés qui se défonçaient et jouaient à la révolution ! Seuls quelques-uns d'entre nous ont eu le courage d'être des vrais de vrais comme toi, de tuer s'il le fallait et d'en accepter les conséquences ! »

Horst recouvre à présent toute sa lucidité. « Les Weathermen, oui, dit-il sèchement. Un mouvement clandestin ! J'ai entendu dire...

– Ouais, j'étais un *Weatherman*. Nous étions d'authentiques révolutionnaires ! Nous étions le fer de lance !

– Les Weathermen... ? dit Inman. C'était pas un genre d'anarchistes lanceurs de bombes ?

– Nous comparer à des anarchistes ? dit l'autre en riant. Ces lavettes ? Hé, on était des marxistes, mon petit, et fiers de l'être ! On était les enfants du Che ! On a pas " lancé " des bombes bricolées à la con, on a élaboré des explosifs bien conçus et on les a placés là où ils feraient le plus de bien ! »

Il rit à nouveau, d'un rire de gorge sauvage, dément.

Plan moyen du trio sur le canapé. Klingerman semble avoir pris du relief sans avoir bougé. Inman a l'air complètement écœuré. Jordan et lui échangent des regards perplexes.

« Il y a eu des morts, pas vrai ? dit-elle. Des innocents. En plus, des gens à vous ont été tués par des explosions prématurées dans les ateliers de montage.

– Ouais, on a eu quelques pertes, mais comme disait Lénine, et pas ce pauvre con de Lennon, on peut pas faire une révolution sans casser quelques têtes d'œufs.

– Mais votre révolution a échoué, dit Inman. Vous avez été vaincus, liquidés, emprisonnés...

– Oh, mais y a encore quelques vieux débris comme moi planqués dans le décor. N'empêche que vous avez raison : les pacifistes ont été mobilisés, l'amour a choppé la vérole, Richard le Combinard est devenu *führer*, et après lui Ronald Rayon-de-la-Mort, les flics, les espions et les fachos ont triomphé, et maintenant nous voilà vautrés devant la téloche le pouce dans le cul comme une bonne petite nation de moutons, tandis que les exploiteurs impérialo-capitalistes bouffent la planète et chient la mort. »

Toby Inman en reste bouche bée.

« Euh... c'est une opinion plutôt extrême, articule-t-il.

– L'extrémisme n'est pas un vice s'il sert à la recherche de la liberté, vous savez qui a dit ça, Toby ?

– Euh... Karl Marx ?

– Le sénateur Barry Goldwater, ha ha ha ! Je me rappelle quand il était fasciste. S'il était encore en vie par les temps qui courent, on le traiterait de communiste comme vous venez de le faire, et il s'engagerait probablement dans les Brigades vertes !

– Bon, tout cela est très intéressant, j'imagine, dit Inman en avançant la main vers la console, mais il ne nous reste vraiment plus que quelques minutes, et il y a encore de nombreux...

– Attendez ! » crie Klingerman en saisissant le poignet d'Inman de la main droite. Ils se foudroient du regard une seconde, puis Klingerman, de la main gauche, abaisse non sans maladresse l'Uzi qu'il conserve en bandoulière et le braque d'un geste mal assuré sur le visage de Toby Inman.

« Si vous n'y voyez pas d'inconvénient, Toby, j'aimerais poursuivre cette conversation, dit-il beaucoup plus doucement en libérant le poignet d'Inman.

– En avant, Horst ! gargouille la voix au bout du fil. Ah, j'te dis pas, j'avais abandonné tout espoir quand vous vous êtes emparés de cette station. Laisse pas tomber, mec ! T'as devant toi une armée de sympathisants qui n'attendent qu'un signal de toi ! »

Gros plan sur Horst Klingerman : rien que le buste et la tête ; l'Uzi et ce qu'il peut bien faire avec sont discrètement évacués de l'image.

« Un signal ? dit-il.

– Sûr que boycotter le café brésilien c'est une très bonne idée, mais on sait tous les deux que le véritable ennemi de la survie planétaire, c'est l'U-S-A, l'Union Suce-merde Antiécologique, le suzerain impérialiste de la planète, la grosse machine à tuer de la libre entreprise camouflée en vert dollar qui fait plus de dégâts en un an que le Tiers Monde n'en pourrait jamais faire en un siècle, pas vrai, Horst ?

– Oui, c'est tout à fait exact.

– Alors, ce qu'on doit faire, c'est enrayer la machine à tuer amériKKKaine. Qu'est-ce que t'en dis ?

– Oui, tu as raison, mais...

– Et seuls les Américains peuvent le faire. C'est nous qui devons abattre le monstre que nous avons créé parce que nous sommes les seuls à pouvoir le faire ! » scande l'inconnu tel un prédicateur de chapiteau, tandis que la caméra cadre en gros plan Klingerman qui se laisse traverser par ce rythme et ces paroles.

« Alors tu nous donnes le signal, Horst ! Y doit y avoir maintenant vingt millions de personnes qui t'écoutent. Ouais, d'accord, c'est en majorité des Américains moyens à gros cul abrutis par la télé et moralement arriérés qui ont laissé leurs maîtres foutre le bordel depuis le début, mais y doit rester des milliers de nos semblables ici et là, prêts à passer à l'*action directe* ! Allez, vas-y, mec ! Sois notre Fidel ! Sois notre Mao ! Sois notre Che ! Montre-nous la bonne direction ! Confie-nous une mission ! Nous sommes tous là et nous sommes prêts à bouger dès que tu nous donneras le signal ! »

Klingerman hoche la tête imperceptiblement au rythme de cette tirade et, lorsqu'elle culmine dans un long silence, semble un instant hypnotisé, les yeux papillotant devant la caméra comme s'il émergeait d'un état de transe, cherchant ses mots.

« Si... si... si les Américains abandonnaient leurs automobiles... » Il commence par bégayer, puis sa voix se fait plus ferme, plus résolue. « Oui, c'est ça ! C'est l'action directe la plus simple que les Américains puissent faire pour sauver la vie sur Terre ! Les automobiles américaines injectent plus de gaz carbonique dans l'atmosphère que toute autre source de la planète !

– Continue, Horst, continue ! Mais les Américains *adorent* leurs bagnoles, ils les *tringleraient* s'ils le pouvaient, et y en a probablement qui le font ! Autant leur demander d'abandonner leurs *flingues* ! Va falloir les *forcer* à le faire, c'est ça, et passer à l'action *directe* !

– Exactement ! s'écrie Horst. Une fois, il y a eu une grève de routiers qui a paralysé la France ; il a suffi de quelques milliers de chauffeurs qui bloquaient les routes avec leurs camions. Le gouvernement a finalement été obligé de recourir à la force pour les faire bouger !

– Et il y serait pas arrivé si les routiers avaient mis le feu à leurs bahuts, pas vrai ? Et si dix ou vingt mille Américains bloquaient les autoroutes avec leurs caisses et jetaient une allumette dans le réservoir ?

– Très juste. Et les stations-service elles aussi sont particulièrement inflammables.

– Continue !

– Horst...

– Et les raffineries de pétrole !

– Horst, s'il te plaît... »

La caméra, qui a cadré Klingerman en gros plan pendant toute cette escalade, recule à présent par saccades pour élargir le champ autour de lui et lui seul. Il est debout, il crie, la bandoulière encore sur son épaule, étreignant l'Uzi de la main droite tandis que l'interlocuteur continue de l'encourager.

« Donnons des cocktails Molotov à la population !

– Il nous faut paralyser l'infrastructure routière pour forcer les Américains à abandonner leurs voitures !

– Allons-y ! En avant pour l'action directe ! »

15 h 53

Einstein avait raison, le temps est bien relatif, songea stupidement Toby Inman en faisant mine de se trancher la gorge pour demander à Frank ou quiconque était aux manettes de couper Klingerman.

Tout se passait en même temps, et pourtant, à travers la perspective fragmentée de sa perception accélérée, tout semblait se dérouler au ralenti.

Par la vitre de la régie, il voyait Eddie Franker en train de se disputer avec Warren. Sur le plateau, la caméra de

Nigel continuait de cadrer Horst en gros plan tandis que Malcolm avait préparé la sienne pour un plan d'ensemble. Le moniteur montrait toujours Horst debout, en plein délire, l'arme en main.

Le même Horst Klingerman qui se tenait à trente centimètres de lui en chair et en os tandis que Kelly Jordan fixait Toby d'un regard horrifié, le suppliant silencieusement de *faire quelque chose* !

« Nous devons donner aux Américains la preuve qu'ils ont le pouvoir de résister !

– Sortons la tripaille du ventre de la bête immonde ! »

Ce faux cinglé dissipait définitivement les doutes de Toby au cas où il en aurait eu encore : la CIA manipulait bel et bien les appels en attente.

Enfants du Che ! Exploiteurs impérialo-capitalistes ! La grosse machine à tuer de la libre entreprise camouflée en vert dollar ! Américains moyens à gros cul abrutis par la télé et moralement arriérés...

Toby voyait fondre comme neige, point par point, au fil des sondages express, le courant de sympathie pour la bonne cause, voyait ces mêmes dizaines de millions d'Américains moyens à gros cul, les pieds collectivement calés sur leur table basse nationale, l'œil vissé au poste, la tronche hilare, vider collectivement leur pack de six national et pousser des hourrah ! en voyant la troupe avancer et la station exploser en beauté sur le coup de dix heures.

À lui tout seul Horst avait fait mieux que Coleman.

Au cas où il n'aurait pas suffi de traiter les Américains d'arriérés et de téléphages à gros cul pour les faire bouillir de colère, fallait-il en plus qu'il menace de détruire leur *bagnoles* ?

Faire quelque chose ? Mais quoi ?

« Enrayons la machine à semer la mort planétaire... »

Et merde ! songea Toby en coupant la parole à l'ordure de la CIA.

Klingerman fit volte-face, les yeux furieux, le visage écarlate et braqua son Uzi sur la tête de Toby.

15 h 55

À l'écran :

« Vas-y, connard ! Presse la détente !

– Horst, nom de Dieu, calme-toi, mec, regarde le moniteur ! »

Plan moyen plein cadre du trio Jordan-Inman-Klingerman. Klingerman, la crosse de son Uzi contre le sein droit, le braque sur le visage d'Inman à cinquante centimètres. Celui-ci semble sur le point de bondir du canapé en hurlant à l'adresse de Klingerman. Kelly Jordan s'est levée, s'avance vers Klingerman, lui touche l'épaule avec précaution.

Le trio reste ainsi figé une seconde.

Klingerman détourne lentement les yeux d'Inman pour regarder vers la droite, hors du champ de la caméra. Son expression change progressivement. La rage se dissipe, remplacée par l'embarras, puis par la rougeur de la honte. Son attitude se relâche, il abaisse peu à peu l'Uzi, le tient sans le serrer ; il semble reposer là dans ses mains comme un pénis en perte d'érection, et Horst a un peu l'air d'un petit polisson surpris par la caméra la quéquette en main...

Kelly Jordan lui prend sa main libre, le ramène doucement à côté d'elle sur le canapé tandis que Toby Inman s'assoit à gauche, aussi loin que possible de leur couple.

Gros plan sur Inman. Le sang reflue de son visage, il halète légèrement et cille une seconde ou deux tandis que ses yeux accommodent à nouveau pour fixer la caméra.

« Eh bien... euh... »

Un blanc qui se prolonge.

« Ah... je... euh... je crois que nous avons le temps de... euh... prendre un dernier appel », finit-il par articuler en haussant les épaules, les yeux au ciel comme en prière. Et il appuie sur un bouton de la console.

15 h 56

« Bonté divine, Toby, c'était carrément atroce. Vous allez bien ? »

Une voix féminine, ténue, une voix de grand-mère, douce musique aux oreilles de Toby, baume calmant pour son cœur affolé. Merci, mon Dieu !

« Oui, madame, ça va, dit-il, sentant chuter son pouls vers un semblant de normalité. C'est... euh... c'est une situation tendue pour tout le monde, et...

– Voyez-vous un inconvénient à ce que je m'entretienne un instant avec Kelly Jordan ? »

Douce, prévenante, presque dégoulinante de courtoisie féminine comme on n'en fait plus.

« Pas du tout. »

Il aurait aimé la serrer dans ses bras. Encore quatre minutes de cauchemar à tirer sur ce canapé, dans l'odeur âcre de sa transpiration, la tête soudain légère à la suite du reflux d'adrénaline. Horst Klingerman boudait dans son coin comme un gamin surpris à faire des misères à un chat dans la cour de l'école. Kelly, au moins, semblait calme et relativement maîtresse de la situation, et Toby estimait qu'elle pourrait conclure tout ce gâchis sans qu'il ait un mot à ajouter.

« Bonjour, Kelly, vous m'entendez ? dit la voix de grand-mère.

– Oui, madame.

– Eh bien, ma chérie, je vais avoir soixante-dix-huit

ans en octobre prochain, alors je présume que je ne vais pas vivre assez longtemps pour voir la côte totalement submergée et l'atmosphère devenir irrespirable, en revanche j'ai cinq petits-enfants, alors c'est pour eux que j'essaie d'apporter ma modeste contribution au sauvetage de la planète. Je ne me sers pas du climatiseur plus longtemps que nécessaire, je suis maintenant trop ankylosée pour faire le moindre trajet en voiture, j'essaie de ne pas gaspiller l'eau, je recycle le verre et les journaux, je fabrique du compost pour mon jardin avec les restes du repas, je fais de mon mieux pour me rapprocher de ce que vous autres jeunes gens appelez les Verts... »

Toby vit le visage de Kelly se détendre par étapes en entendant ces paroles et, à la fin du monologue de la vieille dame, elle souriait pour de bon à la caméra.

« Hé, mais c'est super, si tout le monde faisait comme vous, on aurait déjà fait un bon bout de chemin...

– Et je crois que ce que vous faites est louable aussi, Kelly... jusqu'à un certain point... »

Oh ! Il y avait quelque chose d'un peu trop professionnel dans le placement de cette pause lourde de sens, un peu trop bien enchaînée.

« Jusqu'à un certain point ? dit Kelly en mettant les pieds dans le plat.

– Eh bien, en tant que chrétienne, je ne puis approuver la violence ni la prise d'otages, et en tant qu'Américaine, je suis profondément offensée par toutes les horreurs proférées par M. Klingerman et le dernier auditeur, qui nous ont bel et bien traités d'abrutis et d'arriérés ! »

Voilà qui sonnait comme un texte bien appris. Cette mémé rusée était sans doute encore une comparse de Coleman. Mais à quoi...

« Je suis sûre que Horst ne pensait pas à des gens comme vous, madame », dit Kelly d'une voix apaisante. Avait-elle détecté la tromperie ou bien...

« Je suis capable de m'exprimer moi-même, Kelly ! aboya Horst, brutalement et malencontreusement tiré de sa morosité.

– Dieu sait que vous l'avez déjà prouvé, jeune homme ! gronda l'interlocutrice d'une voix pincée. Mais êtes-vous capable de faire preuve d'un minimum de courtoisie ? Vous ne servez pas très bien votre cause en vous montrant impoli et injurieux envers ceux et celles que vous tentez précisément de convaincre. »

La colère de Klingerman se changea en une sorte de stupéfaction interrogatrice. « Impoli et injurieux ? ! » marmonna-t-il.

Toby ne put se retenir. « Tous les manuels de savoir-vivre disent en effet qu'il est impoli de mettre une mitraillette sous le nez de votre hôte. Vous pourriez vous informer. »

Kelly réussit à rire. « Euh... vous disiez, madame ?

– J'essayais de dire que je crois sincèrement que vous avez bon cœur, ma chérie, comme je crois sincèrement que ce que vous nous demandez de faire est la bonne solution. J'ai même cessé d'acheter du café brésilien, eh oui ! Mais ne voyez-vous pas que ce que vous faites est mal ? La fin ne peut en aucun cas justifier les moyens.

– Nous avons mis en échec le référendum Seawater, non ? Et nous vous avons convaincue de boycotter le café brésilien.

– Mais pas en tuant des gens ou en faisant sauter des immeubles !

– Nous n'avons fait de mal à personne. Pas vraiment.

– Pas encore, Kelly. Alors ne croyez-vous pas que ce serait le moment d'être raisonnable avant d'en arriver là ?

– Raisonnable... ? » dit Kelly. Et Toby ne vit que trop bien la comédienne payée par l'Agence pour jouer la Gentille Vieille Dame s'engouffrer dans la brèche.

« Oui, mon enfant, vous avez vraiment fait tout ce que

vous avez pu. Vous avez mis en échec le référendum Seawater et vous avez déclenché le boycottage du café brésilien, et vous avez réussi à le faire sans faire de mal à personne. Mais cette histoire de voitures... »

Horst essaya de placer un mot mais la mémé, en vraie pro qu'elle était, le cloua au sol comme un insecte intempestif.

« Les automobiles amé...

– Taisez-vous et cessez d'interrompre vos aînés, jeune homme. Vous n'avez vraiment pas de manières ? »

Kelly afficha un large sourire devant la caméra, un peu trop triomphal, peut-être.

« Les gens ne vont pas abandonner leurs voitures du jour au lendemain, et ils ne vont certainement pas avoir de la sympathie à l'égard de ceux qui veulent les brûler, bloquer les autoroutes et mettre le feu aux stations-service. Vous le comprenez, Kelly, n'est-ce pas ? »

Kelly hésita. Peut-être se rendait-elle enfin compte que cette aimable petite vieille dame la dribblait comme un ballon de basket.

« Euh... je crois, oui..., fit-elle d'une toute petite voix.

– Alors il n'y a vraiment rien à gagner en prolongeant cette folie une minute de plus et en mettant en péril des innocents, n'est-ce pas ?

– Qu'essayez-vous de dire, madame ?

– Qu'il n'est pas trop tard.

– Pas trop tard pour quoi ?

– Je ne suis qu'une vieille femme bien ordinaire, une bonne Américaine, une bonne chrétienne, une mère et grand-mère, qui veut vraiment contribuer à sauver la planète pour les générations à venir, qui apprécie vraiment ce que vous avez essayé de faire, et je suis sûre qu'il y a des millions et des millions de gens comme moi qui seraient plus que disposés à faire preuve de clémence... »

Elle la menait comme sur des rails...

« Nous n'avons presque plus de temps, dit Toby en jetant un coup d'œil à l'horloge du studio.

– De clémence... ? murmura Kelly Jordan, presque optimiste.

– Si vous faites ce qu'il faut...

– Ce qu'il faut ? »

Mais juste assez de temps pour écraser le bouton !

« Libérer vos otages, avaler la pilule et vous rendre !

– Eh bien, merci d'avoir appelé, madame. Sur ce, l'émission est terminée, dit Toby en coupant la communication. Je ne sais pas ce que vous en pensez, messieurs-dames, mais pour moi ça suffit comme ça. »

Le témoin rouge de la caméra de Malcolm s'éteignit et l'interlude publicitaire habituel remplaça l'image de Toby sur le moniteur.

L'espace d'une seconde, Toby ne put tout à fait croire que cet infernal talk-show téléphonique était terminé pour de bon. Puis il cligna les yeux et s'épongea le front du dos de la main.

Malcolm et Nigel éteignirent leurs caméras, débranchèrent leurs casques, les accrochèrent aux poignées des caméras puis braquèrent des regards féroces sur Kelly et Horst.

Kelly, concentrée sur quelque paysage intérieur, ne semblait même pas les avoir remarqués. Horst avait lui aussi l'air d'un zombie, mais avec une nuance de morosité qui attristait quelque peu Toby. Mais si.

« Qu'est-ce que vous reluquez, vous deux ? » finit-il par dire.

Malcolm baissa les yeux puis releva la tête pour regarder dans le vague. « Arrh... », gronda-t-il doucement.

Nigel haussa les épaules, traîna les pieds mais ne détourna pas les yeux. « Putain de bordel de merde, Horst, dit-il, ton numéro de loufoque c'était pas un peu trop, non ?

– *Was ?*

– Faire brûler des bagnoles, c'est pas du délire, peut-être ? renchérit Malcolm. En fin de compte, elle avait raison la vieille mémé, hein ? Ces enculés de Yankees se la couperaient plutôt que de se passer de bagnoles. C'est comme si on traitait leurs mères de sales pouffiasses...

– C'est pas comme ça qu'on va se retrouver en tête du hit-parade, mon pote !

– Nous n'avons pas déclenché cette action dans l'espoir de gagner un concours de popularité...

– Ah bon ? dit Kelly.

– Quoi ? cracha Horst en la fusillant du regard.

– L'idée, c'était de mettre en échec le référendum Seawater, de gagner une élection. Rien de plus. C'est pas un test de popularité ?

– Ce n'était que la première phase, dit Horst.

– Merde alors ! s'écria Nigel. Et c'est quoi la phase deux ?

– Le boycottage du café brésilien.

– Que tu as comme qui dirait inventé dans la foulée, pas vrai ? dit Kelly.

– C'était une mauvaise idée ?

– Non... mais...

– Mais si la phase trois ça consiste à convaincre ces foutus Yankees de sortir de leurs putains de bagnoles et de pédaler sur des bécanes merdiques comme ces cons de Hollandais, dit Nigel, alors on sera encore là jusqu'à ce qu'on apprenne à notre trou du cul à jouer la version Jimi Hendrix de l'hymne américain !

– Et cette connerie, c'est même pas ton idée à toi, avoue-le, mon pote, dit Malcolm. Elle vient de cet obsédé qui bavait au téléphone, pas vrai ?

– C'est possible, admit Horst, morose. Mais ce qui est fait est fait. Nous sommes engagés.

– À quoi, bordel ?

– À moins que... marmonna lentement Kelly.

– À moins que quoi ? dit Malcolm.

– Bon... pourquoi pas déclarer carrément la victoire et négocier pour sortir notre cul d'ici. Je veux dire... c'était le plan originel, non ?

– Elle a raison, merde !

– C'est absurde, Kelly, dit Klingerman. C'est se nourrir d'illusions.

– Mais t'avais dit...

– Et ce plutonium de mes deux ?

– Assez ! » cria Horst. Il se leva et lança à Toby un regard lourd de sous-entendus. « Si nous devons poursuivre cette discussion, que cela reste entre nous ! »

Nigel acquiesça, décrocha son Uzi, en menaça Inman pour la forme et désigna du canon la sortie du studio. « Après toi, mon pote », dit-il.

Toby savait que tout adulte sain d'esprit éviterait de se ranger aux côtés de Klingerman dans une situation pareille. Kelly et les punks voulaient se rendre, Horst non, et si Klingerman l'emportait, ce serait ce mec que Toby et Mendoza seraient obligés de combattre dans quelques heures en risquant la vie de tous les autres.

Et pourtant, tandis que Nigel lui faisait martialement quitter le studio, Toby se surprit à réagir avec la logique émotionnelle prépubertaire des cours d'école et à avoir de la peine pour Horst Klingerman.

Manipulé jusqu'à la gauche, transformé en Méchant Petit Garçon pour faire peur à la Gentille Petite Fille, ce pauvre con ne se doutait toujours pas de ce qu'on lui avait fait, et encore moins de l'identité des responsables et de leurs tortueuses machinations.

16 h 10

À supposer que Carl Mendoza ait pu douter un instant que l'Agence prenne l'immeuble d'assaut, ce n'était plus le cas après ce stupide talk-show téléphonique. En entrant sur le plateau ce soir, ou Inman et lui arriveraient à empêcher Horst de faire sauter l'immeuble, ou ils n'y arriveraient pas. C'était aussi simple que ça.

S'ils y arrivaient, il y aurait un couple de héros en direct et probablement un film qui ferait pour l'Agence ce que le raid sur Entebbe avait fait pour les Israéliens.

Et s'ils n'y arrivaient pas, eh bien, Horst Klingerman était un fou dangereux, n'est-ce pas ? Faire sauter les stations-service, brûler des bagnoles, foutre un peu plus en l'air la circul sur les autoroutes aux heures de pointe : qu'est-ce qu'il fallait de plus pour prouver qu'on avait eu affaire à un Abou Nidal, un Carlos, un salaud, un détraqué...

Carl savait comment *lui* s'y prendrait.

Bousiller la parabole satellite sur le toit, avec une fusée tirée soit d'un hélicoptère d'assaut en orbite à quelques kilomètres, soit d'une position quelque part sur les hauteurs de Hollywood ; prétendre que c'était pour riposter à des coups de feu tirés de l'intérieur de l'immeuble. Qui pourrait prouver le contraire une fois KLAX mis hors d'état d'émettre sinon les terroristes survivants – au cas où il y en aurait, ce qui, d'une manière ou d'une autre, serait peu vraisemblable ?

Ensuite, une dizaine de secondes plus tard, attaque frontale de l'immeuble par des équipes du SWAT, des commandos lâchés sur le toit par des hélicos... On balance des lacrymos et des grenades incapacitantes par toutes les fenêtres en priant pour que ça réussisse...

Quelles étaient les chances de s'en sortir ?

Plutôt minces, sinon nulles, si tu veux bien regarder les choses en face, *cholo*.

Si Inman et lui se trouvaient par hasard assez près de Klingerman sur le coup de 22 heures, s'ils pouvaient le désarmer avant qu'il les descende, s'il ne mettait pas la main dans son gilet au premier signe du moindre assaut, s'ils pouvaient réussir leur coup dans une bordélique tempête de lacrymos et d'ondes de choc, si...

Sûrement.

À la table d'à côté, Ahmed et Hiroshi avaient un différend, à moins que ce ne soit qu'une discussion passionnée. Pas facile à savoir avec deux mecs qui chuchotaient entre leurs dents dans leur mauvais anglais. Heather, faute de mieux, regardait sur le moniteur quelque atroce vieux film de vampires mexicain.

Et tout à coup Carl se rendit compte que pour son faux frère d'armes Alex Coleman tous les occupants de l'immeuble n'étaient déjà plus que des cadavres en sursis.

Charley Bird et tous les signaux complexes qu'il avait envoyés derrière la ligne de touche, c'était le genre de coup impossible à réaliser, un tir sur toute la largeur du terrain avec deux points de retard et pas de prolongations. Si la balle passait avec une chance sur un million, alors champagne pour tout le monde, les amis, sinon, bon, rien à branler puisque la partie était de toute façon perdue.

« Je te donne un peso pour savoir ce que tu penses, dit Heather.

– Remarque politiquement incorrecte.

– Je parle sérieusement.

– Sérieusement ? » Et Carl sentit soudain sa queue se raidir. Bizarre. Elle était à côté de lui, comme toujours, la princesse anglo blonde aux gros nichons censée faire fantasmer les virils Chicanos dans leurs rêves les plus moites, mais ce n'était que maintenant, alors que leur dernière heure allait peut-être sonner et que pareil fantasme était complètement impossible à réaliser dans les circonstances présentes, qu'il lui vint à l'esprit que ça serait plutôt agréable de la baiser.

Je dois être en train de vieillir.

Ou à tout le moins d'approcher quelque foireuse maturité.

« Je crois que nous sommes dans la merde », l'informa-t-il. *Et tellement dedans que j'ai pas les couilles de te le dire.*

Heather se pencha plus près, inclina la tête. « Tu me caches quelque chose, pas vrai, Carl ? » dit-elle à mi-voix.

Caramba ! Ou bien elle lit les pensées, ou c'est sacrément évident.

Carl examina Heather Blake un long moment, non pas en tant qu'objet sexuel potentiel, ni même sous les espèces de quelque douce créature demandant la protection d'un homme, mais comme il pourrait jauger un batteur qu'il avait déjà vu en action mais n'avait encore jamais affronté personnellement.

Heather Blake, il devait le reconnaître, était plus coriace qu'Inman. Si l'on faisait abstraction de la force physique, c'était à Heather que Carl aurait fait le plus confiance en cas de coup dur.

« Qu'est-ce que tu regardes avec cet air féroce ? demanda-t-elle.

– Une très jolie femme... », marmonna Carl piteusement.

Pour toute réponse, Heather fronça le nez et retroussa la lèvre supérieure.

Carl soupira. Voilà sans doute ce que les féministes appellent une stupide vacherie bien intentionnée. J'ai parlé à Inman, je parlerais à Franker si j'avais la moindre raison pour, mais elle, il faut que je la protège de la vérité en authentique macho, comme si ça devait servir à quelque chose quand tout ce bordel va péter.

Par-dessus son épaule, il regarda à la dérobée Ahmed et Hiroshi, toujours plongés dans leurs messes basses et qui ne leur prêtaient guère attention. Mais on n'est jamais trop prudent.

« Approche-toi encore, chuchota-t-il. Souris, hoche la tête et bats des cils comme une petite conne pendant qu'on parle, comme si j'étais en train de te draguer et que tu étudiais ma proposition.

– *Quoi ?*

– Fais ce que je dis, Heather, c'est tout. Tu comprendras plus tard. »

Heather haussa les épaules, se pencha en avant, se glissa dans l'espace corporel de Carl et sourit niaisement. Carl afficha un sourire bandant et posa bien en évidence la main sur le bras d'Heather tout en lui parlant à l'oreille.

« Les autres vont rappliquer en force et prendre la station d'assaut ce soir à dix heures. »

Heather fit de grands yeux, mais sans manifester d'autres réactions. Une femme d'acier. « Comment tu sais ça ? siffla-t-elle sans déformer son sourire plaqué.

– Tout le baratin de ce vieux Charley Bird c'était du code sans avoir l'air, y avait que moi et Coleman pour piger. Ils arrivent à dix heures, ils veulent que je neutralise Horst quand ils entreront.

– Comment savent-ils que tu pourras le faire ? Comment savent-ils que tu seras seulement dans les parages... » Heather se reprit. Fronça les sourcils. « Oh, fit-elle.

– Bon, chuchota Carl en affichant un air benêt, que je réussisse ou non, en ce qui nous concerne, du point de vue de ces mecs, le rideau tombera avec le résultat du tirage.

– Tu vas tenter le coup quand même ?

– Si l'occasion se présente.

– Tu crois que tu pourras y arriver ?

– Non.

– Alors, pourquoi... ?

– Tu as une meilleure idée ? »

Heather regarda Carl au fond des yeux un long moment, souriant stupidement et même battant des cils conformément aux instructions, mais Carl ne cessait d'entendre la mécanique ronronner derrière ces yeux bleus.

« Peut-être, dit-elle enfin sans bouger ni modifier son expression.

– Alors ? »

Heather cligna les yeux une fois, deux fois, se passa la langue sur les lèvres d'un air pensif. « Bon, dit-elle, tu pourrais prendre le risque de leur dire...

– De dire quoi à qui ?

– De dire à Horst et Kelly, et peut-être à toute la bande, ce qui va se passer.

– Et pourquoi, nom de Dieu !

– Pour qu'ils se rendent avant. Ou qu'ils fassent autre chose avant que la CIA entre en action. N'importe quoi serait mieux que d'attendre que ça leur tombe dessus.

– Et pourquoi me croiraient-ils ? »

Heather plissa les yeux. Elle resta un instant silencieuse. « Tu serais obligé de tout leur dire.

– Tout ? »

Heather élargit son sourire stupide, hocha la tête. « Que tu as fait partie de la CIA dans le temps. Que Coleman t'as envoyé un message pour te dire d'essayer de neutraliser Horst à dix heures. »

Carl dut faire un effort considérable pour continuer à jouer la comédie et sourire comme un gorille lubrique en disant entre ses dents : « C'est un risque insensé ! Horst pourrait me liquider ! »

Heather fit une moue aguichante. « Exact. Ce serait de ta part stupide, insensé et dangereux d'avouer tout ça.

Par conséquent, tu n'aurais aucune raison de dire pareil mensonge. Voilà pourquoi ils vont te croire.

– Merde », grogna Carl, stupéfait, à la limite de l'admiration.

Heather lui sourit avec une expression parfaitement naturelle d'innocence béate.

« Tu crois vraiment qu'ils se rendraient s'ils me croyaient ?

– Probablement pas.

– Alors... ?

– Alors considérons l'autre possibilité. »

Carl y réfléchit environ vingt secondes. Si l'Agence prenait l'immeuble d'assaut, leurs chances de survie, *sa* chance de survie, étaient peut-être de cent contre un. Vu sous cet angle, le plan d'Heather, avec ses chances de réussite de dix contre un, semblait relativement séduisant.

« Vous êtes de marbre à ce point, mademoiselle ? » murmura-t-il.

Heather laissa quelque chose glisser au fond son regard, sa voix trembla et sa lèvre inférieure tressaillit à peine, mais sinon son visage aurait pu servir pour une publicité de dentifrice, ou de chewing-gum sans sucre.

« Non, en réalité je crève de peur, Carl, chuchota-t-elle en toute sincérité sans changer d'expression. Mais je suis aussi une sacrément bonne comédienne. »

17 h 05

« Merde alors ! Pourquoi tu m'as rien dit ? dit Franker, furieux. C'est quand même moi le directeur de la station !

– Moins fort, Eddie ! » chuchota nerveusement Inman en jetant des regard à la dérobée en direction d'Ahmed, Hiroshi et Nigel absorbés dans leurs propres messes basses de l'autre côté de la cafétéria.

« Qu'est-ce que ça aurait changé ?

– Merde, gémit Eddie. Et maintenant vous voulez le dire à Kelly et... à Horst ? »

Carl Mendoza grimaça. « À moins, bien sûr, que tu trouves quelque chose de mieux, Franker », dit-il.

Eddie essaya. Et revint bredouille. La révélation selon laquelle Coleman se préparait à faire usage de la force expliquait des tas de choses, *a posteriori*.

Arlene Berkowski s'était montrée emballée par ce cauchemardesque talk-show téléphonique et, pis encore, aurait même voulu remettre ça aux heures de grande écoute nationale.

« Oubliez tout ce que j'ai dit comme quoi le format était trop mince pour la tranche de grande écoute, Eddie. Nous sommes partants pour 90 minutes en commençant à 20 heures, heure de chez vous. Nous allons basculer les meilleures séquences sur nos abonnés en tant que préreportage et l'audience sera déjà fantastique quand vous commencerez l'émission... »

Eddie aurait préféré se faire traîner deux kilomètres dans la bouse de vache plutôt que filtrer les appels pour un autre cauchemar de ce genre, mais comment aurait-il pu en dissuader Kelly et Horst sans leur révéler la véritable identité de Coleman et la nature machiavélique du jeu qu'il était en train de jouer ?

Il aurait peut-être bien essayé quand même s'il n'avait pas été convaincu que Coleman, l'oreille collée à la table d'écoute, téléphonerait pour démolir l'idée de Berkowski.

Pas de nouvelles de ce côté-là, rien qu'un silence déconcertant. Auquel la révélation de Mendoza donnait une explication plutôt inquiétante.

Si Coleman n'avait pas téléphoné pour se plaindre des résultats de l'émission, c'est qu'ils étaient conformes à ses désirs. Et s'il ne refusait pas une reprise dans la tranche de 20 heures, c'est qu'il n'en voyait pas l'utilité.

Eddie soupira. « À toi de jouer, Carl. Dans les deux cas, c'est toi qui vas mettre ta vie en danger, que tu joues le jeu de Coleman ou celui d'Heather... »

17 h 09

« Bon, alors c'est pas la peine d'attendre encore plus longtemps, hein ? » dit Carl. Il repoussa sa chaise sur le plancher avec un fracas qui attira aussitôt l'attention des terroristes. Il en profita pour se lever lentement.

« Je veux vous parler, dit-il.

– Asseyez-vous, dit Ahmed.

– Mais il faut que je vous parle ! »

Ahmed décolla doucement de son siège, décrocha son Uzi, le braqua sur Carl. « Asseyez-vous et gardez le silence », lui intima-t-il.

Carl ne bougea pas. « Vous allez me tuer pour vous avoir dit quelque chose qui va peut-être vous sauver la vie ?

– C'est quoi ces conneries ? » intervint Nigel.

Carl prit une longue inspiration. « C'est à propos de la CIA. L'Agence...

– On sait ce que ça veut dire ces initiales de merde, enfoiré.

– C'est eux qui sont dehors. C'est eux qui commandent toute cette artillerie.

– Et alors, connard ?

– Alors ils ont l'intention de s'en servir bientôt.

– Y te l'ont dit eux-mêmes, j'imagine ? dit Warren.

– C'est exact.

– Y zont fait quoi, ces ordures ? Y t'ont balancé des messages à la télé comme ce mec que je connaissais qui croyait recevoir des ordres de mission en voyant des vieux clips pourris des Guns and Roses ?

– Écoutez, je résume : le prétendu médiateur qui commande la manœuvre est un agent de la CIA du nom d'Alex Coleman. Je le sais parce que c'est lui qui m'a recruté. »

Hiroshi, qui était resté assis avec son visage de pierre habituel pendant tout cet échange, se déplia lentement et orienta son Uzi vers le ventre de Mendoza. Ahmed plissa les yeux et ses doigts dansèrent, songeurs, sur la crosse de son arme.

Eh bien, ricana intérieurement Carl, au moins ils font attention à moi.

« T'es à côté de tes pompes ou quoi, mec ?

– Tu avoues à des mecs comme nous que t'es un agent de la CIA ?

– J'*ai été* agent de la CIA. Quelques mois seulement, il y a bien longtemps, dans un pays lointain, très lointain. Assez pour me faire aimer l'Agence autant que vous, les mecs. Et croyez-moi, ce qui va se passer ce soir ne va pas faire remonter ces fils de putes dans notre estime.

– Je pige pas, mec, pourquoi tu nous racontes ça ? »

Carl regarda Warren dans le blanc des yeux. « Pour sauver mon propre cul, dit-il avec une sincérité absolue. Et le vôtre par-dessus le marché. »

17 h 21

D'un point de vue professionnel, songea Heather, Carl avait signé une excellente prestation. Attirer l'attention au départ en faisant bruyamment racler sa chaise sur le plancher avant de se lever avait été une réussite technique, la voix calme de macho qui avait frôlé le ton canaille avait été bien dosée et la chute parfaite.

Bien sûr, au cinéma, le montage aurait sauté tout de suite à l'arrivée de Horst et Kelly pour éviter les minutes de temps mort pendant qu'Hiroshi allait les chercher, mais...

La porte de la cafétéria s'ouvrit en claquant.

Horst Klingerman entra d'un pas décidé, l'Uzi en main, avec le regard menaçant de l'authentique terroriste – le plan qui aurait dû succéder à la dernière réplique de Carl. Derrière lui entrèrent Hiroshi, puis Helga et Jaro, elle dans le style *Ilsa la Louve SS*, eux sans référence filmique bien précise.

À leur suite, et pas du tout, donc, comme Heather aurait souhaiter tourner la scène, une Kelly Jordan lente, l'air égarée, qui alla jusqu'à refermer poliment la porte.

« Qu'est-ce que c'est que cette histoire de CIA ? » demanda Horst en traversant la pièce à grands pas pour gagner la table des otages, les autres à sa remorque.

Carl se leva avant que Horst puisse avoir le loisir de le dominer et affronta posément son regard. « Coleman est de la CIA, dit-il, et ils l'ont choisi pour diriger l'opération parce que je l'ai connu au Viêt-nam et qu'il m'a recruté plus tard. Mon pote Charley Bird ? Je ne l'ai jamais vu. Cet héroïque souvenir de guerre ? Inventé de toutes pièces. Tout ça, c'était pour Coleman une manière de m'envoyer un message... ils déboulent ce soir à dix heures et je suis censé vous neutraliser quand ils entreront.

– *Was ?* s'exclama Klingerman, qui resta un long moment bouche bée devant Carl. Si c'est vrai... ou... ou même si ce n'est pas vrai, bégaya-t-il, pour... pourquoi me raconter ça à moi ? »

Carl Mendoza était nez à nez avec Horst Klingerman comme Clint Eastwood et Lee Van Cleef se jaugeant mutuellement dans quelque western spaghetti.

« Peut-être que je pourrais vous neutraliser, peut-être que non, dit Carl. Vous êtes armé, je suis entraîné au combat et j'aurais l'avantage de la surprise, ça pourrait être intéressant. Quant à vous neutraliser avant que vous mettiez la main dans votre gilet pour faire sauter tout ce foutu bordel... » Il haussa les épaules, se permit un mince sourire. « Impossible, José. Je le sais, et cet enculé de Coleman le sait aussi.

– Je ne comprends pas... »

Carl Mendoza recula d'un demi-pas, à moins que ce ne soit un effet de placement du buste. Son langage corporel changea subtilement, devint laconique, languissant – le vieux pistolero qui termine la confrontation en rengainant lentement son arme.

Il coupa le contact oculaire avec Horst Klingerman, regarda autour de lui, ramenant le calme dans le saloon.

« Et si on s'asseyait tous pour que j'essaie de vous expliquer la situation ? » dit-il. Et d'empoigner une chaise derrière lui, de la déposer devant lui et de s'asseoir à l'envers, les mains sur le dossier.

Heather douta qu'Eastwood, Kirk Douglas ou même Paul Newman ou Spencer Tracy eussent pu faire mieux dans le genre.

17 h 31

Carl Mendoza n'était décidément pas un de ces commentateurs sportifs qui arrondissent leur salaire comme orateurs de banquet ou présentateurs pour une cérémonie de remise de coupes, il détestait l'idée même de parler dans une pièce pleine de monde.

Mais c'était ce qu'il faisait pour l'instant.

Franker, Inman et Heather étaient assis à ses côtés. Nigel, Warren, Jaro et Ahmed étaient installés derrière la table la plus proche. Klingerman avait traîné une chaise tout près, s'était assis à l'envers à l'instar de Carl et maintenait un contact oculaire intense. Seuls Helga et Hiroshi restaient debout, encadrant Horst et Kelly, les jambes écartées, l'Uzi décroché orienté plus ou moins vers Carl.

« Le minutage de l'opération, ce que je suis censé faire, tout y était, poursuivit Carl.

– Sous une forme extrêmement sibylline, dit Klingerman. Vous auriez très bien pu voir un message là où il n'y avait rien...

– Et pourquoi avoir attendu jusqu'à maintenant pour en parler ? » demanda Kelly Jordan. Carl l'arrêta d'un regard mais se remit illico à fixer Klingerman.

« Oui, pourquoi ? dit Klingerman.

– Pourquoi ? Qu'est-ce que j'étais censé faire ? Lever le doigt comme un gosse qui a envie de pisser et dire : " Excusez-moi, mais c'est les mecs de la CIA qui sont derrière tout ça, et si je le sais c'est que j'étais avec eux dans le temps et qu'ils viennent de m'envoyer un message comme quoi ils débarquent et que ma seule chance de survivre à l'opération est de vous sauter dessus, cher ami " ?

– Mais vous alliez tenter le coup, n'est-ce pas ? dit finement Klingerman. De votre point de vue, c'était bien la seule chance que vous aviez. Voilà pourquoi vous avez gardé le silence.

– Vous m'avez compris, *muchacho*.

– Alors qu'est-ce qui vous a fait changer d'avis ?

– Cette saloperie de talk-show téléphonique. La manière dont ils vous ont manipulé. Ça m'a comme qui dirait éclairci les idées.

– Manipulé, moi ? dit lentement Horst.

– Mettez-vous ça une bonne fois dans la tête : c'est pas n'importe qui, ou n'importe quoi que vous avez devant vous, mais la CIA, l'informa Carl. Ces gens sont intelligents, ils sont impitoyables, ils disposent de ressources que vous ne pouvez pas imaginer. Vous croyez qu'ils n'ont pas la technique nécessaire pour contrôler ce qui passe par un numéro en libre appel ? Vous croyez qu'ils n'ont pas des régiments de psys et d'experts des médias pour découvrir quel type précis d'élucubration va retourner le maximum de gens contre vous ? Vous croyez qu'ils n'arriveront pas à trouver *le* scénario qui vous fera délirer exactement comme ils le souhaitent ? Vous croyez vraiment, par exemple, que ce vieux Weatherman hippie qui vous a fait crier de brûler les bagnoles et de bloquer les autoroutes était ce qu'il prétendait être ?

– Que... qu'est-ce que vous dites ?

– Vous vous êtes fait *avoir* ! cracha finalement Carl. Et j'allais me faire avoir moi aussi ! On est tous des cadavres en sursis pour Coleman et ses patrons de Washington ! Pourquoi bordel je prendrais le risque de vous raconter tout ça si j'étais pas convaincu que c'est la *seule* chance que j'aie ou que nous ayons tous de voir se lever le jour ?

– Même si tout ceci est vrai, ça ne change rien... »

Kelly commençait à verdir, Hiroshi et Helga grinçaient des dents et étreignaient leurs armes ; autour de l'autre table, Nigel et Warren avaient plus ou moins l'air de piger, Jaro était impassible, comme d'habitude, et Ahmed faisait de tout petits yeux...

« Mais c'est la *réalité*, nom de Dieu ! hurla Carl, se remettant d'un bond sur ses pieds. Vous vous rendez, sinon *on y passe tous* ! »

Horst était debout avant que Carl s'en aperçoive, l'Uzi braqué droit sur son nombril.

« Allez, vas-y si tu en as envie ! dit Carl d'une voix glaciale. Maintenant ou plus tard, qu'est-ce que ça change ? » Il balaya la pièce d'un regard circulaire. « Ça me regarde peut-être pas, les mecs, mais est-ce que vous allez laisser *der Führer* ici présent décider de sa propre et unique initiative si vous allez tous vivre ou tous mourir, ou alors ne croyez-vous pas que ce serait au moins une bonne idée d'en discuter ?

– Putain, c'est vrai !

– On ne négocie jamais...
– Il a raison !
– Ouais, Horst...
– ... un stratagème pour nous diviser... »
Et soudain ils râlaient tous en même temps. Mais tandis que les Brigades vertes éclataient en petits groupes orageux, Horst maintint le contact oculaire avec Carl et sourit même un peu, tel un joueur confirmant un lancer assassin en portant la main à la visière de sa casquette.
Une preuve de classe, en quelque sorte, admit Carl. Mais aussi une confirmation que la partie était loin d'être terminée.

18 h 02

« ... les Israéliens pourraient être capables d'être aussi froidement calculateurs, mais on a du mal à voir les Américains...
– Mon cul !
– ... fait tout ce qu'on a pu de toute façon...
– ... s'est pas engagés pour des conneries pareilles...
– ... aventuriers bourgeois ! »
Les choses ne se passaient pas comme Heather l'avait prévu, si tant est qu'elle ait prévu quoi que ce soit. Ce qu'elle avait escompté, supposait-elle, c'était que la révélation de Carl persuade tous les militants des Brigades vertes, y compris Horst, que le seul vrai choix était entre une reddition opportune et une mort certaine.
« Vous vous attendiez à ce que ça finisse comment, au fait ?
– Question de volonté...
– ... on savait qu'en entrant ici... »
Au lieu de quoi ils avaient parqué les otages à la table devant le distributeur de boissons et s'étaient eux-mêmes

séquestrés à la table sous le moniteur à l'autre bout de la cafétéria, où ils palabraient depuis un bon bout de temps.

Si Heather ne pouvait que surprendre des bribes de leur discussion, elle arrivait en revanche, en observant leur langage corporel, à discerner qui parlait à qui à un moment donné et à déchiffrer – ou du moins se l'imaginait-elle – l'évolution de leur dynamique de groupe.

Kelly était apparemment en train de militer pour la reddition et Warren et Nigel, assis du même côté de la table qu'elle, semblaient de son avis et formaient avec elle le noyau mou du groupe. Helga et Hiroshi flanquaient Horst de l'autre côté de la table, formant donc le noyau dur. Ahmed, assis du côté de Horst, mais dont le regard semblait osciller de droite à gauche comme pour suivre un match de tennis, et Jaro, assis tranquillement près de Warren qui suivait toute la scène, semblaient former le groupe pivot. Quant aux deux brigadistes manquants, sans doute postés en sentinelles aux entrées, Malcolm se rangerait probablement à l'avis de son ami Nigel, et Paulo... là, c'était l'incertitude totale.

« ... pourrait engager les négociations nous-mêmes...

– ... un signe de faiblesse !

– ... le plan du héros solitaire, ça commence à craindre... »

Carl se pencha au-dessus de la table et se rapprocha de Heather. « Ça n'a pas l'air de trop bien se passer, hein ? dit-il.

– Si on leur laisse le temps, je crois que la majorité d'entre eux se rendront. Seuls Horst, Helga, Hiroshi, peut-être...

– Mais on n'a pas le temps, Heather ! dit Toby entre ses dents. Et le seul qui compte, c'est Horst ! C'était vraiment une idée stup...

– Lâche-lui les baskets, Toby ! s'énerva Franker. Je ne t'ai pas entendu proposer quelque chose de mieux.

– Ouais, gronda Carl, c'est moi qui ai pris le risque de me faire descendre, pas toi, alors ferme-la, bordel !

– ... déjà tué quelqu'un pour de vrai... ?

– ... antiproductif de toute façon...

– ... manipulé par les médias...

– Écoutez-nous, dit Heather, nous commençons à parler comme eux ! Et nous ne pouvons pas nous le permettre. »

Toby semblait abattu. Carl hocha la tête. Eddie Franker tapota paternellement le bras de Heather. « Ce n'est pas ta faute, Heather, dit-il, mais peut-être que nous avons fait une erreur de calcul... non qu'il y ait une meilleure solution, j'imagine...

– ... jamais vraiment réfléchi à fond au problème, Horst !

– ... satisfaite de ta prestation à la télé !

– ... ta prestation à toi, parlons-en !

– Ce n'est pas du *théâtre*, Kelly !

– Alors c'est quoi ces conneries, Horst ? »

Le niveau sonore avait brusquement monté d'un cran à l'autre bout de la cafétéria. Horst et Kelly s'invectivaient de part et d'autre de la table et le reste des Brigades vertes était devenu malgré lui un public consterné.

« Tu veux qu'on passe tous le reste de notre vie en prison ?

– Tu veux qu'on crève tous ?

– C'est du bluff !

– Et le plutonium, c'est quoi ? »

Heather et les trois autres otages assistaient donc à ce spectacle plutôt terrifiant : deux terroristes s'excitant mutuellement avec force postillons et regards assassins.

« Tu dis n'importe quoi ! Le résultat est exactement ce que les Américains voulaient.

– Je suis américaine, au cas où tu l'oublierais !

– Et tu le prouves par ta naïveté !

– Merde, gémit Toby, manquait plus que ça...

– Ça commence à être coton, dit Carl au moment où Horst Klingerman se mit debout et martela la table du poing.

– Certains d'entre nous parlent sincèrement de l'action directe ! Pour d'autres, ce n'est qu'un prétexte pour se pavaner à la télévision !

– Mon Dieu ! » gémit Eddie.

Kelly Jordan se leva elle aussi. Elle tremblait. « C'est mesquin, Horst, vraiment mesquin de ta part ! cria-t-elle.

– Mais c'est la vérité, Kelly. Tu es tombée amoureuse de ta propre image !

– Hé, mec, doucement... »

Warren était debout et tentait de calmer Klingerman. Nigel avait pris Kelly par le coude.

« Pas devant les enfants, putain de bordel !

– T'es jaloux, c'est tout !

– De quoi ? »

Helga se leva, puis Hiroshi et Ahmed. Seul l'opaque Jaro restait sur sa chaise.

« Tu détestes jouer les méchants !

– Tu crois que tout cela n'est qu'une connerie de film de cow-boys et d'Indiens ? Tu as été corrompue à ce point ? »

Heather se retrouva debout, sans trop savoir à quel moment elle s'était levée, pourquoi elle faisait ça, ce qu'elle faisait au juste ni ce qu'elle allait faire ensuite.

Mais une bizarre intrépidité semblait s'être emparée d'elle, comme si elle dirigeait un film dont les acteurs s'étaient pour une raison ou une autre éloignés du scénario : la scène lui avait complètement échappé.

Une partie de son être savait que c'était tout à fait insensé, mais une autre partie savait que c'était là le rôle qu'elle était sommée de jouer maintenant, le rôle, comble de paradoxe, de réalisatrice de ce film où la vie et la mort étaient bien réels.

Heather se fraya un chemin entre les tables et les chaises et s'arrêta au milieu de la cafétéria. Elle mit les mains sur ses hanches, inspira à fond et hurla de toute la force et l'autorité que sa voix bien entraînée pouvait contenir : « COUPEZ ! ARRÊTEZ ! ON NE DIT PLUS RIEN ! COUPEZ ! COUPEZ ! C'EST LAMENTABLE ! »

Long instant de silence et d'immobilité.

Kelly, Warren, Nigel et Jaro, qui lui faisaient face, en restèrent bouche bée.

Horst, qui lui tournait le dos, virevolta, furieux, imité une demi-seconde plus tard par Helga, Hiroshi et Ahmed.

« Écoutez-vous parler ! cria Heather avant que le premier d'entre eux puisse placer une réplique. Vous baragouinez des fadaises comme une bande d'idiots ! »

Huit terroristes stupéfaits et scandalisés lui faisaient face. Ils avaient des mitraillettes, mais ni script ni rien qui les ait préparés à pareil rebondissement, et Heather savait que tant qu'elle pourrait parler plus vite qu'ils ne pouvaient réfléchir et jouer la réalisatrice avec une autorité convaincante, elle pourrait contrôler l'action.

Comme diraient Shakespeare et Stanislavski, il y avait de la Méthode dans cette folie.

« Vous faites exactement ce pour quoi la CIA vous a programmés comme une stupide bande de terroristes automatisés à Disneyland ! dit-elle de la même voix chargée d'autorité en avançant lentement vers eux. Vous êtes en train d'éclater en factions ! Vous tombez tout droit dans le panneau ! Nous allons tous mourir et tout ce que vous croyez avoir accompli va partir en fumée avec vous parce que, pour l'opinion publique, vous n'aurez été qu'un gang de monstres assassins, de buveurs de sang antiaméricains ! »

Heather prononça cette tirade à une cadence rapide qui

ne laissait place à aucun geste ni réplique, et lorsqu'elle eut terminé elle était peut-être à un mètre de Klingerman.

Elle avança résolument de deux pas, tendit le bras et enfonça l'index dans la poitrine de Horst.

« Arrêtez de vous comporter comme un gamin ! dit-elle de la même voix experte en enveloppant Horst d'un regard furieux de producteur exaspéré. Vous feriez mieux d'écouter une pro qui sait de quoi elle parle. »

Personne ne bougea. Horst s'était composé un masque de colère, mais un masque seulement. Il était peut-être armé, mais c'était Heather qui contrôlait la situation, et ce depuis la première réplique de cette scène.

La colère disparut du visage de Horst et un genre d'allégresse commença à transparaître dans ses yeux bleus.

Maintenant, il savait.

« Ce... c'était encore un de vos trucs de comédienne, oui... ? » balbutia-t-il.

Heather, soudain tout sourire, lui adressa un généreux clin d'œil. « Non, dit-elle, ça, c'est de la direction d'acteurs. »

Horst secoua tristement la tête, faillit sourire. « Je suppose que si vous tenez à ce point à nous dire quelque chose, autant vous écouter. »

Le charme fut rompu, et avec lui, la maîtrise qu'Heather avait de la situation. Elle avait réussi à monopoliser l'attention – d'accord, toute actrice qui se respecte aurait pu en faire autant – mais à présent qu'est-ce qu'elle était censée faire avec ?

En réalité, elle avait viscéralement improvisé sans se soucier de la suite.

Pour gagner du temps, elle s'approcha des terroristes, récupéra une chaise, la poussa vers un des petits côtés de la table et s'assit – encore un truc de mise en scène – pour y créer une place stratégique.

Lentement, otages comme terroristes, tout le monde

s'assit, les yeux fixés sur elle, momentanément unis au moins au niveau humain, onze personnes espérant qu'on allait leur indiquer comment sortir de ce qui semblait une situation inextricable et dangereuse...

Et c'est alors que la lumière se fit.

« Écoutez, dit Heather, je n'ai pas d'idée flambant neuve. Mais j'en ai une de derrière les fagots qui a déjà marché, alors je ne vois pas pourquoi elle ne devrait pas marcher une fois de plus. On va encore faire pleurer dans les chaumières. Faisons en sorte que le gouvernement soit moralement dans l'impossibilité de faire usage de la violence.

– Bon Dieu, Heather, gémit Toby d'un ton un rien méprisant, on est pratiquement à court de parents et d'amis, et de toute façon les autres ne nous laisseraient jamais leur refaire le coup.

– Ce n'est pas ce que je veux dire. Écoutez, en ce moment même, pour l'opinion publique américaine, les Brigades vertes c'est en fait Kelly Jordan et Horst Klingerman, d'accord ? Avec Horst dans le rôle du gros méchant. Donc si la CIA attaque la station, que les charges explosent et que tout le monde meurt, tout ça sera la faute de cet horrible individu qu'on a vu l'écume aux lèvres ordonner aux voyous de brûler les voitures et les stations-service...

– Et alors ? marmonna Horst d'un ton aigre.

– Alors, nous allons mettre en valeur les porte-lance, leur donner un texte, leur donner la vedette chacun à son tour.

– Les *porte-lance* ? Je ne comprends par ce terme. »

Prenant tout son temps, Heather entra en contact oculaire avec chacun d'eux, non pas avec une bande anonyme de terroristes, mais avec Warren, Helga, Jaro, Hiroshi, Nigel et Ahmed, avec six individus, tout opaques et mystérieux qu'ils étaient encore, six authentiques humains qui ne jouaient pas les porte-lance dans leur propre film, six êtres humains à la vie desquels on pouvait intéresser les gens si leur histoire était bien racontée.

« On pourrait appeler ça, disons... euh... *Les Brigades vertes à visage découvert*, dit Heather. Une interview d'une dizaine de minutes avec chacun des huit terroristes anonymes dont les téléspectateurs n'ont pas encore fait la connaissance... »

Elle se tourna vers Eddie. « Qu'est-ce que vous en dites, monsieur Franker ? C'est quelque chose que vous pourriez vendre à StarNet ? »

Eddie se contenta de grimacer un sourire.

« Je crois que je pourrais m'en occuper... dit Toby.

– Va te faire foutre, Toby Inman, feula Heather, qui prenait un certain plaisir à se montrer vulgaire. Ça, c'est *mon* projet !

– C'est très intéressant, oui, dit Klingerman, mais je ne comprends pas comment cela va empêcher la CIA d'aller jusqu'au bout de ses intentions.

– Ouais, renchérit Kelly, je pige pas. »

Heather sourit de toutes ses dents. « Imaginez un peu... 80 minutes environ d'interviews sympathiques avec ces idéalistes venus des quatre coins du monde risquer leur vie pour sauver la planète... Et à la fin, pour conclure en beauté... »

Elle laissa passer une seconde, puis deux, puis trois, attendant une amorce, procédé plutôt simpliste mais toujours efficace.

« Et pour conclure en beauté ? lança Warren.

– Et pour conclure en beauté, en guise de finale, après que madame et M. Tout-le-Monde ont fait la connaissance des merveilleux personnages que vous êtes et vu ce qu'il y a dans votre cœur... »

Tic... Nouvelle pause dramatique. Heather ne pouvait

y résister, pas plus qu'elle ne pouvait se retenir d'afficher un sourire King Kong.

... Tac.

« Et pour conclure en beauté, les otages viennent devant les caméras *demander en direct la vie sauve pour leurs ravisseurs* !

– Putain de plan d'enfer ! »

20 h 00

À l'écran :

Gros plan sur Heather Blake, la fille météo de KLAX, prototype de la blonde sexy sud-californienne... mais avec dans le regard une intensité inhabituelle et dans la voix une maturité supplémentaire qui ajoute une bonne dizaine d'années à son image vidéo.

« Bonsoir. Comme vous le savez certainement tous, je suis Heather Blake, météorologue attitrée de KLAX-TV, actuellement otage des Brigades vertes. Vous avez dû entendre des tas de choses sur les Brigades vertes depuis cinq jours, et vous pensez sans doute que vous en savez plus que vous n'en voudriez savoir. Or, en réalité, nous savons nous-mêmes très peu de chose sur eux, tout otages que nous sommes. Nous connaissons Horst Klingerman et Kelly Jordan, mais que savons-nous des huit autres membres du commando terroriste qui s'est emparé de cette station de télévision ? Eh bien, ce soir, nous allons le savoir, vous et moi... Ce soir, nous allons voir *les Brigades vertes à visage découvert* ! »

Plan en buste d'un homme d'une trentaine d'années, teint pâle, plutôt maladif, tignasse blonde qui lui tombe sur les épaules et calvitie naissante, petites lunettes rondes à monture métallique, bref, un maniaque de l'informatique avec l'Uzi en bandoulière.

Heather Blake, off : « Et nous allons commencer par Warren Davies... »

Plan duo d'Heather Blake et de Warren Davies assis côte à côte sur un canapé vert devant une table basse en érable sur un fond neutre dans les tons crème.

« Racontez-nous des choses sur vous, Warren...

– Euh... quel genre de choses ?

– Où vous avez grandi, d'où vous venez, comment étaient vos parents... vous voyez ce que je veux dire ? »

Davies louche sans conviction vers la caméra qui se rapproche pour le cadrer en gros plan.

« J'ai grandi à Mendocino, en Californie, dans les parages, en tout cas. Bon, mes parents, je crois que vous diriez que c'étaient des hippies... communautés, plantations de marijuana, bouffe macrobiotique, vous voyez le tableau... on a fini par s'installer à San Rafael, c'est là que je suis allé au lycée, ensuite j'ai fait deux ans de fac à Berkeley, et puis j'ai laissé tomber... »

Plan duo de Blake et Davies sous un autre angle. Il s'interrompt, hausse les épaules. « Qu'est-ce que vous voulez savoir ?

– Qu'est-ce que vous avez fait après avoir abandonné la fac ? Je veux dire, pour gagner votre vie...

– De l'électronique... de l'informatique... ce genre de trucs.

– Vous avez fait quoi au juste en informatique ?

– Vous savez...

– Non, je ne sais pas...

– Des choses et d'autres...

– C'est-à-dire ? »

Davies s'agite nerveusement sur le canapé. « Des trucs, quoi... marmonne-t-il. Du piratage... des trucs avec les, euh, cartes de crédit... détourner des... euh, systèmes... services et conseils... matériel et logiciel...

– Vous voulez dire que vous gagniez votre vie comme pirate informatique clandestin ? »

Warren Davies s'anime. « Hé ! C'était beaucoup plus que ça ! dit-il d'une voix presque indignée. Ce que les gens peuvent avoir l'esprit étroit ! Si vous voulez me traiter de pirate *électronique*, je suis d'accord. J'ai toujours eu la main heureuse avec l'électricité, si vous voyez ce que je veux dire : puces, circuits, programmes... à partir du moment où le courant passe, Warren peut tout faire ! D'accord, j'ai fait un peu de piratage de systèmes comme tout le monde mais je cartonnais dans les circuits électroniques, le traitement vidéo des images, le dépannage des petites stations FM, les logiciels à peaufiner pour Pierre ou Paul, et puis, euh... les liaisons satellite, les branchements clandestins sur le réseau câblé... »

Gros plan sur Warren Davies qui se fend d'un mince sourire. Sa voix est plus ferme, plus claire. « Mes hippies de parents me traitaient de cyberpunk, et de trucs encore pires que ça. Bon, ils croyaient qu'un bébé phoque mourait chaque fois qu'on initialisait le système ! J'étais peut-être un cyberpunk, mais un cyberpunk style San Francisco... »

Heather Blake, off : « Style San Francisco ?

– Ben oui, comme si les années 60 duraient encore sous le banc de brouillard au-dessus de la baie... Peut-être qu'au bout de vingt ans la fumée des joints a causé des dommages permanents à l'atmosphère... je veux dire que là-bas il faut d'abord ramer dans l'*underground* pour percer dans l'*overground*... par exemple, là-bas, les Grateful Dead ont survécu à deux générations. Imaginez-vous un peu ces rock stars séniles sur fond de néon psychédélique, avec leur... »

Plan duo de Heather Blake et Warren Davies.

« C'est-à-dire, en clair... ? » dit doucement Heather.

Warren Davies hausse les épaules. « Comme qui dirait, pour mes parents, l'Évangile c'était Bob Dylan... Les gosses comme moi, on a grandi en s'imaginant que tout ça c'était *normal*... je veux dire, si on voulait se rebeller, on pouvait devenir *agents de change et voter républicain*... »

Gros plan sur Warren Davies qui adresse à la caméra un sourire un peu affecté. « Pas tout à fait, quand même. Je veux dire, ce qu'on détestait vraiment, mais alors vraiment, c'était toute cette *technophobie* des années 60, pas le plan sexe-drogue-rock'n roll ni le gauchisme, alors quand on a fait notre contre-révolution dans la contre-culture hippie, on est passé à *l'électronique*... »

Il rit. « On pourrait dire aussi que lorsqu'on a eu notre trip branché cyberpunk on l'a fait sur la bonne vieille musique funky de la côte ouest. »

Gros plan sur Heather Blake, légèrement déconcertée par toutes ces références. « Alors comment un gentil techno-hippie comme vous a-t-il fait pour finir dans un groupe terroriste comme les Brigades vertes ? » dit-elle.

Gros plan sur Warren Davies, les yeux plissés derrière ses lunettes, qui commence à surveiller son expression.

« Sur le réseau... »

Heather Blake, off : « Le réseau...

– Un de ces termes à la mode, vous savez bien, le réseau, la matrice, le cyberspace, la réalité virtuelle, dit Davies en haussant les épaules. Évidemment, derrière tout ça, y a rien que des *terminaux*, des relais, des banques de données et ce qui se passe entre eux. Des téléphones, des modems, des postes de télé. Des lignes téléphoniques et des liaisons satellite. Le réseau c'est à la fois tout ça et rien de tout ça. Il est partout et nulle part. C'est l'interface et les gus qui naviguent dessus. »

Heather Blake, off : « Le village global électronique de Marshall McLuhan, c'est ça ?

– Plus ou moins. Ou plutôt, comprenne qui pourra, une version globale et électronique de la Sierra Maestra truffée de *barbudos*, comme diraient mes parents s'ils savaient de quoi je parle... »

Il baisse les yeux, son regard devient évasif. « Je veux dire... faut vraiment être con pour se ramasser des factures gigantesques en *payant* chaque fois qu'on est connecté alors qu'y a tellement de trucs pour arnaquer le système... une heure de connexion sur un serveur underground de Tokyo ou de Moscou vous coûte rien, exactement comme un heure de messagerie à San Jose... des BAL planquées derrière d'autres BAL... tout le monde utilise des pseudos, la moitié du temps on sait pas vraiment à qui on est connecté ni même où se trouve le serveur... »

Heather Blake, off : « Vous vous êtes connecté électroniquement aux Brigades vertes avant même d'avoir fait la connaissance des membres du groupe ? »

Warren Davies acquiesce d'un signe de tête. « J'étais très branché sur les serveurs internationaux, peut-être parce que je savais que je profitais gratuitement de services quasi inabordables, ou que j'avais cette possibilité... je veux dire, puisque je me servais des... »

Davies s'interrompt brusquement. « Bon, aucune importance. Quoi qu'il en soit, je me suis connecté à ce serveur underground d'envergure internationale et... euh... *transparent* pour les logiciels de facturation de tous les distributeurs. “ Tutti Frutti ”, qu'il s'appelait, parce que c'était exactement ça, toutes sortes d'associations et de secteurs bizarres, par exemple, les Fondus du foot transsexuels, les Ninjas nazis, le Mouvement pour la restauration de l'Empire chinois, les Communistes zen, les Masturbatrices transcendantales lesbiennes cuiromanes, les Carnivores militants, tout ce qu'on voudra, une vraie ménagerie ! »

Il éclate de rire. « Mieux que deux cents canaux piratés sur les satellites porno ! Et beaucoup plus interactif. J'ai passé une ou deux semaines à jouer avec, et puis je suis entré dans un secteur appelé " Anarchie ".

– *Anarchie ?* Vous voulez dire des types à grandes moustaches en imperméables noirs qui jettent des bombes en forme de boules de bowling ? »

Plan duo de Warren Davies et Heather Blake. Le rire de Davies révèle une amorce de sympathie entre eux.

« C'était ce que je m'imaginais au début moi aussi. Tout un tas de forums et de serveurs virtuels qui aboutissaient n'importe où, aux Bakouninistes, aux Trotskistes de gauche, aux Trotskistes de droite, aux FoxTrotistes tant qu'on y est, à des plans pour construire des bombes, même des bombes atomiques... comment piéger des bagnoles, comment faire exploser un avion en vol, où se procurer du Semtex, des missiles Stinger, du plutonium... »

Heather Blake est atterrée. « Vous songiez sérieusement à... à *tuer des gens* ?

– Hé ! Qui pourrait prendre au sérieux des trucs comme ça ? Je veux dire, en ce qui me concerne, c'était juste un sandwich au boudin arrosé de crème vanille... et puis un jour... »

Gros plan sur Warren Davies, tout à fait sérieux à présent. « Et puis un jour je suis entré dans un sous-secteur appelé TerreMort, et à l'intérieur y avait un forum appelé Mauvais Garçons, et encore à l'intérieur... »

20 h 13

« Ouais, mon chou, c'était nous, dit Malcolm Macklin. Des putains de mauvais bougres qu'on était.

– Je vous en prie, dit Heather. N'oubliez pas que nous sommes en direct, et que la...

– Ah oui, dit Nigel Edwards, cette putain de bordel

de directive Carlin ! Les sept putains de mots qu'on est pas censé dire en direct au pays de merde des Yankees ! Bordel de merde ! Et si on en finissait d'abord avec cette connerie afin de pouvoir ensuite nous entretenir comme des gens civilisés, pas vrai, Malcolm ?

– Putain de bonne idée, Nigel. J'y vais ?

– Après toi, mon pote !

– Putain, merde, bite, couilles, con, bordel, enculé. J'ai oublié quelque chose ?

– *S'il vous plaît...* gémit Heather.

– Ah oui, c'est vrai, une station de télé ricaine à la mords-moi-le-nœud pourrait perdre sa putain de merde d'autorisation d'émettre pour avoir laissé deux petits cons comme nous faire usage d'un vocabulaire aussi grossier à la télévision.

– C'est que trop vrai, mon pote ! Leur saloperie de bordel de Commission fédérale des communications, leur putain de FCC, c'est qu'un ramassis de vieilles fachos de merde !

– De connasses, tu veux dire ? »

Et tous les deux d'éclater d'un rire tumultueux.

Difficile pour Heather de ne pas les imiter. Après tout, la CIA allait prendre la station d'assaut dans moins de deux heures si l'émission ratait son but et tous les occupants mourraient probablement, alors c'était ridicule – putain de bordel ! – de se préoccuper de la directive Carlin en de pareilles circonstances, lesquelles, à certains égards, étaient une invitation à la bafouer de manière flagrante.

« Vous disiez donc, avant que nous dérapions sur cette connerie de directive Carlin... ? » demanda-t-elle d'un ton guilleret en imitant pas trop mal leur accent.

Nigel s'esclaffa. « C'est nous qu'on était les Mauvais Garçons, voilà c'que j'disais. Planqués dans le réseau sous tout ce baratin à la con d'anarchistes de salon, comme une de ces araignées embusquées sous leur trappe qui attendent une mouche bien grasse ou une saloperie de ce genre... »

Heather avait déjà jeté aux orties le script qu'elle avait mentalement préparé...

« Warren, c'était un génie de l'électronique, mais avec la conscience politique d'un ver de terre... »

Son idée de base avait été de faire une simple série discontinue d'interviews personnelles, et si elle avait décidé de commencer par Warren, c'était uniquement parce qu'elle croyait que l'émission passerait mieux l'écran si elle démarrait avec un Américain ; elle avait prévu de continuer avec Helga...

« Le pirate informatique ricain typique, de la RAM et de la ROM là où y faut, mais un tas de merde à la place d'une vision du futur planétaire...

– Tellement déconnecté du monde réel que c'était pour lui un putain de jeu vidéo, un de plus...

– C'est comme dans un film de Peter Sellers... le mec y connaît rien que la téloche, alors y sort dans la rue avec sa télécommande, y se fait sérieusement agresser et y comprend pas pourquoi l'autre s'efface pas quand il appuie pour zapper... »

Mais le segment de Warren lui ayant fourni une transition naturelle, Heather avait demandé à Eddie de mettre Jaro et Ahmed aux caméras et enchaîné immédiatement sur les cadreurs britanniques eux-mêmes, laissant se dérouler le fil du souvenir et l'histoire se raconter toute seule...

20 h 16

À l'écran :

Plan duo de Malcolm Macklin et Nigel Edwards, deux jeunes punks au look sinistre et stéréotypé : le blafard Macklin avec son teint terreux, son iroquoise noire plutôt négligée qui court au milieu de son crâne rasé et une demi-douzaine d'anneaux métalliques qui lui perforent chaque oreille ; et le joufflu Edwards avec sa tronche de rosbif, ses dents pourries mises en valeur par une crête beaucoup plus impressionnante de piquants rouge vif. Ils portent tous les deux l'inévitable blouson de cuir noir incrusté de fétiches chromés et l'Uzi en bandoulière pour compléter la panoplie du Mauvais Garçon.

Et pourtant...

« Un mec comme ça, faut le mener par le bout du manche à balai, pour ainsi dire...

– Lui faire télécharger des documents éducatifs en le persuadant que c'est des *connaissances secrètes*... le genre de mec qui préfère rentrer là-dedans que dans le slip d'une nana bien roulée... »

Et pourtant leur manière d'afficher le plaisir qu'ils éprouvent en déversant des obscénités à l'écran ne manque pas de charme.

Plan à trois, Malcolm et Nigel à gauche, Heather Blake sur la droite, la belle et les bêtes, pour ainsi dire, sauf qu'elle n'a pas l'air de se sentir menacée et qu'ils n'ont pas l'air de vouloir lui faire du mal.

« Quel genre de... documents éducatifs... ? demande-t-elle.

– D'abord des trucs écologiques, le taux de gaz carbonique, la raréfaction de l'ozone, la mort des océans, etc., sauf que c'est planqué sous forme de rapports gouvernementaux censurés, de relevés Landsat piratés, n'importe quoi, même si en se forçant un peu on pouvait trouver tout ça rien qu'en regardant la télé, mais avec des gus comme ça...

– Y faut que ça les excite, c'est comme une belle paire de nibards qu'est un peu plus... euh, *affriolante* quand il en dépasse un bout sous un peu de dentelle noire que quand elle est à l'air, enfin, pour certains types de mecs.

– Ensuite, quand il a pigé que la technologie de merde qui a créé ce foutu problème ferait mieux de contribuer à sa solution, on en arrive à la pièce de résistance, le A majuscule.

– Le A majuscule ? L'Anarchisme ?

– Exact ! On commence par des trucs pratiques et on s'élève vers le niveau théorique.

– Comment fabriquer des bombes, comment pénétrer des transpondeurs satellitaires réputés inviolables, effacer des banques de données institutionnelles... dit Nigel avec un clin d'œil. Vous savez, le genre de trucs qui plaît aux petits garçons ! »

Heather Blake rit puis les prend un peu plus au sérieux. « Vous êtes vraiment des anarchistes ? »

Plan duo de Malcolm et Nigel qui échangent des regards quelque peu dédaigneux.

« Ma poule, on a eu une enfance de pauv'travailleurs dans l'Angleterre de merde de Maggie Thatcher et John Major...

– Travailleurs mon cul !

– J'ai eu un boulot, une fois.

– Quand ça ?

– Euh... merde, je m'rappelle pas. »

Nigel rit. « Ce que mon collègue essaie de vous dire, c'est qu'on a grandi dans la *classe ouvrière*, dans les Midlands, mais à cette époque, du boulot, y en avait pas tellement...

– Et pas tellement de classe tout court dans ce putain de pays non plus, ce que Major appelait la société sans classes, il était bien placé pour le savoir, l'enfoiré, vu que de la classe, il en avait absolument pas...

– Le fait est que ce putain de merde de gouvernement était dirigé par des balourds de troisième zone et des connards de la haute le parapluie résolument coincé dans le cul depuis notre naissance et même avant...

– Ce qui amène quiconque pouvait écouter la radio et fumer de la dope en même temps à la conclusion logique que ce gouvernement lui-même était peut-être une putain de mascarade à l'abri de laquelle ce gang de vampires et de lèche-culs continuait à sucer le sang de la classe ouvrière...

– C'est-à-dire nous.

– Et quand vous en arrivez à ce niveau de lucidité, qui n'est déjà pas grand-chose, faut avouer, dit Malcolm, vous voilà anarchiste sans le savoir.

– À ce stade, tout ce que vous avez à faire c'est de regarder à la BBC les Trucs étriper les Kurdes, les Yougos buter les Djangos, les Sunnites taper sur les Shits et vice versa pour vous représenter les choses à l'échelle supérieure, à savoir que toutes ces saloperies d'États nationalistes et de tribus d'enfoirés c'est exactement le même gouvernement bidon, mais à l'échelle planétaire, au moyen duquel les salauds qui bouffent du caviar et lampent du champagne au 10 Downing Street, au Kremlin ou à la Maison-Blanche s'arrangent pour mettre la main sur tout ce qui est bon à prendre...

– L'anarchisme, Heather, on l'apprend facilement avec ceux qui l'ont appris à la dure ! »

Gros plan sur Heather Blake. La blonde sportive ingénue découvre une réalité plus profonde et plus impitoyable que les déferlantes de Malibu et son intellect réagit aussi sec.

« Ce qui amène à la conclusion que la violence est justifiée dès qu'il s'agit de pulvériser le système ? » dit-elle.

Plan du trio Malcolm Macklin, Nigel Edwards et Heather Blake. Edwards hausse les épaules, sourit de toutes ses dents pourries.

« En théorie, dit-il. Après tout, ma poule, cette saloperie d'État est armée jusqu'aux dents, pas vrai ? Et y se gêne pas pour se servir de tout cet arsenal contre d'autres États-nations merdiques, ou des gens comme nous...

– Mais en pratique, ma poule, c'est pas tellement futé d'aborder un gorille de quatre mètres et de lui flanquer un coup de sac à main dans les couilles, n'est-ce pas ?

– Il s'agit donc plutôt d'une *attitude*. La cible désirée se présente, vous l'emportez, vous la volez, vous la piratez, vous la détruisez, bref...

– Si vous pouvez pas bousiller l'État, au moins vous vous laissez pas bousiller par lui...

– Merde, on est déjà assez bousillés comme ça !

– Et c'est avec ce genre d'arguments que vous avez recruté Warren Davies ? » demande Heather Blake, peu convaincue.

Malcolm rit à son tour. « Mais non ! C'est primitif, ma poule, c'est rien que ce vieux plan du hors-la-loi avec un soupçon de rationnel pour faire passer la pilule !

– Quand on s'est mis à balancer nos filets dans la mare aux grenouilles électronique pour pêcher un expert ricain du cyberspace, on avait déjà atteint un niveau plus évolué.

– Ce que j'veux dire, c'est que chier contre le mur c'est plutôt super pour deux couillons illettrés qui ont chouravé des ordinateurs et des caméscopes et ont appris à faire joujou avec, mais merde, quand on y réfléchit, c'est drôlement négatif, hein ?

– Détruisons l'État, tabassons les flics, pillons les boutiques... d'accord, camarades, vu que l'État mérite de se faire détruire, que les flics méritent de se faire tabasser et qu'on mérite tous d'avoir du fric, des trucs et des machins, mais si on voit pas comment on peut s'en servir pour déterminer un genre d'évolution positive, c'est rien qu'un bon prétexte pour verser dans la délinquance, pas vrai ?

– Et voilà plus ou moins comment on était, deux petits cons de délinquants avec du matos volé plein la cave, qui faisaient des clips nuls pour des groupes sans avenir et pirataient des systèmes en s'imaginant être la crème des révolutionnaires.

– On roulait des mécaniques en se frappant les pectoraux comme deux gorilles anars sur le serveur Tutti Frutti...

– Et on a fini par monter notre propre messagerie pour Mauvais Garçons : buteurs de flics transnationaux, bousilleurs de systèmes et toute la racaille internationale de notre espèce...

– Et voilà qu'un mec commence à nous télécharger des trucs, on sait pas trop d'où, avec le pseudo " Brigades vertes "...

– Sous lequel se cache ce brave Jaro au fond de la Tchéquie... »

20 h 23

Absolument immobile sur sa chaise, Jaro Olgar affichait un sourire stupide à l'adresse d'Heather et de la caméra ; seule sa jambe droite, bien au-delà du cadre de l'image, tressautait nerveusement, trahissant son trac.

Il avait toujours paru taciturne et indéchiffrable, mais ce ne fut que lorsqu'elle commença à l'interroger en direct qu'il vint à l'idée d'Heather que ce mutisme pouvait venir d'une maîtrise insuffisante de la langue anglaise.

« D'abord slovaque, ensuite tchèque, même langue, mais Slovaques veulent pas reconnaître, russe à l'école, tout le monde détester, mais quoi faire, après allemand, anglais seulement à Prague après Révolution de velours, alors c'est quatrième ou cinquième pour moi, pas très bien encore peut-être...

– Vous vous en tirez très bien, Jaro, mentit Heather pour l'encourager. Et vous avez pu communiquer assez facilement avec Nigel et Malcolm, n'est-ce pas ?

– Facile sur réseau... écrire... sauvegarder... éditer... charger... télécharger... répondre... ça je pourrais en serbo-croate ou danois si obligé...

– Vous essayiez de recruter des militants pour les Brigades vertes ?

– Jah... Nous avoir besoin pour mission, comment dire, technique savoir...

– D'un savoir-faire technique.

– Savoir-*faire*. Moi avoir. Besoin de plus. Trouver serveur Tutti Frutti. Secteur Mauvais Garçons. Nigel et Malcolm. Eux avoir. Politiquement naïfs, écologiquement ignorants, mais esprit correct. Pas difficile convaincre.

– Et comment vous êtes-vous vous-même connecté aux Brigades vertes ?

– Connecter ?

– Rejoindre, se faire recruter. »

Jaro se tortilla sur son siège, fronça les sourcils. « Longue histoire, compliquée. Peut-être mon anglais... *pas au niveau*... ?

– Ne vous inquiétez pas, Jaro, vous vous en tirez très bien et je suis là pour vous aider à raconter votre histoire aux téléspectateurs », dit Heather d'une voix apaisante en lui adressant un chaleureux sourire.

Qui n'était pas totalement insincère.

C'était une rosserie, plus vache que ce que n'oseraient faire la plupart des pros du talk-show, mais Heather sentait que Jaro passait bien et qu'il attirait la sympathie, ne serait-ce que parce qu'elle-même se surprenait à l'écouter d'une oreille favorable.

Heather n'était peut-être pas l'ingénue naïve américaine moyenne qu'elle jouait si souvent, mais quand on en arrivait à ces histoires de cyberpunks, à ces détails de politique européenne, à cette réalité personnelle multilingue, son ignorance n'était pas tellement inférieure à celle du téléspectateur américain moyen auquel l'émission était censée s'adresser.

Et en ne sortant pas trop du modèle qu'elle incarnait, elle espérait pouvoir amener ce public là où elle voulait...

20 h 29

À l'écran :

« Slovaque, oui, né en Bratislava... mais ce nationalisme pour moi est trop stupide... Pas tchèque, pas slovaque, *tchécoslovaque*, ainsi je me pense sous communistes... »

Gros plan sur Jaro Olgar : la trentaine, cheveux noirs bien peignés, de longueur moyenne, front large, lèvres épaisses, pommettes hautes, yeux gris, rasé de près – seul l'Uzi en bandoulière lui enlève un peu de respectabilité. Il parle par à-coups, avec un accent prononcé, et semble presque pétrifié devant l'œil de la caméra, mais la conviction, l'émotion semblent passer grâce à sa seule volonté.

« ... Je aller à l'université en Prague, République tchèque, meilleure école de cinéma... »

Plan duo serré de Jaro Olgar et Heather Blake. Elle empiète plus sur l'espace vital de son interlocuteur qu'il n'est d'usage dans l'entretien ordinaire en tête à tête, comme si elle essayait de le soutenir avec son propre langage corporel.

« Vous avez suivi des cours de cinéma ! Moi aussi ! À l'UCLA !

– UCLA ! s'écrie Jaro, rayonnant. Nous entendre parler de cette école même sous communistes ! Spielberg ! Lucas !

– C'était un peu avant moi, dit-elle en riant. Mais j'aurais cru qu'une école de cinéma dans un régime communiste...

– Est bizarre, tchécoslovaque film, vidéo, théâtre, tous avancés... avant-garde, mais sous communistes, même avant Dubcek, on dit... bien sûr... contenu politique devoir cacher ou être puni... Havel lui-même souvent allé en prison... »

Gros plan de Jaro Olgar. Son visage reste animé, ses yeux restent brillants, pleins de vie, mais son expression devient quelque peu lointaine et rêveuse.

« Je être diplômé à l'époque de perestroïka... rejoindre clandestinité... tourner films vidéo... époque de Révolution de velours... tout le monde pas encore mort en esprit faire ça... Époque étonnante !... Époque étonnante pour être... pas tchèque, pas slovaque, *tchécoslovaque* ! Communistes tomber ! Révolution triompher ! Havel président ! Vieux Dubcek lui-même revenir d'exil ! Lui Slovaque aussi, vous savez, communiste, oui, mais patriote *tchécoslovaque* ! »

Plan duo serré Heather Blake-Jaro Olgar. Il fronce intensément les sourcils, hausse les épaules, s'agite, semble lutter contre quelque chose qui n'est pas la langue. Heather Blake se penche encore plus en avant, jusqu'à lui tapoter le genou pour de bon.

« Qu'est-ce qui ne va pas ? Qu'est-ce qui vous arrive... ?

– Qui arrive ? C'est... comment dire... gueule de bois... révolution terminée. Meciar et ses stupides nationalistes slovaques ! Se voit dans... comment dire... opinion sondages ? Majorité des Tchèques pas vouloir. Majorité des *Slovaques* pas vouloir aussi ! Mais comme ça. Rêves finis ! Tchécoslovaquie finie ! Avons travaillé et nous battre pour rien... tout fini ! »

Gros plan sur Jaro Olgar, furieux, amer. « Je suis tchécoslovaque ! M'en fous de ces chauvinistes... conneries ! Et industrie de film, de télévision toute en Prague, en République tchèque, où impossible pour moi être tchécoslovaque, où je suis stupide *slovaque* ! »

Plan duo serré de Jaro Olgar et Heather Blake. « Il

n'y avait pas tellement d'industrie là-bas dans... en Slovaquie ? dit-elle.

– En *Slovaquie* ? Slovaquie est... usine armements pour Russes ! Militaire industrie... water-closet ! Mines charbon ! Usines chimiques ! Réacteurs nucléaires ! Fleuves morts couleur pisse ! Et nationalistes pareils communistes ! Commissions censure ! Contrôlent tous budgets ! Pas d'argent de toute façon ! Cinéma slovaque est comme... comme rock'n roll nord-coréen ! »

Heather Blake n'en peut plus.

Mais Jaro Olgar, sa tirade terminée, devient mélancolique. « *Prague*... c'est ma ville... mon chez-moi... cœur de mon âme... centre de mon esprit... et maintenant, en ma Prague, je devenir *étranger*...

– Alors, euh... comment êtes-vous devenu militant des Brigades vertes ?

– Pas y avoir argent pour un Slovaque faire films en Prague... Mais je parler bien allemand. Trouver petit boulot... tourner documentaire en Berlin pour télévision indépendante... me donner caméscope, billet train seconde classe, chambre dans hôtel pas trop bien... histoire du quartier Oranienburg... vous avoir entendu parler ?

– Hélas non, et je crois que c'est pareil pour les téléspectateurs. »

La caméra s'approche lentement pour cadrer Jaro Olgar en gros plan.

« Très intéressant. Quartier autour Oranienburgerstrasse, dans le vieux Berlin-Est, ancien lieu prostitution comme Reeperbahn en Hambourg, mais très... beaucoup taudis... vieux immeubles sales qui croulent... après Réunification, récupérés par artistes, anarchistes, cafés, caves, comment vous dire... vous dire ? »

Il semble chercher un mot. Plan duo sur Jaro Olgar et Heather Blake qui essaie de l'aider.

« Un quartier bohème ? »

Il a l'air perplexe. « Bohême ? Bohême est partie de République tchèque, pas en Allemagne...

– Disons, euh... un milieu *underground*, alors. Un genre de... scène dure ? Des artistes, des écrivains et des acteurs fauchés ? Des petits théâtres, des petites galeries ? Des trafics de drogue ? Des extrémistes ? Des gens qui se cachent de la police ?

– Oui ! Oui ! Underground ! Être mot correct ! Moi devoir tourner séquence en Oranienburg sur *underground* ! »

Retour sur Jaro Olgar en gros plan, qui hoche la tête avec enthousiasme. « Je tourner scènes de rue, dans cafés, galeries, synagogue restaurée... parler aux gens... entendre parler du *Weimarer Republik*... »

Heather Blake, off : Le *Weimarer Republik* ? N'est-ce pas le bar où Horst a rencontré Kelly ?

– Oui. Oui. Bar dans cave. A réputation... vous dites repaire ?... pour radicaux, anciens de la bande à Baader, de Septembre noir, terroristes de groupes qui plus existent... certains dire être, comment vous appeler ça ?... bureau de placement pour terroristes... »

Plan duo sur Heather Blake et Jaro Olgar.

« Ça m'a tout l'air d'un milieu dangereux », dit Heather.

Jaro acquiesce, affiche un sourire radieux. « Être reportage super ! Bar cochon en sous-sol ! Fumeurs. Haschich. Comme film noir et blanc années 30 avec Marlene Dietrich. Toutes sortes gens ! Arabes. Turcs. Bosniaques. Gens qui veulent pas dire. Habillés bizarre. Beaucoup se vanter. Des gens dire avoir été membres de Fraction armée rouge, Armée rouge japonaise, Fatah, Sendero Luminoso, groupes personne entendre parler. Beaucoup menteurs, je crois. Beaucoup, vous dire comment, philosophes dans le saloon, qui racontent histoires pour que gens payent à boire à eux. Mais certains, je pense, sont vrais, comme Helga Müller...

– Et les gens des Brigades vertes ? Ils traînaient là aussi ?

– Horst, Ahmed, Paulo, Hiroshi, eux rencontrés après, et puis Kelly. D'abord Helga, elle très... prudent... me parler de mission... être un peu d'argent pour budget... de MANC, groupe écologique américain... pourrait être... très important reportage... pour personne qualifiée avec courage... »

20 h 38

Si Jaro Olgar avait semblé le plus opaque des membres du commando, Helga Müller avait semblé la personnalité la plus antipathique du groupe, du moins à Heather, et cette interview ne promettait pas de changer grand-chose à son opinion.

« Alors vous avez recruté Jaro ?

– Nous avions besoin d'expertise technique dans certains domaines.

– Par exemple ?

– Par exemple ce que nous sommes en train de faire maintenant.

– C'est-à-dire ?

– Faire fonctionner une station de télévision. »

Il y avait chez cette femme quelque chose qui vous faisait grincer les dents. Pis encore, Heather se voyait changée en une sorte d'interrogatrice, car Helga semblait réagir à chaque sollicitation comme si elle était questionnée par quelque organisation policière, et lui extirper des informations, sans parler de sentiments humains, s'apparentait à l'extraction d'une dent.

« Pourquoi Jaro ?

– Il avait ce que nous cherchions. Il était disponible.

Pour lui, l'occasion d'enregistrer les débats en vidéo était un motif suffisant. »

Helga haussa les épaules. Elle grimaça un sourire totalement dépourvu d'allégresse. « Comme vous autres. Un homme du show-business. Un mercenaire.

– Et vous non ?

– Oui et non.

– Oui *et* non ? Comment est-ce possible ? »

Helga posa sur son interlocutrice un regard chargé de tant de hauteur et de mépris que Heather se surprit à vouloir pour de bon casser la gueule à cette connasse.

« Vous êtes américaine », dit-elle d'une voix sèche, précise, vaguement nasale, dans un anglais si parfaitement articulé qu'il avait l'air de *se vouloir* insultant. « Il est impossible que vous compreniez.

– Essayez avec moi, dit Heather en tentant de conserver un ton professionnel. Ici, c'est la télévision américaine et vous êtes en direct. »

20 h 39

À l'écran :

Gros plan sur Helga Müller : cheveux d'un brun sombre striés de gris, regard glacial, traits nets, lèvres pleines qui semblent délibérément retroussées vers l'intérieur dans une tentative pour nier toute trace de sensualité. Un homme la prendrait pour une lesbienne. Une femme, non.

« C'est Hiroshi qui a trouvé le terme correct, dit-elle. *Ronin*, voilà comment il nous appelait. Samouraï sans maître. Et qui cherchent...

– Un chef... ?

– *Horst Klingerman ?* décoche sèchement Helga Müller avec un regard haineux. Plein d'idées, plein de passion aussi, peut-être, mais pas le genre de personne que des opérateurs expérimentés auraient choisi de suivre dans un affrontement armé, s'il n'avait pas mis le grappin sur Jordan et son financement américain... »

Helga Müller ne termine pas sa phrase. Elle plisse les yeux. « J'en dis trop. »

Plan duo de Helga Müller et Heather Blake, qui se surveillent.

« Ce n'est pas Horst qui a fondé les Brigades vertes, mais vous ? »

Helga hausse les épaules. « Horst était certainement un théoricien intéressant et un grand orateur, cela ne fait aucun doute. Je ne suis ni l'un ni l'autre. Il pouvait parler pendant des heures de l'action directe. J'avais passé ma vie à la vivre. Sans lui, pas de Brigades vertes. Sans moi, pas de Brigades vertes. Sans l'innocente petite Kelly envoyée faire les courses pour les terroristes comme une héritière américaine qui va dépenser l'argent de papa en fourrures et bijoux, pas de Brigades vertes non plus. Il y a eu... convergence. »

Helga observe une pause, et affiche à présent un petit sourire presque mélancolique. « Pour Hiroshi, nous étions des *ronin*, dit-elle. Des guerriers qui avaient perdu leur raison d'être. Et qui cherchaient... qui cherchaient...

– Une nouvelle cause ?

– Peut-être, ou un moyen de servir l'ancienne dans ce monde changé.

– Qui était ?

– C'est la meilleure question que vous ayez posée jusqu'ici. Avant, je croyais avoir une idée claire de la réponse. La solidarité internationale de la classe ouvrière. La révolution des opprimés contre les oppresseurs. L'idéalisme socialiste contre l'exploitation capitaliste.

– À vous entendre, vous seriez un genre de... communiste... »

Helga laisse fuser son rire lugubre. « Peut-être parce

que je l'étais, et il me plairait de croire que je le suis encore. Pas léniniste, ni stalinienne, un peu maoïste, peut-être, avec une certaine sympathie pour les doctrines du Sentier lumineux et de Trotski, mais je suis au fond une révolutionnaire transnationaliste marxiste pure et dure de la vieille garde qui s'intéresse peu à ce genre de subtilités dialectiques. Une vieille samouraï marxiste, dirait Hiroshi. »

Gros plan rapide sur Heather Blake, bouche bée, puis retour sur Helga Müller, qui rit à nouveau mais d'un rire un peu plus sympathique cette fois.

« Vous autres Américains ! Vous croyez que les communistes doivent avoir des cornes et une queue fourchue ! Vous ne pouvez pas imaginer qu'on puisse s'avouer communiste à la télévision ! Et fier de l'être ! »

Plan duo de Helga Müller et Heather Blake. Heather se penche légèrement vers Helga, l'examinant avec une expression quelque peu radoucie.

« Mais... le communisme a échoué... il est mort... l'Ouest a gagné la Guerre froide, non ?

– Ah bon ? Plus d'un milliard d'hommes vivent toujours sous le communisme en Asie. Quant au communisme européen... »

Gros plan sur Helga Müller : elle sourit, son visage se radoucit. « Il n'a jamais été vraiment mis à l'épreuve, n'a jamais été plus qu'une cruelle farce stalinienne, une série de régimes fantoches détestés imposés à des peuples vaincus par l'Armée rouge... Si Dubcek avait réussi, si Yeltsine n'avait pas renversé Gorbatchev... » Elle hausse les épaules. « Peut-être que ça n'a pas d'importance après tout. »

Plan duo de Heather Blake et Helga Müller, avec Helga en vedette. Leur relation commence à évoluer.

« N'a pas d'importance... ?

– Quand vous croyez que quelque chose est juste, quand vous *savez* que quelque chose est juste, lorsque vous vous impliquez à fond dans un idéal, abandonnez-vous cette cause simplement parce qu'elle a été mise en échec ?

– Je ne crois pas que je comprenne...

– Comment le pourriez-vous ? Votre pays n'a jamais subi de défaite sur son propre territoire, n'a jamais commis de crimes si monstrueux que la justice exige qu'il soit complètement écrasé. Peut-être est-ce pour cela que nous autres Allemands sommes les plus fervents idéalistes transnationaux, les Verts les plus actifs, que nous sommes les révolutionnaires transnationaux les plus dévoués. En quel autre lieu de la planète le chauvinisme tribal et le capitalisme prédateur ont-ils plus ouvertement montré leur vrai visage et se sont plus complètement discrédités ?

– Vous voulez dire que vous êtes devenue une révolutionnaire communiste sous l'influence d'une sorte de... complexe ancestral de culpabilité à propos des nazis et de l'Holocauste... ?

– Stupidités freudiennes ! jappe Helga Müller. Sentimentalisme bourgeois ! On croirait entendre la social-démocratie !

– Alors pourquoi ?

– Pourquoi pas ? Ce n'était pas une décision entièrement rationnelle fondée sur des conditions objectives. J'ai grandi en République fédérale, pays riche, gras, content de lui, qui avait réussi à expurger son passé pour devenir le moins nationaliste des États, un peuple jurant fidélité et obéissance à la luxueuse Mercedes, à la puissante Porsche et au tout-puissant Deutsche Mark.

– C'est si mal que ça ?

– C'était un poison pour l'esprit, et ça l'est toujours ! »

Gros plan sur Helga Müller, qui sourit passablement. « Ah oui, ça vous surprend d'entendre une marxiste parler de spiritualité ! Le matérialisme dialectique est censé nier tout ça ! Mais c'est faux. Je ne parle pas de Dieu, ni de l'âme et autres foutaises mystiques, mais simplement de la spiritualité humaine, de ce que les gens ressentent en ce moment sur notre planète. »

Sa voix se durcit, devient plus passionnée, plus acerbe, son sourire est remplacé par une grimace de mépris. « Et quand les gens ne s'intéressent qu'à la nourriture, au sexe, à l'alcool et à l'argent, ils ne ressentent rien, ils n'ont aucune spiritualité. Ils sont parfaitement heureux d'engloutir de la bière et des saucisses jusqu'à ce qu'ils soient pleins à craquer et empoisonnent la terre avec leurs excréments tandis qu'ailleurs des gens meurent par milliards et qu'en DDR souffrent leurs prétendus concitoyens ! »

Plan duo sur Heather Blake et Helga Müller. Heather est quelque peu déconcertée par cette tirade mais Helga se calme brusquement.

« Et bien sûr, j'étais une petite fille bien grasse, une enfant de cette culture avant d'aller à l'université, avoue-t-elle sur un tout autre ton. C'est alors que j'ai rencontré des jeunes engagés dans quelque chose qui dépassait la satisfaction de leurs besoins personnels.

– Des communistes ? Des marxistes ? »

Helga hausse les épaules. « Des communistes, des marxistes, des trotskistes, des anarchistes, des Verts, toutes sortes de gens... qui tous se disputaient passionnément sur des points de tactique, de théorie et de doctrine... mais ce qu'ils avaient tous en commun... ce qu'ils partageaient... »

Gros plan sur Helga Müller qui s'arrête comme pour contempler quelque paysage intérieur. « Ce qu'ils avaient tous en commun, c'était une vision, même si personne ne voulait l'avouer à l'intérieur de sa faction... ce que je connais à présent, c'était la vision *planétaire*, une solidarité non pas avec la nation ni la culture, mais avec la Terre exploitée et ses peuples qui souffrent, divisés en tribus, en factions et en classes par une petite élite égoïste, dont les membres n'ont pas d'idéal plus élevé que céder à leur tropisme aveugle et tout avaler, tout engloutir, tout dévorer jusqu'à ce qu'ils aient ingéré toute la planète pour la chier intégralement sous forme d'un étron final monstrueux et empoisonné... »

Plan duo de Helga Müller et Heather Blake.

« C'est dans le *Manifeste communiste*, ça ? » s'enquiert Heather.

Helga rit de bon cœur. « Ce sont les Brigades vertes qui disent ça, c'est Horst Klingerman qui parle, pas Karl Marx !

– Vous avez rencontré Horst à l'université ?

– Oh, non, mais bien après la Réunification, quand il était théoricien d'arrière-salle vedette au *Weimarer Republik* et que je n'avais pas grand-chose à faire sinon boire de la bière avec les autres et écouter ! En ce temps-là, je n'aurais même pas daigné donner l'heure à un intellectuel aussi incompétent. En ce temps-là, j'étais une authentique terroriste ! »

Heather indique du menton l'Uzi que Helga porte en bandoulière. « Et vous ne l'êtes plus ? » ironise-t-elle.

La caméra se rapproche lentement pour faire un gros plan sur Helga Müller. Ses traits se durcissent, son regard devient glacial et une expression effrayante émane de ses lèvres dans une hideuse parodie de sourire. « Ça, ce n'est rien. Je me suis longtemps baladée d'un groupuscule à l'autre avant de me retrouver dans la Fraction armée rouge. Parfois désignée dans la presse populaire sous le terme de bande à Baader. Baader-Meinhof, ça vous dit quelque chose ? »

Plan duo Helga Müller-Heather Blake. Heather a l'air très mal à l'aise.

« Ils... vous... vous avez enlevé des gens, dévalisé des banques, fait exploser des bombes... *tué* des gens de sang-froid, c'est bien ça ?

– Oui, c'est vrai, énonce-t-elle, glaciale comme la mort.

– Comment pouviez-vous… ?

– Parce que nous étions des idéalistes.

– Oui, mais comment… ?

– Comment des idéalistes pouvaient-ils kidnapper, assassiner, piller, s'attaquer à coups de bombes à la sacro-sainte propriété privée ? Parce que c'était *nécessaire*. Il était nécessaire de réveiller les gens, de les faire sortir de leur stupeur. Il était par conséquent nécessaire de forcer l'élite étatique, fasciste et capitaliste à se montrer sous son vrai jour, à avoir ouvertement recours à l'oppression. C'est alors que les gens seraient suffisamment exaspérés pour se dresser contre leurs maîtres. Et seul le règne de la terreur forcerait les classes dominantes à commettre pareille erreur fatale.

– Non seulement c'est immoral, mais c'est insensé.

– Vraiment ? Le Kenya aurait-il obtenu son indépendance sans les Mau-Mau ? Votre contre-culture américaine n'a-t-elle pas poussé Richard Nixon à fomenter le complot du Watergate qui lui fut fatal ? C'est une tactique qui a réussi plus d'une fois.

– Mais dans votre cas, elle n'a pas marché, hein ? Il n'y a jamais eu de révolution communiste en Allemagne de l'Ouest. Au contraire, les communistes est-allemands ont été chassés, le Mur est tombé, le pays a été réunifié, et ensuite tout le monde a plus ou moins vécu dans le bonheur.

– Le bonheur ! Oui, le régime stalinien de la DDR était une monstruosité historique, oui, il avait trahi l'idéalisme marxiste ; il n'empêche que tout un monde est mort avec lui, un monde de solidarité secrète contre la Stasi, un monde d'art et de littérature nourri par des subventions d'État et cependant raffermi par la dialectique de l'opposition déguisée, un monde d'idéalisme socialiste malgré tout, un monde qui, au moins, valorisait la solidarité avec son prochain attablé devant une paire de saucisses et un litre de bière !

– N'êtes-vous pas en train de romancer tout ce passé, un peu comme chez nous des gens romancent, euh... le vieux Sud, avec Rhett Butler et Scarlet O'Hara, les bateaux à aubes qui descendent le Mississippi, les baladins grimés qui poussent la chansonnette tandis que de joyeux négros grattent leur banjo ? Alors qu'en réalité, ce n'était qu'un tas de Blancs armés de fouets qui traitaient les Noirs comme du *bétail* ? »

La caméra s'avance très lentement pour cadrer en gros plan Helga Müller qui regarde un long moment Heather Blake sans rien dire. Elle plisse les yeux et son expression change, comme pour lui dire *tu es beaucoup plus intelligente que tu en as l'air*.

« Très juste, admet-elle avec une grimace. En fait, c'était même pire que ce que vous en savez. Lorsque le Mur est tombé et que les journalistes ont commencé à fourrer leur nez dans les vieux dossiers, on a découvert que la Fraction armée rouge elle-même avait été secrètement contrôlée par la Stasi ! Peut-être que nous étions effectivement tous des romantiques naïfs dans le vieux milieu révolutionnaire international, ceux d'entre nous qui s'étaient engagés par idéalisme dans l'action violente, au péril de leur vie... la Fraction armée rouge... Septembre noir... l'Armée rouge japonaise... l'IRA... Abou Nidal... Certes... »

Elle sourit d'un air presque rêveur, telle une *Hausfrau* de banlieue qui se souvient des étés idylliques de son adolescence. « ... il y avait de nombreuses causes, de nombreux groupes, beaucoup de discussions sur des points de doctrine, mais aussi de la solidarité, une communauté de sentiments... nous étions tous camarades... »

Elle hausse les épaules. « Vous ne pouvez pas comprendre, c'est impossible », lâche-t-elle d'une voix nostalgique.

Gros plan de Heather Blake qui scrute Helga Müller avec une certaine sympathie. « Essayez avec moi », dit-elle doucement.

Retour au gros plan de Helga Müller, qui ne regarde pas vraiment la caméra et considère quelque paysage intérieur avec le même sourire nostalgique.

« Nous soutenions tous une grande cause révolutionnaire, celle des opprimés de la Terre en lutte contre leurs oppresseurs, nous étions comme une grande famille élargie, les fils et les filles du Che... »

Sa bouche se durcit, son regard se focalise à nouveau sur l'instant présent. « Alors le Mur est tombé, l'Union soviétique s'est désintégrée, le marxisme européen s'est effondré, les Israéliens ont commencé à négocier sérieusement avec les Palestiniens, l'Allemagne s'est réunifiée selon les vœux de l'Ouest... »

Plan duo de Helga Müller et Heather Blake.

« Et vous étiez tous là avec la fièvre du samedi soir sans pouvoir aller nulle part, dit Heather.

– Typiquement américain ! commente sèchement Helga Müller. Mais approprié.

– Et tandis que le reste du monde fêtait l'événement, vous et vos amis étiez en train de pleurer, le nez dans votre bière. Vous aviez perdu et la liberté avait gagné. »

Helga Müller affiche une moue méprisante, renifle sans rien dire. « Oui, nous avons perdu, admet-elle avec une amertume non déguisée. Mais qui a gagné ? Les nationalistes et les chauvinistes ont dès lors eu tout loisir de s'entre-tuer à qui mieux mieux. Et les capitalistes, les monétaristes et les boucaniers du marché libre ont eu tout loisir de paupériser les masses dans le monde entier. Et les pays développés ont eu tout loisir de saigner le Tiers Monde à blanc. Tous avaient le feu vert pour assassiner la vie sur la Terre elle-même !

– Alors vous êtes devenue... une écologiste ?

– *Écologiste !* Quel terme stupide ! Je suis une *révolutionnaire* ! Une femme d'action et non de paroles. Au fond de mon cœur, je suis toujours une samouraï marxiste !

– Pas encore guérie après toutes ces années, ajoute Heather Blake chaleureusement.

– Vous autres Américains savez jouer sur les mots ! » Mais, pour la première fois, il y a vraiment contact oculaire entre elle et Heather Blake, une étincelle, une amorce de connexion humaine. « Nous ne nous appelons ni *les Verts*, ni *Die Grünen* ni *Greenpeace* mais les *Brigades vertes*, dit-elle. L'idée en revenait peut-être à Horst, mais c'est moi qui ai choisi le nom. »

Gros plan de Helga Müller qui hausse les épaules. « Et bien peu d'entre nous étaient disposés à écouter un individu comme Horst Klingerman... La plupart de mes camarades de lutte sont tombés en combattant pour leurs vieilles causes perdues ou ont carrément disparu dans la nature comme autant de vieux soldats aigris... »

Plan duo Heather Blake-Helga Müller. Une lueur bizarre dans les yeux de Heather qui regarde la caméra bien en face.

« Je ne sais pas si vous avez la même impression que moi devant votre poste, dit-elle, mais ça me rend triste et je ne sais pas vraiment pourquoi.

– *Ich hatte Kameraden*, reprend Helga Müller. Ils ont suivi un chemin, j'en ai suivi un autre. Néanmoins, je les salue. »

La caméra se rapproche pour cadrer en gros plan Helga Müller qui porte la main droite à son front en un geste symbolique.

« Quelqu'un a dit un jour que les vrais affrontements moraux ne se déroulent pas entre le bien et le mal mais entre différentes conceptions du bien », dit-elle.

Elle fixe l'objectif de la caméra. « Réfléchissez-y, amie.

Réfléchissez-y, citoyens et citoyennes américaines. Peut-être qu'un jour vous finirez par comprendre. »

21 h 02

« Oui, dit Ahmed Jihad, ceux d'entre nous qui s'étaient battus le plus durement pour la Palestine, les enfants nés dans les camps qui avaient grandi avec une Kalachnikov dans leur berceau, qui ne connaissaient que la lutte et avaient vécu toute leur vie pour la cause, étaient précisément ceux qui avaient été dépossédés du fruit de leur propre victoire. »

Après avoir souffert sur les montagnes russes tout au long de son interview avec Helga Müller, Heather trouva sa conversation avec le Palestinien qui se faisait appeler « Ahmed Jihad » plutôt dépourvue d'énergie malgré ses évocations de bains de sang et de violences diverses, tellement ce parcours était émotionnellement monotone, déprimant et impitoyablement triste.

Quelle affreuse existence ! Une série sans fin d'atrocités qu'il avait soit subies soit commises, un enchaînement de récits de guerre épouvantables. À peine une vie. Même son nom était un nom de guerre.

Né au Liban dans un camp de réfugiés, avait huit ans quand son père, un membre de la guérilla, avait été tué par les Israéliens alors qu'il essayait de passer la frontière, mère tuée cinq ans plus tard lors d'une attaque aérienne, s'était vu donner une mitraillette dès qu'il avait eu l'âge d'en porter une, avait reçu une formation de guérillero à l'âge où les petits Américains entrent au lycée, avait tué son premier Israélien avant son seizième anniversaire, et ensuite infiltrations, fuites, attentats à la bombe, fusillades, massacres, atrocités, blessures, complots...

De son propre aveu, il ne savait plus au juste combien

de personnes il avait tuées, ou plutôt il n'avait jamais noté au jour le jour le nombre de ses victimes. Ce n'étaient que des Juifs. Des Israéliens. Des ennemis aussi anonymes pour lui qu'il l'était pour eux.

Et pourtant...

Pourtant, sans raison précise, Heather n'arrivait pas à détester Ahmed Jihad ni même à s'empêcher de le comprendre. Peut-être à cause de sa formation de comédienne. Ou alors parce qu'elle interviewait ses ravisseurs en essayant de les humaniser pour tous ces Américains moyens assis devant leur poste aux fins de sauver sa peau...

Peut-être n'était-ce rien que le titre d'une vieille chanson des Rolling Stones.

« Tel Moïse debout sur la montagne et contemplant de loin la Terre promise après toutes ces années passées dans le désert et sachant qu'il n'y arrivera jamais lui-même... »

Sympathy for the Devil.

« C'est drôle, j'ai pas l'air juif, dit Ahmed Jihad. À moins que... »

Il ne put se résoudre à rire de cette plaisanterie éculée, Heather non plus. Il se contenta d'une grimace et d'un hochement de tête pour en confirmer l'amère ironie.

« Les Anglais disent que les chiens finissent par ressembler à leurs maîtres. On dit aussi qu'il n'y a rien de plus féroce qu'un combat fratricide.

– Les Américains disent : Nous avons rencontré l'ennemi, et c'est nous-mêmes. »

Ahmed Jihad risqua un mince sourire.

« Une tortue et un scorpion se rencontrent sur la rive du Jourdain, dit-il, et veulent tous les deux passer de l'autre côté. Prends-moi sur ton dos, dit le scorpion. Sûrement pas, dit la tortue, il est dans ta nature de me tuer avec ton aiguillon. N'aie pas peur, dit le scorpion. Après tout, si je te pique au milieu du fleuve, nous mourrons tous les deux. Convaincue par cet argument, la tortue laisse le scorpion monter sur son dos et commence à traverser le fleuve à la nage. Au milieu du fleuve, le scorpion pique la tortue et, tandis qu'ils se noient, la tortue regarde le scorpion et prononce un seul mot : *Pourquoi ?* »

Ahmed haussa les épaules.

« " Qu'est-ce que tu croyais ? dit le scorpion. On est au Moyen-Orient. " »

21 h 04

À l'écran :

Gros plan d'Ahmed Jihad, jeune homme au teint olivâtre qui va sur ses trente ans. Avec ses yeux sombres au regard intense, son gilet explosif, sa tenue camouflée et son pistolet-mitrailleur en bandoulière, il campe le prototype du terroriste arabe. Mais il y a dans sa voix un peu plus que l'amertume de rigueur, un certain réalisme, une sagesse ironique qui lui donne dix ans de plus.

« Nous étions ce scorpion : Septembre noir, le FDLP, le Fatah, l'OLP elle-même. Des terroristes. Des guerriers. Nous n'avions pas connu d'autre vie. Pouvait-on demander au scorpion de transformer son aiguillon en un soc de charrue ? »

Plan duo d'Ahmed Jihad et Heather Blake, qui ne lui semble pas hostile.

« Si vous pouvez poser cette question... »

Ahmed Jihad hausse les épaules. « Nous étions des *fedayin*, les Guerriers sacrés de la révolution palestinienne. Nous et les enfants de l'Intifada étions les monstres nécessaires dont nos politiciens se sont servis pour amener les Israéliens à la table des négociations. Il était peut-être inévitable qu'ils nous trahissent.

– Les Israéliens ? »

Ahmed Jihad laisse échapper un rire amer. « Les Palestiniens. Notre peuple, que nous avions amené jusqu'à la frontière de la Terre promise. Mais on ne pouvait pas nous permettre de franchir cette frontière avec ce peuple. Pas question de laisser rentrer les terroristes de la Diaspora palestinienne. Tel était le prix exigé par les Israéliens. Nous avions donné notre vie, et il fallait ensuite faire le sacrifice final afin que la Palestine puisse renaître... »

Gros plan sur Ahmed Jihad qui soupire. « Qui peut dire que c'était juste ? Mais finalement, qui peut dire que ce n'était pas juste ? Qu'est-ce que j'aurais pu faire dans une nation où régnait une paix fragile ? Comment aurais-je pu gagner mon pain quotidien ? Qu'est-ce que je savais faire ? Quelles étaient mes spécialités ? Les armes. Les explosifs. La tactique du combat en unités à effectif réduit. Ç'aurait été comme l'Afghanistan après la chute de Najibullah... »

Plan duo d'Ahmed Jihad et Heather Blake.

« Et après ? » dit-elle.

Ahmed Jihad sourit ; un mince sourire, certes, mais qui paraît sincère. « La surprenante et heureuse vérité est qu'il n'y a *pas* eu d'après. J'ai appris que la Palestine n'avait jamais été ma vraie patrie. Je n'étais pas né là-bas, je n'y avais jamais vécu, je n'avais mis le pied sur ce sol qu'en secret, pour combattre et tuer... Lorsque je me suis rendu compte que je ne pourrais jamais rentrer chez moi, j'ai compris que j'étais déjà chez moi, que j'y étais depuis toujours...

– Où ça ?

– Justement ! J'avais passé ma vie en cavale : camps d'entraînement dans la Bekaa, en Libye, en Syrie, missions à l'intérieur d'Israël, autour de la Méditerranée, en Europe... et tous les gens que je connaissais et pour qui j'avais la moindre sympathie étaient des terroristes internationaux comme moi... des Palestiniens... des gens de l'IRA... de la bande à Baader... de l'Armée rouge japonaise... voilà quelle était ma vraie famille, ma vraie patrie... la Révolution elle-même.

– La Révolution ? Quelle révolution ? »

Gros plan sur Ahmed Jihad. Son sourire s'élargit et une étincelle s'allume dans son regard. « *La* Révolution ! déclare-t-il d'une voix passionnée. Mao avait raison, mais pas comme il l'avait imaginé. La révolution permanente était possible, mais uniquement pour ceux qui n'avaient rien d'autre. Et pour nous, *aucune* autre vie n'était possible. Un combat se terminait, et c'était le moment de rechercher le suivant... »

Plan duo d'Ahmed Jihad et Heather Blake.

« Et c'est alors que vous avez rejoint les Brigades vertes ?

– C'est alors que j'ai traîné du côté de Berlin, que je suis devenu un habitué d'endroits comme le *Weimarer Republik*... nous étions tellement nombreux dans cette galère... »

Ahmed Jihad éclate de rire. « Non, parlons plutôt d'*épaves* ! Nous étions les surplus humains de tous les vieux combats, vaincus ou vainqueurs, *fedayin*, *mujahidin*, communistes, révolutionnaires dépossédés par la victoire, la défaite ou la disparition de nos ennemis. Et il y avait ceux qui pouvaient encore faire appel à notre expérience... le Sentier lumineux... les cartels de Medellin et de Cali... les Slaves musulmans... les Kurdes... les rebelles du Cachemire... d'obscurs mouvements de libération dans des endroits dont *même nous* n'avions jamais entendu parler...

– Mais vous avez choisi les Brigades vertes. Pourquoi ? »

Ahmed Jihad hausse les épaules. « Je voulais plus qu'un... qu'un emploi... je voulais... je voulais...

– Lutter pour une cause en laquelle vous pouviez vraiment croire ? dit Heather Blake d'un ton de connivence. Comme vous aviez cru en la Palestine ? Une cause qui pourrait redonner un sens à une vie dépourvue d'ambition personnelle... »

Ahmed Jihad lui lance soudain un regard pénétrant. Heather Blake lui sourit.

« Nous recherchons tous ce sentiment ou quelque chose d'approchant, il me semble, dit-elle. Et nous ne le trouvons pas tous. En général, nous ne savons même pas que nous le cherchons. Et vous l'avez trouvé chez les Brigades vertes... »

Gros plan d'Ahmed Jihad qui acquiesce de la tête et hausse les épaules.

« C'est lui qui m'a trouvé, dit-il. Par une nuit d'inaction au *Weimarer Republik* qui promettait d'être comme toutes les autres... »

21 h 10

À l'écran :

« Pas Japonais ! insiste Hiroshi Igaramu d'une voix belliqueuse. Je suis un *Aïnou* ! »

Il a manifestement l'air japonais en gros plan, avec ses cheveux noirs et plats, ses yeux d'Asiate oriental et ses pommettes aplaties, et il parle anglais avec la cadence et la clarté typiques des locuteurs japonais indigènes.

Mais peut-être qu'en cherchant bien on trouverait chez lui quelque chose de pas tout à fait japonais : un nez trop proéminent, un teint quasi européen, une barbe naissante trempée de sueur sous la chaleur des projos.

Plan duo sur Hiroshi Igaramu – froid, dur, et en colère – et Heather Blake – hésitante, les sourcils froncés – comme si elle savait qu'il ne peut que mal prendre ce qu'elle va être obligée de dire.

« Aïnou ? Qu'est-ce que c'est ? »

Les yeux d'Igaramu ne réagissent pas, mais sa voix

devient distante, chargée de mépris, dissimulant l'affront sous la morgue.

« *Aïnou ? Qu'est-ce que c'est ?* dit-il en imitant Heather. Partout dans le monde, j'entends cette question. Au Japon, ils ont réponse. Aïnou est *nègre*. Homme-singe velu.

– Nous ne sommes pas au Japon, Hiroshi », dit doucement Heather Blake. Elle désigne du menton l'objectif de la caméra. « Et tous les gens qui nous regardent ne sauront jamais ce que cela signifie d'être aïnou si vous ne le leur expliquez pas.

– Alors..., dit Hiroshi Igaramu entre ses dents tandis que la caméra s'approche pour le cadrer en gros plan. Alors... j'explique. Les Aïnous sont habitants originels de l'archipel japonais. Comme les Peaux-Rouges chez vous. Les Japonais nous font ce que vous leur faites. Prendre notre terre, la terre où nous avons vécu comme chasseurs et cueilleurs. La remplir d'eux-mêmes. Par millions. Abattre les forêts. Construire des grandes villes. Industrie. Poison. Destruction. Saleté. »

Il s'arrête, pousse un grognement. « Vieille histoire, *nè ?* Pareil dans le monde entier. Nous repoussent jusque sur Hokkaïdo pour nous éteindre. Mais Japonais viennent là eux aussi. *Développer l'île*, comme ils disent. Certains veulent que Aïnous survivent dans réserves comme Indiens chez vous. Portent costume traditionnel pour caméras des riches touristes. Comme singes dans zoo. Aïnou Disneyland... »

Plan duo de Hiroshi Igaramu et Heather Blake. Elle a l'air sincèrement scandalisée.

« Ça a l'air vraiment affreux ! s'écrie-t-elle. Mais vous ne vouliez pas de cette vie-là ? Vous, euh... vous ne l'avez pas acceptée pour vous-même ? »

Hiroshi hoche la tête. « *Haï*. Nous avons télévision. Je connais monde extérieur. On me dit que je peux être Japonais moderne. Je crois cela. Vais à Tokyo. Où j'apprends que je suis un *Aïnou*, un nègre, encore plus bas que Coréen. Jamais pouvoir devenir bon *salaryman*. Jamais devenir japonais. Sales boulots. Pas boulot. J'apprends ce que c'est qu'être aïnou au Japon... »

La caméra se rapproche pour un gros plan tandis qu'il rugit presque : « Et j'apprends ce que c'est qu'être *Japonais* ! Jolis bouquets de fleurs. Shinto. Bouddhisme. Sanctuaires pour nature. Japonais *font semblant* rechercher harmonie avec esprit de la Terre. Mais ils mentent ! Détruisent la campagne et la recouvrent de béton. Empoisonnent l'air pour fabriquer Sony et Toyota. Victimes d'Hiroshima et Nagasaki apportent au pays *plutonium* pour fabriquer électricité destinée à faire marcher leurs télévisions et jeux vidéos. Se multiplient et chient partout comme rats dans entrepôt plein de blé. Et nous, Aïnous, cherchons seulement à survivre comme enfants de notre terre, et nous sommes les barbares ! »

Gros plan de Heather Blake qui réagit à cette tirade avec un minimum d'horreur politiquement correcte. « Euh... nous savons qu'il y a un assez fort sentiment antijaponais par ici, mais je n'aurais jamais imaginé entendre un Japo...

– Je suis *pas un Japonais !* » hurle Hiroshi Igaramu dans un gros plan précipité sur son visage furieux.

Heather Blake, off : « Je voulais seulement dire...

– Je vous raconte histoire. Histoire vraie. Change ma vie. J'ai lu dans journaux de Tokyo, vu à la télévision. Savant publie étude démontrant que samouraïs originels, valeureux chevaliers japonais, étincelants héros de cinéma, image de l'honorable esprit japonais, idéal de virilité japonaise, étaient... *aïnous* ! »

Plan duo de Hiroshi Igaramu et Heather Blake. Une lueur de satisfaction perverse dans les yeux d'Igaramu qui assène sa réplique : « Et qu'est-ce qui se passe ?

– Ils ont tout nié en bloc, n'est-ce pas ? dit Heather.

Ils ont prétendu que c'était faux et ont continué à faire des films de samouraïs. »

Hiroshi ouvre de grands yeux. « Comment le saviez-vous ? » lâche-t-il entre ses dents.

Heather hausse les épaules. « C'est du show-business ! » Elle rit. Lui pas.

Au lieu de quoi, il rembobine mentalement la séquence, escamotant l'allusion qu'il ne comprend pas.

« Pour Japonais, rien change, dit-il. Pour moi, tout change. Est satori. Je suis aïnou. Samouraïs sont aïnous, pas japonais. Il faut que je devienne *samouraï aïnou*. Suive la voie du bushido, mais serve cause de *mon* peuple. Je prête dans mon cœur serment samouraï de détruire civilisation malfaisante de ces faux samouraïs, ces *salarymen* qui ont pillé notre terre et violé notre esprit, ces Japonais !

– Vous... avez, euh... déclaré la guerre au Japon ?

– *Haï !* Dans mon âme.

– Vous... euh... vous pensiez pouvoir battre les Japonais tout seul ?

– Je suis samouraï aïnou. Je consacre mon esprit à ce combat. Pas important de gagner. Important de combattre.

– Et qu'est-ce que vous avez fait ensuite ? Vous avez cherché un maître à servir ? »

Le visage de Hiroshi s'illumine. Une fois de plus, il n'en revient pas. « Comment le saviez-vous ?

– J'ai une licence de cinéma avec mention, dit sèchement Heather. Je suis sûre que j'ai vu plus de films de samouraïs que vous. *Les Sept Samouraïs*. Toshiro Mifune. *Le Trône sanglant* et tout le reste. » Elle rit. « En plus, on est en *Californie du Sud*, ici. »

Hiroshi la regarde de travers, plisse les yeux. Il n'y comprend que dalle.

« Je cherche... autres comme moi. Moyen de servir cause que j'ai juré de servir. » Il fronce les sourcils. « Ne trouve pas. Autres Aïnous ne comprennent pas, trouvent c'est mauvaise plaisanterie. Japonais sont... japonais... alors...

– Et alors ?

– Alors c'est moi qui suis... cherché. Je bois trop, peut-être, parle trop librement dans bars de Ginza, à Rappongi... ils ont oreilles... ils ont yeux... *eux* trouvent...

– Qui ça, *eux* ?

– Armée rouge japonaise. Vous avez entendu parler ?

– Euh... on en a déjà parlé plusieurs fois ce soir, mais...

– Eux sont samouraïs ! s'exclame Hiroshi tandis que la caméra se rapproche pour le cadrer en gros plan. Pas samouraïs aïnous, pas samouraïs japonais... samouraïs marxistes ! »

Heather Blake, off : « Des samouraïs *marxistes* !

– *Haï !* Pas Japonais ! Pas Aïnous ! Fidèles seulement à cause des peuples opprimés de la Terre. Ont doctrine. Ont discipline. Sont chevaliers marxistes du bushido. »

Plan duo de Hiroshi Igaramu et Heather Blake. « Mais... euh... c'étaient aussi des... euh... terroristes extrêmement violents, non ? risque-t-elle. Ils ont... euh... tué des tas d'innocents, non ? »

Hiroshi Igaramu affiche un sourire des plus déplaisants. « *Haï !* Très extrêmes ! À gauche de communistes ! À gauche de maoïstes ! À gauche de tout le monde !

– Et vous avez cru pour de bon à cette philosophie communiste extrême ? »

Il hausse les épaules. « Philosophie pas importante. Détruire système. Détruire oppresseurs. Détruire statu quo. Détruire exploiteurs capitalistes. Détruire Amérique. » Une pause d'une seconde. « Détruire... *Japon*.

– Mais c'est totalement négatif !

– Ça nous rend forts. Impitoyables. Dévoués à la mission du guerrier. Armée rouge japonaise était vrais samouraïs ! Prêts à servir tout ceux qui combattaient même ennemi... OLP, Baader-Meinhof, Septembre noir... Nous étions plus forts des plus forts, plus durs des plus durs, plus courageux des plus courageux, missions que les autres refusent étaient pour nous trésors de l'esprit... »

Gros plan sur Heather Blake, manifestement ébranlée par ce discours, mais qui fait un effort pour comprendre.

« Vous avez participé à ces missions ? Vous avez vous-même tué des gens ? »

Gros plan sur Hiroshi Igaramu, le visage vide de toute expression, peut-être délibérément. « J'étais samouraï. »

La caméra s'attarde sur ce gros plan une, deux, trois secondes.

Plan duo sur Hiroshi Igaramu et Heather Blake avec Heather en vedette. Les yeux au ciel, elle cherche une conclusion.

« Alors... donc, euh... comment avez-vous fait finalement pour quitter l'Armée rouge japonaise et rejoindre les Brigades vertes ? Je veux dire que... bon... les Brigades vertes ne semblent pas être exactement le même genre de, euh... groupe meurtrier... »

Gros plan sur Hiroshi Igaramu, un peu sur ses gardes. « Guerre froide se termine. Toutes organisations policières internationales nous poursuivent. Aucun régime donne asile. Nous devons tous nous disperser et fuir. »

Il y a là comme un accent de vérité, mais aussi, en sourdine, une tentative d'explication maladroite, voire une certaine dissimulation.

« Chypre. Athènes. Paris. Amsterdam. Berlin. Mieux là-bas. Police occupée chasser Stasi, néo-nazis, plus facile de disparaître... »

Il hausse les épaules, son regard devient plus évasif. « Mauvaise période... peut-être je bois trop... » Il s'arrête, son visage s'illumine, mais c'est peut-être encore une fois un acte délibéré. « Rencontre Paulo Pereido. Bois au *Weimarer Republik*. Parle. Rencontre Horst. Helga. Trouve... trouve... »

Plan duo d'Hiroshi Igaramu et Heather Blake. Il cherche ses mots.

« Un nouveau maître à servir ? Une nouvelle cause ? »

Retour au gros plan sur Hiroshi Igaramu qui réagit par un hochement de tête enthousiaste, une seconde d'hésitation puis un discours qui semble... rédigé d'avance : « Brigades vertes pas samouraïs, pas comme Armée rouge japonaise. Mais cause... *haï !* Cela j'apprends de Paulo. Cela j'apprends de Horst. Survie de toute la planète... c'est bataille éternelle. Jamais victoire finale. »

Son sourire, en revanche, semble sincère.

« Je suis membre Brigades vertes. Je lutte pour sauver vie sur Terre. Cause *idéale* pour samouraï marxiste aïnou, *nè* ? »

21 h 17

« Hiroshi n'est pas un mauvais bougre, dit Paulo Pereido de sa voix douce et mélodieuse. C'est un esprit en proie à la douleur. Il était bien plus mal en point lorsque je l'ai rencontré. Il n'avait alors que la furie d'un homme trahi.

– Trahi ? s'étonna Heather. Il n'a jamais dit qu'il avait été trahi. Par qui ? »

Paulo haussa doucement les épaules. « Un Aïnou et un Yanomami font connaissance dans un café à Berlin, se saoulent ensemble exactement comme les Blancs l'imagineraient... À moi il a avoué ce qu'il ne pourrait jamais dire à une jolie dame blanche comme vous...

– C'est-à-dire ?

– Que ses camarades de l'Armée rouge japonaise étaient des faux jetons. Dans leur esprit, dans leur discours, ils croyaient que tous les peuples opprimés étaient frères, mais ils l'ont abandonné quand leur groupe a commencé à se disloquer car dans leur cœur ils restaient japonais et lui restait aïnou... »

Paulo afficha ce sourire timide qu'il savait rendre si engageant. « Voilà pourquoi il y a encore tant de colère en lui. Il a trouvé une cause à servir, mais il n'a pas de véritable patrie dans ce monde. Comme moi.

– Mais vous, Paulo, vous ne donnez pas l'impression d'être une personne en colère.

– Je suis une personne très en colère, répliqua-t-il de la même voix calme. Voilà pourquoi j'ai trouvé Hiroshi si facile à comprendre. Nous sommes tellement semblables. »

Quel soulagement !

Warren, le pirate informatique classique, aurait pu être le gosse à Papa-Maman. Nigel et Malcolm avaient fait scandale mais non sans un certain charme. Jaro s'était résumé à un problème linguistique. Helga avait représenté un défi, mais Heather était fière de la manière dont elle y avait répondu. Même Ahmed était au moins quelqu'un dont Mme et M. Tout-le-Monde pourraient avoir pitié...

Mais pas moyen de rendre l'irréductible terroriste de l'Armée rouge japonaise Hiroshi Igaramu sympathique au grand public américain. Et pour que l'émission atteigne son but, il fallait que ces interviews finissent sur une note pathétique, sur un peu de chaleur ou du moins quelque chose d'un peu meilleur que l'air froid qu'Hiroshi avait fait souffler dans l'atmosphère médiatique.

Par bonheur, elle s'était réservé Paulo pour la fin, et jusque-là, l'Indien du Brésil semblait être la conclusion idéale. Non seulement il semblait étrangement calme et doux pour un terroriste qui portait un Uzi en bandoulière, non seulement il émanait de lui le genre de bouddhisme du Bon Sauvage qu'un public américain attendait d'un Indien qui joue les braves, mais il semblait même réussir à améliorer un peu l'image laissée par la prestation d'Hiroshi...

« Apparemment, vous ne vous ressemblez pas beaucoup...

– Mais si. C'est un Aïnou. Je suis un Yanomami. Nous sommes tous les deux... tous les deux des habitants naturels... des... comment dire... des originaires... arbo... abor... ?

– Aborigènes ? »

Paulo hocha la tête. « *Ab-origènes*... ça, c'est un bon mot. Les peuples originels. Les gens des forêts, des plaines et des fleuves. Les enfants originels de la planète qui restent proches de son esprit... »

Pour la première fois dans son interview, Paulo fronça les sourcils. « Mieux que les gens du *Tiers monde*, dit-il. Le Premier monde, c'est nous. Après tout, nous étions là les premiers.

– Je n'avais jamais envisagé les choses comme ça...

– Nous étions pêcheurs, chasseurs, cueilleurs de fruits et de racines, nous faisions un peu d'agriculture. Si nous sommes restés peu nombreux, ce n'est pas par sagesse mais faute de trouver d'autres sources de nourriture. Bon an, mal an, nous étions satisfaits de notre sort. Nous étions en harmonie avec la nature parce que nous faisions partie de la nature. La Terre et nous aurions pu continuer comme ça éternellement. »

21 h 19

À l'écran :

Plan duo de Heather Blake et Paulo Pereido, trapu, large d'épaules, cheveux noirs et lisses qui lui tombent sur les oreilles, faciès indien fortement prononcé, yeux noirs et perçants.

« Les treize premières années de ma vie, dit-il, j'ai vécu

avec ma famille dans un petit village de la forêt, où nous pêchions, chassions, cultivions quelques plantes simples, où nous nous promenions à peine vêtus dans notre innocence. Nous autres Yanomami étions de nobles sauvages. »

Heather l'enveloppe d'un regard sceptique.

« N'est-ce pas ce que votre public veut entendre ? » Une demi-seconde de silence, puis Pereido éclate de rire. « Oui, c'est l'image que vous préférez. On n'y montre pas l'école des missionnaires catholiques. Ni les enfants qui portent des T-shirts à l'emblème des jus de fruits et des groupes de rock du monde civilisé et des sandales en caoutchouc fabriquées au Japon. Ni les baladeurs ni les postes à transistors. Ni les toitures en tôle sur les huttes traditionnelles. Ni les mégots de Marlboro sur les pistes de la jungle.

– Je crois que tout le monde est d'accord pour dire que ce qui est arrivé aux Indiens d'Amazonie est épouvantable : les forêts détruites par le feu ou l'abattage, les collines grignotées par les mineurs, les assassinats, les terres volées, les épidémies...

– Votre sollicitude nous touche beaucoup, interrompt Paulo, fermement mais sans élever la voix.

– Je n'avais pas l'intention de...

– Mais si. »

Gros plan sur Paulo Pereido, les yeux étincelants dans un visage glacial, d'un calme insolite, surnaturel.

« Vous étiez sincère. Les missionnaires étaient sincères. Les récolteurs de caoutchouc qui croyaient soutenir notre cause étaient sincères. Mais nous nous en serions mieux tirés avec des ennemis déclarés acharnés à notre perte. Peut-être que nous n'aurions pas pu triompher d'eux, mais nous aurions au moins pu les combattre. »

Gros plan sur le visage sérieux et sincèrement troublé de Heather Blake. « Je ne comprends pas... »

Retour au gros plan de Paulo Pereido. « Être un Yanomami de ma génération n'est pas être un noble sauvage. Ce monde avait disparu avant ma naissance. Peut-être n'avait-il jamais existé. Comment pourrais-je le savoir ? Je disposais des récits de la génération de mon père, brouillés par l'alcool et la paresse, et des livres, de la télévision et de la radio de votre monde. »

Plan duo de Paulo Pereido et Heather Blake sous un angle qui avantage légèrement Heather tandis qu'elle se penche vers Paulo afin d'établir un rapport de connivence pour la caméra.

« Alors vous avez été pris entre deux mondes ? dit-elle.

– Mais il n'y avait plus de monde pour moi ! Autour de moi, les forêts étaient dévastées, les villages des Yanomami disparaissaient, les vieux s'éteignaient, minés par la maladie, les hommes cherchaient à devenir une main-d'œuvre sous-payée pour les Brésiliens, les femmes devenaient des putains quand elles ne se faisaient pas violer, et puis les incendies, les chercheurs d'or, les récolteurs de caoutchouc... »

Il hausse les épaules. « Mon monde, c'était *ça* ! Une forêt en voie de disparition, une tribu en désintégration, la boue, la cendre, la maladie ; un monde dont l'âme avait été assassinée avant ma naissance et dont les cafards et les mouches dévoraient le cadavre...

– L'école des missionnaires et les médias vous ont donc montré cet autre monde, le nôtre ? »

Paulo Pereido hoche la tête. « Un monde de rêve... le monde des avions, d'Hollywood et des fusées pour la Lune... du Coca-Cola, du carnaval de Rio et des plages d'Ipanema... »

La caméra se rapproche lentement pour le cadrer en gros plan juste au moment où il soupire. « Mon père a été tué par un camion, ma mère est morte d'une grippe. Je suis devenu un orphelin, un enfant de l'Église.

Sois bon élève, me disaient les prêtres, étudie, travaille dur et tu deviendras un citoyen du futur géant mondial, non pas un Yanomami de la forêt mais un *Brésilien* émérite... »

Il s'interrompt, hausse les épaules et, pour la première fois, un soupçon d'ironie lui chiffonne les lèvres. « Alors j'ai obéi. Je suis devenu le meilleur élève des missionnaires, la preuve vivante qu'ils pouvaient faire d'un Indien de la forêt un Brésilien moderne. Ils m'ont envoyé en pension dans une école de Manaus, un genre de lycée comme il y en a chez vous... »

21 h 22

Paulo poursuivait son récit et Heather se surprit à passer insensiblement du rôle de présentatrice au rôle de spectatrice.

Sorti du lycée avec une éducation libérale et un diplôme sans spécificité particulière, il était arrivé dans une économie rongée par l'inflation où il n'avait pu trouver que les plus occasionnels et les plus humbles des emplois mal payés. Puis ses vagabondages l'avaient mené à Brasilia, São Paulo et finalement à Rio, dans une favela puante à flanc de colline où le Tiers Monde regardait désespérément les richesses du Premier qui scintillaient en contrebas...

« Alors je suis devenu un voleur... un voleur très instruit mais pas tellement habile, et bien vite, la police aux trousses, je m'enfuyais dans l'Amazonie pour retrouver la terre des Yanomami... »

Paulo haussa les épaules. Ses yeux se plissèrent. Pour la première fois, Heather put percevoir de la dureté, voire de l'amertume derrière toute cette apparence de calme surnaturel.

« Se sentant coupable, votre monde avait décidé d'être

généreux envers les Yanomami. Une zone de forêt dévastée a été mise de côté pour devenir une réserve où nous pourrions suivre les coutumes oubliées de nos ancêtres et mourir de faim, lentement et en paix. »

Il soupira. « Je n'y avais pas ma place. Personne n'avait sa place là-bas, en vérité, mais j'avais vécu dans le monde de rêve, j'avais, pour le meilleur ou le pire, reçu l'instruction nécessaire à sa connaissance... »

Heather jeta un coup d'œil à l'horloge du studio. Il ne restait plus beaucoup de temps. Et pas seulement pour l'émission en cours.

« Mais comment avez-vous réussi à passer de la forêt amazonienne à Berlin ? demanda-t-elle pour le forcer à enchaîner. C'est bien là que vous avez fait la connaissance des Brigades vertes, non ?

– Oui... c'est une longue histoire, longue et stupide... j'ai volé ses pépites à un chercheur d'or, il s'est défendu, il y a eu meurtre... j'ai été obligé de fuir, de passer la frontière du Surinam... d'acheter un billet d'avion pour la Hollande et un faux passeport... je n'avais pratiquement plus d'argent après quelques mois à Amsterdam... j'ai essayé le cambriolage, le trafic de drogue... *d'autres trucs...* j'ai encore eu des ennuis avec la police... »

Un peu de son calme étrange sembla lui revenir. « Encore un petit délinquant basané du Tiers Monde perdu dans le monde des Blancs...

– Alors pourquoi Berlin ? » dit Heather, désespérant de voir avancer les choses.

21 h 24

À l'écran :

Gros plan sur Paulo Pereido.

« Avec la situation confuse après la Réunification, les

émeutes des skinheads, les néo-nazis, les anarchistes, les squatters, Berlin semblait une forêt où la police avait plus important à faire que prêter attention à un petit prédateur comme moi... »

Plan duo de Paulo Pereido et Heather Blake. Elle regarde quelque chose hors du champ de la caméra, l'air plutôt agité.

« Écoutez, Paulo, je crains que nous ne soyons à court de temps...

– Oui, oui, vous êtes les maîtres du monde mais vous êtes esclaves de la pendule !

– ... alors comment vous êtes-vous retrouvé chez les Brigades vertes ?

– Par pure stupidité, dit Paulo Pereido en riant.

– Stupidité ?

– J'ai essayé de détrousser Helga Müller. Il faisait sombre. Peut-être que j'avais bu. Comment pouvais-je savoir que cette Allemande blanche était armée ? »

Gros plan sur Paulo Pereido : une certaine nostalgie émerveillée affleure sur son visage impassible.

« J'ai compris plus tard pourquoi elle ne pouvait pas me livrer à la police. Mais elle aurait pu me tuer, et j'ai appris plus tard qu'elle avait déjà tué des gens. » Il hausse les épaules, sourit, va presque jusqu'à rire. « Au lieu de quoi elle propose de me payer un verre ! En fait, elle me propose rien du tout. Elle a encore l'arme au poing. Je m'imagine, tout fier, qu'elle veut peut-être coucher avec moi. Elle est plus vieille que moi. Elle n'est pas très jolie. Mais au lieu de m'emmener dans sa chambre elle me conduit au *Weimarer Republik*, et là, elle parle. Elle parle de mettre ma colère à contribution. De choses qu'un Yanomami instruit, petit délinquant en cavale dans les grandes villes d'Europe pourrait comprendre... de choses auxquelles il pourrait commencer à croire... »

Heather Blake, off : « *C'est-à-dire ?* J'ai peur que nous soyons à court de temps pour de bon ! »

Paulo Pereido éclate de rire. « Oui, c'est exactement ça, nous sommes *tous* à court de temps. »

Puis son expression se durcit, sa voix prend une cadence qui monte dans un genre de crescendo oratoire dès lors qu'il a compris que son quart d'heure devant la caméra touche à sa fin.

« Les Yanomami qui dépérissent dans leur réserve, les Brésiliens dans leurs villes de lumière sous les regards envieux des *favelados*, le Tiers-monde qui zone dans les rues d'Europe, les gens qui nous traitent de négros et de métèques, les Africains qui meurent de faim, les Aïnous qui détestent les Japonais, les Japonais qui méprisent les Aïnous, vous autres Américains qui empoisonnez la planète dans votre innocente avidité – nous sommes tous à court de temps. Nous n'avons pas le temps d'apprendre à nous aimer les uns les autres. Il nous faut d'abord sauver la Terre de notre propre influence meurtrière si nous voulons vivre assez longtemps, ne serait-ce que pour continuer à nous détester. Unissons-nous dans les Brigades vertes. Premier Monde, Tiers Monde, d'un bout à l'autre de la planète, même combat, sinon, plus de planète ! »

Gros plan de Heather Blake manifestement pressée d'en finir.

« Eh bien, les Brigades vertes viennent de dire leur dernier mot, c'était donc la conclusion... », bredouille-t-elle de façon trop hâtive.

Puis elle inspire à fond, se calme, regarde la caméra bien dans l'axe et sourit un peu : vulnérable, courageuse, tendre, innocente, jolie majorette à Papa-Maman, enfant chérie et menacée de l'Amérique moyenne.

« Et voilà, mesdames, messieurs, vous venez de faire connaissance avec tous les membres du commando des Brigades vertes, dit-elle d'une voix légèrement tremblée.

Des Américains, des Anglais, des Allemands, des Arabes, des Tchèques, des Yanomami et des Jap... des *Aïnous*. Des Communistes, des terroristes et des criminels. »

Elle hausse ostensiblement les épaules. « Pas vraiment le genre d'individus que vous aimeriez voir invités par vos enfants à la table familiale, ce me semble. Pas non plus le genre d'individus avec qui *nous* aimerions rester bouclés cinq jours dans ce genre de stage de survie non plus, j'imagine... »

La caméra se rapproche encore un peu pour un très gros plan sur cette énergique beauté américaine au teint de rose.

« Mais moi, je les ai invités, n'est-ce pas ? dit-elle. Peut-être pas dans votre salle à manger, mais au moins dans votre salon, pour déguster un chausson aux pommes et boire un café non brésilien. Vous avez été obligés de les écouter et de les regarder dans les yeux lorsqu'ils vous ont raconté leur histoire et vous avez, je l'espère, vu ce qu'ils ont au fond du cœur. Tout comme moi. »

Elle s'interrompt, sa lèvre inférieure tremble. Elle la mordille, geste audacieux sans doute. Sont-ce des larmes que nous voyons perler dans ses yeux ?

« Je ne sais pas comment vous avez ressenti tout cela, mais moi, après les avoir connus en tant qu'individus *bien réels* et non pas simples figurants de mauvais genre qui jouent les durs en maniant la mitraillette... »

Elle s'interrompt à nouveau et une larme unique, énorme, glisse le long de sa joue droite.

« Peut-être que je vais mourir avec eux, dit-elle courageusement. Il y a en bas dans la rue des gens armés qui estiment qu'il est en quelque sorte plus important de nous tuer tous que de laisser cette situation se prolonger... »

La caméra commence à reculer, élargissant le champ autour de Heather Blake toujours en gros plan.

« Bon, je vais vous dire quelque chose : si je dois mourir

– et je crois que nous allons tous mourir, pas vrai ? – je crois qu'on pourrait trouver bien pires compagnons d'infortune, n'est-ce pas ? »

La caméra recule par saccades pour aboutir à un plan général qui révèle Edward Franker, Toby Inman et Carl Mendoza, assez loin derrière Heather Blake, debout contre le rideau crème...

... dont le rôle de toile de fond devient manifeste lorsque la caméra recule encore plus, élargissant le champ dans un grand-angle insolite qui englobe les projecteurs au plafond, les diffuseurs et les câbles, tout le bric-à-brac technologique d'un plateau fonctionnel.

Heather fait un signe de la main, et un par un, l'air plutôt mal à l'aise, les fantassins des Brigades vertes – Malcolm Macklin, Warren Davies, Jaro Olgar, Helga Müller, Ahmed Jihad, Hiroshi Igaramu, Paulo Pereido – viennent obligeamment se rassembler sur le plateau et poser, l'Uzi en bandoulière, devant leurs otages, exactement comme une équipe de football ou les bacheliers d'un lycée de province qui grimacent sur la photo-souvenir de leur promotion.

Heather fait encore signe de la main, avec plus d'insistance, et une silhouette passe devant la caméra, masquant l'image pendant une ou deux secondes. Puis Nigel Edwards, avec son blouson de cuir noir, sa crête de piquants rouges et tous ses fétiches chromés, vient s'agenouiller aux pieds de Heather, souriant stupidement de toutes ses dents pourries, telle la mascotte de l'équipe, pour compléter le tableau.

« La Bible nous dit d'aimer nos ennemis et de pardonner à ceux qui nous ont offensés, dit Heather. Euh... je ne sais pas si je suis assez bonne chrétienne pour aller jusque-là, mais je ne crois pas que je vais y être obligée. Parce que ces gens ne sont pas nos ennemis. Ce sont des gens comme vous et moi, tout simplement. Des gens de bonne volonté qui essaient de faire ce qu'ils croient bon dans un monde mauvais. »

Elle se retourne vers les trois autres otages. « Qu'est-ce que vous en dites, les gars ? Dites-le aux gens qui nous regardent. Dites-le à tous ces millions de gens devant leur téléviseur. Dites-le aux hommes armés en bas dans la rue. Dites-le aux politiciens de Washington. Vous êtes les otages de ces gens. Si cela ne dépendait que de vous, si cela ne dépendait que de nous, est-ce que vous leur pardonneriez et les laisseriez partir ? Ou alors voulez-vous les voir mourir pour être allés trop loin dans leur tentative pour nous sauver tous de ce que nous sommes sciemment en train de faire à la planète et à nous-mêmes ? »

Pas de cadreur, pas de gros plans, pas de vraie prise de son.

Edward Franker pose la main sur l'épaule de Jaro Olgar. Toby Inman fait de même avec Warren Davies. Carl Mendoza semble sur le point de laisser sa main tomber sur l'épaule de Paulo Pereido, hésite puis vient toucher Helga Müller, à la grande surprise de cette dernière.

« Et voilà, chers téléspectateurs, vous connaissez notre opinion sur la question, dit Heather Blake. Et vous, qu'est-ce que vous en pensez ? »

Elle se lève, contourne la table basse et Nigel Edwards toujours agenouillé, se dirige vers la caméra pour se cadrer elle-même en très gros plan, encore belle même sous cet angle sans pitié, les lèvres douces et vulnérables, visiblement humides, les yeux faisant carrément l'amour avec l'objectif.

« On nous dit qu'il y a en bas dans la rue des gens qui sont d'un avis différent. Des gens qui sont sur le point de commettre un acte cynique et stupide. Des gens qui préféreraient nous voir tous mourir ce soir plutôt que laisser ces agitateurs continuer à s'adresser au peuple américain. Des gens qui croient qu'il est dangereux pour vous d'entendre ces propos. Bon, c'est peut-être vrai. Mais, moi qui ai dans l'affaire infiniment plus à perdre qu'eux, je vous dis que je préfère vous laisser juges de la décision. Nous sommes en démocratie, n'est-ce pas ? »

Heather Blake s'éloigne à pas lents de la caméra, s'arrête, hésite.

« Nous ne voulons pas voir les membres des Brigades vertes se faire tuer en notre nom dans une tentative de sauvetage intempestive ! Vous voulez nous voir tous nous faire tuer en votre nom à vous ? Décrochez votre téléphone ! Ruez-vous sur votre télécopieur ! Dites à ces gens ce que vous pensez *vraiment* ! Et *tout de suite* ! Avant qu'il ne soit trop tard ! »

Puis elle tourne les talons et s'éloigne rapidement de la caméra pour s'intégrer au plan fixe général sur les terroristes et leurs otages et reprendre sa place parmi eux.

« De la part de nous tous ici à KLAX-TV, Los Angeles, à vous tous qui nous regardez ce soir, merci et bonne nuit ! »

SIXIÈME JOUR

10 h 19

Assis dans son coin, Toby Inman picorait lugubrement son Trail Mix tandis que Heather Blake jouait les stars et dansait dans la cafétéria avec son équipe de figurants terroristes.

Les militants des Brigades vertes n'avaient pas déposé leurs armes, mais on n'avait plus l'impression d'un jeu entre prisonniers et geôliers. Le succès de l'émission de la veille, qui leur avait sauvé la peau à tous, avait tout changé.

Bien que les sondages express aient déjà énoncé le verdict à 21 h 45 – 65,05 % contre *tout* usage de la force pour s'emparer de la station et un score triomphal de 72,11 % s'il fallait envisager des victimes – personne n'avait osé piper mot pendant que tous les occupants de la cafétéria comptaient les minutes du dernier quart d'heure.

21 h 59... 22 h 00... 22 h 01... 22 h 02...

« Hé, les mecs, je crois que c'est terminé, dit finalement Franker à 22 h 06. La volonté du peuple exprimée par l'infaillibilité autosatisfaite des sondages express a triomphé. Pas question de chanter victoire chez les autres !

– C'est terminé, mais ça crie encore, dit Heather, alors pourquoi pas nous ? »

Et tous de pousser des vivats.

Il ne manquait que du champagne pour transformer cette scène en un genre de bizarre fête des acteurs un soir de première. Nigel et Malcolm s'étaient changés en comiques. Warren avait déblatéré sur le pouvoir des médias. Jaro et Paulo n'étaient pas vraiment devenus volubiles mais avaient révélé une aptitude inattendue au sourire. Helga, Hiroshi et Ahmed ne s'étaient peut-être pas changés en fêtards mais ils avaient au moins cessé de jouer les oiseaux de malheur. Kelly pétillait. Même Horst avait recouvré un semblant d'humanité.

Rien de mieux qu'un sursis signé par le directeur de la prison pour réchauffer l'atmosphère dans le couloir de la mort.

Et tout ça grâce à Heather.

Heather Blake était l'héroïne de ce film. La star du show. La vedette du bal médiatique.

T'es mortellement déçu, hein, Inman ? T'es vert de jalousie, pas vrai, mon vieux ?

Bon, peut-être que je le suis.

N'en ai-je pas le droit ?

Pour Toby, il ne faisait guère de doute qu'il aurait pu mener ces six interviews de terroristes aussi bien que Heather. Quand on y réfléchissait, tout ce qu'elle avait fait, c'était de les remonter à bloc et de les laisser parler. Et c'était lui, Toby, le présentateur vedette ! Normalement, c'était à lui qu'auraient dû revenir ces quatre-vingt-dix glorieuses minutes de grande écoute en couverture nationale, et pas à une quelconque Miss Météo ! Qu'est-ce que Heather avait de plus que lui à part une paire de nichons, un cul et cette beauté de trépigneuse en jupette des stades du Middlewest ?

Toby soupira. C'est mesquin, Inman, vraiment mesquin.

Heather Blake n'était manifestement pas la gourde

vanille-fraise télégénique qu'il avait toujours cru voir derrière cette jolie façade. C'était elle qui avait trouvé le format *ad hoc*, tout comme elle avait mis au point les tête-à-tête larmoyants de la fois d'avant, pas vrai ?

En plus, Inman, t'as déjà eu ta ration de grande écoute certifiée par Audimat. Il y aura des tas de propositions juteuses dans l'air quand cette connerie sera terminée.

Car maintenant, pour la première fois, ce n'était plus « ... *si* elle se termine ». Plus de 70 % des téléspectateurs enverraient se faire foutre le premier politicien reconnu responsable de la mort du moindre otage. Personne n'oserait prendre un risque pareil. Même les terroristes ici présents étaient capables de tirer ce genre de conclusions. Sauvés par les sondages ! C'était bien le cas de le dire.

Toby fronça les sourcils. L'ennui, c'était que les autres ne voulaient toujours pas laisser les otages se servir du téléphone. À en croire Arlene Berkowski, des agents, et pas n'importe lesquels, faisaient déjà la queue pour lui parler. Et une fois que les otages seraient libérés, les propositions pleuvraient comme des mouches à merde sur une bouse de vache.

Et question chiffres – côté gros sous et non plus sondages : salaire, prime à la signature, rédiger un contrat en ménageant le maximum d'avantages fiscaux, etc. –, je suis encore un jeune plouc descendu de sa Georgie. Alors j'ai intérêt à pas me laisser faire. Promets-toi de rester ferme sur les prix, Inman. Tu vas tous les tenir en respect jusqu'à ce que tu te trouves un agent. Tu vas sourire, bredouiller des excuses, laisser les choses se tasser, et tu ne signes rien même si ça sonne comme du massif.

Le pote Jefferson ou le pote Paine – un des deux Tom, en tout cas – avait eu la bonne idée.

Pas d'obligation légale sans représentation par une agence confirmée.

10 h 25

Horst Klingerman s'écarta pour laisser Franker ouvrir la porte de son propre bureau, fit signe à Carl de le précéder puis entra derrière lui avec Kelly Jordan pour fermer la marche.

Franker traversa la pièce et s'assit derrière son bureau, tandis que Horst et Kelly prenaient place devant lui avec la familiarité d'un seconde base et de son ailier synchronisant leur jeu après cinq saisons ensemble alors que Carl restait planté là comme un bleu qui ne savait pas où poser son cul sur le terrain.

Bizarre : ils entrent ici comme s'ils étaient chez eux, et moi, depuis tout le temps que je bosse dans cette station, c'est la première fois que je vois l'intérieur du bureau directorial.

Le coup d'œil ne valait pas le déplacement, l'odeur encore moins. Un bureau encombré : console téléphonique, ordinateur, paperasses, vieux gobelets en plastique remplis de mégots mouillés. Un moniteur de retour antenne, une télé branchée sur le câble, un magnétoscope, un assortiment de chaises style collectivités, des tables, des rayonnages, une moquette marron poussiéreuse digne d'une usine, des murs vert acide décorés de tableaux d'affichage en liège d'où pendaient notes et photos plus tout à fait d'actualité. Et au bout de cinq jours sans personne pour faire le ménage et évacuer les vestiges des cigarettes de Franker, l'atmosphère recyclée par la climatisation puait comme les vestiaires d'une équipe de troisième division après deux soirées de qualification successives.

Mais les fenêtres...

La lumière entrait à flots par les deux grandes baies

opposées et coulait presque littéralement car les poussières qui tourbillonnaient dans l'air climatisé le rendaient visible, lui donnant la consistance d'une matière sirupeuse et mobile. Ses yeux disaient à Carl qu'il aurait dû faire une chaleur infernale, mais la climatisation lui maintenait l'épiderme au frais à 21°. Après cinq jours passés dans l'univers sans fenêtres du studio et de la cafétéria, la vision d'une telle lumière, d'une clarté solaire qui semblait avoir du *volume*, avait de quoi vous terrasser.

Du coup, Carl se rappela qu'il avait effectivement passé les cinq derniers jours dans ces locaux hermétiques tel un sous-marinier, sans aucun contact avec la nature. Même à présent, il ne sentait sur sa peau que l'air climatisé, ne pouvait respirer que l'oxygène recyclé et nauséabond.

Il faillit en rire tout haut. Je suis resté enfermé cinq jours avec ces terroristes armés, et c'est maintenant que j'ai *vraiment* l'impression d'être prisonnier !

« À présent, tu fais gaffe, Mendoza, dit Franker. Jusqu'au dernier moment, nous ne voulons surtout pas qu'il sache que tu écoutes. Cette fois-ci, nous voulons contrôler la situation et c'est pour ça que nous l'appelons avant qu'il nous appelle.

– C'est exact, dit Horst Klingerman, vous êtes notre... euh, carte maîtresse...

– Notre dernière carte, précisa Kelly.

– ... et ce serait une mauvaise stratégie que de révéler trop de choses trop tôt. Vous êtes d'accord, Carl ?

– Cinq sur cinq, mec, cinq sur cinq », expédia Carl tout en avançant une chaise entre Kelly et Horst pour être à portée de micro du téléphone mains libres.

Cette réplique sortait évidemment du dialogue en charabia entre lui et le fictif Charlie Bird, et il la renvoyait à Horst Klingerman comme une fantomatique balle lobée !

Carl doutait qu'il y ait là quiconque susceptible d'apprécier l'ironie de la situation. Son expérience des tournois de seconde division lui avait appris que l'esprit d'équipe pouvait surgir brusquement de la combinaison des facteurs les plus invraisemblables. Un lanceur se retrouve transféré dans une équipe dont les batteurs lui ont en général tanné le cuir lors des saisons précédentes et à qui il a servi en retour de méchantes balles dans les gencives. On s'imagine que ça va saigner, mais les intéressés ne mettent pas longtemps à piger que maintenant qu'ils sont sur le même bateau ils feraient mieux de se concentrer sur la manière de gagner le match.

« Ce type, vous le connaissez, Carl, dit Kelly. Pourquoi ne nous a-t-il pas appelés après ce qui s'est passé hier soir ? Qu'est-ce que les autres vont faire à présent ?

– Je ne connais pas Coleman si bien que ça, dit Carl, mais puisqu'il ne sait pas que vous saviez qu'ils allaient *en principe* nous tomber dessus, aussi furax qu'il puisse être en voyant comment on a coincé la machine, je vois pas comment il peut avouer qu'il s'est passé quoi que ce soit qui justifie une *réaction* de sa part. C'est peut-être pour ça qu'il a rien dit. Maintenant, qu'est-ce que les autres vont faire... ? » Il haussa les épaules. « *Quien sabe ?* Ils ont intérêt à cacher la vérité au maximum et à laisser ce brave Alex faire le baratin, ce qu'il a tendance à faire de toute façon...

– À mon avis, dit Franker, c'est tout ce qu'il sait faire. On est à égalité avec eux. Vous avez vu les sondages. Aucun politicien américain ne va se risquer à défier ce genre de résultats. »

Horst secoua la tête comme un personnage qui se retrouve dans la mauvaise BD. « Des sondages... des taux d'écoute... Vous croyez vraiment que c'est ainsi que la *Central Intelligence Agency* prend ses décisions ?

– C'est sûrement comme ça que les *élus* de ce pays, y compris le Président, prennent des décisions, au moins depuis George Bush, dit Franker. Et je ne crois pas qu'ils aient perdu le contrôle de la CIA dans cette affaire.

– On connaît des exemples où c'est arrivé, dit Horst, sceptique.

– Ouais, mais pas pour un truc pareil. Tout ça c'est une histoire de sondages, de statistiques et de manipulations de l'opinion. Sinon, les Feds n'auraient pas pris le risque de mettre la CIA dans le coup, ils auraient tout simplement laissé les gars du LAPD se laisser guider par leurs instincts naturels et porter le chapeau en cas de massacre.

– Il est difficile de croire que les dirigeants de la nation qui fait office de suzerain militaire de la planète prennent de pareilles décisions comme si... comme des... comme cette Arlene Berkowski, comme des... euh, comme des cadres de l'industrie télévisuelle...

– Imaginez plutôt qu'il s'agit là de la démocratie électronique en action, dit cyniquement Franker.

– C'est absolument *répugnant* ! » s'exclama Klingerman, scandalisé.

Franker rit. Kelly aussi. En voyant ce terroriste assis devant lui avec son gilet explosif et son Uzi afficher une indignation aussi sincère, Carl ne put s'empêcher de rire lui aussi.

N'empêche que Carl avait compris ce qu'il voulait dire.

Il y avait effectivement quelque chose de dégueulasse dans la manière dont ces enculés mollassons de Washington décidaient de la vie ou de la mort des gens, de la vie ou de la mort de *Carl Mendoza*, sur la seule base de résultats de sondages express confirmant ou non une remontée de leur cote personnelle de popularité.

L'idée était peut-être insensée, mais Alex Coleman et la CIA valaient en quelque sorte *mieux* que leurs patrons, mieux que ces ordures sans couilles dont les préoccupations alimentaires quant à leur score dans les sondages étaient apparemment ce qui lui avait sauvé la peau.

L'espace d'un instant, son regard croisa celui de Klingerman, et un message en langage corporel passa entre eux, lisible dans le haussement d'épaules et le hochement de tête quasi imperceptibles de Carl. Non seulement Klingerman avait raison, tout terroriste qu'il était, mais lui aussi valait mieux que ces *cabrones sin cojones*.

10 h 31

« Eh bien, les mecs, je dois avouer que le show d'hier soir était à peu près aussi mignon qu'un cul de bébé panda, dit Alex Coleman en guise d'intro quand Franker l'eut finalement joint au téléphone. Vous n'avez oublié qu'une chose...

– Et c'était quoi... euh, Alex ?

– Pourquoi ne pas avoir chanté en chœur *La Victoire en chantant* sur le générique de fin pendant que vous y étiez ? »

Eddie ne put s'empêcher de s'esclaffer, Carl se fendit d'un mince sourire, Kelly craqua, seul Horst sembla ne pas piger.

« Je suis heureux de constater que vous n'avez pas perdu votre sens de l'humour, décocha Franker.

– C'est ça ! Je me donne des grandes claques sur les cuisses et je rigole comme une écolière défoncée ! On a des apaches qui foutent le feu aux stations-service et garent des épaves improvisées sur les bretelles des autoroutes, on a les Brésiliens qui menacent de rappeler leur ambassadeur à moins que leurs ventes de café se stabilisent dans la semaine, et maintenant on a des generalissimos latino-américains qui clament bien haut que les Brigades vertes sont un sinistre complot de la CIA qui se sert des conneries écologiques du monde industrialisé pour justifier une intervention américaine dans leurs arrière-provinces pourries. »

Klingerman lui-même ne put s'empêcher de rire. Coleman, ne sachant pas qu'ils étaient au courant de sa véritable identité – information qui donnait une saveur ironique à ses propos – continuait de délirer.

« Et là, on a des sondages qui indiquent qu'il y aurait un marché porteur pour de mignonnes poupées " Brigades vertes "... soyez le premier de votre quartier à avoir la collection complète ! Et qui c'est, d'après vous, qui se fait enguirlander de merde pour ce foutu fiasco ? Vous croyez peut-être que notre Incomparable Président veuille porter le chapeau à lui tout seul ? Vous vous imaginez le personnel de la Maison-Blanche en train d'enfiler des chemises de pénitents et de gémir des *mea culpa* ? Vous croyez que les cracheurs de feu caparaçonnés qui voulaient mettre fin à ce cirque *mit Donner und Blitzen* sont trop timides pour leur gueuler à tue-tête : " On vous l'avait bien dit ! " ? Vous croyez que quelqu'un d'autre que votre serviteur, la voix de la médiation et de la douce raison, ait été désigné comme étant la lavette responsable de ce gâchis ?

– Ce qui signifie... ? s'enquit Eddie.

– Ce que ça signifie ? *Comment des gens comme vous ont-ils pu faire un truc pareil ?* Voilà où je veux en venir. Sacré nom de nom, on a tous entendu parler du syndrome de Stockholm, mais vous croyez pas que vous avez porté l'identification avec vos ravisseurs un poil au-dessus du seuil de tolérance ? Hé, les mecs, y vous reste même pas un vestige rudimentaire de patriotisme ? De quel côté vous êtes ?

– Du côté où on sauve son cul, coupa Eddie. Du côté où... on survit jusqu'au lendemain. »

Long silence à l'autre bout du fil. Sans se lever, Carl Mendoza rapprocha sa chaise du micro, un sourcil dressé en point d'interrogation. Eddie leva la main droite. Pas encore, Carl.

« Survivre jusqu'au lendemain... ? » dit Coleman d'une voix qui s'efforçait de rester tout miel. Ou presque. « Vous êtes sûrs que vous tombez pas un petit peu dans le mélodrame ?

– À votre avis, Alex ? »

Une seconde de silence.

Eddie hocha la tête à l'adresse de Carl Mendoza et baissa la main.

10 h 34

« Salut, Coleman, dit Carl. Tu sais qui je suis ? »

Légère pause, pendant laquelle Carl pouvait s'imaginer les yeux vert sombre de Coleman en train de se plisser au-dessus de sa grande gueule probablement coincée dans le sourire de cul-terreux qui le faisait ressembler à quelque laboureur arriéré tout en cachant un esprit aussi rapide et aussi percutant qu'un tir tendu signé Nolan Ryan.

Carl savait très bien que Coleman avait reconnu sa voix : ils ne s'étaient pas parlé depuis quelque vingt ans, mais Coleman venait de l'entendre à la télé. Son hésitation ne reflétait pas une quelconque recherche dans ses fichiers mémoriels. Coleman était en train de se demander ce que signifiait au juste l'apparition de Carl au téléphone, et quelle devrait être sa réaction spontanée de brave gars bien d'cheux nous.

« C'est Carl... Carl *Mendoza*, pas vrai ? Le mec du sport ?

– Le pote de régiment de Charley Bird soi-même... qu'est-ce que devient Parker, Coleman ? T'as encore des vieux copains de la patrouille fantôme avec toi ? Ou alors ils sont tous rentrés à la Grande Maison ? »

Carl ne savait pas exactement pourquoi il jouait à ce

petit jeu avec Coleman ni à quel genre de réaction il devait s'attendre, mais lorsque Coleman lui tira sans prévenir une méchante balle tendue en pleine poire, il en resta comme deux ronds de flan, la batte encore sur l'épaule.

« Ça suffit comme ça, Carl, arrête de faire des chichis, dit Alex Coleman d'une voix plus dure. T'as été un peu moins brillant que tu ne le crois, Mendoza. T'as pris une décision gravement antiproductive. Pour nous tous.

– Ah bon ? » Carl tenta de mettre un peu de provoc dans sa réplique mais lui-même se rendit compte qu'il était lamentable. Quelque chose dans la voix d'Alex Coleman lui disait qu'il avait déjà perdu le contrôle de la situation. Il ne pouvait pas imaginer comment, mais il avait au creux des tripes l'impression qu'il n'allait pas tarder à le savoir.

« Tu as parlé à ces gens de notre brève relation passée, n'est-ce pas, Mendoza ? énonça Coleman sans aucune véhémence. Maintenant ils savent tous l'horrible vérité, ils savent que, loin d'être un caleçon pare-balles délégué par le personnel de la Maison-Blanche, votre serviteur est un gros vieux nounours à la solde des Gnomes de Langley, Virginie, et que toute l'artillerie installée en bas dans la rue est par conséquent sous les ordres de l'ignoble CIA. »

Carl contempla bouche bée le haut-parleur du téléphone et se creusa la cervelle pour répondre. En vain.

« Et tu leur as probablement dit, poursuivit Coleman en rigolant, que Charley Bird n'était qu'un genre de message entre moi et toi, histoire de t'avertir que nous allions mettre à exécution notre ultime option à dix heures hier soir. D'où l'appel aux bons sentiments de M. et Mme Sondages, pour que ladite ultime option soit court-circuitée par la perspective d'un revirement massif de l'opinion publique dans l'éventualité de décès attribuables aux tirs de forces amies. Ce que tu as, à ta manière minable et antipatriotique, préféré au coup de poker avéré consistant à donner un bon coup sur l'occiput de ce cher Horst comme un brave petit héros instantanément sacrifiable avant qu'il puisse presser une détente ou appuyer sur un bouton. L'ai-je bien descendu, Mendoza ? Tu veux bien critiquer mon analyse pour la postérité ? »

Le cul sur sa chaise, Carl ne s'était jamais senti aussi stupide. « Tu... tu as...

– Arrête de te tripoter les babines et de te morfondre comme un macaron, Mendoza, lui dit Coleman avec son sourire de cul-terreux dans la voix. T'as gagné. Félicitations. Malheureusement, on va tous en subir les conséquences.

– Les con... les conséquences... ? » bredouilla Carl.

Coleman eut un rire amer. « Mais si, et c'est précisément là que t'as fait la connerie de ta vie, dit-il. T'as jamais envisagé la réaction des gens d'en face dans l'éventualité peu vraisemblable de ce que, dans ton enfantine innocence, tu imaginais être la victoire, pas vrai ? T'as à aucun moment envisagé la fin de partie.

– La fin de partie... ?

– Il t'est jamais venu à l'idée que cette situation devait forcément se terminer d'une manière ou d'une autre, et en vitesse, pas vrai ? Il t'est jamais venu à l'idée que tous ces sorciers manipulateurs planqués dans les entrailles du n° 1600, Pennsylvania Avenue soient payés pour *manipuler*. Il t'est jamais venu à l'idée que ces gens étaient pas seulement des reptiles mais des reptiles *professionnels* qui tenaient à conserver leur boulot. Et que, lorsque tu as court-circuité une solution militaire bien propre, on leur ordonnerait de présenter au pouvoir un menu d'options sévèrement limitées par ces circonstances difficiles et impitoyablement calculées à deux décimales près en vue d'un impact politique. Que le Président lui-même, au lieu de consulter le *Yi-king* ou les entrailles des poulets frits au dernier dîner, puisse se pincer le nez, serrer les dents et être forcé de choisir le scénario le moins critiquable en l'occurrence. »

Carl était à bout de patience. « Bordel, de quoi tu parles, Coleman ? Tu veux pas arrêter ton baratin et nous dire les choses en clair ?

– Je croyais que tu me poserais jamais la question, dit Coleman d'un ton suavement sarcastique. Bienvenue dans le monde merveilleux de la *Realpolitik*, les mecs. L'Ordre est venu d'En-Haut et grâce à toi, grâce à mon incapacité à rien produire de mieux, j'ai été extrait du circuit décisionnaire et réduit à l'état d'humble instrument.

– *En inglés, por favor...*

– *En inglés, muchacho mío*, l'exaspération officielle a atteint son stade terminal. Dans les quarante-huit heures, conformément à l'inexorable loi de la pesanteur politique qui fait couler la merde du haut vers le bas, de deux choses l'une : ou bien les Brigades vertes vont libérer leurs otages sains et saufs et se rendre à la tendre miséricorde des autorités dûment constituées, ou bien un malencontreux accident dû à une interaction entre la nature artisanale des détonateurs télécommandés des charges explosives placées dans l'immeuble de KLAX et une espèce quelconque de dispositif électronique aléatoire dont la nature reste encore à déterminer va tout faire sauter.

– C'est du bluff, Coleman ! coupa Franker. Personne ne croira à des conneries aussi manifestement préméditées ! Politiquement parlant, ce serait un désastre !

– Et vous croyez peut-être que la présente situation est un téléthon de campagne présidentielle, Eddie ? On a calculé que 55 % des électeurs peuvent être convaincus d'avaler un conte de fées aussi ridicule. Et même si c'est un résultat pas vraiment optimal, les sorciers de Wahington ont été incapables de rien concocter d'autre qui puisse produire des chiffres aussi agréables lorsqu'on les passe dans l'ordinateur.

– Des trucs pareils, je peux pas y croire, gémit Franker.

– Mais si, mais si, chantonna Coleman. Vous savez aussi bien que moi que personne a jamais perdu une élection en surestimant la crédulité du peuple américain. La cote de popularité présidentielle va certes en prendre un coup, momentanément – moins 7,5 % aux dernières estimations –, mais le jour où les ceusses qui ont signé ces ordres seront forcés d'affronter les électeurs, on estime que 32 % seulement des ploucs se souviendront de ce qui s'est passé et que 13 % seulement en tiendront compte lorsqu'ils entreront dans l'isoloir, parmi lesquels 63 % auraient de toute façon voté pour l'opposition. D'un autre côté, si on laisse continuer ce cirque jusqu'au point où le Brésil décide des représailles économiques, où le reste de l'Amérique latine perd la boule, où bousiller des bagnoles, incendier les stations-service et bloquer les autoroutes sera le passe-temps favori des économiquement et moralement défavorisés.... Bon, des impondérables aussi affolants, ça dépasse la capacité des tableurs...

– Tu t'en tireras pas comme ça, Coleman, gronda Carl sur un ton dont lui-même percevait le ridicule.

– Ah bon ? Mince alors, Mendoza, si tu vois des trous dans ce petit scénario, j'aimerais bien être informé...

– Personne va croire que l'immeuble a été bousillé par quelque merdique lapsus électronique avec toute l'artillerie entassée dans la rue et les flics qu'ont les doigts qui leur démangent... hasarda Carl.

– Très bien, Mendoza, t'as 20 sur 20 pour avoir trouvé ça, parce que c'est exactement que je leur ai dit. Alors pourquoi vous allez pas tous regarder par la fenêtre et constater les résultats de ce que *eux* m'ont répondu à *moi* ? »

Horst Klingerman fut le premier à quitter sa chaise

d'un bond. Il traversa la pièce en quatre enjambées, regarda par une fenêtre, retraversa à toute allure et regarda par l'autre d'un air ahuri en bredouillant : « Je... je ne comprends pas... je ne comprends pas... »

Carl avait déjà atteint la fenêtre surplombant le parking, et lorsqu'il regarda en bas, il n'y pigea rien lui non plus.

Les tourelles lance-missiles montées sur les tracteurs Hummer, les brigades d'intervention du SWAT, le mini-tank télécommandé, les troupes de la Garde nationale – tout avait disparu. Il ne restait plus que des rangées de cars de flics garés tout autour du parking pour empêcher la foule de passer, avec à l'intérieur un cordon de flics en bleu armés de rien de plus sinistre que leur fusil de patrouille réglementaire.

« Ça rime à quoi, ce bordel ? » demanda derrière Mendoza la voix de Kelly Jordan.

Carl haussa les épaules sans se retourner. « J'en sais foutre rien, marmonna-t-il. On ferait mieux de demander à l'autre...

– Les sorciers de Washington appellent ça du *désamorçage préventif*, les mecs, dit Coleman quand ils se furent tous regroupés à portée du micro. Nous inclinant obligeamment devant l'opinion publique, nous avons retiré toutes les forces offensives des environs de KLAX, ne laissant que le nombre de flics strictement nécessaire pour empêcher que de stupides badauds ne s'approchent un peu trop de cette zone dangereuse, et nous sommes prêts à bavasser jusqu'à ce que l'enfer se congèle ou que l'atmosphère soit entièrement transformée en gaz carbonique pour donner une conclusion pacifique à cette prise d'otages. Puisque nous avons ainsi établi notre bonne foi de lavettes libérales châtrées, qui pourra jamais croire que c'est *nous* qui avons fait sauter l'immeuble et pas les cinglés de terroristes amateurs à l'intérieur, surtout en l'absence de survivants pour contredire le communiqué de presse ?

– Et *comment* vous croyez pouvoir faire sauter l'immeuble en faisant croire à une explosion interne ? dit Carl à court d'arguments, avant de retomber mollement sur sa chaise.

– Oh mais, les gars du Matériel sont encore occupés à qui pissera le plus loin histoire de savoir qui aura le droit d'essayer ses joujoux favoris dans cette affaire ! Ogive à mélange gazeux lancée de derrière l'horizon par un missile balistique à courte portée ? Missile de croisière supersonique ? Les mecs de l'artillerie prétendent qu'ils peuvent y arriver à bien meilleur marché, même si c'est pas tout à fait aussi élégant, avec un obusier planté sur les collines de Hollywood. Y a même des sorciers du magasin des horreurs qui prétendent qu'ils peuvent faire exploser les charges placées par les Brigades vertes avec un genre de faisceau électronique à impulsions concentrées, mais des machins comme ça, ça me dépasse. Ils s'amusent comme des fous à discuter le coup, et si tu veux mettre ton grain de sel, Mendoza, je ferai passer le message...

– Je crois que je vais dégueuler... », gémit Carl. Puis il comprit tout d'un coup.

« Un instant Coleman. T'oublies rien, par hasard ?

– Ah bon ?

– La loi interdit à l'Agence d'opérer sur le territoire des États-Unis, pas vrai ? Cette opération est illégale de bout en bout.

– Oh, mon cher ami, fit Coleman d'une voix traînante. Alors je crois que nous n'allons pas pouvoir en revendiquer le succès, ni avoir notre nom dans les journaux, hein ? C'est que... *c'est que nous serons obligés de garder intégralement le secret !*

– Nous allons foutre en l'air le secret de toute cette opération à la con ! Nous allons tellement vous traîner dans la merde que vous allez croire... que vous allez croire que vous êtes tombés dans une porcherie, pas vrai, Franker ?

– Z'avez intérêt à le croire, dit Franker.

– Désolé, les mecs, mais j'y crois pas, et en plus, je trouve ta métaphore plutôt ringarde, Mendoza. Tu peux pas trouver quelque chose de plus pittoresque que ça ? Que vous sortez de trois semaines sous laxatif ? Ou du trou du cul d'un rhinocéros en pleine diarrhée ?

– Très drôle, Coleman, mais tu rigoleras un peu moins quand toute cette histoire dégueulasse passera sur StarNet !

– D'accord, mais elle passera pas, alors je rigole.

– *Que ?*

– Actuellement, KLAX n'émet plus. Hé, attendez ! Laissez-moi apporter un correctif. Vous pouvez continuer à arroser la population locale de vieux films pourris et autres merdes, et d'ailleurs si vous le faites pas on le fera à votre place pour sauver les apparences, mais il n'y aura plus d'émissions en direct, et vous pouvez dire adieu à votre liaison ascendante avec le satellite StarNet. Essayez un peu de vous servir de votre parabole, et les circuits seront réduits en popcorn et gruau d'avoine – ou en *chicharones* et *mole verde* si tu préfères une métaphore moins anglo – par le Rayon de la Mort type Guerre des Étoiles que nous avons déjà installé avec un alignement parfait sur l'objectif à travers le deuxième O de l'enseigne " Hollywood ".

– Et comment vous allez expliquer ça ?

– Qu'est-ce qu'on peut attendre de la part d'un groupe d'étrangers incultes qui bricolent avec du matériel américain de haute technologie ? »

Horst Klingerman ne s'était pas rassis ni n'avait dit quoi que ce soit après qu'ils étaient tous revenus de la fenêtre. Il était resté debout à regarder d'un air sourcilleux le téléphone amplifié sur le bureau de Franker comme un batteur sur le cercle d'échauffement en train d'essayer de deviner ce que lui réservait le lanceur sur son monticule, un maniaque des balles liftées qui obligeait le batteur précédent à se tortiller comme un singe.

Mais maintenant il avait l'air d'y voir un peu plus clair ; il avança d'un pas et entra sur la plaque pour renvoyer lui-même la balle à Alex Coleman.

« Est-ce que je vous comprends bien ? Vous dites que vous n'autoriserez plus d'émissions en direct ? Que si nous tentons d'utiliser le faisceau satellite vous détruirez les circuits de la parabole sur le toit avec un rayon laser et attribuerez l'incident à notre incompétence ?

– T'as tout pigé, mon pote.

– Si l'accès à l'espace hertzien national nous est refusé, je ferai exploser les charges placées dans cet immeuble.

– C'est à toi de voir, dit Coleman d'un ton cavalier que Carl trouva extrêmement inquiétant.

– Vous mettez ma sincérité en doute ?

– Aucun rapport.

– *Was ?*

– Est-ce que ce que j'ai dit a pénétré ta comprenette, Klingerman ? T'as pas saisi ? Le scénario que j'ai ordre de suivre exige que nous, nous truquions ce que toi, tu menaces de faire pour de vrai ! Si tu veux nous simplifier le boulot et faire ça à notre place, alors vas-y, te gêne pas, voilà précisément ce qui mettrait fin au concours de pisseurs chez les spécialistes, éliminerait tous les problèmes de crédibilité résiduels et nous économiserait un peu de fric sur la facture des munitions.

– Vous êtes disposés à laisser un nuage de plutonium pulvérisé empoisonner des quartiers entiers de Los Angeles ?

– Pas plus que toi, mon pote, pas vrai ?

– Que... qu'est-ce... qu'est-ce que vous voulez dire ? balbutia Horst.

– Voilà : à Langley, les psys de l'Agence ont passé ton dossier au peigne fin proverbial de leurs ordinateurs, ont télématé les résultats aux statisticiens en blouse blanche isolés dans la salle blanche de la Maison-Blanche, qui les ont corrélés avec les motifs chinois de leurs tasses à thé, les ont refilés aux sorciers, qui les ont fait passer dans un programme de simulation du *Yi-king* et ont abouti aux mêmes conclusions auxquelles le premier quidam venu dont la tête n'est pas fermement implantée dans le rectum aurait abouti en trente secondes...

– *Was ?*

– Les gus qui nous foutent dans une merde pareille dans le but de persuader les gens de faire pression sur les divers salauds qui étouffent notre belle planète sous leur dégueulasse pollution ne vont pas libérer eux-mêmes du plutonium dans l'atmosphère. C'est de la frime. C'est du bluff. Prouvez le contraire.

– *Chingada* », murmura Carl tout haut.

L'expression sur le visage de Klingerman était éloquente. Coleman ne pouvait la voir, bien sûr, mais était-ce bien nécessaire ?

« Et si vous vous trompez ? dit Horst. Si des dizaines de milliers de gens meurent et que des centaines de kilomètres carrés soient contaminés pendant des générations ? Votre gouvernement... votre gouvernement est vraiment prêt à risquer d'endosser la responsabilité de pareille catastrophe ?

– Comment ça, *notre* gouvernement ? Pourquoi serait-il responsable ? Nous sommes aussi innocents que la neige vierge !

– Je ne vois...

– Hé, mon pote, ce plutonium, c'est vous ! Cette ignoble machination de malade mental, c'est vous ! Nous autres, on y est pour rien ! Et le gouvernement des États-Unis s'est tellement décarcassé pour empêcher des enfoirés comme vous de faire des conneries qu'il s'en est presque mordu les valseuses ! Hélas, trois fois hélas, comment diable pouvions-nous ne serait-ce que savoir que vous en aviez truffé les explosifs ?

– Nous allons informer l'opinion... commença Horst.

– D'accord, Horst, je vous coupe l'antenne immédiatement. Au moindre signe d'une porteuse, nous grillons votre parabole et l'antenne micro-ondes... D'un autre côté... »

Coleman observa une pause. « Maintenant, vous comprenez que c'est plus ce brave tonton Alex qui vous cause, dit-il d'un ton embarrassé dont Carl trouva l'authenticité convaincante. J'veux dire, je suis fier de mon estomac blindé en tôle 6/10, mais y a quand même de la barbaque que même moi je peux pas digérer. Donc, il y a certaines formes de vie reptiliennes qui estiment qu'on devrait vous permettre de menacer Los Angeles de vos retombées de plutonium et même vous y encourager. Ensuite, que le plutonium soit là ou non, que vous l'utilisiez ou non, les Brigades vertes deviennent des monstres complètement discrédités, le boycottage du café brésilien se casse la gueule et le Mouvement pour sauver la biosphère est conchié de tous les côtés au point que les masses laborieuses seraient d'accord pour qu'on balance la bombe atomique sur les baleines. »

Klingerman s'assit sur la chaise la plus proche. Le visage de Kelly Jordan tourna au masque mortuaire. Franker resta assis derrière son bureau, les yeux dans le vague. Carl savait exactement ce qu'ils ressentaient.

Ils se voyaient faits comme des rats. Comme des amateurs affrontant des pros. Comme une section de jeunes recrues du fin fond de l'Iowa en face d'une division de l'armée régulière du Nord-Viêt-nam, comme les Sacramento Bees servis en exercice de présaison aux Dodgers.

Personne ne bougea. Personne ne dit mot pendant un long silence assourdissant.

10 h 48

Et moi qui me prenais pour un vieux pro cynique ! songea Eddie Franker, encore sous le choc.

« Tout ça fait froid dans le dos, articula-t-il finalement.

– Malgré l'effet de serre, Eddie, remarqua Alex Coleman d'une voix étrangement douce vu les circonstances, nous sommes encore dans un monde froid et cruel rempli de gens froids et cruels, au cas où tu ne l'aurais pas remarqué.

– Et tu comptes décrocher le premier prix, c'est ça, Coleman ? lança Mendoza, amer.

– Tu m'as mal compris, Carl, dit Coleman de la même voix chargée de regret, à la limite de la tendresse. Je vais pas verser des larmes de crocodile et te dire que tout ça me déplaît autant qu'à toi, mais ça veut pas dire non plus que *j'approuve* ces méthodes...

– Mais alors, pourquoi...

– Parce que je suis un professionnel, un agent de la *Central Intelligence Agency* et que j'ai reçu l'ordre de mettre ce scénario à exécution.

– Fous afez zeulement opéi aux ortres, *ja wohl* ! » persifla sauvagement Eddie, qui regretta sur-le-champ son imitation en voyant l'expression de Horst Klingerman.

« Ricane tant que tu veux, Eddie, mais, comme je vois les choses, mon devoir est d'exécuter les ordres transmis par la voie hiérarchique depuis des autorités légales dûment constituées et élues, dans son infinie sagesse, par le peuple américain, que ça me plaise ou non.

– C'est un sale boulot, mais il faut bien que quelqu'un le fasse, c'est ça, Coleman ? cracha Franker, furieux.

– C'est un sale boulot de merde, tout à fait d'accord, et on le fait, bordel ! confirma Coleman.

– Même quand ça implique de simuler un attentat à la bombe et de nous tuer tous rien que pour préserver la cote de popularité du gouvernement ? »

Un moment de silence à l'autre bout du fil. « Je dois *quand même* avouer qu'y a des aspects de ce bizness qui me restent en travers de la gorge, dit Coleman avec une certaine amertume.

– Il semble que vous ayez récité avec une certaine conviction le texte qu'on a écrit pour vous, murmura Eddie.

– Parce que je veux que Horst et Kelly ici présents comprennent l'essentiel, dit Coleman d'une voix soudain beaucoup plus énergique. Hé, les mômes, vous avez en face de vous des *professionnels*, avec derrière eux tout le poids du gouvernement des États-Unis, dont les plus hautes instances ont décidé – décision froidement calculée et, avouons-le, répugnante – que vous libérerez vos otages et vous rendrez, sinon tout le monde à l'intérieur de KLAX mourra à coup sûr dans une super explosion qui sera attribuée à une action terroriste. Vous vous rendez ou c'est tout le monde qui y passe. »

Horst Klingerman et Kelly Jordan se regardèrent. La peur se lisait ouvertement sur le visage de Kelly. L'expression de Horst était aussi dure et indéchiffrable que dans ses pires moments ; il tira une fiole de pilules de sa poche de chemise. Carl Mendoza, sur sa chaise, avait l'air d'un mort réchauffé, et encore...

Eddie savait ce que Carl ressentait. Ses membres étaient glacés, raidis, et toute pensée cohérente semblait avoir déserté son esprit.

Personne ne dit mot pendant de longues minutes.

« C'est fini, Horst, dit finalement Kelly Jordan d'une voix douce. On a pas le choix.

– Au contraire, Kelly, nous avons clairement le choix entre deux options, l'une qui mène à la défaite et l'autre à la victoire », dit Horst en ouvrant la fiole avec le pouce. Il en sortit une pilule blanche qu'il avala à sec.

« Nous pouvons nous rendre, nous soumettre à un procès spectaculaire et passer peut-être le reste de notre vie dans une prison américaine. Ou alors nous pouvons prouver notre sincérité et inciter les peuples du monde à passer à l'action directe pour sauver la planète en manifestant notre volonté de mourir afin que la Terre puisse vivre.

– Tu... tu ne parles pas sérieusement... bégaya Kelly.

– C'est toi qui sembles manquer de sérieux, Kelly. Tu savais qu'on allait en arriver là lorsque nous avons entrepris cette action.

– Jamais de la vie !

– Comment croyais-tu que ça allait se terminer ? Par la capitulation totale du gouvernement des États-Unis cédant aux exigences des Brigades vertes avec une belle parade victorieuse pour nous à Washington ? »

Kelly considéra Horst avec un regard horrifié. La lumière commençait à se faire dans son cerveau. « Tu n'as *jamais* eu l'intention de libérer les otages après le référendum comme tu avais dit... Tu avais tout prévu de longue date, pas vrai ?

– Pas dans le détail, l'informa Horst d'une voix égale. Mais tu as sûrement compris qu'une fois que nous nous serions emparés par la force d'une station de télévision nous serions obligés de la conserver et de l'utiliser au maximum à notre profit jusqu'à ce que...

– Jusqu'à ce que *quoi* ? » éclata Kelly.

Horst haussa les épaules. « Jusqu'à ce que ce ne soit plus possible.

– Et alors on utilise le plutonium pour négocier une reddition en douceur !

– Ou forcer les représentants de l'autorité à se montrer tels qu'ils sont ! »

Kelly était debout et hurlait. « Tels qu'ils sont ? T'as pas entendu ce qu'a dit l'autre ? Si nous faisons sauter l'immeuble, ils s'en serviront pour nous faire passer *nous* pour des monstres et discréditer tout ce que nous avons déjà accompli ! En plus de notre vie, nous perdons tout ce que nous avons acquis en communiquant à la télévision avec une audience nationale pendant presque une semaine, et...

– C'est tout ce que c'était pour toi, hein, Kelly ? cracha Horst. L'occasion de te voir à la télévision. *Rendez-vous avec les Brigades vertes*, avec celle que vous attendez tous, Kelly...

– Putain de merde ! cria Eddie. C'est bien ça ! Horst, t'es un génie ! »

Eddie sentit les synapses de son cerveau se dégeler tout d'un coup comme un plateau-télé rissolant dans un micro-ondes. « Z'êtes encore là, Coleman ?

– Est-ce que j'aurais zappé au milieu d'un feuilleton pareil ? dit la voix d'Alex Coleman dans le haut-parleur du téléphone.

– Écoutez, Coleman, en ce qui vous concerne, le meilleur résultat est une reddition des Brigades vertes. On est bien d'accord, ou alors vous me faites marcher ?

– Crénom de nom, Eddie, c'est-y pas ce à quoi j'essaye d'arriver depuis tout ce temps ?

– Vraiment ? Vous pouvez l'affirmer ?

– Je vois pas où tu veux en venir, Eddie...

– Je crois que je sais pas trop bien où j'en suis moi non plus, alors laissez-moi une minute pour rassembler mes idées. » Franker inspira à fond et força son cerveau à ralentir.

Rendez-vous avec les Brigades vertes... reddition... un résultat qui arrangerait *vraiment* le gouvernement...

Ça lui était venu à l'esprit en un éclair, comme l'image mentale d'une construction achevée dont tous les éléments étaient déjà assemblés, mais qu'il lui fallait à présent démonter pièce par pièce et présenter non seulement à Coleman, mais aussi à Klingerman et Kelly Jordan, et dans l'ordre logique...

« Vous allez m'écouter, Alex, dit-il lentement. J'ai idée que vos patrons ont de bonnes raisons de préférer une belle explosion qui liquide tous les occupants de l'immeuble à une reddition sans violence...

– Comment ça ?

– Après tout... si tout le monde survit, ça veut dire qu'il y aura quatorze personnes qui sauront que la Maison-Blanche a enfreint la loi en confiant à la CIA la responsabilité d'une opération sur le territoire national, quatorze personnes dont au moins dix ne se montreront pas tellement reconnaissantes pendant un long procès public... »

Long silence à l'autre bout du fil.

« Allez, Eddie, rétorqua enfin Coleman d'un ton désinvolte un peu trop forcé pour être sincère, t'as lu trop de BD signées Machiavel... J'veux dire, si nous arrivons effectivement à régler l'affaire sans que personne soit blessé, ils seront trop occupés à nous accrocher des médailles sur la poitrine pour se laisser emmerder par ce genre de vice de forme...

– Peut-être. Ou peut-être qu'ils préféreraient brouiller les pistes, discréditer les Brigades vertes, faire tomber la tension avec le Brésil et peut-être même faire approuver le référendum Seawater aux prochaines élections avec une grosse boule de feu qui remette les compteurs à zéro...

– Tu me crois vraiment aussi vicieux que ça ? » À défaut d'être sincère, le ton peiné de Coleman était parfaitement simulé.

« À dire vrai, Alex, je ne vous connais pas assez bien pour répondre à cette question, n'est-ce pas ? Mais même si je vous accorde à vous le bénéfice du doute, est-ce que vous êtes vraiment sûr que tous ces sorciers manipulateurs que vous vilipendez si souvent estiment que vous avez le droit de tout savoir ?

– Mer-de... », gémit Coleman. Il observa une pause, puis reprit, sur un autre ton : « Allons, allons, Eddie, tout ça, c'est rien que de la parano...

– Peut-être. Peut-être que je suis en train de faire comme vous et que je vous présente le pire des scénarios possibles pour vous aiguiller vers l'option que j'ai choisie...

– À savoir ? demanda Coleman, plus tranchant.

– Et si je pouvais vous garantir une libération des otages et une reddition sans que personne ne souffle mot de l'implication de la CIA ? »

Horst enveloppa Eddie d'un regard soupçonneux. Une lueur d'espoir commença à palpiter dans les yeux de Kelly Jordan.

« Et comment tu crois pouvoir y arriver ? dit Coleman.

– Avec une reddition *négociée*. Avec des conditions.

– Quelles conditions ?

– Personne ne parle de la CIA. Et tant que personne n'en parle, personne ne va en prison.

– Redescends sur terre, Eddie, il est question ici de séquestration, d'occupation illégale de propriété privée, de possession d'armes automatiques et d'explosifs et Dieu sait quelle autre litanie de chefs d'accusation...

– Les otages refusent d'être témoins à charge. Les propriétaires de la station refusent de porter plainte. La machine politique de la Maison-Blanche remet l'affaire aux mains d'un juge compréhensif, le ministère de la Justice autorise les membres des Brigades vertes à plaider coupables de délits mineurs, ils reçoivent des peines de courte durée qui se voient commuées en des milliards d'heures de travail d'intérêt collectif du genre protection de l'environnement. Les avocats spécialisés peuvent arranger tout ça.

– Craignos, Eddie ! Ça sentirait la pisse de chat à mille mètres.

– Les autres solutions sont meilleures, peut-être ?

– Euh... un instant, s'il te plaît ! Je vous vois bien tous les quatre vous entendre pour la boucler afin de sauver votre peau, mais comment faire confiance à une bande de terroristes ? Et puis merde, pourquoi les proprios de KLAX se laisseraient faire ?

– Dans leur intérêt bien compris. L'idée vient de Horst. »

Klingerman fronça les sourcils. « Ah bon ?

– *Rendez-vous avec les Brigades vertes.*

– Je plaisantais !

– Moi pas, dit Franker. Nous bricolons un format télé qui donne aux Brigades vertes le moyen d'exposer leur point de vue à l'échelle nationale, disons quelque chose comme le téléphone en direct que nous avons déjà fait. Une heure par semaine. Leur contrat s'arrête là. S'ils le bousillent en crachant le morceau, leurs sursis redeviennent des peines de prison ferme et le show est annulé. StarNet assure la distribution, ce qui motivera Robby Hildebrandt pour aider la Maison-Blanche à donner le coup de pouce pour les sursis. KLAX assure la production pour avoir une part du gâteau, ce qui donnera aux propriétaires de la station une bonne raison de jouer le jeu, en plus de sauvegarder leurs quatre murs.

– C'est de la folie ! s'exclama Horst Klingerman.

– Putain, c'est dément ! observa Kelly Jordan.

– Un vrai sac de nœuds, pire qu'une marmite de spaghetti pleine de cancrelats, médita Alex Coleman. Ces histoires de show-business, c'est carrément de l'hébreu pour un pauv'gars de la campagne habitué à s'occuper de rien de plus compliqué que des révolutionnaires latino-américains, des barons de la drogue colombiens, du KGB et des machinations de ce brave Nguyen Cao Ky.

– Balancez au moins le message à vos patrons par la

voie hiérarchique, Alex, lui dit Franker. À leur façon de réagir, vous pourrez déjà assez bien voir par vous-même si je suis totalement parano ou si, dès le début, il n'avaient jamais envisagé de vous laisser négocier une issue pacifique pour tout le monde. » Une seconde de silence. « Ou alors est-ce que vous avez vous-même renoncé au droit d'être informé ?

– Ma foi, Eddie, j'dois avouer que quand tu me présentes les choses de cette façon... »

11 h 19

« Putain ! Notre propre show à la télé ! s'écria Nigel. On prend d'assaut cette station à la con et ce gouvernement yankee de merde nous donne un *show télévisé* pour qu'on la rende à ses proprios ?

– Pas le *gouvernement*, dit Kelly Jordan. Ça passera pas sur les chaînes publiques, ça sera distribué commercialement par StarNet.

– Tu veux dire avec ces *pubs* de merde et tout le reste ? »

Kelly haussa les épaules. « Je crois qu'on pourrait peut-être insister pour que ce soit de la pub pour des produits écologiquement corrects ou un truc dans ce genre...

– *Surréel* à mort, non ?

– Bordel, c'est pas merveilleux, le capitalisme ? »

Heather Blake échangea un regard avec Toby Inman, qui roula les yeux et lui confirma en langage corporel qu'il avait lui aussi l'impression d'être sorti du monde réel des pistolets-mitrailleurs, des explosifs, des menaces de mort, des agents de la CIA et des terroristes, pour tomber comme le Lapin Blanc dans un tunnel de cynisme qui débouchait dans ce Pays des Merveilles à la logique insensée nommé show-business.

Lorsque Kelly était ressortie tout seule en bondissant

du bureau et avait exposé le plan d'Eddie, l'idée que quiconque appartenant au monde réel puisse l'accepter avait paru aussi improbable à Heather qu'aux militants des Brigades vertes.

Mais au niveau du show-business, l'entreprise était tout à fait raisonnable. Heather ne doutait pas qu'Eddie puisse vendre pratiquement n'importe quoi aux gens de StarNet sous le titre *Rendez-vous avec les Brigades vertes*, ne serait-ce que parce que la Fox, NBC ou CBS sauteraient sûrement dessus si *eux* ne le faisaient pas.

Après tout, sans qu'ils l'aient voulu, ces six jours avaient servi à la fois de pilote et de campagne de lancement massive pour ce genre d'émission, et les taux d'écoute avaient été fantastiques. Un programmateur de réseau n'aurait pas besoin d'être brillant ni courageux pour intégrer un show avec tout ça derrière, surtout quand il ne s'agissait que de faire parler des gens avec un budget quasi nul.

Helga Müller s'envoya une autre pilule. Une amphétamine quelconque, sans aucun doute. « Qu'est-ce que Horst a à dire sur cette histoire de fous ? » demanda-t-elle d'un ton féroce.

Il vint soudain à l'esprit de Heather qu'elle ne savait pas du tout où dormaient leurs ravisseurs ni même s'ils dormaient vraiment. Elle avait vu Helga comme Horst prendre des amphés, et elle avait entendu dire que l'amphétamine avait été inventée pour permettre aux pilotes de rester indéfiniment éveillés s'il le fallait, et en plus, quand y on réfléchissait, par cette bonne vieille Luftwaffe...

Une drogue de combat...

« Eh bien, euh... Horst est un peu sceptique... », avoua Kelly.

Helga grogna pour toute réponse et se tourna vers Ahmed. « Un peu sceptique ? dit-il sèchement. Une fois dans ma vie, à Tripoli, j'ai vu les Syriens bombarder les positions de l'OLP à partir de la terre tandis que les Israéliens les bombardaient à partir de la mer, mais, même pour quelqu'un qui a mon expérience, un tel niveau de cynisme est impressionnant...

– Hé, fais pas la gueule, mon pote, dit Malcolm. C'était pas Karl Marx qu'avait dit que les capitalistes vous vendraient du temps d'antenne pour les traiter d'enculés s'ils pouvaient se gratter un peu de thune dessus ? Ou alors Groucho ? »

Ahmed ne réagit pas, mais Helga était manifestement loin d'apprécier l'humour de Malcolm. Vu que, selon toute apparence, Jaro se trouvait dans la régie et qu'Hiroshi et Paulo gardaient les accès, les Soldats étaient inférieurs en nombre aux Vidéomanes. C'était ainsi que Heather avait fini par se représenter la division au sein des Brigades vertes.

Warren, Jaro, Malcolm et Nigel formaient une équipe de production recrutée par Horst et Helga pour faire tourner la station une fois qu'elle serait entre leurs mains ; Ahmed, Paulo et Hiroshi étaient des mercenaires plus ou moins idéologiquement motivés recrutés pour s'en emparer.

Heather avait du mal à croire que les quatre Vidéomanes aient l'étoffe nécessaire pour tuer ou se faire tuer pour une cause quelconque. En revanche, c'était parfaitement crédible chez Helga, Ahmed et Hiroshi, vu qu'ils avaient déjà des références en la matière. Paulo Pereido était plus difficile à cerner : un criminel qui avouait avoir tué un homme, mais pas vraiment un terroriste endurci...

Personne n'avait écrit ni prévu cette scène, mais c'était comme ça que Heather l'aurait tournée, avec les Vidéomanes agglutinés autour de Kelly Jordan à un bout de la table, les Soldats en position d'infériorité au milieu et elle-même et Toby à l'autre bout, avec autant de chaises vides que possible entre eux et les terroristes.

« Écoutez, je sais qu'il faut un petit moment pour se faire à cette idée, dit Kelly. Mais d'un autre côté, c'est la même chose pour l'odeur du napalm au petit matin... »

Personne ne saisit l'allusion, à part Heather et Warren.

« La fameuse réplique de Robert Duvall dans *Apocalypse Now*, les mecs, précisa ce dernier. Il joue un gradé cinglé comme certaines personnes que je pourrais nommer. J'adore l'odeur du napalm au petit matin. Ça sent... la victoire !

– Avoir ton propre show à la télé, c'est ça ton idée de la victoire, Kelly ? aboya Helga.

– Euh... personne a dit que ce serait mon show à moi...

– Oh, je vois. Alors ils ont l'intention de donner la vedette à Horst, ricana Helga. Ou peut-être qu'ils vont me le demander à moi, pourquoi pas ? Mais il faudra leur dire que je refuse de travailler seins nus !

– Hé, je crois qu'ils peuvent arranger ça, Helga, dit Warren.

– S'il vous plaît ! hurla Kelly. Bon, même Horst est disposé à au moins *envisager* sa participation, c'est pour ça qu'il est là-haut dans le bureau du directeur de la station, en train de négocier avec... »

La porte de la cafétéria s'ouvrit à la volée et Eddie Franker et Carl Mendoza entrèrent, suivis par Horst Klingerman.

Un mince sourire étirait les lèvres d'Eddie. L'expression de Carl n'était pas plus déchiffrable que d'habitude.

La fatigue psychique dans le langage corporel de Horst, l'incrédulité et la lassitude qui se lisaient dans ses yeux injectés de sang indiquèrent à Heather tout ce qu'elle avait besoin de savoir sur le résultat inévitable des négociations.

11 h 29

« Alors ? dit Toby Inman, tendu. Ils sont pour ?

– Qui est pour quoi ? » dit Franker, affectant un air paumé. Mais Toby trouva la lueur malicieuse dans ses yeux las de vieux pro instantanément rassurante.

« Alors, Horst ? » demanda Kelly.

Horst Klingerman, secouant lentement la tête, alla jusqu'au bout de la table sans que Kelly ne le quitte des yeux. Il tira une chaise vers lui, agrippa le dossier de la main gauche, s'appuya dessus mais sans s'asseoir.

« C'est un pays de fous, marmonna-t-il.

– Kess'tu veux dire par là, Horst, bordel de merde ?

– La CIA a accepté provisoirement de nous octroyer une heure de temps d'antenne en direct pour ce... ce *Rendez-vous avec les Brigades vertes*... à condition qu'un accord puisse être finalisé qui remplisse ses conditions...

– Quelles conditions ?

– Qu'on n'utilise pas le téléphone ; que je n'apparaisse pas ; qu'aucun encouragement ne soit donné à des actes illégaux. Si une seule de ces conditions est violée, la parabole sera désintégrée.

– Et les conditions de la reddition, mec ?

– Elles font toujours l'objet de discussions.

– Avec qui ?

– Apparemment au sein du gouvernement américain, dit Horst en secouant la tête. Et... entre le gouvernement et StarNet... »

Il contourna la chaise sur laquelle il s'appuyait et parut presque s'écrouler dessus.

« Et... et... et puis...

– Et puis *quoi* ?

– Et on nous a fortement conseillé de nous assurer les services d'un agent.

– *Un agent !* » s'écria Toby. Jusqu'au dernier, les militants des Brigades vertes eurent l'air de personnages de BD qui venaient de recevoir une batte de base-ball sur le sommet du crâne.

« C'est Coleman qui a eu cette idée ? demanda Toby.

– Non, Arlene Berkowski, dit Franker en s'asseyant près de Heather tandis que Mendoza se laissait choir sur la chaise à côté de Toby. Apparemment après avoir parlé à Coleman. Ensuite Alex a rappelé pour approuver.

– Est-ce que j'ai bien compris ? dit Toby. StarNet veut vraiment traiter avec un agent ? C'est la CIA soi-même qui vous a dit de trouver un agent ? »

Eddie haussa les épaules. « Berkowski a dit que les termes du contrat seraient trop complexes pour confier la négociation à des amateurs...

– Ça tient debout, coupa Heather. Vous avez déjà vu à quoi ressemble un accord de rediffusion ?

– Mais *Coleman*...

– StarNet croit qu'il fait partie de la Maison-Blanche, dit Franker. L'implication de la CIA est censée rester secrète, n'oublie pas ! Nous ne sommes... euh, autorisés à dire la vérité qu'à notre agent, qui aura tout intérêt, financièrement parlant, à garder le silence. » Eddie secoua la tête. « Quand on y réfléchit, je suppose qu'ils ont raison l'un et l'autre. Je veux dire, ça va être un accord entre cinq parties, le gouvernement, StarNet, KLAX, les membres des Brigades vertes et les otages. Chaque élément dépend des autres et tous les éléments doivent d'une manière ou d'une autre être garantis par un accord contraignant crédible... Moi, dit-il en levant les mains en l'air, je ne pourrais certainement pas commencer à négocier un truc pareil. Y a-t-il ici quelqu'un qui pense pouvoir le faire ? »

Silence éloquent. Horst sortit son flacon de pilules, qu'il décapsula d'un pouce nerveux.

« Berkowski m'a donné une courte liste des agents qui se sont spontanément intéressés à cette affaire, rien que des poids lourds jouissant d'une bonne réputation, d'après elle... CMA... GAC... Shapiro-Lichtman... Leonard Isaacs Associates...

– *Lennie Isaacs ?* s'exclama Heather. Vous êtes sérieux ?

– Tu as entendu parler de ce type ?

– Si j'en ai entendu parler ? Vous plaisantez ou quoi ? C'était un *directeur de studio* qui a laissé tomber son studio pour ouvrir sa propre agence parce qu'il voulait encore plus de pouvoir ! C'est à lui que les studios et les grands réseaux s'adressent, avec un élément ou deux, et ils le *supplient* de monter un concept clefs en mains avec.

– Tu es en train de dire que c'est une grosse tête ? demanda Toby, sentant une accélération grisante de sa circulation sanguine.

– C'est comme si on disait que, vers la fin de sa carrière, Orson Welles était devenu un peu *joufflu*, l'informa Heather.

– Tu es en train de nous dire que nous devrions faire confiance à Isaacs ? demanda Eddie.

– Si nous arrivons *vraiment* à l'avoir ? Évidemment !

– Bon, alors d'accord, je crois que je vais essayer de téléphoner à Lennie Isaacs. »

Pendant toute cette conversation, leurs gardiens avaient été tout aussi silencieux que n'importe quel autre groupe de citoyens ordinaires à qui la chance aurait été donnée de surprendre les potins d'Hollywood ; même Horst Klingerman était resté plus ou moins vissé à sa chaise comme un nœud sur une souche.

Mais voilà qu'il gobait une pilule et qu'il rejetait la tête sèchement en arrière comme pour se forcer à sortir d'un état de transse.

« Ce n'est pas vous qui commandez ici, vous êtes notre prisonnier ! fulmina-t-il. C'est moi qui prends les décisions !

– C'est toi qui prends les décisions, Horst ? lui décocha Kelly Jordan. Et nous alors ?

– Ne suis-je pas votre président ?

– On est un *collectif*, oui ou merde ? dit Nigel.

– Président, mon cul ! On s'est pas engagés dans une armée à la con !

– Il faut bien quelqu'un pour commander ! » insista Helga.

Feignant d'ignorer ces échanges, Horst et Kelly semblaient s'affronter dans ce qui rappelait étrangement à Toby ces duels de lycéens où il faut faire baisser les yeux à l'adversaire. Puis Kelly sembla l'emporter, en tout cas Horst regarda la table pour compter ses partisans, lesquels, pour autant que Toby puisse s'en rendre compte, se limitaient à Helga et Ahmed.

Terroriste ou pas, Klingerman semblait être doté de l'intelligence pragmatique et de l'instinct de survie politique d'un maire de petite ville du Sud aux prises avec une majorité hostile au sein du conseil municipal.

« Vous désirez voter là-dessus ? suggéra-t-il avec la voix de la raison. Ou peut-être élire un autre président ?

– Hé, arrête, Horst, c'est toi le chef, dit Kelly, conciliante. Personne dit le contraire. Mais je crois qu'il y a effectivement ici un consensus pour dire qu'on devrait au moins *parler* à ce type. Je veux dire, qu'est-ce qu'on risque... ? »

Horst soupira et leva les mains en l'air comme pour dire : pitié, ne me jetez pas encore une fois aux ronces et aux orties.

« Très bien, nous sommes effectivement un collectif révolutionnaire... »

Son sourire n'était pas très différent de celui du même

maire de province en train de doubler ses vieux potes en douceur à la barre du tribunal local.

« Mais puisque la question du commandement contre le pouvoir de décision collectif a été effectivement soulevée, je propose que Kelly et moi-même ne conduisions plus unilatéralement ces négociations avec des parties extérieures, dit-il. Warren, est-ce que tu pourrais transférer le téléphone amplifié ici afin que tout le monde puisse participer ?

– Pas de problème, Horst. Tu pourrais le faire toi-même, c'est pas les prises qui manquent, y a qu'à brancher l'engin.

– Y a-t-il d'autres objections ? Avons-nous abouti à un consensus ? »

Kelly Jordan surveillait Klingerman d'un œil méfiant tandis qu'il interrogeait ses électeurs du regard un par un.

Warren fit oui de la tête. Nigel aussi. Malcolm leva presque le pouce en signe de victoire. Helga regarda Horst dans les yeux sans sourire et c'est à peine si Ahmed battit des paupières...

Si la scène s'était passée à Columbus, songea Toby, ils se seraient tous enfilés dans le premier troquet venu pour écluser des bourbon-sodas. Mais ils se seraient probablement arrêtés après le premier verre, et certainement après le second. Ç'avait été une belle démonstration de rafistolage.

Encore que... Toby connaissait assez bien la politique des petites villes pour savoir que ce n'était rien de plus que cela.

12 h 05

Il ne fallut pas plus de dix minutes à Warren Davies pour transférer le téléphone amplifié du bureau à la cafétéria, le rebrancher et monter le volume à fond, mais il fallut à Eddie Franker presque aussi longtemps pour pénétrer les couches successives de standardistes, de mises en attente, de collaborateurs et de musique d'ambiance chez Leonard Isaacs Associates avant d'avoir le grand homme au bout du fil.

« Désolé pour ce retard, monsieur Franker, dit une voix de basse caverneuse, presque ronronnante, mais j'étais en réunion. »

Conscience mon cul, elle ne suce que si l'on s'insère, songea Eddie, amer. Il y avait dans cette voix quelque chose qui le hérissait, peut-être parce qu'elle semblait si parfaitement étudiée pour produire l'effet contraire.

« Euh... je ne sais pas trop comment entamer cette discussion, monsieur Isaacs, dit-il.

– *Leonard*, s'il vous plaît, Eddie, si je puis me permettre, et en guise de point de départ, je vous invite à vous mettre au diapason de la vitesse avec laquelle je me suis mis dans le coup... »

Isaacs observa une pause. « Tous les intéressés peuvent-ils m'entendre ? »

Après de longs conciliabules entre Kelly et Horst, Malcolm et Hiroshi avaient été délégués pour garder les issues, mais tous les autres militants des Brigades vertes étaient présents.

Les matelas pneumatiques des otages avaient été retirés du centre de la cafétéria et empilés contre un des murs opposés, des chaises avaient été disposées en demi-cercle dans l'espace ainsi dégagé et le téléphone amplifié avait été placé sur la table, face à son public.

« Tous présents, personne ne manque à l'appel, *Leonard* », confirma sèchement Eddie, amusé de voir qu'Isaacs préférait la forme formelle de son prénom pour marquer une informelle familiarité.

« Excellent. J'ai suivi de près la couverture médiatique

de votre affaire et j'ai visionné sur cassettes ce que mes obligations professionnelles m'avaient empêché de voir en direct. En résumé : Kelly Jordan et Toby Inman ont le potentiel pour devenir de grands présentateurs de talk-shows. Heather Blake pourrait poursuivre avec succès une carrière similaire, mais après avoir consulté certaines personnes de l'Actor's Studio et étudié sa bio-filmographie professionnelle, je suis convaincu que son potentiel serait mieux exploité dans un virage soigneusement préparé en direction des grandes productions. Je suis par conséquent disposé à représenter ces trois personnalités audiovisuelles pourvu que nous soyons d'accord sur l'essentiel en ce qui concerne les stratégies et projets de carrière. »

Heather émit un cri de joie inarticulé comparable à certains gémissements orgasmiques, si la mémoire d'Eddie ne le trahissait pas. Toby Inman se fendit d'un sourire simiesque. Carl Mendoza ne laissa transparaître aucun signe de déplaisir en se voyant écarté du jeu.

Kelly Jordan semblait faire de son mieux pour contenir son enthousiasme derrière un masque lugubre, mais sans trop y réussir.

Horst Klingerman n'appréciait pas tellement.

« Je ne peux croire ce que j'entends ! s'écria-t-il. Des talk-shows ! Du cinéma ! Il est question ici de vie ou de mort et vous êtes en train de nous baratiner avec des trivialités hollywoodiennes !

– Horst Klingerman, n'est-ce pas ? dit Isaacs d'une voix toujours aussi suave.

– Oui, c'est Horst Klingerman, et si c'est ainsi que va se dérouler la discussion, nous pourrions tout aussi bien y mettre fin tout de suite !

– Ne vous inquiétez pas, Horst, même si je ne puis proposer mes compétences au reste de votre groupe dans le cadre d'une *carrière*, je vous propose un concept qui inclura *tous* les membres des Brigades vertes ainsi que *tous* les otages et dont vous tirerez tous un somptueux bénéfice.

– Mais de quoi parlez-vous, pour l'amour du ciel ?

– Je parle de deux concepts majeurs, le *Rendez-vous avec les Brigades vertes* déjà proposé et un grand film de cinéma.

– *Un film ?* dit Franker.

– Vous vous imaginiez peut-être qu'une authentique tragédie réaliste comme celle-ci avec présentation massive à une audience nationale en six excellentes parties ne pourrait pas donner naissance à *au moins* un grand film ? Le problème est que l'histoire elle-même, étant pure actualité, se trouve dans le domaine public, et qu'il faudra votre coopération, et quelqu'un doté de mon habileté et, osons le dire, de mon influence pour la transformer en une œuvre protégée et commercialisable.

– Mais c'est quoi, ce bordel, à la fin, Isaacs ? hurla Eddie.

– Nous créons une société par l'intermédiaire de laquelle vous possédez tous, collectivement, les droits sur vos tranches de vie personnelles. En tant qu'agent de ladite société, je cède les droits cinématographiques pour quelque chose comme un million et demi de dollars plus, par exemple, un pourcentage sur les recettes. Nous conservons peut-être 25 % des droits dérivés, y compris sur tout ce qui se vendra autour du film, ce qui pourra se révéler lucratif au-delà de toute prévision. Il se pourrait qu'à ce stade rien ne puisse légalement empêcher une autre société de se lancer dans une production concurrente sans avoir à nous payer quoi que soit. Mais je suis assez bien positionné pour faire en sorte que d'éventuels fils de pute de cette espèce ne puissent trouver ni financement, ni circuits de distribution, ni interprètes de talent, et trouvent les syndicats très peu coopératifs.

– Diabolique, dit Franker. On va tous tremper notre

queue dans ce grand pot de miel hollywoodien. Mais est-ce que vous n'oubliez pas un terme de l'équation, Leonard ?

– Je ne crois pas, Eddie. Ça m'arrive rarement. Je tombe juste au centime près.

– Et le fait qu'on doive tous sortir d'ici en état de marche pour commencer ?

– J'allais y arriver, Eddie. Puis-je vous parler franchement ?

– Je suis sûr que ça nous ferait le plus grand bien à tous.

– Je donne quelque chose comme un million de dollars par an aux meilleurs politiciens que l'argent puisse acheter. Ça me donne une bonne conscience de patriote et le sentiment du devoir accompli, c'est déductible de mes revenus et ça m'ouvre des portes. Je contrôle aussi un tas d'artistes de premier plan, ce qui est très utile pour collecter des fonds. Bref, lorsque je dis à ces gens que j'ai besoin de savoir quelque chose, ils trouvent que c'est dans notre intérêt commun de me dire oui. Donc, lorsque j'ai dit au chef du personnel de la Maison-Blanche que j'envisageais de mettre tout mon poids dans la balance, il n'a été que trop heureux de pleurer dans mon gilet en évoquant les problèmes d'image de marque et d'illégalité soulevés par l'implication de la CIA dans ce merdier...

– Vous... vous... vous savez tout ça ? bredouilla Eddie.

– Si je le sais ? Non seulement je le sais, mais j'ai élaboré un dispositif tout ce qu'il y a de plus mignon pour tirer de là toutes les parties concernées et avec un somptueux bénéfice. »

Le silence tomba sur la cafétéria. Tous les regards semblèrent converger vers le téléphone amplifié, site de l'invisible présence de Leonard Isaacs.

« L'arrangement initial que vous aviez suggéré était plutôt bien structuré pour un amateur, Eddie, mais il lui manquait un élément clé, reprit Isaacs. C'est le film. Vous allez tous avoir une part des recettes par l'intermédiaire de la société, qui possédera et contrôlera *tous* les droits afférents à vos récits individuels. Nous allons rédiger le contrat de façon que quiconque ouvre sa gueule et parle de la CIA à la presse soit en rupture de contrat et perde sa part du gâteau.

– Hein ? fit Eddie. À quoi ça sert ?

– À vous intéresser tous financièrement au respect de votre engagement à garder le silence en échange d'une libération sans problèmes des otages et de peines avec sursis pour les membres des Brigades vertes. Ce qui permet à StarNet de programmer ce *Rendez-vous avec les Brigades vertes* avec l'assurance que la présentatrice ne sera pas en prison. Ce qui intéresse financièrement les propriétaires de KLAX à ne pas porter plainte, puisqu'ils seront légalement les producteurs, car il est hélas interdit à un agent de produire une œuvre dont il représente les ayants droit. Mais ne vous inquiétez pas, quand j'aurai placé dans le film mes propres clients et touché les commissions sur divers droits, sous-produits et interprètes, j'aurai ma juste part. Ce qu'on perd d'un côté, on le regagne de l'autre.

– J'en suis sûr, murmura Eddie, sidéré. Je suis sûr que vous rentrerez dans vos frais. »

Malgré la répugnance viscérale que lui inspirait Isaacs, malgré l'irréalité absolue de cette bizarre proposition où le show-business résolvait un problème de vie ou de mort, il était obligé d'admirer la beauté de cette construction et de reconnaître la leçon qu'Isaacs venait de lui enseigner, comme si tout homme, femme et enfant des États-Unis ne la connaissait pas déjà.

Désormais, aussi sûrement que l'eau éteignait le feu et que les ciseaux coupaient le papier, le show-business faisait jeu égal avec l'actualité et Hollywood comptait autant que Washington.

« Maintenant, en ce qui concerne *Rendez-vous avec les Brigades vertes*, nous allons avoir quelques problèmes, poursuivit allégrement Isaacs comme s'il était convaincu que tout le reste était réglé.

– Des problèmes ? » s'étonna Kelly Jordan.

Leonard Isaacs se permit un gloussement avunculaire comme on en entend dans les rires programmés sur la bande-son des feuilletons. « Rien qu'on ne puisse régler. Toute cette publicité signifie que StarNet acceptera comme pilote à peu près tout ce que nous allons lui donner ce soir, et les taux d'écoute tiendront à peu près six semaines. Mais ensuite, faites-moi confiance, le format proposé par Eddie se cassera la gueule, ce qui va sérieusement mettre en péril le film, que nous ne pourrons pas sortir avant quinze mois minimum.

– Dois-je supposer que vous avez une meilleure idée ? lança Franker.

– Pour commencer, il faut que ça soit trente minutes et non une heure. Comme ça, nous calons le show entre 19 h 30 et 20 heures pour introduire la tranche de grande écoute, ou bien, deuxième possibilité, entre 23 h 30 et minuit pour conclure après les infos de la nuit. Si on opte pour un show d'une heure dans le créneau de grande écoute, autant le tremper dans le sang et le balancer aux piranhas. »

Une fois de plus, malgré lui, Eddie était forcé d'avouer que Leonard Isaacs avait mille fois raison.

« Cela dit, avez-vous un tant soit peu réfléchi à ce qu'on va bien pouvoir faire pour meubler cette demi-heure ? »

Un long silence embarrassé.

« Eh bien... bredouilla enfin Kelly, je crois qu'on va plus ou moins faire ce qu'on a fait toute la semaine...

– Agiter des mitraillettes sous le nez des otages et menacer de faire sauter des immeubles ? » coupa Leonard Isaacs, sarcastique.

Si Kelly n'avait pas été noire, elle aurait probablement viré au rouge betterave. « Je veux dire... éduquer les gens, les inciter à passer à l'action directe...

– Bien sûr, dit Isaacs d'une voix lénifiante. Ça, c'est le contenu. Je parle de la *manière* de procéder.

– La manière ?

– Écoutez, m'sieurs-dames, quand on enlève la pub, un créneau de trente minutes signifie vingt-deux minutes de programmation. Certes, vous avez raison jusqu'à un certain point, Kelly. Chaque émission pourrait être consacrée à la promotion d'une nouvelle forme d'action directe à laquelle les téléspectateurs pourraient passer afin de sauver la vie sur Terre. Pas des trucs qui risquent de nous mettre la FCC sur le dos ou de faire fuir les annonceurs, comme incendier les stations-service ou bloquer les autoroutes, mais de bonnes idées, légalement acceptables, comme votre boycottage du café brésilien. Les cinq premières minutes de l'émission sont occupées par le point sur le déroulement des actions directes précédentes, et les cinq dernières sont remplies par la présentation de la prochaine action.

– Hé ! Ça me botte ! s'écria Warren. Vous tous, derrière votre poste, vous pouvez vous aussi rejoindre les Brigades vertes.

– Putain d'idée ! »

Même Horst Klingerman semblait réfléchir et prendre la chose en considération.

« Ça nous laisse encore douze minutes à remplir avec quelque chose, les enfants, dit Isaacs. Des idées ?

– Et si on faisait ce que disait Eddie, un truc avec les téléspectateurs qui téléphonent ? suggéra Kelly.

– Laissez tomber, Kelly, ça, ça s'appelle de la *radio*. Les gens ont regardé des troncs parler dans le vide tant que ça faisait partie d'une actualité dramatique en direct, mais sans cela, la plupart des téléspectateurs zapperont au bout de trois minutes et ne regarderont pas l'émission la semaine suivante. D'autres propositions ? »

Silence de mort.

« Réfléchissez, dit Isaacs. Ces douze minutes sont censées obliger les gens à rester devant leur poste, les inciter à regarder l'émission de la semaine suivante et les motiver pour accomplir l'action directe suggérée dans chaque émission. C'est évident, non ? Vous pigez pas ? »

Nouveau silence.

« *Des interviews de célébrités !* proclama Leonard Isaacs.

– *Was !* » hurla Horst Klingerman, bondissant de sa chaise et marchant sur Eddie et le téléphone amplifié comme s'il allait tabasser l'instrument. « Je refuse d'entendre des choses pareilles ! »

Helga se leva une seconde après lui. Même Kelly fit de grands yeux étonnés. Eddie lui-même avait du mal à en croire ses oreilles.

« Des interviews de célébrités, babillait la voix dans le haut-parleur. Des grandes pointures, des stars, des vraies, pas des gens qui se payent le circuit des talk-shows pour faire la promo de leur dernier film ou de leur dernier album. Une par émission.

– C'est peut-être la chose la plus stupide et la plus corrompue que j'aie jamais entendue dans ce pays cynique et dégénéré ! » hurla Horst.

Mais rien ne pouvait troubler Leonard Isaacs.

« Au contraire, Horst, dit-il allégrement, c'est intelligent, c'est idéaliste, et c'est de la bonne télévision commerciale. Kelly n'interrogera pas ces stars sur leurs albums, leurs spectacles ou leurs films, elle les questionnera sur leurs *préoccupations écologiques* dans le contexte de l'action directe proposée pour la semaine en question. Elle les *enrôlera dans les Brigades vertes* ! Elle portera un béret vert et leur en mettra un sur la tête. Avec un logo, pour que nous puissions le commercialiser, et peut-être aussi des

T-shirts et des survêtements, c'est pourquoi je vais insister pour conserver une partie des droits de commercialisation. Rejoignez vos vedettes favorites dans les Brigades vertes ! »

Horst recula en titubant vers sa chaise. « Je crois que je vais vomir », marmonna-t-il.

La voix de Leonard Isaacs se durcit et, pour la première fois, Eddie sentit percer une volonté de fer, une indication de ce que ce mec avait dû être pour devenir ce qu'il était à présent.

« Vous menacez de faire sauter des immeubles et de tuer des gens pour votre cause, et vous êtes trop purs pour vous servir du pouvoir des célébrités ? Ce n'est pas de l'idéalisme, c'est de la stupidité pure et simple. Les gens allument leur poste pour voir des stars, des vraies. Ils sont suspendus à leurs lèvres. Ils les écoutent. Ils voudraient bien *être* comme elles, alors ils les imitent. On les utilise pour vendre des voitures, de la nourriture pour chiens, du déodorant et des hommes politiques, alors pourquoi pas les Brigades vertes en tant que mouvement de masse ?

– Écœurant ! cracha Helga.

– Comment ça ?

– Ces cabotins diront n'importe quoi pour s'exhiber gratuitement à la télévision !

– Erreur ! Foutaises. C'est sûrement vrai pour le tout-venant des minables abonnés aux talk-shows, mais des individus pareils n'auront aucune chance de passer à *Rendez-vous avec les Brigades vertes*. Je peux vous livrer des personnalités de première grandeur qui n'ont pas besoin de publicité supplémentaire pour eux ni pour leurs projets professionnels, des gens qui boudent systématiquement le circuit des talk-shows. Des gens qui seront dans l'émission pour une raison précise, et une seule...

– Laquelle ? dit Kelly.

– Ils croient en la cause du sauvetage de la planète autant que vous.

– Enfoirés de mes deux !

– Sophisme à l'état pur !

– Vraiment ? roucoula Isaacs. Réfléchissez. Ce sont des gens qui ont déjà gagné dix fois plus d'argent qu'ils n'en pourraient dépenser dans toute leur vie. Ce sont des gens suffisamment riches pour exercer un contrôle créatif sur leurs propres projets. Je comprends cette classe de gens parce que j'en fais partie. Je vais gagner beaucoup d'argent dans cette affaire parce que c'est mon habitude, mais il m'en reste tellement à dépenser que je donne un million de dollars par an aux organisations caritatives. Ces gens continuent de faire des films, des émissions de télé et des albums parce que c'est ainsi qu'ils expriment leur créativité, et je continue de les représenter et de structurer des projets parce que c'est ainsi que j'exprime la mienne.

– Qu'est-ce que vous essayez de nous dire, Leonard ? » demanda Eddie sans agressivité aucune, sentant poindre en lui un début de *sympathie* pour ce type.

« C'est simple. Des gens comme ça ne font rien par obligation. S'ils font des trucs, c'est parce qu'ils le veulent. Et pourquoi ne voudraient-ils pas sauver la planète ? Ils y habitent aussi, non ? Ils respirent le même air, ils absorbent les mêmes ultraviolets, et tout l'argent du monde ne peut vous acheter un taux acceptable de gaz carbonique, la fin de la sécheresse, des récifs coralliens vivants ou de quoi guérir un mélanoblastome au stade avancé.

– Putain, vous savez qu'il a raison ! s'exclama Kelly Jordan, surprise de le découvrir malgré elle.

– Mais on ne peut pas avoir une interview de célébrité dans le pilote de ce soir, fit remarquer Eddie. Et pas de téléphone en direct non plus, sinon ils nous étripent la parabole au laser.

– Pas de problème, dit Isaacs. J'ai déjà négocié un

arrangement qui nous accorde douze minutes de liaison vidéo intégrale avec le studio de mes locaux via le transpondeur de StarNet, et quand je vous dirai qui j'ai prévu pour l'interview, vous n'allez pas y croire... »

Peut-être que si, songea Eddie sans trop savoir pourquoi.

À ce stade, si Leonard Isaacs promettait d'amener Jésus Christ et les Douze Apôtres pour chanter une compilation des vieux succès des Rolling Stones sur fond de guitares électriques et harpes angéliques, il était prêt à le croire.

12 h 17

« Allan Lamont ! claironna Leonard Isaacs.

– *Allan Lamont* ! gémit Eddie Franker.

– Allan Lamont ! soupira Kelly Jordan.

– Allan Lamont ! » s'exclama Heather Blake, qui n'arrivait pas vraiment à y croire.

Allan Lamont était peut-être le personnage de Hollywood le plus fermé au monde extérieur. Il y avait trois ou quatre ans qu'on ne le voyait plus, sauf si l'on tenait compte des photos granuleuses d'une créature hippopotamesque prises au téléobjectif et parues dans le *National Inquirer* et le *Star*.

Allan Lamont avait jadis été l'un des jeunes premiers les plus chers et les plus prometteurs d'Hollywood, et les gens dont Heather respectait l'opinion disaient qu'il avait assez de talent authentique pour être le prochain Marlon Brando. *People* avait dit de lui qu'il était le prochain Clark Gable. Des vedettes féminines de premier plan se jetaient à ses pieds ou quelques degrés plus au nord, du moins dans les colonnes de la presse à sensation.

Mais Allan Lamont était homosexuel. Ce qui, en soi, n'avait jamais été un handicap particulièrement significatif pour les premiers rôles masculins à Hollywood. Toutefois, Allan Lamont, pour des raisons qui n'avaient jamais été éclaircies, s'était fait des ennemis féroces dans la communauté gay et avait été démasqué d'une manière vraiment ignoble.

Vinrent d'abord les rumeurs dans les feuilles à sensation, suivies des menaces de poursuites et des démentis habituels. Puis des photos ambiguës prises par des paparazzi, auxquelles on pouvait faire dire ce qu'on voulait. Puis deux interviews d'hommes qui avaient prétendu avoir été ses amants, suivies par des démentis plus retentissants et des actions en justice plus sérieuses qui ne firent qu'augmenter le volume sonore de la publicité donnée à l'affaire...

Au plus fort de laquelle des copies de la célèbre vidéocassette furent expédiées anonymement par la poste à divers médias officiels et clandestins. Ni les magazines les plus louches ni les chaînes câblées les plus salaces ne voulurent en imprimer ou en diffuser les passages les plus choquants, mais la séquence qui circulait était suffisamment éloquente, vu qu'elle montrait Allan Lamont, portant la panoplie du parfait fétichiste et un collier de chien, en train de ramper aux pieds bottés d'un peloton de jeunes brutes bardées de cuir.

Pour des raisons dont certaines restèrent obscures, il ne se trouva personne, même dans la communauté gay, pour le défendre lorsque sa carrière passa à la trappe. À quoi bon, d'ailleurs, puisque l'image atrocement ridicule et précise imprimée dans la conscience populaire lui enlevait toute crédibilité pour le moindre rôle sérieux.

Il enfla jusqu'à atteindre des proportions à la Marlon Brando avant de disparaître entièrement de la vue du grand public. Le bruit courut qu'il subissait une liposuccion massive et une chirurgie plastique radicale et qu'il referait surface un beau jour sous une autre identité, mais

Heather mettait ces rumeurs au compte du goût d'une certaine presse pour l'hyperbole.

« Allan Lamont... ? dit Horst Klingerman. N'est-ce pas le... cet acteur de cinéma dont... avec le... qui était... ? » Heather s'amusait de voir Horst rougir pour de bon.

« Lui-même, dit-elle.

– Mais c'est scandaleux ! cria Horst. Ridicule ! Même *vous* ne pouvez sérieusement proposer cela, Isaacs !

– Ah bon ? Vous connaissez l'homme ? Moi, oui. J'étais son agent. Je le suis toujours. Je suis modestement fier de dire que je ne l'ai pas abandonné. Allan a souffert, beaucoup souffert, et tout le monde rigole au lieu d'avoir de la sympathie pour lui. Avant de ricaner devant ce pitoyable pédé cuiromane et masochiste, Klingerman, posez-vous cette question : si vous étiez à sa place, est-ce que vous auriez les couilles de vous montrer à la télé pour soutenir une cause à laquelle vous croyez ? »

Heather fut ébranlée par l'intensité inattendue de la passion qui perçait dans la voix de Leonard Isaacs et agréablement surprise de cette sincérité.

« Pas question de faire une interview à la con pour échanger des potins du show-business avec un *has-been* obèse ! protesta Kelly Jordan.

– Bien sûr que non, lui dit Isaacs. Allan ne parlera que de son engagement vis-à-vis du boycottage du café brésilien et de l'idée que cela lui a donné : faire quelque chose de similaire pour la forêt pluviale *américaine*. Pas un mot sur Hollywood, sur sa carrière, ni sur le passé – rien qu'Allan Lamont, un être humain qui a le courage d'affronter à nouveau la caméra pour une cause à laquelle il croit. Les gens vont regarder l'émission pour ricaner, mais ils seront surpris par la dignité du personnage. Et vous aussi.

– Vous avez un projet caché, là-dessous, n'est-ce pas,

Leonard ? dit Franker. Vous essayez de rétablir la cote de votre client sur le marché, c'est ça ?

– Et qu'y a-t-il de mal à ça ? lui retourna Isaacs. Ça fait souffrir quelqu'un ? Ça augmente le malheur du monde ? Dites-moi un peu comment. Dites-moi qui perd de l'argent. Je n'ai pas de projets *cachés*, Eddie, j'ai une conception *synergique* de mes projets, et c'est pour ça que je suis le meilleur agent sur la place. Théoriquement, toutes les décisions que prend un agent devraient d'une manière ou d'une autre profiter à *tous* ses clients. Ce n'est pas toujours possible, évidemment, mais en tant qu'idéal à atteindre, ce n'est pas une mauvaise obligation morale. »

Exact, songea Heather. Et alors qu'elle s'était d'abord estimée heureuse, sans plus, de se voir proposer les services d'un agent comme Leonard Isaacs, elle se sentait à présent *fière* de compléter la liste de ses clients.

12 h 20

Carl Mendoza écouta toutes ces histoires de show-business à la con avec l'impression de plus en plus forte d'avoir été largué sur une autre planète. Du cinéma. Des émissions de télé. Des acteurs pédés cuiromanes. Des agents de Hollywood concluant des accords incompréhensibles avec la CIA et la Maison-Blanche.

Ça lui rappelait le Viêt-nam le premier jour, à sa descente d'avion, la première fusillade, le monde extérieur après son retour à la vie civile, ses débuts en seconde division et le jour où il avait finalement admis que, eh oui, son bras était foutu, et qu'il ne lancerait plus jamais.

Mais tous ces moments avaient été réels, tous ces trucs étaient vraiment arrivés, et donc, aussi invraisemblable que cela puisse paraître, cette histoire se déroulait probablement pour de vrai elle aussi...

S'il y avait quelqu'un avec qui il pouvait sympathiser, c'était ce pauvre connard de Klingerman et ses acolytes Helga, Paulo et Ahmed. Nigel et Jaro étaient au moins des gens des médias, jusqu'à un certain point, et Kelly et Warren étaient des Américains, ce qui, en quelque sorte, leur conférait automatiquement la qualité d'observateurs honoraires de Hollywood. Mais deux révolutionnaires allemands, un Indien d'Amazonie et un guérillero palestinien largués dans cette BD... *chingada* !

« Vous ne pouvez pas sérieusement vous attendre à ce que nous approuvions tout cela ! » éclata Klingerman en tournant les yeux de tous les côtés, vers Kelly, vers Helga, vers Ahmed, vers Paulo, vers Nigel, Warren et Jaro – comme s'il avait des doutes sur l'identité de ce *nous* au nom de qui il parlait ou du *vous* à qui il s'adressait.

« Pourquoi pas ? dit la voix fantôme de Leonard Isaacs. Après tout, Horst, comme je l'ai déjà dit à plus d'un client suicidaire, si ce projet ne marche pas, vous pouvez toujours vous tuer plus tard.

– C'est pas à vous que je parlais ! cria Klingerman.

– Mais alors staki qu'tu causes, putain de merde ? »

Horst Klingerman se leva pour faire face aux militants des Brigades vertes. « À vous tous ! Ne voyez-vous pas que c'est un stratagème pour nous diviser ? Pour ridiculiser tout ce que nous avons accompli ? Nous ne pouvons pas nous laisser manipuler comme ça !

– Allons, Horst, il a raison, dit Kelly, qu'est-ce qu'on a à perdre ?

– Notre dignité ! Notre amour-propre ! Notre crédibilité politique ! Tu ne vois pas ce que ces gens sont en train de faire ?

– Mes couilles !

– *Un talk-show avec interviews de célébrités ?* rugit Helga. C'est ce pour quoi nous luttons, d'après toi, Nigel ?

– Hé, arrête, Helga ! C'est l'*accès médias* garanti !

– Du moment que nous sommes d'accord pour jouer les guignols ! »

Et tous de se lever et de s'engueuler. Ils ne donnaient pas l'impression de vouloir recourir à leurs armes, mais Carl trouvait que ça commençait à sentir le roussi.

« C'est hors de question ! cria Horst. Je ne le permettrai pas !

– *Le permettre ?* Qui c'est le con qui dit qu'on doit avoir ta foutue permission, papa ?

– Ouais, mec, on est un *collectif*, non ?

– Il y a des limites, Warren !

– On devrait voter !

– Ouais, on vote ! »

Helga, Ahmed et Paulo se rangèrent aux côtés de Horst contre le reste du groupe, mais seule Helga semblait véritablement partager son enthousiasme halluciné.

« Vous voulez voter ? alla presque jusqu'à hurler Horst. Très bien ! »

Il glissa la main à l'intérieur de son gilet, caressa les interrupteurs des détonateurs télécommandés, baissa brusquement le ton et parla d'une voix douce et calme qui, vu les circonstances, était beaucoup plus inquiétante que les vociférations précédentes.

« Voilà comment je vote, moi, dit-il. J'aimerais mieux que nous mourrions tous séance tenante que nous déshonorer, nous et notre cause, en permettant à cette action de se conclure par une farce aussi vulgaire. »

Et tous de se figer dans un long silence de mort.

« Hé, attends un peu, mec, intervint Warren, fais rien de précipité, d'ac ? On peut discuter...

– Très bien, dit Horst avec un calme glacial. Nous en discutons. J'écoute. Peux-tu me donner une seule bonne raison d'accepter cette folie humiliante ?

– Bon... fit Warren d'une voix traînante, euh... au

moins ça nous *garantit* une dernière demi-heure sur les ondes nationales...

– Sous forme d'interview avec une... un... »

Clic.

Un genre de relais se déclencha dans le cerveau de Carl Mendoza. Peut-être qu'il n'était qu'un abruti de sportif en fin de course qui n'avait rien d'assez exceptionnel pour se faire représenter par le top-niveau des agents. Mais il avait fait un petit stage à la CIA et il avait une certaine idée intuitive des processus mentaux d'Alex Coleman et compagnie.

Peut-être que Leonard Isaacs balançait effectivement une telle quantité de fric dans les campagnes électorales qu'il avait le chef du personnel de la Maison-Blanche dans sa poche. Peut-être qu'il était effectivement capable de manipuler comme des pantins des barbouzes endurcies.

Et peut-être que non.

Peut-être que c'étaient eux qui lui tiraient les ficelles.

Et peut-être que ce qui semblait sur le point de se produire maintenant était ce qui était *censé* se produire.

Et même si dans l'un et l'autre cas c'était faux, Klingerman, lui, y croirait certainement.

Carl se leva. « Coupe la communication, Eddie, lança-t-il tout haut, dis à notre *agent* que nous le rappellerons. »

Eddie se figea. Horst fit volte-face et foudroya Carl du regard. Carl ne cilla pas. « Dites-lui de le faire, Horst. Nous avons à discuter en privé.

– Vraiment ? »

Carl hocha la tête. « Sans aucun doute. » Il hocha à nouveau la tête, cette fois-ci en direction du téléphone. « Et nous ne savons pas du tout qui écoute sur la ligne, n'est-ce pas ? »

Klingerman hésita puis hocha la tête à l'adresse de Franker, retira lentement la main de l'intérieur de son gilet en la laissant toutefois reposer contre la doublure de la fermeture Éclair.

Franker haussa les épaules. « Nous vous rappellerons plus tard, Leonard », dit-il. Puis les lèvres du vieux vautour se plissèrent dans un sourire sardonique que Carl, sur le coup, trouva plutôt sympathique. « Nous avons une réunion qui nous attend.

– Écoutez, je sais que vous croyez avoir l'énergie du désespoir, etc., oui mais, *muchachos*, nous avons affaire à des gens *dangereux* ! commença Carl dès qu'Eddie eut raccroché au nez d'Isaacs. Nous sommes en face d'une organisation qui s'est révélée parfaitement capable de faire des affaires avec les barons de l'opium du Triangle d'or, avec cette ordure de Manuel Noriega, avec le cartel de Medellin – et vaut mieux pas en savoir plus parce qu'ils vous liquideraient –, bref, tous des gens qui croyaient à l'époque qu'ils tiraient les ficelles, et on a aucun moyen de savoir qui se sert de qui pour faire quoi sans une liste des joueurs, ce qu'on a pas sous la main, parce qu'on est là planqués comme des Viets dans un tunnel depuis six putains de jours sans autres liens avec l'extérieur que le téléphone et le tuyau des chiottes, alors faut que je vous dise : si on veut s'en tirer vivants, ou même sans avoir l'air de têtes de nœuds qui sentent le sapin, on ferait mieux de faire confiance à *personne*, de mettre nos cerveaux en commun et de nous fabriquer une petite assurance... »

C'était de loin le plus long discours ininterrompu que Carl Mendoza ait jamais prononcé dans toute son existence, et en fait, tandis qu'à sa grande surprise il émergeait de sa bouche, il lui rappela l'étron gigantesque et quelque peu terrifiant qui avait émergé de son trou du cul dans les chiottes d'un bordel de Saigon après une bâfrée de vingt-quatre heures suite à une longue patrouille sans ravitaillement au fin fond de la jungle. À l'époque, comme à présent, il avait eu peur de s'arrêter avant d'avoir pu éjecter intégralement l'objet. À l'époque, comme à présent, il n'avait pas voulu contempler le résultat final avant de tirer la chasse. À l'époque, comme à présent, il n'avait pu s'empêcher de regarder en douce quand même.

Et il vit qu'il avait retenu l'attention de tous les occupants de la pièce. Et il sentit que la température psychique avait chuté d'au moins dix degrés. Et il comprit que la chose allait se décider entre lui et Horst Klingerman.

« Qu'est-ce que vous entendez par assurance ? » dit froidement Klingerman, indiquant par là qu'il avait compris et digéré le reste du discours, n'y trouvait rien à redire et l'acceptait comme tel.

« Si tu tiens absolument à ce qu'on s'envoie tous en l'air dans une grosse boule de feu, alors tu ferais aussi bien d'y aller maintenant pour qu'on en finisse, lui répondit Carl. Mais si tu veux au moins tenter quelque chose pour qu'on sorte tous d'ici vivants et que personne aille en taule comme Isaacs nous le promet suite à ses tractations avec l'Agence, la Maison-Blanche ou qui tu voudras – oublions le cinéma, le fric et ces talk-shows à la con – la chose à faire, d'un point de vue tactique, est effectivement de participer à l'émission de ce soir, ce stupide *Rendez-vous avec les Brigades vertes*.

– Pourquoi ça ? dit Klingerman d'une voix atone.

– À cause de ce que Warren a dit. Une interview d'Allan Lamont, ça me paraît aussi nul à moi qu'à toi. Mais c'est pas ça qui compte. Ce qui compte, c'est que ça nous donne cette dernière demi-heure de temps d'antenne.

– Pour quoi faire ?

– Pour sauver notre peau.

– Comment ? » demanda Warren.

Carl haussa les épaules. « Écoutez, tout ça, c'est peut-être une machination de la CIA, ou alors, c'est peut-être réglo de bout en bout : Isaacs, Coleman et les autres ont mitonné pour de bon un arrangement qui nous sauve l'honneur... et la vie. Impossible de savoir. Mais dans un cas comme dans l'autre, est-ce qu'on a pas fortement intérêt à rendre la chose publique ? Pourquoi ne pas passer à l'antenne, annoncer au monde qu'un accord est en préparation et mettre les autres au défi d'envoyer quelque gros bonnet ici même en leur promettant, bien sûr, d'assurer sa sécurité, pour qu'il y mette le point final *en direct à la télévision* ? Comment pourraient-ils faire sauter la station et rejeter la responsabilité sur vous après ça ? Et comment pourraient-ils revenir sur des promesses faites devant cinquante millions de témoins ?

– Un plan d'enfer, bordel de merde !

– Génial, mec ! »

Horst Klingerman regarda Carl dans les yeux. Son visage se détendit lentement dès qu'il eut compris. Carl se rassit et croisa les bras sur sa poitrine. « Je crois que c'est à peu près tout ce que j'ai à dire.

– C'est plus qu'assez, commenta Kelly Jordan. Eh bien, qu'est-ce que t'en penses, Horst ? T'as une meilleure idée ? »

Klingerman la regarda, se tourna vers Helga, puis vers Ahmed, puis vers Paulo, et se rassit avec un authentique sourire.

« Non, je n'en ai pas. » Il hocha la tête à l'adresse d'Eddie Franker. « Vous pouvez appeler notre... agent et l'informer, comme on dit ici à Hollywood, que... que le spectacle continue. » Il observa une pause et plissa les yeux. « Mais vous ne lui dites rien d'autre, oui ? Vous ne dites rien de cette conversation. Que ça soit une petite surprise pour lui, oui ? »

L'impression de soulagement et de satisfaction qu'éprouvait Carl fut soudain assombrie par un léger rictus de Klingerman, une lueur secrète dans le regard, le regard d'un lanceur qui a réussi à passer de la vaseline sur la balle à la barbe de l'arbitre.

Carl ne savait ni comment ni pourquoi, mais il ressentit comme un pincement dans les tripes qui lui dit que Leonard Isaacs n'allait pas être le seul à avoir une petite surprise de la part de Horst Klingerman.

Ce mec était en train de manigancer un lancer truqué et Carl avait l'impression que, lorsqu'il expédierait sa balle, il feinterait *tout le monde*, même son propre receveur.

19 h 30

À l'écran :

Carton-titre très rudimentaire : RENDEZ-VOUS AVEC LES BRIGADES VERTES écrit au feutre vert cru sur un morceau de bristol blanc.

Toby Inman, off : « *Rendez-vous avec les Brigades vertes*, avec Kelly Jordan et notre invité de ce soir, un invité tout à fait exceptionnel... Allan Lamont ! »

Gros plan de Toby Inman, les yeux bien en face de la caméra, l'air un peu trop lisse, comme un acteur qui jouerait le rôle d'un présentateur.

« Mais d'abord, un mot sur le contenu de cette émission, et puis une annonce. Comme vous le savez tous désormais, les Brigades vertes contrôlent KLAX depuis six jours, ont contribué à mettre en échec le référendum Seawater, provoqué le boycottage du café brésilien et... euh, certaines autres formes d'action contestataire. Leur sérieux est remarquablement démontré par le fait que personne n'a encore été blessé à la suite de leurs actions, et moi-même, en tant qu'otage, je peux témoigner que nous avons été traités humainement. Donc, cette émission est une expérience et un... pilote pour voir si ce... cette prise de contrôle terroriste peut se transformer pacifiquement en un mouvement de masse pour sauver la planète. Les autorités nous ont donné le feu vert et, en fin d'émission, restez à l'écoute pour entendre la réaction extraordinairement intéressante et positive des Brigades vertes à votre soutien et à votre compréhension. Et maintenant... voici Kelly Jordan ! »

La caméra reste une malencontreuse seconde de trop sur Inman, l'air à la fois craintif et rassuré, heureux d'avoir terminé son petit discours, puis on passe à un gros plan de Kelly Jordan.

C'est toujours une terroriste en treillis bien coupé mais le gilet explosif et l'Uzi ont disparu, et sa chevelure afro est méticuleusement peignée.

« *Rendez-vous avec les Brigades vertes* est *votre* émission, l'émission qui vous permet à tous, chers téléspectateurs, de participer au combat pour sauver la vie sur Terre en vous enrôlant dans les Brigades vertes et en passant vous-mêmes à l'action directe ! »

Un sourire plaqué empreint de nervosité apparaît sur son visage.

« Chaque semaine, je ferai le point sur notre lutte pour sauver la biosphère, et chaque semaine, un Américain de premier plan apparaîtra dans *Rendez-vous avec les Brigades vertes* afin d'exprimer *ses* suggestions pour *votre* prochaine action directe ! »

Elle observe une pause et, mystérieusement, son sourire change et devient clin d'œil.

« Normalement, en supposant que nous survivions et que cette émission soit acceptée, nos invités seront en direct dans ce studio, mais vu les... la situation actuelle, je vais m'entretenir avec Allan Lamont par liaison satellite. Cependant... avant que nous n'en arrivions là, voici le dernier point sur le boycottage du café brésilien et la lutte pour sauver la forêt amazonienne... »

Elle baisse les yeux sur un document invisible et commence à lire ouvertement tandis que la caméra prend du champ, montrant la petite table devant elle et une liasse de dépêches d'agence dans sa main.

« Selon les derniers chiffres disponibles, les ventes de café en général ont baissé de 13 % depuis le début du boycottage, les ventes des cafés identifiés comme brésiliens ont baissé de 23 % tandis que celles des cafés à 100 % colombiens augmentaient de 27 %... »

19 h 36

« ... et tandis qu'à Brasilia un porte-parole gouvernemental démentait que les autorités puissent remettre en cause la souveraineté nationale devant des terroristes ou sous la pression des Américains... »

Pendant que Kelly Jordan lisait les dépêches d'agence, Toby Inman surveillait Horst Klingerman qui faisait les cent pas derrière les caméras comme un tigre en cage. Toby n'arrivait pas tout à fait à saisir pourquoi, mais ça sentait le roussi quelque part.

Eddie se trouvait dans la régie avec Warren et Jaro, Nigel et Malcolm étaient derrière les caméras mais, pour une raison non précisée, Ahmed détenait Carl et Heather dans la salle verte au lieu de la cafétéria, Helga était postée derrière la porte du studio et Horst lui-même s'était adjugé le rôle de « metteur en scène ».

Il avait laissé Warren balancer l'intro sur le téléprompteur de Toby mais avait refusé de confier sa propre conclusion à la technologie.

« Il se peut que j'aie besoin de procéder à des modifications selon la manière dont l'émission se déroulera, avait-il insisté. Et cette annonce est la raison principale pour laquelle nous faisons cette stupide émission ! »

À ce stade, Klingerman était tellement défoncé aux amphés que personne ne voulut le contredire, et Horst avait passé une demi-heure à griffonner au feutre sur des bouts de carton.

Il faisait donc les cent pas, ses pense-bête en carton coincés sous l'aisselle gauche et l'arme à la bretelle sur l'épaule droite. Il n'indiquait peut-être pas les angles de prise de vue, mais il contrôlait tout ce qui se passait sur le plateau.

« Et maintenant, notre brigadiste honoraire de ce soir, le... euh, célèbre acteur de cinéma, Allan Lamont, qui fait ici sa *toute* première apparition en public depuis plus de deux ans, pour nous parler d'arbres et de pommes, mais si, vous avez bien compris, *d'arbres et de pommes*... »

19 h 42

À l'écran :

À droite, un gros plan de Kelly Jordan sur le plateau « spécial talk-show » de KLAX. À gauche, cadré en buste, avec un peu plus de recul, Allan Lamont sur un fond bleu uni anonyme, qui présente à la caméra une grosse pomme rouge luisante comme s'il était payé pour faire la pub du produit.

Le visage d'Allan Lamont avait dû avoir le genre de beauté conventionnelle chez les jeunes premiers, mais à présent ces traits parfaits semblent s'être creusés au terme d'une longue route semée d'épreuves. La peau pend, un peu flasque, sur la musculature émaciée, tel un masque mal ajusté, les lèvres sont raidies comme par une volonté de fer et les yeux sombres, enfoncés au creux d'orbites fatiguées, semblent ceux d'un homme bien plus âgé. Si Elvis avait réussi à survivre et faire fondre sa graisse, l'effet aurait été similaire.

« Ceci est une pomme, Kelly, dit-il d'une voix onctueuse, soigneusement rodée, que l'usure n'a que légèrement écornée. Une belle pomme juteuse du nord-ouest de la côte pacifique. On produit des tas de pommes savoureuses par là-haut – des Delicious, des Golden Delicious, des Jonathan – et les pommes forment une part importante de l'économie du Washington et de l'Oregon.

– Vous... euh... on dirait que vous vous y connaissez en pommes, euh, Allan. » Kelly Jordan a visiblement le trac.

Allan Lamont tente un sourire gamin, un truc de métier pour l'aider à passer la rampe, mais l'effet est un poil cadavérique.

« Oui, c'est exact, Kelly. Mes parents possèdent toujours un verger de pommiers dans la banlieue de Centralia, et c'est là que j'ai grandi, alors je sais tout sur le commerce des pommes dans le Washington et l'Oregon. Là-haut, c'est très important, économiquement parlant. Mais l'exploitation du bois est bien plus importante. Et bien plus destructrice. Et ce qu'elle détruit, c'est la seule forêt pluviale sur le territoire continental des États-Unis. Voilà pourquoi... je... je voulais saisir cette occasion d'en parler un peu ce soir. Je ne suis pas ici pour parler du passé, ni de ma carrière ou de mes projets professionnels immédiats. Je ne veux parler que de l'avenir, de l'avenir des arbres et des pommes.

– Le... l'avenir des arbres et des pommes ?

– C'est exact, Kelly. Que savez-vous sur notre propre forêt pluviale du Nord-Ouest ?

– Seulement qu'elle est menacée de destruction par l'exploitation du bois...

– En effet. Là-haut, on se bagarre à ce sujet depuis bien avant ma naissance. Et je ne suis pas si jeune que j'en ai l'air. » Il sourit, et l'effet involontaire est plutôt atroce.

« C'est la seule forêt pluviale du territoire continental des États-Unis, c'est l'une des rares forêts pluviales en zone tempérée, et bien qu'elle soit infiniment plus petite que celle que vous essayez de sauver au Brésil, nous l'avons massacrée tout autant que les Brésiliens ont massacré la leur. Nous l'avons éclaircie, nous avons divisé ce qui restait des anciennes futaies en bosquets isolés de plus en plus petits, en jardin arborés plutôt qu'en véritables biotopes, et nous avons remplacé une grande partie de l'ancienne forêt par des plantations de pins. »

Le regard d'Allan Lamont se durcit. Ou c'est de la vraie passion, ou c'est vraiment un acteur exceptionnel.

« Depuis le début du boycottage des cafés brésiliens, j'ai réfléchi aux vergers de pommes de mon enfance et à la forêt pluviale qui les entoure. Et je crois que vous, moi et bon nombre de gens parmi ceux qui nous regardent ont fait preuve d'une hypocrisie absolue à ce sujet.

– De l'hy... de l'hypocrisie ? balbutie Kelly Jordan. À quel sujet ? »

Gros plan plein cadre d'Allan Lamont qui s'adresse à la caméra comme s'il était hors champ, la sollicitant sans vergogne en acteur professionnel qui se caricature avec finesse.

« Bien sûr, j'ai décidé de ne plus acheter de café brésilien jusqu'à ce que les Brésiliens prennent des mesures pour sauver leur propre forêt pluviale ; bien sûr, je sais que, comparée à celle du bassin amazonien, la destruction de notre petite forêt à nous n'ajouterait pas grand-chose de mesurable à l'effet de serre. Mais d'autre part, de quel droit pouvons-nous bousculer les Brésiliens en toute bonne conscience alors que nous sommes incapables de balayer devant notre porte dans les États du Nord-Ouest ? »

Retour à l'écran partagé. À droite, Kelly Jordan, qui réagit encore sans conviction, satisfaite, si c'est bien le mot, de jouer les faire-valoir pour Allan Lamont en lui téléphonant des répliques pour couper son monologue. « Les Américains devraient donner l'exemple, même à échelle réduite, pour faire moralement pression sur les Brésiliens ? »

Sur la moitié gauche de l'écran, un éclair de cynisme traverse la vertueuse indignation d'Allan Lamont. « Oh, la pression économique que nous exerçons sur eux est plus que suffisante. Vous ne l'avez peut-être pas remarqué, Kelly, mais l'argent parle beaucoup plus fort que les mots ou la morale. » Il voit Kelly réagir et corrige le tir en poursuivant, d'un ton beaucoup plus ferme : « Mais si les Américains veulent que leur gouvernement mette tout son poids dans la balance pour sauver la vie sur Terre – et je ne crois pas qu'il y ait vraiment d'autre choix parce qu'aucun autre pays n'est assez puissant pour le faire –, alors peut-être qu'on jettera beaucoup moins de briques dans les fenêtres de nos ambassades si le peuple américain démontre à la face du monde que le Pouvoir vert, ça commence chez soi.

– Le Pouvoir vert... ouais, ça me plaît...

– Vous pouvez utiliser l'expression comme bon vous semble, chère amie, je renonce à tous mes droits, dit sèchement Allan Lamont.

– Euh... vous disiez ?

– Je disais que si nous nous attendons à ce que les Brésiliens sacrifient leurs revenus agricoles pour sauver leur forêt pluviale, c'est de notre part totalement hypocrite de ne pas sacrifier une certaine proportion de nos ventes de bois au Japon. Je dis donc qu'il faudrait mettre fin à l'abattage de la partie ancienne de la forêt pluviale du Nord-Ouest. Je dis que toutes les anciennes futaies restantes devraient être contenues à l'intérieur d'un Parc national d'un seul tenant, les plantations de pins à l'intérieur rasées, sans que l'on ne touche plus à rien jusqu'à ce que la forêt se soit reconstituée. Et si ça doit prendre un siècle ou deux... alors ça prendra un siècle ou deux.

– Vous suggérez une sorte d'action directe contre l'industrie du bois dans cette région ?

– Quelque chose dans ce genre, Kelly, mais pas exactement ça... »

Gros plan plein cadre d'Allan Lamont qui arbore un sourire un peu niais. « Je suis sûr que ce que je vais suggérer scandalisera mes parents », dit-il. Et le sourire se teinte d'amertume. « Seulement, j'y suis depuis longtemps habitué, même si eux ne le sont pas. Ce que je vous suggère, à vous tous qui nous regardez, c'est que, tandis que nous boycottons le café brésilien pour forcer les Brésiliens à sauver leur forêt pluviale, nous devrions boycotter les pommes du Washington et de l'Oregon pour nous forcer à sauver la nôtre. »

Et de présenter à nouveau la pomme bien rouge, bien mûre à la caméra. « Or, en tant que natif de l'État du Washington et de surcroît fils de producteurs de pommes, je suis par patriotisme obligé de croire que les pommes du Nord-Ouest sont les meilleures qui soient. Mais il y a nombre de producteurs, par exemple dans l'État de New York, qui me contrediraient en alléguant qu'ils produisent plus de pommes et qu'il n'y a pas là-bas de forêt pluviale à détruire. Serait-ce vraiment un grand sacrifice que de boycotter les pommes du Nord-Ouest jusqu'à ce que notre propre forêt pluviale soit protégée ? Nous pouvons en attendant nous contenter des MacIntosh de l'État de New York tout comme nous nous contentons du colombien cultivé en terrasses. Qu'est-ce que vous en dites ? »

19 h 47

« ... Je vois pas très bien comment on peut faire pression sur l'industrie du bois en boycottant des *pommes*...

– Ce qu'il faut, c'est une démarche au niveau fédéral pour sauver notre forêt pluviale, Kelly. J'avoue que c'est injuste envers les producteurs de pommes – et j'entends déjà mon père me hurler dans les oreilles – mais comment peut-on organiser un boycottage contre le *bois* ? Certes, des tas de pommes n'ont pas ces vilaines petites étiquettes qui vous restent entre les dents si vous oubliez de les décoller, mais des tas de pommes en ont, et les producteurs du Nord-Ouest ont dépensé beaucoup d'argent pour faire connaître *leurs* pommes. Les gens peuvent carrément demander aux directeurs de leurs supermarchés de ne pas stocker de pommes du Washington et de l'Oregon sous peine d'être boycottés à leur tour. C'est exactement comme le boycottage brésilien : l'idée est d'obliger les producteurs à se plaindre auprès de Washington. Après tout, si j'ai bien compris, quand les Brésiliens abattent et détruisent par le feu la forêt pluviale amazonienne, c'est pour y mettre du *bétail*, et non des caféiers... »

Tandis que Kelly Jordan et Allan Lamont continuaient de parler de pommes et de grumes, Toby Inman restait sur son siège sans pouvoir dire mot en essayant de deviner pourquoi Klingerman avait voulu qu'il soit sur le plateau. Horst lui avait clairement signifié qu'il ne devrait pas participer à l'interview et que sa tâche se limiterait à lire l'intro sur le téléprompteur et ces foutues fiches manuscrites en fin d'émission...

« ... mais, là-haut, le bois est beaucoup plus important que les pommes, pas vrai ? Qu'est-ce qui empêcherait les producteurs de bois, en tant que groupe de pression, de réduire les producteurs de pommes au silence ?

– Oh, ils pourraient bien essayer. Mais qu'est-ce qu'ils pourraient bien dire ? Qu'il vaut mieux acculer à la faillite les petits producteurs de pommes, les petites entreprises familiales, que d'obliger les gros trusts du bois à perdre un peu de bénéfice sur la part réduite de leur production qui dépend de la forêt pluviale ? Continuez de manger des pommes du Nord-Ouest, m'sieurs-dames, afin que nous puissions continuer de débiter des arbres vénérables pour vendre des cure-dents aux Japonais ? »

... un paquet de fiches que Horst était en train de réécrire, assis sur une chaise pliante derrière les caméras, les morceaux de cartons sur les genoux, le feutre en main, le bout de la langue entre les dents, avec dans les yeux une lueur féroce qui faisait regretter à Toby de ne pas pouvoir prendre connaissance de son texte avant d'être forcé de le lire...

19 h 51

À l'écran :

Kelly Jordan sur la moitié droite, Allan Lamont sur la moitié gauche. Elle a l'air un peu plus sûre d'elle à présent, comme si elle avait enfin réussi à mettre entre parenthèses le décor, la situation, les caméras, et à se concentrer sur la conversation. Voire simplement à comprendre que c'est elle qui fait l'émission et pas lui. Il est devenu un poil récriminateur : les pommes, c'est son truc à lui, sa prestation n'est pas rémunérée, et puis c'est lui la vedette, n'est-ce pas ?

« Eh bien, Allan, l'idée me plaît, mais ces pauvres producteurs de pommes ne vont pas...

– Je ne comprends pas pourquoi vous semblez si préoccupée par le sort de mes... producteurs de pommes !

– Ce sont eux qui vont souffrir !

– Et c'est vous qui dites ça, vous qui retenez des gens en otage sous la menace de votre arme ? » réplique Allan Lamont d'un ton provocant, le visage déformé par une grimace presque féroce. Puis il se reprend et lisse ses traits en un radieux sourire télégénique.

« Ne vous méprenez pas, Kelly, reprend-il d'une voix de chanteur de charme. Je pense que ce que vous faites est fantastique. Je l'approuve à 100 %. C'est ce qui m'a inspiré. C'est ce qui m'a donné le courage de passer dans cette émission et de m'exhiber... de m'exposer... bon, de m'exposer quelque peu au ridicule, inévitablement. Nous autres militants des Brigades vertes devons être courageux, n'est-ce pas ? Et parfois, ainsi que vous l'avez admirablement démontré, cela signifie que nous devons avoir le courage d'être impitoyables. Nous parlons de sauver la Terre, n'est-ce pas ? Certains d'entre nous vont être obligés d'endurer un peu de souffrance injuste, matière en laquelle j'ai été forcé de devenir un genre d'expert. Et certains d'entre nous vont être obligés d'infliger cette souffrance, comme vous l'avez fait, n'est-ce pas ?

– Mais nous ne sommes pas obligés de prendre notre pied avec ! » riposte Kelly Jordan. Leurs images se figent de chaque côté de l'écran partagé. Par faisceaux satellite et moniteurs interposés, ils semblent se regarder, et un message s'échange entre eux, plutôt complexe. Puis leurs traits s'animent à nouveau, il lui adresse un sourire respectueux, la tension s'est évaporée.

« C'est Ernest Hemingway, je crois, qui a dit : “ Ce qui est juste, c'est ce qui vous met de bonne humeur après ”, énonce Allan Lamont d'une voix de miel. Et moi, je suis heureux d'avoir la possibilité de passer dans votre émission, Kelly, et de présenter ma proposition au peuple américain. Et je crois que les Américains se sentiront bien mieux dans leur peau quand ils infligeront à autrui un petit sacrifice nécessaire s'ils montrent l'exemple en acceptant eux-mêmes un petit sacrifice. »

Il affiche un sourire béat d'où rayonne une bienveillante certitude.

« Et je vais vous dire quelque chose, Kelly : je connais les gens de là-haut, je connais ces producteurs de pommes, j'ai vécu parmi eux bien avant de devenir un acteur et une vedette. Et je crois qu'un jour ces mêmes producteurs de pommes songeront à cette forêt pluviale qui aura été préservée, à l'exemple que nous avons tous ensemble donné au monde, et qu'ils se sentiront sacrément bien dans leur peau pour avoir joué un rôle dans cette action. »

Plan en buste plein cadre d'Allan Lamont qui présente pour la dernière fois la pomme rouge et brillante.

« Et songez qu'un beau fruit comme celui-ci n'en sera alors que plus savoureux. Songez qu'il s'en vendra beaucoup plus. Car ce jour-là, qui pourra nier que ce soient vraiment les meilleures pommes du monde ? »

Gros plan plein cadre de Kelly Jordan, pensive, qui regarde sans rien dire quelque objet hors champ pendant quelques secondes avant de se retourner vers la caméra.

« Eh bien, c'était vraiment émouvant, Allan. Vous m'avez convaincue, et je crois que ça va être pareil pour des millions de téléspectateurs. Et je veux de tout mon cœur vous remercier d'avoir été le tout premier invité de ce *Rendez-vous avec les Brigades vertes*. Maintenant, c'est à vous tous qui nous regardez de passer à l'action directe ! Militantes et militants des Brigades vertes, vous avez mis en déroute le référendum Seawater et vous avez montré aux Brésiliens que la conscience du peuple américain est prête à botter le cul du monde entier pour sauver la vie sur Terre ! Maintenant, c'est le moment de... de mettre tout ça en pratique chez vous ! »

Elle se pâme d'avance en pensant à la suite de son texte.

« Sont-elles pas bonnes, m'sieurs-dames, les bonnes pommes d'cheux nous ? »

C'est manifestement une formule de conclusion, et il semblerait que c'est bien ce que Kelly ait prévu, car elle fixe la caméra sans rien dire pendant de longues et pénibles secondes.

Puis elle cligne les yeux, regarde hors champ, fronce les sourcils, hoche la tête.

« Eh bien, reprend-elle, c'est ainsi que se termine le *Rendez-vous avec les Brigades vertes* de ce soir, mais il nous reste à vous communiquer des informations importantes et passionnantes sur... sur les négociations en cours entre les autorités et les Brigades vertes visant à... à aboutir à une solution juste et sans violence de la prise d'otages dans les studios de KLAX... Toby ? Toby ? »

Gros plan de Toby Inman qui fixe d'un air faussement docte quelque chose situé à droite et légèrement au-dessus de la caméra.

« Euh... euh, merci, Kelly. »

Il commence à parler en louchant et en clignant les yeux comme s'il avait du mal à lire le texte des fiches, ou n'arrivait pas tout à fait à croire ce qu'il lit, ou les deux.

« Tout au long de la prise d'otages dans les studios de KLAX, il y a eu... sans interruption, des négociations entre les... autorités fédérales et Horst Klingerman... président des Brigades vertes... visant à... la libération sans violence de tous les otages et à... une cessation honorable et fructueuse de l'affrontement armé entre les forces gouvernementales et le commando des Brigades vertes qui serve au mieux les intérêts de toutes les parties et des peuples de la Terre. »

Toby Inman observe une pause, plisse les yeux, marmonne quelque chose.

Une voix masculine, off, presque inaudible : « Lisez ! »

Toby Inman hésite une seconde puis reprend, d'une voix monocorde : « En témoignage de leur bonne volonté, les membres des Brigades vertes ont... ont jusqu'ici respecté la requête de votre gouvernement de ne pas... de ne pas révéler la nature des charges explosives placées dans cet immeuble afin d'empêcher une panique générale... *Mon Dieu !* »

La même voix masculine : « Continuez ! »

Toby Inman s'éponge le front, louche encore, et poursuit : « Mais à présent que les Brigades vertes et les autorités fédérales sont parvenues à un accord de principe sur le règlement de cette situation de crise, il apparaît qu'il serait antiproductif de maintenir le silence sur cette question. Je suis donc autorisé à vous dire que... que... bon Dieu, Horst, c'est pas ce que... »

La voix masculine, toujours aussi loin du micro, crie maintenant : « *Lisez*, Inman ! »

Toby Inman pâlit. Sa voix perd toute expression. « ... que les charges explosives ont été uniformément mélangées à un kilo de plutonium finement pulvérisé... »

Il roule les yeux, semble presque retenir un fou rire à la vue de la ligne suivante : « Mais il n'y a aucune raison de s'affoler. Puisque nous serons... nous serons les premiers à mourir si nous sommes forcés de faire exploser ces charges, vous pouvez en toute confiance être sûrs que nous ne le ferons pas à moins que votre gouvernement revienne sur l'accord de principe auquel nous sommes déjà parvenus. Les Brigades vertes invitent maintenant un représentant du gouvernement des États-Unis à se rendre dans les studios de KLAX, avec notre garantie qu'il ne lui arrivera rien, pour en finaliser les détails sous les yeux de l'opinion publique, en direct à l'antenne. »

Toby Inman soupire, visiblement soulagé.

« Nous exigeons que cet accord soit conclu sous les yeux du peuple américain et non en secret afin que les autorités ne puissent en nier l'existence une fois que nous serons entre leurs mains. Américains, Américaines, vous serez nos témoins. Et afin que des éléments réactionnaires de la bureaucratie ne puissent utiliser des subterfuges légaux pour le faire annuler plus tard par un tribunal, nous exigeons qu'il soit finalisé et ratifié sous les yeux du monde par la plus haute autorité possible... »

Nouvelle pause. Les yeux de Toby en jaillissent presque

de leurs orbites. Il regarde à gauche, à droite, fixe à nouveau la caméra, cligne les yeux une fois, deux fois, trois fois.

« Nous demandons de parler directement et en personne avec... avec le président des États-Unis. Nous... nous vous interpellons, monsieur le Président, sous les yeux du monde. Allez-vous montrer à votre peuple le même courage que vous exigez de vos nervis ? Votre impuissance à vous résoudre à une telle attitude aboutira à la destruction de cet immeuble et à la mort de tous ses occupants, ainsi qu'à la libération d'un nuage de particules radioactives qui... qui tuera des milliers de personnes et contaminera cette ville pendant des siècles. Et... »

Toby Inman se bloque, ses lèvres tremblent, comme s'il n'arrivait pas à lire la ligne suivante. Il sursaute en voyant quelque chose hors champ – un sursaut de peur. Il cille, se ressaisit et récite son texte comme un mort vivant...

« Et le monde entier saura que le sang de tous ces innocents souille vos mains de lâche. »

SEPTIÈME JOUR

8 h 30

Une infernale sonnerie de téléphone catapulta Eddie Franker dans une réalité à cent mille volts. Les méninges vibrantes, il se redressa d'un bond dans son lit et tendit la main par réflexe vers l'appareil posé sur la table de nuit.

Mais celui-ci n'était pas là, et Franker n'était pas chez lui dans son lit douillet. Il était assis, tout habillé, sur un matelas pneumatique dans la cafétéria de KLAX, et les otages comme les terroristes commençaient à se réveiller, diversement indignés d'avoir été tirés de leur sommeil de si brutale façon.

Helga et Warren, qui ne dormaient pas puisqu'ils gardaient la porte, traversaient la pièce en direction de l'horrible sonnerie.

Mais Horst Klingerman avait réussi à se réveiller, à se lever d'un bond et à atteindre le téléphone amplifié avant eux. Il tâtonna un instant pour prendre la ligne tandis qu'Eddie, les yeux papillotants, retrouvait plus ou moins sa pleine conscience des lieux et de la situation.

Comme si quelqu'un ici savait vraiment ce qui se passait.

Sûr que ce pauvre Inman s'était trouvé complètement

dépassé lorsque Horst lui avait fait lire sous la menace de son arme ce scandaleux défi adressé au Président.

La lecture terminée, Kelly et Horst avaient commencé à se disputer sur le plateau, bien qu'Eddie n'ait pas su sur le moment l'objet de leur querelle puisque les micros avaient été coupés. Ensuite, les otages avaient été conduits dans la salle verte où Helga les avait gardés pendant trois bonnes heures.

Quand ils avaient enfin été ramenés à la cafétéria, il était clair que les Brigades vertes avaient passé ces trois heures à se disputer.

Les tables devant les portes des toilettes avaient été déplacées vers les murs pour faire place à six matelas pneumatiques de plus. Horst, Hiroshi et Paulo avaient pris place d'un côté, Kelly, Warren, Jaro et Malcolm de l'autre, et les regards qui s'échangeaient entre les tables n'avaient rien de fraternel.

Helga avait poussé les otages vers leur table habituelle devant les distributeurs automatiques. Elle avait rejoint les partisans de Horst et ils s'étaient serrés les uns contre les autres comme une mêlée de rugbymen paranos, baragouinant et jacassant tandis qu'ils la mettaient au courant.

Lorsque les terroristes s'étaient couchés, ils étaient restés divisés, et Eddie avait eu l'impression que s'ils dormaient tous à présent dans la cafétéria, c'était essentiellement parce que chaque faction tenait à ne pas perdre l'autre de vue.

Eddie n'avait aucun moyen de savoir de quoi au juste ils avaient discuté pendant trois heures, mais à présent qu'il était pleinement éveillé, il se rappela ce qu'Inman lui avait raconté.

Toby avait *au moins* entendu le début de la discussion, l'accrochage entre Kelly et Horst sur le plateau juste après l'émission.

« C'était quoi cette connerie, Horst ? aurait-elle dit.

Une pulsion de mort ? Tu crois vraiment qu'ils vont nous livrer le président des États-Unis comme otage ?

– Comme otage ? Qui a parlé d'otage ? J'ai promis au Président d'assurer sa sécurité, n'est-ce pas ?

– Et les Brigades vertes sont une organisation respectable. Les gens ont confiance en nous. Nous tenons notre parole.

– Mais bien sûr, Kelly », avait conclu Horst.

Toby avait néanmoins noté que le sourire de Horst lui avait fait penser à un alligator du lac Okeefenokie descendant tranquillement au fond du marécage pour digérer un caniche.

8 h 32

« *Was ?* »

La voix amplifiée d'Alex Coleman remplit la pièce.

« *Was ?* C'est bien ce que j'aimerais savoir, Klingerman ! Qu'est-ce qui se passe là-bas ? Pourquoi vous aviez coupé le téléphone ? Et cette magouille avec le plutonium, ça veut dire quoi ? Où êtes-vous allé pêcher l'idée à la con que *Mr Wonderful* soi-même serait assez bête pour sauter à pieds joints dans votre piège à ours ? Bon, je dois avouer qu'y a des fois où il a des ratés à l'allumage, mais pour un truc pareil y a même pas besoin de savoir mâcher et cracher sa chique en même temps ! »

Carl Mendoza ne put s'empêcher de rire. Coleman avait le chic pour trouver des formules. À tel point qu'il était parfois si content de lui qu'il en oubliait de compter les points, comme un deuxième base qui balance un renvoi non contesté puis jette la balle à l'arbitre en croyant avoir conclu.

« Je ne vois pas ce qui vous chagrine, monsieur Coleman, ronronna Horst. N'avons-nous pas respecté l'accord négocié entre vous et notre... agent, M. Isaacs ?

– Non, pas du tout, gronda Coleman. Vous avez touillé avec un bâton dans un nid de frelons et n'allez pas me dire que vous le saviez pas ! Nous avons sur les bras le pire embouteillage de toute l'histoire de cette ville. Cinq millions de personnes qui font du surplace en essayant toutes en même temps de se tirer du point zéro ! Pourquoi avoir fait ça, Klingerman ? Pourquoi fallait-il faire monter les enchères et créer cette putain de panique au plutonium ?

– Nous avons pourtant dit à la population qu'il n'y avait aucune raison de s'affoler, dit Horst d'une voix suave. Pourquoi ferions-nous exploser les charges dans un geste suicidaire ? Votre gouvernement n'a pas l'intention de revenir sur ce qui a déjà été négocié, n'est-ce pas ? Peut-être l'opinion publique a-t-elle des doutes là-dessus. Mais bien entendu, dès que votre Président annoncera qu'il a l'intention de se rendre ici pour finaliser les termes de notre accord, de pareilles craintes se révéleront n'être que stupide paranoïa, n'est-ce pas, et tout mouvement de panique se résorbera rapidement.

– Vous croyez que vous pouvez exercer un chantage sur le Président pour l'obliger à venir se livrer à vous ?

– " Chantage " est un mot tellement déplaisant, monsieur Coleman. Je préfère parler de confiance. Si nous confions notre vie à la bonne foi de votre gouvernement, n'est-il pas juste que son chef confie sa vie à la nôtre ?

– J'aimerais savoir ce que vous étiez en train de fumer quand vous avez eu cette idée ridicule, parce que ça me dérangerait pas de m'envoyer une taffe de ce truc dans les circonstances actuelles. »

À présent, tous les occupants de la cafétéria s'étaient réveillés, avaient quitté tant bien que mal leurs matelas pneumatiques et s'étaient rassemblés devant la table où trônait le téléphone. Les deux factions se jetaient des regards soupçonneux.

« J'aurais cru que vos maîtres seraient satisfaits, dit Horst. N'ai-je pas offert à votre Président ce que ses conseillers appellent, ce me semble, " l'occasion photographique idéale " ? »

Carl ne pouvait pas voir Coleman, mais il sentait presque l'odeur de la fumée qui lui sortait des oreilles. Carl fumait pas mal lui aussi, mais l'objet de sa colère à lui était un certain Carl Mendoza, qui comprenait à présent quelle connerie monumentale il avait faite en fourrant cette *cucaracha* dans l'oreille de Horst Klingerman.

Carl savait, et Coleman devait savoir que si le président des États-Unis était assez stupide pour venir jusque ici, Klingerman ne pourrait jamais résister à la tentation de le prendre en otage. Cette tactique ne ferait peut-être pas l'unanimité chez les Brigades vertes, mais les détonateurs télécommandés à l'intérieur de son gilet donnaient à Klingerman une voix prépondérante dans l'éventualité de sanctions en fin de partie.

Horst ne pouvait sérieusement croire que la CIA était incapable de deviner ses intentions et semblait asticoter Coleman rien que pour le plaisir.

« Oh, comme c'est bien trouvé, Klingerman, vraiment bien trouvé ! Tu devrais envoyer ça à ton agent, peut-être qu'il pourrait le fourguer à *Newsweek* pour leur rubrique Citations de la Semaine. » Coleman ralentit son débit, adoucit sa voix, adopta un ton cajoleur. « Allons, Horst, nous sommes de grands garçons tous les deux. Tu n'es pas bête au point de croire qu'une exigence pareille puisse être satisfaite.

– L'idée n'est pas de moi, monsieur Coleman. Elle m'a été suggérée par votre ancien collègue, M. Mendoza. »

Mille fois merci, mon pote !

« Carl ! T'es encore là, fils de pute ? Tu sais de quoi il cause, par hasard ? »

Tout à coup, Carl perçut en toute lucidité le danger subtil de cette situation. Coleman allait à la pêche aux renseignements, tentant de confirmer ses soupçons au cas où Horst aurait l'intention de prendre l'otage suprême tout en craignant de lui donner des idées au cas fort improbable où il n'y aurait pas déjà songé. Carl regrettait seulement de ne pas avoir été aussi prudent. Il lui fallait à présent se justifier devant Coleman en présence de Klingerman sans tout foutre en l'air ni déclencher quelque chose d'encore pire.

« Je... euh... j'ai pu désamorcer un... une situation de conflit potentiel en suggérant que des négociations publiques en direct à la télé rendraient l'accord irréversible », dit-il. Coleman devait pouvoir imaginer ça, s'il ne l'avait pas déjà fait.

« Pas trop bête comme idée pour un amateur, admit Coleman, amer. Mais sacré nom de Dieu, qu'est-ce qui t'a pris de suggérer un rôle de vedette pour notre Grand Sachem ?

– Oh, ça, c'était mon idée, précisa Horst. Les termes de l'accord ont déjà été négociés, alors pourquoi ne pas fournir au Président lui-même l'occasion de s'attribuer le mérite d'avoir résolu la crise ?

– Et s'il y a quelque part une entourloupe en tout petits caractères ?

– Cela risque-t-il de se produire, Coleman ? »

Horst partait à la pêche lui aussi. Ils se jetaient des leurres à la figure comme deux fanatiques du lancer postés de chaque côté d'un ruisseau. De grosses formes ténébreuses évoluaient sous la surface de l'eau, mais aucune ne mordait à l'hameçon.

« Écoute, Horst, faut que je te dise une fois pour toutes qu'il est absolument *exclu* que le Président entre dans cet immeuble, et ce de la part de l'Agence, du FBI, des Services secrets et des commandants interarmes qui ont pour une fois réussi à se mettre d'accord sur quelque chose.

– La décision ne revient-elle pas à votre Président lui-même ?

– Mon pote, si le Président était assez cinglé pour mettre le pied dans cet immeuble, il serait déclaré malade mental, on lui mettrait la camisole et on le balancerait aux oubliettes. Ça n'arrivera jamais.

– Alors le sang retombera sur ses mains. Et c'est moi qui prends la décision.

– C'est ça, vous vous pulvérisez dans toute la stratosphère en entraînant des milliers d'innocents dans la mort et c'est *lui* qui se fera laminer aux élections pour avoir agi comme une lavette assoiffée de sang !

– Vous ne le croyez pas ? Vous croyez que les... sorciers, comme vous dites, peuvent donner une image différente de la chose ?

– Tu seras plus là pour le savoir, mon vieux Horst, non ? Allons, Klingerman, qu'est-ce que tu veux au juste ? »

Horst se tourna vers Helga. Ils échangèrent un regard entendu qui déplut fortement à Carl. Klingerman fixa Kelly puis afficha un sourire béat.

« Peut-être que vous feriez mieux de vous entretenir avec notre agent, dit-il en coupant la communication.

– Voilà une sacrée bonne question, Horst ! Qu'est-ce que tu veux au juste ? demanda Kelly Jordan. Tu crois pas qu'on est en droit de le savoir ? »

Malcolm et Nigel se tenaient aux côtés de Kelly et foudroyaient Klingerman du regard. Il vint à l'idée de Carl que ces deux punks, au moins, feraient peut-être un petit effort pour sauver leur peau, contrairement à Warren, dont la frêle carrure et le langage corporel détendu n'indiquaient pas une quelconque disposition au combat.

Kelly elle-même n'était qu'une gosse qui n'avait sans doute jamais tiré un coup de feu.

Les pupilles d'Helga étaient dilatées au maximum ; elle devait avoir englouti assez d'amphés pour décapiter des poulets vivants avec les dents. Ahmed semblait être tombé dans cette sorte d'état de transe précédant le départ en patrouille que Carl ne connaissait que trop bien. Paulo était indéchiffrable. Jaro et Hiroshi étaient de garde. L'un s'était mis dans le coup pour la vidéo et l'autre se prenait pour un genre de samouraï à la con.

Pas la peine de consulter des archives pour deviner qui l'emporterait en cas d'affrontement physique.

Mais Horst Klingerman ne forçait pas la mesure, du moins pas encore.

« Mais tu sais bien ce que je veux, Kelly, dit-il en souriant. Uniquement ce sur quoi nous nous sommes mis d'accord à l'unanimité. Le gouvernement américain doit envoyer un représentant ici pour finaliser en public les termes de notre reddition négociée.

– Personne n'a parlé du Président ! Ils ne marcheront jamais, et tu le sais ! Tu essaies de torpiller cet accord, pas vrai ? C'est une exigence non négociable conçue pour être rejetée ! »

Horst n'éleva pas la voix. « Non négociable ? Qui a dit qu'elle était non négociable ?

– Tu viens de dire à Coleman... »

Horst éclata de rire. « Aurais-je dû lui dire que c'était une position de départ qui n'était pas censée être prise au sérieux ? dit-il avec la voix de la raison. Et que, finalement, nous nous contenterions d'une personnalité de moindre envergure ? Qu'est-ce que *notre agent* dirait si j'avais commis une erreur aussi stupide, Kelly ? Corrige-moi si je me trompe, mais je ne crois pas que ce soit ainsi qu'on négocie à Hollywood. »

21 h 11

« Allan était très satisfait de l'émission. » Tels furent les premiers mots de Leonard Isaacs lorsque sa secrétaire l'eut mis en communication avec KLAX. « Il me demande de dire à Kelly qu'il apprécie avec quel tact et quel soin elle a traité ses... problèmes d'image.

– Super, dit Kelly Jordan, mais qu'est-ce que l'émission elle-même a donné ? »

Heather ne put s'empêcher de sourire. Car en dépit des circonstances, le ton employé par Kelly et son expression impatiente n'étaient pas sans évoquer l'actrice attendant que son agent arrête les banalités et lui dise comment la chaîne a accueilli son pilote.

« Eh bien, les taux d'écoute ont été bons, StarNet est content, et il ne fait pas de doute que nous allons avoir le feu vert, dit Isaacs. Évidemment, vous allez quand même être obligée de travailler un peu pour ne pas vous laisser écraser par les acteurs. C'est vrai qu'ils ont tendance à prendre la direction des opérations si on les laisse faire. Mais cette émission est censée être la vôtre, après tout. Il va falloir être plus ferme et ne pas les laisser occuper le devant de la scène. Mais pour un premier essai, ce n'était pas si mal que ça, Kelly. Je regrette de ne pas pouvoir vous envoyer le bouquet de roses traditionnel. »

Kelly en restait clouée sur sa chaise et regardait le téléphone avec un sourire radieux comme si les fleurs étaient, on ne sait comment, arrivées pour de bon, tandis que Malcolm, Nigel et Warren, debout derrière elle, jouaient les seconds rôles, ce qui était presque vrai, puisqu'ils formaient les trois quarts de l'équipe de l'émission en question.

Mais comme ils jouaient les utilités, ils étaient moins éblouis qu'elle par les feux de la rampe.

« Rien à branler ! Et cette histoire de Président, alors ? s'enquit Nigel.

– Ouais, ça a foutu la merde dans votre combine à la con, pas vrai ? »

Et les deux cadreurs de lorgner Horst Klingerman d'un œil mauvais.

Horst était assis entre Helga et Ahmed de l'autre côté du demi-cercle de chaises qui avait été une fois de plus reconstitué devant la table du combiné amplifié en prévision d'une journée à passer au téléphone. Helga lança un regard noir aux cameramen. Paulo, assis presque au centre, fixait le vide. Ahmed ne réagit pas lui non plus.

Horst regarda calmement Nigel et Malcolm sans rien révéler.

« Je dois avouer que ça ne me fait pas plaisir, dit Isaacs. On ne cache pas des choses comme ça à son agent.

– Franchement, je ne pensais pas que cela vous regardait, Isaacs, l'informa Horst.

– Si c'est vos affaires, alors c'est les miennes à dix pour cent, lui retourna Isaacs sans élever la voix. Si vous m'aviez dit ce que vous alliez faire, j'aurais pu mettre un rédacteur dessus et, croyez-moi, ça n'aurait pas été inutile. Le texte que vous avez servi à ce pauvre Toby sonnait comme une citation du *Manifeste communiste*. Et il aurait été beaucoup plus efficace de le faire lire par Kelly. C'est elle qui est censée être la vedette, au cas où vous l'auriez oublié.

– Alors ça vous... euh, l'idée ne vous déplaît pas ? bégaya Kelly.

– Non, sauf que le script était du niveau d'une saynète de patronage et que la direction d'acteurs était inexistante.

– Vous ne pensez pas que Horst a fait une erreur en exigeant la présence du Président ?

– Une erreur ? C'était une idée fantastique ! Un des

problèmes de cette production était que nous avions besoin d'un temps fort dramatique pour le film. Et maintenant, nous l'avons ! »

Heather n'arrivait pas à savoir si Lennie Isaacs était vraiment à ce point braqué sur les exigences de l'industrie cinématographique, s'il jouait le rôle d'un sordide mâcheur de cigares hollywoodien pour avoir la situation en main, ou si les deux hypothèses coexistaient, s'il y avait donc de la Méthode dans sa folie, du *King Lear* revisité par Stanislavski.

En tout cas, il les avait désarçonnés.

« Vous... vous... l'idée vous plaît, Isaacs ? bredouilla Klingerman.

– C'est génial, Horst, c'est parfait. Le Président franchit les cordons policiers, traverse le parking absolument seul, sans la moindre protection rapprochée, vous l'accueillez à l'entrée, on enchaîne sur le studio...

– Nous parlons ici de la réalité ou de votre film ? demanda Horst.

– Il y a une différence ? » Isaacs réfléchit un instant. « Ouais, bon... dans le film, vous porterez tous les bérets " Brigades vertes " sur lesquels des gens à moi sont en train de plancher, et peut-être que lorsque le Président conduira tout le monde à l'extérieur de l'immeuble, vous lui en mettrez un sur la tête, et puis vous pourriez tous échanger des saluts ou quelque chose de ce genre, si vous ne trouvez pas ça trop ringard...

– Vous êtes sérieux ? s'écria Horst.

– Pas complètement. » Leonard Isaacs avait changé de ton. « Et vous ? J'espère bien que non.

– Qu'est-ce que vous entendez par là, Isaacs ?

– Comment vous dire ça en des termes que vous puissiez comprendre ? dit Isaacs d'une voix onctueuse. C'est une superbe scène finale, Horst, et un fantastique petit rôle pour certaine personne. Toutefois, bien que je répugne à l'avouer, même Leonard Isaacs a ses limites. Alors j'ai le regret de vous le dire – au moins mes sincères dix pour cent du regret que vous allez éprouver en m'entendant –, mais je ne peux pas vous avoir le Président, Horst. Voilà. Il est carrément indisponible. Je le tiens de la plus haute autorité. Nous allons être obligés de traiter la chose d'une manière professionnelle et de trouver une solution de rechange. »

Génial, songea Heather, absolument génial ! Il s'est construit ce petit film intérieur dans lequel il joue le secrétariat de production afin de pouvoir sortir Horst de son rôle de méchant terroriste pour le mettre dans le rôle du metteur en scène talentueux mais ombrageux exigeant une vedette qui crèvera le plafond du budget alloué à son film !

« Une solution de rechange ? Qu'est-ce que vous entendez par là, Isaacs ?

– Laissez-moi vous raconter une histoire, Horst. Il était une fois, en Californie, des puissances économiques qui voulaient faire élire un gouverneur. Le scénario exigeait un cow-boy 100 % américain en complet veston qui pourrait jeter assez de poudre aux yeux des électeurs pour qu'ils laissent les nécessiteux se faire dévaliser par les nantis. Un matraquage en règle, comme vous pouvez l'imaginer, qui exigeait un acteur de premier plan pour jouer les shérifs. John Wayne était le choix idéal, mais le *Duke* n'était plus disponible. Alors on a fait ce qui s'était déjà fait en pareilles circonstances et on est allé chercher Ronald Reagan.

– Ce qui signifie ?

– Ce qui signifie que Ronnie n'était peut-être que le second meilleur choix, mais on a fait avec. Et votre scène finale elle aussi peut marcher avec une distribution un peu moins qu'idéale, Horst. Nous ne sommes pas obligés d'avoir le Président. Ça crèvera l'écran tout aussi bien avec une personnalité moins prestigieuse. »

Horst Klingerman sourit, d'un sourire déphasé par rapport au ton agressif qu'il prit alors.

« Je ne me satisferai pas de quelque porte-parole officiel ou autre sous-fifre sacrifié !

– Moi non plus, qu'est-ce que vous croyez ? rétorqua Isaacs d'un ton offensé qui était probablement tout aussi authentique. Ne vous inquiétez pas, Horst, je ne vais pas vous laisser tomber et accepter un quelconque figurant. Je ne peux peut-être pas vous avoir le Président, mais je n'accepterai rien en dessous du ministre ou assimilé pour un rôle comme celui-ci. Le ministre de la Justice. Le directeur du FBI. Un juge de la Cour suprême. Nous allons voir qui on nous proposera et nous déciderons de la manière de réagir en l'occurrence.

– Bon... peut-être que vouloir le Président était effectivement un peu irréaliste, dit Horst d'une voix morose et résignée sans que son sourire de gros matou vacille une seconde. Vous êtes sûr que vous pouvez vous arranger pour qu'ils envoient un... une personnalité gouvernementale de premier plan ? »

Heather se rendit compte qu'Isaacs n'était pas le seul à savoir jouer un peu la comédie.

« Faites-moi confiance. On va sans doute essayer de nous fourguer une liste de canards boiteux avec des cotes de popularité tellement nulles qu'ils sont prêts à tenter n'importe quoi pour passer à la télé, mais c'est moi qui tiens la barre, ne vous inquiétez pas. Continuez à jouer le Flic Méchant en insistant pour avoir le Président ou rien, et moi je joue le Flic Sympa qui vous persuade d'accepter à contrecœur tout deuxième meilleur choix que nous voudrons bien désigner. Vous pouvez y arriver, hein ?

– Je crois que je peux y arriver, dit sèchement Horst.

– Super. Maintenant il va falloir que je joue serré, alors

restez dans votre coin et ne vous attendez pas à avoir de mes nouvelles avant le début de l'après-midi. J'ai des tas de coups de fil à donner. *Ciao.* »

14 h 35

Sans rien d'autre à faire que d'attendre un coup de fil de leur agent, les Brigades vertes avaient choisi de tuer le temps à se disputer tandis qu'Eddie Franker et les autres otages essayaient d'oublier leur ennui et leur énervement en tentant de surprendre leur conversation.

Ce qu'Eddie avait réussi à entendre n'avait rien de rassurant.

« Superbe prestation, Horst, avait dit Kelly Jordan d'un ton sarcastique dès qu'Isaacs avait raccroché.

– Qu'est-ce que tu veux dire, Kelly, c'est toi la vedette, n'est-ce pas ce qu'a dit ton agent ? lui avait retourné Klingerman avec hauteur.

– Tu es jaloux !

– Bien sûr que non ! C'est ton émission, n'est-ce pas ? Moi, je ne pourrais certainement pas traiter les problèmes d'image d'acteurs dégénérés avec autant... de tact et de soin.

– Tu es vraiment jaloux ! »

Klingerman, d'un ton beaucoup plus dur : « Tu crois sérieusement que j'ai le moindre désir de jouer les vedettes dans un talk-show ? Est-ce que ta toute récente qualité de star hollywoodienne te rend aveugle au point d'oublier qu'il y a encore parmi nous des gens qui veulent vraiment mettre la préservation de la vie sur Terre avant leur propre culte de la personnalité ? »

Malcolm : « Qui c'est qui parle culte de la personnalité, bordel ? Le gus qui insiste pour se faire prendre en photo avec le président des Yankees à la télé ! »

Horst, allégrement : « Je ne m'attends pas à ce que ça se passe comme ça en réalité. »

Warren : « Tu plaisantes ou quoi ?

– Bien sûr que non.

– Alors pourquoi...

– Pour qu'Isaacs utilise cette exigence afin de nous avoir une personnalité suffisamment importante pour que sa parole engage le gouvernement lorsqu'elle sera donnée devant des millions de téléspectateurs. »

Warren, comme s'il n'y croyait pas (ce qui était aussi le cas d'Eddie) : « T'as vraiment l'intention de te rendre, mec ? »

Horst : « Naturellement. À supposer que nos exigences soient satisfaites, c'est de loin la meilleure solution possible. »

Jordan, posant sur Klingerman un regard soupçonneux : « Vraiment ?

– Pareille émission de télévision pourrait effectivement être une arme puissante. Si c'est la cause qui compte, et s'ils sont vraiment stupides au point de nous donner pareille arme, alors nous devrions la prendre et nous en servir.

– Alors pourquoi je te crois pas ?

– Peut-être parce que tu es tellement obsédée par ta propre célébrité que tu ne vois plus rien en dehors de tes projets de carrière ! »

Et ainsi de suite tandis que les Brigades vertes se rapprochaient peu à peu de l'autre bout de la pièce au point que leurs voix n'étaient plus audibles que par intermittence. Les militants s'asseyaient en attendant que l'orage passe et la confrontation dégénérait en grognements fielleux et chuchotements perfides.

« ... le directeur du FBI, à la rigueur...

– ... la victime naïve d'une manipulation...

– ... peau de couilles ! »

Eddie Franker était tellement remonté qu'il faillit bondir de sa chaise lorsque le téléphone sonna.

En face de lui, Kelly et Nigel bondirent pour de vrai, et une seconde et demie plus tard, tous et toutes s'entassaient devant le téléphone amplifié en attendant que quelqu'un s'avance pour prendre la communication.

Kelly regarda Horst, Horst regarda Kelly, Helga surveilla Warren, Warren fixa Horst, Nigel regarda Ahmed d'un air inquiet et, à la deuxième sonnerie, les factions s'étaient reconstituées. Eddie, qui, par habitude professionnelle, n'était pas homme à laisser un téléphone sonner plus de trois fois en sa présence, appuya lui-même sur la touche.

« Ne quittez pas, s'il vous plaît, vous avez Leonard Isaacs en ligne », dit une voix féminine désagréablement aiguë.

Trente exaspérantes secondes de musique sirupeuse pour ascenseur – *Hard Day's Night* version orchestrale –, puis...

« Eh bien, il y a une bonne nouvelle et une bonne nouvelle, dit la voix de Leonard Isaacs. Par quoi voulez-vous que je commence ? »

Personne n'amorça le moindre mouvement pour s'asseoir. Personne n'apprécia l'humour.

« Venez-en au fait, Isaacs ! » aboya Horst Klingerman, et pour une fois, tous les intéressés, les deux factions terroristes comme les otages, semblèrent d'accord.

« L'affaire est dans le sac, dit Leonard Isaacs. L'intégralité du concept. StarNet programme *Rendez-vous avec les Brigades vertes*. Sierra Communications Inc. en est légalement le producteur et ne s'associera à aucune poursuite judiciaire. J'ai parlé au téléphone avec mes contacts dans les syndicats : vos cameramen et l'équipe de production sont dans le coup, ce qui signifie que nous pouvons les employer pour l'émission.

– Putain de plan d'enfer, dit Nigel. Et nos petits problèmes avec les flics, alors ?

– J'allais y arriver. Ces questions juridiques distinctes présentent quelques complications...

– Des complications ? dit Klingerman.

– Détendez-vous, Horst, rien qu'un brin de structuration n'ait pu régler en finesse. Vous serez tous inculpés d'enlèvement et...

– Putain !

– C'est un crime capital, non ?

– C'est un délit fé-dé-ral ! cria la voix de Leonard Isaacs par-dessus le tumulte. Et c'est ça qui compte. Le ministre de la Justice m'a fait un topo tellement impeccable que je suis tenté de l'embaucher dans mon agence. L'enlèvement est le crime le plus grave qu'on puisse commettre sans qu'il y ait mort d'homme, alors ça permet à la Maison-Blanche de laisser tomber les autres inculpations et de court-circuiter intégralement la Californie. Ce qui veut dire que vous ne serez jugés pour enlèvement que par un tribunal fédéral. Ce qui veut dire que, si vous êtes reconnus coupables, le Président peut vous gracier. Ce qu'il a promis de faire. Un vrai paquet-cadeau.

– Et nous sommes censés croire en leur parole d'honneur, je présume ? dit Helga.

– Vous me prenez pour un amateur ou quoi ? Évidemment que j'ai tout ça noir sur blanc ! Des contrats signés par StarNet et Sierra Communications. Un engagement signé par le Président.

– Et qui n'a aucune force légale, laissa échapper Eddie, qui le regretta une microseconde plus tard.

– Bien sûr que non ! répliqua Isaacs. Mais une promesse faite par le représentant du Président devant la plus vaste audience télévisée depuis l'assassinat de Kennedy aura une énorme force *politique*, et vous avez intérêt à la croire. On programme ça pour ce soir 19 h 30 afin de maximiser le débordement sur l'heure de grande écoute nationale. StarNet va faire passer des annonces toutes les demi-heures. J'ai déjà prévenu les agences de presse. »

Isaacs se permit un rire. « CNN et les grands réseaux en ont la chiasse, reprit-il. Par elle-même, l'annonce de la signature est un événement médiatique majeur, alors ils passeraient pour des idiots s'ils n'en parlaient pas, mais vous pouvez imaginer à quel point ils sont heureux de faire de la pub gratuitement pour un truc qui va les massacrer dans les sondages Nielsen !

– Si j'ai bien compris, dit lentement Kelly, le président des États-Unis va promettre publiquement de nous gracier avant même qu'il y ait procès ? Il peut vraiment faire ça ?

– Ford l'a fait pour Nixon et Bush pour Weinberger, et ces mecs sont même pas passés en jugement, l'informa Isaacs. Vous allez probablement être jugés, et ce sera tout à notre avantage : des semaines et des semaines de pub gratuite pour *Rendez-vous avec les Brigades vertes*. Mais si vous êtes condamnés à une quelconque peine de prison, il usera de son pouvoir de grâce pour vous en sortir. Le juge chargé du procès le saura et vous condamnera en conséquence, d'autant que ce sera la volonté exprimée par le peuple américain.

– Hein ?

– Évidemment...

– Je ne...

– Je ne vous en ai pas encore parlé ?

– Parlé de *quoi*, Isaacs ? cria Horst Klingerman, dont la voix trancha dans toute cette confusion.

– Je n'en étais peut-être pas arrivé là. Comme vous pouvez l'imaginer, la Maison-Blanche voudrait protéger ses arrières dans cette histoire de séparation des pouvoirs. Alors un petit malin a eu l'idée de faire défiler les résultats des sondages express en bandeau au bas de l'écran pendant la couverture en direct de l'événement. Une grande première télévisuelle ! Les gens ont la possibilité d'exprimer leur soutien en temps réel à ce que le représentant du Président est en train de promettre, alors même qu'il parle ! »

Eddie ne pouvait plus se retenir, il ne pouvait empêcher ses vieux réflexes de journaleux de prendre le dessus dans un moment pareil. « Mais si les résultats sont *négatifs* ?

– Impossible, trancha Isaacs avec une insolente assurance. Croyez-moi, leurs types ont fait tourner cent fois ce scénario dans leurs ordinateurs en intégrant les profils démographiques, et tant que tout le monde suivra ce scénario, la pire projection qu'ils aient trouvée donne 63 % d'approbation pour l'accord à conclure...

– Très intelligent... », marmonna Eddie avant de s'obliger à la fermer.

Car la question que son instinct de vieux reporter le poussait à poser maintenant était : *Et si ça ne marche pas ?* Si Horst Klingerman formule de nouvelles exigences ? S'il kidnappe le représentant du Président ?

C'était une question que personne n'osait poser, et de plus, Eddie en connaissait déjà la réponse.

Les sondages afficheraient en temps réel la réaction populaire à cela aussi. Et les autorités pourraient agir en conséquence sans avoir à prendre de responsabilités politiques quant aux résultats, pas plus que Néron lorsqu'il comptait les pouces levés et les pouces baissés pour décider du sort de quelque pauvre couillon dans l'arène du Colisée.

Il était difficile de nier que c'était en quelque sorte, d'une manière perverse, une forme ultime de démocratie électronique. Et pourtant, quelque part, c'était aussi de la part du gouvernement une ultime abdication de sa responsabilité morale.

Nous n'avons fait qu'obéir aux ordres, telle était l'excuse pleurnicharde des bourreaux nazis. Ceci était tellement mieux, tellement plus sophistiqué, tellement plus démoatique. *Nous n'avons fait qu'obéir à la volonté du peuple elle qu'elle s'est exprimée dans les sondages.* Hitler lui-même aurait pu se ramasser un non-lieu avec ça !

« Ça m'a donné une idée et j'aimerais avoir votre avis, dit Isaacs. Pourquoi ne pas en faire une partie intégrante du *Rendez-vous avec les Brigades vertes* ? Des sondages instantanés qui s'afficheraient tout au long de l'interview, afin que le public puisse voir sa propre réaction à l'action directe de la semaine, voilà qui établirait la participation, et deux numéros de téléphone gratuits ne pèseraient pas très lourd dans le budget...

– Assez d'absurdités ! cria Horst Klingerman. Venez-en au fait ! Qui ont-ils proposé comme représentant du gouvernement ?

– Horst, vous allez adorer !

– C'est à moi de juger !

– Ça n'a pas été de tout repos. Ils n'arrêtaient pas de me balancer des noms à la figure : le directeur du FBI, un juge de la Cour suprême parmi les moins en vue, deux hauts fonctionnaires qui veulent se faire élire sénateurs, deux prédicateurs de télévision... Je dois avouer que j'étais un peu surpris de voir combien de gens étaient à ce point prêts à tout pour s'exposer aux médias... Mais je n'arrêtais pas de leur dire que mon client tenait à avoir le Président lui-même, pas un de ces tocards, et j'ai enfoncé le clou jusqu'à ce qu'ils proposent ce que je cherchais à décrocher depuis le début.

– *C'est-à-dire ?* demanda Horst, excédé.

– Je n'aime pas faire à mes clients des promesses que je ne suis pas sûr de tenir, alors je ne vous ai pas dit qui je cherchais parce que je ne voulais pas vous décevoir au cas où je n'arriverais pas à l'avoir. Mais j'y suis arrivé. Le Président n'était pas disponible, mais je vous ai eu le second meilleur choix. M. Numéro Deux. Le vice-président des États-Unis lui-même.

– *Le vice-président ?* » répéta Horst avec des trémolos appuyés dans la voix, et des murmures de surprise et d'approbation ahurie traversèrent les deux factions des Brigades vertes.

Eddie Franker était beaucoup plus impressionné par l'intelligence du choix que par le rang ou la personnalité de l'homme lui-même.

D'après son expérience, les vice-présidents se présentaient sous trois formes de base, pures ou combinées. Quelques rares exemplaires, comme Mondale, Bush et Gore étaient des politiciens professionnels d'une certaine stature choisis pour servir de doublures crédibles. D'autres, comme Quayle, Agnew, Nixon sous Eisenhower, semblaient avoir été choisis comme assurance-vie : si je pars, c'est ce connard que vous vous farcirez, m'sieurs-dames ! Toutefois, la plupart du temps, c'étaient des contre-poids politiques choisis pour capter les voix d'États stratégiques ou recueillir le soutien de certaines fractions de la machine politique, comme Truman, Garner, Lyndon Johnson, bien qu'il soit impossible de dire s'ils y avaient réussi.

Le titulaire actuel était essentiellement un vice-président de la troisième catégorie. Le doyen du Sénat texan, qui, si les souvenirs d'Eddie étaient exacts, frôlait les soixante-dix ans lors de sa nomination, avait survécu trois mandats durant en tant que centriste dans un État prompt aux revirements en évitant toute prise de position ferme sur quelque sujet que ce soit. Au lieu de quoi, il s'était appliqué à peaufiner son éloquence, se rendant utile à ceux dont les ressources financières se révéleraient plus tard utiles à ses campagnes, et à s'enraciner dans la terre meuble de l'appareil texan du parti.

S'il parlait bien, il réussissait encore mieux à capter la manne électorale dans un État indispensable au Président ; les cheveux blancs, solennel, à l'abri des scandales, et d'un âge qui confirmait à l'habituelle cohorte d'aspirants à la succession présidentielle que la vice-présidence était pour lui la porte d'une retraite dorée plutôt qu'un tremplin vers le sommet comme elle l'avait été pour Bush ou Nixon, il n'avait rien d'exceptionnel ni de critiquable et était donc le porte-parole gouvernemental idéal.

« A-t-il l'autorité nécessaire à la conduite de négociations sérieuses ? demanda naïvement Horst Klingerman.

– Il en a suffisamment, dit Leonard Isaacs en riant, pour aller aux toilettes sans en informer l'entourage du Président, du moment que son secrétariat ne publie pas de communiqué de presse à ce sujet avant que la Maison-Blanche en ait revu le texte. Mais c'est bien lui le deuxième personnage élu des États-Unis et c'est effectivement un professionnel qui sait dire son texte avec sincérité et conviction. En plus, il travaillera à partir d'un script sur lequel nous nous sommes tous mis d'accord au préalable, et en l'occurrence, il a l'air beaucoup plus présidentiel que le Président lui-même.

– Je suppose que cette personne est acceptable », dit Horst d'un ton aigre.

Mais il y avait dans son regard étincelant une impatience qui contredisait son ton résigné et son mince sourire prédateur – l'infime reflet, peut-être, d'un rictus vengeur – avait de quoi donner la frousse à un vieux journaleux comme Eddie Franker.

Je suppose que cette personne est acceptable.

Oh, s'il te plaît, dit Jeannot Lapin, ne me jette pas dans ce buisson de ronces !

15 h 25

L'affaire était dans le sac. Ce soir, tout serait fini, il serait loin d'ici et hors de danger.

Mais tandis que le cerveau de Toby Inman lui disait

que c'était la vérité, ses tripes n'arrivaient pas à y croire tout à fait. Son cerveau lui disait qu'il n'était coincé là que depuis une semaine, une minuscule fraction de son existence, et pourtant, d'une manière ou d'une autre, son univers s'était réduit à cette cafétéria, au plateau des infos, à la salle verte et aux toilettes. Toute la réalité s'était concentrée là, et le monde extérieur était devenu quelque chose comme des rediffusions prélevées dans le stock de ses souvenirs.

Il était presque *réticent* à la perspective de quitter la station maintenant, comme s'il craignait son retour imminent dans ce monde plus complexe, et cette idée délirante avait elle-même de quoi faire peur.

C'est seulement l'ennui, l'ennui et la tension de l'attente, se dit Toby. À moins que la parano de Mendoza devienne contagieuse.

Les Brigades vertes avaient encore changé de sentinelles. Paulo et Nigel avaient relevé Hiroshi et Jaro, apparemment pour que Jaro, Warren et Eddie puissent se réunir dans un coin afin de fignoler les détails techniques de l'opération consistant à récupérer les données des sondages express et à les balancer sur le retour antenne tout en envoyant simultanément le mélange sur le satellite StarNet, sujet qui semblait les intéresser au plus haut point mais dont la seule mention donnait à Toby un regard vitreux.

Horst, Helga, Hiroshi et Ahmed, agglutinés autour d'une autre table, chuchotaient et marmonnaient. Kelly et Malcolm, assis à une troisième table, tuaient le temps en couvant le quatuor d'un œil soupçonneux.

Toby en était donc réduit à partager une table avec Heather et Carl Mendoza, qui n'arrêtait pas de jeter des coups d'œil paranos par-dessus son épaule en direction de la table de Klingerman, puis de plisser les yeux comme pour prendre les mesures de Toby. Ou de son cercueil.

Finalement, Toby ne put se retenir.

« Qu'est-ce que t'as, Carl ?

– Je réfléchissais... marmonna Mendoza.

– C'est ce que j'ai cru remarquer. »

Mendoza jeta un coup d'œil à Heather, servit à Toby un de ses inquiétants regards interrogateurs, haussa les épaules puis se pencha vers lui.

« Et le résultat de mes réflexions, Inman, articula-t-il à la limite du chuchotement, est qu'on ferait peut-être mieux toi et moi d'envisager de sauter sur Horst si les choses devaient se gâter. »

Heather ouvrit de grands yeux.

« T'es sérieux, Carl ? dit Toby entre ses dents. Je veux dire, t'as entendu Isaacs, l'affaire est dans le sac, non ? Le vice-président arrive ici, lit son texte comme prévu et on sort tous derrière lui...

– Peut-être bien que oui, peut-être bien que non, grogna Mendoza. Peut-être que Horst se met en tête d'empêcher que ça se passe comme ça. Peut-être que les autres débarquent. Peut-être qu'il met la main dans son gilet...

– Ça en fait, des suppositions ! dit Toby.

– *Peut-être*, dit Mendoza avec un sourire amer. Mais s'il commence pour de bon à chatouiller la télécommande des détonateurs, celui d'entre nous qui est suffisamment près sera obligé de passer à l'action. Faudrait qu'on ait un signal... »

Heather secoua la tête. « Hé, les mecs, arrêtez...

– Si l'un de nous estime qu'il est sur le point de toucher ses détonateurs, c'est le mieux situé qui lui saute dessus ! Mais au cas où on est suffisamment près *tous les deux*, celui qui décide de passer à l'action donne un signal.

– Un signal... ?

– Ouais, par exemple... *se gratter le nez*... la narine gauche. Tu crois pouvoir te retenir d'aller farfouiller par là en dehors de ce cas précis, Inman ? »

Le froncement de sourcils d'Heather fit place à un fou

rire momentané puis elle secoua la tête à nouveau. « Écoute, Carl... »

... et le téléphone se mit à sonner.

Toutes les conversations s'arrêtèrent net. Horst Klingerman traversa la pièce d'un bond et prit l'appel avant même la fin de la troisième sonnerie.

« Z'êtes encore tous là ? dit la voix d'Alex Coleman. Je sais que c'est une question stupide, les mecs, mais je me suis tellement imprégné de l'intelligence raréfiée des hautes sphères aujourd'hui que je crois que j'ai pas envie de me sentir en dehors du coup.

– Qu'est-ce que vous voulez, Coleman ? cracha Horst.

– C'est toi, Horst, mon vieux pote ?

– Si vous voulez me dire quelque chose, Coleman, vous me le dites, oui ?

– Holà ! C'est pas la peine de le prendre de si haut, mon vieux, dit Coleman d'une voix suave qui semblait gémir sous son poids de sarcasmes comme un cyprès des marais étouffé par les algues. Je t'ai simplement appelé pour te féliciter.

– *Me féliciter ?* » Le ton était sceptique. L'Allemand n'avait peut-être pas une maîtrise parfaite de la langue anglaise, mais Toby supputa que, même s'il n'avait compris que le swahili, la musique des paroles de Coleman aurait suffi à lui indiquer qu'il se faisait mettre en boîte.

À ce moment, tous les occupants de la cafétéria s'étaient déjà regroupés derrière Horst en face du haut-parleur, sauf Jaro et Warren, trop occupés à parler technique pour se soucier d'autre chose. Et Carl Mendoza, qui restait sur sa chaise à reluquer Toby d'un air de connaisseur comme le Vieil Entraîneur Ridé dans quelque film de boxe débile en train d'observer le Môme qui tabasse le punching-ball en amateur dans quelque gymnase de province. Toby était cloué sur place lui aussi, sans trop savoir pourquoi.

« Eh bien, Horst, ça fait un bon bout de temps que

tu dois te sentir fier de toi, y me semble, poursuivit Coleman dans le même registre, toi qui as tous ces agents secrets, ces sorciers, ces cerveaux et ces experts des médias à ta botte, et puis merde, c'est pas si mal que ça pour un brave petit gars descendu de sa Germanie...

– Je n'ai aucune idée de ce dont vous parlez, dit Horst d'une voix égale mais nullement convaincante.

– Mais si ! ronronna Coleman comme un puma. Tu fais croire au meilleur agent d'Hollywood, membre éminent d'une profession qui ne s'est encore jamais signalée par sa naïveté, que tu es innocent comme l'agneau qui vient de naître, enfin, c'est ce que tu imagines. Tu obliges les sorciers de Pennsylvania Avenue à chanter l'hymne national sur la musique de ton choix, pas vrai ? Tu les fais tous se démener pour laisser tomber le vice-président des États-Unis dans ta gueule comme à l'heure du déjeuner dans la fosse aux crocodiles. Oh, t'es vraiment un petit futé, mon pote, et tu crois pour de bon que tu les as tous roulés dans la farine... »

Coleman observa une seconde de pause et, lorsqu'il poursuivit, tout le miel de sa voix avait disparu au profit des accents durs et tranchants du Flic Méchant.

« Mais t'imagine pas que tu vas pouvoir me rouler moi !

– Je ne sais pas de quoi vous parlez, Coleman, répéta Horst, mais avec un léger tremblement dans la voix.

– Alors continue sur ta lancée et fais la sourde oreille si c'est ça qui te fait plaisir, dit Coleman en reprenant un ton aimablement sarcastique. Peut-être que c'est ce qu'il y a de mieux. Aucune importance. Mais tout ce que j'ai vraiment envie de faire, c'est de te raconter une histoire...

– Une histoire... ?

– Une histoire *vraie*, Klingerman. Ne serait-ce pas, vu les circonstances, aussi rafraîchissant qu'un verre de menthe au julep bien glacé par un torride après-midi de juillet ? Z'aimeriez pas tous savoir ce qui s'est *vraiment* passé entre votre agent d'Hollywood superbandant et ces créatures de Pennsylvania Avenue ?

– M. Isaacs nous l'a déjà dit », intervint Kelly Jordan. Horst s'était immobilisé, sans se tourner pour la regarder. Personne ne bougeait.

« Je n'en doute pas, dit Coleman. Je parie que ce brave Lennie s'est longuement étendu sur les efforts machiavéliques qu'il a déployés pour votre compte, qu'il vous a dit à quel point il s'est cassé les roustons pour convaincre les autorités suprêmes de vous servir sur un plateau le vice-président des États-Unis...

– C'est pas vrai ? lâcha Kelly.

– Disons que si j'en crois les bruits qui courent, ça s'est pas tout à fait passé comme ça. J'étais pas dans le coup, mais l'histoire était trop juteuse pour que les potes qui étaient sur place la fassent pas circuler via le téléphone arabe de l'Agence. En plus, en tant que responsable opérationnel dans cette affaire, je pourrais dire que j'avais le droit d'être informé.

– Mais pourquoi... pourquoi nous raconter tout ça ? demanda Horst.

– Ça crève pas les yeux ? Je crois que vous avez le droit d'être informés vous aussi.

– Informés de quoi, Coleman ?

– De la procédure à suivre. À savoir que je dois mettre un terme à cette situation d'une manière ou d'une autre ce soir. Ou bien le vice-président sort d'ici en héros avec vous tous, ou bien je reçois l'ordre de le tirer de vos griffes par la force.

– Maintenant c'est vous qui bluffez, Coleman ! cracha Klingerman. Ils n'oseraient jamais... »

Il se reprit, s'apercevant soudain que Kelly et Malcolm le fixaient d'un air hyperparanoïaque ; même Warren et

Jaro s'étaient levés de leur table et le regardaient avec des yeux de poulpe.

« Tu comptes là-dessus, pas vrai, Klingerman ? dit Coleman. En cas de coup dur, ils n'oseraient jamais risquer la vie du *vice-président des États-Unis d'Amérique*. »

Horst ne pipa mot. Quelles que soient les intentions de Klingerman, Toby comprit avec un pincement à l'estomac que rien de ce qu'il pourrait répondre ne leur serait utile.

Coleman les laissa tous transpirer pendant quelques secondes de silence puis éclata de rire.

« Ça pourrait vous amuser de savoir que l'opinion partagée par Isaacs, les sorciers, le personnel de la Maison-Blanche, le Grand Mamamouchi et le vieux monsieur du Texas lui-même serait plus ou moins le contraire, à savoir que pas même un desperado comme toi pourrait être assez masochiste pour foutre en l'air un accord en or qui arrange tout le monde, à moins d'être un *malade mental*, alors je me demande... »

Horst Klingerman restait immobile sans dire un mot. Mais Toby voyait sa mâchoire se raidir et une rougeur se propager de son cou vers la peau blanche de son visage.

« Évidemment, ceux dont la mission est d'affronter ce genre d'irrationalité sont d'une opinion différente, reprit Coleman. Les Services secrets, le FBI et l'Agence sont unanimes pour dire qu'envoyer le vice-président des États-Unis dans un repaire de terroristes en supposant allégrement que sa survie serait garantie par la logique politique et économique de la situation est un... une *connerie de première grandeur*, comme on dit dans le métier, ce me semble.

– C'est... c'est ça votre histoire ? finit par articuler Horst.

– Oh non, dit Coleman en riant. Ma petite histoire est beaucoup plus amusante. Ce que je viens de vous raconter n'était qu'une manière de vous affranchir sur *l'arrière-plan du récit*, comme on dit. Bon, d'après mes sources, votre agent M. Isaacs a eu le chef de l'état-major de la Maison-Blanche au bout du fil et lui a lu sa longue liste de candidats au rôle de vedette de votre petit spectacle. On vous rappellera, lui a-t-on alors répondu. Ensuite, il y a eu toute une série d'échanges internes sur la sagesse (ou l'absence de sagesse) qu'il y aurait à envoyer... *quelque pauvre couillon*, selon l'expression qu'aurait utilisée le chef de l'état-major, pour conclure à la télévision cet accord apparemment déjà acquis. »

Coleman observa une pause d'une seconde, comme un comique de métier. « Divers scénarios ont été passés à la moulinette des logiciels de prise de décision. Ce qu'il en est sorti, comme des betteraves du derrière d'un bébé, c'est deux séries de possibilités, deux *clades*, comme ils disent. Si on n'envoyait personne jouer les héros sur le petit écran, toutes les conséquences négatives – le modèle n'ayant pas produit de conséquences positives – seraient au désavantage du gouvernement en cas d'élections. En revanche, si on envoyait quelqu'un, il y aurait deux possibilités, dont aucune n'aurait d'influence négative. Ou bien le porte-parole émergerait avec les otages, auquel cas le gouvernement aurait un héros vivant, ou bien les Brigades vertes joueraient les méchants et kidnapperaient le guignol sous les yeux scandalisés du peuple américain, auquel cas votre serviteur recevrait l'ordre de jouer les Rambo, et là ils auraient selon toute probabilité un héros mort.

– Et c'est ça qui vous amuse ? demanda Franker.

– Oh non, protesta Coleman d'un ton beaucoup moins dédaigneux. C'est comme ça que j'imagine le comportement cynique des enfoirés à qui les Américains, dans leur infinie sagesse, ont donné le pouvoir, ce genre de comportement qui rend mon boulot dégueulasse. Mais j'allais arriver à la chute de l'histoire.

– C'est-à-dire ? lâcha Toby.

– Ils rappellent Isaacs. Marché conclu, dit le chef de l'état-major. Vous avez le vice-président, c'est à prendre ou à laisser. Le vice-président ? dit Lennie. Ce guignol ? Je sais pas. »

Coleman s'arrêta. Toby regarda Carl Mendoza dans les yeux. Carl fit la grimace et haussa imperceptiblement les épaules.

« Je le tiens du Président lui-même, dit le chef de son état-major. Vraiment ? dit votre agent. Ma bite à couper ! dit le chef de l'état-major, ou quelque chose d'approchant... »

Nouvelle pause. Toby pouvait presque voir le grand sourire qui s'étalait sur le visage imaginaire de l'homme qu'il n'avait jamais rencontré ni jamais vu.

« À quoi ça me sert d'avoir un vice-président, bordel ? dit notre glorieux Chef suprême. Qui d'autre je suis censé envoyer à un enterrement qui pourrait très bien être le sien ? »

18 h 11

« T'es sûr que tu sais vraiment mixer ce truc ? » demanda Eddie Franker, inquiet, en regardant les chiffres défiler au bas de l'écran sur le moniteur de retour antenne installé dans la régie. Un sondage d'enfer :

... Pour : 81,35 % Contre : 18,65 %... Pour : 31,30 % Contre : 68,17 %... Pour : 99,90 % Contre : 0,10 %... Pour : 0,00 % Contre : 100,00 %...

« Ça facile, dit Jaro. Injecter de transpondeur descendant vers console mixage, mixer avec image caméra, envoyer à StarNet. »

L'image sur le moniteur de retour antenne n'était qu'une vue témoin du plateau vide des infos, et les chiffres qui défilaient au bas de l'écran étaient simplement l'œuvre de quelque plaisantin à l'autre bout de la liaison satellite, un test des circuits et du logiciel, et non les résultats d'un authentique sondage express.

Vous avez dit résultats ?

Certes, ces foutus sondages express avaient depuis belle lurette démontré leur exactitude. Mais, autant qu'Eddie le sache, personne n'avait encore poussé jusqu'à procéder à un sondage en temps réel sur une information en pleine évolution. Il trouvait l'idée macabre, en quelque sorte, estimant qu'elle violait un principe journalistique profondément enraciné qu'il n'arrivait pas tout à fait à identifier.

Pourquoi s'arrêter là ? Un malheureux candidat au suicide monte sur le rebord d'une fenêtre, un prêtre essaie de le raisonner, le tout couvert en direct avec les sondages en temps réel qui défilent sur un moniteur géant qu'ils installent spécialement pour lui. Lorsque 50,01 % de la *vox populi* sont pour, tu sautes, coco !

Pis encore, songea soudain Eddie, seule la nécessité de maintenir leur crédibilité en tant que moyen de prédire des événements ultérieurs empêchait d'éventuels individus ou entités malhonnêtes de truquer les chiffres. Or à présent que l'événement et la réaction des sondés se faisaient simultanément en temps réel, la cause et l'effet étaient totalement chamboulés : il n'y aurait pas de « prédictions » à proprement parler ni d'événements « ultérieurs » et, dans les pénibles circonstances actuelles, avec la pression occulte éventuelle du gouvernement...

« T'essaies encore, Nigel, et cette fois, je veux un panoramique sur l'entrée et un zoom arrière en même temps, comme si tu suivais quelqu'un qui marche lentement », crachota Warren dans son micro-casque.

L'un des moniteurs montrait un plan pris par une caméra HF depuis une fenêtre du premier étage sur le redéploiement des forces de l'ordre dans le parking public face à l'entrée principale.

Sunset Boulevard n'avait pas seulement été fermé à la circulation et interdit aux badauds. Toutes les voitures qui y étaient garées avaient été enlevées, tout comme les poubelles et les bennes à ordures. Une rangée de Hummer barricadaient la chaussée, garés le dos à la station, les engins de gros calibre montés sur leurs plateaux braqués sans équivoque vers l'immeuble et la caméra. Le parking devant l'immeuble, débarrassé de tout véhicule, avait été transformé en zone de feu à volonté pour un cordon de soldats fédéraux qui transpiraient tristement au repos – si l'on pouvait dire – à une dizaine de mètres derrière les Hummer. Les immeubles surplombant KLAX n'étaient pas dans le champ mais Eddie avait du mal à croire qu'ils n'avaient pas été évacués et bourrés de tireurs d'élite des Services secrets et de l'Armée.

Faute de son extérieur, Eddie ne savait pas si les hélicos militaires étaient déjà au-dessus de la station, mais un rapide zapping sur les chaînes concurrentes lui indiqua que toutes les stations de L.A. qui possédaient un hélicoptère l'avaient déjà mis en service pour couvrir l'événement, même si, à en juger par toutes les images merdiques prises au téléobjectif, il semblait que les autorités aient imposé une zone d'interdiction de survol plutôt généreuse autour de la station.

« D'ac, mec, on démarre... »

La caméra entama lentement un zoom arrière plutôt saccadé tout en panoramiquant en douceur du cordon militaire à l'immeuble, comme pour suivre un invisible vice-président qui traversait le parking. Lorsqu'elle atteignit les premières marches de l'entrée, elle plongeait presque à la verticale et, si l'hypothétique marcheur avait été en train de les gravir, l'angle de prise de vue aurait empêché de montrer le moment exact où il entrait dans l'immeuble.

« Qu'est-ce que t'en penses, Eddie ? » demanda Warren.

Eddie haussa les épaules. « Je ne suis pas le réalisateur... »

Mais, par défaut, il était *ipso facto* plus ou moins le producteur.

CNN, les grands réseaux et toutes les stations locales avaient dépêché leurs cars de reportage le plus près possible de l'immeuble de KLAX, or, vu l'ampleur du dispositif de sécurité et, soupçonna Eddie, la politique gouvernementale de contrôle des médias, ce n'était pas près du tout. Cette prise de vue à la verticale risquait de perdre le plan du vice-président entrant dans la station, mais au moins, filmant de l'intérieur vers l'extérieur, KLAX offrirait une couverture bien plus rapprochée que tous ses concurrents, forcés d'avoir recours à de grands téléobjectifs depuis des immeubles éloignés ou à des images inutilisables prises d'hélicoptères tenus à distance.

En revanche, la couverture que KLAX pouvait offrir des événements se déroulant devant l'immeuble ne serait pas exactement idéale non plus, puisque la station ne disposait en tout et pour tout que des deux caméras HF apportées par les terroristes. Nigel, qui savait plus ou moins ce qu'il faisait, maniait la caméra actuelle tandis qu'Ahmed le remplaçait aux commandes de la caméra numéro deux du studio, qui demandait beaucoup moins de doigté.

« Qu'est-ce que t'en penses toi ? » demanda Eddie.

Warren se gratta la tête. « Eh bien, de deux choses l'une : on fait comme ça, ou alors on fait une croix sur ce plan et on met Nigel à l'intérieur pour qu'il les suive jusqu'au studio... » Il haussa les épaules. « À toi de voir, mec. On peut pas couvrir les deux trucs sans un quatrième cameraman. »

Ce que Horst Klingerman ne permettrait pas. On avait

déjà eu assez de mal à lui faire approuver le plan initial : avec Nigel et Malcolm aux caméras de studio, Horst et Kelly sur le plateau avec Toby et le vice-président, il ne restait que Paulo et Hiroshi pour garder les entrées de l'immeuble, et Helga et Ahmed pour surveiller Carl et Heather dans la salle verte et Toby dans le studio.

Warren, lui, avait demandé un troisième cameraman. « Hé, Horst, sans ça, tout ce qu'on a, c'est des troncs qui causent sur un plateau. Donne-moi Ahmed, il est capable de tenir une caméra de studio, il est pas génial, mais il fera l'affaire, ensuite je pourrai envoyer Malcolm ou Nigel...

– Il n'en est pas question ! avait d'abord affirmé Klingerman. Il n'y aurait plus qu'Helga pour garder tous les otages, et elle ne peut pas être à deux endroits en même temps !

– Et merde ! Alors tu sors Heather et Mendoza de la salle verte et tu les mets avec toi dans le studio. Faut absolument que j'aie Ahmed.

– Pour quoi faire ? Pour montrer de belles images de l'arrivée du vice-président ?

– Eh bien... euh... ouais... je veux dire...

– Il ne s'agit pas d'un show télévisé !

– Mais si, mec ! Je veux dire... et s'il se passe quelque chose quand l'hélicoptère atterrit et que...

– Quoi par exemple ?

– J'en sais rien... »

Cette conversation s'était déroulée devant tout le monde dans la cafétéria et avait fini par prendre un tour inquiétant, Horst et Helga haussant le ton pour dire qu'il s'agissait d'une action directe sérieuse et pas d'une émission de télé tandis que Warren et Jaro continuaient à parler de la couverture de l'événement. Kelly avait finalement résolu la crise, même si la solution n'avait pas été tout à fait du goût d'Eddie.

« Nom de Dieu, c'est ridicule, Horst ! Toi et moi,

Helga, Malcolm et Ahmed, on sera tous dans le studio ! Ça fait *cinq* membres du groupe pour surveiller trois otages ! Qu'est-ce qu'il te faut, la *Bundeswehr* ? En plus, tu peux toujours nous faire tous sauter si tu penses que ça commence à être un peu risqué, pas vrai ? »

Petite phrase lourde de sens. Assez, de toute façon, pour obliger Horst à laisser Ahmed remplacer Nigel comme deuxième cameraman de studio.

Mais il était hors de question qu'il libère un brigadiste de plus pour tenir la deuxième caméra HF, car Heather et Carl auraient alors été plus ou moins sans surveillance dans le studio. Et lorsque Eddie avait suggéré qu'Heather pourrait jouer les remplaçantes, Horst lui avait décoché un regard à fondre le verre.

Et voilà. Nigel se démenait comme un dingue avec une unique caméra HF et la seconde caméra HF, faute d'une paire de mains libres, restait dans un coin du studio à attendre qu'on la prenne.

Eddie haussa les épaules. « Je crois qu'on pourrait tout aussi bien garder ce plan, dit-il. Au moins, on a l'arrivée de l'hélico, la traversée du parking, et personne ne pourra avoir une meilleure... »

Il soupira. S'il n'était peut-être pas un vrai réalisateur de J.T., il y avait assez longtemps qu'il était directeur de station pour le compte des radins qui possédaient KLAX pour se résigner aux tristes réalités d'un environnement technique minimal !

Il jeta un coup d'œil au moniteur de retour, qui montrait toujours le plateau désert des actualités et les résultats bidon des sondages qui défilaient en bas de l'écran. Il réussit à se fendre d'un maigre sourire.

Après tout, la question de savoir qui regarderait quelle chaîne au moment où le vice-président atterrirait et se dirigerait vers l'immeuble ne vaudrait plus un pet de lapin une fois qu'il serait à l'intérieur. À ce stade, quiconque se trouverait devant son poste se précipiterait sur la télécommande.

Parce qu'à partir de ce moment-là, KLAX-TV serait au cœur de l'action et ses concurrents réduits au rôle de spectateurs.

18 h 51

Assis l'un en face de l'autre dans la salle verte, Toby et Carl essayaient d'éviter tout contact oculaire manifeste, du moins lorsque Helga les regardait, tandis que Heather Blake, perchée sur le rebord de son siège, regrettait d'avoir accidentellement écouté cette stupide histoire de signaux et de grattage de nez.

Ou du moins de ne pas avoir pu dire quelque chose de cohérent avant que l'appel d'Alex Coleman ne vienne faire diversion. Ou d'avoir été à ce point perturbée par les révélations de Coleman qu'elle avait jusqu'à présent oublié ce à quoi elle avait songé.

Si quelque chose incitait effectivement Horst Klingerman à essayer de tous les faire sauter, il n'y avait rien à perdre à tenter de l'en empêcher.

Or Heather doutait que Toby ou Carl puissent interpréter correctement l'attitude de Horst Klingerman et agir en conséquence. Plutôt moi que n'importe lequel des deux.

Car Heather était convaincue qu'elle pouvait non seulement décoder Horst, mais aussi, mais oui, le *manipuler*.

Et même si elle comprenait l'effet qu'elle produisait sur les mâles hétéros de l'espèce beaucoup trop bien pour en nier la composante sexuelle, ça ne s'arrêtait pas là. À un certain niveau qu'elle n'arrivait pas tout à fait à formuler même pour son propre compte, elle *comprenait* Horst Klingerman bien mieux qu'il ne se comprenait lui-même.

Elle l'avait, euh... *contrôlé* avec deux ou trois trucs de théâtre primaires et ce qui avait probablement passé pour pas mal de courage. Mais le courage n'y était pas pour grand-chose.

Horst Klingerman était peut-être capable de tuer quelqu'un dans une bagarre. Voire d'appuyer sur les boutons si redoutés des détonateurs et de se tuer, avec tous ceux qui l'entouraient, dans un moment d'excitation passionnée.

Mais Heather n'était pas dupe. Horst ne pouvait pas tuer de sang-froid une femme innocente et désarmée. En cas de coup dur, elle pourrait aller jusqu'au bout, mais pas lui.

S'il le fallait, Heather était prête à risquer sa vie là-dessus.

Ce n'était pas du courage. C'était son jugement professionnel mûrement réfléchi.

19 h 02

La porte de la salle verte s'ouvrit et Malcolm passa la tête dans l'embrasure. « C'est bon, ma choute, amène-les, cria-t-il à Helga, ça va être l'heure de passer à l'antenne ! »

Helga se leva, indiqua la porte en brandissant son Uzi, et Carl Mendoza se catapulta de sa chaise, peut-être un poil plus vite qu'il ne l'aurait voulu, les nerfs crépitant d'adrénaline.

Heather se leva un instant plus tard, puis Inman, un peu hésitant, et Helga leur fit traverser le couloir pour entrer dans le studio des actualités. En tête, Carl bondissait sur la pointe des pieds comme un lanceur remplaçant qui vient finalement d'être appelé par l'entraîneur après s'être échauffé pendant trois tours dans l'enclos.

C'était ce que lui disait son corps, mais son esprit savait

que c'était là une décevante illusion. Personne n'allait lui remettre la balle quand il aurait traversé le terrain et serait parvenu sur le tertre. On allait l'obliger à rester en survêt dans l'abri de touche, à attendre, à regarder, à transpirer et à espérer qu'il n'était pas en train de devenir parano.

Kelly Jordan s'était déjà installée dans le siège habituel de Carl, l'air plutôt défoncé, le visage reflété en géométrie variable sur le moniteur, tandis qu'Ahmed essayait différents angles de prise de vue. Malcolm était déjà derrière l'autre caméra et mettait son casque. Klingerman était invisible.

Inman contourna le bureau, s'apprêta à prendre sa place centrale de présentateur vedette, mais Helga l'en dissuada en lui agitant le canon de son Uzi sous le nez. « Ça, dit-elle, c'est pour le vice-président. Vous vous asseyez à côté de Kelly. »

Ce qui voulait dire que le vice-président allait être placé entre Inman et Klingerman et protégerait Horst de toute initiative soudaine de la part de Toby.

Merde !

Était-ce là une habile manœuvre de la part de Klingerman ? se demanda Carl. Ou alors est-ce que je deviens parano pour de bon ?

Tandis que Helga le poussait, ainsi que Heather, vers les chaises pliantes au fond du studio, Carl réussit à s'arrêter une seconde en passant devant le bureau du J.T. et à croiser les yeux d'Inman.

Ce qu'il vit alors, ou ce qu'il s'imagina avoir vu, n'avait pas de quoi le réconforter.

Toby Inman lui retourna son regard mais il n'y avait plus grand monde derrière. Rien que la personnalité habituelle du présentateur vedette de KLAX-TV attendant de passer à l'antenne, beau gosse anglo aux cheveux blonds dont le regard traversait Carl sans le voir pour fixer le vide.

Erreur, comprit Carl lorsqu'il s'éloigna du plateau et jeta un coup d'œil au moniteur.

Inman ne fixait pas le vide. Malcolm se servait de lui pour régler sa caméra, et le présentateur du grand J.T. du soir sur KLAX-TV rodait son sourire professionnel en se regardant à la télévision.

19 h 16

Plus c'est la même chose, plus ça change ? C'est encore plus pareil aujourd'hui qu'avant ? C'est quoi, déjà, la formule ? songea stupidement Toby Inman, assis comme d'habitude dans son fauteuil en attendant de passer à l'antenne tandis que les gars de la technique réglaient leurs micros et caméras.

Certes, les cameramen portaient un pistolet-mitrailleur en bandoulière, comme les gars de la régie et sa... euh, coprésentatrice, sans oublier Helga, qui avait pris position au fond du studio et tournait comme un charognard autour de Carl et de Heather – de *sa* Miss Météo, de *son* commentateur sportif, bref, des gens qui étaient censés être derrière ce bureau avec lui.

Aïe, je commence à délirer. C'est ça qu'on appelle le trac ?

D'ordinaire, à ce stade des préparatifs, tandis qu'il servait de mannequin pour régler le son et les éclairages, il se concentrait en relisant le script qui allait défiler sur le téléprompteur.

Mais ce soir, m'sieurs-dames, pas de téléprompteur ; Inman le Magnifique travaillerait sans filet.

Enfin, pas exactement. Il y avait un genre de script, élaboré par l'attaché de presse du vice-président, StarNet et son impresario tout neuf Leonard Isaacs, et présenté par Horst Klingerman, qui y avait, semblait-il, apposé sa signature.

À 19 h 30, l'hélicoptère du vice-président atterrirait dans le parking. Il aurait trois minutes pour descendre, traverser le béton et rencontrer Horst et Hiroshi à l'entrée. Pas de micro, pas de dialogue : Toby serait obligé de commenter. Trois minutes supplémentaires, le temps qu'il arrive sur le plateau, un blanc incontournable, donc, qu'il faudrait meubler avec des plans de la scène à l'extérieur de la station filmés par Nigel plus un commentaire improvisé par Toby.

Ça va être la partie la plus difficile, Inman. Environ six minutes de bla-bla sur les images, ça passe ou ça casse.

Après quoi, présenter le vice-président, Horst, Kelly, puis se caler contre le dossier et la boucler.

Pas vraiment aussi difficile que ça, n'est-ce pas, Inman ? se dit Toby en regardant sa propre image sur le moniteur du studio. Ta grand-mère pourrait faire ça sans le moindre script.

Toby inspira lentement, à fond, et considéra son double vidéo sur l'écran. Il releva les coins de ses lèvres et le double sourit. Il raidit les muscles de son front et le double fronça les sourcils.

Tout baigne ! C'est bien ta pomme là-haut, c'est le J.T. du soir sur KLAX-TV, avec *Toby Inman* ! Tu contrôles la stabilité horizontale. Tu contrôles la stabilité verticale. Au quatrième top, le pantin sortira de sa boîte.

À moins que...

Toby se surprit à regarder un inconnu dans les yeux. C'était bien le visage qu'il voyait dans la glace de la salle de bains, mais...

Peut-être était-ce l'absence de maquillage, mais le visage sur l'écran semblait avoir dix ans de plus. Un caprice de l'éclairage ? N'empêche qu'il semblait renvoyer le regard de Toby avec une petite lueur dans les pixels de ses prunelles, un inquiétant sourire imbu de supériorité, comme s'il menait une existence à part dans la couche de phosphore luminescent.

19 h 30

À l'écran :

Le logo de la station.

« KLAX-TV, Los Angeles ! »

Plan rapproché pris au téléobjectif en légère plongée sur une ligne continue de soldats, dont six suffisent à remplir le champ sous cet angle. Portant des treillis et des casques de combat, ils sont au repos, M-16 à la bretelle.

Toby Inman, off : « Bonsoir mesdames, bonsoir messieurs, ici Toby Inman qui vous parle en direct de KLAX-TV, alors que nous tous ici, otages et membres des Brigades vertes, attendons... euh... l'arrivée imminente du vice-président des États-Unis, qui... euh... est venu de toute urgence en avion militaire de Washington, et devrait... euh... arriver incessamment de l'aéroport en hélicoptère pour négocier notre... non, attendez un instant... je crois que... »

Les soldats ne bougent pas, mais ils lèvent les yeux tandis que la caméra, dans un zoom arrière heurté et d'une rapidité vertigineuse, élargit considérablement le champ pour montrer le parking vide, puis le cordon militaire et, derrière, les tracteurs Hummer – l'angle de pointage de leurs tourniquets lance-roquettes coïncidant plus ou moins avec l'angle de plongée de la caméra.

Rien que le parking désert pendant une, deux secondes. Puis deux formes noires plongent dans le champ par le haut.

Toby Inman, off : « Oui, voilà les hélicoptères, ce me semble, mais... »

Deux hélicoptères descendent sur le béton du parking à mi-chemin environ des soldats et de l'immeuble et à une vingtaine de mètres l'un de l'autre.

Ils sont peints de motifs camouflés verts et bruns. Des mitrailleuses saillent des verrières sous le cockpit et tout à l'avant. Des lance-roquettes multiples et des mitrailleuses lourdes sont accrochés à des pylônes fixés aux ailerons légèrement pliés qui pendent du fuselage. Les rotors continuent de tourner au ralenti.

Toby Inman, off : « On dirait des... hélicoptères militaires... euh, un genre d'escorte... ah, oui, le voilà... »

Un autre hélicoptère atterrit sur le parking entre les deux engins militaires, un grand transport à un seul rotor, peint en bleu et blanc et frappé du sceau présidentiel de chaque côté de son fuselage. Le moteur s'éteint, le rotor ralentit jusqu'à l'arrêt complet tandis que ceux des hélicoptères d'assaut continuent de tourner lentement, avec une inquiétante régularité, comme des ailes de frelons.

Un panneau s'ouvre à gauche au milieu du fuselage et une passerelle se déplie automatiquement. Un, deux, trois, quatre hommes en complet bleu descendent au pas de course, se placent de part et d'autre de la passerelle et restent en position « repos » réglementaire sans armes visibles tandis que les soldats alignés bien en arrière des hélicoptères décrochent leurs M-16 et les tiennent en position « présentez armes ».

La caméra tente un zoom avant sur l'embrasure, mais l'angle est peu favorable et on ne distingue pas grand-chose avant qu'un homme franchisse le seuil et commence à descendre lentement les marches. Grand, mince, il porte un complet gris clair presque opalescent, une chemise blanche, une cordelière noire style western. Sa chevelure fournie, d'une blancheur neigeuse spectaculaire, descend jusqu'au lobe de ses oreilles.

Toby Inman, off : « Le vice-président des États-Unis ! »

Le vice-président descend, se retourne brièvement vers les troupes en position loin derrière les hélicoptères, dit quelque chose aux hommes des Services secrets, l'un deux lui répond, le vice-président acquiesce d'un signe de tête, pivote, commence à marcher vers la caméra, passe entre les deux hélicoptères d'assaut, les laisse derrière lui. La caméra essaie de faire un gros plan mais la distance est trop grande et on ne voit pendant de longues secondes qu'un plan à mi-corps.

Toby Inman, off, baisse quelque peu le ton comme un journaliste sportif commentant un tournoi de golf : « Conformément à l'accord passé avec les Brigades vertes, le vice-président se présente devant l'immeuble seul, sans la protection rapprochée des Services secrets... »

Le vice-président continue d'avancer vers la caméra et commence à remplir l'image. Sa démarche, ferme et régulière, mais lente et un peu raide au niveau des genoux, est celle d'un vieil homme plutôt bien conservé. À peu près à mi-chemin entre les hélicoptères et l'entrée de l'immeuble, la caméra réussit finalement un gros plan en plongée qui aplatit le visage du vice-président. Son nez d'aigle est long et mince, les narines évasées. Sourcils épais et d'une spectaculaire blancheur. Large bouche, lèvres charnues, mais qui semblent artificiellement pincées. Peau hâlée, couturée d'un fin réseau de rides comme celle d'un vieux fermier qui a passé sa vie à travailler au soleil. Ses yeux bleus regardent l'objectif sans le savoir mais ne trahissent aucune émotion.

Il continue de marcher vers l'entrée de l'immeuble et la caméra entame un lent zoom arrière pour conserver le cadrage du gros plan mais, lorsqu'il est tout près du but, l'extrême inclinaison ne permet de montrer que le nez qui dépasse sous une épaisse mèche de cheveux blancs.

Toby Inman, off : « ... le vice-président s'approche de l'entrée... »

L'angle de prise de vue est maintenant presque vertical et la caméra ne montre guère plus que le sommet du crâne du vice-président lorsqu'il commence à gravir les marches puis rien que le sol lorsqu'il arrive sur le perron.

Toby Inman, off : « Euh... nous ne pouvons pas vous le montrer, chers téléspectateurs mais, euh, là-bas, le vice-président est actuellement accueilli par Horst Klingerman, président des Brigades vertes... »

La caméra abandonne brutalement le plan vide, panoramique sans conviction, puis s'arrête sur les hélicoptères d'assaut prêts à intervenir : les rotors tournent, des vapeurs de kérosène sont visibles dans les ondes de chaleur émises par l'échappement.

Toby Inman, off : « ... mais restez avec nous sur KLAX, parce que dans deux minutes va commencer notre reportage *en exclusivité* sur les négociations entre les Brigades vertes et le vice-président des États-Unis, et *ça*, vous ne l'aurez que sur StarNet, en direct des studios de KLAX-TV, Los Angeles ! »

19 h 35

« ... euh, oui, comme vous pouvez... comme je l'ai déjà dit, la... le dispositif de sécurité à l'extérieur est, euh, très impressionnant, les véhicules que vous voyez sont des " HMV ", en clair des tracteurs Hummer, et les engins à l'arrière de ces HMV qui sont braqués sur la station sont des... un genre de... de lance-roquettes multiples à tir rapide... »

Qu'est-ce que foutaient Klingerman et le vice-président ? L'horloge du studio indiquait à Toby Inman que deux minutes seulement s'étaient écoulées, mais ces deux minutes avaient été le blanc le plus interminable que Toby ait jamais été obligé de meubler.

Tandis que Nigel faisait défiler des plans des hélicoptères, des soldats, des collines d'Hollywood presque visibles malgré le smog, Toby avait été forcé d'improviser un blabla dont il percevait lui-même l'inanité.

« ... donc, ces hélicoptères... à mon avis, ce sont des modèles utilisés par l'armée de l'air... pourquoi ils ont laissé tourner leurs rotors ?... J'en sais pas plus que vous là-dessus... euh, peut-être qu'ils ont peur de décharger leurs batteries... »

Pourquoi n'avoir pas balancé ici une page de pub pour...

Finalement, la porte du studio s'ouvrit et le vice-président des États-Unis entra, suivi de Horst Klingerman qui, à deux pas derrière, braquait son Uzi sur les reins du vieux politicien.

« Eh bien, euh... voilà le vice-président et Horst Klingerman qui entrent dans le studio ! » s'exclama Toby avec un sentiment de gratitude qui faillit émerger sous forme de soupir de soulagement.

Toby observa le vice-président pendant quelques secondes silencieuses tandis que Horst le poussait vers le plateau. Il y avait du courage dans sa façon de marcher froidement, sans hésitation, avec un pistolet-mitrailleur dans le dos. Yeux bleus humides et peut-être un poil injectés de sang, mais regard d'un calme étonnamment glacial vu les circonstances. S'il ne souriait pas, il ne fronçait pas les sourcils non plus. Son visage était pour ainsi dire un masque officiel d'autorité. En chair et en os comme sur le petit écran, le vice-président était plus présidentiel que le président lui-même.

Horst agita son arme, et le vice-président vint lentement se placer derrière le bureau et dans le plan général du plateau tel qu'il apparaissait sur le moniteur. Il s'installa à la gauche de Toby, sans jamais cesser, en vrai pro, de garder le contact oculaire avec la caméra. Une seconde plus tard, Horst s'assit à la gauche du vice-président, plaça son Uzi bien en évidence sur le bureau et sa main droite non moins en évidence sur la poignée de l'arme.

Et maintenant ? se demanda Toby, inquiet.

Un coup d'œil au moniteur pour voir son propre visage en gros plan. Un coup d'œil à la vitre de la régie pour apercevoir Eddie Franker qui lui faisait des signes frénétiques de la main avant de la passer horizontalement sur sa poitrine.

Très juste ! J'allais oublier !

« Eh bien, mesdames et messieurs, nous allons aborder ces négociations, mais avant cela, KLAX-TV et StarNet ont fait en sorte que vous y participiez *vous-mêmes.* Nous allons afficher en continu les résultats des sondages express, si bien que les participants disposeront de *votre* opinion sur... euh, ce qui va se passer. Pour : vous appelez le 800-680-111 ; contre : vous appelez le 800-680-000. C'est aussi simple que ça et n'oubliez pas que ces numéros sont gratuits, alors composez-les aussi souvent que vous le désirez. »

Toby s'arrêta et essaya de se rappeler le ton de rigueur dans ces circonstances, contrôla son expression sur le moniteur et prit l'air le plus digne qu'il sache se donner.

« Et maintenant, pour présenter les propositions du gouvernement aux Brigades vertes... mesdames et messieurs et, euh... chers concitoyens... le vice-président des États-Unis ! »

Le vice-président pivota à demi pour gratifier Toby d'un petit sourire professionnel grave, sérieux, d'une dignité véritablement impressionnante, le genre de sourire qui sans nul doute avait précédé mille discours sollicitant la générosité des électeurs.

« Je vous remercie... euh, Toby », dit-il d'une voix ample et rocailleuse de baryton, à peine teintée d'inflexions texanes.

Mais le bourbon qui parfumait son haleine avait presque de quoi jeter Toby à bas de son siège.

19 h 38

À l'écran :

Gros plan sur le vice-président, le visage tanné uniformément hâlé sous sa crinière léonine de cheveux blancs, ses épais sourcils blancs encadrant de façon spectaculaire les yeux bleus qui regardent la caméra sans ciller. Il ressemble presque à un acteur typé qui joue son rôle.

« Chers concitoyens. Comme vous le savez tous, cette station de télévision est entre les mains de terr... des militants des Brigades vertes depuis sept jours. Et comme vous le savez tous, ils menacent de la faire sauter, entraînant leur propre mort et celle des otages, et de libérer dans l'atmosphère un nuage de plutonium, ou du moins le prétendent-ils, si votre gouvernement tente de reprendre cette station par la force. »

Sa voix est onctueuse, le ton sincère, la cadence délibérément rythmée, son attitude d'une gravité empreinte de calme.

« Or, bien entendu, vous ne voulez pas que votre gouvernement encourage des actions illégales, quels que soient les idéaux qui les justifient, car ce serait saper les fondements de la loi sur laquelle notre grande nation a été bâtie. Ceux qui enfreignent la loi doivent être convoqués devant un tribunal et jugés par leurs égaux. »

Les premiers chiffres des sondages défilent de gauche à droite en bas de l'écran : *Pour : 69,10 %... Contre : 30,90 %...*

Les rides aux coins de la bouche du vice-président s'incurvent légèrement vers le haut en une timide amorce de sourire.

« D'un autre côté, ni le peuple américain ni ses représentants élus ne désirent que d'innocentes victimes périssent au nom d'une justice absolue, car le droit à la vie, à la liberté et à la recherche du bonheur est un autre pilier sacré de notre forme de gouvernement démocratique. »

Pour : 67,84 %... Contre : 32,16 %...

« Et quand bien même les militants des Brigades vertes ont enfreint la loi, ils n'ont pas jusqu'ici maltraité leurs otages, contaminé la ville de Los Angeles ni porté atteinte aux biens de quiconque, quoiqu'ils aient menacé de le faire. Donc, au vu des circonstances, votre gouvernement à sagement préféré la patience et l'indulgence à... une opération de sauvetage précipitée, la voie pacifique de la négociation au... recours à la force militaire... »

Pour : 53,33 %... Contre : 46,67 %...

« De plus, ces... euh... militants des Brigades vertes ne sont ni des communistes, ni des extrémistes idéologiques, ni des narcoterroristes, et leurs exigences, jusqu'ici, sont plus ou moins apparentées au souci d'assurer la survie de la biosphère de notre planète, sans laquelle... sans quoi... euh... souci partagé par tous les citoyens raisonnables... »

Le vice-président hésite une seconde, fixe la caméra d'un air solennel, cille une fois, deux fois, trois fois, comme s'il cherchait à retrouver le fil de son discours.

« Donc, après mûre réflexion, eu égard à la vie des otages et des habitants de Los Angeles, au respect des biens privés et à vos désirs manifestes, citoyens américains, dont nous servons la volonté telle qu'elle s'exprime dans les sondages express, aussi bien qu'à des... euh, indications de bonne volonté de la part des Brigades vertes, nous sommes convenus de mener ces négociations ouvertement et en public pour voir si nous ne pouvons pas aboutir à une solution pacifique de cette prise d'otages qui soit acceptable pour toutes les parties concernées et pour le peuple américain... »

Pour : 72,12 %... Contre : 27,88 %...

De nouveau, le vice-président arbore un léger sourire, mais cette fois le sourire est un peu maladif, les lèvres trop humides, et les projecteurs ont fait perler des gouttes de sueur sur son front ridé.

« Euh... des affaires d'État pressantes ont empêché le Président de mener en personne ces négociations publiques comme il l'aurait, euh... ardemment souhaité, mais... mais... on... il m'a donné un ensemble détaillé de propositions... et m'a pleinement autorisé à... conclure devant le peuple américain un accord irrévocable avec... avec tout le poids et toute la majesté de... du gouvernement des États-Unis... »

Pour : 48,41 %... Contre : 51,59 %...

Le vice-président regarde franchement la caméra pendant une seconde de silence. Puis une autre. Il jette un coup d'œil inquiet à gauche, puis à droite, et fixe à nouveau la caméra.

Gros plan plutôt mal cadré sur Toby Inman, l'air naturel quoique paumé lui aussi, en train de pivoter pour faire face à la caméra.

« Euh... je vous remercie, monsieur le Vice-Président. Bon, euh... avant que nous commencions, est-ce que l'un de vous deux aimerait faire une déclaration préliminaire ? »

Plan général plein cadre du plateau des infos. Toby Inman se tourne sur sa droite en direction de Kelly Jordan, puis sur sa gauche, derrière le vice-président, en direction de Horst Klingerman. Kelly interroge Horst des yeux, Horst regarde Kelly d'un air un peu ironique.

« Les dames d'abord », dit-il.

Retour au gros plan bâclé de Toby Inman.

« Kelly Jordan, ministre de l'Information des Brigades vertes et, euh... présentatrice du futur *Rendez-vous avec les Brigades vertes*, que StarNet vous proposera en direct, oui, en direct des studios de KLAX-TV, Los Angeles, à supposer que... après que... euh, Kelly ? »

Gros plan bien mieux cadré de Kelly Jordan, sérieuse mais souriante, tout à fait calme et plutôt pro dans son approche de la caméra.

« Merci, Toby. Et merci à vous tous qui avez mis en échec le référendum Seawater de Californie, soutenu le boycottage du café brésilien et le boycottage des pommes du Nord-Ouest, qui avez donné, euh... tout leur prix aux risques que nous avons pris et rendu possible le *Rendez-vous avec les Brigades vertes*. Hé ! C'est peut-être *nous* qui vous avons montré le pouvoir de votre propre action directe, mais nous n'aurions pas pu le faire sans *vous*, les amis ! »

Elle projette une espèce particulière d'humilité stellaire. Elle se tourne et adresse un sourire rayonnant plus ou moins en direction du vice-président.

« Et merci à *vous*, monsieur le Vice-Président, d'avoir les c... le cran de venir ici ce soir, dit-elle avec une touchante sincérité. Seuls des gens comme nous, qui avons mis notre vie et notre liberté en jeu pour sauver la vie sur Terre, peuvent vraiment apprécier le courage dont vous avez fait preuve en nous confiant les vôtres sur la foi de notre parole. Et nous ne vous décevrons pas. Hé, quand tout ça sera terminé, vous aurez une invitation permanente pour passer au *Rendez-vous avec les Brigades vertes*. Quand vous voudrez ! »

Elle ne s'accorde pas plus d'une demi-seconde de pause, le temps de se retourner vers la caméra. « Toby ? »

Pour : 71,11 %... Contre 28,89 %...

Gros plan sur Toby Inman, enfin correctement cadré.

« Horst ? » dit-il en interrogeant Horst du regard. Il hoche la tête et se retourne face à la caméra.

« Horst Klingerman, président des Brigades vertes. »

Gros plan sur Horst, mais cadré plus large, montrant l'Uzi sur le bureau devant lui et sa main droite qui repose sur la poignée. Klingerman fixe la caméra bien dans l'axe mais il ne sourit pas et la fréquence de ses clignements d'yeux est anormalement élevée.

« Oui. Je ne suis pas doué pour faire des discours en anglais. Je ne ferais pas un bon présentateur de talk-show. Je suis un homme d'action directe. Alors, oui, en tant qu'homme d'action directe, je peux respecter le vice-président américain puisqu'il a pris physiquement des risques, même s'il se contente de faire ce que lui ont dit de faire certains dont le courage reste à prouver. »

Il hausse les épaules, déplace sa main jusqu'au canon de son arme, qu'il caresse nerveusement.

Pour : 41,30 %... Contre : 58,70 %...

« Mais nous ne sommes pas ici pour parler de courage, oui ? »

Il se tourne vers la droite, vers le vice-président. Plan duo de Horst Klingerman et du vice-président, qui fait face à la caméra puis se tourne lentement pour avoir un contact oculaire avec Klingerman.

« Nous sommes ici pour écouter une proposition du gouvernement des États-Unis, et pour vous donner notre réponse. Alors vous pouvez poursuivre et exposer la position de votre gouvernement. »

Le vice-président fronce les sourcils, ses narines se dilatent. Il ne doit pas avoir l'habitude de se montrer indulgent en face d'un tel crime de lèse-majesté. L'espace d'un instant, il foudroie Klingerman du regard. Klingerman fait de même. Puis, lentement, il retire sa main du canon de l'Uzi et croise les bras sur sa poitrine.

Pour : 35,00 %... Contre : 65,00 %...

Le vice-président cligne les yeux, se retourne pour fixer la caméra qui s'avance pour un gros plan. À cet instant, il fait vraiment ses soixante-dix ans : les lèvres humides de salive, il transpire, sans doute déconcerté par ce qu'il a vu dans les yeux de Horst Klingerman, mais encore trop politicien professionnel pour le laisser filtrer dans sa voix ou briser en public cette image de calme présidentiel.

« Oui, eh bien, le... la position du gouvernement des États-Unis est, euh, tout à fait claire. Les membres des Brigades vertes doivent libérer leurs otages indemnes, évacuer ces locaux et se rendre aux autorités fédérales dûment constituées. C'était notre position dès le premier jour de cette... euh, de cette situation, et c'est toujours la nôtre aujourd'hui. »

Il se fend d'un sourire forcé plutôt atroce.

« Après tout, les seules autres issues possibles seraient le bain de sang dévastateur que je suis... venu ici pour éviter, ou bien, euh... quelque horrible équivalent américain de l'interminable crise des otages d'Iran qui a anéanti le gouvernement Carter, et qu'aucun gouvernement digne de ce nom ne pourrait indéfiniment tolérer... »

Pour : 79,37 %... Contre : 20,63 %...

Horst Klingerman, off : « Cet ultimatum insultant est la position officielle de votre gouvernement... »

Passage rapide et maladroit à un plan duo du vice-président et de Horst Klingerman. Il ne croise plus les bras, sa main droite repose à nouveau sur son arme et il enveloppe le vice-président d'un regard incendiaire.

« ... c'est *ça,* votre idée d'une *négociation sérieuse ?* »

L'espace d'une seconde, cloué sur son siège, le vice-président ne peut que cligner les yeux, transpirer et fixer Klingerman.

« Nous sommes *disposés* à stipuler des conditions, dit-il enfin, nous ne parlons pas d'une reddition *inconditionnelle.*

– Je n'accepte pas le terme de *reddition* ! crache Klingerman.

– Je voulais seulement...

– Donnez-nous vos conditions, c'est tout, d'ac ? » dit brusquement la voix de Kelly Jordan, très fort.

Gros plan rapide sur Kelly Jordan, qui a l'air plutôt exaspérée. « C'est bien pour ça qu'on est tous là, pas vrai, Horst ? »

Horst Klingerman, off, sarcastique : « Tu crois, Kelly ? »

Pour : 19,18 %... Contre : 80,82 %...

Toby Inman, off : « *S'il vous plaît !* »

Gros plan de Toby Inman, les mains devant la poitrine, les paumes vers le haut, qui hausse les épaules, consterné, et roule des yeux exaspérés pendant une seconde. Puis Toby le présentateur vedette reprend le dessus.

« Écoutez, messieurs-dames, dit-il d'un ton bon enfant mais avec l'autorité du meneur de jeu, on n'arrivera à rien si tout le monde se met à parler en même temps ! Alors, Kelly, Horst, voulez-vous s'il vous plaît laisser Monsieur s'exprimer ? »

Il leur décoche un sourire macabre. « Vous pourrez toujours vous disputer plus tard, ajoute-t-il. Monsieur le vice-président, vous disiez ? »

Gros plan sur le vice-président, qui regarde vers la droite.

« Euh... merci, Toby », dit-il en se retournant vers la caméra, le visage en sueur, agité de tremblements, avec une accrétion de salive sèche peu ragoûtante aux coins de ses lèvres humides. « Comme j'étais sur le point de vous le dire, Toby, je suis effectivement autorisé à émettre des propositions pour le compte de... euh, du gouvernement des États-Unis. Comme vous le savez, notre grande nation a été fondée sur le sacro-saint principe de... euh... de la séparation des pouvoirs... la... le système du jury... le... l'indépendance du pouvoir judiciaire... »

Pour : 39,51 %... Contre : 60,49 %...

Horst Klingerman, off, rageur : « Et ça veut dire *quoi* ? »

Toby Inman, off, très fort : « Je vous en prie, Horst ! Laissez-le terminer !

– Merci, Toby », répète le vice-président, un peu comme un mantra, à croire que cet échange normalisé avec le présentateur type lui permet de fonctionner comme si c'était là un talk-show ne différant en rien de tous ceux auxquels il a participé. Il s'essuie subrepticement les lèvres d'un rapide coup de langue, sa voix se raffermit et devient... vice-présidentielle, pardi !

« Ça veut dire, monsieur Klingerman, pour ceux qui ne sont pas familiarisés avec notre forme de gouvernement, que pas même le président des États-Unis n'a le pouvoir d'annuler le verdict prononcé par un jury ni d'influencer la décision d'un juge présidant un tribunal... »

Horst Klingerman, off : « Mais alors... »

Kelly Jordan, off : « Oh, la ferme, Horst ! »

Toby Inman, off, plus fort : « Tous ceux qui disent de la fermer, fermez-la ! »

Ce qui produit enfin une seconde de silence permettant au vice-président de sourire puis de reprendre la parole.

« CEPENDANT, dit-il avec une vigoureuse emphase, les délits les plus graves que vous ayez commis enfreignent les lois *fédérales*, et le Président a obtenu des autorités californiennes qu'elles renoncent à toute inculpation dans le cadre de l'État ou du comté et qu'elles se dessaisissent de cette affaire pour confier les poursuites au ministère de la Justice. Et quand bien même le Président ne peut influencer le verdict d'un jury ni dicter la sentence prononcée par un juge dans le cas où un verdict de culpabilité a été rendu, il a le pouvoir de charger son ministre de la Justice de recommander la clémence et il *serait disposé à le faire*. Et de par la Constitution, il échoit au président des États-Unis d'exercer le droit de grâce dans un procès fédéral. Droit qu'il consentirait d'avance à exercer si nécessaire pour... euh... annuler toute sentence qui... euh, violerait les termes de cette... de la solution de cette crise que nous... euh... nous essayons présentement de négocier. »

Pour : 51,23 %... Contre : 48,77 %...

Il s'arrête, regarde à droite, à gauche, comme s'il s'attendait à une réaction.

Mais elle ne vient pas et, après un long silence, son visage est remplacé par un plan général de tout le plateau des infos. Le vice-président regarde du côté de Horst, du côté de Kelly, comme un spectateur à un match de tennis. Horst affiche un air menaçant, peut-être troublé pour de bon, Kelly regarde le vice-président puis la caméra, comme si elle cherchait un texte à lire sur un téléprompteur introuvable. Toby Inman, coincé entre Klingerman et le vice-président, finit par parler.

« Est-ce qu'on peut avoir ça en des termes simples que tout le monde puisse comprendre, monsieur le Vice-Président ? Vous êtes en train de dire que vous... euh, que le Président... enfin, que vous êtes autorisé par le Président à déclarer publiquement la nature de la peine maximale qu'il est disposé à garantir aux membres des Brigades vertes en échange d'une libération sans violence des otages et d'une reddition volontaire ? »

Le vice-président sursaute, comme si Toby l'avait poussé hors du cadre de l'image – ou presque.

« N'est-ce pas ce que je viens de dire ? » s'étonne-t-il.

Pour : 61,44 %... Contre : 38,56 %...

« Donc... qu'est-ce que vous êtes disposé à garantir ? » demande Kelly Jordan après une seconde de silence, comme si Inman venait de lui donner à elle aussi un signal non verbal.

Gros plan sur le vice-président qui sourit, visiblement soulagé, comme un acteur de théâtre qui, forcé d'improviser tout au long d'une scène à cause d'un trou de mémoire, vient d'être enfin guidé vers un passage reconnaissable du texte par un de ceux qui lui donnent la réplique.

« C'est là tout l'objet de ces négociations publiques, Ms Jordan, dit-il d'une voix suave. Quelle type de peine seriez-vous disposés à accepter ? »

Gros plan sur Kelly Jordan, qui ne sourit pas, même si elle paraît soulagée elle aussi. « Tous les travaux d'intérêt général que vous voudrez nous imposer, mais pas de peine de prison. »

Gros plan sur le vice-président : « Nous sommes disposés à vous proposer des peines de prison théoriques de dix ans, commuables en cinq ans de mise à l'épreuve plus deux mille heures de travaux d'intérêt général dans les Parcs nationaux et la lutte contre la pollution. »

Gros plan sur Kelly Jordan. Elle sourit. « Ouais, je crois que nous pourrions assurer... »

Gros plan du vice-président, qui se tourne vers la gauche. « Monsieur Klingerman ? »

Gros plan sur Horst Klingerman, qui sourit lui aussi à l'objectif. Mais il plisse les yeux d'une manière inquiétante et une petite lueur sardonique brille dans son regard.

« Oui, m'exprimant en tant que Président des Brigades vertes, j'accepte vos conditions pour un... une *solution* négociée... », dit-il.

Pour : 79,99 %... Contre : 20,01 %...

« ... pour autant que vous soyez disposés à accepter les nôtres. »

19 h 47

« *Vos* conditions ? dit le vice-président.

– *Nos* conditions ? » dit Kelly Jordan.

Merde alors ! faillit dire Toby Inman, mais il était assez pro pour s'en abstenir. Voilà qui n'était certainement pas dans le script !

Horst Klingerman continuait de sourire à la caméra. Sur le moniteur, son visage était un genre de masque sans expression, mais sa main droite, à l'extérieur du champ de la caméra, se déplaça jusqu'à la crosse de l'Uzi et son doigt s'insinua dans le pontet.

Au fond du studio, Helga, debout derrière Carl et Heather, sembla se raidir et passer en mode d'alerte maximale.

Pas dans le script ?

Le script de *qui,* au fait ?

19 h 48

À l'écran :

Gros plan sur Horst Klingerman, qui sourit comme un requin repu.

« Oui, monsieur le Vice-Président, nous acceptons vos conditions pour un règlement négocié sans effusion de sang. Nous sommes disposés à libérer nos otages, remettre nos personnes aux mains de la justice, passer en jugement dans un procès public et accomplir les travaux d'intérêt général que vous exigez. Donc, tout ce que vous devez faire en contrepartie, c'est accepter publiquement *nos* conditions, et tout le monde sera content... »

Plan duo sur Horst Klingerman et le vice-président qui met ce dernier en valeur. Il semble ne pas savoir s'il est censé ressentir de la peur, de la perplexité ou une vertueuse indignation devant ce qui s'annonce comme un traquenard.

« Lesquelles ? marmonne-t-il prudemment.

– Il n'y en a que trois, et elles sont très simples... »,

dit Horst Klingerman dans une parodie plutôt grossière de la douce voix de la raison tandis que la caméra s'approche pour le cadrer en gros plan. « Le gouvernement des États-Unis doit déclarer unilatéralement une interdiction à l'échelle mondiale de la fabrication, de la distribution et de l'usage de tous les produits chimiques nocifs pour l'ozone atmosphérique et imposer un embargo économique total sur les nations qui refusent de s'y conformer. Les États-Unis doivent interdire la fabrication, la vente et la possession des automobiles sur leur territoire. Les États-Unis doivent ordonner la cessation immédiate de toute exploitation et de tout brûlage du bois dans le bassin de l'Amazone et envoyer une force navale d'une importance et d'une force suffisantes pour protéger le fleuve Amazone et faire respecter l'interdiction. »

Gros plan sur le vice-président, bouche bée, qui ouvre de grands yeux. Des perles de bave lui pendent aux coins des lèvres.

« C'est... c'est... c'est une... »

Kelly Jordan, off : « Tu déconnes complètement, Horst ! »

Plan général plein cadre du plateau des infos. Horst Klingerman a déjà posé les deux mains sur son arme. Le vice-président reste cloué sur son siège, abasourdi. Toby Inman semble se ratatiner dans son fauteuil de présentateur comme s'il cherchait un trou pour disparaître. Kelly Jordan, furieuse, se lève, les poings serrés.

Pour : 19,45 %... Contre : 80,55 %...

« C'est pas du tout ce sur quoi on s'était mis d'accord ! crie-t-elle. C'est des exigences ridicules et impossibles à satisfaire, et tu le sais ! »

19 h 50

« C'est peut-être ce qu'on pourrait croire sur le moment, dit Klingerman en récupérant son flingue sur le bureau. Les grandes choses ne se font pas en un jour ni sans peine... »

Chingada ! se dit Carl Mendoza. Ça y est ! Il se gratta la narine gauche, tenta de croiser le regard d'Inman et se gratta le nez une seconde fois, mais ce fils de pute regardait le plafond, et de toute façon, le vice-président était entre lui et Klingerman ; pas moyen de s'approcher de Horst avant qu'il...

« ... mais le vice-président des États-Unis a eu la grande sagesse de remettre sa personne entre nos mains... »

Ahmed s'écarta de sa caméra, arracha son casque, décrocha son Uzi...

Carl se leva d'un bond, entendit un déclic derrière lui...

... se tourna et se retrouva en train de contempler le canon de l'arme d'Helga, à dix centimètres de son nez...

19 h 51

À l'écran :

« ... et nous avons beaucoup de temps devant nous. »

Plan général plein cadre du plateau des infos. Horst Klingerman se lève, braque son arme droit sur la tête du vice-président, qui a un mouvement de recul. Toby Inman bondit, s'entrave dans sa chaise, fait marche arrière en titubant.

Kelly Jordan braque son Uzi sur Klingerman, puis contemple l'arme avec horreur comme si elle venait de se changer en serpent. Ahmed entre dans le champ par la droite, son Uzi tenu au niveau de la ceinture et braqué sur la poitrine de Kelly.

Pour : 9,10 %... Contre : 90,90 %...

« Tu... tu... tu... peux pas faire ça, bafouille Kelly.

– Bien sûr que si », dit Horst.

Malcolm déboule dans le champ, son arme braquée sur Ahmed.

« On va pas crever pour cette connerie de merde ! »

Le tableau se fige. Uzi en batterie, Horst vise le vice-président, Kelly vise Horst, Ahmed vise Kelly et Malcolm vise Ahmed.

« À vous de choisir, *meine Kameraden*, dit Horst. Si vous insistez, nous pouvons tous mourir pour rien séance tenante. »

Il empoigne l'Uzi de la main droite et, de l'autre, ouvre prestement son gilet, laissant apercevoir la télécommande des détonateurs, la rangée d'interrupteurs à bascule...

19 h 52

... qu'il effleura d'un doigt menaçant.

Tout semblait se passer au ralenti, comme l'inévitable séquence choc de tous les films d'action merdiques qu'avait vus Heather. À cette différence près que Heather, elle-même coincée au milieu de pareille séquence, comprenait à présent tout le sel d'un vieux cliché filmique, ou plutôt la vérité sous-jacente que ce cliché essayait tant bien que mal de représenter.

Au ralenti, il ne se passait *vraiment* rien : une explosion d'adrénaline accélérait la perception du temps, tout comme c'était le fait de tourner un film à vitesse double pour le projeter à vitesse normale qui produisait l'effet de ralenti au cinéma.

Et de même qu'une séquence au ralenti créait cette impression de clarté limpide, élégante et onirique que les mauvais metteurs en scène substituaient à une authentique épiphanie, de même, cet instant en temps réel semblait exister dans quelque royaume magique sur une table de montage aux mains de Heather, comme si cette scène pouvait se visionner image par image.

En plan fixe, sur le plateau, Kelly Jordan visait Horst Klingerman, Ahmed visait Kelly, Malcolm visait Ahmed, et Horst, au centre de l'image, comme pris dans le faisceau d'un projecteur de poursuite, menaçait le vice-président avec son pistolet-mitrailleur et le reste de l'assistance avec sa main sur la télécommande des détonateurs. À côté de Heather, Carl Mendoza et Helga Müller, qui le visait à bout portant, se fusillaient du regard.

Ce plan était construit de telle sorte qu'il n'y avait qu'une manière d'en sortir dans un film conventionnel : par une explosion ou une grêle de balles.

Mais ce n'était pas du cinéma.

Néanmoins, Heather Blake se surprit à percevoir la scène de l'extérieur, avec le recul du metteur en scène.

Et de cette position, elle *savait*, elle savait plus clairement, plus froidement et plus objectivement que jamais, qu'elle pourrait la jouer comme si c'était du cinéma.

Heather la réalisatrice donna ses instructions à Heather l'actrice, qui se leva de sa chaise, traversa le studio et entra dans le champ de l'image.

19 h 53

À l'écran :

Plan général statique du plateau des infos. Heather Blake fait irruption au premier plan à gauche, file entre Ahmed et Malcolm, traverse leurs lignes de mire avant même qu'ils puissent réagir et atteint le bureau du J.T. juste au moment où un Horst Klingerman alarmé et ahuri commence à faire pivoter son Uzi pour le lui braquer sur la poitrine.

Le temps qu'il termine son mouvement, elle se tourne à demi, si bien que la caméra fixe, laissée à elle-même, la prend de profil, ses cheveux dorés agités par la vitesse, les bras grand ouverts au niveau des hanches, les seins pointés directement sur Klingerman, sur son arme, l'image parfaite de la vierge américaine montant au sacrifice.

« Allez ! Tuez-moi, si c'est ça que vous voulez ! crie-t-elle. Ou alors faites-nous tous sauter !

– Déconne pas, la grognasse !

– Horst... »

Personne ne bouge. Horst Klingerman reste planté là comme un voleur pris la main dans le sac, coincé dans l'image de la brute malfaisante. Ses lèvres s'agitent une demi-seconde avant qu'il en sorte le moindre son.

« Que... qu'est-ce que vous faites ?

– Je suis en train de sauver votre honneur ! déclare Heather. J'essaie de vous sauvez de vous-même ! »

Elle en rajoute tellement que le vice-président lève les yeux au ciel et que même Klingerman semble tressaillir.

« Asseyez-vous ! » finit-il par articuler.

Un équilibre invisible s'est subtilement modifié. Horst a toujours une main sur la télécommande et, de l'autre, braque toujours son Uzi sur Heather, mais il n'est plus tout à fait maître de la situation.

« Je ne vais pas m'asseoir, Horst, énonce Heather très lentement, d'une voix égale. Je vais faire autre chose. Je vais le faire sans hâte et en faisant attention, mais je vais le faire tout de même. »

Kelly Jordan abaisse mollement son arme, dont la ligne de mire oblique ne vise plus Klingerman, Ahmed et Malcolm arrêtent de se lancer des regards assassins et ne prêtent plus attention aux armes dont ils se menaçaient l'un l'autre. Tous les regards convergent sur Heather Blake qui commence à avancer.

« Je ne vais blesser personne ni menacer personne, et je ne vais pas faire de gestes précipités ni imprévus, dit-elle d'une voix délibérément rythmée, mais vous serez bel et bien obligé de me tuer de sang-froid devant cent millions de personnes si vous voulez m'arrêter. »

Lentement, elle traverse l'écran de gauche à droite, le dos à la caméra, puis longe le bureau du J.T., les yeux rivés à ceux de Horst Klingerman qui suit ses moindres mouvements comme un cobra observant sa future victime.

Mais celle-ci est peut-être une mangouste...

À en juger par l'expression sur le visage de Klingerman, il n'en est pas sûr lui non plus.

À gauche, Kelly Jordan interroge Malcolm d'un signe de tête, lui dit quelque chose que les microphones ne captent pas. Malcolm hésite puis, l'arme toujours en main, recule vers la caméra et sort du champ de l'image.

La caméra se rapproche pour un plan un peu plus serré, centré sur Heather Blake qui contourne l'extrémité du bureau pour se retrouver derrière tandis que Klingerman la suit du canon de son Uzi sans la quitter des yeux jusqu'à ce qu'elle regarde la caméra, à laquelle il tourne le dos pour surveiller Heather.

Heather continue d'avancer derrière le bureau de gauche à droite, prudente mais décidée, jusqu'à ce qu'elle soit juste derrière le vice-président.

La caméra s'approche pour isoler le trio : le terroriste à l'Uzi, l'homme en complet gris soudain vieilli par la peur et la vision de la blonde innocence 100 % américaine venue tout droit du Middlewest, la fille, la sœur idéale, la pin-up à faire fantasmer tous les adolescents boutonneux du pays, qui vous sourit en tremblant mais courageusement, et place deux mains protectrices sur les épaules du vice-président des États-Unis d'Amérique.

Pour : 95,40 %... Contre : 4,60 %...

« Vous avez donné votre parole d'honneur, Horst Klingerman, dit-elle. Vous avez promis devant le monde entier d'assurer la sécurité de cet homme. »

Heather exerce une petite traction sur les épaulettes de l'homme en complet gris. « Levez-vous, monsieur le Vice-Président. Nous partons. »

19 h 55

Heather regarda Horst Klingerman au fond des yeux tandis que le vice-président se levait lentement, encore tout ébranlé. Le pistolet-mitrailleur de Horst visait juste entre les seins de Heather, sa bouche était raidie en une moue d'une insolence de convention, mais ses yeux ne pouvaient mentir.

« C'est... c'est... c'est encore un de vos trucs de théâtre », marmonna-t-il.

Heather inclina imperceptiblement la tête, rien que pour lui.

Encore un, eh oui, et pas très subtil, en plus, lui confirma-t-elle du regard. Tu le sais, et je le sais, et ceux qui nous regardent le savent aussi. La Belle et la Bête, c'est comme ça qu'on l'appelle, pauvre connard, et pas la version Cocteau ni la version Disney, mais celle avec King Kong et Fay Wray, et tout le monde sait comment celle-là se termine.

Bien sûr, tu pourrais toujours me tuer.

Bien sûr que tu le pourrais.

Car Heather avait beau savoir que cette comédie était un acte d'une incroyable bravoure, un exploit héroïque à vous couper le souffle qui lui attirerait la faveur du populo, elle n'avait pas peur. Avec ce script, elle assurait parfaitement.

Horst Klingerman était un homme de chair et de sang et non un personnage qu'elle aurait pu être amenée à affronter dans quelque exercice de la méthode Stanislavski, mais la même technique de base lui était applicable.

C'était un personnage qu'elle avait étudié sous toutes les coutures et qu'elle comprenait assez bien pour le jouer lui aussi le cas échéant.

Horst aimait peut-être se voir dans le rôle du grand terroriste aux nerfs d'acier, mais en aucun cas dans celui du méchant, et au tréfonds de son cœur, il croyait son cœur pur. Il était même capable d'aller jusqu'à se persuader qu'il pourrait tuer du moment que c'était au nom de la sauvegarde de la vie sur Terre, mais cela faisait de lui un romantique.

Et comme tous les romantiques, il était idéaliste. Habillez un romantique en terroriste, et vous avez Galaad déguisé en voyou.

Et voilà qu'il découvrait lui-même ce que Heather savait depuis longtemps.

Il ne pouvait tuer une innocente de sang-froid.

Hormis dans les films d'action, il n'y avait pas tant de gens que ça qui en étaient capables.

Et à cet instant, ce savoir partagé était l'arme que maniait Heather, beaucoup plus puissante que celle qu'il brandissait lui-même.

La dernière réplique de *King Kong* le résumait bien.

C'est la Belle qui a tué la Bête.

19 h 57

À l'écran :

Horst Klingerman, le vice-président et Heather Blake. Elle prend la main du vice-président, commence à reculer vers la gauche de l'image, s'éloignant de Klingerman sans le quitter des yeux, oblige le vice-président à contourner le coin du bureau comme un gros chien récalcitrant qui tire sur sa laisse.

Klingerman ne bouge pas, l'Uzi braqué sur la poitrine de Heather. Puis il commence à se déplacer en même temps qu'elle, peu sûr de lui, en gardant ses distances tandis que la caméra s'approche pour suivre le trio...

19 h 58

Eddie Franker pouvait à peine en croire ses yeux. Il pouvait encore moins comprendre comment Heather arrivait à tenir Horst Klingerman sous le charme.

Allait-elle *vraiment* réussir son coup ?

Eddie se détourna de la vitre de la régie pour observer la même scène sur le moniteur de contrôle, filmée par la caméra de Malcolm, puis regarda à nouveau le plateau.

Pour : 99,10 %... Contre : 0,90 %... disaient les sondages.

Eddie Franker était tout autant hypnotisé que Horst semblait l'être, mais son sixième sens de vieux journaleux lui signala que si Heather réussissait à sortir du studio avec le vice-président, ils n'auraient plus d'image.

Et il y avait une caméra HF qui attendait qu'on la prenne dans un coin du studio !

Il se retourna, saisit Jaro par le bras. « Tu vas là-bas et tu filmes tout ce que tu peux avec la HF, lança-t-il. Bouge ton cul !

– Stop ! Pas un pas de plus ! entendit-il via l'un des micros du studio. Cette farce a assez duré ! »

Eddie fit volte-face et regarda par la vitre de la régie...

19 h 59

D'une longue enjambée vers la droite, Helga Müller avait contourné Carl Mendoza. Carl pivota pour regarder le plateau et vit qu'Helga visait la tête d'Heather Blake.

Kelly Jordan redressa prestement son arme puis se trouva sans trop y croire en train de la braquer sur Helga.

« Si elle n'abaisse pas tout de suite son arme, descends-la, Ahmed ! »

Ahmed, qui tenait déjà Kelly en respect, se mit en état d'alerte maximal, le doigt sur la détente.

« Pas question, mon pote ! » cria Malcolm, s'écartant de sa caméra et braquant d'une main son Uzi sur le ventre d'Ahmed.

Bref, un équilibre de la terreur aussi stable qu'un flacon de nitro posé sur la pointe d'une aiguille.

20 h 00

À l'écran :

Plan sur Heather Blake, le vice-président et Horst Klingerman au moment où Heather s'arrête au coin du bureau, regarde à gauche en direction du premier plan...

Helga Müller, off : « Un pas de plus, et je vous descends. »

20 h 01

Heather commença à bouger. Carl ne prit même pas le temps de se retourner mais fit exactement ce que, d'après Charley Bird, il aurait fait à une femme armée imaginaire dans cette hutte imaginaire dans la jungle : il donna un bon coup de pied en arrière du côté où il pensait que se trouvait l'entrejambe d'Helga.

Ce n'était peut-être pas aussi douloureux que le même coup appliqué à une paire de couilles molles, mais assez quand même. Helga grogna, se plia en deux, et Carl, en se retournant, lui allongea une droite bien placée au plexus solaire qui lui coupa le souffle et lui donna des jambes en caoutchouc. Elle s'effondra la tête la première, laissa échapper l'Uzi, dont la bandoulière glissa de son épaule, et l'arme sonna sur le sol lorsque Helga tomba.

Carl se baissait pour s'emparer par réflexe de l'arme enfin disponible lorsqu'il leva les yeux, regarda derrière lui et vit que...

Kelly Jordan visait toujours l'endroit où s'était trouvée Helga, c'est-à-dire lui-même, même si elle ne donnait pas l'impression de bien savoir ce qu'elle faisait, mais Ahmed et Malcolm le visaient eux aussi, et eux avaient l'air de savoir ce qu'ils faisaient.

Le cerveau de Carl réagit aussi vite que son corps.

Il se releva lentement, les mains en l'air, un sourire idiot aux lèvres.

« Je me suis dit que vous aimeriez peut-être avoir le temps de réfléchir avant que tout le monde bousille tout le monde », dit-il en balançant l'Uzi d'un coup de pied jusqu'au milieu de la pièce.

20 h 02

À l'écran :

Plan plein cadre sur Heather Blake, le vice-président et Horst Klingerman, figés l'espace d'une seconde comme en arrêt sur image. Puis Heather regarde à gauche, à droite, à gauche encore derrière la caméra. Les yeux vitreux du vice-président fixent le vide. Le pistolet-mitrailleur de Horst Klingerman est toujours braqué sur Heather, ses yeux sont encore rivés sur elle lorsqu'elle se tourne vers lui, mais il a lui aussi un regard de zombie.

« Je vais faire ça très lentement, et je vais d'abord vous dire ce que je vais faire, à chaque étape, dit Heather, énonçant chaque syllabe comme si elle s'adressait à un petit enfant pas très éveillé. Tout ce que je vais faire, maintenant, c'est me retourner... »

Sur ce, comme elle l'a annoncé, Heather pivote et tourne le dos à Klingerman, si bien qu'il lui contemple la nuque tout en gardant son Uzi braqué sur ses reins.

Heather se présente de trois quarts à la caméra et garde la pose tout en parlant à Klingerman.

« Maintenant, nous allons sortir d'ici, dit-elle. Et vous allez être obligé de me tirer dans le dos devant cent millions de personnes si vous voulez nous en empêcher. Vous ne pouvez pas faire ça, n'est-ce pas, Horst ? Il n'y a pas de raison, hein ? Vous ne feriez que déshonorer votre cause. Vous êtes trop intelligent pour faire ça. Il y a trop de bonté en vous. Je suis prête à risquer ma vie là-dessus. »

Les lèvres de Klingerman tremblent, ses yeux cillent rapidement. En cet instant, il ressemble beaucoup plus à une victime qu'à un terroriste décidé.

« Et maintenant j'y vais, dit Heather. Là... »

Elle effectue un pas en avant, puis un autre. Elle entraîne avec elle le vice-président, qui ferme presque les yeux, la tête penchée en arrière.

Horst Klingerman reste planté là comme un taureau cloué sur place par l'ultime véronique d'un grand matador. La caméra pivote vers la droite pour suivre Heather Blake et le vice-président jusqu'à ce que Horst soit entièrement sorti du champ, puis continue de les suivre tandis qu'ils s'approchent de la sortie.

20 h 03

La main du vice-président était molle et tremblante et Heather sentait l'odeur âcre de sa peur. Elle aurait dû avoir peur elle aussi, non ?

Mais Heather n'avait pas peur. Un pas après l'autre, elle se rapprochait de la sortie, précédée par Jaro qui marchait à reculons en la filmant du mieux qu'il pouvait avec la caméra HF.

C'était tout à fait comme le tournage d'un film. Elle avait écrit son rôle, conçu toute la chorégraphie, elle était son propre metteur en scène et cent millions de personnes regardaient le résultat.

Comme dans un film ? Plutôt du théâtre en direct. On réussit du premier coup ou on se casse la gueule. Impossible de recommencer la scène.

C'était pour Heather le moment ou jamais – le dernier moment de sa vie, ou le moment qui ferait d'elle une star.

20 h 04

À l'écran :

Plan plein cadre pris par la caméra HF de Heather Blake et du vice-président qui avancent main dans la main dans un couloir peint en vert mat. La caméra est tenue d'une poigne mal assurée, l'image tremble, oscille et saute, comme si l'opérateur trébuchait sur divers obstacles ou se cognait aux murs.

Le vice-président des États-Unis se déplace mécaniquement tel un pauvre monstre de Frankenstein, tel un vieillard terrorisé qui s'attend à recevoir une grêle de balles dans le dos.

Mais Heather Blake rayonne. Agitant ses boucles blondes, elle fait de grandes enjambées, sûre d'elle, comme une star sous un projecteur qu'elle est la seule à voir et dont elle suscite *ipso facto* l'existence dans l'esprit des téléspectateurs. Elle joue pour la caméra et sourit résolument, courageusement : la vedette arrive en se promenant au point culminant du film accompagnée par le crescendo d'une musique fantôme.

Pour : 99,98 %... Contre : 0,02 %...

Elle passe en douceur devant un Hiroshi frappé de stupeur, on entend une porte s'ouvrir et, l'espace d'une seconde, l'image disparaît dans une lumière blanche éblouissante.

Elle revient tandis que la caméra panoramique pour reprendre Heather Blake et le vice-président sous un autre angle, de dos et en pied, filmés depuis le seuil.

Heather et le vice-président descendent les quelques marches menant au parking sous la lumière blanche d'un puissant projecteur qui les suit tandis qu'ils traversent le bitume comme à la parade. L'angle de prise de vue s'agrandit à mesure qu'ils s'éloignent et la caméra effectue une contre-plongée pour révéler l'origine des feux de la rampe.

À environ trois mètres du sol, la sinistre forme noire d'un hélicoptère d'assaut scintille sous les dernières lueurs du crépuscule hollywoodien. L'engin flotte à reculons vers le cordon militaire au fond du parking à la vitesse d'un homme au pas, à leur vitesse, et les isole dans un cercle de lumière.

Heather Blake fait signe de la main aux soldats devant elle, tandis que la caméra, à la recherche d'un gros plan final, opère un zoom avant sur sa tête vue de dos. Puis, grâce à quelque sixième sens cinématographique, à quelque magie hollywoodienne, elle se rend compte qu'elle est filmée.

Sans arrêter sa progression, toujours éclairée par le projecteur, elle tourne la tête pour faire face à la caméra et lui adresse un parfait sourire final.

20 h 09

À l'écran :

Plan général plein cadre du plateau des infos de KLAX. Toby Inman s'effondre dans son fauteuil de présentateur, les yeux vitreux, fixant le vide. À sa droite, Kelly Jordan est à nouveau assise, la crosse de son Uzi calée sur le bureau, canon en l'air. Son visage est sans expression. Horst Klingerman, debout, s'appuie d'une main sur le bureau et, de l'autre, tient mollement son arme. Ses yeux sont des agates bleues fissurées.

Le tableau dure une seconde. Une autre. Encore une autre. Et ainsi de suite : un blanc qui dure une bonne minute.

« Eh bien, messieurs-dames, qu'est-ce qu'on peut ajouter... ? » lâche finalement Inman d'une voix rauque.

La caméra s'approche pour un gros plan impitoyable tandis qu'il hausse les épaules, ouvre la bouche, commence à dire quelque chose, hausse à nouveau les épaules.

« Une image vaut mille mots, comme on dit, et ce que vous venez de voir, ce dont nous avons tous été témoins... *quoi* ? »

Il regarde vers la gauche, sort la tête du cadre de l'image une ou deux secondes puis regarde à nouveau la caméra d'un air inquiet.

« Eh bien, euh... chers téléspectateurs, on vient de m'informer que notre spécialiste météo Heather Blake et le vice-président des États-Unis sont sains et saufs... ce qui n'est pas tout à fait le cas de ceux d'entre nous qui sont encore ici, improvise-t-il frénétiquement. Et on vient de me dire aussi que, euh... jusqu'à nouvel ordre, ou jusqu'à la... solution finale de la prise d'otages dans les studios de KLAX-TV, nous ne... n'aurons plus le droit d'émettre. »

Il affiche un vrai sourire de tête de mort.

« Alors... euh, je crois qu'il faut vous dire au revoir de la part de Toby Inman, Carl Mendoza et Heather Bl... euh, de la part de tout le monde ici à KLAX-TV, Los Angeles. Ou peut-être à la prochaine fois... j'espère... »

Le noir complet.

Puis une neige multicolore sur un écran muet.

HUITIÈME JOUR

7 h 03

Une fois de plus, Eddie Franker se réveilla dans l'obscurité. À côté de lui, Toby Inman s'agitait spasmodiquement sur son matelas pneumatique, mais Carl Mendoza, qui ronflait en douceur, dormait comme une souche.

Combien diable y arrive-t-il ? se demanda Eddie. Lui-même s'était réveillé si souvent qu'il ne savait plus combien de fois, et il doutait d'avoir eu quarante-cinq minutes consécutives de sommeil sur toute la nuit.

En scrutant l'entrée à l'autre bout de la cafétéria, il pouvait distinguer les silhouettes de Jaro et d'Hiroshi qui devaient maintenant se garder l'un l'autre autant que leurs otages. Sans aucun doute, le corps de garde posté aux entrées de l'immeuble devait être divisé sur la même ligne de fracture.

Ce qui ne voulait pas dire qu'on ne se parlait pas entre les deux camps !

Oh non ! Ils avaient continué jusqu'à au moins une heure du matin, et puisque aucune des deux factions ne voulait perdre de vue ni les otages ni l'autre faction, toute la discussion s'était déroulée dans la cafétéria. Toby, Carl et Eddie avait été forcés de l'endurer bien au-delà de leurs capacités de résistance au sommeil et à l'épuisement, jusqu'à ce que les terroristes aient enfin conclu leur seul accord de la nuit : éteindre les lumières, arrêter le bordel et essayer de dormir un peu avant que tout recommence le lendemain matin.

Ce qui, de l'avis d'Eddie, n'allait pas manquer d'arriver. Il changea de position, ferma les yeux et essaya d'échapper à l'inévitable reprise des hostilités.

Car rien n'avait été résolu.

Et il ne voyait pas vraiment comment on pouvait résoudre quoi que ce soit.

Après que Heather avait, médiatiquement parlant, coupé les couilles terroristes de Klingerman, Eddie s'était presque attendu à voir Horst, fou furieux, faire exploser les charges et en finir pour de bon.

Après que Carl avait botté Helga dans le berlingot et lui avait allongé un direct dans les tripes, Eddie s'était encore plus attendu à voir Helga se relever, récupérer son arme et flinguer Mendoza.

Au lieu de quoi, Horst était resté planté au milieu du plateau comme un automate de Disneyland en panne de circuits. Et Carl s'était penché et avait offert sa main à Helga. Elle l'avait reluqué d'un air bizarre, mais elle l'avait prise. Avait laissé Mendoza l'aider à se relever. Et lui avait balancé un salut ironique quand elle était allée récupérer son arme.

Puis, chacun à sa manière, tout le monde avait paru planer.

Horst, Kelly et Toby avaient froidement fixé le vide pendant ce blanc interminable. Faute de mieux, Malcolm avait tenu ce qui semblait être le plus long plan fixe de l'histoire de la télévision. Ahmed était resté bêtement à côté de la caméra numéro deux en se demandant si par hasard il ne devait pas faire quelque chose avec.

Et ni moi, ni Warren, ni Jaro ne nous étions rendu compte que c'était *ça* qui passait en direct à l'antenne.

L'inévitable appel d'Alex Coleman avait été un soulagement.

« J'me suis dit que vous aimeriez savoir que la petite est saine et sauve, Eddie, énonça Coleman de la voix la plus douce qu'Eddie lui ait jamais connue.

– Merci, Alex, dit sincèrement Franker.

– Je crois pas que j'aie jamais vu un truc aussi culotté, et pourtant j'ai assisté dans ma vie à deux ou trois exploits du niveau Étoile d'argent et à un ou deux du niveau Médaille militaire.

– Et ensuite ? marmonna Eddie d'une voix lasse. Les hélicoptères d'assaut et les lance-roquettes multiples ?

– Pas avec la moitié des citoyens de ce pays collés à leur poste qui n'attendent que ça. Les sorciers sont retournés à leurs planches à dessin. Ils ont une héroïne, un happy-end et des sondages à en crever de joie, et ils vont pas faire pleuvoir ce soir sur leur propre parade. Il est donc prévu que l'orage aura lieu plus tard, loin de la tranche de grande écoute, et loin des caméras.

– Je ne vous suis pas...

– Maintenant, on tire le rideau, Eddie, on brouille votre liaison avec la tour de transmission locale, et on a persuadé les types de StarNet d'arrêter leur rediffusion de tout ce que KLAX leur envoie. Je vais vous laisser le temps de l'annoncer, seulement, après ça, vous serez déconnectés.

– Mais Klingerman va...

– Ce brave Horst a pas tiré sur la bobinette au moment critique, et je suppose qu'il le fera pas maintenant non plus.

– C'est une *supposition* à la con, Coleman ! Et c'est notre putain de vie qui est en jeu !

– C'est l'opinion d'un *professionnel*, Eddie. Herr Klingerman ressemble à un pauvre couillon de sergent qui vient de perdre toute sa patrouille dans une embuscade et qui est pas tellement en état de donner des ordres en urgence, et ce, pour un bon bout de temps. Ou alors, est-ce que vous suggérez que je ferais mieux d'intervenir tant qu'il est encore sous le choc en espérant que tout se passera comme sur des roulettes ? »

Eddie n'avait rien pu rétorquer. Prenant son courage à deux mains, il s'était donc glissé dans le studio et avait prévenu Toby. Et Coleman s'était trouvé avoir raison. Klingerman avait à peine réagi lorsqu'on leur avait coupé l'antenne, et encore moins déclenché l'apocalypse.

Malcolm et Ahmed avaient fait sortir Toby et Carl du studio, où ils laissaient Helga se disputer pour une raison ou une autre avec Kelly et Horst.

Les micros de studio étant coupés, Eddie ne pouvait rien entendre, mais il avait été en mesure d'observer la scène une minute par la vitre de la régie avant de se faire expédier lui aussi à la cafétéria par un Warren plutôt ahuri.

Kelly avait commencé à crier après Horst, ensuite Helga s'y était mise elle aussi, même si, à en juger par le langage corporel utilisé, elles n'avaient pas l'air d'être d'accord entre elles non plus. N'empêche que Horst se faisait apparemment engueuler par les deux à la fois.

Et n'avait pas l'air, du moins pendant qu'Eddie était encore là pour les voir, de rendre les coups. Il restait planté dans une sorte d'état de transe, à encaisser les insultes, comme un...

Coleman avait dit quoi, déjà ? Comme un pauvre couillon de sergent qui avait perdu toute sa patrouille dans une embuscade... ?

Pas tout à fait, ainsi qu'Eddie devait l'apprendre un peu plus tard, lorsque le trio avait débarqué dans la cafétéria en continuant de s'engueuler.

« ... j'ai été bien bête d'écouter un intellectuel de café comme toi...

– ... c'était la dernière des conneries à faire !

– ... on avait le *vice-président des États-Unis* entre les mains, et on l'a laissé filer parce que notre grand timonier n'a pas eu le cran d'affronter une blondasse...

– Qu'est-ce que j'étais censé faire, Helga ? pleurnicha Horst Klingerman. J'aurais vraiment été obligé de l'abattre pour l'empêcher de partir.

– Et alors ? On aurait encore un vice-président vivant comme otage ! Et notre crédibilité en tant que force d'action directe ! On les a plus ni l'un ni l'autre, Horst, au cas où tu l'aurais pas remarqué !

– Très bien, Helga, excellent, railla Kelly. On tire dans le dos d'une femme sans arme devant cent millions de personnes pour conserver notre crédibilité de tueurs fous ! Et qu'est-ce que tu fais du soutien populaire ?

– Tu penses à ton émission de télé, Kelly ? »

Réflexion faite, Horst Klingerman ressemblait plutôt à un commandant tellement bordélique qu'il avait perdu toute autorité et tout respect chez les derniers soldats qui lui restaient.

Après les récriminations, on en était venu à la ligne de conduite à adopter, Kelly et les Vidéomanes soutenant que le groupe n'avait d'autre choix que de libérer les otages restants et se rendre, les Soldats, surtout Helga, soutenant que, puisqu'ils disposaient encore de trois otages et d'un immeuble bourré d'explosifs, la situation tactique ne s'était pas modifiée.

Tandis que lesdits otages étaient contraints d'écouter tout cela au-delà des limites de la terreur, voire de l'ennui, jusqu'au royaume de la stupeur et de l'épuisement, là où Eddie, au moins, ne pouvait plus penser à autre chose qu'à son désir d'obscurité, de silence et de sommeil...

... frustré une fois de plus au petit matin avec Toby qui s'agitait sur le matelas pneumatique, Carl qui ronflait et les frôlements des autres qui commençaient à bouger dans la salle assombrie.

Laissant échapper un gémissement, sans lever la tête, Eddie scruta la pénombre.

Les Soldats avaient posé leurs matelas pneumatiques à gauche de la porte et les Vidéomanes à droite. Horst Klingerman avait placé le sien entre les deux camps, mais plus loin du mur, dans un isolement délibéré.

Et lorsque les tours de garde avaient été attribués et les lumières atténuées, et que les autres terroristes s'étaient couchés pour essayer d'avoir quelques heures de sommeil, Horst était resté assis en tailleur sur son matelas à fixer Dieu sait quoi dans le noir jusqu'à ce qu'Eddie s'endorme.

Les premières fois qu'Eddie s'était réveillé, Horst était encore assis. Puis, à un moment donné, il avait donné l'impression de s'être finalement allongé et d'essayer de dormir.

Mais à présent Eddie distinguait à nouveau sa forme assise, le canon de l'arme visible en silhouette, tel un bizarre anti-Bouddha en méditation à ne pas déranger sous peine de mort, tandis qu'autour de lui les endormis bougeaient, gémissaient et s'agitaient juste avant de s'éveiller.

Eddie frissonna, ferma les yeux à nouveau, tenta de retrouver le sommeil ou, du moins, de faire semblant de s'endormir, peu pressé de voir se lever l'aube de cette nouvelle journée.

Pas pressé du tout. Et n'ayant peut-être qu'une chance sur deux de survivre pour en voir une autre.

8 h 21

C'était peut-être un vieux réflexe de survie qui datait du Viêt-nam. Carl Mendoza s'éveilla frais et dispos au matin de ce qui pouvait devenir le dernier jour de sa vie, après un sommeil ininterrompu et, pour autant qu'il s'en souvînt, sans rêves.

Les choses commençaient déjà à bouger lorsqu'il se redressa. Nigel et Helga relevaient Jaro et Hiroshi qui gardaient la porte, mais ni l'un ni l'autre ne voulait quitter la cafétéria pour un endroit quelconque où il aurait de meilleures chances de piquer un roupillon. Hiroshi préféra se laisser choir sur son matelas dans la partie gauche de la cafétéria et Jaro l'imita dans la partie droite, alors même que tous les autres occupants se réveillaient, allumaient les lumières et commençaient à faire du bruit. Ahmed et Warren allèrent relever Paulo et Malcolm, qui gardaient les entrées de l'immeuble. Quelques minutes plus tard, ces derniers regagnèrent la cafétéria pour s'effondrer eux aussi sur leurs matelas.

Des bidasses expérimentés quittant leur tour de garde dans des moments pareils auraient peut-être eu un besoin dément de sommeil mais, bien qu'il ait connu des mecs tellement experts dans l'art de pioncer qu'ils pouvaient finir de garder le périmètre d'une batterie de canons aux avant-postes et s'envoyer un petit dodo alors même que les pièces tiraient, Carl comprenait pourquoi personne ne voulait quitter la cafétéria pour se trouver un petit coin tranquille.

D'accord pour monter la garde aux avant-postes, sergent, mais aucun de ces individus n'était à présent disposé à perdre les autres de vue sauf, évidemment, en cas de nécessité tactique.

Inman, déjà réveillé, était accroupi sur son matelas. Le père Franker se redressait en gémissant. Heather...

Merde.

Merde, Mendoza ? *Chingada*, en voilà des idées !

Mais Carl ne pouvait s'en empêcher. Certes, il était heureux de la savoir sortie d'ici. Mais elle lui manquait. Ça n'avait rien à voir avec le sexe, et encore moins avec le plaisir qu'éprouve un macho quand il a l'impression de protéger une blonde princesse.

Loin de là.

Finalement, c'était Heather qui avait eu des couilles dans cette histoire. Heather qui avait récupéré la grenade dégoupillée et l'avait balancée dans la jungle. Heather qui avait déclenché ses vieux réflexes de combattant ou inspiré son propre « acte héroïque », comme on devait sans doute dire dans les médias. Heather qui avait été – au féminin – son seul compagnon d'armes dans cette situation.

Excepté, à sa manière tordue, Helga Müller. Avait-il été habile en lui tendant la main, son geste avait-il été une prise de judo psychologique, comme le fait de balancer du pied le flingue sur le plancher au lieu d'essayer de le récupérer ? Avait-il cédé à une réaction réflexe ? Une sincère manifestation de courtoisie ? Les trois à la fois ?

Qu'importe. C'était une froide salope défoncée aux amphés qui avouait avoir tué un nombre non précisé de personnes dans le cadre de ce qu'elle estimait être son devoir. Au moment critique ou maintenant, à tête reposée, Carl ne doutait pas qu'elle aurait descendu Heather Blake s'il n'était pas passé à l'action et lui aurait fait la peau à lui aussi s'il avait manqué son coup.

Il n'aimait pas Helga Müller. Il doutait vraiment qu'elle puisse l'aimer de son côté ou, tant qu'on y était, aimer qui que ce soit. Et il l'avait blessée.

Excepté eux deux, pas une des personnes ici présentes ne pouvait comprendre ce qui s'était passé entre eux lorsqu'il avait tendu la main à l'ennemie déchue et qu'elle l'avait prise, et surtout pas ce pauvre enculé de Klingerman.

Un geste de courtoisie ? Ouais, mais pas du genre galant. Strictement professionnel. Parce que c'était ce qu'elle était. Et c'était pour ça qu'elle ne l'avait pas tué ensuite.

Carl se demanda si quelqu'un avait entendu ce que Helga avait grogné à son adresse lorsqu'il l'avait aidée à se relever après l'avoir cognée, si quelqu'un avait remarqué qu'elle avait dit quelque chose et échafaudé quelque tortueuse hypothèse pour expliquer pourquoi elle en était restée là.

En réalité, ç'avait été la simplicité même.

« Bien joué », avait dit Helga Müller, à lui et à elle-même, ce qui se passait de commentaire, après quoi elle s'était contentée de le saluer et de partir.

Heather, Helga, et moi, songea Carl, sarcastique. La blonde explosive, la garce de la bande à Baader et le vieux joueur de base-ball amoché.

Et voilà pour toutes les théories fumeuses sur la virile camaraderie des champs de bataille.

« Bien dormi, Carl ? dit stupidement Inman.

– Le condamné à mort s'est envoyé un roupillon monstrueux », marmonna aigrement Carl, ce qu'il regretta aussitôt. Il manquait sans doute à Inman un petit quelque chose que Heather possédait, mais il n'était pas si odieux et ce genre d'humour n'était pas vraiment fait pour lui remonter le moral.

« Désolé, Toby, corrigea-t-il, je suis pas au mieux de ma forme avant mon premier café du matin.

– Et tu ronfles, en plus, grogna Franker avec un faible sourire.

– On me l'a déjà dit avec une voix plus sexy. »

Et merde, Mendoza, que ça te plaise ou non, c'est l'équipe où tu as été transféré, c'est peut-être les mecs avec qui tu vas finir ta dernière saison, alors, même s'ils sont vraiment au bas du tableau dans la California League avec dix matches de retard, laisse-nous jouer les prolongations avec un minimum de classe. Inspire-toi d'Helga. Sois pro jusqu'au bout.

Carl se leva d'un trait, puis se pencha et s'étira jusqu'à

se toucher la pointe des pieds. Inman roula sur le côté et se leva, mais en resta là. Franker se mit péniblement debout, l'index et le médius de la main droite enserrant une cigarette absente. Titubants, ils se dirigèrent tous les trois vers la table près des distributeurs où trônait le sac d'ignobles friandises, se laissèrent tomber sur leur chaise, plongèrent la main dans le sac et en retirèrent des poignées de Trail Mix qu'ils commencèrent à ingurgiter.

« Pour un dernier repas, maugréa Franker, on serait mieux servi dans le Couloir de la Mort au Mississippi...

– Des œufs au jambon bien baveux, dit Inman d'une voix rêveuse. Du pain de maïs beurré et une bonne louche de gruau...

– Écœurant, marmonna Carl. En ce moment, je me contenterais de deux méchants beignets dans la première pâtisserie venue, du moment qu'il y aurait une maxi-tasse de café avec.

– À ton avis, Carl, *sérieusement*, on a combien de chances de s'en sortir ? dit Inman. Parce que... »

Carl haussa les épaules, laissa échapper un grognement prudent et regarda par-dessus son épaule. Horst Klingerman ne tenait pas en place, il ne cessait de slalomer entre les matelas inoccupés au centre de la pièce.

Il rappela à Carl un glouton qu'il avait observé un jour au zoo de L.A.

D'après ce que Carl avait entendu dire, le glouton était censé être le plus féroce et le plus tenace prédateur qu'on puisse trouver sur le continent nord-américain. De l'avis général, le glouton, espèce de blaireau hypertrophié avec le tempérament d'une belette nazie défoncée à la méthédrine, était depuis un million d'années la créature que la plupart des animaux auraient le moins aimé rencontrer par une nuit sans lune, un vrai fils de pute pourri jusqu'au trognon que même un rottweiller refuserait de tromboner.

On avait capturé une de ces petites ordures. On l'avait

mise dans une petite cage aux barreaux d'acier, avec rien qu'une auge en zinc pour boire et une écuelle de bouffe pour chien. Le glouton arpentait sa cellule en décrivant des huit immuables : toucher le mur, laper un peu d'eau, toucher l'écuelle, toucher le mur, encore et encore, le cerveau grillé par la captivité.

Klingerman, le glouton terroriste, avait été changé en minou sous les yeux du monde entier par une fille sans arme, devant ses propres troupes en plus, et il était probablement en train d'essayer de comprendre ce qui lui arrivait. Il s'était isolé de Kelly Jordan et des Vidéomanes lorsqu'il avait kidnappé le vice-président de son propre chef, et avait détruit l'autorité qu'il détenait sur les durs à cuire en se dégonflant quand il fallait tuer.

Carl avait eu pitié de l'affreux petit monstre du zoo, et une partie de lui-même aurait voulu lui redonner sa liberté. Mais ce n'était qu'une très petite partie de lui-même, car il savait parfaitement que le premier connard qui ouvrirait la porte de la cage à pareille concentration velue de méchanceté frustrée serait récompensé par un féroce coup de canines sur la plus proche carotide, la sienne, en l'occurrence...

... le téléphone se mit à sonner...

« Devinez qui c'est », dit Carl entre ses dents.

Kelly, Helga et Horst se précipitèrent tous les trois vers la table du téléphone puis s'immobilisèrent en se lançant des regards méfiants.

... Dring... Dring... Dring...

Allez vous faire foutre ! se dit Carl. Et il se leva de sa table et marcha tranquillement jusqu'à la console.

« Si personne n'y voit d'inconvénient, dit-il en fixant Helga. Vous ne croyez pas que nous avons tous besoin de savoir ce qui se passe en coulisses ? »

Helga acquiesça de la tête. « C'est sans doute Coleman, votre ami de la CIA.

– Je n'ai jamais eu d'*amis* dans la CIA. »

Sans lui répondre, Helga Müller indiqua le téléphone du menton et Carl prit la communication.

« Ici Coleman », dit Coleman d'une voix sans timbre. Il donnait l'impression d'avoir veillé toute la nuit, ce qui était probablement exact. « Vous m'entendez ? »

Kelly, Helga et Horst échangèrent des regards hostiles, chacun mettant les autres au défi de parler. Ou de ne pas parler.

« Ici Mendoza, Alex, dit finalement Carl. Ils peuvent tous vous entendre, mais ils ont un petit problème de hiérarchie... »

Helga lui lança un regard mauvais. Kelly s'apprêta à dire quelque chose puis se ravisa en voyant Helga. Horst commença à fixer l'espace intersidéral.

« Alors, écoutez-moi bien, dit Coleman. J'ai passé la nuit à magouiller avec les magouilleurs, et quelque chose me dit que je vais pas pouvoir rattraper le sommeil perdu aujourd'hui non plus, alors je vais me contenter de vous déballer ça en vrac et voir si je peux au moins me reposer une heure ou deux avant que le bordel recommence. La formule que j'ai négociée avec les autorités suprêmes est la suivante : vous libérez les otages indemnes et vous vous rendez, et nous respectons encore nos engagements. Ça, c'était la bonne nouvelle... »

Un soupir monta du haut-parleur de la console. Carl sentit un vide se creuser dans ses tripes, car il devinait que Coleman répugnait sincèrement à dire ce qu'il allait dire.

Tous et toutes s'étaient à présent rassemblés autour du téléphone en petites factions bien tranchées. Franker et Inman aux côtés de Carl ; Jaro, Malcolm et Nigel derrière Kelly ; Hiroshi et Paulo avec Helga. Klingerman s'était isolé dans la cage de son espace corporel.

« La mauvaise nouvelle, c'est que, si vous le faites pas avant sept heures ce soir, j'ai ordre d'intervenir.

– Au premier signe d'une tentative quelconque pour s'approcher de cet immeuble, nous ferons exploser toutes les charges, dit Helga d'une voix glaciale. Alors il vaudrait mieux ne pas nous rendre paranos. »

Elle se tourna vers Klingerman. « C'est bien ça, pas vrai, Horst ? cracha-t-elle. Est-ce que tu as le cran de le faire ? Ou alors, est-ce que tu préfères me confier la télécommande de tes détonateurs ? »

Horst Klingerman parut sur le point de fondre en larmes. Il mit la main à sa poche, en tira une pilule, qu'il avala.

« Je suis parfaitement capable de passer à l'action directe lorsqu'elle n'implique pas un meurtre de sang-froid. Comme tu vas le constater si tu essaies de m'enlever mon gilet ! Peut-être que tu aimerais en finir ? »

Mais au lieu de la provoquer, cette proposition sembla la rassurer. « Tu es encore notre chef, Horst, du moins pour le moment, dit-elle. Un coup d'État ? Il ne nous manquerait plus que ça, au point où nous en sommes !

– Alors, en tant que Président, Coleman, je confirme ce que Helga vous a dit, et j'irai plus loin en vous disant que vous nous mentez deux fois plutôt qu'une. Les autorités ne respecteront aucun des accords passés avec nous ! Et attaquer cet immeuble ne vous avancerait à rien ! C'est du bluff, Coleman, et nous vous mettons au pied du mur, si c'est bien l'expression correcte.

– Comme quand t'as mis Heather au pied du mur, tête de nœud ? » cracha Coleman.

Horst pâlit. Helga eut un sourire narquois.

« Écoutez, je suis trop vanné pour endurer encore des conneries pareilles, reprit Coleman. Vous pigez pas, ou quoi ? Si vous refusez de libérer les otages et de vous rendre, mes incomparables supérieurs *veulent* que vous fassiez sauter l'immeuble, ils s'attendent pas à ce que je leur rejoue *Raid sur Entebbe*, ils seraient parfaitement satisfaits si je me contentais d'essayer un peu rien que pour te voir passer à l'action, mon vieux pote ! Réfléchis un peu ! Ils t'ont publiquement fait des propositions en or. T'as été assez cinglé pour les refuser en public en faveur d'un ensemble farfelu d'exigences délirantes dont personne croit que tu les prennes toi-même au sérieux, et en plus, t'as violé publiquement la parole donnée en essayant de kidnapper le vice-président ! Et ils ont une superbe opportunité photo pour le vice-président avec une héroïne superstar bien vivante sur qui brilleront les projecteurs dès que tous les détails auront été réglés...

– Les détails... ? marmonna Horst.

– C'est de toi que je cause, enfoiré ! Si toi et tes gus, vous jouez le jeu, tout ira bien, sinon, le rideau tombera ce soir sur la Prise d'otages dans les studios de KLAX-TV lorsque les terroristes fous feront sauter l'immeuble, que vous le fassiez vous-mêmes ou que je sois obligé de le faire en douce à votre place. Malheureusement, il y aura pas de survivants.

– Mais c'est écœurant, se surprit à dire Carl. C'est d'un cynique et d'un dégueulasse jamais vus, même pour la CIA !

– Bon sang de bon sang, Carl, c'est plus l'Agence qui tire les ficelles ! s'énerva Coleman. C'est ces reptiles de la Maison-Blanche. Tu crois que tout ça me réjouit ? Tu crois que j'ai envie de le faire ?

– Mais tu vas obéir aux ordres, pas vrai, Coleman ?

– Si je le fais pas, ils trouveront bien un autre pauvre con pour le faire.

– Vous ne vous en tirerez pas comme ça, dit Franker. Nous allons tout... nous pouvons... nous... » Et la futilité de ses menaces lui brisa la voix.

« Exact, Eddie, dit doucement Coleman, vous n'émettez

plus. Si l'immeuble saute, tout ce que les téléspectateurs verront, c'est une putain de grosse explosion en effets spéciaux là-bas dans le noir, filmée par les téléobjectifs des cars de reportage et des hélicoptères de presse qui, dès maintenant, pour leur propre sécurité, ont plus le droit d'approcher à moins de dix kilomètres du lieu de l'action.

– Si vous ne rétablissez pas notre liaison satellite avec StarNet avant midi, cria Horst, nous allons... nous allons...

– Faire sauter la station ? acheva Coleman d'une voix lasse. Pourquoi pas le faire tout de suite ? Comme ça, je pourrai aller me coucher. »

Helga foudroya Horst du regard. Les yeux de Klingerman cillaient rapidement. Sa main droite s'approcha de la fermeture de son gilet explosif ; les doigts trituraient l'étoffe sans encore se glisser à l'intérieur...

« Horst ! » hurla Kelly. Elle bondit pour lui saisir la main, Helga la retint par le bras, Carl amorça un pas en avant, Hiroshi fit volte-face, Uzi à l'horizontale, et tout s'arrêta...

« Bordel de merde, Horst, tu peux pas te retenir ? On pourra toujours s'envoyer en l'air plus tard ! »

Horst frissonna de tout son corps. Il regarda sa main, frémit à nouveau, la laissa retomber à bonne distance du gilet.

« Qu'est-ce qui se passe ? cria la voix de Coleman. Qu'est-ce qui s'est passé ?

– C'était rien... rien qu'une petite divergence d'opinion », dit Kelly Jordan.

Helga ricana audiblement.

« Écoutez, vous autres, dit Coleman d'une voix plaintive, on m'a ordonné de couper tout contact après cette communication, alors c'est ma dernière chance d'être la douce voix de la raison, ce que je préfère de beaucoup à ce que je vais être obligé de perpétrer si j'arrive pas à vous faire passer le message cette fois-ci... »

Carl pouvait presque l'entendre reprendre son souffle. « Vous avez aucune raison de pas vous rendre, poursuivit-il. Si vous laissez partir ces gens, tout le monde est sain et sauf, vous avez votre émission de télé et, d'après ce que dit votre industrieux agent, vous ramassez du fric à la pelle de tous les côtés, depuis les droits d'adaptation au cinéma jusqu'à la vente des bérets " Brigades vertes ". Est-ce là un sort pire que la mort ? Et vous faites pas d'illusions, c'est *ça*, où vous allez à l'abattoir. Me suis-je bien fait comprendre ?

– Ouais, bien sûr, dit Kelly Jordan, mais y a pas que ça...

– Vous êtes pathétique, Coleman, coupa Helga Müller, vous ne comprenez rien ! Il y a peut-être parmi nous des gens que vous pouvez manipuler avec de l'argent ou des émissions de télévision mais il y en a d'autres qui ne se laisseront jamais manipuler, nous sommes ceux-là et nous avons la volonté et l'expérience requises pour passer à l'action directe. Notre engagement envers la cause est celui de révolutionnaires sérieux et non d'aventuriers bourgeois !

– Qui par exemple ? feula Klingerman.

– Quiconque se conduit en aventurier bourgeois. Quiconque n'a pas le courage de mener l'action directe jusqu'à sa conclusion logique.

– Et c'est moi, j'imagine ?

– Tant que tu n'as pas prouvé le contraire !

– Ça suffit, Helga ! aboya Klingerman en décrochant prestement son arme. Il n'y aura plus de dissensions en présence de l'ennemi ! Si tu n'es pas d'accord, nous allons être obligés de régler nos comptes sur-le-champ ! »

C'était presque comme s'il avait tiré en l'air. Tout le monde se figea sur place. Tout le monde se tut. Le glouton était sorti de sa cage sans prévenir. Klingerman avait à nouveau la situation en main, du moins pour l'instant.

Carl avait-il des hallucinations ou Helga Müller souriait-elle ?

« Calme-toi, Horst, s'il te plaît, je suis pas ton ennemi, dit la voix de Coleman d'un ton rassurant.

– Vous, peut-être pas, dit Horst sèchement, mais les gens et le système que vous servez sont les ennemis de la vie sur Terre. Et Helga a raison, *vous ne comprenez rien...* »

Il se retourna et parla en regardant Helga droit dans les yeux, s'adressant tout autant à elle qu'à Coleman, si l'impression de Carl était la bonne.

« Vous croyez que c'est par faiblesse que j'ai laissé Heather Blake sortir d'ici avec votre président. La faiblesse morale d'un homme qui ne pouvait tuer dans le dos une femme sans arme lorsque la situation tactique l'exigeait au service d'une cause supérieure. »

Il haussa les épaules. « Peut-être que tu as raison, dit-il en fixant Helga. J'ai réfléchi. Il y a peut-être une faille dans mon caractère. Peut-être qu'il me manque un genre d'instinct. Mais c'était aussi une question d'honneur. Les Brigades vertes avaient donné leur parole et promis que le vice-président ne serait pas inquiété. Lorsque Heather Blake m'a remis cela en mémoire, je ne pouvais plus déshonorer la cause sous les yeux du monde en revenant sur cette promesse, que je sois ou non disposé à la tuer.

– Je vois pas quel rapport...

– Nous avons fait une autre promesse sous les yeux du monde, Coleman ! » cria Horst. Sans cesser tout à fait de regarder Helga dans les yeux, il pivota d'un quart de tour, si bien qu'il parlait simultanément à Helga, à Coleman, et au cercle morose de ses propres soldats.

« Nous avons promis de ne pas évacuer cette station avant que votre gouvernement ait décrété un embargo sur tous les pays produisant des substances qui détruisent l'ozone, interdit les automobiles sur son territoire et envoyé une force navale sur l'Amazone pour sauver la forêt pluviale...

– Doux Jésus ! gémit Coleman. Pourquoi tu demandes pas le Second Avènement tant que tu y es ? Tu dois forcément *savoir* que c'est pas possible !

– Nous avons fait une promesse, et nous la tiendrons ! Nous occuperons cette station de télévision et garderons les otages jusqu'à ce que nos exigences soient satisfaites !

– T'as pas entendu ce que j'ai dit, Klingerman, hein ? À sept heures pile ce soir, *tout sera terminé*. Vous arrêtez les frais, ou c'est moi qui mets le point final.

– C'est votre choix, Coleman », dit Horst Klingerman.

Helga approuva d'un signe de tête.

Un frisson remonta la colonne vertébrale de Carl, un frisson de conviction absolue, tandis que Horst glissait la main à l'intérieur de son gilet, commençait à caresser les boutons de la télécommande comme un moine disant son chapelet et défiait tout le monde du regard.

« Le nôtre est de tenir parole et de faire ce que nous avons promis de faire si vous allez jusqu'au bout de vos intentions.

– *Haï...* », gronda Hiroshi.

Klingerman sourit d'un affreux sourire de Bouddha qui donna la nausée à Carl. Ce n'était pas le rictus prédateur du glouton échappé. C'était bien pis.

« Alors, voyez-vous, j'ai la conscience tranquille, mon honneur est intact et, si vous me forcez à agir, l'acte sera pur, conclut Klingerman, le visage encore moulé dans ce masque horriblement familier. Pourrez-vous en dire autant de vous-même ? »

Carl avait déjà vu pareil sourire, pareil masque de mort bouddhiste. C'était à Saigon. Un moine, ses robes safran trempées d'essence, était apparu d'on ne savait où et s'était laissé tomber sur le trottoir à moins de dix mètres de la table de café où Carl était assis.

Il avait le même sourire aux lèvres quand il avait gratté l'allumette.

10 h 21

Les militants des Brigades vertes avaient pris place à leurs tables respectives – Nigel, Malcolm et Jaro avec Kelly ; Helga, Paulo et Hiroshi avec Horst – et se lançaient des regards moroses sans rien dire. Au moins, Inman, ils se sont arrêtés de parler sans avoir commencé à tirer, se dit Toby, inquiet, alors ne méprisons pas ce petit miracle.

Les deux factions que Heather avait appelées les Vidéomanes et les Soldats n'étaient pour Toby que les normaux et les cinglés.

C'était normal, n'est-ce pas, de vouloir vivre, avoir son émission à la télé, de l'argent à la pelle et être aimé du public ? Et il faudrait être cinglé pour rejeter tout ça et se faire sauter à l'explosif parce qu'on avait promis en public de le faire si le gouvernement des États-Unis ne se mettait pas à genoux pour vous lécher le cul.

Il était difficile de choisir son camp ? Kelly avait très bien expliqué les choses juste après que Coleman avait raccroché.

« C'est vraiment le sommet de la connerie, Horst ! Isaacs a réussi à leur faire accepter toutes les exigences raisonnables qu'on puisse avoir et d'autres que j'aurais pas cru possibles ! Cette histoire à la con, interdire les bagnoles et envoyer la marine de guerre en Amazonie, c'est complètement délirant, et tu le sais ! Ils le feront jamais, *jamais* ! Et tu le sais parfaitement ! Alors merde, à quoi ça rime ?

– C'est une question d'honneur : refuser de se laisser acheter ou humilier, les mettre au pied du mur, quoi !

– Je crois pas que l'autre vieux con essaie de nous faire marcher, mon pote !

– Si le gouvernement américain met ses menaces à exécution, le sang retombera sur ses mains, et la victoire morale sera pour nous !

– Victoire mon cul, Helga ! C'est notre sang à nous que tu fais gicler, non ? Avec en prime nos tripes et notre cervelle pour éclabousser tout le putain de paysage !

– Vous avez peur de mourir à ce point ? lâcha Horst. N'y a-t-il rien qui vaille la peine de sacrifier votre vie ?

– Salope, ça te fait bander ou quoi ?

– J'ai la conscience tranquille.

– Ça décoiffe un max, pas vrai !

– Ils ne risqueront pas la vie d'otages innocents pour prouver qu'ils ont raison.

– Eux non, mais nous, si, nom de Dieu, et c'est comme ça que le monde verra les choses...

– C'est vraiment tout ce qui t'intéresse, Kelly, même quand il s'agit de ta propre mort ? Pas le sens authentique de l'action mais la manière dont ça " passera " à la télévision ?

– Va te faire foutre !

– Merde !

– Lâche !

– Enfoiré ! »

Et ainsi de suite.

Vu que tout ce petit monde était doté d'armes automatiques, ç'avait été un miracle que l'affrontement verbal se termine sans la moindre fusillade.

L'explication dudit miracle, toutefois, était beaucoup moins rassurante.

Pendant toute la scène, Horst Klingerman avait conservé la main à l'intérieur de son gilet explosif, caressant la rangée de boutons mortels comme un obsédé qui fait joujou sous son imper.

Voilà ce qui avait empêché quiconque en aurait eu envie de se servir de son arme. C'était la carte maîtresse, Klingerman l'avait dans les mains, et personne n'allait l'inciter à s'en servir.

Ni l'une ni l'autre faction des Brigades vertes, ni Carl Mendoza non plus, Dieu merci ! S'il y avait eu un moment où Mendoza aurait dû se gratter le nez et envoyer à Toby son foutu signal, c'était bien tout à l'heure.

Or Mendoza n'avait pipé mot, ni jeté un coup d'œil, ni envoyé à Toby quelque signal gestuel que ce soit pour qu'ils sautent tous les deux sur Klingerman à partir du moment où il avait fourré la main dans son gilet. Ils se penchaient tous les trois, Eddie Franker, Mendoza et lui-même, au-dessus de la table près des distributeurs, aussi loin que possible de la confrontation, muets et essayant de faire semblant d'être invisibles.

L'expression sur le visage de Carl chaque fois qu'il regardait à la dérobée en direction de Klingerman était éloquente : il semblait rencontrer quelque fantôme de son passé.

Ou pis encore, un fantôme de son avenir immédiat, le sien, en l'occurrence.

11 h 19

« Ne quittez pas, vous allez être en communication avec Leonard Isaacs », dit la voix féminine syncopée dans le haut-parleur de la console. Puis elle fut remplacée par une version sirupeuse de *Born in the* USA à l'orgue électronique, double ration d'irréalité aux oreilles d'Eddie Franker.

Cette fois, c'était Klingerman qui avait pris l'appel ; la faille entre les deux factions terroristes était peut-être plus large et plus profonde que jamais, mais sa main sur la télécommande des détonateurs lui avait redonné le contrôle de la situation et personne n'allait passer à l'action avant lui ni faire de geste précipité en sa présence immédiate.

Helga, Hiroshi et Paulo se levèrent et se placèrent derrière lui tandis que la zizique continuait de les narguer. Kelly s'approcha lentement et prudemment de la table, suivie par Malcolm, Nigel et Jaro. Eddie estima qu'il serait judicieux de rester aussi discret que possible, et les otages ne quittèrent donc point leur table près des distributeurs, où ils pouvaient entendre sans être entendus et, avec un peu de chance, éviter de se faire remarquer.

L'imbécile interlude musical se prolongea pendant au moins un million d'années tandis que Horst effleurait ses détonateurs, que Helga caressait la courroie de son Uzi et que Kelly Jordan se balançait nerveusement d'avant en arrière sur la pointe des pieds.

« Désolé de vous avoir fait attendre, dit finalement la voix de Leonard Isaacs. J'ai bigophoné tous azimuts, avec StarNet, avec Washington et avec ce type, Coleman, qui dirige les opérations en bas de chez vous, et j'ai enfin réussi à les faire négocier...

– Négocier ? dit Kelly.

– Ça faisait *vraiment* chier Hildebrandt qu'on lui coupe l'antenne, alors il a commencé à les secouer un peu de son côté, j'ai avancé quelques pions du mien et on a réussi à leur faire accepter une demi-heure de couverture nationale en direct ce soir et à reporter leur ultimatum à 20 heures pour tomber dans la tranche de grande écoute nationale.

– La couverture de *quoi* ?

– De la libération des otages, dit Isaacs. Quoi d'autre ? J'ai même réussi à les persuader de nous rendre un des cars de reportage de KLAX pour que nous puissions avoir des images correctes parce que... je veux pas être méchant, mais ce reportage avec les caméras HF, c'était de la merde.

– Il n'y aura pas de libération des otages, Isaacs, dit Horst.

– Allons, allons, bien sûr qu'il y en aura une, j'ai tout arrangé.

– Nous ne libérerons aucun otage tant que nos exigences ne seront pas satisfaites ! cracha Helga.

– Une interdiction totale des automobiles sur le territoire des États-Unis, une force d'intervention navale...

– Allons, allons, c'est à *votre agent* que vous causez, je veux dire, c'est le genre de foutaises que vous balancez *au début* du processus de marchandage...

– Nous nous sommes engagés publiquement ! Nous devons recouvrer notre crédibilité ! Nous ne pouvons plus reculer sans nous déshonorer !

– Hé ! Pas de panique, j'ai déjà des scénaristes au boulot là-dessus...

– Nous sommes sérieux, dit Horst.

– Sérieux à mort », renchérit Helga.

Long silence à l'autre bout de la ligne. Lorsque Leonard Isaacs parla à nouveau, le ton de sa voix avait chuté d'une octave et tout le désinvolte clinquant hollywoodien avait disparu, comme si c'était le vrai Leonard Isaacs qui parlait, à supposer que pareille personne existe.

« Écoutez, je suis un négociateur professionnel, et mon opinion professionnelle mûrement réfléchie me dit que les gens d'en face ne bluffent pas. Ou bien vous libérez vos otages et vous vous rendez ce soir, ou bien vous restez privés d'antenne jusqu'à ce qu'ils vous bousillent. C'est *ça*, leur proposition.

– Je vous crois, monsieur Isaacs, dit Kelly Jordan.

– Moi aussi, dit Nigel.

– Je pourrais même vous croire moi aussi, dit Horst,

ou du moins, je crois que vous croyez à ce que vous dites. Mais la question n'est pas là.

– Où elle est, alors ? dit très doucement Leonard Isaacs. Parlez à votre agent. Dites-moi ce que vous voulez que j'obtienne pour vous. Je suis là pour ça.

– ... sauver la biosph...

– ... sortir d'ici sains et saufs...

– ... embargo à la con...

– ... c'est pas tes... »

Ils commencèrent à parler tous ensemble.

« DOUCEMENT ! tonna la voix de Leonard Isaacs. UN À LA FOIS ! »

Une soudaine seconde de silence, dont il profita pour reprendre la parole.

« Écoutez, ce n'est pas la première fois que j'ai eu à débrouiller des conflits d'intérêts sur un même concept entre mes propres clients, alors, s'il vous plaît, laissez-moi faire. Nous allons fractionner ça en modules que nous pourrons traiter un par un. Kelly, vous d'abord. Qu'est-ce que vous voulez que je négocie pour vous ?

– L'arrangement que vous avez déjà élaboré pour nous, monsieur Isaacs. Ce soir, nous libérons les otages, nous sortons d'ici sains et saufs, nous n'allons pas en prison et nous faisons *Rendez-vous avec les Brigades vertes.*

– Et combien de vos... collègues sont d'accord avec vous ? »

Nigel et Malcolm hochèrent vigoureusement la tête. Jaro grogna son approbation.

« Quatre. Les cameramen et l'équipe de production.

– Maintenant, Horst, qu'est-ce que vous voulez que je négocie pour vous ?

– Vous parlez sérieusement ?

– C'est vous le client. Vous me dites ce que vous voulez, et je me charge de l'obtenir. »

Horst Klingerman considéra le téléphone amplifié d'un

air ahuri. Il regarda Helga, qui fit la grimace. Horst haussa les épaules.

« Je... je... je ne comprends pas », dit-il.

Malgré l'aversion viscérale qu'Eddie éprouvait envers Leonard Isaacs et ce qu'il représentait – exactement zéro, pour autant qu'Eddie puisse en juger – il était obligé d'admirer la manière dont l'agent prenait la situation en main. Ce fils de pute était un tel caméléon visqueux, un tel *manipulateur*, qu'Eddie s'autorisait à espérer qu'Isaacs *pourrait*, d'une manière ou d'une autre, les en sortir rien qu'au baratin. Klingerman avait toujours la main dans sa veste mais, subtilement, la situation avait basculé, Isaacs avait réussi à prendre le dessus.

« Écoutez, c'est à *Leonard Isaacs* que vous causez, alors arrêtez de déconner. Vous pouvez pas me dire à *moi* que vous croyez sérieusement que le gouvernement des États-Unis va interdire les bagnoles, coller un embargo à la moitié des pays du monde et envahir le Brésil rien que pour vous empêcher de tuer trois otages et de pulvériser quatre murs probablement assurés au-dessus de leur valeur. Pas vrai ? »

Horst regarda Helga. Helga regarda Horst.

« Alors ? »

Kelly les regarda tous les deux. Personne ne dit mot.

« J'attends...

– Putain de bonne question ! dit finalement Nigel.

– Exact, fit Isaacs. Vous ne pouvez pas sérieusement vous attendre à ce que Leonard Isaacs soi-même négocie la fin du grand amour de l'Amérique pour l'automobile plus une invasion du Brésil dans les huit heures à venir. Alors, assez tourné en rond, qu'est-ce que vous voulez *en réalité* ? »

Silence de mort.

« Vous ne le savez vraiment pas, c'est ça ? Vous n'y avez pas réfléchi jusqu'au bout ?

– Il a raison, Horst, dit Kelly.

– C'est le moment de faire un putain de vain geste, c'est ça que tu penses, hein, comme ces connards de l'IRA ?

– Messieurs-dames, je vous en prie ! cria Isaacs. Écoutez, ce à quoi nous avons affaire ici, c'est un problème d'*image*...

– Assez de ce délire hollywoodien ! hurla Helga.

– Au contraire ! » rugit Isaacs d'une voix qu'Eddie n'avait encore jamais entendue.

Elle n'était pas plus forte que celle d'Helga – pas de quoi la faire taire par son simple volume – mais elle recelait une nuance subsonique d'autorité qui matérialisait soudain une nouvelle personnalité d'Isaacs, une de plus.

Et s'il y avait vraiment un Leonard Isaacs intime, Eddie était certain que ce ne pouvait être que celui-ci. Car c'était une voix qui assumait sa propre autorité, la voix de l'agent le plus puissant sur la place de Los Angeles, la voix d'un homme habitué à intimider des directeurs de studios et des créatures de la Maison-Blanche et qui n'était aucunement d'humeur à tolérer les insolences de simples terroristes.

La Voix, comme Eddie l'avait entendu dire un jour, en majuscules et gros caractères.

« Maintenant, vous allez m'écouter jusqu'au bout, sans m'interrompre, poursuivit Isaacs de cette voix surnaturelle de l'autorité. Vous êtes bien mal placés pour pontifier sur le *délire hollywoodien*. Vous n'avez pas pris quatre personnes et un immeuble en otages. Vous avez pris la *télévision* en otage. Ç'a été une guerre médiatique, une guerre des sondages, une guerre des taux d'écoute, une guerre d'*image* depuis la première seconde. Vous voulez me dire ce que vous voulez *vraiment* que je négocie pour vous, Klingerman ?

– Je suis sûr que vous allez me le dire...

– Vous voulez que ce film se termine sans que vous

passiez pour un monstre aux babines dégoulinantes ni pour le roi des cons. »

Un long moment de stupeur silencieuse.

« Si vous tuez ces trois innocents dans le cadre de quelque vain geste, votre cote d'amour dans les sondages pour tout ce que vous pourrez bien essayer de prouver sera à peu près celle de Heinrich Himmler dans un gala de Shalom Israël. Si vous vous dégonflez et vous rendez après vous être frappé la poitrine comme King Kong devant cent millions de personnes, vous êtes publiquement ridiculisé, et votre cause avec. »

Isaacs observa une seconde de pause. « Vous avez déliré avec ces histoires d'interdiction des bagnoles et d'invasion du Brésil quand vous pensiez que vous aviez le vice-président dans votre poche, mais maintenant que vous ne l'avez plus, vous êtes coincé dans votre propre scénar sans savoir comment en sortir. »

Isaacs observa une nouvelle pause puis reprit, d'une voix beaucoup plus douce : « Comment je m'en tire, Horst ? Des questions ? Des commentaires ? »

Klingerman avait les yeux rivés sur le téléphone. Il ne retira pas sa main de l'intérieur de son gilet mais Eddie eut l'impression qu'il était complètement tombé sous le charme de Leonard Isaacs.

« Vous... vous... vous en tirez bien, Isaacs, bredouilla-t-il.

– Maintenant vous plairait-il de me dire ce que vous voulez réellement ? » dit Isaacs le séducteur.

Les lèvres de Horst tremblèrent, mais aucun son n'en sortit.

« Vous avez monté ce spectacle télévisuel pour modeler la conscience du grand public, reprit Isaacs. Ce soir, c'est le dernier épisode. Et votre scénario vous a acculé dans une impasse où ça finit soit dans la tragédie soit dans la farce. Horst Klingerman, le tueur fou, ou Horst Klingerman, la femmelette. »

Silence total dans la cafétéria. Personne ne bougeait. Eddie pouvait presque compter les poussières qui tournaient au ralenti dans l'air vicié.

« Ce que vous voulez est ce que veut chacun de nous au tréfonds de son cœur, jouer le vaillant héros idéaliste qui inspire les foules. Quand nous ferons ce film, vous voudrez que les gens sortent du ciné en fredonnant *votre* chanson. Vous voulez être une légende. Mais une légende qu'on ne déteste pas, une légende qu'on admire. Qu'on imite. Qu'on aime, peut-être.

– Oui... murmura doucement Horst.

– C'est *ça* que vous voulez que je vous obtienne, n'est-ce pas ? » ronronna Isaacs.

Klingerman hocha la tête. Il lui fallut une seconde pour se rendre compte que l'énorme présence de Leonard Isaacs n'était qu'une voix. « Vous pouvez faire ça ? demanda-t-il.

– Je vais mettre quelques scénaristes dessus immédiatement et je vous rappellerai cet après-midi.

– *Quoi ?* hurla Horst. Vous ne parlez pas sérieusement !

– Vous ne croyez pas qu'il y a déjà eu assez de théâtre amateur comme ça dans cette histoire ?

– Mais...

– Je ne suis pas scénariste, je suis un agent, Horst, je suis un intermédiaire. J'identifie les intérêts personnels de mes clients, j'analyse les éléments nécessaires, et ensuite je structure un concept. Je ne sais pas jouer la comédie, je ne sais pas diriger des acteurs et je ne sais pas écrire non plus, mais rien ne m'y oblige puisque je suis le meilleur sur la place quand il s'agit de trouver des gagnants parmi les gens qui savent faire tout ça. »

Et Leonard Isaacs avait on ne sait trop comment retrouvé son personnage habituel sans qu'Eddie puisse vraiment repérer où ni quand la transition s'était opérée. Il était redevenu l'autocaricature plutôt rassurante derrière laquelle il se cachait, le super-agent de BD qui ne menaçait personne.

Et *ce mec* venait de terminer en disant qu'il ne savait pas jouer la comédie !

« Je vous rappellerai quand j'aurai quelque chose, conclut ce Leonard Isaacs-là. Faites-moi confiance. »

Les circonstances n'engageaient pas à la gaieté, mais là, Eddie faillit s'esclaffer.

15 h 49

« Carl, tu crois vraiment qu'on va s'en sortir vivants ? » lâcha Toby Inman, faute de mieux, pour essayer de meubler un blanc qui s'annonçait interminable.

Mendoza haussa les épaules. « Pourquoi tu me demandes ça à moi ?

– Parce que tu connais Coleman, parce que t'as de l'expérience avec les types de la CIA. »

Carl grimaça un sourire désabusé. « J'ai fait un bout d'essai chez eux, c'est tout, Toby.

– Mais t'as été au combat avec eux...

– C'est pas ça qui...

– Est-ce qu'on est vraiment obligés de parler de ça ? gémit Eddie Franker.

– Peut-être qu'on devrait parler des problèmes des Dodgers ? dit Toby, nerveux. Tu crois que la pluie va handicaper leur nouveau lanceur ?

– Il a pas plu depuis deux mois.

– Tu l'as dit, bouffi. »

Et ça avait continué comme ça depuis le coup de fil de Leonard Isaacs. Ils restaient là, le cul sur leur chaise, avec de grandes chances de vivre leurs dernières heures sur Terre, et qu'est-ce qu'ils faisaient ?

Ils tuaient le temps en futiles bavardages, en attendant... en attendant que leur agent les rappelle.

De l'autre côté de la cafétéria, leurs ravisseurs n'avaient pas l'air de s'en tirer beaucoup mieux. Paulo et Jaro avaient relevé Warren et Ahmed qui gardaient les entrées de l'immeuble. Ahmed avait démonté son arme et la nettoyait. À côté de lui, Hiroshi était comme en état d'hypnose. Warren avait réussi à s'endormir, les doigts de Nigel tambourinaient au son d'une musique imaginaire et Malcolm étudiait les fissures du plafond. Helga marchait de long en large devant l'entrée de la cafétéria. Horst et Kelly tournaient en rond devant la console du téléphone, qu'ils ne cessaient de fixer en évitant soigneusement de se regarder et en s'assurant que leurs trajectoires ne se coupaient pas.

C'était la même atmosphère d'ennui et de tension que Toby avait connue dans les salles d'attente d'hôpitaux pleines de futurs pères impatients, ou bien, pire encore, c'était l'antichambre d'un dentiste en Enfer.

« Vous savez, dit Toby pour se redonner un peu de courage, j'ai comme l'impression qu'Isaacs va vraiment nous sortir d'ici au baratin...

– Je sais ce que tu veux dire, dit Franker. Ce mec te donne l'impression qu'il est le seul à savoir ce qu'il fait... »

Toby sauta presque à bas de son siège lorsque le téléphone sonna.

Eddie et Carl aussi. Helga, Horst et Kelly firent la course pour prendre l'appel. Kelly arriva la première.

« Veuillez rester en ligne, Leonard Isaacs va vous parler... »

Environ quarante-cinq secondes d'une somptueuse version orchestrale de *Billy Jean*...

« Eh bien, laissez-moi vous dire que ça n'a pas été

facile, dit la voix de Leonard Isaacs. Mais nous avons un concept. Vous êtes là, Horst ?

– Je suis là, Isaacs... personne n'a bougé d'ici... »

Tous les terroristes se rassemblèrent devant la table du téléphone. Toby se leva, traversa la salle et vint se placer tout près de Kelly Jordan. Il vit que Franker et Mendoza l'avaient rejoint. Aucun des terroristes n'avait fait le moindre geste pour les en empêcher. Aucun d'eux ne semblait même s'apercevoir de la présence des otages.

« D'abord, pas de libération des otages, pas de couverture télé de quoi que ce soit, dit Isaacs. Impossible de les faire revenir là-dessus et, franchement, je n'ai pas essayé de les fléchir, parce que ç'aurait été contraire à la déontologie. J'aurais eu un conflit d'intérêts manifeste sur les bras si j'avais négocié quoi que ce soit qui permette à un client d'en tuer d'autres...

– Mais ce n'est rien de plus que ce qui avait d'abord été proposé ! » geignit Horst sur le ton du client qui se plaint à son agent.

Toby en aurait rigolé si ce n'avait pas été propre vie qu'ils étaient en train de négocier comme un producteur à gros cigare et l'impresario d'une prima donna.

« Retenez-vous, Horst, c'est pas tout. Vous devez libérer les otages, et vous devez aussi laisser sortir de l'immeuble tous les membres des Brigades vertes qui désirent se rendre, voilà pour votre... »

– Mais c'est *rien du tout*, Isaacs ! hurla Klingerman. C'est une reddition !

– Laissez-moi donc finir ! » lui répliqua Isaacs sur le même ton, de cette voix d'une autorité irréelle qu'il avait déjà employée pour le faire taire.

Lorsque le silence fut obtenu, il repassa illico en mode Hollywood : « Comme j'étais en train de dire, Horst, voilà ce que vous devez donner. Maintenant, laissez-moi vous dire ce que vous obtenez. Nous avons une demi-heure de grande écoute. Il faut qu'elle commence avec la libération des otages, mais ça fait au maximum dix minutes. Tout le reste *vous appartient*, Horst. Un minimum de vingt minutes d'antenne sans écrans publicitaires. Une audience garantie de cent millions de personnes. On nous laisse utiliser un car de reportage et une liaison satellite. Nous pourrons avoir le son en direct. Ils vont même nous éclairer la scène avec les projos des hélicoptères ! Une occasion en or !

– Je... je ne comprends pas... bredouilla Horst.

– Vous ne comprenez pas ? s'exclama Isaacs. Vous échangez trois otages vivants et la sécurité de la star de *Rendez-vous avec les Brigades vertes* et de son équipe technique contre *vingt minutes d'antenne ininterrompues en couverture nationale* ! Et sous les yeux du monde entier : je suis en train de passer des accords de retransmission avec la BBC, la ZDF, Canal Plus, RAI Uno, NHK et peut-être les Russes, si nous voulons bien nous faire rouler avec des roubles !

– Pour... pour... pour faire *quoi* ?

– Vous pigez pas, Horst ? Pour faire *tout ce que vous voudrez* ! Je vous ai obtenu une *totale liberté de création* ! »

Toby ne pouvait en croire ses oreilles. Vingt minutes d'antenne dans la tranche de grande écoute à l'échelle mondiale avec un taux de participation garanti comme... la finale de la Coupe du monde de football... le premier homme sur la Lune... Dément !

Une occase en or de récupérer une part du gâteau, mon vieux ! Il faudra quelqu'un pour assurer le commentaire et l'ambiance, et il n'y a *qu'un seul* présentateur qualifié sur place...

Horst et Helga échangèrent des regards perplexes.

« *Was... ?* finit par marmonner Horst. Une totale liberté de création... ? Ça veut dire quoi ?

– Vous voulez que votre message *touche* les gens ? Vous

voulez de *l'impact* ? Vous voulez faire bouger le monde ? Eh bien, le monde entier vous regardera pendant vingt minutes, Horst. Et dans dix-huit mois environ, vous allez faire un tabac *une fois de plus* avec la version filmée dont le temps fort sera précisément vos vingt minutes de gloire, avec une grande vedette dans votre rôle, ce qui rapportera environ 300 millions de dollars minimum dans le monde entier droits vidéo exclus, ou alors je bouffe toutes les copies d'exploitation ! »

Hiroshi et Ahmed échangèrent des regards hébétés. Kelly Jordan se mit à trépigner sur la pointe des pieds. Warren secouait la tête, incrédule. Eddie Franker roulait les yeux en direction du plafond. Mendoza, bizarrement, avait l'air d'avoir trouvé une crotte de rat dans son *burrito*. Toby essaya de voir à quel moment exact et en quels termes il pourrait signaler avec le maximum d'efficacité que ces fameuses vingt minutes avaient besoin d'un pro pour les commenter.

Helga Müller loucha vers Klingerman.

Horst sembla finalement comprendre de quoi il s'agissait.

« Vous voulez dire... vous avez dit que... je peux réitérer toutes nos exigences ? L'interdiction des automobiles aux États-Unis, l'embargo contre tous les pays fabriquant des produits qui détruisent l'ozone, la protection de la forêt amazonienne par une force navale d'intervention américaine... ? Je peux demander une action directe de masse ? Je peux demander au peuple américain d'obliger ses gouvernants à agir ?

– Vous pouvez appeler à l'anéantissement thermonucléaire des baleines, à la démission du Président ou au retrait de la loi de la pesanteur ! Pendant vingt minutes, Horst, vous êtes le proverbial gorille de 500 kilos ! Vous pouvez dire ou faire *absolument* tout ce que vous voulez !

– *Absolument* tout ?

– Une fois que ceux qui veulent partir auront atteint le cordon policier, rien de ce que vous ferez n'autorisera le gouvernement à vous débrancher en plein show. Vous pourriez *baisser votre froc et vous exhiber*, et ils seraient encore obligés de diffuser, mes avocats l'ont fait graver dans le marbre des contrats !

– Mais... mais... je ne désire pas faire cela... bredouilla Horst. Alors je répète mes exigences... et ensuite... et ensuite... ? Et ensuite qu'est-ce qui se passe... ? »

15 h 53

« Vous n'avez pas de brillantes idées vous-même... ? » demanda Leonard Isaacs. Eddie Franker eut l'impression qu'une certaine roublardise suintait dans sa voix comme une louche auréole huileuse.

Une ou deux secondes de silence.

« Eh bien, moi j'ai fait plancher quelques scénaristes dessus, reprit Isaacs sur le même ton. Et ils ont trouvé trois séquences finales au choix. »

Incroyable !

« Vous pouvez faire votre discours et vous rendre, j'ai là trois projets de dialogues différents, si vous voulez que je vous les lise...

– C'est hors de question !

– Bon, pour ne rien vous cacher, ils sont tous plus faiblards les uns que les autres, alors je crois qu'on va être d'accord pour les foutre au panier. »

Isaacs marqua un temps d'arrêt. « La version numéro deux est beaucoup plus spectaculaire. Vous faites votre discours, et puis... euh... les autres débarquent... vous... euh... résistez héroïquement, et tout finit dans une fusillade qui...

– Seigneur ! gémit Eddie Franker, atterré.

– Où est-ce que je peux vomir ? marmonna Carl.

– ... qui constitue une bonne séquence d'action finale et passera très bien dans la version filmée mais qui tombe à plat pour l'impact thématique.

– Impact thématique... ? articula Horst.

– Vous allez utiliser cette occasion en or pour présenter des exigences extrêmes, des exigences qui demanderont de lourds sacrifices, notamment de la part du peuple américain, c'est bien ça ?

– Oui, oui, mais...

– Et vous voulez persuader ces millions de téléspectateurs que lesdits sacrifices sont *absolument* indispensables sinon la Terre meurt. Et vous voulez qu'ils fassent suffisamment pression sur leur gouvernement pour que ces objectifs soient réalisés. Vous me suivez ? J'ai bien compris ?

– Oui ! Oui ! s'exclama Horst, tout excité. C'est ça, exactement ! Tel était l'objectif ultime de cette action ! Susciter une action directe de masse ! Amorcer la Révolution verte de telle sorte qu'elle soit permanente et autoentretenue !

– Qu'est-ce que je peux vous dire Horst ? Shakespeare lui-même ne pourrait pas écrire un dialogue avec cet impact, même si la tirade était récitée par une star de première grandeur, ce que, soyons honnêtes, vous n'êtes pas. Vous avez besoin d'un instant cinématographique qui fasse de vous une légende du jour au lendemain. Un instant de sacrifice héroïque avec un impact visuel. Comme ce jeune Chinois qui se met devant le tank, comme Davy Crockett qui lutte jusqu'au bout à Fort Alamo, comme Kirk Douglas dans *Spartacus*...

– Oui ! Oui, Isaacs ! Vous avez compris ! C'est exactement ça ! Il faut que ce soit un instant d'action directe ! Un geste, pas un discours de brasserie ! Comme la marche sur l'Opernplatz à Leipzig ! Le premier coup de marteau contre le Mur ! Comme la révolte des marins du *Potem-*

kine ! Un acte d'authentique courage révolutionnaire en plein sous les yeux du monde pour amorcer une véritable Révolution verte ! »

Les yeux de Horst étincelaient d'un bleu thermonucléaire. Ahmed avait un bizarre regard lointain. Hiroshi, la bouche raidie dans une farouche détermination, hochait lentement la tête.

À la surprise d'Eddie, même Helga Müller semblait avoir acquis un certain éclat théâtral, comme si elle aussi était en train de tomber sous le charme hollywoodien d'Isaacs.

« Eh bien, une fusillade serait peut-être une séquence d'action finale satisfaisante pour des arriérés en coma dépassé, mais si vous tuez qui que ce soit, vous devenez le méchant et bousillez intégralement l'impact thématique, expliqua Isaacs. Vous comprenez ça, pas vrai ? »

Helga et Horst échangèrent des regards acérés.

« N'importe qui devrait pouvoir comprendre ça ! dit Kelly.

– Tu l'as dit !

– Écoute, Horst, tu crois peut-être que t'avais l'air d'une lavette quand t'as pas réussi à appuyer sur la détente au moment où, jacassa frénétiquement Kelly, mais attends, ça t'a donné bonne figure, comme qui dirait le terroriste avec un cœur en or. Le public est prêt à bien accueillir tout ce que tu diras, mais si tu tues quelqu'un ensuite, tout ce que t'as pu dire avant, ça sera de la merde.

– Elle a tout à fait raison, Horst, renchérit Isaacs. J'ai fait plancher des tas de gens là-dessus, et personne ne m'a dit ça aussi bien.

– Peut-être que vous avez tous raison, concéda finalement Horst. Mais alors...

– Maintenant je ne peux pas en mon âme et conscience vous inviter à faire ce que je vais dire, Horst, comprenez-moi, susurra Isaacs d'une voix quasi visqueuse. Je veux dire, je suis votre agent, je vous ai obtenu ces vingt minutes, je vous ai obtenu la maîtrise totale du contenu, je vous ai aidé à comprendre ce que vous voulez accomplir avec, j'ai mis dessus deux ou trois scénaristes vraiment compétents, et voici ce qu'ils ont trouvé de mieux ; professionnellement parlant, je crois que ça marcherait, mais bon, c'est à *vous* de prendre la décision ; je sais que ça va paraître un peu extrême, mais...

– Nom de Dieu, Isaacs, crachez le morceau !

– Tout ça se passe devant l'entrée principale. J'ai toutes les autorisations nécessaires juste au cas où vous choisiriez cette solution, les autorités vont coopérer, si vous voyez ce que je veux dire...

– Allez, venez-en au fait !

– Les otages sortent les premiers, ils descendent l'escalier, la caméra reste sur eux jusqu'à ce qu'ils atteignent les barricades, ensuite Toby Inman se retourne et commente le reste de la séquence... »

... Inman laissa échapper un énorme soupir.

« ... Ensuite, vous émergez de l'immeuble en gros plan, suivi par le reste des Brigades vertes. Vous dites quelques mots d'adieu à vos troupes, puis les brigadistes qui se rendent sortent du champ. Tous sauf Kelly, qui reste à vos côtés pendant que vous faites le grand discours. Ensuite vous deux échangez quelques mots, comme quoi vous lui passez le flambeau de la Révolution verte pour qu'elle la continue dans son émission, en un dernier adieu militant. La caméra suit Kelly qui quitte la scène. Les hélicoptères de combat décollent, vous prennent dans le faisceau de leurs projecteurs, dérivent un peu vers vous, vous dites une ou deux dernières petites phrases... »

Isaacs observa une pause, soit pour le suspense, soit parce qu'il avait du mal à accoucher du reste – Franker n'aurait su le dire, mais il eut au creux des tripes une atroce prémonition de ce qui allait suivre.

« Alors ? demanda Horst.

– Alors vous prenez la pose héroïque qui devient l'image phare du film, le logo de l'émission et le symbole de tout ce que les Brigades vertes représentent... et vous vous faites sauter. »

Eddie avait eu beau le voir venir l'instant d'avant, c'était comme s'il avait reçu un coup de maillet sur la tête.

Tous les autres, apparemment moins perspicaces, s'étaient figés dans un silence de mort absolu.

Tous sauf Leonard Isaacs.

« Je suis votre agent, Horst, pas votre gourou, ni votre psychanalyste, continua-t-il. La décision vous appartient. Je ne suis pas compétent pour vous donner d'autres conseils. Ma mission est de négocier au mieux de vos intérêts et de vous expliquer les options qui vous restent. Et ces vingt précieuses minutes en échange d'une libération des otages, c'est la meilleure affaire que vous puissiez faire. À vous de décider comment vous allez les utiliser. J'ai mis à votre service les meilleurs scénaristes sur la place et c'est ça qu'ils ont trouvé. Si vous trouvez quelque chose qui vous plaise mieux, allez-y, je ne vous en voudrai pas. »

Horst Klingerman cillait rapidement. Helga Müller le fixait, les yeux exorbités. Ahmed loucha et, consciemment ou non, recula de deux pas pour s'éloigner d'eux.

Hiroshi semblait planer dans quelque rêve. « Mishima... marmonna-t-il. Victoire par *seppuku*... voie du bushido...

– Je suppose qu'on peut vous présenter ça autrement, dit Isaacs. Si vous refusez de vous rendre, ils prennent l'immeuble d'assaut *sans* reportage télé, on vous colle la responsabilité du bain de sang, et vous mourez quand même... »

Au moins, comme ça, tu continues de faire partie du spectacle, coco ! songea cyniquement Eddie Franker mais,

Dieu merci, Leonard Isaacs n'était pas assez pourri par Hollywood pour balancer cette réplique.

Mais, en scrutant le visage des terroristes – Nigel, Malcolm et Warren paralysés par l'incrédulité ; Helga et Horst déjà aspirés dans l'inévitabilité de ce méchant scénario ; Hiroshi vivant déjà dans ses fantasmes de samouraï ; Ahmed s'éloignant petit à petit de ce trio – Eddie comprit qu'Isaacs n'aurait pas à le faire.

À cet instant, Eddie Franker su qu'il survivrait. Son sixième sens de vieux journaleux ne pouvait le tromper. Et non seulement il survivrait, mais il gagnerait assez d'argent avec sa part des recettes de ce film macabre pour dire à ses patrons d'aller se faire voir ailleurs. Assez pour prendre sa retraite. Ou travailler pour des clopinettes dans quelque petit canard de province et savourer l'automne de sa vie en grand-père cynique régnant sur les infos locales.

Il allait s'en tirer. Il allait s'en sortir. Il avait même arrêté de fumer quelque part en chemin.

Mais le soulagement d'Eddie Franker était gâché par le dégoût. Et la colère. Et une certaine sympathie envers ses pathétiques ravisseurs qui n'avait rien à voir avec le prétendu syndrome de Stockholm.

Il faudrait trouver un nouveau nom pour celui-ci. Le syndrome d'Hollywood. Pas d'autre choix possible.

Faire partie du spectacle ?

Dans leur naïveté, ces pauvres couillons s'étaient mis dedans dès le début, dès le jour où ils avaient pris les médias en otage. Ou du moins le croyaient-ils. Ils n'avaient jamais vraiment pu saisir leur chance. Et maintenant ils n'avaient plus le choix.

Maintenant la boucle était bouclée.

Les terroristes étaient devenus les otages des médias.

17 h 25

Question cynisme, Carl Mendoza avait vu plus qu'assez de saloperies au Viêt-nam et au Guatemala. Il avait vu l'Agence traiter avec des barons de la drogue qui vendaient de la schnouff aux troupes américaines. Il avait vu de l'héroïne rapatriée aux États-Unis dans des cadavres. Il avait entrevu un peu du commerce triangulaire entre les armes, la coke et l'argent de la drogue. Il avait vu de tout. Tortures, incendies de villages, meurtres de sang-froid, oreilles coupées. Il avait assez vu, assez entendu dire et assez fait pour vouloir en sortir.

Il n'était sûrement pas innocent.

Mais *ça*, c'était à faire dégueuler un chef de la police centraméricain cocaïnomane.

Sur une chaise à côté de lui, Toby Inman jutait déjà dans son froc en songeant à son héroïque participation à cette action dégueulasse, sur l'autre, Eddie Franker avait au moins la délicatesse de prendre un air écœuré.

De l'autre côté de la pièce, Horst, Helga et Hiroshi étaient assis à l'écart, plongés depuis longtemps dans cet état d'hypnose macabre que Carl ne connaissait que trop bien.

Carl ne savait pas grand-chose sur ces histoires de bushido, de hara-kiri, de sabres qu'on s'enfonce dans le bide, de films de samouraïs, etc. Il en savait un tout petit peu plus sur l'auto-immolation à la vietnamienne, puisqu'il y avait assisté.

Mais il en savait plus qu'il n'aurait voulu sur le regard de ces trois cadavres en sursis. *Ça*, il ne l'avait vu que trop souvent au Viêt-nam, il en avait même tâté un peu lui-même une ou deux fois.

Il arrivait parfois qu'un bidasse s'imagine que son

numéro allait sortir. Qu'il y avait quelque part une balle avec son nom dessus et pas moyen d'y échapper. Parfois, il y avait des missions auxquelles on ne pouvait pas couper et où les chances de survie étaient entre faibles et nulles. Parfois, on se trouvait pris dans une fusillade, avec en face des forces qu'on savait invinciblement supérieures.

En de pareilles circonstances, certains individus entraient dans un état d'esprit particulier. Ils savaient qu'ils allaient mourir. Ils l'acceptaient ou, à tout le moins, se persuadaient qu'ils l'acceptaient. Et ils en tiraient parti. Ça pouvait les rendre incroyablement forts, ou incroyablement cinglés, comme s'il y avait une différence.

La transe de la Médaille militaire.

C'était clair aux yeux de Carl : Horst, Helga et Hiroshi étaient en train de glisser dans cette zone crépusculaire. Au combat, *muchacho*, on se tenait autant que possible à distance des gens qui avaient ce regard. À moins, bien sûr, qu'on soit *déjà* dans la merde et qu'on cherche un sauveur.

Mais on n'était pas chez les Viets et ce n'était pas une situation de combat.

Ces pauvres connards s'étaient fait avoir.

Klingerman croirait qu'il faisait ça pour sauver la planète, Hiroshi pour sauver son honneur et Helga Müller au nom de quelque délirant idéal révolutionnaire.

Mais ces gens n'allaient pas mourir pour sauver la planète ou leur patrouille ni pour gagner la guerre. S'ils allaient mourir, c'était parce que des gens plus intelligents, plus impitoyables et ô combien plus cyniques qu'ils ne pourraient jamais l'être leur avaient brouillé la cervelle au point de les persuader qu'ils devaient aller au casse-pipe pour soigner leur image à la télé.

Soigner leur image à la télé.

Carl ne voyait pas d'autre raison. Soigner leur image à la télé. Il se rappela un môme sur une civière, transformé en chair à saucisses au-dessous de la ceinture, qui avait souri à une saloperie de caméra et répondu aux questions du reporter jusqu'à ce qu'il crève. En soignant son image à la télé.

Carl n'y comprenait rien, et il ne voulait pas en savoir plus. Il préférait vieillir tel qu'il était, en vieux sportif usé qui lit les scores de base-ball sans avoir envie d'être autre chose, que s'aligner sur tous ces gens qui s'appliquaient tant à soigner leur image à la télé.

Ce n'était pas si mal que ça, non ? La plupart des mômes avec qui il avait grandi, la plupart des mecs qu'il avait connus au Viêt-nam seraient heureux d'avoir un boulot comme le sien.

Vu qu'il était le seul ici présent à s'être déjà trouvé dans ce genre de situation, il se sentait *obligé* de se lever pour tenter de raisonner ces trouducs. Mais il savait qu'il ne ferait rien de tel. Ça n'avait jamais marché au Viêt-nam. Quand les mecs avaient ce regard particulier, ils étaient déjà morts. C'étaient des cadavres en sursis. On les effaçait mentalement et on gardait ses distances.

Puis, l'espace d'un infime instant, Horst Klingerman surprit Carl en train de le regarder, et leurs yeux se rencontrèrent.

Carl sut alors qu'il y avait une part de lui-même qui ne voulait pas vraiment tenter le coup. Non seulement parce que la mort de Klingerman lui garantissait sa propre vie, mais parce qu'il avait aperçu quelque chose dans les yeux de Horst.

Le regard y était, certes, comme au Viêt-nam, le regard de la mort acceptée dont il ne restait plus qu'à aller subir la loi dans la jungle.

Mais ce n'était pas le regard de l'autre môme qui crevait sur sa civière en coopérant avec la caméra. Quel que soit le sens que tout cela avait pour Klingerman, il n'était pas question pour lui de soigner son image à la télé.

Il avait une raison de vouloir faire bonne figure à la télévision, raison qu'il croyait suffisamment bonne pour qu'on meure en son nom. Carl avait aussi connu des types comme ça au Viêt-nam, des patriotes purs et durs qui combattaient pour la liberté contre les communistes athées, et il avait lui-même assez souvent interrogé des prisonniers Viêt-cong qui avaient précisément ce regard.

L'espace d'un instant, il envia un peu ce qu'il vit dans les yeux de Horst. C'était des yeux de héros. Délirants de pureté. Défoncés par la gloire.

Il l'enviait ?

Foutre non !

Carl n'avait jamais voulu devenir lui-même l'un de ces Parfaits Guerriers à tête de nœud. Il n'avait jamais cru à quoi que ce soit avec la délirante certitude aztèque qu'il fallait pour mettre ce regard de fou dans les yeux d'un homme.

Mais, du moins pour la durée de ce bref échange oculaire avec Horst Klingerman, il se surprit à admirer quelqu'un qui possédait cette foi.

20 h 01

Toby Inman inspira à fond, poussa la porte, quitta la pénombre climatisée du hall de l'immeuble et se retrouva sous une aveuglante lumière blanche, dans une chaleur de haut fourneau et un smog étouffant. Comme si on sortait d'un ascenseur dans le Beverly Center pour se retrouver sur Vénus.

Encore sous le choc, Toby n'avait que vaguement conscience de la présence d'Eddie Franker et de Carl Mendoza qui descendaient les marches derrière lui, de

Malcolm qui marchait à reculons devant eux avec la caméra HF et le micro...

Il s'était dit qu'il serait prêt. Il avait répété cette séquence maintes fois dans sa tête. Mais rien n'aurait pu le préparer à *ça* !

Après huit jours de climatisation à 21° C et un taux d'humidité constant de 40 %, la chaleur, l'âpreté chimique desséchante du smog de Los Angeles avaient un effet dévastateur sur ses fosses nasales, ses poumons et ses sinus à vif. Comme si on le plongeait la tête la première dans une cuve de chlore fumant.

Le projecteur qui le suivait lui grillait les rétines avec la violence d'un million de lampes flash explosant simultanément. Et continuant d'exploser. Il ne voyait que la lumière et des formes imprécises au-delà.

Toby frotta ses yeux ruisselants du dos de la main. Il s'emplit les poumons d'un air au goût de détergent caramélisé. Il se mit à cligner les yeux face à l'éblouissante lumière blanche.

Bienvenue sur la scène principale de ce cirque médiatique, Inman.

Ça y est, fils, c'est ce que tu cherchais depuis toujours. Ta chance de prouver que tu es un peu plus qu'un beau gosse qui cause dans le poste.

Suffoqué par le *smog*, aveuglé par la lumière, déconcerté par la chaleur, Toby se força à ouvrir les yeux, affronta l'œil impitoyable de la caméra avec un sourire professionnel et commença à parler.

20 h 03

À l'écran :

Plan tremblé de Toby Inman cadré en buste. Il marche vers la caméra HF à l'intérieur d'un cercle de lumière vive qui se déplace avec lui et noie l'arrière-plan dans une blancheur floue. Inman plisse les yeux et bat des paupières comme un hibou surpris par le soleil.

« Euh... mesdames et messieurs, ici Toby Inman qui vous parle en direct de KLAX-TV, Los Angeles... euh, quel extraordinaire moment que celui de notre libération après huit longs jours de captivité !... »

Plan pris d'un autre angle au téléobjectif à fort grossissement. Trois silhouettes traversent le parking de KLAX en direction de la caméra : Toby Inman dans le faisceau du projecteur et deux silhouettes dans la pénombre derrière lui.

Toby Inman, off : « Chers téléspectateurs, ce que je ressens est incroyable ! C'est la première fois que je respire l'air extérieur ou vois le ciel depuis huit jours. Ça n'a pas l'air vraiment réel, et j'ai du mal à croire que ce cauchemar est vraiment fini pour moi... pour nous trois... pour le directeur de la station Edward Franker, le journaliste sportif Carl Mendoza et moi-même... »

Le cercle lumineux s'élargit pour inclure Mendoza et Franker. Carl Mendoza plisse les yeux, l'air un peu hébété. Eddie Franker plisse les yeux lui aussi, mais la crispation de sa bouche lui donne un air cynique inattendu.

Ils marchent tous les trois silencieusement vers la caméra pendant quelques secondes. Une quatrième silhouette flotte à la limite de la visibilité à l'extérieur du cercle lumineux, le traverse un instant pour passer devant les trois hommes de gauche à droite puis les contourner et se retrouver derrière eux : un homme en blouson de cuir noir, la tête surmontée d'une crête iroquoise, armé d'une caméra vidéo...

Plan pris par la caméra HF derrière Inman, Mendoza et Franker, cadré assez serré sur leur trio qui s'éloigne dans le cercle lumineux. Bien que la caméra ne bouge pas, l'angle de champ s'élargit à mesure qu'ils prennent de l'avance et rapetissent, et finit par révéler la source de l'éclairage, un puissant faisceau lumineux émis depuis une forme obscure à l'arrière-plan à droite, qui solarise l'image une seconde et délave les couleurs.

L'image saute et se brouille lorsque la caméra pivote brutalement vers la droite. La netteté revenue, le projecteur est hors champ et la caméra avance lentement tandis que les trois marcheurs s'éloignent d'elle.

La caméra avance de plus en plus vite, jusqu'à ce qu'elle rattrape les trois silhouettes, entre dans le champ du projecteur entre Mendoza et Franker, passe par-dessus l'épaule de Toby Inman et montre ce qu'il voit comme il le voit :

Un cordon de soldats, fusils automatiques en position « présentez armes ». Derrière eux, une demi-douzaine de tracteurs Hummer, leurs lance-roquettes multiples braqués vers la caméra et vers le haut. Les formes des servants sont vaguement visibles sur les plateaux. Au centre de la rangée de Hummer, un car de reportage de KLAX-TV avec une parabole sur le toit derrière le cameraman qui pointe vers le bas son micro canon.

Posté en avant des soldats, au centre gauche de l'image, un homme de grande taille, corpulent, au visage flasque, à l'épaisse tignasse poivre et sel, vêtu d'un treillis kaki sans insigne militaire, tient mollement un mégaphone.

Toby Inman, off : « À présent, nous approchons de la barricade, nous ne sommes qu'à quelques pas de la liberté, de la fin pacifique de notre long calvaire... »

Plan général pris de derrière le cordon de soldats et par-dessus eux. Toby Inman, Carl Mendoza et Edward Franker marchent vers la caméra dans le faisceau du projecteur et se dirigent vers le civil tandis que l'homme porteur de la caméra HF sort du cercle lumineux à reculons et disparaît dans l'obscurité en direction de l'immeuble.

La caméra se rapproche d'Inman, Mendoza et Franker

qui abordent l'homme au mégaphone. Il avance de deux pas pour les accueillir.

« Coleman ? » dit Toby.

L'homme corpulent en tenue camouflée hoche la tête et lui tend la main. La caméra s'approche pour un plan plus serré isolant le couple : Inman serre la main de Coleman, vu de dos, dont seule la tête est visible.

« Voici Alex Coleman, mesdames et messieurs, le... » Toby Inman hésite une seconde, semble attendre que Coleman lui souffle quelque indication. « ... le négociateur du gouvernement tout au long de cette prise d'otages, dont les efforts ont permis d'aboutir à notre libération sans effusion de sang... De la part d'Edward Franker, de Carl Mendoza, de moi-même et aussi d'Heather Blake, je veux vous remercier du fond de nos cœurs, Alex, pour tout ce que vous avez fait pour nous.

– Euh... j'ai fait que mon boulot, mon pote », marmonne Coleman, pas très à l'aise, sans se tourner vers la caméra.

Toby Inman lâche la main de Coleman, recule d'un pas. Edward Franker avance d'un pas et serre vigoureusement la main de Coleman.

« Vu l'autre façon dont les choses auraient pu tourner, je suis enchanté de faire votre connaissance, Alex », dit-il, un rien sardonique. Il hausse les épaules. « Non, vraiment, reprend-il sur un autre ton, vous avez fait votre devoir, et c'était du travail de professionnel.

– D'un autre professionnel, Eddie, je prends ça pour un grand compliment. »

Edward Franker affiche un sourire narquois, hoche la tête en réponse à quelque expression faciale de Coleman et laisse la place à Carl Mendoza.

Celui-ci sourit en serrant la main de Coleman, mais c'est un sourire un peu forcé, son regard est comme masqué, et cette fois, c'est Coleman qui parle le premier.

« Ça m'fait plaisir de te voir enfin, Mendoza, dit-il.

– Ouais, Coleman, mais c'est bizarre, j'ai l'impression de te connaître depuis un bon bout de temps... »

Le visage d'Alex Coleman est toujours dissimulé à la caméra, mais il hésite pour une raison ou une autre à répondre à Mendoza qui le regarde droit dans les yeux.

« Ça fait... un drôle d'effet, hein, Fireball ? » dit-il enfin.

Cette fois, Mendoza sourit pour de bon, il rit même.

« Cinq sur cinq, mon vieux, dit-il, cinq sur cinq. »

Toby Inman, off, haletant, quelque peu théâtral : « Je vois qu'il y a maintenant de l'activité là-bas, à l'entrée de l'immeuble ! »

Le perron devant la porte principale pris en contre-plongée par la caméra HF. Horst Klingerman vient d'émerger. Il plisse et cligne les yeux en entrant dans un cercle de lumière blanche intense.

Toby Inman, off, chuchote presque, comme un commentateur de golf posté juste derrière le champion : « Voici Horst Klingerman, chef des Brigades vertes, mesdames et messieurs... »

Horst reste planté sur le seuil une seconde, l'Uzi tenu de la main gauche, la droite dans son volumineux gilet.

Toby Inman, off : « À l'intérieur du gilet que porte Horst Klingerman, en plus de puissantes charges explosives, se trouvent les boutons de télécommande des détonateurs permettant de mettre à feu des dispositifs explosifs encore plus puissants dispersés dans les installations de KLAX-TV... »

Deux autres terroristes porteurs de gilets explosifs, un homme et une femme, émergent de l'immeuble, entrent dans la lumière du projecteur et viennent se placer sur le perron, de chaque côté de Klingerman, à un pas derrière lui. La femme tient son Uzi en position « présentez armes ». L'homme a encore le sien à la bretelle sur l'épaule droite, les doigts refermés sur la bandoulière.

Toby Inman, off : « Helga Müller et Hiroshi Igaramu, deux des membres les plus militants des Brigades vertes... »

Helga Müller semble déterminée à soutenir sans ciller la lumière du projecteur. Hiroshi Igaramu a l'air d'y voir un mandala dont il se servirait pour quelque mystérieuse méditation. Klingerman cille rapidement, rouvre les yeux et les plisse devant cet éclairage cruel tandis que la caméra s'approche pour le cadrer en gros plan...

Toby Inman, off : « Maintenant, écoutons, je crois que Horst Klingerman est sur le point de parler...

– Je... je ne suis pas doué pour faire des discours... dans votre langue. Mais, dans ma propre langue, la vérité est que je n'ai guère fait plus que parler tandis que la planète mourait autour de moi jusqu'à ce que... Mais, à présent... à présent, ce n'est plus le moment de parler. Le moment est venu d'agir. Il n'y a pas de choix possible. Chacun de nous doit trouver ce moment tout seul. Certaines personnes trouvent ce courage et d'autres non. Vous ne savez pas dans quelle catégorie vous êtes avant que ce moment arrive... avant de... d'avoir examiné... »

La voix est claire, mais la cadence devient hachée et frénétique et Klingerman fronce les sourcils, comme s'il se rendait compte qu'il commence à être incohérent.

« Alors... alors maintenant nous voyons qui sont les vrais militants des Brigades vertes. Maintenant, les philosophes de café et les vedettes de la télévision arrivent à la croisée des chemins et se séparent de... de ceux dont le dévouement à la cause de la Révolution verte transcende le narcissisme égoïste... »

Plan sur les trois terroristes sur le seuil, mais pris sous un autre angle. La perspective est aplatie, les couleurs sont quelque peu délavées : un plan plein cadre obtenu par un zoom à sa plus grande focale.

Un par un, les terroristes émergent de l'immeuble, s'arrêtent derrière Helga Müller et Hiroshi Igaramu en clignant les yeux sous le projecteur et se déploient sur le perron...

Un homme mince, cheveux blonds qui lui tombent sur les épaules, crâne dégarni, petits yeux d'ahuri derrière des lunettes à monture d'acier.

Toby Inman, off : « Warren Davies, qui a assuré la direction technique des émissions pour KLAX pendant la durée de l'occupation des Brigades vertes... »

Un homme plus trapu, bien bâti, cheveux noirs et lisses, pommettes hautes, qui regarde droit devant lui sans expression particulière.

Tony Inman, off : « Jaro Olgar, son assistant... »

Un homme au visage bovin, blouson de cuir noir hérissé de colifichets chromés, tête rasée de part et d'autre d'une crête de piquants rouge vif, qui affiche un air menaçant.

Toby Inman, off : « Nigel Edwards, l'un des cameramen des Brigades vertes. »

Un moment de flottement. Plus personne n'émerge de l'immeuble. Nigel Edwards fait un signe de la main et un autre punk en cuir noir bardé de chromes gravit prestement les marches et entre dans le champ, porteur d'une caméra vidéo.

Toby Inman, off : « Malcolm Macklin, l'autre cameraman des Brigades vertes. »

Macklin vient se placer à côté d'Edwards, pointe sa caméra plus ou moins en direction de Horst Klingerman, mais sans regarder dans le viseur ; il se sert du micro incorporé pour la prise de son.

Ils restent tous plantés là quelques secondes sous le projecteur à fixer l'invisible caméra d'un air absent. Ils pourraient très bien passer pour des lycéens de province posant pour la photo de fin d'année.

Finalement, Horst Klingerman se retourne vers eux pour leur parler, le visage caché à la caméra.

« Warren, Jaro, Nigel, Malcolm... vous n'êtes peut-être

pas des... samouraïs de la Révolution verte mais, oui, vous êtes des militants des Brigades vertes vous aussi, vous avez été recrutés pour... pour... nous présenter aux... à... à tous ces gens qui nous regardent, pour... pour faire la partie technique et... oui, vous avez accompli avec succès votre part de la mission, et... et on ne peut pas attendre plus de vous, alors... on ne peut pas vous reprocher de partir... »

Le visage de Klingerman est caché, celui d'Igaramu est absolument impassible, mais la moue méprisante d'Helga Müller n'est que trop manifeste.

Warren Davies, Jaro Olgar et Nigel Edwards décrochent leurs pistolets-mitrailleurs, les posent sur le perron. Ils s'extraient de leurs gilets explosifs et les placent près de leurs armes.

Un par un, ils défilent devant Horst Klingerman, Helga Müller et Hiroshi Igaramu, descendent les quelques marches sans hésiter, sans leur accorder un regard.

Hiroshi Igaramu ne manifeste aucune réaction, mais Helga Müller décoche à tout le groupe un salut méprisant.

Le dernier à quitter les lieux est Malcolm Macklin. Il dépose la caméra HF sur le perron derrière Klingerman, dit quelque chose que le micro incorporé ne capte pas, détache le microphone. Horst met son arme à la bretelle. Macklin donne le micro à Horst, descend les marches.

Il ne reste plus que Klingerman, Igaramu et Müller dans le champ. Horst, le dos toujours tourné à la caméra, regarde vers l'entrée, tenant le micro d'une main molle, comme si c'était un poisson mort.

Deux secondes plus tard, deux autres terroristes se présentent de front sur le seuil. L'un est petit, râblé, avec une peau cuivrée et des traits indiens. L'autre est plus grand, plus maigre, il a des cheveux noirs et le teint olivâtre.

Toby Inman, off : « Voici Paulo Pereido et Ahmed

Jihad, les derniers membres de ce commando des Brigades vertes. Selon l'accord conclu entre les Brigades vertes et les autorités, personnellement négocié sur cette antenne et sous vos yeux par le vice-président des États-Unis, tous les brigadistes qui le désirent peuvent se rendre pacifiquement, mais on a encore quelques doutes sur le choix que vont faire Paulo et Ahmed... »

Paulo Pereido et Ahmed Jihad restent sur le perron pendant de longues secondes. Ils se tournent vers Klingerman, dont on ne voit toujours pas le visage, mais dont on peut deviner les émotions et les expressions au regard hésitant de Pereido et d'Ahmed, à leur air de chien battu, lorsqu'ils rompent le contact oculaire avec lui et regardent brièvement le sol.

Ils tentent ensuite de croiser les yeux d'Hiroshi Igaramu, mais celui-ci fait comme s'ils n'étaient pas là. Ou comme si lui-même n'était pas là.

Lorsqu'ils se tournent vers Helga Müller, c'est un affrontement de regards qui dure encore quelques secondes.

Puis Ahmed Jihad hausse les épaules, décroche son Uzi, le laisse tomber sur le perron, retire son gilet explosif, le jette à côté. Helga ricane quelque chose que ne capte pas le micro tenu par Klingerman. Jihad répond. Helga se détourne. Paulo Pereido laisse tomber son arme, s'extrait de son gilet.

Horst Klingerman se retourne vers la caméra tandis qu'Ahmed Jihad et Paulo Pereido, les épaules basses, descendent les marches et sortent de l'image. La caméra s'approche pour un plan moyen sur Klingerman qui, d'un geste gauche, porte le micro à ses lèvres. Son expression est farouche, mais calme, ébranlée peut-être, mais apparemment dépourvue de colère.

« Nos... nos... nos camarades ayant choisi de se rendre conformément aux termes proposés par le gouvernement des États-Unis... il... il ne reste plus qu'Hiroshi Igaramu,

Helga Müller et moi-même pour... pour... aller jusqu'au bout de notre mission... »

Klingerman sursaute en entendant du bruit derrière lui, se tourne à moitié tandis que la caméra fait un zoom arrière précipité pour révéler une jeune Noire en pantalon et veste de treillis impeccablement coupés qui émerge sur le seuil enténébré et entre dans le cercle de lumière.

Toby, off : « Vous l'avez reconnue, chers téléspectateurs, c'est Kelly Jordan, ministre de l'Information des Brigades vertes et vedette de *Rendez-vous avec les Brigades vertes* que StarNet va prochainement vous proposer le jeudi à 19 h 30 – 22 h 30 dans l'Est – en direct de KLAX-TV... »

Kelly Jordan a l'allure et les mouvements d'une star du petit écran. Sa coiffure afro taillée très court est soigneusement peignée, son uniforme n'a pas un pli. Elle se déplace avec grâce, presque au ralenti, pour se placer à côté de Klingerman, la main droite sur la bandoulière de l'Uzi, qu'elle réussit à transformer en simple accessoire, les yeux donnant l'impression qu'elle regarde sincèrement et attentivement Horst et la caméra en même temps.

« Alors, Kelly... »

Un peu gênés, ils restent un long moment à se regarder dans les yeux, séparés par le microphone que tient Horst.

« Alors, Horst, je veux seulement que tu saches que j'admire ce que tu es en train de faire, dit Kelly Jordan. J'ai appris beaucoup de toi. Et je veux que ceux et celles qui nous écoutent sachent que... que... »

Sa voix se brise avec une émotion apparemment authentique.

« ... que chaque semaine, quand je serai dans ce studio en train d'apporter ma modeste contribution au sauvetage de la vie sur Terre, quand je parlerai en direct à tous ces gens, je me souviendrai de l'exemple que tu nous as donné à tous, à moi, à tous nos amis brigadistes en esprit, et à tous les peuples de la Terre...

– C'est très touchant, Kelly, lui retourne sèchement Klingerman.

– Hé, Horst...

– Non, vraiment, Kelly, dit Klingerman d'une voix beaucoup plus douce. Nous sommes ce que nous sommes. Nous luttons comme nous pouvons. Nous faisons ce que nous devons faire. »

Kelly Jordan s'essuie les yeux du dos de la main gauche. Comme si elle pleurait. À moins que le geste ne soit chorégraphié, délibérément spectaculaire.

« Alors je vais rester avec toi un peu plus longtemps », dit-elle. Elle recule d'un bon pas et se place à l'arrière-plan tandis que la caméra effectue un zoom avant pour cadrer Horst Klingerman en buste, directement dans l'axe du projecteur. Le visage de Kelly Jordan, quelque peu assombri, flotte derrière l'épaule gauche de Horst. Elle regarde droit devant elle et fixe l'objectif comme la fière petite épouse d'un candidat aux élections.

On a presque l'impression qu'ils sont dirigés par un metteur en scène, mais la réplique que Horst Klingerman lui assène par-dessus son épaule n'a pas l'air de sortir du même scénario.

« Tu pourrais rester jusqu'au bout si tu en avais le courage, Kelly !

– Je le ferais si je le pouvais, Horst...

– Mais tu ne le peux pas, évidemment. Le spectacle continue, comme on dit ici à Hollywood. »

Klingerman se retourne vers la caméra, il parle trop près du micro, sa voix est un peu dure, un peu floue.

« Peut-être que ce n'est pas si mal que ça. Quand nous sommes passés à l'action directe pour nous emparer de cette station de télévision, tout ce que nous espérions, c'était de l'occuper assez longtemps pour commencer la Révolution verte. Nous savions que nous ne pouvions pas la libérer indéfiniment. Et pourtant, fait étrange, à certains égards, nous l'avons peut-être libérée... Cette émission télévisée des Brigades vertes, ça doit être une bonne chose, oui, elle atteindra les masses, comme le film idiot qu'on va faire sur nous, les T-shirts, oui, les bérets, les jouets en plastique, le chewing-gum... Peut-être que même ces innombrables souvenirs sont de bonnes choses aussi, qu'ils rappelleront aux gens ce qu'ils vont voir sous peu, et il doit être préférable que les enfants jouent aux Brigades vertes qu'à la guerre, à la chasse, aux cow-boys qui tuent les Indiens, oui, même si cela est trivialisé pour remplir les poches des mêmes gens qui fabriquent les voitures et les centrales nucléaires, et qui déciment les forêts pluviales... »

Il sourit, hausse les épaules, essuie la sueur sur son front du dos de la main qui tient le micro.

« J'ai appris beaucoup sur ces sujets ces derniers jours, j'ai appris plus que je voulais savoir... Et... et j'ose espérer que vous avez appris des choses vous aussi. Des choses qu'on n'oubliera pas. Des choses que vous n'avez pas le droit d'oublier... »

Il s'interrompt, fronce les sourcils. Il a visiblement du mal à trouver les mots qu'il faut.

« Vous n'êtes pas méchants, mais vous êtes en train de commettre un crime plus grand que tout ce dont Hitler ou Staline auraient pu rêver. Ils cherchaient simplement à exterminer des peuples. Vous, vous êtes en train de tuer la vie sur la Terre elle-même. Et vous ne pouvez pas prétendre l'ignorer. On vous le dit tout le temps à la télévision, alors vous savez que ce doit être vrai. Maintenant, il va y avoir une émission télévisée des Brigades vertes, un film sur les Brigades vertes, des jeux vidéos et des jouets " Brigades vertes ", tous conçus pour vous donner, à vous-mêmes et à vos enfants, l'illusion qu'en les achetant vous deviendrez " membres honoraires " des Brigades vertes et aurez la conscience tranquille... »

La caméra resserre encore le champ pour un gros plan de Klingerman qui abaisse un peu le micro et s'éclaircit la voix, probablement sans savoir ce qu'il fait, et pour la première fois, son regard laisse passer une colère non retenue.

« Mais tout ça c'est du bidon, du *bullshit*, c'est bien le mot que vous autres Américains utilisez, n'est-ce pas ? Tant que votre pays a le pouvoir de sauver cette planète et n'en fait pas usage, vous n'aurez jamais la conscience tranquille. Vous ne serez que des brigadistes bidon qui regardent une télévision bidon et achètent des produits bidon jusqu'à ce que le monde entier soit asphyxié par les résultats révoltants de votre inaction ! »

La caméra effectue un zoom arrière, comme choquée, agrandissant le champ autour de Horst, en plein sous le projecteur, flanqué de Helga Müller et de Hiroshi Igaramu tandis que le visage sous-exposé de Kelly Jordan flotte dans le fond comme un artefact vidéo.

« Il faut quelqu'un pour vous montrer le chemin ! crie Klingerman. Quelqu'un pour réveiller votre conscience ! Quelqu'un qui préfère la mort à la reddition ! »

Puis, comme s'il se rendait compte qu'il commence à délirer, Klingerman se force à se calmer, à baisser le ton, à adoucir quelque peu sa voix et, à croire qu'elle prend acte de ces progrès, la caméra le recadre en gros plan.

« Nous ne sommes plus que trois, dit-il d'une voix atone. Mais nous ne nous rendrons pas à votre gouvernement. Nous prouverons que ceci n'est pas un film. Nous allons vous montrer de la réalité. »

Zoom arrière pour un plan duo de Horst Klingerman et de Kelly Jordan au moment où il se retourne vers elle.

Toby Inman, off, presque à mi-voix, comme s'il commentait le *putting* à sept mètres du trou qui décide de l'issue du championnat du monde : « Mesdames et messieurs, Horst Klingerman a menacé de faire usage de ses détonateurs télécommandés pour détruire l'immeuble de KLAX et quiconque choisirait de rester à proximité, et il semblerait que nous sommes sur le point de voir s'il va vraiment mettre cette menace à exécution... »

Kelly Jordan s'avance et lui pose la main sur l'épaule.

« Horst... »

Klingerman ne se dégage pas, mais son langage corporel semble maintenir la distance.

« Horst, c'est dingue, mec, c'est de la folie, c'est du...

– C'est une action nécessaire, Kelly, dit-il d'une voix égale. Tu le comprendras dans quelques années. » Il tente un pâle sourire. « Et bien sûr, ce sera une excellente publicité pour *Rendez-vous avec les Brigades vertes.* »

Kelly tressaille, blessée. « Horst, je t'en prie... »

De sa main libre, Klingerman lui touche la joue presque affectueusement. Il abaisse le micro au niveau de sa taille et dit quelques mots que l'instrument ne peut capter.

Kelly Jordan l'embrasse sur la joue, commence à descendre les marches et à sortir du champ.

Mais la caméra pivote pour la suivre, le projecteur aussi. Elle traverse à grands pas l'obscurité du parking et la caméra prend peu à peu du champ jusqu'à ce que Kelly devienne une minuscule silhouette qui franchit un abîme de ténèbres, un papillon de nuit pris dans les feux de la rampe.

Le noir pendant une demi-seconde. Puis le projecteur cadre Horst Klingerman en plan moyen. Hiroshi Igaramu et Helga Müller sont à peine visibles derrière lui.

Klingerman affiche une expression béate qui n'en est que plus terrifiante.

« Nous réitérons nos exigences. Les États-Unis doivent décréter un embargo sur tous les pays fabriquant des produits qui détruisent l'ozone. Les États-Unis doivent envoyer une force d'intervention navale sur l'Amazone pour protéger la forêt pluviale. Voilà les conditions que nous mettons pour quitter cet immeuble. Votre gouvernement doit soit s'y conformer, soit donner l'assaut. »

La caméra entame un lent, très lent zoom arrière, presque imperceptible.

« Quant au plutonium mélangé aux explosifs, la vérité, bien sûr, est qu'il n'y en a pas. Il y en aurait que cela ne changerait rien à la situation. Nous ne ferons pas exploser les charges principales. Nous ne sacrifierons que nos propres vies. Mais nous le ferons au premier signe d'une avancée des forces gouvernementales. »

On dirait qu'il sourit presque.

« Ainsi l'acte sera-t-il pur. Votre gouvernement nous tuera pour préserver des biens immobiliers plutôt qu'accepter de faire ce qui, nous le savons tous, est juste. Et nous mourrons pour sauver la vie sur Terre. Et vous allez maintenant regarder ce qu'on fait en votre nom. »

La caméra a désormais pris assez de champ pour montrer Horst Klingerman, Helga Müller et Hiroshi Igaramu debout en haut des marches dans l'obscurité, éclairés *a giorno* par le projecteur.

Klingerman glisse la main sous son gilet.

« Nous avons la conscience tranquille, notre acte ultime est pur. » Il sourit sereinement, ses yeux rayonnent. « Pourrez-vous en dire autant ? »

La caméra fait un zoom arrière brutal pour un plan général de la façade de l'immeuble, révélant le parking dans toute son étendue et centré sur trois minuscules silhouettes dans un cercle de lumière en haut des marches, trois minuscules silhouettes dans l'éternelle obscurité quand soudain...

... dans un vrombissement cadencé, un grondement tonitruant, deux formes noires sinistres s'élèvent au premier plan. Le faisceau lumineux qui cloue les terroristes au sol se relève avec l'engin de droite et les deux hélicoptères d'assaut décollent lourdement du béton, fusées et lance-roquettes accrochés aux pylônes de leurs ailerons incurvés comme des fruits trop mûrs qui lesteraient les branches d'arbres gémissants, et avancent, tout juste à la vitesse d'un homme au pas, en bourdonnant comme de monstrueuses guêpes métalliques...

Toby Inman, off : « Vous le voyez comme je le vois, chers téléspectateurs, ça se passe en direct, en exclusivité sur KLAX-TV... »

La caméra fait soudain un zoom avant sur Horst Klingerman, Hiroshi Igaramu et Helga Müller, piégés par l'éblouissante lumière blanche du projecteur qui monte en illuminant leurs visages comme un lever de soleil en accéléré.

Helga et Hiroshi plaquent leurs armes en diagonale sur leur poitrine. Horst Klingerman cille, roule les yeux vers le ciel, regarde à nouveau la caméra.

Un reflet intempestif dans les lentilles, un effet de perspective, une convergence fortuite et éphémère entre l'angle du faisceau lumineux et l'objectif auréole d'une blancheur incandescente le visage de Horst, immobile, élément central d'une affiche de film idéale, instant destiné à entrer dans la légende cinématographique, chef-d'œuvre d'effets spéciaux hasardeux que nul budget ne pourrait acheter, même si certains s'y essaieront sans doute.

Une explosion de lumière. Un roulement de tonnerre dont l'écho s'amenuise jusqu'au silence complet.

Toby Inman, off : « Fin spectaculaire de la prise d'otages ! Les militants des Brigades vertes meurent dans une fulgurante explosion !... D'autres images aux infos de 23 heures... sur cette antenne... en exclusivité sur KLAX-TV, envoyez la pub, siouplaît ! »

Fondu au noir.

TABLE

Cet ouvrage
a été transcodé
et achevé d'imprimer
sur Roto-Page
en mai 1996
par l'Imprimerie Floch
à Mayenne.

D. L., mai 1996.
Éditeur, n° 7794.
Imprimeur, n° 39432.
Imprimé en France.

7794